傅雷 谈文学与艺术

Selected Writings on Literature and Arts by Fu Lei

金 梅 ◎编

中国书籍出版社
China Book Press

序

金 梅

傅雷先生（1908—1966，字怒安，上海市南汇人），是我国现当代杰出的文学翻译家。他译出的巴尔扎克、梅里美、丹纳和罗曼·罗兰等法国著作家的作品，在读者中享有崇高的声誉，数十年来流传不衰。

傅雷先生也是一位杰出的文艺理论家和艺术鉴赏家。可以说，他是我国现当代作家中，为数不多的真正懂得艺术规律者之一。或许是他在译著上的声望远播广大，其艺术理论和鉴赏方面的成就，长时间以来被人们所忽略了。选录其部分艺术随笔结集出版，不只能使广大读者领略到他在文学艺术上的高深造诣，以开启品鉴艺术的悟性与灵气，对作家、艺术家如何提高创作品位，也是一次学习和借鉴的机会。

一九六二年，傅雷在致青年文艺爱好者周宗琦的信中说："人类历史如此之久，世界如此之大，岂蜗居局处所能想象！""吾人"欲步入艺术之途，"首当培养历史观念、世界眼光"。这是傅先生的夫子自道，也是他一生从事文艺并获得巨大成就的经验之谈。

在一般人的思维方式中，往往将"历史观念"和"世界眼光"割裂开来，误认为有了前者，即有认识上的纵深度，具备了后者，也就有了认识上的宽广度。殊不知如此简单化的结果，只能是对历史和世间事物的罗列杂陈、浮光掠影。而傅雷，在探索文学艺术规律的实践过程中，他的"历史观念"是世界性的"历史观念"，在他的"历史观念"中，即有"世界眼光"在；或者说，他的"历史观念"，并非局限于一般人所理解的，仅仅是对某一特定地域所作的纵向联系，而是以"世界眼光"观察判断全部人类文化艺术史的表现。他的"世界眼光"，也不像一般人所理解的，仅仅是对某一特定历史时期所作的横向比照，而是从全部人类文化艺术史的背景上，考察不同民族不同国家文化艺术特性的方法。唯其如此，傅雷对文学艺术的种种见解，与普泛的观念和流行的通病区别了开来。

例如，关于近代中西文化艺术的差异与互通，是一个多世纪以来国人研讨不已，也是傅雷一生关注思索的问题。但不少人，或为西方文化艺术的新奇幻变所迷惑，生吞活剥，照搬不误，有如面对能医治东方人疟疾的金鸡纳霜，不问"病人的体质和病情"，硬是拿来让其吞服；或固守传统习惯，坐井观天，一味严拒峻斥。至于东方和西方文化艺术的扞格之处在哪里，二者又有何可以沟通的地方，却很少去深入探讨了。傅雷则以他的"历史观念"和"世界眼光"，从根本上，即从作为文化艺术形态基础的哲学观念——人生观、世界观上，看到了二者的差异与冲突。以傅雷的看法，西方自近代以来，一方面是科学文明的迅猛发展，显示了人的无限能力，也极度扩张了个人的欲望；另一方面，却是基督教思想文化根深蒂固，致使多数人依然匍匐于上帝的脚下。这种状况，使西方人的精神"永远处于支离破碎，纠结复杂，矛盾百出的状态中"；反映到"文化的各个方面，学术的各个部门，使他们（西方人）格外心情复杂，难以理解"。而比起近代西方人来，我们中华民族的思想性格，更自然，更健康："我们的哲学、文学即使是悲观的部分，也不是基督教式的一味投降"，"而是人类一般对生老病死、春花秋月的慨叹，如古乐府及我们全部诗词中提到人生如朝露一类的作品，或者是愤激与反抗的表现，如老子的《道德经》"；中华民族从古以来，也"不追求自我扩张，从来不把人看作高于一切，在哲学文艺方面的表现都反映出人在自然界中与万物占着一个较为恰当的地位，而非绝对统治万物，奴役万物的主宰"，"因此我们的苦闷，基本上比西方人为少为小；因为苦闷的强弱原是随欲望与野心的大小而转移的"；"中华民族多数是性情中正和平，淡泊，朴实，比西方人容易满足"。再有，中国人的宗教观念并不那么浓重，即使有佛教影响，也是从理智上教人智慧——求觉悟，求超度，其效果与基督教的信仰上帝不同：佛教"智慧使人自然而然的觉悟"，基督教"信仰反易使人入于偏执与狂热之途"。傅雷从中西思想文化的剖析中，找出了二者差异的本质所在。把握了这一差异，就能在欧风东渐中站稳脚跟，明确取舍的方向。

傅雷的深邃处，不独在于他看到了中西文化的差异和冲突，还以其"历史观念"和"世界眼光"，从人类艺术活动的长河中，看到了二者的互通之点、融会之途。在他看来，"中国艺术的最大的特色，从诗歌绘画到戏剧，都讲究乐而不淫，哀而不怒，雍容有度；讲究典雅，自然，反对装腔作势，和过火的恶趣，反对无目的地炫耀技巧"；"而这些，也是世界一切高级艺术共同的准则"。这是说，中外文化艺术在最高准则和最高境界上是相同的，找到这个相同点，就能实现中外文化艺术的互通融会。而"只有真正了解自己民族的优秀传统精神，具备自己的民族灵魂，才能彻底了解别个民族的优秀传统，渗透他们的灵魂"。

傅雷的修养是全面而深湛的。作为文学家和翻译家，他精通中外文学不必说了，但他的视野并不仅止于此。从《傅雷家书》、《傅雷书信集》、《世界美术名作二十讲》、《与傅聪谈音乐》等著作和致其他友人的大量信件中可以看出，他在文、史、哲（包括宗教）三方面，均有深切的理解。他虽不是美术家和音乐家，但以其颖异的悟性和长期的欣赏实践，对美术和音乐的鉴赏，达到了很高的境界。更可贵的是，他能将自己掌握的哲学、文化、艺术知识和人生体悟交融互汇、渗透一体，并概括提升为与艺术活动（创作、演出、鉴赏等等）规律有关的方法论，以表达他心目中理想的艺术境界。以下，是傅雷的一些提醒——

艺术家要控制自己的感情，做到"能入能出"，保持感情与理性的平衡。他说："中国哲学的理想，佛教的理想，都是要能控制感情，而不是让感情控制。假如你能掀动听众的感情，使他们如醉如狂，哭笑无常，而你自己屹如泰山，像调度千军万马的大将军一样不动声色，那才是你最大的成功，才是到了艺术与人生的最高境界。"并说贝多芬、罗曼·罗兰心目中的大艺术家，即为这一派。"能入"而不"能出"的艺术家，缺乏理性把握的艺术家，在境界上难以不断地升华和超越。

但艺术又"不但不能限于感性认识，还不能限于理性认识，必须要进行第三步的感情深入"。就是说，"艺术家最需要的，除了理智以外，还有一个'爱'字！所谓赤子之心，不但指纯洁无邪，指清新，而且还指'爱'！"而这个"爱"，决不是"庸俗的，婆婆妈妈的感情"，而是"热烈的、真诚的、洁白的、高尚的、如火如荼的、忘我的爱"。一切伟大的艺术家（不论是作曲家，是文学家，是画家……），"必然兼有独特的个性与普遍的人间性"。所谓"感情深入"，所谓"爱"，就是要"发掘自己心中的人间性"，找到与广大群众沟通的桥梁。不能从纯粹的感觉（感性）转化到观念（理性），固然难以升华和超越，但到了观念世界而不能进一步"感情深入"，就会出现另一个"陷阱"：由于"人间性"、"人情味"的淡薄，"在精神上能跟踪你的人越来越少"；如果再钻牛角尖，"走上太抽象的路"，一副冷若冰霜的模样，就会"和群众脱离"了。理想的艺术境界应该是：高远绝俗而不失人间性人情味。到了观念世界，还须走第三步"感情深入"，傅雷的这一见解，可说是发人所未发，见人所未见。

或由于名利驱动，或因了急于求成，或为了过于追求完美，有些艺术家在艺术劳动中弦绷得太紧，结果适得其反。艺术家"最要紧是维持心理的健康和精神的平衡"。为了解决这个"心理卫生"问题，艺术家需要精神放松，不能一味紧张。其间，重要的是："多想想人生问题，宇宙问题，把个人看得渺小一些";"只有感情净化，人格升华"，才能"减少患得患失之心"，"心平气和，精神肉体完全放松！"再者，艺术创造是艰苦的事业，"要有耐性，不要操之过急"；"尽量将得失置之度外"，结果"身心反而舒泰，工作反而顺利"。而经常投身于大自然，可以散发郁结，调节心态；或到博物馆去看看名画，亦可"从造型艺术中求恬静闲适"的心境。

艺术家要正确对待遭受的磨难。傅聪提到"放逐"问题，傅雷则说："从古到今多少大人物都受过这苦难，但丁便是其中的一个；我辈区区小子又何足道哉！据说《神曲》是受了放逐的感应和刺激而写的，我们倒是应当以此为榜样，把放逐的痛苦升华到艺术中去。"又说："艺术也是一个暴君，因为做他奴隶的都心甘情愿，所以这个暴君尤其可怕。你既然认了艺术做主子，一切的辛酸苦楚便是你向他的纳贡，你信了他的宗教，怎能不把少牢太牢去做牺牲呢？每一行有每一行的屈辱和辛酸，能够隐忍、心平气和就是少痛苦的不二法门。你可曾想过，萧邦为什么后半世自愿流亡异国呢？他的 Op·25（作品第25号）以后的作品付的是什么代价呢？"文学家艺术家遭遇不幸，多数系客观环境使然，并非个人所致，也不是他自己所愿意承受的；但如何看待遭受的不幸，却是能否产生伟大作品的一大关键。在"十年浩劫"之后，中国还没有产生像屈原、司马迁、柳宗元、苏东坡和但丁、萧邦那样的作家艺术家，恐怕是此道中人，不能将遭受的痛苦"升华到艺术中去"，其作品，还未能达到"每一行有每一行的屈辱和辛酸"的程度吧！

成功的艺术家，都有鲜明的个性，平庸者则没有自己的面目。但究竟怎样处理创作中"有我"与"无我"的关系呢？在致黄宾虹的信中，傅雷说："艺术终极鹄的，虽为无我，但赖以表现之技术，必须有我。盖无我乃静观之谓，以逸待劳之谓，而静观仍须经过内心活动，故艺术无纯客观可言。造化之现于画面者，决不若摄影所示，历千百次而一律无差。古今中外，凡宗匠巨擘，莫不参悟造化，而参悟所得，则可因人而异。故若无'有我'之技术，何从表现因人而异之悟境？"这里说的虽是美术创作，但同样适用于其他艺术门类。所谓"无我"，既指艺术表现的主要对象——外部世界，也指艺术家观察外部世界的态度；"有我"，则是艺术家参悟外部世界之所得和表现外部世界之方式。面对外部世界，艺术家首先需要"无我"地"静观"，即尽量客观地观察、实事求是地判断；但任何"静观"无不经过艺术家的"内心活动"，而一经"内心活动"的过滤、衡估，其"参悟所得"，则就也应该"因人而异"了。这是"有我"的最初征候。到了将"参悟所得"呈现于纸面（或其他媒体）之时，更由于，也需要表现技术之不同，其"有我"之情景，便越发显著了。将艺术的最终鹄的，定在表现"无我"之境，而将"有我"理解为艺术家对"无我"之境的"参悟所得"及其表现的方式上，这与那些一味鼓吹表现"自我"的主张，其境界要宏大广阔得多，也更切近艺术的源泉。

张爱玲小说创作为何出现下滑之势？傅雷说："文学遗产记忆过于清楚，是作者的另一危机。……旧文体的不能直接搬过来，正如不能把西洋的文法和修辞直接搬用一样。"在谈到如何对待外来文艺时，傅雷更提出了一个"忘"字。针对一位青年西洋画作者不问自己心中有否急欲表现的情绪，单从形与色上模仿外来艺术的做法，傅雷说："学西洋画的人第一步要训练技巧，要多看外国作品，其次要把外国作品忘得干干净净——这是一件很艰苦的工作——同时再追求自己的民族精神与自己的个性。"这"要把外国作品忘得干干净净"，真是振聋发聩之言。所谓"忘得干干净净"，是忘其皮相，忘其内容和形式的具体细节。如此，才能得其神魄，学其精髓。"忘"是认真学习之后的"忘"；不接触不学习，原就一片空白，何谈"忘"字！傅雷在其早期文章之一《我们的工作》中感慨道："庚子以还，我们六十年来的工作，几乎可说完全是抄袭模仿的工作：从政治到学术没有一项能够自求生路。君主立宪，共和政治，联省自治，无政府主义以至鲍尔希尔克主义，无一不是从西方现现成成的搬过来的标语和口号。在文学上，浪漫派，唯美派，写实派，普罗文学，阶级意识；在艺术上，古典派，官学派，印象派，野兽派，表现派，立体派，达达派，只是一些眼花缭乱的新名词。至于产生这些学说派别的历史背景，精神状态，一切因果关系，都在置之不问之列。"自傅雷文章发表，又六十多年过去了，政治和学术方面不谈，单就文学和艺术领域而言，他所说的"完全是抄袭和模仿"的情况，又究竟改变了多少呢？学习的规模肯定扩大了不少，但学了之后，恐怕难以"忘得干干净净"吧！否则，何以在不少作品中，总有那么一股子拖泥带水的洋味儿？

这里，只是举例性地提到了傅雷先生对艺术劳动规律的部分体悟（还未及提到他对艺术品鉴赏的精审）。这些体悟，是他以"历史观念"和"世界眼光"，观察判断人类文化艺术史的反映。对古今中外的文化艺术，傅雷历来强调要能"通"（融会贯通）能"化"（消化吸收）。他所有谈艺文章中贯串的，也是"通"和"化"两个字。对他留下的遗产，我们也当采取同样的方式，才能从中得到真正的收益。

本书在编辑技术上，需要说明两点：一、有关的简要注释，"编者注"由编选者所加；"原注"，除作者本来的文字，余则采自《傅雷家书》；未注明者，系文章发表时由报刊编者所加。二、所选书信，删节部分以……符号标出。

目 录

序 ··· 1

第一辑

现代法国文艺思潮 ·· 3
现代中国艺术之恐慌 ··· 8
我们的工作 ··· 12
现代青年的烦闷 ··· 16
《上海美专新制第九届毕业同学录》序 ································· 19
我再说一遍：往何处去？……往深处去！ ···························· 20
从"工部局中国音乐会"说到中国音乐与戏剧的前途 ··············· 22
理想的译文 ··· 28
翻译经验点滴 ·· 30
自报公议及其他/艺术界二三事之一 ····································· 33
艺术创造性与劳动态度/艺术界二三事之二 ··························· 35
什么叫做古典的？ ·· 37

第二辑

介绍一本使你下泪的书 ··· 43
许钦文底《故乡》 ·· 45
关于乔治·萧伯讷的戏剧 ·· 47
读剧随感 ·· 50
亦庄亦谐的《钟馗嫁妹》 ·· 61
论张爱玲的小说 ··· 63
《勇士们》读后感 ·· 75
评《三里湾》 ·· 79
评《春种秋收》 ··· 88

第三辑

我们已失去了凭藉
　　——悼张弦 ············· 99
薰琹的梦 ················· 101
雨果的少年时代 ··········· 104
萧邦的少年时代 ··········· 116
萧邦的壮年时代 ··········· 122
傅聪的成长 ··············· 129

第四辑

音乐之史的发展 ··········· 137
贝多芬与力及其音乐建树 ··· 145
独一无二的艺术家莫扎特 ··· 156
关于音乐界 ··············· 161
向周扬同志谈"音乐问题"提纲 ··· 166

第五辑

艺术与自然的关系 ········· 171
观画答客问 ··············· 179
没有灾情的"灾情画" ······· 185
关于国画界的一点意见 ····· 188
中国画创作放谈 ··········· 190

第六辑

塞尚："主观的忠实于自然" ··· 197
波提切利的《春》与《维纳斯之诞生》 ··· 202
达·芬奇的《瑶公特》与《最后之晚餐》 ··· 207
米开朗琪罗的《西斯廷礼拜堂天顶画》 ··· 213
拉斐尔的《美丽的女园丁》与《西斯廷圣母》 ··· 221
伦勃朗的光暗法 ··········· 227
鲁本斯的线条与色彩 ······· 235
情调与诗意：浪漫派的风景画 ··· 244

| 气禀、教育与画风:雷诺兹与庚斯博罗之比较 | 250 |

第七辑

菲列伯·苏卜《夏洛外传》译者序	261
莫罗阿《恋爱与牺牲》译者序	263
罗曼·罗兰《约翰·克利斯朵夫》译者弁言	265
罗曼·罗兰《贝多芬传》译者序	270
杜哈曼《文明》译者弁言	271
巴尔扎克《赛查·皮罗多盛衰记》译者序	273
丹纳《艺术哲学》译者序	279
梅里美《嘉尔曼》《高龙巴》内容介绍	282
巴尔扎克《夏倍上校》《奥诺丽纳》《禁治产》内容介绍	283
巴尔扎克《于絮尔·弥罗埃》内容介绍	284

第八辑

致黄宾虹	287
致宋奇	301
致夏衍	311
致王任叔	314
致楼适夷	315
致郑效洵	317
致梅纽因	319
致罗新璋	326
致牛恩德	328
致周宗琦	334

第九辑

| 致傅聪 | 339 |

附录 ... 401

重编本后记 ... 407

第一辑

现代法国文艺思潮

若干时以前，法国有人做过一番测验，要知道以什么适当的名词加于我们这个时代。在历史上，某种思潮被称为古典的，某种被称为浪漫的。可是，生在现代的人，要知道后来者对于我们这时代的称呼，是件很不容易的事。这大概和我们生存的时候要认识"生"的面目，同样的困难吧！

"立体主义"（cubisme）这名词已经很流行了。但每个名词一朝普遍之后，就会丧失它原来的意义。譬如"立体主义"四个字，在一般人的脑中，并不是象征一块块的立方的体积，而成了"不可解"的代名词。清新诗被称为"立体主义"。一位老先生看见银幕上映着动作迅速的景色，模糊的好几个景致交错地映在一幕上的电影，就说："这是电影上的立体主义。"

还有一个名词："现代的"（moderne），虽然涵义宽泛，但已比较富有内容。它是代表某种新意识，可以认作现代文学的主要性格之一。"现代的"这名词，在近三四年来的中国，也非常风行了；不过一般人译音叫着"摩登"，他们所认识的意义，亦仅限于时髦（mode）方面。这是和"现代的"意义，大大不同的。其实，法国十七世纪，已经有过很著名的文艺上的争辩，即"古代的与现代的争辩"（la querelle des anciens et des modernes）。这场辩论，当然要比数年前梁实秋和郁达夫两氏所争的"浪漫的与古典的"问题，更有意义。因为它是法国文学奠定基础的肇始，是十七世纪的作家不承认在原则上弱于古代（即希腊罗马）作家的自觉。总而言之，他们志在摧破"古代"的樊篱，解除思想上的束缚，以争得法国文学和拉丁文学站在对等的地位，而且在技术上，也许较之古文学更高卓；他们要令人相信文化是进步的，要把作品从流逝的时间中特别表显出来，而且要随了时间的波流，一同前进。

然而在今日，文艺上的"现代的"名词涵义，和以前的大大不同了。现代文学在时间上占有绝对独立，完全自由的地位。"现代的"观念，在某一种程度内，竟是对于作品的不朽性加以否定的意思。在艺术家的意识上，这自然是起了一种革命，而成为当代主要思潮之一。

可是这革命产生的原因在哪里？

一百五十年来（自十八世纪后期起），人类在实体上渐渐觉得他是处于一个动的宇宙中，这宇宙正被流动不息的力驱遣着。那些建造巍峨宏壮的庙堂的埃及人与希腊人，似乎并没留意时光之消逝，他们对于"永恒"比我们更有直接的"直觉（intuition directe）"。他们的生活，并不改变得相当的快，使一年一年，一代一代的差别如何显著。在这一点，十九世纪给予人类的教训，较之以前数十世纪的丰富多了。世界的速度，意外的加快。我们由了变化的繁多与迅骤，感觉到世界的动作。十九世纪的人，由马车而汽车，而火车，而飞机，在短时间内，一切都推翻了：电报、电话、电力、蒸汽……日用科学以惊人的速度发展。老祖母看见年轻的孙儿，坐着飞机在云端里遨翔，不由得想："太阳下面，简直无所谓新奇！"

这些品质的变化，还不是变化的全部。自法国大革命之后，西方人士只见无数的经济的与社会的突变。老年纪的人一天到晚口喊："我的时代并不是这样的。""我的时代，一斤腿肉要比现在便宜五倍。"社会在摸索、寻觅新组织的基础。法西斯主义、共产主义、合理化主义：从前只在哲学家的理论中具备一格的学说，至此已混杂到每个人的思虑中去了。在这等情势之下，文学与艺术，自不能不接受这种思想。

第一是演化（evolution）与进步（progress）的观念，重新成为今日的哲学家所研究的问题。其实，人类也只在今日才充分明白演化与进步的意义。迄今为止，所谓发明（invention）和发现（découvert）似乎只是纯粹科学所独具的长处，可是现代的文人也在发明、搜寻、发现了。他们实验新的体格，利用学者的理论（如弗罗伊特学说之被充分应用于文艺分析，即是一例）。文艺已变为类乎发明新事物的一种工具，可时时加以改进或改造的，如小说家及诗人华勒黎·拉尔鲍（Vaiery Larbaud）的发明"内心的独白剧"（monologue interieur）。

第二是现代美学之感受新思想方式。名小说家普罗斯德（Marcel Proust, 1871—1922）虽然因为久病之故，似乎与世隔绝，但他对于他的时代，却具有最清明的意识。他在《重新觅寻的时间》（Le Temps Retrouvé）一书中说："文学家的作品，只是一种视觉的工具，使读者得以凭借了这本书，去辨识他自己观照不到的事物。"他的意思，就是说一个作家的责任，在于揭发常人所看不到的"现实"。可是要发前人之未发，见前人之未见或不愿见，却需要深刻透彻的头脑与魄力。因为我们除了生活的必须或传统的观念使我们睁开眼睛以外，我们的确是盲目着在世界上前进的。假如你令一个住在巴黎铁塔附近的人去描写铁塔，他定会把四只脚画成三只脚。我们不知道这是由于大意，或是太习见了的缘故。这正如我们最初听到浪声，觉得它轰轰震耳，但因为这声音老是不停，而且永远是同样的高度，以致后来我们简直听不见什么声响。所以，要使文艺能帮助人类，在只是模模糊糊看到极少数形象的现实中，去获得渐趋广博、渐趋精微的认识，那么，文艺还有不少的工作要努力呢。

第三，一切精神活动，都在改换它们的观点。十九世纪以前的人所认识的历史，只是传奇式的，还未成为科学。今日的人们所认识的历史，则是以哲学的眼光去分配时间的学问。爱因斯坦的相对论即是一证。柏格森也告诉我们，时间是富有伸缩性的，完全依了我们的心理状态而定其久暂。法国有一俗语："像没有面包那一天般的长久"，很可以说明柏氏之思想。在大祸将临的时光，一分钟变成一秒钟那样快。在期待幸福的当儿，一秒钟会变成一分钟那般久。各个世纪的历史的容量之不同，也许就可把柏格森的学说来解释。这亦即是"幸福的民族无历史"那句老话。反之，在纷乱扰攘的国家，几天的历史，可比太平无事的国家几十年的历史占得更多的地位。由此，我们对于时间，就有一种实体的、易感的、弹性的印象。现代大诗人保尔·格劳台（Paul Claudel）在他的名著《诗的艺术》（*Art Poétique*）中亦言："我说宇宙是一架指明时间的机器。"

庞达 Julien Benda 提出反柏格森的议论，严厉地指斥今日对于"现代的"崇拜；他以为这种"特殊性"的学说，足以使人忘却其不应忘却的"普遍性"与"永恒"。我们在庞达的批评中，看出在现代人的心目中，宇宙的形式，仿佛如"长流无尽的江河"。这种对于时间的新观念，大大地改变了现代人思维的习惯。他们很注意事物流动的过程，艺术的形式也因之变换，"动力的"（dynamiqce）观念代替了"静止的"（即均衡的 statique）观念。换言之，即"动"（mouvement）代替了"不动"（immobilité）。艺术品已不复是由明晰的轮廓所限定，为观点一目了然的形式，而亦是依照了像流动着的江河一般的对象所组成的了。

第四，现代文艺的主从对象亦已变更。从前，写剧诗是要依照许多规律的。例如古典派的三一律之类。他们仿佛如建筑一所屋子，所有其他的艺术都要服从这几何学的艺术：建筑。现在，一切艺术是向音乐要求一种形式与理想了。音乐，它的主要性格是流动的，善于跟踪在时间上蜿蜒曲折地进展着的思想。法国的电影，正努力想成为音乐的艺术。若干大胆的导演，声言将制作"视觉的交响乐"（symphonie visuaire）；没有其他联络，只有印象统一的"形象交响乐"（symphonie images）。一切艺术似乎都含有"动"的精神,甚至建筑也不寻求垂之永久的方式,而注意到最短暂的情景,现代人临时的需要。在绘画上,我们看不见围着桌子聚餐的家庭,站在时间以外的悠闲的景色(如十八世纪的荷兰画),象征与讽喻的图画(如十八世纪的法国学院派绘画)。从浪漫主义起,"动"的原素就被引进到画面上去。特拉克洛洼(Delacroix)与越里奇(Géricault)的马,不是真的在飞奔吗?浸降而至印象派、野兽派……等的绘画,更是纵横交错的线条与色彩的交响乐。有时候,似乎毫无意义,只是如万花筒一般的撩人眼目,一片颠倒杂乱的混沌。

这种美学的理想的改变,一部分也是由于近代思想大起恐慌而来的。数年以来,作为昔日社会基础的绝对论都起了动摇,以至先后破产。二十世纪最初二十年所发生的世界大战,令我们知道全部西方文明的根基是如何脆弱。青年们毫不迟疑的要把从前的天经地义重新估价。

所谓近代思想的破产,第一是对于文人们的荣誉的破产。法国现代文坛重镇安特莱·奚特(André Gide)年轻的时候曾说:"我的问题,不是如何成功,而是如何持久。"许多青年,甚至敬佩他的,亦说这是奚特的弱点与梦想。他们责备奚特对于时间的执著,可是我们却认出他们在自己作品中,故意加入暂时的瞬间的成分。这辈青年在作品中采用大宗俗语,不问这些俗语将来是否演进,或归于消灭。他们表现西方酒吧间的文明,也许这文明在若干年以后的人看来,会觉得如发掘到什么古物一般的惊奇。同时,也有些青年,在高唱"普遍主义",说要创造持久的东西。凡是不能为一切的时代所传诵,所了解的作品,都在不必写之列。然迄今为止,此种论调,似尚未到成熟的时机。

一般青年作家之粗制滥造,不问他的作品在世界上能生存多少时候,这表示他们已不顾虑什么荣誉了。他们只急着要求实现。"死"来得那么快,叫他们怎么不着急?

此外,一个更严重的问题,另一种绝对论的破产:即"完美"之成为疑问。艺术品已不再谋解答什么确定的理想。现代人不能懂得,为何希腊的诗人,老是在已被采用过数十次的题目上写悲剧而不觉厌倦。他们永远希望更逼近一个他们认为更确切的理想。现代文艺则不然,它的方向已经变了。一般作家不再如希腊雕刻家博利克莱德(Polycreto)那样,努力在白石上表现毫无瑕疵的"完美"的人体,而是要把富有表情的缺点,格外明显的表露出来。他们不顾什么远近法,什么比例,只欲传达在这些物质以外的东西,即是情操,是对象的情操,是——尤其是艺术家个人的情操。要求"完美"的意念,已经变为要求"表白"的意念了。近世大雕刻家罗丹,即曾发挥过这类的精辟之论。

不论是一个人的，或是一个社会的表白，总之，现代作品是倾向于这个目标。浪漫主义的发展，自然而然的形成这种变化。嚣俄他们称颂赋有灵感的天才与史诗中的民族。他们以为诗是一种神明的思想的表白，或在别种情势中，是模糊的现实的表白。这"现实"，用浪漫派的言语来说，即是种族。在这里，我们明白看到了，人在自以为表现了"神"之后，想到表现自己了。泰纳（Taine）把艺术家与文学家都附庸于"环境"之中，即是替这种新美学原则，固定了它的理论。

因此，我们对于作家的为人，较其作品，感到更大的兴趣。现代读者，每欲在一部小说中探究作者个人的人格。只要留心现在的书商，把作者的照片或一页原稿与作品同时陈列这一个事实，便可明白现代读者对作家个人的关切了。奚特曾谓，他对某种思想之感到兴奋，只因为它是一个有感觉的、活着的生物之表白之故。

个人对于一部新书最美的称颂，莫过于"人的（humain）"这一个形容词了。只要一部小说是"人的"，那么，无论它的技巧如何拙劣，总能深深的感动我们。有一位批评家曾这样说过："那些不成功的作品，我一眼就看出它的缺点，有时竟令我极端不快，想把书丢开了。然而虽然它的缺点那么多，作者把我的心，不知怎样的感动了；我不能解释，但我断定的确是被感动了。所谓'完美'，只是一种使我拘束的'灵巧'。"

一九二四年，《Cahier du mois》月刊的主干者，曾出了"为什么你要写文章？"的问题，征求法国许多著名文人的答案。结果是："为什么我写文章？……因为我感到自由表现我的思想是件愉快的事。"大诗人保尔·梵乐梨（Paul Valéry）答："因为我太弱了。"还有是："因为这是我的职业，是要说出我的思想。""如果我不作文，我将饿死。"把所有的答案归纳起来，大致可分为下列两种：一、"因为我不能（不）作文"；二、"因为要表现我的思想（或情操）"。可从没有一个答案说是"因为要创造一件作品，创造美"。

这一个小小的心理测验，很可以使我们懂得现代作家的对于文艺的观念。

法兰西现代文学的面目是那样复杂，其内容又是那样丰富，决不能在这篇文字内把它说得详尽。且此文的目的，尤在于叙述现代思想的一般情况，故此涉及各个作家的解剖，谓之一瞥也可，谓之鸟瞰也更可。至于认识之错误与不足，自知无可避免，尚乞识者指正。

一九三二年十月二十八日

现代中国艺术之恐慌

本文正文前，原有如下一段说明性的文字：

"去夏回国前二月，巴黎 L'Art Vivant 杂志编辑 Feis 君，嘱撰关于中国现代艺术之论文。为九月份（一九三一）该杂志发刊《中国美术专号》之用，因草此篇以应。兹复根据法文稿译出，以就正于本刊读者。原题为 La Crise de L'Art Chinois Moderne。

附注亦悉存其旧，并此附志。"——编者注

现代中国的一切活动现象，都给恐慌笼罩住了：政治恐慌，经济恐慌，艺术恐慌。而且在迎着西方的潮流激荡的时候，如果中国还是在它古老的面目之下，保持它的宁静和安谧，那倒反而是件令人惊奇的事了。

可是对于外国，这种情形并不若何明显，其实，无论在政治上或艺术上，要探索目前恐慌的原因，还得望外表以外的内部去。

第一，中国艺术是哲学的，文学的，伦理的，和现代西方艺术完全处于极端的地位。但自明末以来（十七世纪），伟大的创造力渐渐地衰退下来，雕刻，久已没有人认识；装饰美术也流落到伶俐而无天才的匠人手中去了；只有绘画超生着，然而大部分的代表，只是一般因袭成法，摹仿古人的作品罢了。

我们以下要谈到的两位大师，在现代复兴以前诞生了：吴昌硕（1844—1928）与陈师曾（1873—1922）——这两位，在把中国绘画从画院派的颓废的风气中挽救出来这一点上，曾做出值得颂赞的功劳。吴氏的花卉与静物，陈氏的风景，都是感应了周汉两代的古石雕与铜器的产物。吴氏并且用北派的鲜明的颜色，表现纯粹南宗的气息。他毫不怀疑地把各种色彩排比成强烈的对照；而其精神的感应，则往往令人发见极度摆脱物质的境界：这就给予他的画面以一种又古朴又富韵味的气象。

然而，这两位大师的影响，对于同代的画家，并没产生相当的效果，足以撷取古传统之精华，创造现代中国的新艺术运动。那些画院派仍是继续他的摹古拟古，一般把绘画当作消闲的画家，个个自命为诗人与哲学家，而其作品，只是老老实实地平凡而已。

这时候，"西方"渐渐在"天国"里出现，引起艺术上一个很不小的纠纷，如在别的领域中一样。

这并非说西方艺术完全是簇新的东西：明末，尤其是清初，欧洲的传教士，在与中国艺术家合作经营北京圆明园的时候，已经知道用西方的建筑，雕塑，绘画，取悦中国的帝皇。当然，要谈到民众对于这种异国情调之认识与鉴赏，还相差很远。要等到十九世纪末期，各种变故相继沓来的时候，西方文明才挟了侵略的威势，内犯中土。

一九一二，正是中国宣布共和那一年，一个最初教授油画的上海美术学校，由一个年纪轻轻的青年刘海粟氏创办了。创立之目的，在最初几年，不过是适应当时的需要，养成中等及初等学校的艺术师资。及至七八年以后，政府才办了一个国立美术学校于北京。欧洲风的绘画，也因了一九一三，一九一五，一九二〇年，刘海粟氏在北京上海举行的个人展览会，而很快地发生了不少影响。

这种新艺术的成功，使一般传统的老画家不胜惊骇，以至替刘氏加上一个从此著名的别号："艺术叛徒"。上海美术学校且也讲授西洋美术史，甚至，一天，它的校长采用裸体的模特（一九一八年）。

这种新设施，不料竟干犯了道德家，他们屡次督促政府加以干涉。最后而最剧烈的一次战争，是在一九二四年发难于上海。"艺术叛徒"对于西方美学，发表了冗长精博的辩辞以后，终于获得了胜利。

从此，画室内的人体研究，得到了官场正式的承认。

这桩事故，因为他表示西方思想对于东方思想，在艺术的与道德的领域内，得到了空前的胜利，所以尤有特殊的意义。然而西方最无意味的面目——学院派艺术，也紧接着出现了。

美专的毕业生中，颇有到欧洲去，进巴黎美术学校研究的人，他们回国摆出他们的安格尔（Ingres），太维特（David），甚至他们的巴黎的老师。他们劝青年要学漂亮（distingué），高贵（noble），雅致（élégant）的艺术。这些都是欧洲学院派画家的理想。可是上海美专已在努力接受印象派的艺术，梵高，塞尚，甚至玛蒂斯［上海美专出版之《美术》杂志，曾于一九二一年正月发刊后期印象派专号。——原注］

一九二四年，已经为大家公认为受西方影响的画家刘海粟氏，第一次公开展览他的中国画，一方面受唐宋元画的思想影响，一方面又受西方技术的影响。刘氏在短时间内研究过欧洲画史之后，他的国魂与个性开始觉醒了。

至于刘氏之外，则多少青年，过分地渴求着"新"与"西方"，而跑得离他们的时代与国家太远！有的自号为前锋的左派，摹仿立体派，未来派，达达派的神怪的形式，至于那些派别的意义和渊源，他们只是一无所知的茫然。又有一般自称为人道主义派，因为他们在制造普罗文学的绘画（在画布上描写劳工、苦力等）；可是他们的作品，既没有真切的情绪，也没有坚实的技巧。他们还不时标出新理想的旗帜（宗师和信徒，实际都是他们自己），把他们作品的题目标做"摸索"、"苦闷的追求"、"到民间去"，等等等等。的确，他们寻找字眼，较之表现才能，要容易得多！

一九三〇至一九三一年中间，三个不同的派别在日本、比国、德国、法国举行的四个展览会，把中国艺坛的现状，表现得相当准确了〔（一）一九三〇年日本东京，西湖艺专师生合作展览会；（二）一九三一年四月至五月，比京白鲁塞尔，徐悲鸿个人绘画展览会；（三）一九三一年四月，德国弗兰克府中国现代国画展览会；（四）一九三一年六月，法国巴黎，刘海粟个人西画展览会。——原注〕。

现在，我们试将东方与西方的艺术论见发生龃龉的理由，作一研究。

第一是美学。在谢赫的六法论（五世纪）中，第一条最为重要，因为它是涉及技巧的其余五条的主体。这第一条便是那"气韵生动"的名句。就是说艺术应产生心灵的境界，使鉴赏者感到生命的韵律，世界万物的运行，与宇宙间的和谐的印象。这一切在中国文字中归纳在一个"道"字之中。

在中国，艺术具有和诗及伦理恰恰相同的使命。如果不能授予我们以宇宙的和谐与生活的智慧，一切的学问将成无用。故艺术家当排脱一切物质、外表、迅暂，而站在"真"的本体上，与神明保持着永恒的沟通。因为这，中国艺术具有无人格性的，非现实的，绝对"无为"的境界〔两种不同思想支配着中国美学：一种是孔子的儒家思想，伦理的，人文的，主张取法于自然的和谐及其中庸。它的哲学基础，是把永恒的运动，当做宇宙的根本原素的宇宙观。一种是老子的道家思想，形而上的，极端派的。老子说天地之道是"无为"，"道常无为而无不为"，因为他假设"空虚"比"实在"先（"有之以为利，无之以为用"）。而"无"乃"有"之母，"天地万物生于有，有生于无"；故欲获得尘世的幸福，须先学得"无为"。在艺术上，儒家思想引起的灵感是诗，而道家思想引起的是纯粹的精神内省与心魂超脱。——原注〕。

这和基督教艺术不同。它是以对于神的爱戴与神秘的热情（passion mystique）为主体的，而中国的哲学与玄学却从未把"神明"人格化，使其成为"神"，而且它排斥一切人类的热情，以期达到绝对静寂的境界。

这和希腊艺术亦有异，因为它蔑视迅暂的美与异教的肉的情趣。

刘海粟氏所引起的关于"裸体"的争执，其原因不只是道德家的反对，中国美学对之，亦有异议。全部的中国美术史，无论在绘画或雕刻的部分，我们从没找到过裸体的人物。

　　并非因为裸体是秽亵的，而是在美学，尤其在哲学的意义上"俗"的缘故。第一，中国思想从未认人类比其他的人物〔编者按：从上下文义来看，"人物"应为"万物"。〕来得高卓。人并不是依了"神"的形象而造的，如西方一般，故他较之宇宙的其他的部分，并不格外完满。在这一点上，"自然"比人超越，崇高，伟大万倍了。他比人更无穷，更不定，更易导引心灵的超脱——不是超脱到一切之上，而是超脱到一切之外。

　　在我们这时代，清新的少年，原始作家所给予我们的心向神往的、可爱的、几乎是圣洁的天真，已经是距离得这么地辽远。而在纯粹以精神为主的中国艺术，与一味寻求形与色的抽象美及其肉感的现代西方艺术，其中更刻划着不可飞越的鸿沟！

　　然而，今日的中国，在聪明地中庸地生活了数千年之后，对于西方的机械、工业、科学以及一切物质文明的诱惑，渐渐保持不住她深思沉默的幽梦了。

　　啊，中国，经过了玄妙高迈的艺术光耀着的往昔，如今反而在固执地追求那西方已经厌倦，正要唾弃的"物质"：这是何等可悲的事，然也是无可抵抗的运命之力在主宰着。

一九三一年七月

我们的工作

庚子以还，我们六十年来的工作，几乎可说完全是抄袭模仿的工作：从政治到学术没有一项能够自求生路。君主立宪，共和政治，联省自治，无政府主义以至鲍尔希尔克主义，无一不是从西方现现成成的搬过来的标语和口号。在文学上，浪漫派，唯美派，写实派，普鲁文学，阶级意识；在艺术上，古典派，官学派，印象派，野兽派，表现派，立体派，达达派，只是一些眼花缭乱的新名词。至于产生这些学说派别的历史背景，精神状态，一切因果关系，都在置之不问之列。我们的领袖与英雄，不问是哪一界——政治上的或艺术上的——，都要把我们的民族三脚并两步的开快车；至于这历史的鸿沟，能否这么容易而且毫无危险地超越，亦在置之不问之列。这种急于上进的热情值得我们十二分的崇拜，但我们稍稍具有自由思想的怀疑者，在他们乱哄哄的叫喊声中，不得不静静地加一番思考，深恐犯了盲人骑瞎马、黑夜临深渊的大忌而自趋死路。自由思想与怀疑这两种精神，在所谓"左倾"或某个阶级独裁的拥护者目中，自然已被严厉地指斥，谓为"不革命"与"反动"，正如这类思想在十八世纪的欧罗巴被视为"革命"，为"叛逆"一样。这对于他们——不论左右——无异是宗教上的异端邪说，为历代教皇所判罚的"Hérénésie"。固然，所谓革命是绝对地肯定的，决不能有丝毫踌躇。在历史已经准备得很充分，社会已经演化到很恰当程度的国家，这种绝对肯定的精神，也许正是最需要的心理条件。革命理论家要说，在历史未曾准备得充分，社会没有演化到恰当程度的场合，更需要肯定和果断；这也许是对的，如果他的大前提——研究、认识、判断，没有错误的话。然而一个国家，一个民族，到了历史上大转扭的时间，必定是错综万状的一片混乱和矛盾；要从这混乱、矛盾的现象中去打出一条生路，决非是浅薄的认识与研究，可以成为适当的准备的。法国大革命爆发之前，服尔德、第特洛一般百科全书派的思想家，对于一切政治、哲学上的进程和学说，曾用了何等深刻的研究功夫，然而他们并没立刻拿出一种主张来，强迫人家承认是解决一切的总结论。他们只提出一种方法，一种思考的方法，这方法就是怀疑精神。怀疑的出发点是理性主义。在一个乱哄哄的时代中，唯有用你冷静的头脑，锐利的目光去观察，更用科学方法去抉剔，方才能够渐渐辨识时代的面目及其病源。然而理论一事，实际又一事。即使我们经过了合理的思维而获得的方案，往往还是免不了引起实际上的纠纷。因此法国的大革命，虽然先有了那般思想家的准备，一待大革命爆发之后，还是扰攘了一世纪，我们一翻法国自拿破仑一世直至第三共和这一个时代的历史便可明白。那时候是民主思想和贵族政治的对抗，是特权阶级与中产阶级的争斗，是手工业和小工业的递嬗。然而把这些冲突和现代中国的冲突一比，又显得我们的比他们的要复杂万倍了。他们只是推翻四五世纪的历史，而我们则要把二十个世纪的传统一并斩断。这是不是可能的事，尤其是不是在短时间内可能的事？一般革命者当然要以肯定的语气回答。因为他们以为不革命是一种羞耻，他们并没有想革命是不得已的行为。再把法国的历史作一个例：十八世纪末期的大革命，在表现上仿佛是历史上的一个三级跳远，是一个剧烈的突变，但整个的十九世纪，不是在补走前世纪所连奔带跳越过的途程么？

"你们数千年的伦理、道德，比我们西方更优越的制度就此废弃吗？""你们满含着哲理和诗意的美学为何把它一概丢了？""你们是有那么美丽的传统的国民何必来学我们的油画？"西方的朋友时常这样的问我们，而我们自己，有没有想到这些问题？有的，也许在五四之后提倡国故的时代；然而曾几何时，除了几个极少数的专门学者还锲而不舍之外，还有谁敢向青年提起"国故"两字？谁敢？敢被人家骂为落伍？现在那些高唱唯物论的青年，对于我们固有的文化，除了含含糊糊加上一大串罪名以外，还认识什么儒家思想，老庄思想，以至宋明之学？他们把新奇的偶像来抹煞史实，并掩饰他们自己的愚昧。

自然，我们也懂得，他们取法于西方的理由。西方，多么醉人的名字！但那般崇拜西方的人之于西方，是否比痛骂东方的人之于东方，有较彻底的认识？他们自以为有的是在某种正统论和一元论之下的认识，或竟是跳舞与咖啡的认识。大至政论，小至娱乐，无非是学西方的皮毛。

而且，假定你对于西方，自亚里斯多德至爱因斯坦，自荷马至萧伯纳，的确有了彻底中正的研究，你还是不能把它整个地搬过来。西方的金鸡纳霜，可以医治东方人的疟疾，但还得认清了病人的体质和病情。西方的政论可不就这么简单了。你得记起，你还是中国人啊！你的细胞组织根本就不同。而且数千年的历史摆在那里，任凭你哪一种暴力撼不动它分毫。人是渺小的！

对于西方的研究，以前也曾有一班学者下过功夫。译学馆后，亦有共学社、尚志学会等译了不少西方的名著。但实际上并没收获得相当的功效；这也许是介绍的思想，并没有和介绍者的思想发生何等密切的关系，因之亦不能予读者以若何影响；出版界的落后，以及学术空气的淡薄，也许是互为因果的一个缘由。至于站在东方的立场上去探讨东西文化之奥秘，也有梁任公一辈人下过功夫，然而不久也就成为一种时髦的口号，而轻薄的社会，更当它做茶余酒后的谈笑讥讽的资料。

　　因此，留学生尽管在两大洋中来来往往，翻译的书籍尽管一本一本的出版，东西文化至今还没有正面冲突过，我要说在学术上还没正式开过仗，只是凭它们两股不同的潮流在社会的底层激荡。没落么？的确是没落，因为我们受了外来文化的侵略没有反响。我们只放弃了自己的立脚点，想借用别人的武器，作为以毒攻毒的战略。他们有枪炮，我们也学做枪炮，他们喊口号，我们也喊口号，他们倡什么最新的主义，我们也跟着莫名其妙的提倡。他们喊口号的后面，那些在实验室里，图书馆里，画室里，过一辈子学术生活的人，我们全没有看见。

　　现代中国的青年，自以为认识了时代，并看到了未来的时代，他们的大胆使人佩服，他们的武断使人出惊。

　　这都是我们过去的工作（我们，因为这些人中都有我们过去的影子）：喊口号，倡主义，是否成为工作自是疑问，但喊着倡着的人的确认为是一种工作。我们现在清算之下，不能不及早转换方向。不赶政治的人，自然用不到谈什么主义，研究文艺的时候，也不必把某个学说像偶像般放在脑袋里。我们不敢唱融和东西艺术，发扬民族文化那种高调，因为我们明白自己的力量。我们不愿和人家争执，因为中国到处都充满了战氛；何况我们不能消极地攻击人家的阴私或缺德，以为自己没有阴私或缺德的夸耀。我们只有培养自己的力量，拿出实在的东西来。我们的工作，是研究、介绍，发表的文字也只限于这两方面。忘了时代？谁说的？可是我们不能以斩钉截铁的公式来判断一切，我们要虚心地观察，探讨。要找真理并非是怎么容易的事。各种学说在我们的眼里是一视同仁，我们不能把东风压了西风，因为这是盲目的。思想上的专制是真理的最大敌人。我们的信心，只在修养自己，万一有点滴的成就，足以贡献给人家，那是我们喜出望外的事。在没有丝毫成绩之前，我们只是以虔敬的心情去研究学问，以深思默省的工夫去体验时代。具体地说，我们现在要认识他人与自己，以怀疑的精神去探索，以好奇的目光去观察，更要把各种不同的思潮，让我们各人的内心去体味。如果真是要到民间去，或人间去（意即中国固有的出世思想之反面），那不独要去饱尝社会的风味，并还得要打开我们的心扉，吹受各种的风，这也许会使我们发热发冷，但这些 crises 就能锻炼我们的人格与力量。我们不希望速成，我们都还年青！

一九三二年十一月

现代青年的烦闷

一九三二年十月二十八日《晨报·现代文艺》曾刊出拙译《世纪病》一文,此次《学灯》［此处指《时事新报·学灯》。——编者注］编者又以一九三三年元旦特大号文字见嘱,我特地再用《世纪病》相类的题材,把若干现代西方青年的不安的精神状态作一番介绍。这并非要引起现代中国青年的烦躁——这烦躁,不待我引起,也许他们已经感到——而是因为烦闷是文艺创造的源泉,由于它在反省和刺激内在生活使其活跃的作用上,可以领导我们往深邃的意境中去寻求新天地。而且,烦闷唯有在人类心魂觉醒的时候才能感到。在这数千年来为智(sagesse)的教训磨练到近于麻痹的中国人精神上给他一个刺激,亦非无益之事。

阿那托·法朗士曾言:"只有一件事可以使人类的思想感到诱惑,便是烦闷。绝对不感到烦躁的心灵令我厌恶而且愤怒。"的确,在历史上,每个灿烂的文艺时代,总是由不安的分子鼓动激荡起来的!古典派和浪漫派一样,不过前者能够遏止烦闷,而后者被烦闷所征服罢了。在个人的体验上,心境的平和固然是我们大部分人类所渴望的乌托邦,但这种幸福只有睡在坟墓里叹了最后一口气时才能享受。而且,就令我们在生命中获得这绝对的平和(它的名字很多,如宁静,休息等等),我们反而要憎恨它;失掉了心的平和,我们又要一心一意的企念它:这是人类永远的悲剧。不独如此,人类的良知一朝认识了烦闷的真价值,还幽密地在烦闷中感到残酷的喜乐。

西方的医学上有一句谚语:"世界上无所谓病,只有病人。"《世纪病》的作者乔治·勒公德把现代青年的骚乱归之于现代社会的和思想上的骚乱;这无异是"世界上无所谓烦闷,只有烦闷的人"的看法。固然,我们承认它有理。在一股所谓健全的,尤其是享受惯温和的幸福的人眼中,烦闷者是失掉了心灵的均衡的病人。然而要知道,烦闷的人是失掉了均衡,正在热烈地寻找新的均衡。他们的欲望无穷,奢念无穷,永远不能满足。如果有一班自命为烦闷者,突然会恢复他们的宁静,那是因为他们的烦闷,实在并不深刻,而是表面的,肤浅的。真正在苦闷中煎熬的人决不能以一种答案自满,他们要认识得更透澈，更多。他们怕找到真理，因为从此以后，他们不能再希望一个更高卓的真理。惟有"信仰"是盲目的，烦闷的人永远悲苦地睁大着眼睛。

每个人在他生命中限制自己。每个人把他要求解决的问题按着他自己的身份加以剪裁。这自然是聪明的办法。他们不愿多事徒劳无益的追求。实在，多少代的人类曾追求哲学、伦理、美学等等的理想而一无所获。然而没有一个时代的人类，因此而停止去追求。因为他们觉得，世俗的所谓"稳定"、"宁静"、"平和"，只是"死"的变相的名称。"死"是西方人所不能忍受的，他们极端执著"生"。

烦闷的现象是多方面的，又是随着每个人而变动的。从最粗浅的事情上说，每个人想起他们的死，岂不是要打一个寒噤？听到人家叙述一个人受伤的情景而无动于衷，是非人的行为。因为，本能地，人类会幻想处在同样的境地，受到同样的痛苦。同样，一个人在路上遇到出殡的行列，岂非要兔死狐悲的哀伤？一切的人类，真是自私得可怜！这自然是人类烦闷的一种原因。心理病学家亦认为烦闷是一种感情的夸大，对于一种实在的或幻想的灾祸的反动，可是认烦闷为对于不测的事情的简单的恐怖，未免是肤浅的，不完全的观念。因此，对于病态心理学造诣极深的作家，如保尔·蒲尔越（Paul Bourget）亦不承认心灵上的病，完全由生理上的病引起的。生命被威胁的突然的恐怖，在原始民族中，确是烦闷的唯一的原因。可是民族渐渐地长成以至老大，他的烦闷亦变得复杂、精微，在一般普通人的心目中，也愈显得渺茫不可捉摸。在这个过程中，我们自然承认有病的影响存在着，但除了病态心理学家的物的解释以外，还有精神上的现象更富意味。

人类在初期的物质的恐怖以后，不久即易为形而上的恐怖。他们怕惧雷鸣，远在怕惧主宰雷鸣的上帝以前。原始时代的恐怖至此已变成烦闷，人类提出许多问题，如生和死的意义等。被这些无法解答的问题扰乱着，人类一方面不能获得宁息，一方面又不能超度那丰富的生活追求，于是他祝祷遗忘一切。柏斯格说过："人类有一种秘密的本能，使他因为感到苦闷的无穷尽而到外界去寻觅消遣与事业；他另有一种秘密的本能，使他认识所谓幸福原在宁息而不在骚乱。这两种矛盾的本能，在人类心魂中形成渺茫的计划，想由骚动达到安息，而且自以为他得不到的满足会临到。如果他能够制止他事业中的艰难，他便可直窥宁息的门户。"

这种烦闷的形而上学的意义，固是极有意味的，但它还不能整个地包括烦闷。烦闷，在人类的良心上还有反响，——与形而上的完全独立的道德上的反响，例如责任观念便是烦闷的许多标识之一。假定一个作家在创作的时候，为使他的文章更完满起见，不应该想到他的著作对于群众将发生若何影响的问题；然而一本书写完之后，要作家不顾虑到他的书将来对于读者的影响是件不可能的事。

一九三三年一月一日

《上海美专新制第九届毕业同学录》序

艺术的境界有如高山大海，其高深也莫测，其蕴藏也无穷，故能包罗万象，颠倒众生，欺弄造化。

化自我为无我，化无我为万有，是艺术之神秘与诱惑。感人类之渺小，悟自然之变化，或嘻笑怒骂，或痛哭悲歌，或不痴不癫，或太上忘情，是艺术之形而下与形而上之两方面，亦即东西艺术之不同点。

诸君子来学三年，方入门而遽言别；其亦再思读万卷书行万里路作个人之修积，为创造新中国艺术之准备欤？抑献身教育，为宣传艺术福音之使徒欤？风云险恶，田园久荒，正诸君子努力垦殖之秋，幸无负此伟大有为之时代也可。

临别索序，聊志数语相赠，愿诸君子共勉之。

傅雷二十年冬
（原载一九三二年上海美术专科学校编印
《上海美专新制第九届毕业同学录》）

我再说一遍：往何处去？……往深处去！

　　一个人到了老年，他的思想和行为总不出两途：（一）是极端的顽固守旧；（二）是像小孩般的天真与幼稚。一个衰老的民族亦是这样。或者是固执传统与成见而严拒新思想，或者是不问是非，毫无理智地跟着人家乱跑。显然前者比后者更有再生——或者说返老还童——的希望。因为前者虽然固执，但究竟还在运用他的头脑。一个古老的民族，在表面上虽然要维持它古文化的尊严而努力摒拒新文化，但良心上已经在暗暗地估量这新文化的价值，把它与固有文化的价值评衡。于是在民族的内生命上，发生一种新和旧的交战，一种 Crise。于是它的前途在潜滋暗长中萌蘖起来。至于天真而幼稚的老民族，根本已失掉了自我意识，失掉了理智的主宰，它只有人云亦云地今天望东，明天望西的乱奔乱窜：怎么能走出一条自己的路来？

　　然而这正是现代中国的情形。

　　一种艺术，到了颓唐的时代，便是拘囚于传统法则，困缚于形骸躯壳，而不复有丝毫内心生活和时代精神的表白。否则，即是被外来文化征服而全然抹杀了自己。皮藏打艺术的末期，法国十八世纪的官学派绘画，意大利文艺复兴以后的艺术，都有此等情形。现代的中国艺术界亦正是这样：幽闭在因袭的樊笼中的国画家或自命为前锋，为现代化的洋画家，实际上都脱不了模仿，不过模仿的对象有前人和外人的差别罢了。

　　现代的国画家所奉为圭臬的传统，已不复是传统的本来面目：那种超人的宁静恬淡的情操和形而上的享乐与神游（évasion d'âme），在现代的物的世界中早已不存在，而画家们也感不到。洋画家们在西方搬过来的学派和技法，也还没有在他们的心魂中融化：他们除了在物质上享受到现代文明的现成的产物之外，所谓时间，所谓速度，所谓外来情调，所谓现代风格，究竟曾否在他们的内心上引起若干反响？如果我说一句冒渎的话，现代的中国洋画家在制作的时候，多少是忘掉了自我。

　　至于提倡普罗，提倡大众化的艺术家，以为是一篇文章或一幅绘画的内容只要是涉及无产者的，便可成为时代的艺术品。作品的技巧，情操的真伪都可不问：这岂不是把艺术变成了宣传主义的广告？这岂不是为一般无耻而无聊的人造成一种投机的工具？

表现时代，是的。不独要表现时代，而且还得预言时代。但这表现决非是照相，这预言决非是政纲式的口号；我们不能忘记艺术家应该表现的，是经过他心灵提炼出来的艺术品。艺术是一面镜子，但决不会映出事物的现实相。

最可怜的，是在"现代的"和"普罗的"两重口号下，可以毋须思想，因为只要题材是歌颂劳动神圣的，便足使他的作品不朽；毋须技巧，因为现代艺术，说是变形的！

在这种情势下，在艺术上和在其他的领域中一样，我们需要镇静与忍耐。在各种口号和呐喊声中，要认清：

（一）东方艺术和西方艺术的根本不同点，是应该可以调和抑争斗。

（二）培养个人的技巧，磨练思想，做长时期的研究。

在艺术上只有趋向上之不同，无所谓它们实体上的高下。我们承认东西艺术是表现人类精神的两方面。在这个转变时代，最要紧的是走出超现实的乐园，而进入现实的炼狱。从非人的走到人的；从无关心的走到关心的。这并非是说在美学的观点上，现实的比超现实的高，人的比非人的优，我所以希望艺术家有这种转变，无非是要他在人生的途程上，多一番经历，——尤其是一向所唾弃的经历。而且，由这种生命的体验上，更可使东西两种不同的人生观、宇宙观——艺术的主要成因——作一番正面的冲突。

培养技巧与磨练思想这一点，是我认为一切艺术家应做而我们的艺术家尚未做得够的工作。既然这时代的艺术家的使命特别重大，他的深思默省、锻炼琢磨的功夫尤其应当深刻。

艺术应当预言，应当暗示。但预言什么？暗示什么？此刻还谈不到。现代的中国艺术家先把自己在"人类的热情（Passion humaine）"的洪炉中磨炼过后，把东西两种艺术的理论有一番深切的认识之后，再来说往左或往右去，决不太迟。

在此刻，在这企待的期间，总而言之 En attendant，我再说一遍：

往何处去？往深处去！

一九三三年一月

从"工部局中国音乐会"说到中国音乐与戏剧的前途

> 这是傅雷先生于一九三三年五月二十一日，在上海大光明戏院聆听由梅百器指导的音乐会后写下的评论。——编者注

我一向怀着这个私见：中国音乐在没有发展到顶点的时候，已经绝灭了；而中国戏剧也始终留在那"通俗的"阶段中，因为它缺少表白最高情绪所必不可少的条件——音乐。由是，我曾大胆的说中国音乐与戏剧都非重行改造不可。

中国民族的缺乏音乐感觉，似乎在历史上已是很悠久的事实，且也似乎与民族的本能有深切关连。我们可以依据雕塑、绘画来推究中国各个时代的思想与风化，但艺术最盛的唐宋两代，就没有音乐的地位。不论戏剧的形式，从元曲到昆曲到徽剧而京剧，有过若何显明的变迁，音乐的成分，却除了几次掺入程度极低的外国因子以外，在它的组成与原则上，始终没有演化，更谈不到进步。例如，昆曲的最大的特征，可以称为高于其他剧曲者，还是由于文字的多，音乐的少。至于西乐中的朔拿大、两重奏（Due）、三重奏（Trio）、四重奏（Quarto）、五重奏以至交响乐（Symphonie）一类的纯粹音乐，在中国更从未成立。

音乐艺术的发展如是落后，实在有它深厚的原因。

第一是中国民族的"中庸"的教训与出世思想。中国所求于音乐的，和要求于绘画的一样，是超人间的和平（也可说是心灵的均衡）与寂灭的虚无。前者是儒家的道德思想（《礼记》中的《乐记》便是这种思想的最高表现），后者是道家的形而上精神（以《淮南子》的《论乐》为证）。所以，最初的中国音乐的主义和希腊的毕达高拉斯（Pythagoras）、柏拉图辈的不相上下。它的应用也在于祭献天地，以表"天地协和"的精神（如《八佾之舞》）。至于道家的学说，则更主张"视于无形，则得其所见矣；听于无声，则得其所闻矣。至味不慊，至言不文，至乐不笑，至音不叫……听有音之音者聋，听

无音之音者聪，不聪不聋，与神明通"的极端静寂、极端和平、"与神明通"的无音之音。

由了这儒家的和道家的两重思想，中国音乐的领域愈来愈受限制，愈变狭小：热情与痛苦表白是被禁止的；卒至远离了"协和天地"的"天地"，用新名词来说便是自然——艺术上的广义的自然，而成为停滞的、不进步的、循规蹈矩、默守成法的（conventional）艺术。

其次，在一般教育与中国的传统政治上，"中庸"更把中国人养成并非真如先圣先贤般的恬淡宁静，而是小资产阶级的麻木不仁的保守性，于是，内心生活，充其极，亦不过表现严格的伦理道德方面（如宋之程朱、明之王阳明及更早的韩愈等），而达不到艺术的领域，尤其是纯以想象为主的音乐艺术的领域。天才的发展既不倾向此方面，民众的需求亦在婉转悦耳、平板单纯的通俗音乐中已经感到满足。

以"天地协和"为主旨的音乐，它的发展的可能性，我们只消以希腊为例，显然是不能舒展到音乐的最丰满的境界。以"无音之音"为尚的音乐，更有令人倾向于"非乐"的趋势。《淮南子》："道德定于天下而民纯朴，则目不营于色，耳不谣于声，坐俳而歌谣，披发而浮游。虽有王嫱西施之色，不知说也；掉羽武象，不知乐也；淫佚无别，不得生焉。由此观之，礼乐不用也；是故德衰然后仁生，行沮然后义立，和失然后声调，礼淫然后容饰。"这一段论见，简直与十八世纪卢梭为反对戏剧致阿朗培（Alembert）书相仿佛。

由是，中国音乐在先天、在原始的主义上，已经受到极大的约束，成为它发展的阻碍，而且儒家思想的音乐比希腊的道德思想的音乐更狭窄：除了《八佾之舞》一类的偏于礼拜（Culte）的表现外，也没有如希腊民族的宏壮的音乐悲剧。因为悲剧是反中庸的，正为儒家排斥。道家思想的音乐也因为执著虚无，不能产生如西方的以热情为主的、神秘色彩极浓厚的宗教音乐。那么，中国没有音乐上的王维、李思训、米襄阳，似乎是必然的结果。驯至今日，纯正的中国音乐，徒留存着若干渺茫的乐器、乐章的名字和神话般的传说；民众的音乐教育，只有比我们古乐的程度更低级的胡乐（如胡琴、锣鼓之类），现代的所谓知识阶级，除了赏玩西皮二簧的平庸、凡俗的旋律而外，更感不到音乐的需要。这是随着封建社会同时破产的"书香"、"诗礼"的传统修养。

然而，言为心声，音乐是比"言"更直接、更亲切、更自由、更深刻的心声；中国音乐之衰落——简直是灭亡，不特是艺术丧失了一个宝贵的、广大的领土，并亦是整个民族、整个文化的灭亡的先兆。

在这样一个时代，我们连《易水歌》似的悲怆的恸哭都没有，这不是"哀莫大于心死"的征象吗？

在这一个情景中，一九三三年五月二十一日晚，在大光明戏院演奏的音乐会，尤其具有特别重大的意义。这个音乐会予未来的中国音乐与中国戏剧一个极重要的——灵迹般的启示。从此，我们得到了一个强有力的证实——至少在我个人是如此（以上所述的那段私见，已怀抱了好几年，但到昨晚才给我找到一个最显著的证据）——中国音乐与中国戏剧已经到了绝灭之途，必得另辟园地以谋新发展，而开辟这新园地的工具是西洋乐器，应当播下的肥料是和声。

盲目地主张国粹的先生们，中西音乐，昨晚在你们的眼前、你们的耳边，开始第一次的接触。正如甲午之役是东西文化的初次会面一样，这次接触的用意、态度，是善意的、同情的，但结果分明见于高下：中国音乐在音色本身上，就不得不让西洋音乐在富丽（riches）、丰满（plénitude）、洪亮（sonorité）、表情机能（pouvoir expressif）方面完全占胜。即以最为我人称道的琵琶而论，在提琴旁边岂非立刻黯然无色（或说默然无声更确切些）？《淮阴平楚》的列营、摇鼓三通、吹号、排队、埋伏中间，在情调上有何显著的不同，有何进行的次序？《别姬》应该是最富感伤性（sentimental）的一节，如果把它作为提琴曲的题材，那么，定会有如克滦川朔拿大（Sonata à Kreutyer）的 adagio sostenuto 最初两个音（notes）般的悲怆；然而昨晚在琵琶上，这段《别姬》予人以什么印象？这，我想，一个感觉最敏锐的听众也不会有何激动。可是，琵琶在其乐器的机能上，已经尽了它全部的能力了；尽管演奏者有如何高越的天才，也不会使它更生色了。

至于中国乐合奏，除了加增声浪的强度与繁复外，更无别的作用。一个乐队中的任何乐器都保存着同一个旋律、同一个节奏，旋律的高下难得越出八九个音阶；节奏上除了缓急疾徐极原始的、极笼统的分别外，从无过渡（transition）的媒介……中国古乐之理论上的、技巧上的缺陷是无可讳言的事实，不必多举例子来证明了。

改用西洋乐器、乐式及和声、对位的原理，同时保存中国固有的旋律与节奏（纯粹是东方色彩的），以创造新中国音乐的试验，原为现代一般爱好音乐的人士共同企望，但由一个外国作家来实现这理想的事业，却出乎一般企望之外了。在此，便有一个比改造中国音乐的初步成功更严重的意义：我们中国人应该如何不以学习外表的技术、演奏西洋名作为满足，而更应使自己的内生活丰满、扩实，把自己的人格磨练、升华，观察、实现、体会固有的民族之魂以努力于创造！

阿父夏穆洛夫氏［阿父夏穆洛夫 Avshalomoff（1895—1965），俄国作曲家。二十年代到中国，一九四八年后定居美国。一生从事于中国音乐的研究和创作，用中国民族音乐的素材，以西洋音乐的手法，创作了许多具有中国音乐旋律、节奏和风格的作品。］的成功基于两项原则：一、不忘传统；二、返于自然。这原来是改革一切艺术的基本原则，而为我们的作家所遗忘的。

《晴雯绝命辞》的歌曲采取中国旋律而附以和音的装饰与描写；由此，以西皮二簧或其他中国古乐来谱出的，只有薄弱的、轻佻的、感伤的东西，在此成为更生动、更丰满、更抒情、更颤动的歌词，并且沐浴于浓厚的空气之中。这空气，或言气氛 atmosphère，又是中国音乐所不认识的成分。这一点并是中国音乐较中国绘画退化的特征，因为中国画，不论南宗北宗，都早已讲究气韵生动。

《北京胡同印象记》，在形式上是近代西乐自李兹（Liszt）与特皮西（Debussy）以后新创的形式；但在精神上纯是自然主义的结晶。作者在此描写古城中一天到晚的特殊情趣，作者利用京剧中最通俗的旋律唱出小贩的叫卖声，皮鞋匠、理发匠、卖花女的呼喊声；更利用中国的喇叭、铙钹的吹打，描写丧葬仪仗。仪仗过后是一种沉静的哀思；但生意不久又重新蓬勃，粉墙一角的后面，透出一阵凄凉哀怨的笛声，令人幻想古才子佳人的传奇。终于是和煦的阳光映照着胡同，恬淡的宁静笼罩着古城。它有生之丰满，生之喧哗，生之悲哀，生之怅惘，但更有一个统辖一切的主要性格：生之平和。这不即是古老的北平的主要性格吗？

这一交响诗，因为它的中国音律的引用，中国情调的浓厚，取材感应的写实成分，令人对于中国音乐的前途，抱有无穷的希望。

艺术既不是纯粹的自然，也不是纯粹的人工，而是自然与人工结合后的儿子。一般崇奉京剧的人，往往把中国剧中一切最原始的幼稚性，也认作是最好的象征。例如，旧剧家极反对用布景，以为这会丧失了中国剧所独有的象征性，这真所谓"坐井观天"的短视见解了。现在西洋歌剧所用的背景，亦已不是写实的衬托，而是综合的（synthetique）、风格化的（stylise），加增音乐与戏剧的统一性的图案。例如梅特林克的神秘剧（我尤其指为特皮西谱为歌剧的如《贝莱阿斯与梅丽桑特》），它的象征的高远性与其所涵的形而上的暗示，比任何中国剧都要丰富万倍。然而它演出时的布景，正好表现戏剧的象征意味到最完美的境界。《琴心波光》的布景虽然在艺术上不能令人满意，但已可使中国观众明了所谓布景，在"活动机关"等等魔术似的把戏外，也另有适合"含蓄"、"象征"、"暗示"等诸条件的面目。至于布景、配光、音乐之全用西洋式，而动作、衣饰、脸谱仍用中国式的绘法，的确不失为使中西歌剧获得适当的调和的良好方式。作者应用哑剧，而不立即改作新形式的歌词，也是极聪明的表现。改革必得逐步渐进，中国剧中的歌唱的改进，似乎应当放在第二步的计划中。

也许有人认为，中国剧的歌音应该予以保存，但中国人的声音和音乐同样的单纯，旧剧的唱最被赏鉴、玩味的 virtuosite，在西洋歌词旁边，简直是极原始的"卖弄才能"。第一，中国歌音受了乐音的限制，不能有可能范围以内的最高与最低的音；第二，因为中国音乐没有和音，故中国歌唱就不能有两重唱、三重唱……和数十人、数百人的合唱。这种情形证明中国的歌唱在表白情感方面，和中国音乐一样留存在原始的阶段，而需要改造。但我在前面说过，这已是改革中国音乐与戏剧的第二步了。

以全体言，这个工部局音乐会的确为中国未来的音乐与戏剧辟出一条大路。即在最微细的地方，如节目单的印刷、装订，封面、内面的文字等等，对于沉沦颓废的中国艺坛也是一个最有力的刺激。

然而我们不愿过分颂扬作者，因为我们的心底，除了感激以外，还怀有更强烈的情操——惶愧；我们亦不愿如何批评作者，因为改革中国的音乐与戏剧的问题尚多，而是应由我们自己去解决的。

关于改革中国音乐的问题，除了技巧与理论方面应由专家去在中西两种音乐中寻出一个可能的调和（如阿氏的尝试）外，更当从儒家和道家两种传统思想中打出一条路来。我们的时代是贝多芬、凡尔第的时代，我们得用最敏锐的感觉与最深刻的内省去把握住时代精神，我们需要中国的《命运交响乐》，我们需要中国的洛西尼（Rossini）式的 crescendo，我们需要中国的 *Marseillaise*（《马赛曲》），我们需要中国的《伏尔加船夫曲》。

歌剧方面，我们有现成的神话、传说、三千余年的历史，为未来的作家汲取不尽的泉源。但我们绝非要在《诸葛亮招亲》、《狸猫换太子》、《封神榜》之外，更造出多少无聊的、低级的东西，而是要能藉以表达人类最高情操的历史剧。在此，我们需要中国的《浮士德》、中国的《德利斯打与伊查特》（Tristan und Isolde），中国的"华尔几里"（*Walküre*）〔注：Tristan and Isolde 和 Walküre 均系德国作曲家瓦格纳的歌剧，前者今译《特里斯坦与伊瑟》，后者《女武神》〕。

然而，改造中国音乐与戏剧最重要的，除了由对于中西音乐、中西戏剧极有造诣的人士来共同研究（我在此向他们全体作一个热烈的呼唤 appeal）外，更当着眼于教育，造就专门人才的音乐院，负有培养肩负创造新中国艺术天才的责任；改造社会的民众教育和一般教育，负有扶植以音乐为精神的食粮的民众的使命。

在这个社会科学与自然科学风靡一时的时代与场合（虽然我们至今还未产生一个大政治家、大……家），我更得补上一句：人并非只是政治的或科学的动物，整个民族文化也并非只有社会科学或自然科学可以形成的。人，第一，应当成为一个人，健全的，即理智的而又感情的人。

而且拯救国家，拯救民族的根本办法，尤不在政治、外交、军事，而在全部文化。我们目前所最引以为哀痛的是"心死"，而挽救这垂绝的心魂的是音乐与戏剧！

一九三三年五月

理想的译文

> 本文原题《〈高老头〉重译本序》，此处由编者改题。——编者注

以效果而论，翻译应当像临画一样，所求的不在形似而在神似。以实际工作论，翻译比临画更难。临画与原画，素材相同（颜色，画布，或纸或绢），法则相同（色彩学，解剖学，透视学）。译本与原作，文字既不侔，规则又大异。各种文字各有特色，各有无可模仿的优点，各有无法补救的缺陷，同时又各有不能侵犯的戒律。像英、法、美、德那样接近的语言，尚且有许多难以互译的地方；中西文字的扞格远过于此，要求传神达意，铢两悉称，自非死抓字典，按照原文句法拼凑堆砌所能济事。

各国的翻译文学，虽优劣不一，但从无法文式的英国译本，也没有英文式的法国译本［《哈姆雷德》第一幕第一场有句：Not a mouse stirring，法国标准英法对照本《莎翁全集》译为：Pas un chat. 岂法国莎士比亚学者不识 mouse 一字而误鼠为猫乎？此为译书不能照字面死译的最显著的例子。——原注］。假如破坏本国文字的结构与特性，就能传达异国文字的特性而获致原作的精神，那么翻译真是太容易了。不幸那种理论非但是刻舟求剑，而且结果是削足适履，两败俱伤［六年前，友人某君受苏联友人之托，以中国诗人李、杜等小传译成俄文。译稿中颇多中文化的俄文，为苏友指摘。某君以保持中国情调为辩，苏友谓此等文句既非俄文，尚何原作情调可言？以上为某君当时面述，录之为"削足适履，两败俱伤"二语作佐证。——原注］。两国文字词类的不同，句法构造的不同，文法与习惯的不同，修辞格律的不同，俗语的不同，即反映民族思想方式的不同，感觉深浅的不同，观点角度的不同，风俗传统信仰的不同，社会背景的不同，表现方法的不同。以甲国文字传达乙国文字所包涵的那些特点，必须像伯乐相马，要"得其精而忘其粗，在其内而忘其外"。而即使是最优秀的译文，其韵味较之原文仍不免过或不及。翻译时只能尽量缩短这个距离，过则求其勿太过，不及则求其勿过于不及。

倘若认为译文标准不应当如是平易，则不妨假定理想的译文仿佛是原作

者的中文写作。那么原文的意义与精神，译文的流畅与完整，都可以兼筹并顾，不至于再有以辞害意，或以意害辞的弊病了。

  用这个尺度来衡量我的翻译，当然是眼高手低，还没有脱离学徒阶段。《高老头》初译（一九四四）对原作意义虽无大误〔误译的事，有时即译者本人亦觉得莫名其妙。例如近译《贝姨》，书印出后，忽发现原文的蓝衣服译作绿衣服，不但正文错了，译者附注也跟着错了。这种文字上的色盲，真使译者为之大惊失"色"。——原注〕。但对话生硬死板，文气淤塞不畅，新文艺习气既刮除未尽，节奏韵味也没有照顾周到，更不必说作品的浑成了。这次以三月的工夫重译一遍，几经改削，仍未满意。艺术的境界无穷，个人的才能有限：心长力绌，唯有投笔兴叹而已。

一九五一年九月

翻译经验点滴

《文艺报》编辑部要我谈谈翻译问题，把我难住了，多少年来多少人要我谈，我都婉词谢绝，因为有顾虑。谈翻译界现状吧，怕估计形势不足，倒反犯了自高自大的嫌疑；五四年翻译会议前，向领导提过一份意见书，也是奉领导之命写的，曾经引起不少人的情绪，一之为甚，岂可再乎？谈理论吧，浅的大家都知道，不必浪费笔墨；谈得深入一些吧，个个人敝帚自珍，即使展开论战，最后也很容易抬出见仁见智的话，不了了之。而且翻译重在实践，我就一向以眼高手低为苦。文艺理论家不大能兼作诗人或小说家，翻译工作也不例外；曾经见过一些人写翻译理论，头头是道，非常中肯，译的东西却不高明得很，我常引以为戒。不得已，谈一些点点滴滴的经验吧。

我有个缺点：把什么事看得千难万难，保守思想很重，不必说出版社指定的书，我不敢担承，便是自己喜爱的作品也要踌躇再三。一九三八年译《嘉尔曼》，事先畏缩了很久，一九五四年译《老实人》，足足考虑了一年不敢动笔，直到试译了万把字，才通知出版社。至于巴尔扎克，更是远在一九三八年就开始打主意的。

我这样的踌躇当然有思想根源。第一，由于我热爱文艺，视文艺工作为崇高神圣的事业，不但把损害艺术品看做像歪曲真理一样严重，并且介绍一件艺术品不能还它一件艺术品，就觉得不能容忍，所以态度不知不觉的变得特别郑重，思想变得很保守。译者不深刻的理解、体会与感受原作，决不可能叫读者理解、体会与感受。而每个人的理解、体会与感受，又受着性格的限制。选择原作好比交朋友：有的人始终与我格格不入，那就不必勉强；有的人与我一见如故，甚至相见恨晚。但即使对一见如故的朋友，也非一朝一夕所能真切了解。想译一部喜欢的作品要读到四遍五遍，才能把情节、故事，记得烂熟，分析彻底，人物历历如在目前，隐藏在字里行间的微言大义也能慢慢哑摸出来。但做了这些功夫是不是翻译的条件就具备了呢？不。因为翻译作品不仅仅在于了解与体会，还需要进一步把我所了解的，体会的，又忠实又动人的表达出来。两个性格相反的人成为知己的例子并不少，古语所谓刚柔相济，相反相成；喜爱一部与自己的气质迥不相侔的作品也很可能，但要表达这样的作品等于要脱胎换骨，变做与我性情脾气差别很大，或竟相反的另一个人。倘若明知原作者的气质与我的各走极端，那倒好办，不译就是了。无奈大多数的情形是双方的精神距离并不很明确，我的风格能否适应原作的风格，一时也摸不清。了解对方固然难，了解自己也不容易。比如我有幽默感而没写过幽默文章，有正义感而没写过匕首一般的杂文；面对着服尔德那种句句辛辣，字字尖刻，而又笔致清淡，干净素雅的寓言体小说，叫我怎能不逡巡畏缩，试过方知呢？《老实人》的译文前后改过八道，原作的精神究竟传出多少还是没有把握。

因此，我深深的感到：（一）从文学的类别来说，译书要认清自己的所短所长，不善于说理的人不必勉强译理论书，不会做诗的人千万不要译诗，弄得不仅诗意全无，连散文都不像，用哈哈镜介绍作品，无异自甘作文艺的罪人。（二）从文学的派别来说，我们得弄清楚自己最适宜于哪一派：浪漫派还是古典派？写实派还是现代派？每一派中又是哪几个作家？同一作家又是哪几部作品？我们的界限与适应力（幅度）只能在实践中见分晓。勉强不来的，即是试译了几万字，也得"报废"，毫不可惜；能适应的还须格外加工。测验"适应"与否的第一个尺度，是对原作是否热爱，因为感情与了解是互为因果的；第二个尺度是我们的艺术眼光，没有相当的识见，很可能自以为适应，而实际只是一厢情愿。

使我郑重将事的第二个原因，是学识不足，修养不够。虽然我趣味比较广，治学比较杂，但杂而不精，什么都是一知半解，不派正用。文学既以整个社会整个人为对象，自然牵涉到政治、经济、哲学、科学、历史、绘画、雕塑、建筑、音乐，以至天文地理，医卜星相，无所不包。有些疑难，便是驰书国外找到了专家说明，因为国情不同，习俗不同，日常生活的用具不同，自己懂了仍不能使读者懂。（像巴尔扎克那种工笔画，主人翁住的屋子，不是先画一张草图，情节就不容易理解清楚。）

琢磨文字的那部分工作尤其使我长年感到苦闷。中国人的思想方式和西方人的距离多么远。他们喜欢抽象，长于分析；我们喜欢具体，长于综合。要不在精神上彻底融化，光是硬生生的照字面搬过来，不但原文完全丧失了美感，连意义都晦涩难解，叫读者莫名其妙。这不过是求其达意，还没有谈到风格呢。原文的风格不论怎么样，总是统一的，完整的；译文当然不能支离破碎。可是我们的语言还在成长的阶段，没有定形，没有准则；另一方面，规范化是文艺的大敌。我们有时需要用文言，但文言在译文中是否水乳交融便是问题；我重译《克利斯朵夫》的动机，除了改正错误，主要是因为初译本运用文言的方式，使译文的风格驳杂不纯。方言有时也得用，但太浓厚的中国地方色彩会妨碍原作的地方色彩。纯粹用普通话吧，淡而无味，生趣索然，不能作为艺术工具。多读中国的古典作品，熟悉各地的方言，急切之间也未必能收效，而且只能对译文的语汇与句法有所帮助；至于形成和谐完整的风格，更有赖于长期的艺术熏陶。像上面说过的一样，文字问题基本也是个艺术眼光的问题；要提高译文，先得有个客观标准，分得出文章的好坏。

文学的对象既然以人为主，人生经验不丰富，就不能充分体会一部作品的妙处。而人情世故是没有具体知识可学的。所以我们除了专业修养，广泛涉猎以外，还得训练我们观察、感受、想象的能力；平时要深入生活，了解人，关心人，关心一切，才能亦步亦趋地跟在伟大的作家后面，把他的心曲诉说给读者听。因为文学家是解剖社会的医生，挖掘灵魂的探险家，悲天悯人的宗教家，热情如沸的革命家；所以要做他的代言人，也得像宗教家一般的虔诚，像科学家一般的精密，像革命志士一般的刻苦顽强。

以上说的翻译条件，是不是我都做到了？不，差得远呢！可是我不能因为能力薄弱而降低对自己的要求。艺术的高峰是客观的存在，决不会原谅我的渺小而来迁就我的。取法乎上，得乎其中，一切学问都是如此。

另外一点儿经验，也可以附带说说。我最初从事翻译是在国外求学的时期，目的单单为学习外文，译过梅里美和都德的几部小说，非但没想到投稿，译文后来怎么丢的都记不起来；这也不足为奇，谁珍惜青年时代的课卷呢？一九二九年至三一年间，因为爱好音乐，受到罗曼·罗兰作品的启示，便译了《贝多芬传》，寄给商务印书馆，被退回了；一九三三年译了莫洛阿的《恋爱与牺牲》寄给开明，被退回了（上述二种以后都是重新译过的）。那时被退的译稿当然不止这两部；但我从来没有什么不满的情绪，因为总认为自己程度不够。事后证明，我的看法果然不错；因为过了几年，再看一遍旧稿，觉得当年的编辑没有把我幼稚的译文出版，真是万幸。和我同辈的作家大半都有类似的经历。甘心情愿地多做几年学徒，原是当时普遍的风气。假如从旧社会中来的人还不是一无足取的话，这个风气似乎值得现代的青年再来提倡一下。

一九五七年五月十二日

自报公议及其他/艺术界二三事之一

三个臭皮匠，抵个诸葛亮；只要集思广益，普通群众也能有非常的智慧：这是人尽皆知的道理。不过我想，这也限于他们内行的、或至少是熟悉的、在他们常识范围以内的事吧？谁也不会担保三个臭皮匠能解决木匠泥水匠的困难，更不敢说他们在问鼎中原或六出祁山的军国大事上也能抵个诸葛亮。可知走群众路线也是有条件的：既要酌量事情的性质，又要考虑对象的知识与能力；既不能问道于盲，也不能用千篇一律的办法到处硬套。贯彻民主原是极细致复杂的工作，决不像举手、投票、计算多少数那么简单。

我不知道工厂评定先进工作者的办法如何；单凭猜测，叫一般进厂不久的青工也参加评判老技工的产品，恐怕是不会受群众欢迎的。只因不顾经验、学识、技术的差别而硬来一套平均主义与平等主义，走群众路线的本意反得了个脱离群众的后果。把这平均主义与无原则的平等主义推而广之，新生的入学试卷不也可以交给投考年级不同的学生互评了吗？

工商业社会主义改造过程中，有一个办法叫做自报公议，过去实行估征所得税时也用过，都被认为相当公平合理。但若对新生考试也应用这样的民主方式，叫考生把自己的试卷先评一个三分四分五分，然后再由考生互评，是不是也公平合理呢？

以上两个比喻似乎有些不伦不类，不幸现实生活中竟有类乎此的不伦不类的事例。

今年七八月间上海办过一个青年美术作品展览会，出品的人都领到一张表格，要把自己的作品先评一个甲乙丙的等次，再分若干人为一小组互评甲乙丙，作为初选。这当然可说是"自报公议"了。

按照一般心理，作者自认为不行的作品是不会送去的，送去的总是自己觉得满意的。"自报"的时候究竟说老实话好呢，还是客气一番好呢？写上一个甲吧，未免自画自赞，不好意思；写上一个丙也觉妄自菲薄，心有不甘。那么是否折衷一下，含含糊糊填个乙呢？苦的是美术作品并无一定的规格，"自报"又不是与别人的大作比较；除了主观，用什么尺度衡量呢？要分析自己作品的优缺点，谈谈创作的意图与苦闷，都还容易；要笼笼统统给自己打分数可就难了。无怪当时有许多人对着表格发呆，要求免填；可是不行，那是规定的手续。

我们不了解：在没有客观标准可依据，思想不明确，心里七上八下，既怕辱没了作品，又怕犯了自高自大的毛病的情况之下所作的自我鉴定，对进行复选的委员们能有什么帮助？能有什么参考价值？我们也想不出：社会上有哪项工作，需要这种因为顾虑重重而只能敷衍塞责的报表？

其次是"公议"的阶段。从学生的习作起，一直到比较成熟的作品，统统交给大伙儿评分。这大伙儿也就是从学画一二年到七八年，以至十余年的人组成的混合大队，程度的差别大致像初中学生之于大学助教与讲师，中间还有无数高下不同的等级。这样的评选能有什么结果是不言而喻的。

主事者不假思索，走这样莫名其妙的、无原则的群众路线，固然可怪；群众会这样莫名其妙的、无原则的听人摆布，更是可怪。因为他们除了要求免填以外，并没敢对办法本身提出什么意见，更不用说反对了。做领导的误用民主，不但好意落空，白忙一场，还使群情惶惑，把他们对民主的观念都搅迷糊了。另一方面，群众闭着眼睛服从组织，或是畏首畏尾，因计较个人得失而保持缄默，在我们这个新社会中也不是一个好现象。

一九五六年十一月二十一日

艺术创造性与劳动态度／艺术界二三事之二

几何学上有一条基本原理，叫做正定理对的，反定理不一定对；初步的逻辑学也告诉我们：马是四足动物，四足动物不一定是马。同样，艺术制作的成就绝对少不了辛勤的劳动，辛勤的劳动不一定能保证艺术上的成就。黄卷青灯，磨了一辈子而没留下一篇可读的文章的人，古今中外都屡见不鲜。相传王羲之练字用旧的破笔堆得像土丘一般高；破笔堆得同样高的人可能很多，但有王羲之那样成就的，历史上寥寥可数。且不谈艺术，只说可以苦修苦练以求的技巧吧，到了某个水平不能更进一步的实例也多得很。

因此，付出了高度劳动而没有多大收获是不足为奇的；但说劳动态度不好而能产生有创造性的作品，可就要被目为笑谈了。

我这段开场白仍是为今年的青年美术作品展览会说的。作品经过"自报公议"的初选程序，又经过非常郑重的三番四复的复选程序（这一阶段的工作值得表扬），然后按照艺术创造性与劳动态度两大项目评定等第，颁发奖励金（这奖励金与最近文化局所给的奖金不同）。评定结果，有些作品是劳动态度得了甲，艺术创造性得了乙或丙；那不但可能，而且根据上文的论点，是在情理之内。但另有不少作品的艺术创造性评了甲，劳动态度评了乙或丙；或者创造性列入乙，劳动态度列入丙的。

所谓劳动态度不好，在我想来无非是指态度不严肃，投机取巧，懒于思考；表现在作品上的是草率，因袭，模仿，公式化。这种工作态度的成果竟会是具有创造性的作品，岂不成了奇迹？——除非评选委员会对劳动态度另有一套我们意想不到的解释。但他们总不至于把画面的繁简，用笔的粗细，技巧的工拙，花的时间多少当作劳动态度吧？若果如此，大部分的云林、石涛、八大、渐江，以至扬州八怪（八怪确有劳动态度不好的作品，所以那些作品也就缺乏艺术性），还有外国的画家如玛蒂斯、毕加索，劳动态度都不会超过丙的了。再说，画面的繁简与花的时间也不成正比例：简笔的作品往往需要长期的酝酿与思索。评选委员会也不见得会把内容脱离生活，单纯追求技巧等等的思想问题，与劳动态度混为一谈吧？作品有艺术性，但题材不够现实，内容的教育性不强：那是政治认识问题，不是劳动态度问题；正如出品精良而言论落伍的工人，只能批评他政治觉悟不高，却无法指摘他劳动态度不好。

再按事实，艺术创造性评为甲或乙，劳动态度评为丙的作品，我见过，也细细琢磨过，实在琢磨不出评定两者高下的标准。

我们并非体会不到主事者奖励青年、繁荣创作的热忱，但除了把艺术创造性与劳动态度硬生生的割裂以外，是否就别无他法可以鼓励那些下了苦功而尚无成就的青年呢？而对另外一批劳动态度被评为低于艺术性的作家，是否也该照顾到他们今后的积极性呢？何况歪曲了艺术观点，对整个艺术界的不良影响不是任何物质奖励所能补救的。

一九五六年十一月二十二日

什么叫做古典的？

classic（古典的）一字在古代文法学家笔下是指第一流的诗人，从字源上说就是从 class（等级）衍化出来的，古人说 classic（古典的），等于今人说 first class（头等）；在近代文法学家则是指可以作为典范的作家或作品，因此古代希腊拉丁的文学被称为 classic（古典的）。我们译为"古典的"，实际即包括"古代的"与"典范的"两个意思。可是从文艺复兴以来，所谓古典的精神、古典的作品，其内容与涵义远较原义为广大、具体。兹先引一段 Cecil Cray（塞西尔·格雷）［塞西尔·格雷（1895－1951），英国评论家和作曲家。——原注］批评勃拉姆斯的话：

"我们很难举出一个比勃拉姆斯的思想感情与古典精神距离更远的作曲家。勃拉姆斯对古典精神的实质抱着完全错误的见解，对于如何获得古典精神这一点当然也是见解错误的。古典艺术并不古板（或者说严峻，原文是 austere）；古典艺术的精神主要是重视感官（sensual 一字很难译，我译作"重视感官"也不妥），对事物的外表采取欣然享受的态度。莫扎特在整个音乐史中也许是唯一真正的古典作家（classicist），他就是一个与禁欲主义者截然相反的人。没有一个作曲家像他那样为了声音而关心声音的，就是说追求纯粹属于声音的美。但一切伟大的古典艺术都是这样。现在许多自命为崇拜'希腊精神'的人假定能看到当年巴德农神庙的真面目，染着绚烂的色彩的雕像（注意：当时希腊建筑与雕像都涂彩色，有如佛教的庙宇与神像），用象牙与黄金镶嵌的巨神（按：雅典那女神"相传为菲狄阿斯作"就是最显赫的代表作），或者在酒神庆祝大会的时候置身于雅典，一定会骇而却走。然而在勃拉姆斯的交响乐中，我们偏偏不断的听到所谓真正'古典的严肃'和'对于单纯 sensual beauty（感官美）的轻蔑'。固然他的作品中具备这些优点（或者说特点，原文是 qualities），但这些优点与古典精神正好背道而驰。指第四交响乐中的勃拉姆斯为古典主义者，无异把生活在荒野中的隐士称为希腊精神的崇拜者。勃拉姆斯的某些特别古板和严格的情绪 mood，往往令人想起阿那托·法朗士的名著《塔伊丝》（Thais）中的修士：那修士竭力与肉的诱惑作英勇的斗争，自以为就是与魔鬼斗争；殊不知上帝给他肉的诱惑，正是希望他回到一个更合理的精神状态中去，过一种更自然的生活。反之，修士认为虔诚苦修的行为，例如几天几夜坐在柱子顶上等等，倒是魔鬼引诱他做的荒唐勾当。勃拉姆斯始终努力压制自己，不让自己流露出刺激感官的美，殊不知他所压制的东西绝对不是魔道，而恰恰是古典精神。" ［Heritage of Music（《音乐时遗产》），p. 185—186］

在此主要牵涉到"感官的"一词。近代人与古人｛特别是希腊人｝对这个名词所指的境界，观点大不相同。古希腊人｛还有近代意大利文艺复兴时期的人｝以为取悦感官是正当的、健康的，因此是人人需要的。欣赏一幅美丽的图画，一座美丽的雕像或建筑物，在他们正如面对着高山大海，春花秋月，呼吸到新鲜的空气，吹拂着纯净的海风一样身心舒畅，一样陶然欲醉，一样欢欣鼓舞。自从基督教的禁欲主义深入人心以后，二千年来，除了短时期的例外，一切取悦感官的东西都被认为是危险的。（佛教强调色即是空，也是给人同样的警告，不过方式比较和缓，比较明智而已。我们中国人虽几千年受到礼教束缚，但礼教毕竟不同于宗教，所以后果不像西方严重。）其实真正的危险是在于近代人（从中古时代已经开始，但到了近代换了一个方向。）身心发展的畸形，而并不在于 sensual（感官的）本身：先有了不正常的、庸俗的，以至于危险的刺激感官的心理要求，才会有这种刺激感官的（即不正常的、庸俗的、危险的）东西产生。换言之，凡是悦目、悦耳的东西可能是低级的，甚至是危险的；也可能是高尚的，有益身心的。关键在于维持一干人的平衡，既不让肉压倒灵而沦于兽性，也不让灵压倒肉而老是趋于出神入定，甚至视肉体为赘疣，为不洁。这种偏向只能导人于病态而并不能使人圣洁。只有一个其大无比的头脑而四肢萎缩的人，和只知道饮酒食肉、贪欢纵欲、没有半点文化生活的人同样是怪物，同样对集体有害。避免灵肉任何一方的过度发展。原是古希腊人的理想，而他们在人类发展史上也正处于一个平衡的阶段，一切希腊盛期的艺术都可证明。那阶段为期极短，所以希腊黄金时代的艺术也只限于纪元前五世纪至四世纪。

也许等新的社会制度完全巩固，人与人之间完全出现一种新关系，思想完全改变，真正享到"乐生"的生活的时候，历史上会再出现一次新的更高级的精神平衡。

正因为希腊艺术所追求而实现的是健全的感官享受，所以整个希腊精神所包含的是乐观主义，所爱好的是健康，自然，活泼，安闲，恬静，清明，典雅，中庸，条理，秩序，包括孔子所谓乐而不淫、哀而不怨的一切属性。

后世追求古典精神最成功的艺术家（例如拉斐尔，也例如莫扎特。）所达到的也就是这些境界。误解古典精神为古板、严厉、纯理智的人，实际是中了宗教与礼教的毒，中了禁欲主义与消极悲观的毒，无形中使古典主义变为一种清教徒主义，或是迂腐的学究气，即所谓学院派。真正的古典精神是富有朝气的、快乐的、天真的、活生生的，像行云流水一般自由自在，像清冽的空气一般新鲜；学院派却是枯索的，僵硬的，矫揉造作，空洞无物，停滞不前，纯属形式主义的，死气沉沉，闭塞不堪的。分不清这种区别，对任何艺术的领会与欣赏都要入于歧途，更不必说表达或创作了。

不辨明古典精神的实际，自以为走古典路子的艺术家很可能成为迂腐的学院派。不辨明"感官的"一字在希腊人心目中代表什么，艺术家也会堕入另外一个陷阱：小而言之是甜俗、平庸；更进一步便是颓废，法国十八世纪的一部分文学与绘画，英国同时代的文艺，都是这方面的例子。由此可见：艺术家要提防两个方面：一是僵死的学院主义，一是低级趣味的刺激感官。为了防第一个危险，需要开拓精神视野，保持对事物的新鲜感；为了预防第二个危险，需要不断培养、更新、提高鉴别力（taste），而两者都要靠多方面的修养和持续的警惕。而且只有真正纯洁的心灵才能保证艺术的纯洁。因为我上面忘记提到，纯洁也是古典精神的理想之一。

一九六〇年一月

第二辑

介绍一本使你下泪的书

我想动笔做这篇文字的时候，还在好几天前；只是一天到晚的无事忙和懒惰忙，给我耽搁下来。而今天申报艺术界的书报介绍栏里已发现了四个大字——"爱的教育"。刚才读到十三期北新也发见了同样的题目——《爱的教育》[《爱的教育》，意大利作家亚米契斯写作的著名儿童读物，中文本由夏丏尊译出。——编者注] 论理人家已经介绍过了，很详细地介绍过了，似乎不用我再来凑热闹了。不过我要说的话，和申报元清君说的稍有些不同，而北新上的也只是报告一个消息，还没见过整篇的文字谈到它的。而且在又一方面，北新是郑重的，诚恳的，几次的声明：欢迎读者的关于书报的意见，当然肯牺牲一些篇幅的！

我读到这篇文字的时候，校里正在举行一察学生平日勤惰的季考，但是我辈烂污朋友，反因不上课的缘故，可以不查生字（英文的），倒觉得十分清闲。我就费了两天的光阴，流了几次的眼泪，读完了它。说到流泪，我并不说谎，并不是故意说这种话来骇人听闻；只看译者的序言就知道了，不过夏先生的流泪，是完全因为他当了许多年教师的缘故；而我的流泪，实在是因为我是才跑到成人（我还未满二十）的区域里的缘故！

真是！黄金似的童年，快乐无忧的童年，梦也似的过去了！永不回来的了！眼前满是陌生的人们，终朝板起"大人"的面孔来吓人骗人。以孤苦零丁的我，才上了生命的路，真像一只柔顺的小羊，离开了母亲，被牵上市去一样。回头看看自己的同伴，自己的姊妹，还是在草地上快活地吃草。那种景况，怎能不使善感的我，怅惘，凄怆，以至于泪下而不自觉呢！

还有，他叙述到许多儿童爱父母的故事，使我回忆起自己当年，曾做了多少使母亲难堪的事，现在想来，真是万死莫赎。那种忏悔的痛苦，我已深深地尝过了！

我们在校，对于学校功课，总不肯用功。遇到考试，总可敷衍及格，而且有时还可不止及格呢。就是不及格，也老是替自己解释：考试本是骗人的！但是我读了他们种种勤奋的态度，我真要惭愧至于无地。啊，我真罪过！我真是对不起母亲！对不起自己！只是自欺欺人的混过日子。

又读到他们友爱的深切诚挚，使我联想到现在的我们，天天以虚伪的面孔来相周旋，以嫉妒忿恨的心理互相欺凌。我们还都在童年与成年的交界上，而成年人的罪恶已全都染遍；口上天天提倡世界和平，学校里还不能和平呢！

"每月例话"是包含了许多爱国忠勇……的故事，又给了我辈天天胡闹，偷安苟全、醉生梦死的人们一服清凉剂！我读了《少年鼓手》，《少年侦探》，我正像半夜里给大炮惊醒了，马上跳下床来一样。我今天才认识我现在所处的地位！至于还有其他的许多故事，读者自会领略，不用多说。

末了，我希望凡是童心未退，而想暂时的回到童年的乐国里去流连一下的人们，快读此书！我想他们读了一定也会像我一样的伤心，——或许更利害些！——不过他们虽然伤心，一定仍旧会爱它，感谢它的。玫瑰花本是有刺的啊！

我更希望读过此书的人们，要努力地把它来介绍给一般的儿童！这本书原是著名的儿童读物。而且，我想他们读了，也可以叫他们知道童年的如何可贵，而好好地珍惜他们的童年，将来不致像我们一样！从另一方面说：他们读了这本书，至少他们的脾气要好上十倍！他一定不会——至少要大大的减少——再使他母亲不快活，他更要和气的待同学……总而言之，要比上三年公民课所得的效果好得多多！

我这篇东西完全像一篇自己的杂记，只是一些杂乱的感想，固然谈不到批评，也配不上说介绍；只希望能引起一般人的注意罢了！

我谨候读过此书后的读者，能够给我一个同情的应声。

一九二六年十一月十九日大同大学

（原载一九二六年十二月四日《北新周刊》第十六期）

许钦文底《故乡》

封闭时期和恐怖时期相继的，暂时的过去了。接着便是几天闷雨；刊物一本也不寄来，真是沉寂极了！无聊中读了几本《北新》（《北新周刊》，编者注）的小说，忽然高兴起来，想写些杂感。第一便想定了许钦文底《故乡》，不过要声明：这是杂感，并不是批评！

全书二十七篇中，说恋爱的约占三分之一左右。但我所中意的，只有两篇：《小狗的厄运》，《一张包花生米的纸》；因为我觉得只有这两篇，还能给我以相当的轻松的快感。发松的地方，也能逼真，而不致离开事实太远。不过这种意味，在《妹子的疑虑中》中，还能使人发生快感；一到《口约三章》，就未免觉得有些讨厌了。《凡生》和《博物先生》两篇，我以为写得最坏。不知别人读了怎样，我自己的确觉得那似乎太不真切了，太不深刻了！而且两篇中的对话，也使人憎恶；造意也太浅薄！尤其是第二篇《博物先生》，结束处又是浮泛，又是匆促，又是不伦！《请原谅我》一篇，作者原想写一般"慕少艾"，以及"慕少艾"而不得志的青年的心理，但读了只是泛泛的一些也不觉得有什么同情。其余的几篇，写婚姻制度兼带些回忆性的，像《大水》、《珠串泉》一类的，也觉平平乏味。实在的，近来这种作品太多，大滥了，非有深刻的经验与痛苦的人，不容易写出动人的作品来。这虽是可以为一切文艺作品上的按语，但我以为在恋爱小说方面，尤其确切！听说作者新近出版了一本《赵先生底烦恼》，不知烦恼得怎样，几时很想领教领教呢！

《理想的伴侣》，我不知作者的用意所在。难道可以说是讽刺吗？

总之，二十七篇中，最使我满意的还是《父亲的花园》和《已往的姊妹们》两篇。要问我理由吗？我可以借从予先生批评《呐喊》和《彷徨》的话来代答：

"……《阿Q正传》固然是一篇很好的讽刺小说，但我总觉得它的意味没有同书中《故乡》和《社戏》那么深长。所以在《彷徨》中，像《祝福》，《肥皂》，《高老夫子》这一个类型的东西，在我看来，也到底不及《孤独者》

45

与《伤逝》两篇。……莫泊桑说得好：创作的目的，不是为了快乐，或者使感情兴奋，乃是使人反省，使人知道隐匿于事件之底的深的意味。……"（《一般》十一月号）

《大桂》虽也可说是"一个类型"的东西，但用笔单调无味，也就索然了！

大体上看来，作者的笔锋很是锐利的，但似乎尚未十分锻炼过。所以在对话语气，以及字句中间，都不免露出幼稚的弱点。如《上学去》一篇，描写离别时的情形，我想做母亲的那时一定不会想到什么"定造的马桶"之类的事情。虽然在原文上，可以说是承接上文父亲的口气；但我以为父亲的提到庄佥，已是不伦了。至于全书中模仿小孩子的口气，也觉得太造作。

我好久以前，就读到关于本书的广告："鲁迅批评作者说：'我常以为在描写乡村生活上，作者不如我，在青年心理上，我写不过作者'……"（完全照《北新》的图书目录抄下）这次又读到了长虹先生的序，又说到这些话，并且加上按语，说是鲁迅选的。但我觉得这一次鲁迅先生的话，确使我失望了！就是序中称道的第一篇《这一次的离故乡》，我也觉得"不过尔尔"！

我是一个不学的青年，所以或许是我眼光太短近了，读书太忽略了，以致有眼不识泰山，因此我很希望长虹先生能早些写出"分析的序"来指正我的谬误！

一九二七年三月一日在浦左家中
（原载一九二七年三月十二日《北新周刊》第二十九期）

关于乔治·萧伯讷的戏剧

本文初刊一九三二年二月十七日的《时事新报·欢迎萧伯讷氏来华纪念专号》，题为《乔治·萧伯讷评传》，后经修改，又刊于一九三三年二月的《艺术旬刊》第二卷第二期，改用此题目。——编者注

乔治·萧伯讷（George Bernard Shaw）于一八五六年生于爱尔兰京城都柏林。他的写作生涯开始于一八七九年。自一八八〇年至一八八六年间，萧氏参加称为费边社（Fabian Society）的社会主义运动，并写了他的《未成年四部曲》。一八九一年，他的批评论文《易卜生主义的精义》The Quintessence of Ibsenism 出版。一八九八年，又印行他的音乐论文 The Perfact Wagnrite。一八八五年开始，他就写剧本，但他的剧本的第一次上演，这是一八九三年间的事。从此以后，他在世界舞台上的成功，已为大家所知道了。在他数量惊人的喜剧中，最著名的《华伦夫人之职业》（一八九三）、《英雄与军人》（一八九四）、Candida（一八九七）、Caesar and Cleopatra（一九〇〇）、John Bull's Other lsland（一九〇三）、《人与超人》（一九〇三）、《结婚去》Getting married（一九〇八）、《The Blanco Posnet 的暴露》The Showing up of Blanco posnet（一九〇九）、Back to Mathuselah（一九二〇）、《圣耶纳》（一九二三）。一九二六年，萧伯讷获得诺贝尔文学奖金。

本世纪初叶的英国文坛，有一个很显著的特点，就是，大作家们并不努力于美的修积，而是以实际行动为文人的最高的终极。这自然不能够说英国文学的传统从此中断了或转换了方向。桂冠诗人的荣衔一直有人承受着；自丁尼生以降，有阿尔弗莱特·奥斯丁和罗伯特·布里吉斯等。但在这传统以外，新时代的作家如吉卜林（Kipling）、切斯特顿（Chesterton）、韦尔斯（Wells）、萧伯讷等，各向民众宣传他们的社会思想、宗教信仰……

这个世纪是英国产生预言家的世纪。萧伯讷便是这等预言家中最大的一个。

在思想上，萧并非是一个孤独的倡导者，他是塞缪尔·勃特勒（Samuel

Butler，一八三五至一九〇二）的信徒，他继续白氏的工作，对于维多利亚女王时代的文物法统重新加以估价。萧的毫无矜惜的讽刺便是他唯一的武器。青年时代的热情又使他发现了马克思与亨利·乔治（按，乔治名著《进步与贫穷》出版于一八七七年）。他参加当时费边社的社会主义运动。一八八四年，他并起草该会的宣言。一八八三年写成他的名著之一《一个不合社会的社会主义者》An Unsociable Socialist。同时，他加入费边运动的笔战，攻击无政府党。他和诗人兼戏剧家戈斯（Edmond Gosse）等联合，极力介绍易卜生。他的《易卜生主义的精义》即在一八九一年问世。由此观之，萧伯讷在他初期的著作生涯中，即明白表现他所受前人的影响而急于要发展他个人的反动。因为萧生来是一个勇敢的战士，所以第一和易卜生表同情，其后又亲切介绍瓦格纳（他的关于瓦格纳的著作于一八九八年出版）。他把瓦氏的 *Crépuscal des Dieux* 比诸十九世纪德国大音乐家梅耶贝尔（Meyerbeer）的最大的歌剧。他对于莎士比亚的研究尤具独到之见，他把属于法国通俗喜剧的 *Comme il Vous plaira*（莎氏原著名 As You Like It）和纯粹莎士比亚风格的 *Measure for Measure* 加以区别。但萧在讲起德国民间传说尼伯龙根（Nibelungen）的时候，已经用簇新的眼光去批评，而称之为"混乱的工业资本主义的诗的境界"了。这自然是准确的，从某种观点上来说，他不免把这真理推之极度，以至成为千篇一律的套语。

萧伯讷自始即炼成一种心灵上的试金石，随处应用它去测验各种学说和制度。萧自命为现实主义者，但把组成现实的错综性的无重量物（如电、光、热等）摒弃于现实之外。萧宣传社会主义，但他并没有获得信徒，因为他的英雄是一个半易卜生半尼采的超人，是他的思想的产物。这实在是萧的很奇特的两副面目：社会主义者和个人主义者。在近代作家中，恐怕没有一个比萧更关心公众幸福的了，可是他所关心的，只用一种抽象的热情，这是为萧自己所否认，但的确是事实。

很早，萧伯讷放弃小说。但他把小说的内容上和体裁上的自由赋予戏剧。他开始编剧的时候，美国舞台上正风靡着阿瑟波内罗（Arthur Pinero）、阿瑟琼斯（Arthur Jones）辈的轻佻的喜剧。由此，他懂得戏剧将如何可以用做他直接针砭社会的武器。他要触及一般的民众，极力加以抨击。他把舞台变做法庭，变做讲坛，把戏剧用做教育的工具。最初，他的作品很被一般人所辩论，但他的幽默的风格毕竟征服了大众。在表面上，萧是胜利了；实际上，萧不免时常被自己的作品所欺骗：观众接受了他作品中幽默的部分而疏忽了他的教训。萧知道这情形，所以他怒斥英国民众为无可救药的愚昧。

然而，萧氏剧本的不被一般人了解，也不能单由观众方面负责。萧氏的不少思想剧所给予观众的，往往是思想的幽灵，是历史的记载，虽然把年月改变了，却并不能有何特殊动人之处。至于描写现代神秘的部分，却更使人回忆起小仲马而非易卜生。

萧氏最通常的一种方法，是对于普通认可的价值的重提。这好像是对于旧事物的新估价，但实际上又常是对于选定的某个局部的坚持，使其余部分，在比较上成为无意义。在这无聊的反照中便产生了滑稽可笑。这方法的成功与否，全视萧伯讷所取的问题是一个有关生机的问题或只是一个迅暂的现象而定。例如《人与超人》把《唐璜》Don Juan 表现成一个被女子所牺牲的人，但这种传说的改变并无多大益处。可是像在《凯撒与克莉奥佩特拉》Cesar and Cleopatre、《康蒂妲》Candida 二剧，人的气氛浓厚得多。萧的善良的观念把"力强"与"怯弱"的争执表现得多么悲壮，而其结论又是多么有力。

萧伯讷，据若干批评家的意见，并且是一个乐观的清教徒，他不信 metaphysique 的乐园，故他发愿要在地球上实现这乐园。萧氏宣传理性、逻辑，攻击一切阻止人类向上的制度和组织。他对于军队、政治、婚姻、慈善事业，甚至医药，都尽情地嬉笑怒骂，萧氏整部作品建筑在进化观念上。

然而，萧伯讷并不是创造者，他曾宣言："如果我是一个什么人物，那么我是一个解释者。"是的，他是一个解释者，他甚至觉得戏剧本身不够解释他的思想而需要附加与剧本等量的长序。

离开了文学，离开了戏剧，离开了一切技巧和枝节，那末，萧伯讷在本世纪思想上的影响之重大，已经成为不可动摇的史迹了。

这篇短文原谈不到"评"与"传"，只是乘他东来的机会，在追悼最近逝世的高尔斯华绥之余，对于这个现代剧坛的巨星表示相当的敬意而已。

在此破落危亡，大家感着世纪末的年头，这个讽刺之王的来华，当更能引起我们的感慨吧！

一九三二年二月九日

读剧随感

决心给《万象》写些关于戏剧的稿件，是好久以前的事了。因为笔涩，疏懒，一直迁延到现在。朋友问起来呢，老是回答他：写不出。写不出是事实，但一部分，也是推诿。文章有时候是需要逼一下的，倘使不逼，恐怕就永远写不成了。

这回提起笔来，却又是一番踌躇：写什么好呢？题目的范围是戏剧，自己对于戏剧又知道些什么呢？自然，我对"专家"这个头衔并不怎样敬畏，有些"专家"，并无专家之实，专家的架子却十足，动不动就引经据典，表示他对戏剧所知甚多，同时也就是封住有些不知高下者的口。意思是说：你们知道些什么呢？也配批评我么？这样，专家的权威就保了险了。前些年就有这样的"专家"，在报纸上发表文章，号召建立所谓"全面的"剧评：剧评不但应该是剧本之评，而且灯光，装置，道具，服装，化装……举凡有关于演出的一切，都应该无所不包地加以评骘。可惜那篇文章发表之后，"全面的"剧评似乎至今还是影踪全无。我倒抱着比较偷懒的想法，以为"全面"云云不妨从缓，首先是对于作为文艺一部门之戏剧须有深切的认识，这认识，是决定一切的。

我所考虑的，也就是这个认识的问题。

平时读一篇剧本，或者看一个戏剧的演出，断片地也曾有过许多印象和意见。后来，看到报上的评论，从自己一点出发——也曾有过对于这些评论的意见。但是，提起笔来，又有点茫茫然了。从苏联稗贩来的似是而非的理论，我觉得失之幼稚；装腔作势的西欧派的理论，我又嫌它抓不着痒处。自己对于戏剧的见解究竟如何呢？一时又的确回答不上来。

然而，文章不得不写。没有法子，只好写下去再说。

这里，要申明的，第一，是所论只限于剧本，题目冠以"读剧"二字，以示不致掠"专家"之美；第二，所说皆不成片段，故谓之"随感"，意云想到那里，写到哪里也。

释题即意，请入正文。

一、不是止于反对噱头

战后，话剧运动专注意"生意眼"，脱离了文艺的立场很远（虽然营业蒸蒸日上，竟可以和京戏绍兴戏媲美），这是众所周知的事实。特别是"秋海棠"演出以后，这种情形更为触目，以致使一部分有心人慨叹起来，纷纷对于情节戏和清唱噱头加以指摘。综其大成者为某君一篇题为"杞忧"的文章，里面除了对明星制的抨击外，主要提出了目前话剧倾向上二点病象：一曰"闹剧第一主义"，一曰"演出杂耍化"。

刚好手头有这份报纸，免得我重新解释，就择要剪贴在下面：

闹剧第一主义

其实，这是一句老生常谈的话，不过现在死灰复燃，益发白热化罢了。主要，我想这是基于商业上的要求；什么类型的观众最欢迎？这当然是剧团企业化后的先决问题。于是适应这要求，剧作家大都屈尊就辱。放弃了他们的"人生派"或"艺术派"的固守的主见，群趋"闹剧"（melodrama）的一条路上走去，因为只有这玩意儿：情节曲折，剧情热闹，苦——苦个痛快，死——死个精光，不求合理，莫问个性。观众看了够刺激，好在他们跑来求享受或发泄，自己写起来也方便，只要竭尽"出奇"和"噱头"的能事！

……岂知这种荒谬的无原则的"闹剧第一主义"，不仅断送了剧艺的光荣的史迹，阻碍了演出和演技的进步，使中国戏剧团堕入万劫不复的深渊，嗣后只有等而下之，不会再向上发展一步，同时可能得到"争取观众"的反面——赶走真正热心拥护它的群众，因之，作为一个欣赏剧艺的观众，今后要想看一出有意义的真正的悲剧或喜剧，恐怕也将不可能了！

演出"杂耍化"

年来，剧人们确是进步了，懂得观众心理，能投其所好。导演们也不甘示弱，建立了他们的特殊的功绩，这就是，演出"杂耍化"。安得列夫的名著里，居然出现了一段河南杂耍，来无踪去无影，博得观众一些愚蠢的哄笑！其间，穿串些什么象舞，牛舞，马舞——纯好莱坞电影的无聊的噱头。最近，话剧里插京剧，似乎成了最时髦的玩意儿，于是清唱，插科打诨，锣鼓场面，彩排串戏……甚至连夫子庙里的群芳会唱都搬上了舞台，兴之所至，再加上这么一段昆曲或大鼓，如果他们想到申曲或绍兴戏，又何尝安插不上？我相信不久的将来，连科天影的魔术邓某某的绝技，何什么的扯铃……独角戏，口技，或草裙舞等，都有搬上舞台的可能，这样，观众花了一次代价，看了许多有兴味的杂耍，岂不比上游戏场还更便宜，经济！……

上面所引，大部分我是非常同感的。但我以为：光是这样指出，还是不够。固然，闹剧第一和杂耍化等都是非常要不得的，但我想反问一句：不讲情节，不加噱头，难道剧本一定就"要得"了么？那又不尽然。

在上文作者没有别的文章可以被我征引之前，我不敢说他的文章一定有毛病，但至少是不充分的。

一个非常明显的破绽，他引《大马戏团》里象舞、牛舞、马舞为演出杂耍化作佐证，似乎就不大妥当。事实如此，《大马戏团》是我一二年来看到的少数满意戏中的一个，这样的戏而被列为抨击的对象，未免不大公允。也许说的不是剧本，但导演又有什么引起公愤的地方呢？加了象舞、牛舞、马舞，不见得就破坏了戏剧的统一的情调。演员所表达的"惜别"的气氛不大够，这或许是事实，但这决不是导演手法的全盘的失败。同一导演在《阿Q正传》中所用的许多样式化（可以这样说吗？）手法，说实话，我是不大喜欢的。我对《大马戏团》的导演并无袒护之处，该文作者将《大马戏团》和《秋海棠》等戏并列，加以攻击，我总觉得不能心服。

然而，抱有这样理论的人，却非常之多。手头没有材料，就记忆所及，就有某周刊上"一年来"的文章，其中列为一年来好戏者有四五个，固然，《称心如意》是我所爱好的，其余几个，我却不但不以为好戏，而且对之反感非常之深。我奇怪："一年来"的作者为什么欣赏《称心如意》呢？外国人的虚构而被认为"表现大地气息"，外国三四流的作品而被视做"社会教化名剧"……抱有这样莫名其妙的文艺观的人，他对《称心如意》是否真的欣赏呢？其理解是否真的理解呢？在这些地方，我不免深于世故而有了坏的猜测。我想一定是为了《称心如意》中没有曲折情节或京剧清唱之故。这样，就成了为"反对"而反对。对恶劣倾向的反对的意义也就减弱了。

我并不拥护噱头。相反，我对噱头有同样深的厌恶。但是，我想提起大家注意，这样一窝蜂的去反对噱头是不好的。我们不应该止于反对噱头，我们得更进一步，加深对戏剧的文学底认识，加深对人物性格的把握。一篇乌七八糟的充文艺的作品，并不一定比噱头戏强多少。反之，如果把噱头归纳成几点，挂在城门口，画影图形起来，说：凡这样的，就是坏作品，那倒是滑天下之大稽的。

二、内容与技巧孰重？

新文艺运动上一个永远争论，但是永远争论不出结果来的问题——需要不需要"意识"？或者换一种说法：内容与技巧孰重？

对这问题，一向是有三种非常单纯的答案：

第一种，主张意识（亦即内容——他们以为）超于一切的极左派；

第二种，主张技巧胜于一切的极右派；

第三种，主张内容与技巧并重的折衷派。

其中，第二种技巧论是最落伍的一种。目前，它的公开的拥护者差不多已经绝迹，但"成名作家"躲在它的羽翼下的，还是非常之多。第一种最时髦，也最简便，他像前清的官吏，不问青红皂白，把犯人拉上堂来打屁股三十了事，口中念念有词，只要背熟一套"意识"呀"社会"呀的江湖诀就行。第三种更是四平八稳，"意识要，技巧也要"，而实际只是从第一派支衍出来的调和论而已。

说得刻薄点，这三派其实都是"瞎子看匾"，争论了半天，匾根本还没有挂出来哩。

第一、第三派的理论普遍，刊物上，报纸上到处可以看到不少。这一点，如《海国英雄》上演时有人要求添写第五幕以示光明之到来，近则有某君评某剧"……主人公之恋爱只写到了如'罗亭'一样而缺乏'前夜'的写实"云云的妙语。尤其有趣的，是两个人对《北京人》的两种看法，一个说他表达出了返璞归真的"意识"——好！一个又说他表达出了茹毛饮血的"意识"——不好！这哪里是在谈文艺？简直是小学生把了笔在写描红格，写大了不好，写小了不好，写正了不好，写歪了也不好，总之，不能跳出批评老爷们所"钦定"的范围才谓之"好"。可惜批评老爷们的意见又是这样地歧异，两个人往往就有两种不同的批示！

写到这里，我不禁又要问一句了：譬如《海国英雄》吧，左右是那么一出戏，加了第五幕怎样？不加第五幕又怎样呢？难道一个"尾巴"的去留就能决定一篇作品价值之高下吗？《北京人》是一部好作品，有优点，也有缺点，但是，优点就在返璞归真，缺点就在茹毛饮血吗？

光明尾巴早已是被申斥了的，但这种理论是残余，却还一直深印在人们的脑海，久久不易拔去。人们总是要求教训——直接的单纯的教训（此前些年"历史剧"之所以煊赫一时也）。《秋海棠》的观众们（大概是些小姐太太之流）要求的是善恶分明的伦理观念，戏子可怜、姨太太多情、军阀及其走狗可恶等等。前进派的先生们看法又不同了，但是所要求的伦理观念还是一样，戏子姨太太不过换了"到远远的地方去……"的革命青年罢了。

我这样说，也许有人觉得过分。前进派的批评家到底不能和姨太太小姐并提呀！自然，前者在政治认识上的进步，是不容否认的。但是，政治认识尽管"正确"，假使没有把握住文艺的本质，也还是徒然。这样的批评家是应该淘汰的。这样的批评家孵育下所产生的文艺作家，更应该被淘汰。

现在要说到第二派了。前面说过，他们的理论是非常落伍的。目下凡是一些不自甘于落伍的青年，大都一听见他们的理论就要头痛。但是，我又要说一句不合时流的话：这也不能一概而论。唯技巧论是应该反对的，但也得看你拿什么来反对。如果为了反技巧而走入标语口号或比标语口号略胜一筹的革命伦理剧，那正是单刀换双鞭，半斤对八两，我以为殊无从判别轩轾。

总括地说，第一第三派的毛病是根本不知文艺为何物，第二派的毛病则在认亲王尔德、莫利哀等人作品，而同样没有认清楚这些作家的真面目——至多只记熟一些警句，以自炫其博学而已。

那么，文艺到底是什么东西呢？

第一，它的构成条件决不是一般人所说的政治"意识"。历史上许多伟大的文艺作家，他们的意识未必都"正确"，甚至还有好些非常成问题的。

第二，也决不是为了他们技巧好，场面安排得紧凑，或者对白写得"帅"。事实上，有许多伟大作家是不讲词藻的，而中国许多斤斤于修辞锻句的作家，其在文学上的成就，却非常可怜（这里得补充一点，技巧倘指均衡、谐和、节奏等所构成的那整个的艺术效果而言，自然我也不反对，文体冗长如杜思妥益夫斯基，他的作品还是保持着一定的基调的。但这，与其说杜氏的技巧如何如何好，倒不如说他作品里另外有感人的东西在）。

第三，当然更不是因为什么意识与技巧之"辩证法的统一"。这些人大言不惭地谈辩证法，其实却是在辩证法的旗帜下偷贩着机械论的私货。

曹禺的成功处，是在他意识的正确么？技术的圆熟么？或者此二者的机械的糅合么？都不是的。拿《北京人》来说，愫芳一个人在哭，陈奶妈进来，安慰她……这样富有感情的场面，我们可以说一句：是好场面。前进作家写得出来么？艺术大师写得出来么？曹禺写出来了，那就是因为曹禺蘸着同情的泪深入了曾文清，曾思懿、愫芳等人的生活了之故。意识需要么？需要的。但决不是一般人所说的那种单纯的政治"意识"。决定一件艺术品优胜劣败的，说了归齐，乃是通过文艺这个角度反映出来的——作家对现实之认识。

这里，就存在着一切大作家成功的秘诀。

作品不是匠人的东西。在任何场合，它都展示给我们看作家内在的灵魂。当我们读一篇好作品时，眼泪不能抑制地流了下来，但是还不得不继续读下去，我们完全被作品里人物的命运抓住了。这样，一直到结束，为哭泣所疲倦，所征服，我们禁不住从心窝里感谢作者——是他，使我们的胸襟扩大，澄清，想抛弃了生命去爱所有的人！……

在这种对比之下，字句雕琢者，文字游戏者……以及"打肿脸成胖子"的口头革命家之流，岂不要像浪花一样显得生命之渺小么？

三、关于"表现上海"

大约三四年前吧，正是大家喊着"到远远的地方去……"（或者"大明朝万岁"之类）沉醉于一些空洞的革命辞句的时候，"表现上海"的口号提出来了。

但是，结果如何呢？还是老毛病：大家只顾得"表现上海"，却忘记从人物性格，人与人的关系上去表现上海了。比"到远远的地方去……"或者"大明朝万岁"自然实际多了，这回的题材尽是些囤米啦，投机啦……之类，但人物同样的是架空的，虚构的。这样的作家，我们只能说他是观念论者，不管他口头上"唯物论，唯物论……"喊得多起劲。

发展到极致，更造成了"繁琐主义"的倾向（名词是我杜造的）。这在戏剧方面，表现得最显明。黄包车夫伸手要钱啦，分头不用，用分头票啦、铁丝网啦、娘姨买小菜啦，等等。上海气味诚然十足，但我不承认这是作家对现实的透视。相反，这只是小市民对现实的追随。

"吴友如画宝"现在是很难买到了。里面就有这样的图文：《拔管灵方》，意谓将臭虫捣烂，和以面粉，插入肛门，即能治痔疮。图上并画出一张大而圆的屁股来，另一人自后将药剂插入。另有二幅，一题《医生受毒》，一题《粪淋娇客》，连呕吐的龌龊东西以及尿粪都一并画在图上。我人看后，知道清末有这样的风俗，传说，对民俗学的研究上不能说绝无裨助，然而艺术云乎哉！

我不想拿"吴友如画宝"和某些表现上海的作品比拟，从而来糟蹋那些作品的作者。我只是指出文学上"冷感症"所引起的许多坏结果，希望大家予以反省而已。

这许多病象，现在还存在不存在呢？还存在的。谓余不信，不妨随手举几个例子：

（一）"关灯，关灯，空袭警报来啦"，戏中颇多这样的噱头。这不显明地是繁琐主义的重复么？这和整个的戏有什么关系呢？由此可以帮助观众了解上海的什么呢？

（二）关于几天内雪茄烟价格的变动，作者调查得非常仔细，并有人在特刊上捧之为新写实主义的典范。作者的心血，我们当然不可漠视，但也得看看心血花在了一些什么地方。如果新写实主义者只能为烟草公司制造一张统计表，那么，我宁取旧写实主义。

（三）对话里面硬加许多上海白话，如"自说自话"，"搅搅没关系"等，居然又有"唯一的诗情批评家"之某君为之吹嘘，"活的语言在作家笔下开了花了……"云云。这实在让人听了不舒服。比之作者，我是更对这些不负责任的批评家们不满的。捧场就捧场得了，何苦糟蹋"新写实主义""活的语言"呢？

……

这类例子，实在是举不胜举。而这意见的出入，就在对"现实"两个字的诠释。

我对企图表现上海的作家的努力，敬致无上的仰慕。但有一点要请求他们注意：勿卖弄才情，或硬套公式，或像《子夜》一样，先有了一番中国农村崩溃的理论再来"制造"作品。而是得颠倒过来：热烈地先去生活，在生活里，把到现在为止只是书斋的理论加以深化，糅合著作者的血泪，再拿来再现在作品里。

且慢谈表现什么，或者给观众带回去什么教训。只要作者真有要说的话，作者能自身也参加在里面，和作品里的人物一同哭，一同受难，有许多话自然而然地奔赴笔尖，一个字一个字，像活的东西一样蹦跳到纸上，那便是好作品的保证。也只有那样，才能真的"表现"出一些什么东西来。

什么都是假的。决定一件艺术品的品格的，就是作者自身的品格。

四、论鸳鸯蝴蝶派小说之改编

鉴于《秋海棠》卖座之盛，张恨水的小说也相继改编上演了。姑无论改编者有怎样的口实，至少动机是为了"生意眼"，那是不可否认的。其实"生意眼"也不是什么可耻的事，只要是对得起良心的生意就成。

张恨水的小说改编得如何，不在本文讨论之列。本文只想对鸳鸯蝴蝶派作一简单的评价。既有评价，鸳鸯蝴蝶派之是否值得改编以及应该怎样改编，就可任凭读者去想像了。

对于《秋海棠》，说实话，我是没有好感的——虽然秦瘦鸥自己不承认《秋海棠》是鸳鸯蝴蝶。张恨水就不同了。我始终认为他是鸳鸯蝴蝶派中较有才能的一个。在体裁上，也许比秦瘦鸥距离新文艺更远，（如章回体、用语之陈腐……）但这都没有关系，主要的在处理人物的态度上，他是更为深刻，更为复杂的。因此一点，也就值得我们向他学习。

张恨水的小说我看得并不多。有许多也许是非常无聊的。但读了《金粉世家》之后，使我对他一直保持着相当的崇敬，甚至觉得还不是有些新文艺作家所能企及于万一的。在这部刻画大家庭崩溃没落的小说中，他已经跳出了鸳鸯蝴蝶派传统的圈子，进而深入到对人物性格的刻画。

然而张恨水的成功只是到此为止。我不想给予他过高的估价。

最近，刊物上开始有人丑诋所谓"新文艺腔"了。新文艺腔也许真有，亦未可知，但那种一笔抹煞的态度，窃未敢引为同调。一位先生引了萧军小说中一段描写，然后批道：全篇废话！其实用八个字就可以说完（大概是"日落西山""大雪纷飞"之类非常笼统的话，详细已忘）。这是历史的倒退，在他们看来，新文艺真不如"水浒""三国志"了。

萧军行文非常疙瘩，且有故意学罗宋句法之嫌。但这不能掩盖他其余的优点。

同样，张恨水对生活的确熟悉之至，但这许多优点，却不能掩盖他主要的弱点——他对生活的看法，到底，不免鸳鸯蝴蝶气啊！

鸳鸯蝴蝶的特点到底是什么呢？

我以为那就是"小市民性"。

张恨水是完全小市民的作家。他写金家的许多人物，父母、子女、兄弟、妯娌、姑嫂……以及金家周围的许多亲戚朋友，都是站在和那些人同等的地位去摄取的。他所发的感慨正是金家人的感慨。他所主张的小家庭主义正是金家人所共抱的理想。实际上他就是那些人中间的一个。他不能站在更高的角度去理解他们，批判他们。

我并不要求张恨水有什么"正确的世界观"，或者把主人公写得怎么"觉悟"，怎么"革命"，而是说，作者得跳出他所描写的人物圈子，站在作家的立场上去看一看人。

曹雪芹在文学上的成就，就大多了。那就是因为他有了自己的哲学——不管这哲学是多么无力，多么消极，他能从自己的哲学观点去分析笔下的那些人。

写作的诀窍就在这里：得深入生活，同时又得跳出生活！

五、驳斥几种谬论

上面几节已经把我的粗浅的意见说了个大概。就是，我认为，决定一篇作品好坏的，乃是作家对现实之深刻的观察和分析（当然得通过文艺这个特殊的角度）。

遗憾的是，合乎标准的作品，却少得可怜。不但少而已，还有人巧立名目和这原则背逆，那就更其令人痛心了。

这种巧立名目的理论，我无以名之，名之为"谬论"。

第一种谬论说：这年头儿根本用不着谈文艺。尤其是戏剧，演出了完事，就是赚钱要紧。因此，公开地主张多加噱头。

这种议论，乍看也未尝不头头是道。君不见，天天挤塞在话剧院里的人何止千万，比起从前"剧艺社"时代来，真是不可同日而语。不加噱头行吗？

然而，这是离开了文艺的立场来说话的。和他多辩也无益。

也有人说：这是话剧的通俗化，那就不得不费纸墨来和他讨论一下。

首先，我对通俗化三字根本就表示怀疑。假使都通俗到《秋海棠》那样，那何不索性上演话剧的《小山东到上海》，把大世界的观众也争取了来呢？事实上，《称心如意》那样的文艺剧，据我所知，爱看的人也不少（当然不及《秋海棠》或《小山东》）。那些大都是比较在生活里打过滚的人，他们的口味幸还不曾被海派戏所败倒，他们感觉兴趣的是戏中人的口吻，神情，所以看到阔亲戚的叽叽喳喳，就忍不住笑了。当然，抱了看噱头的眼光来看这出戏是要失望的。

"通俗化"的正确的诠释，应该就是人物的深刻化。从人物性格的刻画上去打动观众，使观众感到亲切。脱离了人物而抽象地谈什么"通俗不通俗"，无异是向低级观众缴械，结果，只有取消了话剧运动完事。

事实上，现在已经倾向到这方面来了。不说普通的观众，连一部分指导家们也大都有这样的意见，似乎不大跳大叫，白刀子进红刀子出就不成其为戏剧似的。喜剧呢，那就一律配上音乐，打一下头，咕咚的一声；脱衣服时，钢琴键子卜龙龙龙的滑过去。兴趣都被放在这些无聊东西上面，话剧的前途真是非常可怕的。说起来呢，指导家们会这样答复你：不这样，观众不"吃"呀！似乎观众都是天生的孱种，不配和文艺接近的。这真是对观众的侮辱，同时也是对文学机能的蔑视。我不否认有许多观众是为了看热闹来的，给他们看冷静点的戏，也许会掉头不顾而去，但这样的观众即使失去，我以为也并不值得惋惜。

第二种谬论，比前者进了一步。他们不否认话剧运动有上述的危机，他们也知道这样发展下去是不好的，但是"……没有法子呀！一切为了生活！"淡淡"生活"两个字，就把一切的责任推卸了！

对说这话的人，我表示同情。事实如此，现在有许多剧本，拿了去，被导演们左改右改，你也改，我也改，弄得五牛崩尸，再不像原来的面目。生活程度又如此之昂贵。怎么办呢？当然只有敷衍了事的一法。

然而，还是那句话：尽可能地不要脱离人物性格。

文艺究竟不是"生意经"，粗制滥造些，是可被原谅的，但若根本脱离了性格，那就让步太大了。

我不劝那些作家字斟句酌地去写作。那样做，别的不说，肚子先就不答应。不过，话又说回来。这并不能作玩弄噱头的借口。生活的担子无论怎么压上来，我们的基本态度是不能改变的。

第三种谬论，可以说是谬论之尤。他们干脆撕破了脸，说道：我这个是……剧，根本不能拿你那个标准来衡量的！前二种谬论，虽然也在种种借口下躲躲闪闪，但文艺的基本原则，到底还没有被否认。到这最后一种，连基本的原则都被推翻了，他们的大胆，不能不令人吃惊。

什么作品可以脱离现实呢？无论你的才思多么"新奇"，那才思到底还是现实的产物。既是现实的产物，我们就可以拿现实这个标准来批评它。

一个人对现实的看法，是无在而无不在的。文以见人，从他的文章里，也一定可以看出为人的态度来——无论那篇文章写得多么渺茫不可捉摸。不是吗？在许多耀眼的革命字眼之下，结果还是发见了在妓院里打抱不平的章秋谷（见《九尾龟》）式的英雄……

六、并非"要求过高"

回过头来一看，觉得自己似乎是在旷野里呐喊。喊完之后，回答你的，只是自己的回声的嘲笑。

有几个人会同意我的话呢？说不定还会冷冷地说一句，这是要求过高。

前些年就有这样冷眼旁观的英雄。当"历史剧"评价问题正引起人们激辩的时候，他出来说话了：历史剧固然未必好，但是应该满意的了——要求不可过高呀！

后来又有各种类似的说法：

（一）批评应该宽恕；

（二）须讲"统一战线"；

（三）坏的，得评，好的，也应该指出……，等等。

这样，一场论战就被化为面子问题，宽恕问题了。

不错，东西有好的，也有坏的，梅毒患到第三期的人，说不定还有几颗好牙齿哩！但是，这样的批评有什么意思呢？我顶恨的就是这种评头品足的批评。因为它们只有使问题愈弄愈不明白。

我的意见正相反，我以为斤斤于一件作品那一点好，那一点坏，是毫无意义的。主要的，我们须看它的基本倾向如何，基本倾向倘是走的文艺的正路，其余枝节尽可以不管，否则，饶你有更大的优点，我也要说它是件坏作品。

这何尝是"要求过高"！这明明是各人对文艺的认识的不同。

譬如不甚被人注意的《称心如意》，我就认为是一二年来难得的一部佳作。也许有人要奇怪：我为什么在这短文里要一再提到它？难道就没有比它更好的作品了？这样想的人，说不定正是从前骂人要求过高的人亦未可知。

《大马戏团》因为取材较为热闹之故，比较地容易使观众接受。顶倒霉的是《称心如意》这类作品。左派说它"温开水"，不如《结婚进行曲》有意义。右派比较赞成它，但内心也许还在鄙薄它，说它不如自己的有些"肉麻当有趣"的作品那样结构完密，用词富丽。《称心如意》得到这样的评论，这也就是我特别喜爱它的原因。

别瞧《称心如意》这样味道很淡的作品，上述二派人恐怕就未必写得出来。这是勉强不来的事。《称心如意》的成功，是杨绛先生日积月累观察人生深入人生后的结果。这和空洞的政治意识不同，是可望而不可求的。同时，也和技巧至上论者的技巧不同，不是看几本书就可"雕琢"出来的。

《称心如意》不可否认的有它许多写作上的缺点和漏洞。但我完全原谅它。这何尝是"要求过高"！

七、尾声

写到此处，拉拉杂杂，字数已经近万了。还有许多话，只好打住。

最后，我要申明一句：因为是抽空出来说的原故，凡所指摘的病征，也许甲里面有一些，乙里面也有一些，然而，这不是"人身攻击"。请许多人不必多疑、以为这篇文章是专对他而发的，那我就感激不尽了。

倘仍有人老羞成怒，以为失了他作家的尊严者，那我就没有办法——无奈，只好罚他到《大马戏团》里去饰那个慕容天锡的角色罢。

（原载《万象》一九四三年十月号）

亦庄亦谐的《钟馗嫁妹》

喜剧要轻松愉快而不流于浅薄,滑稽突梯而不堕入恶趣,做到亦庄亦谐,可不是容易的;所谓穷愁易写,欢乐难工。神怪剧要不以刺激为目的而创造出一个奇妙的幻想世界,叫人不恐怖惊骇而只觉得别有情趣,在非现实气氛中描写现实,入情入理的反映生活,便是求诸全世界的戏剧宝库也不可多得。昆剧中短短的一折《钟馗嫁妹》却兼备了上述的条件,值得我们的艺术界引以自豪。

钟馗以貌丑而科名被革,愤而自尽。神灵悯其受屈,封为捉拿邪魔的神道,这总算给了他补偿吧?钟馗也该扬眉吐气,可以安慰了吧?可是不,好死不如恶活——何况还是恶死!——他世界的荣华毕竟代替不了此世界的幸福,怪不得一开场,那大鬼捧的瓶上题着"恨福来迟"四个字。他是进士,又不是进士,说不清究竟是什么资历;只能在灯笼上把"进士"二字倒写,聊以说明他不尴不尬的身份。文章虽好,功名得而复失,但他死抱书本的脾气依然不改,小鬼仍替主人挑着书箱。这些细节说是温婉的讽刺也可以,主要却是表现剧中人对现世的留恋,对事业的执著。当时的"高人"也许会说他至死不悟;在现代人看来,倒是一个彻底的"积极分子",大可钦佩。

钟馗固然天真豪放,爱动,爱跳,爱笑,浑身都是一股快活劲儿,骨子里尤其是一个情谊深厚,讲究孝悌忠信的人。这些地方,他固执得厉害,死了还要对活人负责:他不能忘了手足,因为弱妹还在闺中待字;他不能忘了故旧,因为杜平曾有德于他。他想把妹子嫁给杜平,妹子没有马上接受,他便暴跳起来,露出他另一副主观的面目:偏执,急躁。本来嘛,不偏执不急躁,他不会自杀的,他性格如此。

喜剧中的伦理观念往往不是把人生大事当作儿戏而变成笑料,便是摆出一副道学面孔而破坏了喜剧气氛。"嫁妹"偏偏把伦理作为主题,处理得那么含蓄,平易,既不宣传礼教,也不揶揄礼教,只是在诙谐嬉笑中见出人情,朴实温厚的人情。

但钟馗能有这样动人的喜剧效果,除了性格的矛盾,还有他那种朴素健康的欢乐。充沛的精力有时不免粗犷，但这粗犷只显出他正直豪迈的本色；同时也粗中带细，因为他毕竟是个书生。他不是天生丑陋，而是为病魔所害，所以对妹子叙旧的时候不禁伤心流泪；这不幸的遭遇使整个人物又带上些悲壮的情调。作者把欢乐与遗憾，细腻与粗鲁，风趣与悲壮交融之下，才给我们塑造出一个如此可爱，如此亲切，如此富有诗意的形象。

剧本以鬼的面目出现的人物，一不可怖，二不荒诞，在观众心目中还是讨人喜欢的呢。捉鬼将军既是幽默风雅的读书人出身，无怪他收罗的全是生动活泼，饶有雅趣的小鬼了。跟主人一样，他们有的是温厚的人性，爱跳爱玩儿的快活脾气。主人要办喜事了，他们便来一套"杂技"以示庆祝。把杂技与舞蹈融合为一，作为剧情的一部分，原是中国戏剧的特色之一；可惜有时过于繁缛，有单纯卖弄技巧的倾向。"嫁妹"中小鬼的表现可是不多不少，恰到好处，还随时带着幽默的表情，与全剧的气氛非常调和。

这样的一折歌舞剧，画面之美是难以想象的。无论是静态还是动态，都可比之于最美的雕塑。富丽而又清新的色彩，在强烈的对比之外，更有素净的色调（群鬼的服装）与之配合——二十余年前我初次见到这幅绚烂的画面，至今还印象鲜明。

《钟馗嫁妹》在戏剧艺术上的成功，决不是由于作者一人之力，同时也依靠了历代艺人辛勤琢磨的苦心。这次扮演钟馗的侯玉山，表演技巧的确是达到炉火纯青的境地了。当然，我们也没有忘了几位扮演群鬼的演员。

以我的愚见，倘若叫钟馗在见妹时补充几句话而从头至尾不让杜平露面，在群鬼献技以后就以送妹登程结束，全剧也许可以更完整，诗情画意更浓郁，同时仍丝毫无损于作品的人情味与现实性。

一九五六年十一月十五日
（原刊《解放日报·朝花》）

论张爱玲的小说

前　言

  在一个低气压的时代，水土特别不相宜的地方，谁也不存什么幻想，期待文艺园地里有奇花异卉探出头来。然而天下比较重要一些的事故，往往在你冷不防的时候出现。史家或社会学家，会用逻辑来证明，偶发的事故实在是酝酿已久的结果。但没有这种分析头脑的大众，总觉得世界上真有魔术棒似的东西在指挥着，每件新事故都像从天而降，教人无论悲喜都有些措手不及。张爱玲女士的作品给予读者的第一个印象，便有这情形。"这太突兀了，太像奇迹了"，除了这类不着边际的话以外，读者从没切实表示过意见。也许真是过于意外而怔住了。也许人总是胆怯的动物，在明确的舆论未成立以前，明哲的办法是含糊一下再说。但舆论还得大众去培植；而且文艺的长成，急需社会的批评，而非谨慎的或冷淡的缄默。是非好恶，不妨直说。说错了看错了，自有人指正——无所谓尊严问题。

  我们的作家一向对技巧抱着鄙夷的态度。五四以后，消耗了无数笔墨的是关于"主义"的论战。仿佛一有准确的意识就能立地成佛似的，区区艺术更是不成问题。其实，几条抽象的原则只能给大中学生应付会考。哪一种主义也好，倘没有深刻的人生观，真实的生活体验，迅速而犀利的观察，熟练的文字技能，活泼丰富的想象，决不能产生一件像样的作品。而且这一切都得经过长期艰苦的训练。《战争与和平》的原稿修改过七遍——大家可只知道托尔斯泰是个多产的作家（仿佛多产便是滥造似的）。巴尔扎克一部小说前前后后的修改稿，要装订成十余巨册，像百科辞典般排成一长队。然而大家以为巴尔扎克写作时有债主逼着，定是匆匆忙忙赶起来的。忽视这样显著的历史教训，便是使我们许多作品流产的主因。

  譬如，斗争是我们最感兴趣的题材。对，人生一切都是斗争。但第一是斗争的范围，过去并没包括全部人生。作家的对象，多半是外界的敌人：宗法社会，旧礼教，资本主义……可是人类最大的悲剧往往是内在的。外来的苦难，至少有客观的原因可得而诅咒，反抗，攻击；且还有赚取同情的机会。至于个人在情欲主宰之下所招致的祸害，非但失去了泄仇的目标，且更遭到"自作自受"一类的谴责。第二是斗争的表现，人的活动脱不了情欲的因素；斗争是活动的尖端，更其是情欲的舞台。去掉了情欲，斗争便失掉活力。情欲而无深刻的勾勒，一样失掉它的活力，同时把作品变成了空的躯壳。

在此我并没意思铸造什么尺度，也不想清算过去的文坛；只是把已往的主要缺陷回顾一下，瞧瞧我们的新作家把它们填补了多少。

一、《金锁记》

由于上述的观点，我先讨论《金锁记》。它是一个最圆满肯定的答复。情欲（passion）的作用，很少像在这件作品里那么重要。

从表面看，曹七巧不过是遗老家庭里一种牺牲品，没落的宗法社会里微末不足道的渣滓。但命运偏偏要教渣滓当续命汤，不但要做她儿女的母亲，还要做她媳妇的婆婆——把旁人的命运交在她手里。以一个小家碧玉而高攀簪缨望族，门户的错配已经种下了悲剧的第一个远因。原来当残废公子的姨奶奶的角色，由于老太太一念之善（或一念之差），抬高了她的身份，做了正室；于是造成了她悲剧的第二个远因。在姜家的环境里，固然当姨奶奶也未必有好收场，但黄金欲不致被刺激得那么高涨，恋爱欲也就不致被抑压得那么厉害。她的心理变态，即使有，也不致病入膏肓，扯上那么多的人替她殉葬。然而最基本的悲剧因素还不在此。她是担当不起情欲的人，情欲在她心中偏偏来得嚣张。已经把一种情欲压倒了，才死心塌地来服侍病人，偏偏那情欲死灰复燃，要求它的那份权利。爱情在一个人身上不得满足，便需要三四个人的幸福与生命来抵偿。可怕的报复！

可怕的报复把她压瘪了。"儿子女儿恨毒了她"，至亲骨肉都给"她沉重的枷角劈杀了"，连她心爱的男人也跟她"仇人似的"；她的惨史写成故事时，也还得给不相干的群众义愤填胸的咒骂几句。悲剧变成了丑史，血泪变成了罪状：还有什么更悲惨的？

当七巧回想着早年当曹大姑娘时代，和肉店里的朝禄打情骂俏时，"一阵温风直扑到她脸上，腻滞的死去的肉体的气味……她皱紧了眉毛。床上睡着她的丈夫，那没有生命的肉体……"当年的肉腥虽然教她皱眉，究竟是美妙的憧憬，充满了希望。眼前的肉腥，却是刽子手刀上的气味。——这刽子手是谁？黄金——黄金的情欲。为了黄金，她在焦灼期待，"啃不到"黄金的边的时代，嫉妒妯娌姑子，跟兄嫂闹架。为了黄金，她只能"低声"对小叔嚷着:"我有什么地方不如人?我有什么地方不好?"为了黄金,她十年后甘心把最后一个满足爱情的希望吹肥皂泡似的吹破了。当季泽站在她面前,小声叫道:"二嫂!……七巧!"接着诉说了(终于!)隐藏十年的爱以后——

七巧低着头,沐浴在光辉里,细细的音乐,细细的喜悦……这些年了,她跟他捉迷藏似的,只是近不得身,原来还有今天!

"沐浴在光辉里",一生仅仅这一次,主角蒙受到神的恩宠。好似项勃朗笔下的肖像,整个的人都沉没在阴暗里,只有脸上极小的一角沾着些光亮。即是这些少的光亮直透入我们的内心。

季泽立在她眼前,两手合在她扇子上,面颊贴在她扇子上。他也老了十年了。然而人究竟还是那个人呵!他难道是哄她么?他想她的钱——她卖掉她的一生换来的几个钱?仅仅这一念便使她暴怒起来了……

这一转念赛如一个闷雷,一片浓重的乌云,立刻掩盖了一刹那的光辉;"细细的音乐,细细的喜悦",被暴风雨无情地扫荡了。雷雨过后,一切都已过去,一切都已晚了。"一滴,一滴,……一更,二更,……一年,一百年……"完了,永久的完了。剩下的只有无穷的悔恨。"她要在楼上的窗户里再看他一眼。无论如何,她从前爱过他。她的爱给了她无穷的痛苦。单只这一点,就使她值得留恋。"留恋的对象消灭了,只有留恋往日的痛苦。就在一个出身低微的轻狂女子身上,爱情也不曾减少圣洁。

七巧眼前仿佛挂了冰冷的珍珠帘,一阵热风来了,把那帘子紧紧贴在她脸上,风去了,又把帘子吸了回去,气还没透过来,风又来了,没头没脑包住她——一阵凉,一阵热,她只是淌着眼泪。

她的痛苦到了顶头(作品的美也到了顶点),可是没完。只换了方向,从心头沉到心底,越来越无名。忿懑变成尖刻的怨毒,莫名其妙的只想发泄,不择对象。她眯缝着眼望着儿子,"这些年来她的生命里只有这一个男人。只有他,她不怕他想她的钱——横竖钱都是他的。可是,因为他是她的儿子,他这一个人还抵不了半个……"多怆痛的呼声!"……现在,就连这半个人她也保留不住——他娶了亲。"于是儿子的幸福,媳妇的幸福,女儿的幸福,在她眼里全变作恶毒的嘲笑，好比公牛面前的红旗。歇斯底里变得比疯狂还可怕，因为"她还有一个疯子的审慎与机智"。凭了这，她把他们一齐断送了。这也不足为奇。炼狱的一端紧接着地狱，殉难者不肯忘记把最亲近的人带进去的。

最初她把黄金锁住了爱情，结果却锁住了自己。爱情磨折了她一世和一家。她战败了，她是弱者。但因为是弱者，她就没有被同情的资格了么？弱者做了情欲的俘虏，代情欲做了刽子手，我们便有理由恨她么？作者不这么想。在上面所引的几段里，显然有作者深切的怜悯，唤引着读者的怜悯。还有："多少回了，为了要按捺她自己，她逼得全身的筋骨与牙根都酸楚了。""十八九岁做姑娘的时候……喜欢她的有……如果她挑中了他们之中的一个，往后日子久了，生了孩子，男人多少对她有点真心。七巧挪了挪头底下的荷叶边洋枕，凑上脸去揉擦一下，那一面的一滴眼泪，她也就懒怠去揩拭，由它挂在腮上，渐渐自己干了。"这些淡淡的朴素的句子，也许为粗忽的读者不会注意的，有如一阵温暖的微风，抚弄着七巧墓上的野草。

和主角的悲剧相比之下，几个配角的显然缓和多了。长安姊弟都不是有情欲的人。幸福的得失，对他们远没有对他们的母亲那么重要。长白尽往陷坑里沉，早已失去了知觉，也许从来就不曾有过知觉。长安有过两次快乐的日子，但都用"一个美丽而苍凉的手势"自愿舍弃了。便是这个手势使她的命运虽不像七巧的那样阴森可怕，影响深远，却令人觉得另一股惆怅与凄凉的滋味。Long, Long ago 的曲调所引起的无名的悲哀，将永远留在读者心坎。

结构，节奏，色彩，在这件作品里不用说有了最幸运的成就。特别值得一提的，还有下列几点：

第一是作者的心理分析，并不采用冗长的独白，或枯索繁琐的解剖，她利用暗示，把动作、言语、心理三者打成一片。七巧，季泽，长安，童世舫，芝寿，都没有专写他们内心的篇幅；但他们每一个举动，每一缕思维，每一段对话，都反映出心理的进展。两次叔嫂调情的场面，不光是那种造型美显得动人，却还综合着含蓄、细腻、朴素、强烈、抑止、大胆，这许多似乎相反的优点。每句说话都是动作，每个动作都是说话，即在没有动作没有言语的场合，情绪的波动也不曾减弱分毫。例如童世舫与长安订婚以后：

……两人并排在公园里走着，很少说话，眼角里带着一点对方的衣服与移动着的脚，女子的粉香，男子的淡巴菰气，这单纯而可爱的印象，便是他们的阑杆，阑杆把他们与大众隔开了。空旷的绿草地上，许多人跑着，笑着，谈着，可是他们走的是寂寂的绮丽的回廊——走不完的寂寂的回廊。不说话，长安并不感到任何缺陷。

还有什么描写，能表达这一对不调和的男女的调和呢？能写出这种微妙的心理呢？和七巧的爱情比照起来，这是平淡多了，恬静多了，正如散文、牧歌之于戏剧。两代的爱，两种的情调。相同的是温暖。

至于七巧磨折长安的几幕，以及最后在童世舫前毁谤女儿来离间他们的一段，对病态心理的刻画，更是令人"毛骨悚然"的精彩文章。

第二是作者的节略法（raccouci）的运用：

风从窗子进来，对面挂着的回文雕漆长镜被吹得摇摇晃晃，磕托磕托敲着墙。七巧双手按住了镜子。镜子里反映着翠竹帘子和一幅金绿山水屏条依旧在风中来回荡漾着，望久了，便有一种晕船的感觉。再定睛看时，翠竹帘子已经褪色了，金绿山水换了张丈夫的遗像，镜子里的人也老了十年。

这是电影的手法：空间与时间，模模糊糊淡下去了，又隐隐约约浮上来了。巧妙的转调技术！

第三是作者的风格。这原是首先引起读者注意和赞美的部分。外表的美永远比内在的美容易发现。何况是那么色彩鲜明，收得住，泼得出的文章！新旧文字的糅合，新旧意境的交错，在本篇里正是恰到好处。仿佛这利落痛快的文字是天造地设的一般，老早摆在那里，预备来叙述这幕悲剧的。譬喻的巧妙，形象的入画，固是作者风格的特色，但在完成整个作品上，从没像在这篇里那样的尽其效用。例如："三十年前的上海，一个有月亮的晚上……年轻的人想着三十年前的月亮，该是铜钱大的一个红黄的湿晕，像朵云轩信笺上落了一滴泪珠，陈旧而迷糊。老年人回忆中的三十年前的月亮是欢愉的，比眼前的月亮大，圆，白，然而隔着三十年的辛苦路望回看，再好的月亮也不免带些凄凉。"这一段引子，不但月的描写是那么新颖，不但心理的观察那么深入，而且轻描淡写的呵成了一片苍凉的气氛，从开场起就罩住了全篇的故事人物。假如风格没有这综合的效果，也就失掉它的价值了。

毫无疑问，《金锁记》是张女士截至目前为止的最完满之作，颇有《猎人日记》中某些故事的风味。至少也该列为我们文坛最美的收获之一。没有《金锁记》，本文作者决不在下文把《连环套》批评得那么严厉，而且根本也不会写这篇文字。

二、《倾城之恋》

一个"破落户"家的离婚女儿，被穷酸兄嫂的冷嘲热讽撵出母家，跟一个饱经世故、狡猾精刮的老留学生谈恋爱。正要陷在泥淖里时，一件突然震动世界的变故把她救了出来，得到一个平凡的归宿——整篇故事可以用这一两行包括。因为是传奇（正如作者所说），没有悲剧的严肃、崇高，和宿命性；光暗的对照也不强烈。因为是传奇，情欲没有惊心动魄的表现。几乎占到二分之一篇幅的调情，尽是些玩世不恭的享乐主义者的精神游戏：尽管那么机巧，文雅，风趣，终究是精练到近乎病态的社会的产物。好似六朝的骈体，虽然珠光宝气，内里却空空洞洞，既没有真正的欢畅，也没有刻骨的悲哀。《倾城之恋》给人家的印象，仿佛是一座雕刻精工的翡翠宝塔，而非哥特式大寺的一角。美丽的对话，真真假假的捉迷藏，都在心的浮面飘滑；吸引，挑逗，无伤大体的攻守战，遮饰着虚伪。男人是一片空虚的心，不想真正找着落的心，把恋爱看作高尔夫与威士忌中间的调剂。女人，整日担忧着最后一些资本——三十岁左右的青春——再吃一次倒账；物质生活的迫切需求，使她无暇顾到心灵。这样的一幕喜剧，骨子里的贫血，充满了死气，当然不能有好结果。疲乏，厌倦，苟且，浑身小智小慧的人，担当不了悲剧的角色。麻痹的神经偶尔抖动一下，居然探头瞥见了一角未来的历史。病态的人有他特别敏锐的感觉——

……从浅水湾饭店过去一截子路，空中飞跨着一座桥梁，桥那边是山，桥这边是一块灰砖砌成的墙壁，拦住了这边的山……柳原看着她道："这堵墙，不知为什么使我想起地老天荒那一类的话……有一天，我们的文明整个的毁掉了，什么都完了——烧完了，炸完了，坍完了，也许还剩下这堵墙。流苏，如果我们那时候再在这墙根底下遇见了……流苏，也许你会对我有一点真心，也许我会对你有一点真心。"

好一个天际辽阔胸襟浩荡的境界！在这中篇里，无异平凡的田野中忽然现出一片无垠的流沙。但也像流沙一样，不过动荡着显现了一刹那。等到预感的毁灭真正临到了，完成了，柳原的神经却只在麻痹之上多加了一些疲倦。从前一刹那的觉醒早已忘记了。他从没再加思索。连终于实现了的"一点真心"也不见得如何可靠。只有流苏，劫后舒了一口气，淡淡的浮起一些感想——

流苏拥被坐着，听着那悲凉的风。她确实知道浅水湾附近，灰砖砌的那一面墙，一定还屹然站在那里……她仿佛做梦似的，又来到墙根下，迎面来了柳原……在这动荡的世界里，钱财，地产，天长地久的一切，全不可靠了。靠得住的只有她腔子里的这口气，还有睡在她身边的这个人。她突然爬到柳原身边，隔着他的棉被拥抱着他。他从被窝里伸出手来握住她的手。他们把彼此看得透明透亮。仅仅是一刹那彻底的谅解，然而这一刹那够他们在一起和谐地活个十年八年。

　　两人的心理变化，就只这一些。方舟上的一对可怜虫，只有"天长地久的一切全不可靠了"这样淡漠的惆怅。倾城大祸（给予他们的痛苦实在太少，作者不曾尽量利用对比），不过替他们收拾了残局；共患难的果实，"仅仅是一刹那的彻底的谅解"，仅仅是"活个十年八年"的念头。笼统的感慨，不彻底的反省。病态文明培植了他们的轻佻，残酷的毁灭使他们感到虚无，幻灭。同样没有深刻的反应。

　　而且范柳原真是一个这么枯涸的（fade）人么？关于他，作者为何从头至尾只写侧面？在小说中他不是应该和流苏占着同等地位，是第二主题么？他上英国去的用意，始终暧昧不明；流苏隔被拥抱他的时候，当他说"那时候太忙着谈恋爱了，哪里还有工夫恋爱"的时候，他竟没进一步吐露真正切实的心腹。"把彼此看得透明透亮"，未免太速写式的轻轻带过了。可是这里正该是强有力的转折点，应该由作者全副精神去对付的啊！错过了这最后一个高峰，便只有平凡的、庸碌鄙俗的下山路了。柳原宣布登报结婚的消息，使流苏快活得一忽儿哭一忽儿笑，柳原还有那种 cynical 的闲适去"羞她的脸"；到上海以后，"他把他的俏皮话省下来说给旁的女人听"；由此看来，他只是一个暂时收了心的唐·裘安，或是伊林华斯勋爵一流的人物。

　　"他不过是一个自私的男子，她不过是一个自私的女人。"但他们连自私也没有迹象可寻。"在这兵荒马乱的时代，个人主义者是无处容身的。可是总有地方容得下一对平凡的夫妻。"世界上有的是平凡，我不抱怨作者多写了一对平凡的人。但战争使范柳原恢复一些人性，使把婚姻当职业看的流苏有一些转变（光是觉得靠得住的只有腔子里的气和身边的这个人，是不够说明她的转变的），也不能算是怎样的不平凡。平凡并非没有深度的意思。并且人物的平凡，只应该使作品不平凡。显然，作者把她的人物过于匆促的送走了。

　　勾勒得不够深刻，是因为对人物思索得不够深刻，生活得不够深刻；并且作品的重心过于偏向俏皮而风雅的调情。倘再从小节上检视一下的话，那么，流苏"没念过两句书"而居然够得上和柳原针锋相对，未免是个大漏洞。离婚以前的生活经验毫无追叙，使她离家以前和以后的思想引动显得不可解。这些都减少了人物的现实性。

总之，《倾城之恋》的华彩胜过了骨干：两个主角的缺陷，也就是作品本身的缺陷。

三、短篇和长篇

恋爱与婚姻，是作者至此为止的中心题材；长长短短六七件作品，只是variations upon a theme。遗老遗少和小资产阶级，全都为男女问题这恶梦所苦。噩梦中老是淫雨连绵的秋天，潮腻腻的，灰暗，肮脏，窒息与腐烂的气味，像是病人临终的房间。烦恼，焦急，挣扎，全无结果。噩梦没有边际，也就无从逃避。零星的磨折，生死的苦难，在此只是无名的浪费。青春，热情，幻想，希望，都没有存身的地方。川嫦的卧房，姚先生的家，封锁期的电车车厢，扩大起来便是整个社会。一切之上，还有一只瞧不及的巨手张开着，不知从哪儿重重的压下来，要压瘪每个人的心房。这样一幅图画印在劣质的报纸上，线条和黑白的对照迷糊一些，就该和张女士的短篇气息差不多。

为什么要用这个譬喻？因为她阴沉的篇幅里，时时渗入轻松的笔调，俏皮的口吻，好比一些闪烁的磷火，教人分不清这微光是黄昏还是曙色。有时幽默的分量过了分，悲喜剧变成了趣剧。趣剧不打紧，但若沾上了轻薄味（如《琉璃瓦》），艺术就给摧残了。

明知挣扎无益，便不挣扎了。执著也是徒然，便舍弃了。这是道地的东方精神。明哲与解脱；可同时是卑怯，懦弱，懒惰，虚无。反映到艺术品上，便是没有波澜的寂寂的死气，不一定有美丽而苍凉的手势来点缀。川嫦没有和病魔奋斗，没有丝毫意志的努力。除了向世界遗憾地投射一眼之外，她连抓住世界的念头都没有。不经战斗投降。自己的父母与爱人对她没有深切的留恋，读者更容易忘记她。而她还是许多短篇中〔《心经》一篇只读到上半篇，九月期《万象》遍觅不得，故本文特置不论。好在这儿写的不是评传，挂漏也不妨。——原注〕刻画得最深的人物！

微妙尴尬的局面，始终是作者最擅长的一手。时代，阶级，教育，利害观念完全不同的人相处在一块时所有暧昧含糊的情景，没有人比她传达得更真切。各种心理互相摸索，摩擦，进攻，闪避，显得那么自然而风趣，好似古典舞中一边摆着架式（figure）一边交换舞伴那样轻盈，潇洒，熨帖。这种境界稍有过火或稍有不及，《封锁》与《年轻的时候》中细腻娇嫩的气息就要给破坏，从而带走了作品全部的魅力。然而这巧妙的技术，本身不过是一种迷人的奢侈；倘使不把它当作完成主题的手段（如《金锁记》中这些技术的作用），那么，充其量也只能制造一些小骨董。

在作者第一个长篇只发表了一部分的时候来批评，当然是不免唐突的。但其中暴露的缺陷的严重，使我不能保持谨慎的缄默。

《连环套》的主要弊病是内容的贫乏。已经刊布了四期，还没有中心思想显露。霓喜和两个丈夫的历史，仿佛是一串五花八门、西洋镜式的小故事杂凑而成的。没有心理的进展，因此也看不见潜在的逻辑，一切穿插都失掉了意义。雅赫雅是印度人，霓喜是广东养女：就这两点似乎应该是第一环的主题所在。半世纪前印度商人对中国女子的看法，即使逃不出玩物二字，难道竟没有旁的特殊心理？他是殖民地种族，但在香港和中国人的地位不同，再加上是大绸缎铺子的主人，可是《连环套》中并无这二三个因素错杂的作用。养女（而且是广东的养女）该有养女的心理，对她一生都有影响。一朝移植之后，势必有一个演化蜕变的过程；决不会像作者所写的，她一进绸缎店，仿佛从小就在绸缎店里长大的样子。我们既不觉得雅赫雅买的是一个广东养女，也不觉得广东养女嫁的是一个印度富商。两个典型的人物都给中和了。

错失了最有意义的主题，丢开了作者最擅长的心理刻画，单凭着丰富的想象，逗着一支流转如踢踏舞似的笔，不知不觉走上了纯粹趣味性的路。除开最初一段，越往后越着重情节：一套又一套的戏法（我几乎要说是噱头），突兀之外还要突兀，刺激之外还要刺激，仿佛作者跟自己比赛似的，每次都要打破上一次的纪录，像流行的剧本一样，也像歌舞团里的接一连二的节目一样，教读者眼花缭乱，应接不暇。描写色情的地方（多的是），简直用起旧小说和京戏——尤其是梆子戏——中最要不得而最叫座的镜头！《金锁记》的作者竟不惜用这种技术来给大众消闲和打哈哈，未免太出人意料了。

至于人物的缺少真实性，全都弥漫着恶俗的漫画气息，更是把 taste "看成了脚下的泥"。西班牙女修士的行为，简直和中国从前的三姑六婆一模一样。我不知半世纪前香港女修院的清规如何，不知作者在史实上有何根据；但她所写的，倒更近于欧洲中世纪的丑史，而非她这部小说里应有的现实。其次，她的人物不是外国人，便是广东人。即使地方色彩在用语上无法积极的标识出来，至少也不该把纯粹《金瓶梅》、《红楼梦》的用语，硬嵌入西方人和广东人嘴里。这种错乱得可笑的化装，真乃不可思议。

风格也从没像在《连环套》中那样自贬得厉害。节奏，风味，品格，全不讲了。措词用语，处处显出"信笔所之"的神气，甚至往腐化的路上走。《倾城之恋》的前半篇，偶尔已看到"为了宝络这头亲，却忙得鸦飞雀乱，人仰马翻"的套语；幸而那时还有节制，不过小疵而已。但到了《连环套》，这小疵竟越来越多，像流行病的细菌一样了："两个嘲戏做一堆"，"是那个贼囚根子在他跟前……"，"一路上凤尾森森，香尘细细"，"青山绿水，观之不足，看之有余"，"三人分花拂柳"，"衔恨于心，不在话下"，"见了这等人物，如何不喜"，"……暗暗点头，自去报信不提"，"他触动前情，放出风流债主的手段"，"有话即长，无话即短"，"那内侄如同箭穿雁嘴，钩搭鱼腮，做声不得"……这样的滥调，旧小说的渣滓，连现在的鸳鸯蝴蝶派和黑幕小说家也觉得恶俗而不用了，而居然在这里出现。岂不也太像奇迹了吗？

在扯了满帆，顺流而下的情势中，作者的笔锋"熟极而流"，再也把不住舵。《连环套》逃不过刚下地就夭折的命运。

四、结论

我们在篇首举出一般创作的缺陷，张女士究竟填补了多少呢？一大部分，也是一小部分。心理观察，文字技巧，想象力，在她都已不成问题。这些优点对作品真有贡献的，却只《金锁记》一部。我们固不能要求一个作家只产生杰作，但也不能坐视她的优点把她引入危险的歧途，更不能听让新的缺陷去填补旧的缺陷。

《金锁记》和《倾城之恋》，以题材而论似乎前者更难处理，而成功的却是那更难处理的。在此见出作者的天分和功力。并且她的态度，也显见对前者更严肃，作品留在工场里的时期也更长久。《金锁记》的材料大部分是间接得来的：人物和作者之间，时代，环境，心理，都距离甚远，使她不得不丢开自己，努力去生活在人物身上，顺着情欲发展的逻辑，尽往第三者的个性里钻。于是她触及了鲜血淋漓的现实。至于《倾城之恋》，也许因为作者身经危城劫难的印象太强烈了，自己的感觉不知不觉过量的移注在人物身上，减少了客观探索的机会。她和她的人物同一时代，更易混入主观的情操。还有那漂亮的对话，似乎把作者首先迷住了：过度的注意局部，妨害了全体的完成。只要作者不去生活在人物身上，不跟着人物走，就免不了肤浅之病。

小说家最大的秘密，在能跟着创造的人物同时演化。生活经验是无穷的，作家的生活经验怎样才算丰富是没有标准的。人寿有限，活动的环境有限；单凭外界的材料来求生活的丰富，决不够成为艺术家。唯有在众生身上去体验人生，才会使作者和人物同时进步，而且渐渐超过自己。巴尔扎克不是在

第一部小说成功的时候，就把人生了解得那么深，那么广的。他也不是对贵族、平民、劳工、富商、律师、诗人、画家、荡妇、老处女、军人……那些种类万千的人的心理，分门别类的一下子都研究明白、了如指掌之后，然后动笔写作的。现实世界所有的不过是片段的材料，片段的暗示；经小说家用心理学家的眼光，科学家的耐心，宗教家的热诚，依照严密的逻辑探索下去，忘记了自我，化身为故事中的角色（还要走多少回头路，白花多少心力），陪着他们身心的探险，陪他们笑，陪他们哭，才能获得作者实际未曾经历的经历。一切的大艺术家就是这样一面工作一面学习的。这些平凡的老话，张女士当然知道。不过作家所遇到的诱惑特别多，也许旁的更悦耳的声音，在她耳畔盖住了老生常谈的单调的声音。

技巧对张女士是最危险的诱惑。无论哪一部门的艺术家，等到技巧成熟过度，成了格式，就不免要重复他自己。在下意识中，技能像旁的本能一样时时骚动着，要求一显身手的机会，不问主人胸中有没有东西需要它表现，结果变成了文字游戏。写作的目的和趣味，仿佛就在花花絮絮的方块字的堆砌上。任何细胞过度的膨胀，都会变成癌。其实，彻底的说，技巧也没有止境。一种题材，一种内容，需要一种特殊的技巧去适应。所以真正的艺术家，他的心灵探险史，往往就是和技巧的战斗史。人生形相之多，岂有一二套衣装就够穿戴之理？把握住了这一点，技巧永久不会成癌，也就无所谓危险了。

文学遗产记忆过于清楚，是作者另一危机。把旧小说的文体运用到创作上来，虽在适当的限度内不无情趣，究竟近于玩火，一不留神，艺术会给它烧毁的。旧文体的不能直接搬过来，正如不能把西洋的文法和修辞直接搬用一样。何况俗套滥调，在任何文字里都是毒素！希望作者从此和它们隔离起来。她自有她净化的文体。《金锁记》的作者没有理由往后退。

聪明机智成了习气，也是一块绊脚石。王尔德派的人生观，和东方式的"人生朝露"的腔调混合起来，是没有前程的。它只能使心灵从洒脱而空虚而枯涸，使作者离开艺术，离开人生，埋葬在沙龙里。

我不责备作者的题材只限于男女问题。但除了男女以外，世界究竟还辽阔得很。人类的情欲也不仅仅限于一二种。假如作者的视线改换一下角度的话，也许会摆脱那种淡漠的贫血的感伤情调；或者痛快成为一个彻底的悲观主义者，把人生剥出一个血淋淋的面目来。我不是鼓励悲观。但心灵的窗子不会嫌开得太多，因为可以免除单调与闭塞。

总而言之，才华最爱出卖人！像张女士般有多面的修养而能充分运用的作家（绘画、音乐、历史的运用，使她的文体特别富丽动人），单从《金锁记》到《封锁》,不过如一杯冲过几次开水的龙井,味道淡了些。即使如此,也嫌太奢侈,太浪费了。但若取悦大众(或只是取悦自己来满足技巧欲——因为作者可能谦抑地说:我不过写着玩儿的),到写日报连载小说(fuilleton)的所谓 fiction 的地步,那样的倒车开下去,老实说,有些不堪设想。

宝石镶嵌的图画被人欣赏,并非为了宝石的彩色。少一些光芒,多一些深度,少一些辞藻,多一些实质:作品只会有更完满的收获。多写,少发表,尤其是服侍艺术最忠实的态度。(我知道作者发表的决非她的处女作,但有些大作家早年废弃的习作,有三四十部小说从未问世的纪录。)文艺女神的贞洁是最宝贵的,也是最容易被污辱的。爱护她就是爱护自己。

一位旅华数十年的外侨和我闲谈时说起:"奇迹在中国不算稀奇,可是都没有好收场。"但愿这两句话永远扯不到张爱玲女士身上!

一九四四年四月七日

(原载《万象》一九四四年五月号;署名迅雨。)

《勇士们》读后感

《勇士们》，美国厄尼·派尔（Ernie Pyle）著，林疑今译，生活书店出版。——编者

刚结束的战争已经把人弄糊涂了，方兴未艾的战争文学还得教人糊涂一些时候。小说，诗歌，报告，特写，新兵器的分析，只要牵涉战争的文字，都和战争本身一样，予人万分错综的感觉。战事新闻片《勇士们》一类的作品，仿佛是神经战的余波，叫你忽而惊骇，忽而叹赏，忽而愤慨，忽而感动，心中乱糟糟的，说不出是什么情绪。人，这么伟大又这么渺小，这么善良又这么残忍，这么聪明又这么愚蠢……

然而离奇矛盾的现象下面，也许藏着比宗教的经典诫条更能发人深省的真理。

厮杀是一种本能。任何本能占据了领导地位，人性中一切善善恶恶的部分都会自动集中，来满足它的要求。一朝入伍，军乐，军旗，军服，前线的几声大炮，把人催眠了，领进一个新的境界——原始的境界。心理上一切压制都告消灭，道德和教育的约束完全解除，只有斗争的本能支配着人的活动。生命贬值了，对人生对世界的观念一齐改变。正如野蛮人一样，随时随地有死亡等待他。自己的生命操在敌人手里，敌人的生命也操在自己手里。究竟谁主宰着谁，只有上帝知道。恐怖，疑虑，惶惑，终于丢开一切，满不在乎。（这是新兵成为老兵的几个阶段，也是"勇士们"的来历）。真到了满不在乎的时候，便勇气勃勃，把枪林弹雨看做下雾刮风一样平常，屠杀敌人也好比掐死一个虱子那么简单。哪怕对方是同乡，同胞，亲戚，也不会叫士兵软一软心肠。一个意大利人，移民到美国不过七年光景，在西西里岛上作战毫不难过，"我们既然必须打仗，打他们和打旁的人们还不是一样。"他说。勇气是从麻木来的，残忍亦然。故勇敢和残忍必然成双作对。自家的性命既轻于鸿毛，别人的性命怎会重于泰山？在这种情形之下，超人的勇敢和非人的残酷，同样会若无其事的表现出来。我们的惊怖或钦佩，只因为我们无法想象

赤裸裸的原人的行为，并且忘记了文明是后天的人工的产物。

论理，战争的本能还是渊源于求生和本能。多杀一个敌人，只为减少一分自己的危险，老实说，不过是积极的逃命而已。因此，休戚相关的感觉在军队里特别锐敏。对并肩作战的伙伴的友爱，真有可歌可泣的事迹，使我们觉得人性在战争中还没完全澌灭。对占领区人民的同情，尤其像黑夜中闪出几道毫光，照射着垂死的文明。

军队在乡村或农庄附近发饭的行列边，每每有些严肃有耐性的孩子，手里端着锡桶子在等人家吃剩下来的。有位兵士对我说："他们这样站在旁边看，我简直吃不下去。有好几次我领到饭菜后，走过去望他们的桶子里一倒，趸回狐狸洞去。我肚子不饿。"

这一类的事情使我想到，倘使战争只以求生为限，战争的可怕性也可有一个限度。例如野蛮民族的部落战，虽有死伤，规模不大，时间不久，对于人性也没有致命的损害。但现代的战争目标是那么抽象，广泛，空洞，跟作战的个人全无关联。一个兵不过是战争这个大机构中间的一个小零件，等于一颗普通的子弹，机械的，盲目的，被动的。不幸人究非子弹。你不用子弹，子弹不会烦闷焦躁，急于寻觅射击的对象。兵士一经训练，便上了非杀人不可的瘾。

第四十五师的训练二年有半，弄得人人差一点发疯，以为永远没有调往海外作战的机会。

我们的兵士对于义军很生气。"我们连开一枪的机会都没有"，有个兵士实在厌恶地说……他又说他本人受训练得利如刀锋，现在敌人并无顽强的抵抗，失望之余，坐卧不安。

久而久之，战争和求生的本能、危险的威胁完全脱节，连憎恨敌人都谈不到。

巴克并不恨德国人，虽然他已经杀死不少。他杀死他们，只为要保持自己的生命。年代一久，战争变成他唯一的世界，作战变成他唯一的职业……"这一切我都讨厌死了，"他安静地说，"但是诉苦也没用。我心里这么打算：人家派我做一件事，我非做出来不可。要是做的时候活不了，那我也没法子想。"

人生变成一片虚无，兵士的苦闷是单调、沉寂、休战，所害怕的不是死亡，而是不堪忍受的生活。唯有高速度的行军，巨大的胜仗，甚至巨大的死伤，还可以驱散一下疲惫和厌烦。这和战争的原因——民族的仇恨，经济的冲突，政治的纠纷，离得多远！上次大战，一个美国兵踏上法国陆地时，还会迸出一句充满着热情和友爱，兼有历史意义的话："拉斐德，我们来了。"此次大战他们坐在诺曼底滩头阵地看报，还不知诺曼底滩头阵地在什么地方。人为思想的动物，这资格被战争取消了。

兵士们的心灵，也像肉体那样疲惫……总而言之，一个人对于一切都厌烦。

例如第一师的士兵，在前线日夜跑路作战了二十八天……兵士们便超越了人类疲惫的程度。从那时起，他们昏昏的干去，主要因为别人都在这么干，而他们就是不这么干，实在也不行。

连随军记者也受不了这种昏昏沉沉的非人非兽的生活，时间空间都失去了意义。

到末了所有的工作都变成一种情感的绣帷，上面老是一种死板不变的图样——昨天就是明天，特路安那就是兰达索，我们不晓得什么时候可以停止，天啊，我太累了。(《勇士们》作者的自述)

这种人生观是战争最大罪恶之一。它使人不但失去了人性，抑且失去了兽性。因为最凶恶的野兽也只限于满足本能。他们的胃纳始终是凶残的调节器。赤裸裸的本能，我们说是可怕的，本能灭绝却没有言语可以形容。本能绝灭的人是什么东西，简直无法想象。

固然，《勇士们》一书中有的是战争的光明面。硬干苦干的成绩（"他们做的比应当做的还要多"），合作互助的精神（那些工兵），长官的榜样（一位师长黑夜里无意中妨碍了士兵的工作，挨了骂，默不作声的走开了），都显出人类在危急之秋可以崇高到不可思议的地步。还有世人熟知的那种士兵的幽默，在阴惨或紧张的场面中格外显得天真，朴实。那么无邪的诙谐，叫后方的读者都为之舒一口苏慰的气，微微露一露笑容。可是话又说回来，这种诙谐实在是人性最后的遗留，遮掩着他们不愿想的战争的苦难。

是的，兵士除了应付眼前的工作，大都不用思想。但他们偶尔思想的时候，即是我们最伟大的宗教家也不能比他们想得更深刻，更慈悲。

看着新兵入营，我总有些不好过，巴克有一天夜里用迟缓的声调对我说，话声里充满着一片精诚，"有的脸上刚刚长了毛，什么事都不懂，吓又吓得要死，不管怎么样，他们中间有的总得死去……他们的被杀我也知道不是我的错处……但是我渐渐觉得杀死他们的不是德国人，而是我。我逐渐有了杀人犯的感觉……"

这种释迦牟尼似的话，却出自于一个美国军曹之口。他并不追究真正的杀人犯。

可是我读完了《勇士们》，觉得他，他们，我们，全世界的人都应当追究真正的杀人犯。我们更要彻底觉悟：现代战争和个人的生存本能已经毫不相关，从此人类不能再受政治家的威胁利诱，赴汤蹈火地为少数人抓取热锅中的栗子。试想：那么聪明、正直、善良、强壮的"勇士们"，一朝把自己的命运握在自己手里，把他们在战争中表现的超人的英勇，移到和平事业上来的时候，世界该是何等的世界！

（原载《新语》半月刊第三期，一九四五年十一月）

评《三里湾》

　　以农业合作化为题材的创作近来出现不少，《三里湾》无疑是最受欢迎的作品之一。任何读者一上手就放不下，觉得非一口气读完不可。一部小说没有惊险的故事，没有紧张的场面，居然能这样的引人入胜，自不能不归功于作者的艺术手腕。唯有具备了这种引人入胜的魔力，文艺作品才能完成它的政治使命，使读者不知不觉的，因而是很深刻的，接受书中的教育。农民的日常生活和家庭琐事写得那么生动，真切，他们的劳动热情写得那么朴素而富有诗意，不但先进人物的蓬勃的朝气和敦厚的性格特别可爱，便是落后分子的面貌也由于他们喜剧性而加强了现实感：这都是同类作品中少有的成就。表面上，作者好像竭力用紧凑热闹的情节抓住读者，骨子里却反映着三里湾农业的演变，把新事物与旧事物的交替织成一幅现实与理想交融的图画。

　　谁都知道文艺创作的主题思想要明确，故事要动人；但作者的任务还要把主题融化在故事中间，不露一点痕迹；要把精神食粮调制得既美观，又可口，教人看了非爱不可，非吃不可。《三里湾》中大大小小，琐琐碎碎的情节，既不显得有心为题材作说明，也不以卖弄技巧为能事。作者写青年男女的恋爱，夫妇的争执，婆媳姑娌之间的口角，顽固人物的可笑，积极分子的可爱，没有一个细节不是使读者仿佛亲历其境。而那些细节所反映的时代背景和包涵的教育意义，又出之以蕴蓄暗示的手法，只教人心领神会。表现农民学习文化并不从正面着手；但玉梅在黑板上练字那一幕把求知欲表现得何等具体！情景又何等天真，何等妩媚！三里湾农村的经济情况是借了一个极有风趣的插曲，用金生笔记上"高、大、好、剥、拆"五个字说明的。合作社的全貌是由张信与何科长两人视察的时候顺便介绍出来的。美丽的远景是教老梁画给我们看的。运用了这一类好像漫不经意，轻描淡写的手法，富有思想性的内容才没有那副干枯冰冷的面目，才有具体的感性形象通过浓郁的诗情画意感染读者。

　　赵树理同志深切地体会到，农民是喜欢听有头有尾的故事的；其实不但农民，我国大多数读者都是如此。但赵树理同志把"从头讲起"的办法处理得极尽迂回曲折，避免了平铺直叙的单调的弊病。故事开头固然"从旗杆院说起"，可是很快的转到民校，引进玉梅和其他两个年轻的角色；再由玉梅带我们到她家里，认识了现代农村中的一个模范家庭，再由这个家庭慢慢的看到全局的发展。不但这种技巧的选择投合了读者的心理，而且作者在实践中把传统的写作办法推陈出新了。

　　一般读者都喜欢热闹的场面，所以作者在十四万五千字的中等篇幅之内，讲了那么多富有戏剧性的故事。丰富的内容一经压缩，节奏当然快了。结构也紧凑了。但那家常琐碎的事并没因头绪纷繁而混乱；相反，线条层次都很清楚，前后照应很周到，上下文的衔接像行云流水一般的顺畅。作者一方面借每个有趣的插曲反映人物的性格与相互的关系，一方面把日常细故发展成重大的事故，而归结到主题。玉生夫妇为了买棉绒衣而吵架，小俊听了母亲的唆使而兴风作浪，都是微不足道的生活小节。结果却竟至于离婚，从而改变了几对青年男女的关系。离婚、结婚也是人生常事，不足为奇；但玉生与小俊的离异，与灵芝的结合，小俊的嫁给满喜，有翼的革命以及他的娶玉梅，都反映出新社会与旧社会的斗争，新社会的胜利与年轻一代的进步。"两个黄蒸，面汤管饱"的趣剧不但促成了菊英的分家，还促成了糊涂涂那个顽固堡垒的崩溃；军属的支持菊英，附带表现了农村妇女的觉悟与坚强。可见书中连最猥琐的情节都有巨大的作用，像无数细小的溪水最后汇合成长江大河一样。

　　以上的几个例子提高到理论上，大可说明作者从实际生活中体会到生活规律，从复杂的事例中挑出的具有概括性的典型，的确是通过了生动活泼的形象表达出来的。虽然我们不熟悉赵树理同志的生活，也不难想象他为了实现这个目的，如何抱着真诚严肃的态度和热烈的情绪投入生活，如何以极大的谦虚和耐性磨练他的目光和感觉，客观的了解一切，主观的热爱一切；同时还在那里继续不断的作着艰苦的努力，在实践中提高他的写作艺术。

　　作者自己说常用"保留关节"的办法（见赵树理作《〈三里湾〉创作前后》第三段。原载《文艺报》一九五五年第十九号，收入中国青年出版社编印的《作家谈创作》中，列为第七篇），并举出"刀把上"一块地，一张分单，范登高问题等等为例，说那是吸引读者的一个办法。其实吸引读者只是一个副作用；不立刻说明底蕴主要是为一个并不曲折的故事创造曲折，或者为曲折的故事创造更多的曲折，在主流的几个大浪潮之间添加一些小波浪，情节的变化一多，节奏也有了抑扬顿挫，故事的幅度也跟着大大的扩张了。越是与主题的关系密切，越是对全局的发展有推动作用的情节，便越需要用一波三折的笔法。因为这缘故，赵树理同志才在"刀把上"一块地，一张分单等等的大题目上尽量保留关节。

为了说明这个技巧的作用，我想举一个例：《三里湾》第五面上，满喜找不到房子安排何科长，玉梅便出主意，叫他去找袁天成老婆，"悄悄跟她说……专署法院来了个干部，不知道调查什么案子"，央她去向她姊姊马多寿老婆借房子，"管保她顺顺当当就去替你问好了。因为……"话说到这里就被满喜截住，说道："我懂得了，这个法子行！……"作者在此留了一个大关节，让读者对玉梅的主意，案子跟借房子的关系，完全摸不着头脑。到二十七面末，二十八面初，才点出多寿老婆两个月前告过副村长张永清一状。但糊涂涂又拦着常有理不让说下去，"案子"的关节便继续保留，直到六十一面上何科长在田里遇到张永清才交代清楚。

这儿的关节是双重的：第一是为了表现玉梅的精灵，善于利用人家的心理；第二是为了强调"刀把上"一块地对马家和对扩社开渠的重要。两个不同的目的对主题的作用也不同。表现玉梅聪明事小，所以到二十八面上，谜就揭穿了。"刀把上"一块地是全书的主眼之一，从头至尾隐隐约约的出现过几回，又消失过几回，直到书末才完全显露；"案子"的关节不到相当的阶段而太早的点破，是会破坏"主眼"的作用的。关节的保留与揭穿不仅仅服从主题的要求，也得服从全局各阶段发展的要求。最初提到玉梅出主意的时候，最重要的几个正面人物尚未登场，自然不能随便把事情扯到马家去。在二十八面上，何科长的住处只解决了一半，小俊与玉生们打架的事也只讲了一半，也没有余暇来说明"案子"的底细。

不是为吸引读者，但同样能扩大故事幅度的是旧小说中所谓的"伏笔"。顾名思义，伏笔正与保留关节相反，是闲处落墨，有心在读者不经意的地方轻轻打个埋伏。有了埋伏，故事就显得源远流长，气势足，规模大，加强了它在书中的比重。小俊在范登高处挑了棉绒衣，声明没有带钱；范登高紧接着说："一会你就送过来！这是和人家合伙做的个生意。"这两句都是伏笔，又各有各的用意。前一句暗示范登高手头不宽，作为以后和王小聚争执，以及向供销合作社贷款的张本；后一句点出范登高雇工做买卖的情虚，成为以后屡次听人说他做买卖，跟王小聚是东家伙计而着急的伏线。伏笔不限于一句两句，有时整个插曲都等于伏笔；运用巧妙的话，往往带有连环性质，还能和保留关节同时并用。上面提到的玉梅出主意，一方面保留了关节，一方面也埋伏了满喜和天成老婆的喜剧：这幕喜剧又埋伏了满喜和有余老婆的一幕活剧（"惹不起遇一阵风"）；这幕活剧又埋伏了菊英分家胜利的一个因素。

赵树理同志的作品中从来没有"冷场"。他用十八面以上的篇幅，分四章来写三里湾的全景。集中介绍的办法是不容易讨好的，很可能成为一篇流水账。但我们读那四章，一点不觉得沉闷，倒像电影院中看一张农村短片那样新鲜。我们对各个小组的工作，菜园与粮田的不同情况，玉生的小型试验场。开渠的路线，都有了一个鲜明的印象；还感染到社员们开朗的心情，劳动的愉快，仿佛能听见他们欢乐的笑声和嘻嘻哈哈的打趣。这个效果显然是靠许多小插曲得来的。那些插曲多数是用的侧笔，只会增加色彩的变化而不至于喧宾夺主。何科长刚到田里，张信便介绍概况，说到第一组外号叫武装组，因为组员"大部分是民兵——民兵的组织性、纪律性强一点，他们愿意在一处保留这个特点"。以后作者写武装组的"一个小男青年，用嘴念着锣鼓点儿给她们帮忙（接她们是民兵与军干部的家属，也是组员）"；看见何科长来了，又向妇女们"布置了一下，大家高喊：欢——迎——何——科——长！接着便鼓了一阵掌"。这小小的一幕，不是从侧面把武装组的特色——组织性与纪律性——活活表现出来了吗？

运用侧笔的例子触目皆是：糊涂涂外号的来历，我们是从范登高老婆那里听到的；范登高之所以称为翻得高，是马有翼说明的。侧面描写是一种比较轻灵的笔触，含蓄多，偏重于暗示，特别宜于写恋爱场面。灵芝与有翼的"治病竞赛"，袁小旦的取笑玉梅"成了人家的人了"，取笑有翼"你放心走吧！跑不了她！"等等，都是用侧笔极成功的例子。

描写的细腻是《三里湾》受到欣赏的另一原因。玉生与小俊吵架，插入一段棉绒衣与木板的误会；趁吵架还没正式开展，先来一番跌宕，在大吹大擂之前来一番细吹细打，为那个打架的场面添加了不少风趣。这小小的曲折还把玉生的专心一意于工作，跟小俊的专心一意于衣服构成一个强烈的对比。接着小俊去找母亲，跑到范家，马有翼对她说："大概到我们家去了。"灵芝插嘴问："你怎么知道？"有翼说："你忘记了玉梅跟满喜说的是什么了？"灵芝一想便笑着说："你去吧！准在！"作者在这儿好像是专为小俊安排找母亲的路由，却顺手把玉梅出主意的那个关节虚提一笔，作为前后脉络的贯串。同样的技巧也表现在"回目"上：第十九章叫做"出题目"，里面写的是：玉生要老梁画三里湾的远景，灵芝要有翼作检讨。老梁的三张画对扩社开渠帮助很大，灵芝教有翼检讨是两人感情的转捩点；因此这回目除了含有双关意义，还连带标出了内容的重要。

作者的笔墨很经济：写玉梅与大嫂的和睦，同时写了她们与小俊的不和睦，写万宝全，同时写了王申老汉；讲玉生夫妇的争吵，顺便把范登高做买卖的事开了头。菊英的分家与马氏父子的打算；"刀把上"一块地与合作社的开渠问题；袁天成贪多嚼不烂的苦闷与有翼的不会做活；农村对机械农具的想望与张永清的形象；张永清与常有理的对照跟"案子"的交代，差不多全是双管齐下，一笔照顾了几方面的。

以下预备谈谈三里湾中的人物。

糊涂涂与常有理等几个外号特别有趣的角色，早已脍炙人口，公认为最生动的形象。但他们和所有的人物有一个共同的特点，就是没有一星半点的生理标志：关于他们的高矮肥瘦，面长面短，声音笑貌，举动步履，作者始终不着一字。勉强搜寻，只有两处例外：十五面上说到袁小俊"从小是个胖娃娃，长大了也不难看"，说到玉生"模样儿长得很漂亮"（一四〇面上又说玉生"漂亮"，一七三面又说小俊"长得满好看"，但都是重复前文）。这情形出现在一个老作家笔下，尤其在一部很精彩的小说中，不能不令人奇怪。

塑造人物的技巧很多，如何运用并没有一定的规律，只要能尽量烘托人物的性格。可是也有几个基本项目只能在用多用少之间伸缩，而不能绝对摒弃。有的小说，人物难得说话，但决不是哑巴；有的人物动作不多，或是相貌的描写很少，但决不是完全没有，除非是书信体的作品。以上的话特别是指主角而言。当然，我们并不要求人物的出现像旧戏中的武将登场，先来一个"亮相"，再来一套"起霸"；但毫无造型的骨干，只靠语言——哪怕是最精彩的独白和对话——生存的人物，毕竟是难以想象的。没有血肉的纯粹的灵魂，能在读者心目中活多久呢？马多寿为人精明，偏偏由于一个特殊的习惯和闹了一次笑话，得了个"糊涂涂"的外号：这对比非常有力；假如让大家知道他的长相和他的性格是相符的或是相反的，他的造像岂不更有力吗？人物的举动面貌和他的性格不是相反，便是相成；而两者都能使形象格外突出。有翼，灵芝，玉梅，考虑他们的感情关系时从来不想到对方的美丑；新时代的农村青年因为重视了道德品质与劳动积极性，就连一点点审美感都没有了，难道是合乎情理的吗？有些作家把人物的状貌举动处理得很机械化，像印版一样；或是一味的繁琐，无目的地拖拖拉拉。这两种办法，我们都反对；但若因此而把外形描写减缩到绝无仅有，也未免矫枉过正，另走极端了。

值得考虑的还有一些更重要的问题，就是作者所创造的人物是否完全实现了作者的意图（至少是相去不远）？是否充分反映了主题思想？在整部小说中，各个人物的比例是否相称？

据赵树理同志的自白（见《〈三里湾〉创作前后》第二段），他在本书中要写的人物，一种是"好党员"，他们"在办社工作中显示出高尚的品质，丰富的智慧和耐心，细致的作风……为了表现这种人，所以我才写了王金生这个人物"；一种是"在生产上创造性大的人"，或是"心地光明，维护正义"的人，"为了表现这两种人，所以我才写王宝全、王玉生，王满喜等人"；一种是青年学生，"为了表现这种新生力量，我所以才写范灵芝这个人"；一种是被农民的小生产者根性和资本主义倾向侵蚀的人，"为了批判这种离心力，我所以又写了马多寿夫妇、袁天成夫妇，范登高、马有翼等人"。

为方便起见，以上四种人物不妨归纳为作者所批判的，和他所表扬的两大类。前一类人物中写得成功的是马多寿夫妇，马有余夫妇，袁天成夫妇，王小聚，袁丁未等等，而以马有翼为最出色。一个天性懦弱，立场不坚定，没有斗争精神，沾染旧习气的知识青年，最后为了失恋才闹"革命"，走出顽固落后的家庭，投入积极分子的队伍；他从灰暗逐渐转向光明的过程写得非常细致，自然，因而前后的发展很完整。马多寿的刻画就没有这样圆满了；它后半不及前半，令人有草草终场之感。老二（马有福）捐献土地的家信，对糊涂涂应当是个很大的打击；老夫妻俩为"刀把上"那块地始终作着"顽强的斗争"，到了被老二扯腿，前功尽弃的关头，即使不再挣扎，总该有几声绝望的呻吟吧？可是作者只让铁算盘对他母亲说话中间（"妈！……老二来了信！又出下大事了！"）透露了一些消息，而绝对没有描写这个富农精神上的震动。固然，马多寿是个精明家伙，他最后的不坚持留在社外，一则因为大势已去，二则入社的利益比不入社多；固然，他接到老二来信以后也曾"和有余商量了一个下午，结果他们打算等社里打发人来说的时候，再让有余他妈出面拒绝"；但这些都不足以成为马多寿失却土地的一刹那不感到紧张的理由，更不足以成为不描写这个紧张心情的理由。即使马多寿是个老谋深算、见风扯篷、不动声色的人，但要说他心里毫无波动究竟是不大可能的。

范登高占的篇幅不少，足见作者对他的重视；事实上这个人物却好像只有身体，没有头脚。在当地开辟工作的老干部，村子里第一任的党支书，现任的村长，竟会留在互助组，不参加合作社，还做小买卖，走富农路线；那决不是一朝一夕所致的。我们对这段历史知道得太少了。开头只晓得他土改时多分了土地，得了个"翻得高"的外号。后来张乐意在党内批评他，翻了翻他的老账，举出了几桩事实；但在全书已经到了三分之二的阶段才追述他蜕变的过程，而且还不甚详细，给人的印象势必是很淡薄的。范登高的变质，据我们推想，可能有好几个原因：一个是小生产者的根性，一个是他的个性，一个是受的党的教育不够，也就是当地的党组织不强。作者提到他"为什么要写《三里湾》"（见《〈三里湾〉创作前后》第一段）的时候，曾经说："一到战争结束了，便产生革命已经成功的思想。"可惜作者没有把他的理性认识在艺术实践中表达出来。假定这个背景能和范登高联系在一起，范登高立刻可以成为更突出，更有血肉的典型。他在党内做了两次检讨；第三次当着群众检讨，态度又不老实，又受了县委批评，他"在马虎不得的情况下，表示以后愿意继续检查自己的思想"。以后检查了没有呢？作者没有告诉我们；只说他当天（就是九月十日开群众大会的那一天）晚上连人带骡子入了社。看到范登高事件这样结束，我们不禁怀疑：他的入社究竟只是无可奈何的低头呢，还是真心悔改的表现？一个变质的党员不经过剧烈的思想斗争，可能在半天之内彻底觉悟，丢掉他背了多年的包袱吗？对于早先的蜕化和最后的回头，作者没有一个明确的交代，范登高的形象便显得残缺不全了。

  书中的进步分子，和落后分子一样是次要角色比较成功。满喜那股"一阵风"的劲头，为了争是非"可以不收秋不过年"的脾气，他的风趣，他的旺盛的生命力，写得都很传神。秦小凤与玉梅，理性与感情很平衡，见事敏捷，有决断，有作为，不愧为新生力量；玉梅尤其在刚强中带着妩媚，给读者留下深刻的印象。灵芝的性格略嫌软弱，不完全能担负作者给她的使命。她发誓要治父亲的思想病，但只在范登高被支部大会整了一顿以后才劝过一阵是不够的。玉生的造像还可以加强些，书中用的多半是侧面手法，笔触太轻飘，色调太柔和，跟他应有的地位不大相称。但他到底是有个性的，会跟小俊离婚。

  金生照理是跟范、马、袁等落后分子作斗争的领导，在实际行动中却是作用不大。虽然出场的机会极多，但始终像个陪客。在公开的场合也罢，跟私人接触也罢，在内部开会也罢，讨论扩社开渠也罢，批判范登高也罢，金生都不大有领导的气魄。便是要表现集体领导，金生的分量也不能太轻；因为集体领导并不等于没有中心人物，而张乐意、魏占奎等等骨干分子的形象也得相当加强才说得上。"耐心"和"作风细致"两个优点，在金生身上有点近于息事宁人的"和事佬"作风。最显著的是他在马家入社以后，劝玉梅与有翼不要再向马多寿闹分家。作者的解释是他一时"顾不上详细考虑……当秦小凤一提出来，他觉着是不分对，可是和玉梅辩论了一番之后，又觉得是分开对了"。我认为问题不是来不及详细考虑，也不是金生头脑迟钝，而是由于他的本性带点儿婆婆妈妈，看事情偏重于团结而不大问实际的效果。我决不说党员只应该有理智，相反，人情味正是党员最优秀的品质之一；但领导一个比较进步的农村的党支书，总不能像金生那样的带点姑息的作风。范登高的小买卖已经做了一年之久，金生从来没有正面批评他，帮助他，更证明金生的软弱。

因为被批判和被表扬的主要角色不是发展不完全，便是刻画得不够有力，所以先进与落后的对比不够分明，矛盾不够尖锐，解决得太容易。矛盾的尖锐不一定要靠重大的事故：落后的农民不一定都勾结反革命分子做穷凶极恶的破坏，先进分子也不一定要出生入死，在险恶的波涛中打过滚而后胜利。平凡的事只要有深度，就不平凡。三里湾是老解放区，有十多年的斗争史（《三里湾》第一面末了，说到汉奸地主刘老五在一九四二年就被枪毙了）。落后农民的表现不像旁的地方那样见之于暴烈的行动：那也是一个典型环境。惟其上中农与富农发展资本主义的倾向不表面化，像慢性病一样潜伏在人的心里，所以更需要深入细致的挖掘。暴露了这种内心的戏剧（例如范登高被整以后的思想情况，糊涂涂接到老二来信以后的苦闷），自然能显出深刻的矛盾，批判也可以更彻底；而落后与先进两个因素的斗争，尽管没有剧烈的行动，本质上就不会不剧烈。惟有经过这种剧烈的艰苦的斗争，才有辉煌的、激动人心的、影响深远的胜利。何况矛盾的尖锐与否也是从大处衡量一部作品的艺术尺度呢！

作者决非体会不到这些，他在无数细小的场合都暗示了两种力量的冲突。不幸他似乎太顾到农民读者的口味，太着重于小故事的组织、交错、安排，来不及把"冲突"的主题在大关节上尽量发挥，使主要人物不能与次要人物保持适当的比重，作品的思想性不能与艺术性完全平衡。他不是主观的在思想与艺术之间有所轻重，而是没有把两者掌握得一样好。因为在大关节上注意力松了一些，上文所列举的许多高明的艺术手腕，在某个程度之内倒反成为作者的一个负担。丰富多彩，生动有趣的情节，也许把他犀利的目光掩蔽了一部分。另外一个原因，可能是篇幅限得太小了，容纳了那么多的素材，再没有让主流充分发展的余地。

可是人物的塑造有了缺陷，主题的表现不够显著，《三里湾》又怎么能成为一部杰出的小说，为读者大众喜爱呢？本文前半段的评价是不是过高了呢？我的解答是这样：除了人物比例所引起的结构问题以外，本书的艺术价值之高是绝对可以肯定的。除了几个大关节表现薄弱之外，本书的思想性还是很充沛的。作者处理每个插曲的时候，从来没有放过暗示主题的机会。花团锦簇的故事，无一不是用敏锐的观察与审慎的选择，凭着长期的体验与思考，从现实生活中提炼出来的典型。就是这点反公式化、反概念化、同时也反自然主义的成绩，加上作者对农民深刻的了解与浓厚的感情（作者自己就是农民出身），发出一股强烈的温暖的气息，生活的气息，大大的补偿了《三里湾》的缺点。而且某些形象的笔触软弱，也并不等于完全失败。说明白些，《三里湾》的优点远过于缺点，所谓"瑕不掩瑜"；何况那些优点是有目共赏的，它的缺点却不是每个人都能清清楚楚的感觉到。

有人说《三里湾》中的恋爱故事"缺乏爱情"，我认为这多半由于人物缺乏外形描写；同时或许是作者故意不从一般的角度来描写爱情，也多少犯了些矫枉过正的毛病。但基本上还是写得很成功。情节的安排不落俗套，又有曲折，又很自然。真正关心恋爱的只有灵芝、有翼与玉梅；玉生、小俊、满喜三人的结局都不是主动争取的，甚至是出乎他们意料的。前半段写灵芝、玉梅与有翼之间的三角关系非常微妙。中国人谈恋爱本来比较含蓄，温婉；新时代的农村青年对爱情更有一种朴素与健全的看法。康濯同志写的那篇《春种秋收》也表现了这种蕴藉的诗意。灵芝选择对象偏重文化水平，反映出目前农村青年中普遍存在的一个现象：灵芝的觉悟对他们是个很好的教训。

附带提一笔：赵树理同志还是一个描写儿童的能手。他的《刘二和与王继圣》（《刘二和与王继圣》是赵树理同志写的一个短篇），以及在《三里湾》中略一露面的大胜、十成和玲玲三个孩子，都是最优美最动人的儿童画像。

总而言之，以作者的聪明、才力、感情、政治认识、艺术修养而论，只要把纲领性的关键再抓紧一些，多注意些大的项目，多从山顶上高瞻远瞩，只要在作品完成以后多搁几个月，再拿出来审阅一遍，琢磨一番，他一定有更高的成就，一定能创造出更完美的艺术品为伟大的社会主义事业服务。《三里湾》虽还有些美中不足的地方可以让我们吹毛求疵，但仍不失为近年来的创作界一个极大的收获，一部反映现阶段农村的极优秀的作品。明朗轻快的气氛正是全国农村中的基本情调。作者怀着满腔热爱，用朴素的文体和富有活力的语言，歌颂了我国农民的高贵品质：勤劳，耐苦，朴实；还有他们的政治觉悟，伟大的时代感应他们的积极性与创造性。书中有的是欢乐的气象，美丽的风光，不伤忠厚的戏谑，使读者于低徊叹赏之余，还被他们纯朴温厚的心灵所感动而爱上了他们。

一九五六年五月三十日

（原载《文艺月报》，一九五六年七月号）

评《春种秋收》

《春种秋收》

近年来的农村青年，随着时代的转变，一反过去那种安土重迁的保守思想：人生观改变了，天地扩大了，表现出一股蓬蓬勃勃的朝气和前所未有的热情。他们因为生长在乡间，见闻有限，对于水利、交通、矿山、电业和一切现代工业的计划，好奇心特别强，期望特别高，参加建设的要求特别迫切；但由此而产生的性急病也大大扰乱了他们的情绪。在农业发展纲要颁布以前，大家特别注意到乡村干部的不安于位，农村青年的不耐烦从事农业生产，婚姻不得解决等等。这个复杂的问题至今存在；而康濯同志早在一九五四年写的一篇《春种秋收》，就以婚姻问题为中心有所反映。

刘玉翠苦闷的起因是不能升学，又看不起"笨劳动"而不做活，不工作。求知与恋爱原是发育时期两股最强烈的欲望，互相关连，互相影响的。所以刘玉翠会从闷恹恹的闹情绪，进一步变为专门打扮起来找对象。可是她并不虚荣，眼界相当高，动机又离不开对"城市，学习，建设"的向往：她自以为找对象只是追求这些美妙理想的一种手段，没有意识到其中也有感情的需要。但便是追求前途的热情也已近于盲目的、执著的，难以抑制的冲动。单靠理性决不能廓清她好高骛远的空想，决不会使她对参加社会主义建设有什么正确的理解与信念；必须有一天，"对自己养种的地开始感觉亲切，对劳动好的人也开始有些佩服"了，她才真正能回心转意，而学习与感情方面的要求才能同时满足。

康濯同志的作品当然不像我的分析这样枯索，相反，他用活泼的笔调，素淡的色彩，把这些问题写成一首别有风趣的牧歌。说它牧歌，也许把作品和现实拉得太远了些；但的确是这种艺术境界使人物的劳动热情，思想转变，婚姻苦闷，融合在一起，显得那么浑成。略嫌冗长的《开头》(《春种秋收》原来分为《开头》、《故事》、《结尾》三个部分)，以半正经半诙谐的口吻给一件"又是恼人，可又是新鲜漂亮的事儿"布置了一个序曲，暗示出通篇的气氛。《故事》本身交错的说着两位主角的恋爱史与玉翠的思想过程；时而追述过去的根由，时而叙说事情的发展，极尽纡回曲折而仍脉络贯通，衔接得很自然。正文中间有一个关于团委副书记的大插曲和一个关于百货公司干部的小插曲，内容因之更充实，事态的演变更合逻辑。《结尾》则用轻快的调子点出《春种秋收》的含义：恋爱成功，耕作成功，八对男女婚姻的成功；这三重收获更加强了牧歌的意味。

正因为《春种秋收》是恋爱故事，作者把女主人公的思想变化只当做一股暗流处理，虽然占的篇幅不少，但主客关系分得很清楚。副书记对玉翠的思想帮助，玉翠是在追求另一个目的时无意中得来的，在她已经开始醒悟的时候接受的，所以故事毫无板着脸孔说教的气味。

当然，玉翠情绪的好转是由于周昌林的实际教育。要不是眼看他干活的本领强，庄稼种得好，玉翠是不会喜欢自己养种的地的。农村的团员应该热爱农村的话，副书记早在前年说过，她不是当作耳边风吗？但昌林给她的启发也出于无心，他的许多行动又掺杂在两人微妙的关系中间。可见作者写周昌林的帮助和写副书记的帮助，用的都是同样的手法——把思想性与情节的逻辑化为一片，而且都用得成功：作品所以能有强烈的感染力与说服力，关键就在这里。

除了积极因素，玉翠的觉悟也有消极因素，例如几次找对象的经验和高小同学进城以后的苦闷。这些大小事故，不管是仅仅从回忆中映过一个镜头，带过一笔，还是用较多的笔墨正面描写，都结合着主题的发展，一点不露出有心穿插的痕迹，好像一切都是客观环境的推移。有了这样的现实性与必然性，故事的转捩与结束便显得是水到渠成的应有文章了。

作者写恋爱故事，从他的少作《我的两家房东》起，就有独到的地方。他不但极细腻地刻画了女性心理，还能体贴入微的勾勒出许多微妙的感情波动：波动的幅度既大小不一，方向也常常在转换，不是直线进行，而是转弯抹角，忽隐忽现，慢慢的归向一点的。按照玉翠过去的思想情况，她的感情必然先倾向副书记，所以第二次见到他，玉翠听了人家的打趣，"笑着扯开了别的。但是胸口里头却丝丝地发颤，正跟黑夜做梦梦见考上了中学的情景差不多"；副书记进省受训，没有来信，她就心怀怨望，想着："你瞧不起我，莫非我还硬要找你？……看你去城市里找女学生去吧"；后来又看到他了，玉翠"脸上起了一层粉嫩粉嫩的云彩，胸脯卜卜的乱动"。除了正面描写，作者还用旁敲侧击的方法：副书记进省以前，说玉翠也该常常写信报告学习情况，妇联会的一位同志在旁插嘴："当然好哇！玉翠你说是不是？一来一往，理所应当啊！"不难想象，最后两句会引起玉翠那么甜蜜的幻想，体验到比"丝丝地发颤"更醉人的快感！

为什么要这样三番四复的写玉翠对副书记的感情呢？显然是为了烘托她和周昌林的关系；但更重要的是说明玉翠的感情与思想钻过了多少牛角尖才走上正路的。农村姑娘也有她的精神历险记。

因此，在两个主角中，玉翠的心情要复杂得多：首先她是女性，其次她有苦闷。第二回跟昌林相遇，昌林只是继续发窘，玉翠却想着："他不也跟我一样，拒绝了咱们的事么？莫非他还口是心非？他还就是对我有意思，故意要找个机会跟我接近接近……哼，要那么着呀，他才是更没出息哩！"她第二天清早就下地，"倒要看看周昌林是不是还会在坡上的地里等她……直闹到半前响，她的地都刨完了，昌林可还没去。玉翠禁不住有点儿难过。觉着人家对自己还怕就是没什么想头……"她对副书记是直线上升的单相思，对周昌林却是纡回曲折，一刹那间感情也千变万化。这固然表现了女性的矛盾心理：人家追求她，她自高声价；不追求她，她又伤心难过；同时也指出真正的爱情往往在开始别扭，甚至于互相厌恶，继而心中七上八下，矛盾百出的情形中抽芽的；而在另一角度上也说明了一个人必须经过多少考验，做过多少反省的工夫，才能弄清楚自己感情的深浅。

直到她在城里和昌林谈过话，回到村里"天天直着脖子等昌林"为止，作者只是隐隐约约的点染，始终不让高潮出现。最后一段是急转直下的局面，作者也跟着换了一种口吻；两个主角毕竟是现代的青年，到了某个阶段会用直率、爽朗、俏皮的作风谈情的——

快到秋收的时候……有一天……只听得玉翠说："你今年多大啦？"昌林说："你问这干什么？"玉翠说："就不能问问，唔，我知道，你快满二十三啦！"昌林说："你知道又还用问？好，我也问问你：你多大啦？"玉翠说："你问这干什么？"昌林说："就不能问问？我也知道，你刚满了二十岁！"

等到玉翠说出已经找定了对象，昌林问："谁？"玉翠干脆就回答说："你！"

康濯同志的文字好比白描：只凭着遒劲的线条勾出鲜明的形象，在朴素中见出妩媚，在平淡中藏着诗意，像野草闲花一般有种天然的风韵，尤其可爱的是那种疏疏落落，非常灵活的节奏，例如写昌林与玉翠第二次相遇："又是两个人刨开了地。不用说，两个人的劲头都绷的像梆子戏上的琴弦。简直是在闹什么竞赛一般，可又都发了誓——决不注意对方。不过……工夫一大，这眼睛就变成了个怪东西！不定怎么一来，就会要你眇我两下，我眇你两下……这么眇来眇去，昌林发现了玉翠干的那么欢实——不喘，不哼，镢头不偏歪，不摇晃，稳扎扎地刨一下是一下，还满像个干活的派头……昌林差点要叫出声来，赶紧搓了搓巴掌，给镢头上更加了分量……"这段节奏优美的文字同时写出了人物的心理、表情，和田野操作的健美的姿态；一举数得才是高度的艺术手腕。又如两人一块儿播种那一回，昌林"不免也就咬住牙根，稳扎扎地撒着籽，细致得一抬腿一动手都不冒失，他那一身的力气也扑扑扑往外直冒……昌林干了一阵，觉着穿着鞋，鞋里光进土，就一踢一踢把鞋踢到地边上，光着脚播种"：这不像短打武生的身段与把式么？不堆砌，不夸张，只是老老实实的写生，结果却写出了一首歌颂劳动的诗篇，充满着泥土味。原来劳动与爱情在这个故事里是靠了浓郁的诗意结合的，怪不得效果会这样调和。

作者的笔调有时也机智、潇洒、飘逸：昌林与玉翠订婚以前的那次谈话，还躲着个精灵鬼怪的周天成在偷听；谈话中间，昌林好像生了气要走开，"把个躲在陡岩后面的天成急的差点没摔下来。亏的是给玉翠抓住了……不是抓住了天成，是抓住了昌林。"这种聪明的手法给读者一个出其不意的刺激，平添了不少风趣。并且从全局来说，在这一幕中插入天成的镜头，用天成从岩上跳下，先吓了别人，然后自己跑掉来收场，整个画面的色调立刻有了变化，添了光彩，而这一点淡淡的喜剧气氛，也使故事的结尾显得更丰腴，更明快。

其他各篇

任何一个作家，作品不能篇篇好；好的里头也还有参差。康濯同志收在这本集子里的几篇，艺术水平高下不一的情况很显著；因此我下面预备着重分析缺点。我的主观当然不一定符合实际；赞美尚且可能过分，何况是指摘。

各篇都以农村过渡时期的人物为题材，不论思想情况如何，他们都有特殊的面貌与性格。从写作的年代看，我们不能不佩服作者对农村问题的感觉敏锐。最明显的缺陷是没有接触到深刻的矛盾，有点儿"浅尝即止"；对待人物与事件的演变太偏于乐观，因而教育意义不够强。动人的段落固随处可见，通篇完整的也不是没有。但作者在《春种秋收》中显露的才能并没全部发挥。

有些作品近于特写，往往平铺直叙，不大注意关节，高潮，层次的处理；结构松懈，剪裁不甚讲究，尤其是舍不得割弃材料，以致文字拖沓，影响了主题的发展。

《牲畜专家》是好像内容很丰富，其实作品很空虚的典型例子。我们看不出重心在哪里，究竟是牲畜市场的问题呢，还是牲畜专家刘春堂这个人物？开头写牲口交易的情况，牙行经纪人的嘴脸，买主的惶惑，卖方的苦恼，都写得淋漓尽致，的确是极精彩的段落。以后叙述二毛卖骡驹的原因；从二毛嘴里说出刘春堂的好处和本领；又由刘春堂谈到市场；最后写刘春堂的家庭。在所有的情节里头，重点仍离不开牲口市场：第一段是正写，刘春堂的叙述是侧写，内容都是谈的同一现象，问题根本不曾有什么进展。

再看故事的主角：写市场的一段从侧面反映刘春堂；二毛的话分量固然重，但还是侧面反映，正面写到他与他家庭的时候，一半是回溯过去，一半是不重要的细节。刘春堂话说得很多，但既没有深入分析市场问题，也没说出第一段以外的新材料，仅仅在篇末重复几句上级的纲领性的指示；对二毛的劝告也浮光掠影。除了二毛口述的情节以外，刘春堂自己再没有显露出别的精神面貌。因此，我们对这个人物的认识始终局限于第一段。

因为故事开头就出现了紧张热闹的场面，以后没有其他的高潮或低潮；因为问题与人物都停留在一个圈子里打回旋；也因为中间夹着不必要的穿插，作者露面的次数也太多；所以给人的印象更近于一篇报导，而不是苦心经营的小说。

瑕瑜互见，前后不大匀称的另外一篇是《在白沟村》。放羊的孤儿白成茂是个挺可爱的模范青年；在他旁边有个贪吃懒做，迂腐不堪的老头儿作陪衬。题材好，人物好，对比好，满可以成为一个杰出的短篇。

羊倌与杠老汉一出场便是一幅清新秀丽的图画。热情的成茂有股英俊之气扑人眉宇；老杠见了人却拿出一副玩世不恭的轻薄口吻，问："在北京也没享福？怎么还是两条腿当交通？就不能开个汽车来？"这一段文字干净利落，非常轻灵可爱。第二段写羊倌对羊的感情，笔触沉着，正好与上文的风格遥遥相对，同时也切合内容。不幸自此以下，再也看不见紧凑的结构；成茂的苦学没有集中处理，线条太轻飘，大好题材不曾尽量发挥；老杠与羊倌的对比没有充分利用；整个作品被后半部拉松了，变得软弱无力。

篇中的闲文也还不少，如第二段的三行开场白："村公所里的一伙干部热热火火地欢迎着我……"第三段末："又谈了一阵，我忽然想再问问这两个人恋爱的事。又一想：他们的事不是已经很清楚了么？倒是我应该赶紧走开，让他们在一起说说话才对。"这不仅是赘疣，而且平凡庸俗，破坏了全篇的气氛。

短篇小说不怕内容少，只怕拉扯；不怕情节平凡，只怕七拼八凑。《最高兴的时候》与《往来的路上》正好是两个一正一反的例证。

在三分之二的篇幅以内，七次提到邮递员小吴长久没收到妻子来信，结果只是她要等自己学会了写信亲自动笔。用这样雷声大、雨点小的方法写报导文章尚且嫌拖拉，何况是最讲究以少胜多的短篇！表现小吴对本位工作的热心，不用具体形象而用长篇累牍的抽象文字（开头第三至第四面）；刘洪的形象很空洞；不必要的枝节太多；都是这个故事失败的原因。写何老大娘过于理想化；而且跟小吴妻子久不来信的情节一样，把些少的材料尽量铺排，便是用许多鼓动性的篇章渲染，也掩盖不了内容的贫乏。何家老三在朝鲜受伤立功，应该是全篇的高潮，但放在黄继光的英勇事迹以后便黯淡无光，收束不住一万二千字的一篇小说了。

反之，《往来的路上》材料更少：不过是一个老头儿去看拖拉机耕田，晚上回来，对合作化有了信心；可是作品写得紧凑，结实，精神饱满。因为言之有物，没有多余的笔墨；必要的穿插都紧紧的扣住题目，不拉慢节奏；所以材料少而内容不单薄，篇幅多而不是勉强拉扯。老头儿在路上的谈话有分量，有实质，有根据，逻辑严密，一步一步的向前推进，终于暴露出他带着三分怀疑的症结，是在于不相信牲口和农具能"变成神仙的宝物"，土地能"变成金板银板"。到了现场，他把手伸进泥沟量深浅，抓起泥土细瞧，细闻，用舌头舐过。这一下，土地可真成了金板银板啦！临走对拖拉机手嚷着："'同志！同志！歇歇吧……哈哈！这小伙子可真是干啦！干吧！干吧！……喂，歇歇吧……'又叫人家歇，又叫人家干。一边嚷，一边还平地跳三跳。"作者所有的长处在这儿又都显出来了：他从头至尾都用着奔放的笔力塑造了一个生龙活虎般的形象，把人物的言语、思想、举动、表情，都朝着一个方向推动。

费解的是结尾两句："我（作者自称）很满意我今天走的这一条一往一来的路。这也许是一条人人都要往来的路。"故事说的是一个老农在一往一来的路上思想有了转变，与作者有什么相干？但上一句好像说作者也在一天之中经历了从怀疑到肯定的过程。不管这两句的意义何在，放在这儿总是画蛇添足。

挖掘了矛盾而半途而废的是《第一步》。

两个交错的主题：在大旱的季节，合作社主任徐满存以实际行动帮助一个落后的农民向前迈进了一步；但贫农出身的人也有强烈的个人英雄主义。作者一再强调来顺认为生产上的潜力是人，而除了两个社干部以外，群众都不行。不是为了攒钱做富农，因为只相信自己而跟合作社赌气，要在生产上见个高低的农民，当然也是一种类型。要这等人觉悟，必须让他看到群众的力量胜过个人、集体组织能提高个人的事实。如今来顺因偷水不受处分，社里又慷慨的替所有的单干户浇地，才重新加入了互助组：这是他受了感动的表现，也是报答徐满存的情谊，而非思想真正改变，但满存劝铁根的话只笼笼统统地说："咱们这是刚走这条道儿，才走了第一步，又不是走得挺好的，人家当然要不放心啊！人家不放心，你急有什么用？"他既不点破来顺的思想症结是在于个人逞强，自然说不出彻底帮助他的办法。上文徐满存对来顺提过组织的力量，但撞见来顺偷水的时候没有再拿这个论点去教育他；全篇的紧要关节就此错过了。作者一再描写徐满存指导有方，而从来不正面提到开渠与节省用水也靠了群众的觉悟。不把集体主义跟个人英雄主义明白对立起来，教育作用就不大，作品也不完整不深刻了。

康濯同志最擅长写尴尬场面尴尬人物，《一同前进》中的王老庆与儿媳闹别扭的几幕，便是出色的例子。可惜结构有了问题，这些美妙的笔墨像在别的几篇中一样，只能成为孤立的片段了。

王老庆是个性情古怪，说话老像吵架，有许多思想疙瘩而感情又极丰富的老头儿。他不顽固，不落后；但对于翻身以后得来的土地与牲口，感情特别重；即使土地入了社，还老是挂在心上，怕别人种不好，他还亲眼看见有些地耕得不匀实呢。自己愈重视，愈觉得别人不重视，尤其是自己的儿媳；可是又不敢暴露心事，怕人笑他落后。这是一个特别有意义的人物。

作者在第一、第二段中只交代了老人的思想情况，没有充分挖掘他的矛盾——面上粗暴而心地仁厚；虽不自私而丢不开一个"我"字——"我"的地，"我"的牲口；不愿落后而又不敢信任群众。第三段写他思想疙瘩的解除也就跟着太平淡，太轻松了。第四段加了两个插曲，王老庆帮着收麦子和发觉一个偷麦秸的人，但插曲的作用很模糊。假如要借此表现老人心情快活，家庭和睦以后的新气象，则不该紧接在他看见麦子丰收而高兴的一节之后，令人觉得老头儿是为了丰收而兴奋。说是参加了社员大会而格外积极吧，帮助收麦子的情形不过是顺便插一手。送柴火给偷麦秸的人，也说明不了什么，因为老人本来不是吝啬的。凡是作用不明确的插曲，唯一的后果是妨碍主题的发展，分散读者的注意力。

第三段的结尾是全局的转捩点；王老庆的苦闷一朝解除，就该着重写出与心情好转直接有关的事，就是牲口入社那件大事；这一段，作者的确用着深厚的感情写得非常动人。在此以前，插进自留地的问题，仿佛雨过天晴的局面几乎又罩上了乌云，在接近圆满结束的阶段多一个波折，倒是很好的办法；但原文仍嫌松散，显不出这个作用。儿子说父亲封建顽固的话，应当清清楚楚加以批评；老人舍不得舅舅——也是一个穷人——遗下的一亩几分地，完全从感情出发，他实际还是吃亏的，事先又不知道作为自留地会妨碍合作社的并地。作者对这一点含混过去，青年读者可能以为老人的想法真是封建顽固的。

始终以第一人称写的《第一次知心话》，近于书信体，没有什么特殊技术可言。

故事与人物打成一片，笔墨经济，可称为短小精悍的作品，是第二篇《放假的日子》：严肃与诙谐，朴实与风趣交相辉映，很富于人情味。

最后一篇《竞赛》，用了许多小插曲而都没有越出衬托的范围；节奏明快，正好配合主题的性质。第一到第四段，把东花台西花台两村的事轮番分叙，章法却并不呆板。主要人物与次要人物的地位分配恰当，层次分明。美中不足的是王小旺的错误思想解决得太容易；没有影响到别的青年，似乎也不合情理。第六节写万连夫妇的感情，太琐碎，篇幅太多；而像"丈夫一边吃，一边说"那一节，更有许多庸俗猥琐的话，降低了全篇的格调。

在不够完美的作品中，可以归纳出作者的主要缺点是思考不够，逻辑不严，刮垢磨光的工作不曾做到家，特别对布局与剪裁没有加以应有的注意。或许他和时下许多作家一样，还不曾深刻体会到短篇比长篇难写的关键，不曾严格分清报道文学与短篇（或中篇）小说在艺术上的界限，因此也没感到文字精练与结构严密的重要。我相信这不是他见不及此，而是感受得不够深切，掌握原则不够坚强；也不是限于才力，否则《春种秋收》怎么会写得那样精彩？作者对付单独的段落很能运用"笔简意繁"的手腕，只是不曾贯彻到全篇，因为缺少一番从大处着眼，照顾整体的工夫。可是只要对每篇作品多花一些时间，他一定能发现并克服现有的缺点而做出更优越的成绩的。

上面提过，作者在《春种秋收》中把思想性与艺术性结合得十分圆满；

但他在别的几篇中没有完全做到,反而有时露出说教的口吻,喜欢在故事的结尾标出它的政治意义;例如《牲畜专家》的结束:"听着他的话,我在心里对他说:你开头开得很好,你真是老百姓说的'牲畜专家'。你自己说牲畜这也是一条战线,你就正是这条战线上的战士。"又如《在白沟村》的结尾:"我觉得我应该走得更快些。"诸如此类的句子,以《最高兴的时候》一篇为最多。

说话太露,用笔太实,会减少作品的韵味。最有说服力的——也就是最能发挥教育作用的,是写得完美的、活生生的故事,是光芒四射的艺术品,而不是火爆的辞藻和鼓动性的文句。已经由故事说明了的真理或原则,读者是不喜欢从抽象的话里再听一遍的;因为读小说的心情不同于读社论、听报告的心情。这些都是老生常谈,不足为奇;但在创作实践上真能贯彻的例子还很少见。

最后,我还想举几个例,说明"形象化"的格调也大有高低。如《竞赛》第一段第二节末了:"他们的劲头鼓的当当响,真是逢山开路,遇水架桥,一气儿跑步向前。"《最高兴的时候》中:"把脑门子大大地张开,使出一切力量,兴奋地迎接各式各样的新鲜的养料",都是与康濯同志清新朴素的风格不相称的,甚至不相容的。这在康濯同志仅仅是一时的疏忽,但一般文艺青年往往因为识见不足,还有意模仿印版式的滥调和庸俗的比拟与夸张,以糟粕为精华呢。

一九五六年十二月七日

(原载《文艺月报》一九五七年一月号)

第三辑

我们已失去了凭藉
——悼张弦

当我们看到艺术史上任何大家的传记的时候，往往会给他们崇伟高洁的灵光照得惊惶失措，而从含有怨艾性的厌倦中苏醒过来，从新去追求热烈的生命，从新企图去实现"人的价格"；事实上可并不是因了他们的坎坷与不幸，使自己的不幸得到同情，而是因为他们至上的善性与倔强刚健的灵魂，对于命运的抗拒与苦斗的血痕，令我们感到愧悔！于是我们心灵的深处时刻崇奉着我们最钦仰的偶像，当我们周遭的污浊使我们窒息欲死的时候，我们尽量的冥想搜索我们的偶像的生涯和遭际，用他们殉道史中的血痕作为我们艺程中的鞭策。有时为了使我们感戴忆想的观念明锐起见，不惜用许多形式上的动作来纪念他们，揄扬他们。

但是那些可敬而又不幸的人们毕竟是死了！一切的纪念和揄扬对于死者都属虚无缥缈，人们在享受那些遗惠的时候，才想到应当给与那些可怜的人一些酬报，可是已经太晚了。

数载的邻居侥幸使我对于死者的性格和生活得到片面的了解。他的生活与常人并没有分别，不过比常人更纯朴而淡泊，那是拥有孤洁不移的道德力与坚而不骄的自信力的人始能具备的恬静与淡泊，在那副沉静的面目上很难使人拾到明锐的启示，无论喜、怒、哀、乐、爱、恶七情，都曾经持取矜持性的不可测的沉默，既没有狂号和叹息，更找不到忿怒和乞怜，一切情绪都好似已与真理交感溶化，移入心的内层。光明奋勉的私生活，对于艺术忠诚不变的心志，使他充分具有一个艺人所应有的可敬的严正坦率。既不傲气凌人，也不拘泥于委琐的细节。他不求人知，更不嫉人之知；对自己的作品虚心不苟，评判他人的作品时，眼光又高远而毫无偏倚；几年来用他强锐的感受力，正确的眼光和谆谆不倦的态度指引了无数的迷途的后进者。他不但是一个寻常的好教授，并且是一个以身作则的良师。

关于他的作品，我仅能依我个人的观感抒示一二，不敢妄肆评议。我觉得他的作品唯一的特征正和他的性格完全相同，"深沉，含蓄，而无丝毫牵强猥俗"。他能以简单轻快的方法表现细腻深厚的情绪，超越的感受力与表现力使他的作品含有极强的永久性。在技术方面他已将东西美学的特征体味溶合，兼施并治；在他的画面上，我们同时看到东方的含蓄纯厚的线条美，和西方的准确的写实美，而其情愫并不因顾求技术上的完整有所遗漏，在那些完美的结构中所蕴藏着的，正是他特有的深沉潜蛰的沉默。那沉默在画幅上常像荒漠中仅有的一朵鲜花，有似钢琴诗人萧邦的忧郁孤洁的情调（风景画），有时又在明快的章法中暗示着无涯的凄凉（人体画），像莫扎特把淡寞的哀感隐藏在畅朗的快适外形中一般。节制、精练的手腕使他从不肯有丝毫夸张的表现。但在目前奔腾喧扰的艺坛中，他将以最大的沉默驱散那些纷黯的云翳，建造起两片地域与两个时代间光明的桥梁，可惜他在那桥梁尚未完工的时候却已撒手！这是何等令人痛心的永无补偿的损失啊！

我们沉浸在目前臭腐的浊流中，挣扎摸索，时刻想抓住真理的灵光，急切的需要明锐稳静的善性和奋斗的气流为我们先导，减轻我们心灵上所感到的重压，使我们有所凭藉，使我们的勇气永永不竭……现在这凭藉是被造物之神剥夺了！我们应当悲伤长号，抚膺疾首！不为旁人，仅仅为了我们自己！仅仅为了我们自己！！

（原载一九三六年十月十五日上海《时事新报》；
署名拾之。副题系本书编者加。）

薰栞的梦

不知在二十世纪开端后的哪一年，薰栞在烟雾缥缈、江山如画的故乡生下来了。他呱呱堕地的时辰和环境我不知道，大概总在神秘的黄昏或东方未白的拂晓，离梦境不远的时间吧！

从童年以至长成，他和所有的青年一样，做过许多天真神奇的梦。他那沉默的性情，幻想的风趣，使他一天天的远离现实。若干年以前，他正在震旦大学念书，学的是医，实际却在做梦。一天，他忽然想到欧洲去，于是他就离开了战云弥漫的中国，跨入繁声杂色的西方。这于他差不多是一个极乐世界。他一开始就抛弃了烦琐的、机械的、理论的、现实的科学，沉浸到萧邦（Chopin）、门德尔松（Mendelssohn）的醉人的诗的氛围中去。贝多芬雄浑争斗的呼声，罗西尼（Rossini）犷野肉感的风格，韦伯（Weber）的熨帖细腻，华托（Watteau）风的情调，轮流地幻成他绮丽，雄伟，幽怨……的梦。舒伯特（Schubert）的感伤，与缪塞（Musset）的薄命，同样使他感动。

他按着披霞娜（即 piano，刚琴），瞩视着布德尔（Antoine Bourdelle 1861–1929，法国雕刻家）的贝多芬像。他在音符中寻思，假旋律以抒情。他潜在的荒诞情（fantaisie），恰找到了寄托的处所。

这是他音乐的梦。

在巴黎，破旧的、簇新的建筑，妖艳的魔女，杂色的人种，咖啡店，舞女，沙龙，jazz（爵士乐），音乐会，cinéma（电影），poule（妓女），俊俏的侍女，可厌的女房东，大学生，劳工，地道车，烟突，铁塔，Montparnasse（蒙巴纳斯，是巴黎塞纳河左岸的高等区），Halle（中央菜市场），市政厅，塞纳河畔的旧书铺，烟斗，啤酒，Porto（波特酒），comaedia，……一切新的，旧的，丑的，美的，看的，听的，古文化的遗迹，新文明的气焰，自普恩贲（Poincaré）至 Joséphiné Baker（约瑟芬面包房），都在他脑中旋风似的打转，打转。他，黑丝绒的上衣，帽子斜在半边，双手藏在裤袋里，一天到晚的，迷迷糊糊，在这世界最大的漩涡中梦着……

他从童年时无猜的梦，转到科学的梦非其梦，音乐的梦其所梦，至此却开始创造他的"薰琹的梦"。

"人生原是梦",人类每做梦中之梦。一梦完了再做一梦,从这一梦转到那一梦,一梦复一梦地永永梦下去:这就是苦恼的人类,得以维持生存的妙诀。所以,梦是醒不得的,梦醒就得自杀,不自杀就成了佛,否则只能自圆其梦,继续梦去。但梦有种种,有富贵的梦,有情欲的梦,有虚荣的梦,有黄粱一梦的梦,有浮士德的梦……薰琹的梦却是艺术的梦,精神的梦(rêve spirituelle)。一般的梦是受环境支配的,故梦梦然不知其所以梦。艺术的梦是支配环境的,故是创造的,有意识的。一般的梦没有真实体验到"人生的梦",故是愚昧的真梦。艺术的梦是明白地悟透了"人生之梦"后的梦,故是清醒的梦。但艺人天真的热情,使他深信他的梦是真梦,是 Vérité(真理),因此才有中古 mystisisme(神秘主义)的作品,文艺复兴时代的杰作。从希腊的维纳斯,中古的 *chant gregorien*(格列高利圣咏),乔托的壁画,米开朗琪罗的《摩西》,贝多芬的《第九交响乐》,一直到梅特林克的《贝莱阿斯与梅丽桑特》(*Pelléas et Mérisande*),德彪西(Debussy)的音乐,波特莱尔的《恶之华》,马蒂斯、毕加索的作品,都无非是信仰(foi)的结晶。

薰琹的梦自也不能例外。他这种无猜(innocent)的童心的再现,的确是以深信不疑的,探求人生之哑谜。

他把色彩作纬,线条作经,整个的人生做材料,织成他花色繁多的梦。他观察、体验、分析如数学家;他又组织、归纳、综合如哲学家。他分析了综合,综合了又分析,演进不已;这正因为生命是流动不息,天天在演化的缘故。

他以纯物质的形和色,表现纯幻想的精神境界,这是无声的音乐。形和色的和谐,章法的构成,它们本身是一种装饰趣味,是纯粹绘画(peinture pure)。

他变形,因为要使"形"有特种表白,这是 deformisme expressive(富有表现色彩的变形)。他要给予事物以某种风格(styliser),因为他的特种心境(étatd'âme)需要特种典型来具体化。

他梦一般观察,想从现实中提炼出若干形而上的要素。他梦一般寻思,体味,想抓住这不可思议的心境。他梦一般表现,因为他要表现这颗在流动着的、超现实的心!

这重重的梦,层层相因,永永演不完,除非他生命告终,不能创造的时候。

薰琹的梦既然离现实很远,当然更谈不到时代。然而在超现实的梦中,就有现实的憧憬,就有时代的反映。我们一般自命为清醒的人,其实是为现实所迷惑了,为物质蒙蔽了,倒不如站在现实以外的梦中人,更能识得现实。

  不识庐山真面目,
  只缘身在此山中。

  "薰琹的梦"正好梦在山外。这就是罗丹所谓"人世的天堂"了。薰琹,你好幸福啊!

一九三二年九月十四日
为薰琹画展开幕作

雨果的少年时代

一、父亲

维克托·雨果（Victor Hugo）的曾祖，是法国东北洛林（Lorraine）州的农夫，祖父是木匠，父亲是拿破仑部下的将军。

雨果将军（Général Léopold Hugo）于一七七三年生于法国东部南锡城（Nancy）。一七八八年从朗西中学出来之后，不久便投入行伍，数十年间，身经百战，受伤数次：从莱茵河直到地中海，从科西嘉岛（Corse——即拿破仑故乡）远征西班牙。一八一二年法国军队退出西班牙后，雨果将军回到故国，度着差不多是退休的生活，一八二八年病死巴黎。

论到将军的为人，虽然是一个勇武的战士，可并非善良的丈夫。如一切大革命时代的军人一样，心地是慈悲的，慷慨的，但生性是苛求的，刚愎的，在另一方面又是肉感的，在长年远征的时候，不能保守对于妻子的忠实。

一七九三年革命军与王党战于旺代（Vendée）的时候，利奥波德·雨果还只是一个大尉，他结认了一个名叫索菲·特雷比谢（Sophie Trébuchet）的女子，两人渐渐相悦，一七九七年十一月十五日在巴黎结了婚。最初，夫妇顿相得，一七九八年在巴黎生下第一个儿子阿贝尔（Abel），一八〇〇年于南锡生下次子欧仁（Eugène）。一八〇二年于贝桑（Besançon）复生下我们的大诗人维克托（Victor）。

结缡六载，夫妇的感情，还和初婚时一样热烈，一样新鲜。丈夫出征莱茵河畔的时候，不断的给留在家里的妻子写信，这些信至今保留着，那是卢梭的《新哀洛绮思》（Nouveile Hèloïse）式的多愁善感的情书。妻子的性情似乎比较冷静，但对于丈夫竭尽忠诚。一八〇二年，维克托生下不久，他们正在南方的口岸马赛预备出发到科西嘉去；她为了丈夫的前程特地折回巴黎去替他疏通。她一直逗留了九个月，回来的时光，热情的丈夫耐不住这长期的孤寂，"不能远远地空洞地爱她"（这是丈夫信中的话），已经另觅了一个情妇，从此，直到老死，就和妻妇仳离了。雨果夫人从马赛到科西嘉，从科西嘉到易北河岛（Elbe），从易北河到意大利，到西班牙，转辗跟从着丈夫，想使他回心转意，责备他忘恩负义，可是一切的努力，只是加深了夫妇间的裂痕。

父亲一向只欢喜长子阿贝尔，两个小兄弟，欧仁和维克托，从小就难得见到父亲，直到一八二一年母亲死后，父亲才渐渐注意到两个孤儿，也在这时候，维克托发现了他父亲"伟大处"，才感觉到这个硕果仅存的老军人，带有多少史诗的神秘性和英雄气息。但在母亲生存的时期，幼弱的儿童所受到父亲的影响，只有生活的悲苦，从一八一五年起，雨果将军差不多是退伍了，收入既减少，供给妻子的生活费也就断绝了：母亲和两个小儿子的衣食须得自己设法。幼年所受到的人生的磨难，数十年后便反映在《悲惨世界》（*Les Misérables*）里。维克托·雨果描写玛里于斯·蓬曼西（Marius Pontmercy）从小远离着父亲的生活：父亲是拿破仑部下的一个大佐，早年丧妻，远游在外，又因迫于穷困，把儿子玛里于斯寄养在有钱的外祖家。这是一个保王党的家庭，周围的人对于拿破仑的名字都怀着敌意，因为父亲是革命军人，故孩子亦觉得到处受人歧视："终于他想起父亲时，心中满着羞惭悲痛……一年只有两次，元旦日和圣乔治节（那是父亲的命名纪念日），他写信给父亲，措辞却是他的姨母读出来教他录写的……他确信父亲不爱他，故他亦不爱父亲……"这段叙述，只要把圣乔治节换做圣莱沃博节，把姨母换做母亲，便是维克托·雨果自己的历史了。如玛里于斯一般，维克托想着不为父亲所爱而难过。见到自己的母亲活守寡般的痛苦，孤身为了一家生活而奋斗，因了母亲的受难，觉得自己亦在受难，这种思想对于幼弱的心灵是何等惨酷！雨果早岁的严肃，在少年作品中表现的悲愁，便可在此得到解释。他在一八三一年（二十九岁）刊行的《秋叶》（*Feuilles d'Automne*）诗集中颇有述及他苦难的童年的句子，例如：

Maintenant, jeune encore et souvent éprouvé,
J'ai plus d'un souvenir profondément gravé,
Et l'on peut distinguer bien des choses passées,
Dans ces plis de front que creusent roes pensés,
（大意）年少磨难多，回忆心头锁，
　　　　额上皱痕中，往事曷胜数。

父亲赐与儿童的，除了早岁便识得人生悲苦以外，还有是长途的旅行，当后来雨果逃亡异国的时候，他的夫人根据他的口述写下那部《一个伴侣口中的维克托·雨果》（Victor Hugo raconté par un témoin de sa vie），其中便有多少童年的回忆，尤其是关于一八一一年维克托九岁时远游西班牙的记录，无异是一首儿童的史诗。

一八一一年三月十日，他们从巴黎出发；但旅行的计划在数星期前已经决定了；三个孩子也不耐烦地等了好久了，老是翻阅那部西班牙文法，把大木箱关了又开，开了又关。终于动身了，雨果夫人租一辆大车，装满了箱笼行李，车内坐着母亲，长子亚倍尔，男仆一名，女仆一名。两个幼子虽然亦有他们的位置，却宁愿蹲在外面看野景。他们经过法国南部的各大名城，布卢瓦（Blois），图尔（Tours），博济哀（Poitiers）。昂古莱姆（Angoulême）的两座古塔的印象一直留在雨果的脑海里，到六十岁的时候，还能清清楚楚的凭空描绘下来。至于那西部的大商埠波尔多（Bordeaux），他只记得那些巨大无比的沙田鱼和比蛋糕还有味的面包。每天晚上，他们随便在乡村旅店中寄宿。多少日子以后，到达西南边省的首府，巴约纳（Bayonne）。从此过去，得由雨果将军调派的一队卫兵护送的了，可是卫兵来迟了，不得不在城里老等。等待，可也有它的乐趣，巴约纳有座戏院，雨果夫人去买了长期票。第一个晚上，孩子们真是快乐得无以形容："那晚上演的剧，叫做《巴比仑的遗迹》，是一出美好的小品歌剧……可喜第二晚仍是演的同样的戏！再来一遍，正好细细玩味……第三天仍旧是《巴比仑的遗迹》，这未免过分，他们已全盘看熟了；但他们依旧规规矩矩静听着……第四天戏目没有换，他们注意到青年男女在台下喁喁做情话。第五天，他们承认太长了些；第六天，第一幕没有完，他们已睡熟了；第七天，他们获得了母亲的同意不再去了。"

对于维克托，时间究竟过得很快，因为他们寄住的寡妇家里，有一个比他年纪较长的女孩，大约是十四五岁，在他眼里，已经是少女了。他离不开她：终日坐在她身旁听她讲述美妙的故事，但他并不真心的听，他呆呆地望着她，她回过头来，他脸红了。这是诗人第一次的动情……一八四三年，他写 Lise 一诗，有言：

Jeunes amou rs si vite épanouies,

Vous êtes l'aube et le matin du coeur,

Charmez nos coeurs, extases inouîes,

Et quand le soir vient avec la douleur,

Charmez encor nosames éblouies,

Jeunes amours si vite épanouies!

（大意）转瞬即逝的童年爱恋，

无异心的平旦与晨曦，

抚慰我们的心灵吧，恍惚依稀，

即是痛苦与黄昏同降，

仍来安抚我们迷乱的魂灵，

啊，转瞬即逝的童年爱恋！

三月过去了，卫兵到了，全家往西班牙京城进发。

这是雨果将军一生最得意的时代，他把最爱的长子阿贝尔送入王宫，当了西班牙王何塞（Joseph）的侍卫。欧仁和维克托被送入一所贵族学校。那里的课程幼稚得可怜，弟兄俩在一星期中从七年级直跳到修辞班。那些当地的同学都是西班牙贵族的子弟，他们都怀恨战胜的法国人。雨果兄弟时常和他们打架，欧仁的鼻子被他们用剪刀戳伤了，维克托觉得很厌烦，忧忧郁郁的病倒了。母亲来看他，抚慰他。有一天，他在膳厅里和贝那王德侯爵夫人的四个孩子在一起玩耍时，忽然看见一个穿着绣花袍子的妇人高傲地走进来，严肃地伸手给四个孩子亲吻，依着年龄长幼的次序。维克托看到这种情景，益发觉得自己的母亲是如何温柔如何真切了。日子一天一天的过去，法国人在西班牙的势力一天一天的瓦解了。雨果一家人启程回国，孩子们在归途上和出发时一样高兴。

这些经过不独在雨果老年时还能历历如绘般讲述出来，且在他的许多诗篇（如 *Orientales*）许多剧本（如 *Hernani*，*Ruy Blas*）中，留下西班牙的鲜艳明快的风光，和强悍而英武的人物。东方的憧憬，原是浪漫派感应之一，而东方色彩极浓厚的西班牙景色，却在这位巨匠的童稚的心中早已种下了根苗。

二、母亲

凡是世间做了母亲的女子，至少可以分成二类：一是母性掩蔽不了取悦男子的本能的女子，虽然生男育女，依旧卖弄风情，要博取丈夫的欢心，一是有了孩子之后什么都不理会的女子，她们觉得自己的使命与幸福，只在于抚育儿女，爱护儿女。

维克托·雨果的母亲便是这后一类的女子，不消说，这是一个贤母，可是她为了孩子，不知不觉的把丈夫的爱情牺牲了。

关于她的出身，我们知道得很少。索菲·特雷比谢于一七七二年生于法国西部海口南特（Nantes）。她的父亲从水手出身做到船长，在她十一岁上便死了,她的母亲却更早死三年,故她自幼即由姑母罗班(Robin)教养。姑母家道寒素,由此使她学得了俭省。姑母最爱读书观剧,使她感染了文学趣味。嫁给雨果将军的最初几年,可说是她一生最幸福的岁月,我们在上文已提及。但自一八〇三年起,丈夫便和她分居了,他亦难得有钱寄给她,只有在一八〇七到一八一二年中间,因为雨果将军在意大利、西班牙很有权势,故陆续供给她相当的生活费。一八〇七年,她收到全年的费用三千法郎,一八〇八年增至四千法郎,一八一二年竟达一万二千法郎。但一八〇五年时她每月只有一百五十法郎,一八一二年十月到一八一三年九月之间也只收到二千五百法郎,从此直到一八一八年分居诉讼结束时,她的生活费几乎是分文无着。但这最艰苦的几年,亦是她一生最快乐的几年。她自己操作,自己下厨房,省下钱来充两个小儿子的教育费。但她受着他们热烈的爱戴,弟兄俩早岁已露头角,使她感到安慰,感到骄傲。对于一个可怜的弃妇,还有比这更美满的幸福么!

她的性格,也许缺少柔性,夫妇间的不睦,也许并非全是将军的过错,也许她不是一个怎样的贤妻,但她整个心身都交给孩子了。从一八〇三年为了丈夫的前程单身到巴黎勾留了九个月回来以后,她从没有离开孩子。虽然经济很拮据,她可永远不让孩子短少什么,在巴黎所找的住处,总是为了他们的健康与快乐着想。

她是一个思想自由,意志坚强的女子,尽管温柔地爱着儿子,可亦保持着严厉的纪律。在可能范围内,她避免伤害儿童的本能与天性,她让他们尽量游戏,在田野中奔跑,或对着大自然出神。但她亦限制他们的自由,教他们整饬有序,教他们勤奋努力;不但要他们尊敬她,还要他们尊敬不在目前的父亲,这是有维克托兄弟俩写给将军的信可以证明的。她老早送他入学,维克托七岁时已能讲解拉丁诗人的名作。当他十一二岁时,母亲让他随便看书,亦毫不加限制,她认为对于健全的人一切都是无害的。她每天和他们做长时间的谈话,在谈话中她开发他们的智慧,磨炼他们的感觉。

不久,父母间的争执影响到儿童了。雨果将军以为他们站在母亲一边和他作对;为报复起见,他于一八一四年勒令把欧仁和维克托送入 Decotte et Cordier 寄宿舍,同时到路易中学(Lycée Louis le Grand)上课。他禁止两个儿子和母亲见面,把看护之责付托给一个不相干的姑母。母子间的信札,孩子的零用都亦经过她的手。这种行为自然使小弟兄俩非常愤懑,他们觉得这不但是桎梏他们,且是侮辱他们的母亲。他们偷偷和母亲见面,写信给父亲抗议,诉说姑母从中舞弊,吞没他们的零用钱。一八一八年分居诉讼的结果,把两个儿子的教养责任判给了母亲，恰巧他们的学业也修满了，便高高兴兴离开了寄宿舍重行回到慈母的怀抱里。维克托表面上是在大学法科注册，实际已开始过着著作家生活。雨果将军原要他进理科，进国立多艺学校（Ecole Polytechnique），维克托还是仗着母亲回护之力，方能实现他自己的愿望。

知子莫若母，她的目力毕竟不错。十五岁，维克托获得法兰西学院（Académie Francaise）的诗词奖；十七岁，又和于也纳创办了一种杂志，叫做Le Conservateur Littéraire；一八二三年，二十一岁时，又加入 Muse Francaise 杂志社。未来的文坛已在此时奠下了最初的基础，因为缪塞，维尼，拉马丁辈都和这份杂志发生关系，虽然刊物存在的时候很短，无形中却已构成了坚固的文学集团（Cénacle）。

像这样的一位慈母，雨果自幼受着她的温柔的爱护，刚柔并济的教育，相依为命的直到成年，成名，自无怪这位诗人在一生永远纪念着她。屡次在诗歌中讴歌她，颂赞她，使她不朽了。

三、弗伊朗坦斯（Feuillantines）

现在我们得讲述维克托·雨果少年时代最亲切的一个时期。治法国文学的人，都知道在十八九世纪的法国文学史上有三座著名的古屋。第一是夏多布里昂（Chateaubriand）的孔布（Combourg）古堡：北方阴沉的天色，郁郁苍苍的丛林，荒凉寂寞的池塘环绕着两座高矗的圆塔，这是夏多布里昂童时幻想出神之处，这凄凉忧郁的情调确定了夏氏全部作品的倾向。第二是拉马丁（Lamartine）在米里（Milly）的住处，这是在法国最习见的乡间的房屋，一座四方形的二层楼，墙上满是葡萄藤，前面是一个小院落，后面是一个小园，一半种菜一半莳花，远景是两座山头。这是拉马丁梦魂萦绕的故乡，虽然他并不在那里诞生，可是他的心"永远留在那边"。

夏多布里昂和拉马丁的古屋至今还很完好，有机会旅行的人，从法国南方到北方，十余小时火车的途程，便可到前述的两处去巡礼。至于第三处的旧居，却只存在于雨果的回忆与诗歌中了。那是巴黎的一座女修道院，名字铿锵可诵，叫做Feuillantines，建于一六二二至一六二三年间，到十八世纪的末叶大革命的时候，修道院解散了，雨果夫人领着三个儿子于一八〇九年迁入的辰光，园林已经荒芜了十七年。

一八〇九年，雨果母亲和他们从意大利回到巴黎，住在 Rue du faubourg St -Jacques 二五〇号。母亲天天在街上跑，想找一所有花园的屋子，使孩子们得以奔驰游散。一天，母亲从外面回来，高兴地喊道："我找到了！"翌日，她便领着孩子们去看新居，就在同一条街上，只有几十步路，一条小街底上，推开两扇铁门，走过一个大院落，便是正屋，屋子后面是座花园，二百米达长，六十米达宽。园子里长满着高高矮矮的丛树和野草，孩子们无心细看正屋里的客厅卧室，只欣喜欲狂地往园里跑，他们计算着刈除蔓草，计算着在大树的桠枝上悬挂千秋。这是他们的新天地啊。

从此他们便迁居在这座几百年古屋中。维克托和长兄们，除了每天极少时间必得用功读书之外，便可自由在园子里嬉游。他们在那里奔驰，跳跃，看书，讲故事。周围很静穆，什么喧闹都没有，只听见风在树间掠过的声音，小鸟啼唱的声音。仰首只是浮云，一片无垠的青天，虽然巴黎天色常多阴暗，可亦有晨曦的光芒，灿烂的晚霞夕照。一八一一年他们到西班牙去了回来依旧住在这里。四年的光阴便在这乐园似的古修院中度过了，虽然四年不能算长久，对于诗人心灵的启发和感应也已可惊了。在雨果一生的作品里，随处可以见出此种痕迹。一八一五年十六岁时，他在《别了童年》（*Adieux à l'enfance*）一诗中已追念那弗伊朗坦斯（Feuillantines）的幸福的儿时。

四、学业

虽然雨果是那么的自由教养的，他的母亲对于他的学业始终很关心，很严厉。在出发到意大利之前，他们住在 Rue de Clichy，那时孩子每天到 Mont Blanc 街上的一个小学校去消磨几小时。只有四五岁，他到学校去当然不是真正为了读书，而是和若干年纪同他相仿的孩子玩耍。雨果在老年时对于这时代的回忆，只是他每天在老师的女儿，罗思小姐的房里——有时竟在她的床上——消磨一个上午。有一次学校里演戏用一顶帷幕把课室分隔起来。罗思小姐扮女主角，而他因为年纪最小的缘故，扮演戏中的小孩。人家替他穿着一件羊皮短褂，手里拿着一把铁钳。他一些也不懂是怎么一回事，只觉得演剧时间冗长乏味，他把铁钳轻轻地插到罗思小姐两腿中间去，以致在剧中最悲怆的一段，台下的观众听见女主角和他的儿子说："你停止不停止，小坏蛋！"

到十二岁为止，他真正的老师一个叫做特·拉·里维埃（Dela Riviére）的神甫。这是一个奇怪好玩的人物，因为大革命推翻了一切，他吓得把黑袍脱下了还不够，为证明他从此不复传道起见，他并结了婚，和他一生所熟识的唯一的女子——他以前的女佣结了婚。夫妇之间却也十分和睦，帝政时代，他俩在 St. Jacques 路设了一所小学校，学生大半是工人阶级的子弟，学校里一切都像旧式的私塾，什么事情都由夫妇合作。上课了，妻子进来，端着一杯咖啡牛奶放在丈夫的面前，从他手里接过他正在诵读的默书底稿（dictée）代他接念下去，让丈夫安心用早餐。一八〇八至一八一一年间，维克托一直在这学校里，一八一二年春从西班牙回来后，却由里维埃到弗伊朗坦斯来教他兄弟两人。

思想虽是守旧，里氏的学问倒很有根基。他熟读路易十四时代的名著，诗也做得不错，很规矩，很叶韵，自然很平凡。他懂得希腊文亦懂得拉丁文。维克托从那里窥见了异教的神话，懂得了鉴赏古罗马诗人。这于雨果将来灵智的形成，自有极大的帮助。

法国文学一向极少感受北方的影响，英德两国的文艺是法国作家不十分亲近的，拉丁思想才是他们汲取不尽的精神宝库。雨果是拉丁文学的最光辉的承继人，他幼年的诗稿，即有此种聪明的倾向。他崇拜维尔吉尔（Virgile），一八三七年时他在《内心的呼声》（Les Voix Intérieures）中写道："噢，维尔吉尔！噢，诗人！噢，我的神明般的老师！"他不但在古诗人那里学得运用十二缀音格（alexandrin），学习种种做诗的技巧，用声音表达情操的艺术，他尤其爱好诗中古老的传说。希腊寓言，罗马帝国时代伟大的气魄，苍茫浑朴的自然界描写；高山大海，丛林花木，晨曦夕照，星光日夜的吟咏，田园劳作，农事苦役的讴歌。一切动物，从狮虎到蜜蜂，一切植物，从大树到一花一草，无不经过这位古诗人的讽咏赞叹，而深深地印入近代文坛宗师的童年的脑海里。

一八一四年九月，雨果兄弟进了寄宿舍，一切都改变了。这是一座监狱式的阴沉的房子，如那时代的一切中学校舍一样，维克托虽比欧仁小二岁，但弟兄们俩同在一级。普通的功课在寄宿舍听讲，数学与哲学则到路易中学上课。一八一六年他写信给父亲，叙述他一天的工作状况，说："我们从早上八时起上课，直到下午五时，八时至十时半是数学课，课后是吉亚尔教授为少数学生补习，我亦被邀在内。下午一时至二时，有每星期三次的图书课；二时起，到路易中学上哲学，五时回到宿舍。六时至十时，我们或是听德科特先生的数学课，或是做当天的练习题。"

实际说来，六时至十时这四小时，未必是自修。维克托也很会玩，兄弟俩常和同学演戏，各有各的团体，各做各的领袖。但他毕竟很用功，四年终了，大会考中，获得了数学的第五名奖。

一八一七年他十五岁时，入选法兰西学士院的诗词竞赛，他应征的诗是三百五十句的十二缀音格，一共是三首，合一千〇五十句。一个星期四的下午，寄宿舍的学生循例出外散步，维克托请求监护的先生特地绕道学士院，当别的同学在门外广场上游散时,他一直跑进学士院,缴了应征的诗卷。数星期后,长兄阿贝尔从外面回来感动地说:"你入选了!"学士院中的常任秘书雷努阿尔(Raynouard)并在大会中把他的诗朗诵了一段,说:"作者在诗中自言只有十五岁,如果他真是只有十五岁……"接着又恭维了一番。以后,雷努阿尔写信给维克托,说很愿认识他。学士院院长纳沙托(Neufchteau)回忆起他十三岁时亦曾得到学士院的奖,当时服尔德(Voltaire)曾赞美他,期许他做他的承继人,此刻他亦想做什么人的服尔德了;他答应接见维克托,请他吃饭。于是,各报都谈论起这位少年诗人,雨果立地成名了。两年以后,他又获得外省学会的 Jeux Floraux 奖。

五、罗曼斯

雨果的母族特雷比谢,在故乡有一家世交,姓福希(Foucher)。在雨果大佐结婚之前,福希先生已和雨果交往频繁,他们在巴黎军事参议会中原是同事。雨果婚后不久,福希也结了婚。在婚筵上,雨果大佐举杯祝道:"愿你生一个女儿,我生一个儿子,将来我们结为亲家。"

维克托生后一年,福希果然生了一个女儿,取名阿代勒(Adèle)。一八〇九至一八一一年间,在雨果夫人住在 Feuillantines 的时候,两家来往颇密,福希夫人带着六岁的阿代勒来看他们,大人在室内谈话,小孩便在园中游戏。他们一同跳跃奔驰,荡千秋,有时也吵架,阿代勒在母亲前面哭诉,说维克托把她推跌了,或是抢了她的玩具。可是未来的热情,已在这儿童争吵中渐渐萌芽。

一八一二年雨果一家往西班牙去了一次回来,仍住在 Feuillsntines。福希夫人挈着阿代勒继续来看他们,但此时的维克托已经不同了,巴约纳的女郎,在讲述美好的故事给他听的时候,已经使他模模糊糊的懂得鉴赏女性的美,感受女性魅力。他不复和阿代勒打架了。两人之间开始蕴藉着温存的友谊和雏形的爱恋。当雨果晚年回忆起这段初恋的情形时曾经说过:

我们的母亲教我们一起去奔跑嬉戏,我们便到园里散步……

"坐在这里吧,"她和我说。天还很早,"我们来念点什么吧。你有书么?"

我袋里正藏着一本游记,随便翻出一面,我们一起朗诵;我靠近着她,她的肩头倚着我的肩头……

慢慢地,我们的头挨近了,我们的头发飘在一处,我们互相听到呼吸的声音，突然，我们的口唇接合了……

当我们想继续念书时，天上已闪耀着星光。

"喔！妈妈妈妈，"她进去时说，"你知道我们跑得多起劲！"

我，一声不响。

"你一句话也不说，"母亲和我说，"你好像很悲哀。"

"可是我的心在天堂中呢！"

　　寄宿舍的四年岁月把他们两小无猜的幸福打断了，然而他们并未相忘。雨果的学业终了时，正住在 Petits-Augustins 街十八号，福希先生一家住在 Cherche-Midi 街，两家距离不远。每天晚上，雨果夫人领了两个儿子，携了针黹袋去看她的老友福希夫人。孩子在前，母亲在后，他们进到福希的卧室，房间很大，兼作客厅之用。福希先生坐在一角，在看书或读报，福希夫人和女儿阿代勒在旁边织绒线。一双大安乐椅摆在壁炉架前，等待着每晚必到的来客。全屋子只点着一支蜡烛，在黝暗的光线下，雨果夫人静静地做着活计。福希先生办完了一天的公事，懒得开口，他的夫人生性很沉默，主客之间，除了进门时的日安，出门时的晚安以外，难得交换别的谈话。在这枯索乏味，冗长单调的黄昏，维克托却不觉得厌倦，他幽幽地坐在椅子上尽量看着阿代勒。

　　有一次——那是一八一九年四月二十六日，阿代勒大胆地要求维克托说出他心中的秘密，答应他亦把她的秘密告诉他。结果是两人的隐秘完全相同，读者也明白他们是相爱了。但他只有十七岁，她十六岁，要谈到结婚自然太早。他们必得隐瞒着，知道他们的父母一旦发觉了，会把他们分开。从此他们格外留神，偷偷地望几眼，交换一二句心腹话。阿代勒很忠厚，也很信宗教，觉得欺瞒父母是一件罪过，一方面又恐扮演这种喜剧会使维克托瞧她不起。一年之中，维克托只请求十二次亲吻，把一首赠诗作交换品，她在答应的十二次中只给了他四次，心中还怀着内疚。

　　虽然雨果夫人那么精细，毕竟被儿子骗过了；阿代勒没有维克托巧妙，终于使她的母亲起了疑窦。一经盘诘，什么都招供了。

　　一八二〇年四月二十六日，恰巧是他们倾诉秘密后的周年纪念日，福希夫妇同到雨果家里来和雨果夫人讲明了。如一切母亲一样突然发现自己的孩子成了人，未免觉得骇异。雨果夫人更是抱有很大的野心，确信维克托的前程定是光荣灿烂的，满望要替他找一个优秀的妻子，配得上这头角峥嵘的儿子的媳妇。阿代勒，这平凡的女孩，公务员的女儿，维克托爱她，热情地爱她！不，不，这是不可能的。这是要不得的。虽然她和福希夫妇是多年老友，她亦不能隐蔽这种情操。他们决裂了，大家同意从此不复相见，把维克托叫来当场宣布了。他，当着客人前面表示很顺从，一切都忍耐着，但一待他和母亲一起时，他哭了。他爱母亲，不愿拂逆她的意志，可亦爱他的阿代勒，永远不愿分离：他不知如何是好，尽自流泪。

隔离了一年，他担心阿代勒的命运，他不知道福希夫妇曾想强把她出嫁，但他猜到会有这样的事。偶巧福希先生发表了一篇关于征兵问题的文字，机会来了，年轻的雨果运用手段，在他自办的 Le Conservateur Littéraire 杂志上面写了一篇评论，着实恭维了一番。他没有忘记福希曾订阅他的刊物，他发表了多少的情诗和剧本，表白他矢志不再爱别的女子，自然，这是预备给阿代勒通消息，保证他的忠诚的。他又探听得阿代勒一星期数次到某处去学绘画，他候在路上，有机会遇到时便偷偷交谈几句，递一封信。

一八二一年六月，雨果夫人突然病故。在维克托与阿代勒中间，她是唯一的障碍，她坚持反对这件婚事。现在她死了，障碍去了，可是维克托依旧哀毁逾恒：母亲是他一生最敬爱的人，最可靠的保护者。葬礼完了，欧仁发疯似的出门去了，父亲住在布卢瓦，一时不来理睬他们。他们是孤儿。其间，虽然福希先生曾来看过他们，唁慰他们，但为了尊重死者生前的意志之故，他并未和维克托提起阿代勒。

同年七月，终竟和福希夫妇见了面，正式谈判他的婚事。福希先生答应他可以看阿代勒，但必须当了母亲的面。他们的订婚，也只能在维克托力能自给时方为正式成立。

这是第一步胜利，他从此埋头工作，加倍热心，加倍勤奋。这是他的英雄式的奋斗时期。他经济来源既很枯竭，卖得的稿费又用作购办订婚的信物，他只有尽力节省。他自己煮饭，一块羊肉得吃三天：第一天吃瘦的部分，第二天吃肥的部分，第三天啃骨头。

一八二二年六月，他的《颂歌集》（Odes）出版了，路易十八答应赐他一千二百法郎的年俸，在当时，这个数目，刚好维持一夫一妻的生活，福希先生因此还要留难。加以部里领俸手续又很麻烦，不知怎样，数目又减到一千法郎。九月杪，福希夫人又生了第二个女儿，还要等待……小女儿的洗礼举行过了，雨果与阿代勒，经过了多年的相恋，多少的磨难周折，终于同年十月十二日在巴黎 St. Sulpice 教堂中结合了。拉马丁和当时知名的青年作家都在场参与。

雨果的罗曼斯实现为完满的婚姻以后，我们可以展望到诗人未来的荣光，将随 Cromwell 剧的序言，Hernani 的诞生而逐渐肯定，但他少年时代的历史既已告一段落，本文便以下列的参考书目作为结束。

研究雨果少年时代的主要参考书目

一、*Victor Hugo raconté* par un témoin de sa vie.

二、*Oeuvres de Victor Hugo*（édition Gustave Simon）.

三、*L'Enfance de V. Hugo*，par G. Simon.

四、*Le Général Hugo*，par Louis Barthou.

五、*V. Hugo et son père le Général Hugo à Blois*，*V. Hugo à la pension Decotte et Cordier*，par L. Belton.

六、*V. Hugo à Vingt ans*，par P. Dufay.

七、*Bio-bibliographie de V. Hugo*，par l'abbé P. Dubois.

八、*La Jeunesse de Victor Hugo*，par A. Le Breton.

一九三五年九月七日，于上海

（原载《中法大学月刊》第八卷第二期，一九三五年十二月出版）

傅雷谈文学与艺术

萧邦的少年时代

本文和后文系作者为纪念萧邦诞辰给上海市广播电台写出的广播稿，生前未以文字发表过。后收入《傅雷文集·艺术卷》（安徽文艺出版社 1998 年 10 月第 1 版）

从十八世纪末期起，到二十世纪第一次大战为止，差不多一个半世纪，波兰民族都是在亡国的惨痛中过日子。一七七二年，波兰被俄罗斯、普鲁士、奥地利三大强国第一次瓜分；一七九三年，又受到第二次瓜分。一八〇七年，拿破仑把波兰改作一个"华沙公国"。一八一五年，拿破仑失败，波兰又被分作四个部分，最大的一部分受俄国沙皇的统治，这是弗雷德里克·萧邦出生前后的祖国的处境。

一八一〇年，贝多芬正在写他的《第十弦乐四重奏》和《告别奏鸣曲》，他已经发表了《第六交响乐》、《热情奏鸣曲》、《克勒策小提琴奏鸣曲》。一八一〇年，舒伯特十三岁；舒曼还差十个月没有出世；李斯特、瓦格纳都快要到世界上来了。一八一〇年，歌德还活着，拜伦才发表了他早期的诗歌；雪莱刚刚在动笔；巴尔扎克、雨果、柏辽兹，正坐在小学校里的凳子上念书。而就在这一八一〇年二月二十二日的下午六时，在华沙附近的乡下，一个叫做热拉佐瓦·沃拉——为方便起见，我们以下简称为沃拉——的村子里，弗雷德里克·萧邦诞生了。

一八八六年出版的一部萧邦传记，有一段描写沃拉的文字，说道："波兰的乡村大致都差不多。小小的树林，环抱着一座贵族的宫堡。谷仓和马房，围成一个四方的大院子；院子中央有几口井，姑娘们头上绕着红布，提着水桶到这儿来打水。大路两旁种着白杨，沿着白杨是一排草屋；然后是一片麦田，在太阳底下给微风吹起一阵阵金黄色的波浪。再远一点，田里一望无际的都是油菜、金花菜、紫云英，开着黄的、紫的小花。天边是黑压压的森林，远看只是一长条似蓝非蓝的影子——这便是沃拉的风光。"作者又说："离开宫堡不远，有一所小屋子，顶上盖着石板做的瓦片，门前有几级木头的阶梯。

进门是一条黝黑的过道；左手是佣人们纺纱的屋子；右手三间是正房；屋顶很矮，伸出手去可以碰到天花板——这便是萧邦诞生的老家。"也就是现在的萧邦纪念馆，当然是修得更美丽了；它离开华沙五十四公里，每年都有从波兰各地来的以及从世界各国来的游客和艺术家，到这儿来凭吊瞻仰。

弗雷德里克·萧邦的父亲叫做米科瓦伊·萧邦，是法国东北部的劳兰省人，一七八七年到华沙，先在一个法国人办的烟草工厂里当出纳员，后来改当教员，在波兰住下了；一八〇六年娶了一个波兰败落贵族的女儿，生了一个女孩子路易士，第二个便是我们的音乐家，以后还生了两个女儿，伊扎贝拉和爱弥利亚。萧邦一家的人都很聪明，很有文艺修养。十一岁的爱弥莉亚和十四岁的弗雷德里克合作，写了一出喜剧，替父亲祝寿。长姐卢德维卡和妹妹伊扎贝拉，也写过儿童读物。弟兄姐妹还常在家里演戏。

一八一〇年十月，弗雷德里克·萧邦搬到华沙城里，除了在学校里教法文，还在家里办了一个学生寄宿舍。萧邦小时候性情温和，活泼，同时又像女孩子一般敏感。他只有两股热情：热爱母亲和热爱音乐。到了六岁，正式跟一个捷克籍的音乐家齐夫尼学琴。八岁，第一次出台演奏。十四岁，进了华沙中学，同时也换了一个音乐教师，叫做埃斯纳；他不但教钢琴，还教和声跟作曲。这个老师有个很大的功劳，就是绝对尊重萧邦的个性。他说："假如萧邦越出规矩，不走从前人的老路，尽管由他去好了；因为他有他自己的路。终有一天，他的作品会证明他的特点是前无古人的。他有的是与众不同的天赋，所以他自己就走着与众不同的路。"

一八二五年，萧邦十五岁，在华沙音乐院参加了两次演奏会，印出了一支《回旋曲》，这是他的作品第一号。十七岁中学毕业。到十八岁为止，他陆续完成的作品有：一支两架钢琴合奏的《回旋曲》，一支《波洛奈兹》，一支《奏鸣曲》，还有根据莫扎特的歌剧的曲调写的《变奏曲》。十九岁写了《e小调钢琴协奏曲》。二十岁写了《f小调钢琴协奏曲》，一支《圆舞曲》，几支《夜曲》和一部分《练习曲》。

少年时代的萧邦，是非常快乐、开朗、讨人喜欢的；天生的爱打趣、说笑话、作打油诗、模仿别人的态度动作。这个脾气他一直保持到最后，只要病魔不把他折磨得太厉害。但是快乐和欢谑，在萧邦身上是跟忧郁的心情轮流交替着。那是斯拉夫民族所独有的，一种莫名其妙的悲哀。他在乡下过假期的时候，一忽儿嘻嘻哈哈，拿现成的诗歌改头换面，作为游戏，一忽儿沉思默想的出神。他也跟乡下人混在一起，看民间的舞蹈，听民间的歌谣。这里头就包含着波兰民族独特的诗意，而萧邦就是这样一点一滴的、无形之中积聚这个诗意的宝库，成为他全部创作的主要材料。

一位叫伏秦斯基的波兰作家曾经说过："我们对诗歌的感觉完全是特殊的，和别的民族不同。我们的土地有一股安闲恬静的气息。我们的心灵可不受任何约束，只管逞着自己的意思，在广大的平原上飞奔跳跃；阴森可怖的岩石，明亮耀眼的天空，灼热的阳光，都不会引起我们心灵的变化。面对着大自然，我们不会感到太强烈的情绪，甚至也不完全注意大自然；所以我们的精神常常会转向别的方面，追问生命的神秘。因为这缘故，我们的诗歌才这样率直，这样不断地追求美，追求理想。我们的诗的力量，是在于单纯朴素，在于感情真实，在于它的永远崇高的目标，同时也在于奔放不羁的想象力。"这一段关于波兰诗歌的说明，正好拿来印证萧邦的作品。

萧邦与自然界的关系，他自己说过一句话："我不是一个适合过乡间生活的人。"的确，他不像贝多芬和舒曼那样，在痛苦的时候会整天在山林之中散步、默想，寻求安慰。萧邦以后写的《玛祖卡》或《波洛奈兹》中间所描写的自然界，只限于童年的回忆和对波兰乡土的回忆，而且仿佛是一幅画的背景，作用是在于衬托主题，创造气氛。例如他的《升F调夜曲》（作品第十五号第二首），并不描写什么明确的境界，只是用流动的、灿烂的音响，给你一个黄昏的印象，充满着神秘气息。

伏秦斯基还有一段讲到风格的朴素的话，也可以帮助我们了解萧邦的艺术特色。他说："我们的风格是那样的朴素，好比清澈无比的水里的珍珠……这首先需要你有一颗朴素和纯洁的心，一种富于诗意的想象力，和细腻微妙的感觉。"

正如波兰的风景和波兰民族的灵魂一样，波兰的舞蹈也是一个重要的因素，促成萧邦的音乐风格。他不但接受了民间的玛茹加舞、克拉可维克舞、波洛奈兹舞的节奏，并且他的旋律的线条也带着舞蹈的姿态，迂回曲折的形式，均衡对称的动作，使我们隐隐约约有舞蹈的感觉。但是步伐的缓慢，乐句的漫长，节奏跟和声方面的修饰，教人不觉得萧邦的音乐是真的舞蹈，而带有一种理想的、神秘的哑剧意味。

可是波兰的民间舞蹈在萧邦的音乐中成为那么重要的因素，我们不能不加几句说明。玛祖卡原是一种集体与个人交错的舞蹈，伴奏的音乐还由跳舞的人用合唱表演，萧邦不但拿这个舞曲的节奏来尽量变化，还利用原来的合唱的观念，在《玛祖卡》中插入抒情的段落。十八世纪的波兰舞的音乐，是庄重的、温和的，有些又像送葬的挽歌。后来的作者加入一种凄凉的柔情。到了萧邦，又充实了它的和声，使内容更动人，更适合于诉说亲切的感情；

他大大的减少了集体舞蹈音乐的性质，只描写其中几个人物突出的面貌。另外一种古代波兰舞蹈叫做克拉可维克，是四分之二的拍子，重拍在第二拍上。萧邦的作品第十四号《回旋舞》，作品第十一号《e小调钢琴协奏曲》的第三乐章，都是利用这个节奏写的。

一八二八年，萧邦十八岁，到柏林旅行了一次。一八二九年到维也纳住了一个多月，开了两次音乐会，受到热烈的欢迎。报上谈论说："他的触键微妙到极点，手法巧妙，层次的细腻反映出他感觉的敏锐，加上表情的明确，无疑是个天才的标记。"

十八岁去柏林以前，便写了以莫扎特的歌剧《唐·璜》中的歌词为根据的《变奏曲》。关于这件少年时代的作品，舒曼有一段很动人的叙述，他说："前天，我们的朋友于赛勃轻轻地溜进屋子，脸上浮着那副故弄玄虚的笑容。我正坐在钢琴前面，于赛勃把一份乐谱放在我们面前，说道：'把帽子脱下来，诸位先生，一个天才来了！'他不让我们看到题目。我漫不经心的翻着乐谱，体会没有声音的音乐，是另有一种迷人的乐趣的。而且我觉得，每个作曲家所写的音乐，都有一个特殊的面目：在乐谱上，贝多芬的外貌就跟莫扎特不同……但是那天我觉得从谱上瞧着我的那双眼睛完全是新的；一双像花一般的、蜥蜴一般的、少女一般的眼睛，表情很神妙地瞅着我。在场的人一看到题目：《萧邦：作品第二号》，都大大的觉得惊奇。萧邦？萧邦？我从来没听见过这个名字。"

近代的批评家，认为那个时期萧邦的作品已经融合了强烈的个性和鲜明的民族性。舒曼还说他受到几个最好的大师的影响：贝多芬、舒伯特和斐尔德。"贝多芬培养了他大胆的精神；舒伯特培养了他温柔的心，斐尔德培养了他灵巧的手。"大家知道，斐尔特是十八世纪的爱尔兰作曲家，"夜曲"这个体裁，就是经他提倡而风行到现在的。

萧邦十九岁那一年，爱上了华沙音乐院的一个学生，女高音公斯当斯·葛拉各夫斯加。爱情给了他很多痛苦，也给了他很多灵感。一八二九年九月，他在写给好朋友蒂图斯的信中说："我找到了我的理想，而这也许就是我的不幸。但是我的确很忠实的崇拜她。这件事已经有六个月了，我每夜梦见她有六个月了，可是我连一个字都没出口。我的《协奏曲》中间的《慢板》，还有我这次寄给你的《圆舞曲》，都是我心里想着那个美丽的人而写的。你该注意《圆舞曲》上面画着十字记号的那一段。除了我自己，谁也不知道那一段的意义。好朋友，要是我能把我的新作品弹给你听，我会多么高兴啊！在《三重奏》里头，低音部分的曲调，一直过渡到高音部分的降E。其实我用不

萧邦的少年时代

着和你说明,你自己会发觉的。"这里说的《协奏曲》,就是《f小调钢琴协奏曲》;《圆舞曲》是遗作第七十号第三首;《三重奏》是作品第八号的《钢琴三重奏》。

就在一八二九年的九月里,有一天中午,他连衣服也没穿好,连那天是什么日子都不知道,给蒂图斯写了一封极痛苦的信,说道:"我的念头越来越疯狂了。我恨自己,始终留在这儿,下不了决心离开。我老是有个预感:一朝离开华沙,就一辈子也不能回来的了。我深深的相信,我要走的话,便是和我的祖国永远告别。噢!死在出生以外的地方,真是多伤心啊!在临终的床边,看不见亲人的脸,只有一个漠不关心的医生,一个出钱雇佣的仆人,岂不惨痛?好朋友,我常常想跑到你的身边,让我这悲痛的心得到一点儿安息。既然办不到,我就莫名其妙的,急急忙忙地冲到街上去。胸中的热情始终压不下去,也不能把它转向别的方面;从街上回来,我仍旧浸在这个无名的、深不可测的欲望中间煎熬。"

法国有一位研究萧邦的专家说道:"我们不妨用音乐的思考,把这封信念几遍。那是由好几个互相联系,反复来回的主题组织成功的:有彷徨无主的主题,有孤独与死亡的主题,有友谊的主题,有爱情的主题,忧郁、柔情、梦想,一个接着一个在其中出现。这封信已经是活生生的一支萧邦的乐曲了。"

一八二九年十月,萧邦给蒂图斯的信中又说:"一个人的心受着压迫,而不能向另一颗心倾吐,那真是惨呢!不知道有多少回,我把我要告诉你的话,都告诉了我的琴。"

华沙对于萧邦已经太狭小了,他需要见识广大的世界,需要为他的艺术另外找一个发展的天地。第一次的爱情没有结果,只有在他浪漫蒂克的青年时代,挑起他更多的苦闷,更多的骚动。终于他鼓足勇气,在一八三○年十一月一日,从华沙出发,往维也纳去了。送行的人一直陪他到华沙郊外的一个小镇上,大家在那儿替他饯行。他的老师埃斯纳,特意写了一支歌,由一班音乐院的学生唱着。他们又送他一只银杯,里面装满了祖国的泥土。萧邦哭了。他预感到这一次的确是一去不回的了。多少年以后,他听到他的学生弹他的作品第十号第三首《练习曲》的时候,叫了一声:"噢!我的祖国!"

当时的维也纳是欧洲的音乐中心,也是一个浮华轻薄的都会。一年前招待萧邦的热情已冷下去了。萧邦虽然受到上流社会的邀请,到处参加晚会,可是没有一个出版商肯印他的作品,也没有人替他发起音乐会。在茫茫的人海中,远离乡井的萧邦又尝到另外一些辛酸的滋味。在本国,他急于往广阔的天空飞翔，因为下不了决心高飞远走而苦闷；一朝到了国外，斯拉夫人特别浓厚的思乡病，把一个敏感的艺术家的心刺伤得更厉害了。一八三〇年十一月二十九日，华沙民众反抗俄国专制统治的革命爆发了。萧邦一听到消息，马上想回去参加这个英勇的斗争。可是雇了车出了维也纳，绕了一圈又回来了；父亲也写信来要他留在国外，说他们为他所作的牺牲，至少要得到一点收获。但是萧邦整天整月的想念亲友，为他们的生命操心，常常以为他们是在革命中牺牲了。

一八三一年七月二十日，他离开维也纳往南去，护照上写的是：经过巴黎，前往伦敦。出发前几天，他收到了一个老世交的信，那是波兰的一个作家，叫做维脱维基，他信上的话正好说中了萧邦的心事。他说："最要紧的是民族性，民族性，最后还是民族性！这个词儿对一个普通的艺术家差不多是空空洞洞的，没有什么意义的，但对一个像你这样的人才，可并不是。正如祖国有祖国的水土与气候，祖国也有祖国的曲调。山岗、森林、水流、草原，自有它们本土的声音，内在的声音；虽然那不是每个心灵都能抓住的。我每次想到这问题，总抱着一个希望，亲爱的弗雷德里克，你，你一定是第一个会在斯拉夫曲调的无穷无尽的财富中间，汲取材料的人。你得寻找斯拉夫的民间曲调，像矿物学家在山顶上，在山谷中，采集宝石和金属一样……听说你在外边很烦恼，精神萎靡得很。我设身处地为你想过：没有一个波兰人，永别了祖国能够心中平静的。可是你该记住，你离开乡土，不是到外边去萎靡不振的，而是为培养你的艺术，来安慰你的家属，你的祖国，同时为他们增光的。"

一八三一年九月八日，正当萧邦走在维也纳到巴黎去的半路上，听到俄国军队进攻华沙的消息。于是全城流血，亲友被杀戮，同胞被屠杀的一幅惨不忍睹的画面，立刻摆在他眼前。他在日记上写道："噢！上帝，你在哪里呢？难道你眼看着这种事，不出来报复吗？莫斯科人这样的残杀，你还觉得不满足吗？也许，也许，你自己就是一个莫斯科人吧？"那支有名的《革命练习曲》，作品第十号第十二首的初稿，就是那个时候写的。

就在这种悲愤、焦急、无可奈何的心情中，结束了萧邦的少年时代，也就在这种国破家亡的惨痛中，像巴特洛夫斯基说的，"这个贩私货的天才"，在暴虐的敌人铁蹄之下，做了漏网之鱼，挟着他的音乐手稿，把在波兰被禁止的爱国主义，带到国外去发扬光大了。

一九五六年一月四日作

萧邦的壮年时代

一八三一年，法国的政局和社会还是动荡不定的。经过一八三〇年的七月革命，新兴的布尔乔亚夺取了政权，可是极右派的保皇党，失势的贵族，始终受着压迫的平民，都在那里挣扎，反抗政府。各党各派经常在巴黎的街上游行示威。偶尔还听得见"波兰万岁"的口号。因为有个拿破仑的旧部，意大利籍的将军拉慕里奴，正在参加华沙革命。在这种人心骚动的情况之下，萧邦在一八三一年的秋天到了巴黎。

那个时期，凯鲁比尼、贝里尼、罗西尼、梅耶贝尔都集中在巴黎。号称钢琴之王的卡克勃兰纳，号称钢琴之狮的李斯特，还有许多当年红极一时、而现在被时间淘汰了的演奏家，也都在巴黎。萧邦写信给朋友，说："我不知道世界上还有什么地方，会比巴黎的钢琴家更多。"

法国的文学家勒哥回，跟着柏辽兹去访问萧邦以后，写道："我们走上一家小旅馆的三楼，看见一个青年脸色苍白，忧郁，举动文雅，说话带一点外国的口音；棕色的眼睛又明净又柔和，栗色的头发几乎跟柏辽兹的一样长，也是一绺一绺地挂在脑门上。这便是才到巴黎不久的萧邦。他的相貌，跟他的作品和演奏非常调和，好比一张脸上的五官一样分不开。他从琴上弹出来的音，就像从他眼睛里放射出来的眼神。有点儿病态的、细腻娇嫩的天性，跟他《夜曲》中间的富于诗意的悲哀，是融合一致的；身上的装束那么讲究，使我们了解到，为什么他有些作品在风雅之中带着点浮华的气息。"

同是那个时代，李斯特也替萧邦留下一幅写照，他说："萧邦的眼神，灵秀之气多于沉思默想的成分。笑容很温和，很俏皮，可没有挖苦的意味。皮肤细腻，好像是透明的。略微弯曲的鼻子，高雅的姿态，处处带着贵族气味的举动，使人不由自主的会把他当做王孙公子一流的人物。他说话的音调很低，声音很轻；身量不高，手脚都长得很单薄。"

凭了以上两段记载，我们对于二十多岁的萧邦，大概可以有个比较鲜明的印象了。

到了巴黎四个月以后，一八三二年一月，他举行了第一次音乐会，听众不多，收入还抵不了开支。可是批评界已经承认，他把大家追求了好久而没有追求到的理想，实现了一部分。李斯特尤其表示钦佩，他说："最热烈的掌声，也不足以表示我心中的兴奋。萧邦不但在艺术的形式方面，很成功地开辟了新的境界，同时还在诗意的体会方面，把我带进了一个新的天地。"

萧邦在巴黎遇到很多祖国的同胞。从华沙革命失败以后，亡命到法国来的波兰人更多了。在政治上对于波兰的同情，连带引起了巴黎人对波兰艺术的好感。波兰的作家开始把本国的诗歌译成法文。萧邦由于流亡贵族的介绍，很快踏进了法国的上流社会，受到他们的尊重，被邀请在他们的晚会上演奏。请他教钢琴的学生也很多，一天甚至要上四五课。一八三三年，他和李斯特和另一个钢琴家希勒分别开了两次演奏会。一八三四年他上德国，遇到了门德尔松；门德尔松在家信中称他为当代第一个钢琴家。一八三五年，柏辽兹在报纸上写的评论，说："不论作为一个演奏家还是作曲家，萧邦都是一个绝无仅有的艺术家。不幸的很，他的音乐只有他自己所表达出的那种特殊的、意想不到的妙处。他的演奏，自有一种变化无穷的波动，而这是他独有的秘诀，没法指明的。他的《玛祖卡》中间，又有多多少少难以置信的细节。"

虽则萧邦享了这样的大名，他自己可并不喜欢在大庭广众之间露面。他对李斯特说："我是天生不宜于登台的，群众使我胆小。他们急促的呼吸，教我透不过气来。好奇的眼睛教我浑身发抖，陌生的脸教我开不得口。"的确，从一八三五年四月以后，好几年他没有登台。

一八三二年至一八三四年间，萧邦把华沙时期写的，维也纳时期写的和到法国以后写的作品，陆续印出来了，包括作品第六号到第十九号。种类有《圆舞曲》《回旋曲》《钢琴三重奏》、十三支《玛祖卡》、六支《夜曲》、十二支《练习曲》。

在不熟悉音乐的人，《练习曲》毫无疑问只是练习曲，但熟悉音乐的人都知道，萧邦采用这个题目实在是非常谦虚的。在音乐史上，有教育作用而同时成为不朽的艺术品的，只有巴赫的四十八首《平均律钢琴曲集》，可以和萧邦的《练习曲》媲美。因为巴赫也只说，他写那些乐曲的目的，不过是为训练学生正确的演奏，使他们懂得弹琴像唱歌一样。在巴赫过世以后七十年，萧邦为钢琴技术开创了一个新的学派，建立了一套新的方法，来适应钢琴在表情方面的新天地。所以我们不妨反过来说，一切艰难的钢琴技巧，只是萧邦《练习曲》的外貌，只是学者所能学到的一个方面；《练习曲》的精神和初学者应当吸收的另一个方面，却是各式各种的新的音乐内容：有的是像磷火一般的闪光，有的是图画一般幽美的形象，有的是凄凉哀怨的抒情，有的是慷慨激昂的呼号。

另外一种为萧邦喜爱的形式是《夜曲》。那个体裁是十八世纪爱尔兰作曲家斐尔德第一个用来写钢琴曲的。萧邦一生写了不少《夜曲》，一般群众对萧邦的认识与爱好，也多半是凭了这些比较浅显的作品。近代的批评家们都认为，《夜曲》的名气之大，未免损害了萧邦的艺术价值；因为那些音乐只代表作者一小部分的精神，而且那种近于女性的、感伤的情调，是很容易把萧邦的真面目混淆的。

一八三五年夏天，萧邦到德国的一个温泉浴场去，跟他的父母相会；秋天到德累斯顿，在一个童年的朋友伏秦斯基家里住了几天。伏秦斯基伯爵和萧邦两家，是多年的至交。他们的小女儿玛丽，还跟萧邦玩过捉迷藏呢。一八三五年的时候，玛丽对于绘画、弹琴、唱歌、作曲都能来一点。在德累斯顿的几天相会，她居然把萧邦的心俘虏了。临别的前夜，玛丽把一朵玫瑰递在萧邦的手里；萧邦立刻坐在钢琴前面，当场作了一支《f小调圆舞曲》。某个批评家认为，其中有絮絮叨叨的情话，有一下又一下的钟声，有车轮在石子路上碾过的声音，把两人竭力压着的抽噎声盖住了。

萧邦回到法国，继续和伏秦斯基一家通信。玛丽对他表示非常怀念。第二年，一八三六年七月，萧邦又到奥国的一个避暑胜地和玛丽相会，八月里陪着她回德累斯顿。九月七日，告别的前夜，萧邦正式向玛丽求婚，并且征求伯爵夫人的同意。伯爵夫人答应了，但是要他严守秘密；因为她说，要父亲让步，必须有极大的耐性和相当的时间。萧邦回去的路上，在莱比锡和舒曼相见，给他看一支从爱情中产生的作品——《g小调叙事曲》，作品第二十三号。

叙事曲原来是替歌唱作伴奏的一种曲子，到萧邦手里才变作纯粹的钢琴乐曲，可是原有的叙事性质和重唱的形式，都给保存了。作者借着古代的传说或故事的气氛，表达胸中的欢乐和痛苦。萧邦的传记家尼克斯认为，《gG小调叙事曲》含有最强烈的感情的波动，充满着叹息、哭泣、抽噎和热情的冲动。舒曼也肯定这是一个大天才的最好的作品。

一八三五年二月，萧邦发表了第一支《诙谐曲》，作品第二十号。诙谐曲的体裁，当然不是萧邦首创的，但在贝多芬的笔下，表现的是健康的幽默，快乐的兴致，嬉笑的游戏；在门德尔松的笔底下，是一种轻松愉快的心情，灵动活泼，秀美无比的节奏；到了萧邦手里，却变成了内心的戏剧，表现的多半是情绪骚动，痛苦狂乱的境界。关于他的第一支《诙谐曲》，两个传记家有两种不同的了解：尼克斯认为开头的两个不协和弦，大概是绝望的叫喊；

后面的骚动的一段,是一颗被束缚的灵魂拼命要求解放。相反,伏秦斯基觉得这支《诙谐曲》应当表现萧邦在维也纳的苦闷与华沙陷落的悲痛以后,一个比较平静时期的心境。因为第一个狂风暴雨般的主题,忽然之间停下来,过渡到一段富于诗意的、温柔的歌唱,描写他童年时代所爱好的草原风景。但是萧邦所要表现的,究竟是什么心情,恐怕永远是一个谜了。

一八三六年,爱情的梦做得最甜蜜的一年,萧邦还发表了两支《夜曲》,两支《波洛奈兹》。从一八三七年春天起,伏秦斯基伯爵夫人信中的态度,越来越暧昧了,玛丽本人的口气也越来越冷淡。快到夏天的时候,隔年订的婚约,终于以心照不宣、不了了之的方式,给毁掉了。为什么呢?为了门第的关系吗?为了当时的贵族和布尔乔亚对一般艺术家的偏见吗?这两点当然是毁约的原因。但主要还在于玛丽本人,她一开头就没有像萧邦一样真正的动情。跟萧邦整个做人的作风一样,失恋的痛苦在他面上是看不出的,可是心里永远留下了一个深刻的伤痕。他死了以后,人家发现一叠玛丽写给他的信,扎着粉红色的丝带,上面有萧邦亲手写的字:"我的苦难"。

一八三七年七月,他上伦敦去了一次,一八三八年二月,又在伦敦出现。不久回到法国,在里昂城由一个波兰教授募捐,开了一个音乐会。勒哥回写道:"萧邦!萧邦!别再那么自私了,这一回的成功应该使你打定主意,把你美妙的天才献给大众了吧?所有的人都在争论,谁是欧洲第一个钢琴家?是李斯特还是塔尔堡?只要让大家像我们一样的听到你,他们就会毫不迟疑的回答:是萧邦!"同时,德国的大诗人海涅在德国的杂志上写道:"波兰给了他骑士的心胸和年深月久的痛苦;法国给了他潇洒出尘、温柔蕴藉的风度;德国给了他幻想的深度;但是大自然给了他天才和一颗最高尚的心。他不但是个大演奏家,同时是个诗人,他能把他灵魂深处的诗意,传达给我们。他的即兴演奏给我们的享受是无可比拟的。那时他已不是波兰人,也不是法国人,也不是德国人,他的出身比这一切都要高贵得多:他是从莫扎特、从拉斐尔、从歌德的国土中来的;他的真正的家乡是诗的家乡。"

就在那个时代,一八三八年的夏天,失恋的萧邦和另外一个失恋的艺术家乔治·桑交了朋友。奇怪的是,一八三六年年底,萧邦第一次见到她以后和朋友说:"乔治·桑真是一个讨厌的女人。她能不能算一个真正的女人,我简直有点怀疑。"可是,友谊也罢,爱情也罢,最初的印象,往往并不能决定以后的发展。隔了一年的时间,萧邦居然和乔治·桑来往了,不久又从朋友进到了爱人的阶段。萧邦第三次,也是最后一次的恋爱,维持了九年。

乔治·桑是个非常男性的女子,心胸宽大豪爽,热情真诚,纯粹是艺术家本色；又是酷爱自由平等，醉心民主，赞成革命的共和党人。巴尔扎克说过："她的优点都是男人的优点，她不是一个女人，而且她有意要做男子。"关于她和萧邦的恋爱，萧邦的传记家和乔治·桑的传记家，都写过不少文章讨论，可以说议论纷纷，莫衷一是。我们现在不需要，也没有能力来追究这桩文艺史上的公案。但有一点是肯定的：这九年的罗曼史并没给萧邦什么坏影响，不论在身心的健康方面，还是在写作方面；相反，在萧邦身上开始爆发的肺病，可能还因为受到看护而延缓了若干时候呢。

一八三九年冬天，萧邦跟着乔治·桑和她的两个孩子，到地中海里的一个西班牙属的玛略卡岛上去养病。不幸，他们的地理知识太差了：岛上的冬天正是气候恶劣的雨季。不但病人的身体受到严重的损害，神经也变得十分紧张，往往看到一些可怕的幻象。有一天，乔治·桑带着孩子们在几十里以外的镇上买东西，到晚上还不回来；外边是大风大雨，山洪暴发。萧邦一个人在家，伏在钢琴上，一忽儿担心朋友一家的生命，一忽儿被种种可怖的幽灵包围。久而久之，他仿佛觉得自己已经死了，沉在一口井里，一滴一滴的凉水掉在他身上。等到乔治·桑回来，萧邦面无人色站起来说："啊！我知道你们已经死了！"原来他以为这是死人的幽灵出现呢！那天晚上作的乐曲，有的音乐学者说是第六首《前奏曲》，有的说是第十五首，李斯特说是第八首。今天我们所能肯定的，只是作品第二十八号的二十四首《前奏曲》中的一大部分，的确是在玛略卡岛上作的。这部作品，被公认为萧邦艺术的精华，因为音乐史上没有一个人能够用这么少的篇幅，包括这么丰富的内容。固然，《前奏曲》是萧邦个人最复杂、最戏剧化的情绪的自白，但也是大众的感情的写照，因为他在表白自己的时候，也说出了我们心中的苦闷、怅惘、悔恨、快乐和兴奋。

一八三九年春天，他们离开了玛略卡岛，回到法国。萧邦病得很重、几次吐血，不得不先在马赛休养。到夏天，大家才回到乔治·桑的乡间别庄，就在法国中部偏西的诺昂。从那时起，七年工夫，萧邦的生活过得相当平静。冬天住巴黎，夏天住诺昂。乔治·桑给朋友的信中提到他说："他身体一忽儿好，一忽儿坏；可是从来不完全好，或者完全坏。我看这个可怜的孩子要一辈子这样憔悴的了。幸而精神并没受到影响，只要略微有点力气，他就很快活了。不快活的时候，他坐在钢琴前面，作出一些神妙的乐曲。"的确，那时医生也没有把萧邦的病看得严重，而萧邦的工作也没有间断：七年之中发表的，有二十四支《前奏曲》，三首《即兴曲》，不少的《圆舞曲》《玛祖卡》《波洛奈兹》《夜曲》，两首《奏鸣曲》，三支《诙谐曲》，三支《叙事曲》，一支《幻想曲》。

可是，七年平静的生活慢慢的有了风浪。早在一八四四年，父亲米科瓦伊死了，这个七十五岁的老人的死讯，给了萧邦一个很大的打击。他的健康始终没有恢复，心情始终脱不了斯拉夫族的那种矛盾：跟自己从来不能一致，快乐与悲哀会同时在心中存在，也能够从忧郁突然变而为兴奋。一八四六年下半年，他和乔治·桑的感情不知不觉的有了裂痕。比他大七岁的乔治·桑，多少年来已经只把他当做孩子看待，当做小病人一般的爱护和照顾，那在乔治·桑也是一个沉重的负担。何况她的儿女都已长大，到了婚嫁的年龄；家庭变得复杂了，日常琐碎的纠纷和不可避免的摩擦，势必牵涉到萧邦。萧邦的病一天一天在暗中发展，脾气的越变越坏，也在意料之中。一八四七年五月，为了乔治·桑跟新出嫁的女儿和女婿冲突，萧邦终于离开了诺昂。多少年的关系斩断了，根深蒂固的习惯不得不跟着改变，而萧邦的脆弱的生命线也从此斩断了。

一八四七年，萧邦发表了最后几部作品，从作品第六十三号的《玛祖卡》起，到六十五号的《钢琴与大提琴奏鸣曲》为止。从此以后，他搁笔了。凡是第六十六号起的作品，都是他死后由他的朋友冯塔那整理出来的。他的病一天天的加重，上下楼梯连气都喘不过来。李斯特说，那时候的萧邦只剩下个影子了。可是，一八四八年二月十六日，他还在巴黎举行了最后一次音乐会。一八四八年四月，他上英国去，在伦敦、爱丁堡、曼彻斯特各地的私人家里演奏。这次旅行把他最后一些精力消耗完了。一八四九年一月回到巴黎。六月底，他写信给姊姊卢德维卡，要她来法国相会。姊姊来了，陪了他一个夏天。可是一个夏天，病状只有恶化。他很少说话，只用手势来表示意思。十月中旬，他进入弥留状态。十月十五日，他要波托茨卡伯爵夫人为他唱歌，他是一向喜欢伯爵夫人的声音的。大家把钢琴从客厅推到卧房门口，波托茨卡夫人迸着抽搐的喉咙唱到一半，病人的痰涌上来了，钢琴立刻推开，在场的朋友都跪在地上祷告。十六日整天他都很痛苦，晕过去几次。在一次清醒的时候，他要朋友们把他未完成的乐稿全部焚毁。他说："因为我尊重大众。我过去写完的作品，都是尽了我的能力的。我不愿意有辜负群众的作品散播在人间。"然后他向每个朋友告别。十七日清早两点，他的学生兼好友古特曼喂他喝水，他轻轻地叫声："好朋友！"过了一会儿，就停止了呼吸。

在玛格达兰纳教堂举行的丧礼弥撒，由巴黎最著名的四个男女歌唱家领唱，唱了莫扎特的《安魂曲》，大风琴上奏着萧邦自己作的《葬礼进行曲》，第四和第六两首《前奏曲》。

正当灵柩在拉希士公墓上给放下墓穴的时候，一个朋友捧着十九年前的那只银杯，把里头的波兰土倾倒在灵柩上。这个祖国的象征，追随了萧邦十九年，终于跟着萧邦找到了最后的归宿，完成了它的使命。另一方面，葬在巴黎地下的，只是萧邦的身体，他的心脏被送到了华沙，保存在圣·十字教堂。这个美妙的举动当然是符合这位大诗人的愿望的，因为十九年如一日，他永远是身在异国，心在祖国。

　　第二次大战期间，波兰国土被希特勒匪徒占领了，波兰人民把萧邦的心从教堂里拿出来，藏在别处。直到一九四九年十月十七日，萧邦逝世一百周年纪念日，才由波兰人民共和国当时的部长会议主席贝鲁特，把珍藏萧邦心脏的匣子，交给华沙市长，由华沙市长送回到圣·十字教堂。可见波兰人民的心，在最危急的关头，也没有忘了这颗爱国志士的心！

一九五六年

（据手稿）

傅聪的成长

此文过去所有报刊书籍刊登的，均沿用《新观察》一九五七年第八期的版本。现据手稿补全了一大段当年被删去的傅雷关于教育的几个基本观念。

本刊编者要我谈谈傅聪的成长，认为他的学习经过可能对一般青年有所启发。当然，我的教育方法是有缺点的；今日的傅聪，从整个发展来看也跟完美二字差得很远。但优点也好，缺点也好，都可供人借镜。现在先谈谈我对教育的几个基本观念：

第一，把人格教育看做主要，把知识与技术的传授看做次要。童年时代与少年时代的教育重点，应当在伦理与道德方面，不能允许任何一桩生活琐事违反理性和最广义的做人之道；一切都以明辨是非，坚持真理、拥护正义，爱憎分明，守公德，守纪律，诚实不欺，质朴无华，勤劳耐苦为原则。

第二，把艺术教育只当做全面教育的一部分。让孩子学艺术，并不一定要他成为艺术家。尽管傅聪很早学钢琴，我却始终准备他更弦易辙，按照发展情况而随时改行的。

第三，即以音乐教育而论，也决不能仅仅培养音乐一门，正如学画的不能单注意绘画，学雕塑学戏剧的，不能只注意雕塑与戏剧一样，需要以全面的文学艺术修养为基础。

以上几项原则可用具体事例来说明。

傅聪三岁至四岁之间，站在小凳上，头刚好伸到和我的书桌一样高的时候，就爱听古典音乐。只要收音机或唱机上放送西洋乐曲，不论是声乐是器乐，也不论是哪一乐派的作品，他都安安静静的听着，时间久了也不会吵闹或是打瞌睡。我看了心里想："不管他将来学哪一科，能有一个艺术园地耕种，他一辈子受用不尽。"我是存了这种心，才在他七岁半，进小学四年级的秋天，让他开始学钢琴的。

过了一年多，由于孩子学习进度快速，不能不减轻他的负担，我便把他从小学撤回。这并非说我那时已决定他专学音乐，只是认为小学的课程和钢琴学习可能在家里结合得更好。傅聪到十四岁为止，花在文史和别的学科上的时间，比花在琴上的为多。英文、数学的代数、几何等等，另外请了教师。本国语文的教学主要由我自己掌握：从孔、孟、先秦诸子、国策、左传、晏子春秋、史记、汉书、世说新语等等上选材料，以富有伦理观念与哲学气息、兼有趣味性的故事、寓言、史实为主，以古典诗歌与纯文艺的散文为辅。用意是要把语文知识、道德观念和文艺熏陶结合在一起。我还记得着重向他指出，"民可使由之，不可使知之"的专制政府的荒谬，也强调"左右皆曰不可，勿听；诸大夫皆曰不可，勿听；国人皆曰不可，然后察之"一类的民主思想，"富贵不能淫，贫贱不能移，威武不能屈"那种有关操守的教训，以及"吾日三省吾身"，"人而无信，不知其可也"，"三人行，必有吾师"等等的生活作风。教学方法是从来不直接讲解，是叫孩子事前准备，自己先讲；不了解的文义，只用旁敲侧击的言语指引他，让他自己找出正确的答案来；误解的地方也不直接改正，而是向他发许多问题，使他自动发觉他的矛盾。目的是培养孩子的思考能力与基本逻辑。不过这方法也是有条件的，在悟性较差，智力发达较迟的孩子身上就行不通。

九岁半，傅聪跟了前上海交响乐队的创办人兼指挥，意大利钢琴家梅百器先生，他是十九世纪大钢琴家李斯特的再传弟子。傅聪在国内所受的唯一严格的钢琴训练，就是在梅百器先生门下的三年。

一九四六年八月，梅百器故世。傅聪换了几个教师，没有遇到合适的；教师们也觉得他是个问题儿童。同时也很不用功，而喜爱音乐的热情并未稍减。从他开始学琴起，每次因为他练琴不努力而我锁上琴，叫他不必再学的时候，每次他都对着琴哭得很伤心。一九四八年，他正课不交卷，私下却乱弹高深的作品，以致杨嘉仁先生也觉得无法教下去了；我便要他改受正规教育，让他以同等学历考入高中（大同）附中。我一向有个成见，认为一个不上不下的空头艺术家最要不得，还不如安分守己学一门实科，对社会多少还能有贡献。不久我们全家去昆明，孩子进了昆明的粤秀中学。一九五〇年秋，他又自做主张，以同等学历考入云南大学外文系一年级。这期间，他的钢琴学习完全停顿，只偶尔为当地的合唱队担任伴奏。

可是他学音乐的念头并没放弃，昆明的青年朋友们也觉得他长此蹉跎太可惜，劝他回家。一九五一年初夏他便离开云大，只身回上海（我们是四九年先回的），跟苏联籍的女钢琴家勃隆斯丹夫人学了一年。那时（傅聪十七岁）我才肯定傅聪可以专攻音乐；因为他能刻苦用功，在琴上每天工作七八小时，就是酷暑天气，衣裤尽湿，也不稍休；而他对音乐的理解也显出有独到之处。除了琴，那个时期他还另跟老师念英国文学，自己阅读不少政治理论的书籍。五二年夏，勃隆斯丹夫人去加拿大。从此到五四年八月，傅聪又没有钢琴老师了。

五三年夏天，政府给了他一个难得的机会：经过选拔，派他到罗马尼亚去参加"第四届国际青年与学生和平友好联欢节"的钢琴比赛；接着又随我们的艺术代表团去民主德国与波兰做访问演出。他表演的萧邦受到波兰专家们的重视；波兰政府并向我们政府正式提出，邀请傅聪参加一九五五年二月至三月举行的"第五届萧邦国际钢琴比赛"。五四年八月，傅聪由政府正式派往波兰，由波兰的老教授杰维茨基亲自指导，准备比赛节目。比赛终了，政府为了进一步培养他，让他继续留在波兰学习。

在艺术成长的重要关头，遇到全国解放，政府重视文艺，大力培养人才的伟大时代，不能不说是傅聪莫大的幸运；波兰政府与音乐界热情的帮助，更是促成傅聪走上艺术大道的重要因素。但像他过去那样不规则的、时断时续的学习经过，在国外音乐青年中是少有的。萧邦比赛大会的总节目上，印有来自世界各国的七十四名选手的音乐资历，其中就以傅聪的资历最贫弱，竟是独一无二的贫弱。这也不足为奇，西洋音乐传入中国为时不过半世纪，师资的缺乏是我们的音乐学生普遍的苦闷。

在这种客观条件之下，傅聪经过不少挫折而还能有些少成绩，在初次去波兰时得到国外音乐界的赞许，据我分析，是由于下列几点：（一）他对音乐的热爱和对艺术的严肃态度，不但始终如一，还随着年龄而俱长，从而加强了他的学习意志，不断的对自己提出严格的要求。无论到哪儿，他一看到琴就坐下来，一听到音乐就把什么都忘了。（二）一九五一、五二两年正是他的艺术心灵开始成熟的时期，而正好他又下了很大的苦功：睡在床上往往还在推敲乐曲的章节句读，斟酌表达的方式，或是背乐谱，有时竟会废寝忘食。手指弹痛了，指尖上包着橡皮膏再弹。五四年冬，波兰女钢琴家斯曼齐安卡到上海，告诉我傅聪常常十个手指都包了橡皮膏登台。（三）自幼培养的独立思考与注重逻辑的习惯，终于起了作用，使他后来虽无良师指导，也能够很有自信的单独摸索，而居然不曾误入歧途——这一点直到他在罗马尼亚比赛有了成绩，我才得到证实，放了心。（四）他在十二三岁以前所接触和欣赏的音乐，已不限于钢琴乐曲，而是包括多种不同的体裁不同的风格，所以他的音乐视野比较宽广。（五）他不用大人怎样鼓励，从小就喜欢诗歌、小说、戏剧、绘画，对一切美的事物美的风景都有强烈的感受，使他对音乐能从整个艺术的意境，而不限于音乐的意境去体会，补偿了我们音乐传统的不足。不用说，他感情的成熟比一般青年早得多；我素来主张艺术家的理智必须与感情平衡，对傅聪尤其注意这一点，所以在他十四岁以前只给他念田园诗、叙事诗与不太伤感的抒情诗；但他私下偷看了我的藏书，不到十五岁已经醉心于浪漫蒂克文艺，把南唐后主的词偷偷的背给他弟弟听了。（六）我来往的朋友包括多种职业，医生、律师、工程师、科学家、音乐家、画家、作家、记者都有，谈的题目非常广泛；偏偏孩子从七八岁起专爱躲在客厅门后窃听大人谈话，挥之不去，去而复来，无形中表现出他多方面的好奇心，而平日的所见所闻也加强了和扩大了他的好奇心。家庭中的艺术气氛，关切社会上大小问题的习惯，孩子在长年累月的浸淫之下，在成长的过程中不能说没有影响。我们解放前对蒋介石政权的愤恨，朋友们热烈的政治讨论，孩子也不知不觉的感染了。十四岁那年，他因为顽劣生事而与我大起冲突的时候，居然想私自到苏北去参加革命。

远在一九五二年，傅聪演奏俄国斯克里亚宾的作品，深受他的老师勃隆斯丹夫人的称赏，她觉得要了解这样一位纯粹斯拉夫灵魂的作家，不是老师所能教授，而要靠学者自己心领神会的。五三年他在罗马尼亚演奏斯克里亚宾作品，苏联的青年钢琴选手们都为之感动得下泪。未参加萧邦比赛以前，他弹的萧邦已被波兰的教授们认为"富有萧邦的灵魂"，甚至说他是"一个中国籍贯的波兰人"。比赛期间，评判员中巴西的女钢琴家，七十高龄的塔里番洛夫人对傅聪说："富有很大的才具，真正的音乐才具。除了非常敏感以外，你还有热烈的、慷慨激昂的气质，悲壮的感情，异乎寻常的精致，微妙的色觉，还有最难得的一点，就是少有的细腻与高雅的意境，特别像在你的《玛祖卡》中表现的。我历任第二、三、四届的评判员，从未听见这样天才式的《玛祖卡》。这是有历史意义的：一个中国人创造了真正《玛祖卡》的表达风格。"英国的评判员路易士·坎特讷对他自己的学生们说："傅聪的《玛祖卡》真是奇妙，在我简直是一个梦，不能相信真有其事。我无法想象那么多的层次，那么典雅，又有那么多的节奏，典型的波兰玛祖卡节奏。"意大利评判员，钢琴家阿高斯蒂教授对傅聪说："只有古老的文明才能给你那么多难得的天赋，萧邦的意境很像中国艺术的意境。"

这位意大利教授的评语，无意中解答了大家心中的一个谜。因为傅聪在萧邦比赛前后，在国外引起了一个普遍的问题：一个中国青年怎么能理解西洋音乐如此深切，尤其是在音乐家中风格极难掌握的萧邦？我和意大利教授一样，认为傅聪这方面的成就大半得力于他对中国古典文化的认识与体会。

只有真正了解自己民族的优秀传统精神，具备自己的民族灵魂，才能彻底了解别个民族的优秀传统，渗透他们的灵魂。五六年三月间南斯拉夫的报刊 Politika《政治》以《钢琴诗人》为题，评论傅聪在南国京城演奏莫扎特和萧邦两支钢琴协奏曲时，也说："很久以来，我们没有听到变化这样多的触键，使钢琴能显出最微妙的层次的音质。在傅聪的思想与实践中间，在他对于音乐的深刻的理解中间，有一股灵感，达到了纯粹的诗的境界。傅聪的演奏艺术，是从中国艺术传统的高度明确性脱胎出来的。他在琴上表达的诗意，不就是中国古诗的特殊面目之一吗？他镂刻细节的手腕，不是使我们想起中国册页上的画吗？"的确，中国艺术最大的特色，从诗歌到绘画到戏剧，都讲究乐而不淫，哀而不怨，雍容有度，讲究典雅，自然；反对装腔作势和过火的恶趣，反对无目的的炫耀技巧。而这些也是世界一切高级艺术共同的准则。

但是正如我在傅聪十七岁以前不敢肯定他能专攻音乐一样，现在我也不敢说他将来究竟有多大发展。一个艺术家的路程能走得多远，除了苦修苦练以外，还得看他的天赋；这潜在力的多、少、大、小，谁也无法预言，只有在他不断发掘的过程中慢慢的看出来。傅聪的艺术生涯才不过开端，他知道自己在无穷无尽的艺术天地中只跨了第一步，很小的第一步；不但目前他对他的演奏难得有满意的时候，将来也远远不会对自己完全满意，这是他亲口说的。

我在本文开始时已经说过，我的教育不是没有缺点的，尤其所用的方式过于严厉，过于偏急；因为我强调工作纪律与生活纪律，傅聪的童年时代与少年时代，远不如一般青少年的轻松快乐，无忧无虑。虽然如此，傅聪目前的生活方式仍不免散漫。他的这点缺陷，当然还有不少别的，都证明我的教育并没完全成功。可是有一个基本原则，我始终觉得并不错误，就是：做人第一，其次才是做艺术家，再其次才是做音乐家，最后才是做钢琴家［我说"做人"是广义的：私德、公德，都包括在内；主要对集体负责，对国家、对人民负责。——原注］。或许这个原则对旁的学科的青年也能适用。

一九五六年十一月十九日

第四辑

音乐之史的发展

一

晚近以来，音乐才开始取得它在一般历史上应占的地位。忽视了人类精神最深刻的一种表现，而谓可以窥探人类精神的进化，真是一件怪事。一个国家的政治生命，只是它的最浅薄的面目。要认识它内心的生命和行动的渊源，必得要从文学、哲学、艺术，那些反映着整个民族的思想、热情与幻梦的各方面，去渗透它的灵魂。

大家知道文学所贡献于历史的资料，例如高乃依［Pierre Corneille，一六〇六至一六八四，法国著名悲剧家。——编者注］的诗，笛卡尔［René Descartes，一五九六至一六五〇，法国哲学家、物理学家、数学家和生理学家。解析几何的创始人。——编者注］的哲学，可以帮助我们了解三十年战争结束后的法国民族。假使我们没有熟悉百科全书派的主张，及十八世纪的沙龙的精神，那末，一七八九年的法国大革命，将成为毫无生命的陈迹。

大家也知道，形象美术对于认识时代这一点上，供给多少宝贵的材料：它不啻是时代的面貌，它把当时的人品、举止、衣饰、习尚、日常生活的全部，在我们眼底重新映演。一切政治革命都在艺术革命中引起反响。一国的生命是全部现象——经济现象和艺术现象——联合起来的有机体，哥特式建筑的共同点与不同点，使十九世纪的维奥莱-勒-杜克［Eugene Emmanuel Viollet-le-Duc，一八一四至一八七九，法国建筑家、作家和理论家。——编者注］追寻出十二世纪各国通商要道。对于建筑部分的研究，例如钟楼，就可以看出法国王朝的进步，及首都建筑对于省会建筑之影响。但是艺术的历史效用，尤在使我们与一个时代的心灵，及时代感觉的背景接触。在表面上，文学与哲学所供给我们的材料，最为明白，而它们对于一个时代的性格，也能归纳在确切不移的公式中，但它们的单纯化的功效是勉强的，不自然的，而我们所得的观念，也是贫弱而呆滞；至于艺术，却是依了活动的人生模塑的。而且艺术的领域，较之文学要广大得多。法国的艺术，已经有十个世纪的历史，但我们往常只是依据了四世纪文学，来判断法国思想。法国的中古艺术所显示我们的内地生活，并没有被法国的古典文学所道及。世界上很少国家的民族，像法国那般混杂。它包含着意大利人的，西班牙人的，德国人的，瑞士人的，英国人的，佛兰德斯人的种种不同，甚至有时相反的民族与传统。这些互相冲突的文化都因了法国政治的统一，才融合起来，获得折衷，均衡。法国文学，的确表现了这种统一的情形，但它把组成法国民族性格的许多细微的不同点，却完全忽视了。我们在凝视着法国哥特式教堂的玫瑰花瓣的彩色玻璃时，就想起往常批评法国民族特性的论见之偏执了。人家说法国人是理智而非幻想，乐观的而非荒诞，他的长处是素描而非色彩的。然而就是这个民族，曾创造了神秘的东方的玫瑰。

由此可见，艺术的认识可以扩大和改换对于一个民族的概念。单靠文学是不够的。

这个概念，如果再由音乐来补充，将更怎样地丰富而完满！

音乐会把没有感觉的人弄迷糊了。它的材料似乎是渺茫得捉摸不住，而且是无可理解，与现实无关的东西。那么，历史又能在音乐中间，找到什么好处呢？

然而，第一，说音乐是如何抽象的这句话是不准确的；它和文学、戏剧、一个时代的生活，永远保持着密切的关系。歌剧史对于风化史及交际史的参证是谁也不能否认的。音乐的各种形式，关联着一个社会的形式，而且使我们更能了解那个社会。在许多情形之下，音乐史并且与其他各种艺术史有十分密切的联络。各种艺术往往互相影响，甚至因了自然的演化，一种艺术常要越出它自己的范围而侵入别种艺术的领土中去。有时是音乐成了绘画，有时是绘画成了音乐。米开朗琪罗曾经说过："好的绘画是音乐，是旋律。"各种艺术，并没像理论家所说的，有怎样不可超越的樊篱。一种艺术，可以承继别一种艺术的精神，也可以在别种艺术中达到它理想的境界：这是同一种精神上的需要，在一种艺术中尽量发挥，以致打破了一种艺术的形式，而侵入其它一种艺术，以寻求表白思想的最完满的形式。因此，音乐史的认识，对于造型美术史常是很需要的。

可是，就以音乐的原素来讲，它的最大的意味，岂非因为它能使人们内心的秘密，长久的蕴蓄在心头的情绪，找到一种藉以表白的最自由的言语？音乐既然是最深刻与最自然的表现，则一种倾向往往在没有言语，没有事实证明之前，先有音乐的暗示。日耳曼民族觉醒的十年以前，就有《英雄交响曲》；德意志帝国称雄欧洲的前十年，也先有了瓦格纳的《齐格弗里德》*Sieg-*

fried。

在某种情况之下，音乐竟是内心生活的唯一的表白——例如十七世纪的意大利与德国，它们的政治史所告诉我们的，只有宫廷的丑史，外交和军事的失败，国内的荒歉，亲王们的婚礼……那么，这两个民族在十八、十九两个世纪的复兴，将如何解释？只有他们音乐家的作品，才使我们窥见他们一二世纪后中兴的先兆。德国三十年战争的前后，正当内忧外患，天灾人祸相继沓来的时候，约翰·克里斯托夫·巴赫（Johann Christoph Bach），约翰·米夏埃尔·巴赫（Johann Michael Bach）［他们就是最著名的音乐家约翰·塞巴斯蒂安·巴赫（Johann Sebastian Bach）的祖先］，正在歌唱他们伟大的坚实的信仰。外界的扰攘和纷乱，丝毫没有动摇他们的信心。他们似乎都感到他们光明的前途。意大利的这个时代，亦是音乐极盛的时代，它的旋律与歌剧流行全欧，在宫廷旖旎风流的习尚中，暗示着快要觉醒而奋起的心灵。

此外，还有一个更显著的例子。是罗马帝国的崩溃，野蛮民族南侵，古文明渐次灭亡的时候，帝国末期的帝王，与野蛮民族的酋长，对于音乐，抱着同样的热情。第四世纪起，开始酝酿那著名的《格列高利圣歌》 Gregorian Chant。这是基督教经过二百五十年的摧残之后，终于获得胜利的凯旋歌。它诞生的确期，大概在公元五四〇年至六〇〇年之间，正当高卢人与龙巴人南侵的时代。那时的历史，只是罗马与野蛮民族的不断的战争，残杀、抢掠，那些最惨酷的记载；然而教皇格列高利手订的宗教音乐，已在歌唱未来的和平与希望了。它的单纯、严肃、清明的风格，简直像希腊浮雕一样的和谐与平静。瞧，这野蛮时代所产生的艺术，哪里有一分野蛮气息？而且，这不是只在寺院内唱的歌曲，它是五六世纪以后，罗马帝国中通俗流行的音乐，它并流行到英、德、法诸国的民间。各国的皇帝，终日不厌的学习，谛听这宗教音乐。从没有一种艺术比它更能代表时代的了。

由此，文明更可懂得，人类的生命在表面上似乎是死灭了的时候，实际还是在继续活跃。在世界纷乱、瓦解，以致破产的时候，人类却在寻找他的永永不灭的生机。因此，所谓历史上某时代的复兴或颓唐，也许只是文明依据了一部分现象而断言的。一种艺术，可以有萎靡不振的阶段，然而整个艺术决没有一刻是死亡的。它跟了情势而变化，以找到适宜于表白自己的机会。当然，一个民族困顿于战争、疫疠之时，它的创造力很难由建筑方面表现，因为建筑是需要金钱的，而且，如果当时的局势不稳，那就决没有新建筑的需求。即其他各种造型美术的发展，也是需要相当的闲暇与奢侈，优秀阶级的嗜好，与当代文化的均衡。但在生活维艰、贫穷潦倒、物质的条件不容许人类的创造力向外发展时，它就深藏涵蓄；而他寻觅幸福的永远的需求，却使他找到了别的艺术之路。这时候，美的性格，变成内心的了；它藏在深邃的艺术——诗与音乐中去。我确信人类的心灵是不死的，故无所谓死亡，亦无所谓再生。光焰永无熄灭之日，它不是照耀这种艺术，就是照耀那种艺术；好似文明，如果在这个民族中绝灭，就在别个民族中诞生的一样。

因此，文明要看到人类精神活动的全部，必须把各种艺术史做一比较的研究。历史的目的，原来就在乎抓到人类思想的全部线索啊！

二

我们现在试把音乐之历史的发展大略说一说吧。它的地位比一般人所想象的重要得多。在远古，古老的文化中，音乐即已产生。希腊人把音乐当做与天文、医学一样可以澄清人类心魂的一种工具。柏拉图认为音乐家实有教育的使命。在希腊人心目中，音乐不只是一组悦耳的声音的联合，而是许多具有确切内容的建筑。"最富智慧性的是什么？——数目；最美的是什么？——和谐。"并且，他们分别出某种节奏的音乐令人勇武，某一种又令人快乐。由此可见，当时人士重视音乐。柏拉图对于音乐的趣味，尤其卓越，他认为公元前七世纪奥林匹克曲调后，简直没有好的音乐可听了。然而，自希腊以降，没有一个世纪不产生音乐的民族；甚至我们普通认为最缺少音乐天禀的英国人，迄一六八八年革命时止，也一直是音乐的民族。

而且，世界上除了历史的情形以外，还有什么更有利于音乐的发展？音乐的兴盛往往在别种艺术衰落的时候，这似乎是很自然的结果。我们上面讲述的几个例子，中世纪野蛮民族南侵时代，十七世纪的意大利和德意志，都足令我们相信这情形。而且这也是很合理的，既然音乐是个人的默想，它的存在，只需一个灵魂与一个声音。一个可怜虫，艰苦穷困，幽锢在牢狱里，与世界隔绝了，什么也没有，但他可以创造出一部音乐或诗的杰作。

但这不过是音乐的许多形式中之一种罢了。音乐固然是个人的亲切的艺术，可也算社会的艺术。它是幽思、痛苦的女儿，同时也是幸福、愉悦，甚至轻佻浮华的产物。它能够适应、顺从每一个民族和每一个时代的性格。在我们认识了它的历史和它在各时代所取的种种形式之后，我们再不会觉得理论家所给予的定义之矛盾为可异了。有些音乐理论家说音乐是动的建筑，又有些则说音乐是诗的心理学。有的把音乐当做造型的艺术；有的当做纯粹表白精神的艺术。对于前者——音乐的要素是旋律（melodie，或译曲调），后者则是和声（harmonie）。实际上，这一切都对的，他们一样有理。历史的要点，并非使人疑惑一切，而是使人部分的相信一切，使人懂得在许多互相冲突的理论中，某一种学说是对于历史上某一个时期是准确的，另一学说又是对于历史上另一时期是准确的。在建筑家的民族中，如十五、十六世纪的法国与佛兰德斯民族音乐是音的建筑。在具有形的感觉与素养的民族，如意大利那种雕刻家与画家的民族中，音乐是素描、线条、旋律、造型的美。在德国人那种诗人与哲学家的民族中，音乐是内心的诗，抒情的表白，哲学的幻想。在弗朗索瓦一世与查理九世的朝代（十五、十六世纪），音乐是宫廷中风雅与诗意的艺术。在宗教革命的时代，它是信仰与奋斗的艺术。在路易十四朝中，它是歌舞升平的艺术。十八世纪则是沙龙的艺术。大革命前期，它又成了革命人格的抒情诗。总而言之，没有一种方式可以限制音乐。它是世纪的歌声，历史的花朵；它在人类的痛苦与欢乐下面同样地滋长蓬勃。

三

我们在上面已经讲过音乐在希腊时代的发展过程。它不独有教育的功用，并且和其他的艺术、科学、文学，尤其是戏剧，发生密切的关系。渐渐地纯粹音乐——器乐，在希腊时代占据了主要地位。罗马帝国的君主，如尼禄（Nero）、狄托（Titus）、哈德良（Hadrianus）、卡里古拉（Caligula）……都是醉心于音乐的人。

随后，基督教又借了音乐的力量去征服人类的心灵。公元四世纪时的圣安布鲁瓦兹（Saint Ambroise）曾经说过："它用了曲调与圣诗的魔力去蛊惑民众。"的确，我们看到在罗马帝国的各种艺术中，只有音乐虽然经过多少变乱，仍旧完美的保存着，而且，在罗马与哥特时代，更加突飞猛进。圣多玛氏说："它在七种自由艺术中占据第一位，是人类的学问中最高贵的一种。"在沙特尔（Chartres）城，自十一至十四世纪，存在着一个理论的与实习的音乐学派。图卢兹（Toulouse）大学，在十三世纪已有音乐的课程。十三至十五世纪的巴黎，为当时音乐的中心，大学教授的名单上，有多少是当代的音乐理论家！但那时代音乐美学与现代的当然不同，他们认为音乐是无个性的艺术（L'art impersonnel），需要清明镇静的心神与澄彻透辟的理智。十三世纪的理论家说："要写最美的音乐的最大的阻碍，是心中的烦愁。"这是遗留下来的希腊艺术理论。它的精神上的原因，是合理的而非神秘的，智慧的而非抒情的；社会的原因，是思想与实力的联合，不论是何种特殊的个人思想，都要和众人的思想提携。但对于这种古典的学说，老早就有一种骑士式诗的艺术，一种热烈的情诗与之崛起对抗。

十四世纪初，意大利已经发现文艺复兴的先声，在但丁、彼得拉克（Petratque）、乔托的时代，翡冷翠的马德里加尔（madrigal）式的情歌、猎曲，流传于欧洲全部。十五世纪初叶，产生了用于伴奏的富丽的声乐。轻佻浮俗的音乐中的自由精神，居然深入宗教艺术，以致在十五世纪末，音乐达到与其他的艺术同样光华灿烂的顶点。佛兰德斯的对位学家是全欧最著名的技术专家。他们的作品都是华美的音的建筑，繁复的节奏，最初并不是侧重于造型的。可是到了十五世纪最后的二十五年，在别种艺术中已经得势的个人主义，亦在音乐中苏醒了；人格的意识，自然的景慕；——回复了。

自然的模仿，热情的表白：这是在当时人眼中的文艺复兴与音乐的特点；他们认为这应该是这种艺术的特殊的机能。从此以后，直至现代，音乐便继续着这条路径在发展。但那时代音乐的卓越的优长，尤其是它的形象美除了韩德尔和莫扎特的若干作品以外，恐怕从来没有别的时代的音乐足以和它媲美。这是纯美的世纪，它到处都在，社会生活的各方面，精神科学的各门类，都讲究"纯美"。音乐与诗的结合从来没有比查理九世朝代更密切的了。十六世纪的法国诗人多拉（Dorat）、若代尔（Jodelle）、贝洛（Belleau），都唱着颂赞自然的幽美的诗歌；大诗人龙萨（Ronsard）说过："没有音乐性，诗歌将失掉了它的妩媚；正如没有诗歌一般的旋律，音乐将成为僵死一样。"诗人巴伊夫（Baif）在法国创力诗与音乐学院，努力想创造一种专门歌唱的文字，把他自己用拉丁和希腊韵所作的诗来试验：他的大胆与创造力实非今日的诗人或音乐家所能想象。法国的音乐性已经达到顶点，它不复是一个阶级的享乐，而是整个国家的艺术，贵族、知识阶级、中产阶级、平民、旧教和新教的寺院，都一致为音乐而兴奋。亨利八世和伊莉莎白女王（十五至十六世纪）时代的英国，马丁路德（十五至十六世纪）时代的德国，加尔文时代的日内瓦，利奥十世治下的罗马，都有同样昌盛的音乐。它是文艺复兴最后一枝花朵，也是最普及于欧罗巴的艺术。

情操在音乐上的表白，经过了十六世纪幽美的，描写的情歌，猎曲等等的试验，逐渐肯定而准确了，其结果在意大利有音乐悲剧的诞生。好像在别种意大利艺术的发展与形成中一样，歌剧也受了古希腊的影响。在创造者心中，歌剧无异是古代悲剧的复活；因此，它是音乐的，同时亦是文学的。事实上，虽然以后翡冷翠最初几个作家的戏剧原理被遗忘了，音乐和诗的关系中断了，歌剧的影响却继续存在。关于这一点，我们对于十七世纪末期起，戏剧思想所受到的歌剧的影响还没有完全考据明白。我们不应当忽视歌剧在整个欧洲风靡一时的事实，认为是毫无意义的现象。因为没有它，可以说时代的艺术精神大半要淹没；除了合理化的形象以外，将看不见其他的思想。而且，十七世纪的淫乐，肉感的幻想，感伤的情调，也再没有比在音乐上表现得更明白，接触到更深奥的底蕴的了。这时候，在德国，正是相反的情况，宗教改革的精神正在长起它的坚实的深厚的根底。英国的音乐经过了光辉的时代，受着清教徒思想的束缚，慢慢地熄灭了。意大利的文艺复兴已经在迷梦中睡去，只在追求美丽而空洞的形象美。

十八世纪，意大利音乐继续反映生活的豪华，温柔与空虚。在德国，蕴蓄已久的内心的和谐，由了韩德尔（Handel）与巴赫（J. S. Bach），如长江大河般突然奔放出来。法国则在工作着，想继续翡冷翠人创始的事业——歌剧，以希腊古剧为模型的悲剧。欧洲所有的大音乐家都聚集在巴黎，法国人、意大利人、德国人、比国人，都想造成一种悲剧的或抒情的喜剧风格。这工作正是十九世纪音乐革命的准备。十八世纪德意两国的最大天才是在音乐上，法国虽然在别种艺术上更为丰富，但其成功，实在还是音乐能够登峰造极。因为，在路易十五治下的画家与雕刻家，没有一个足以与拉摩（Rameau，一六八三至一七六四）的天才相比的。拉摩不独是吕里（Lully，一六三三至一六八七）的继承者，他并且奠定了法国歌剧，创造了新和音，对于自然的观察，尤有独到处。到了十八世纪末叶，格鲁克（Gluck，一七一四至一七八七）的歌剧出现，把全欧的戏剧都掩蔽了。他的歌剧不独是音乐上的杰作，也是法国十八世纪最高的悲剧。

十八世纪终，全欧受着革命思潮的激荡，音乐也似乎苏醒了。德法两国音乐家研究的结果，与交响乐的盛行，使音乐大大地发展它表情的机能。三十年中，管弦乐合奏与室内音乐产生了空前的杰作。过去的乐风由海顿和莫扎特放发了一道最后的光芒之后，慢慢地熄灭了。一七九二年法国革命时代的音乐家戈塞克（Gossec）、曼于（Mehul）、勒絮尔（Lesueur）、凯鲁比尼（Cherubini）等，已在试作革命的音乐；到了贝多芬，唱出最高亢的《英雄曲》，才把大革命时代的拿破仑风的情操，悲怆壮烈的民气，完满地表现了。这是社会的改革，亦是精神的解放，大家都为狂热的战士情调所鼓动，要求自由。

末了，便一片浪漫底克的诗的潮流。韦伯（Weber）、舒柏特（Schubert)、萧邦（Chopin）、门德尔松（Mendelssohn）、舒曼（Schumann）、柏辽兹（Berlioz）等抒情音乐家，新时代的幻梦诗人，仿佛慢慢地觉醒，被一种无名的狂乱所鼓动。古意大利，懒懒地，肉感地产生了它最后两大家——罗西尼（Rossini）与贝利尼（Bellini）；新意大利则是犷野威武的威尔地（Verdi）唱起近代意大利统一的雄壮的曲子。德国则以强力著称的瓦格纳（Wagner）预示德意志民族统治全欧的野心。德国人沉着固执，强毅不屈的精神，与幻想抑郁，神秘莫测的性格，都在瓦格纳的悲剧中具体地吐露了。从犷野狂乱，感伤多情的浪漫主义转变到深沉的神秘主义，这一种事实，似乎令人相信音乐上的浪漫主义的花果，较之文学上的更丰富庄实。这潮流随后即产生了法国的赛查·弗兰克（Cesar Franck），意大利与比利时的宗教歌剧（oratorio）以及回复古希腊与伯利恒的乐风。现代音乐，一部分虽然应用十九世纪改进了的器乐，描绘快要破落的优秀阶级的灵魂，一部分却在提倡采取通俗的曲调，以创造民众音乐。自比才（Bizet）至穆索尔斯基（Moussórgsky），都是努力于表现民众情操的作家。

以上所述，只是对于广博浩瀚的音乐史的一瞥，其用意不过要藉以表明音乐和社会生活的其他方面，怎样的密切关联而已。

我们看到，自有史以来，音乐永远开着光华妍丽的花朵：这对于我们的精神，是一个极大的安慰，使我们在纷纭扰攘的宇宙中，获得些微安息。政治史与社会史是一片无穷尽的争斗，朝着永远成为问题的人类的进步前去，苦闷的挣扎只赢得一分一寸的进展。然而，艺术史却充满了平和与繁荣的感觉。这里，进步是不存在的。我们往后了望，无论是如何遥远的时代，早已到达了完满的境界。可是，这也不能使我们有所失望或胆怯，因为我们再不能超越前人。艺术是人类的梦，光明、自由、清明而和平的梦。这个梦永不会中断。无论哪一个时代，我们总听到艺术家在叹说："一切都给前人说完了，我们生得太晚了。"一切都说完了，也许是吧！然而，一切还待说，艺术是发掘不尽的，正如生命一样。

〔附白〕本文取材，大半根据罗曼·罗兰著的《古代音乐家》"导言"。

（原载上海中华书局一九三五年四月《艺术论集》）

贝多芬与力及其音乐建树

本文节录自作者的《贝多芬的作品及其精神》一文，题目由编者另拟。

一、贝多芬与力

十八世纪是一个兵连祸结的时代，也是歌舞升平的时代，是古典主义没落的时代，也是新生运动萌芽的时代。新陈代谢的作用在历史上从未停止：最混乱最秽浊的地方就有鲜艳的花朵在探出头来。法兰西大革命，展开了人类史上最惊心动魄的一页：十九世纪！多悲壮，多灿烂！仿佛所有的天才都降生在同一时期……从拿破仑到俾斯麦，从康德到尼采，从歌德到左拉，从达维德到塞尚，从贝多芬到俄国五大家；北欧多了一个德意志，南欧多了一个意大利；民主和专制的搏斗方终，社会主义的殉难生活已经开始：人类几曾在一百年中走过这么长的路！而在此波澜壮阔、峰峦重叠的旅程的起点，照耀着一颗巨星：贝多芬。在音响的世界中，他预言了一个民族的复兴——德意志联邦；他象征着一世纪中人类活动的基调——力！

一个古老的社会崩溃了，一个新的社会在酝酿中。在青黄不接的过程内，第一先得解放个人（这是文艺复兴发轫而未完成的基业）。反抗一切约束，争取一切自由的个人主义，是未来世界的先驱。各有各的时代。第一是：我！然后是：社会。

要肯定这个"我"，在帝王与贵族之前解放个人，使他们承认个个人都是帝王贵族，或个个帝王贵族都是平民，就须先肯定"力"，把它栽培，扶养，提出，具体表现，使人不得不接受。每个自由的"我"要指挥。倘他不能在行动上，至少能在艺术上指挥。倘他不能征服王国，像拿破仑，至少他要征服心灵、感觉和情操，像贝多芬。是的，贝多芬与力，这是一个天生就有的题目。我们不在这个题目上做一番探讨，就难能了解他的作品及其久远的影响。

从罗曼·罗兰所作的传记里，我们已熟知他运动家般的体格。平时的生活除了过度艰苦以外，没有旁的过度足以摧毁他的健康。健康是他最珍视的财富，因为它是一切"力"的资源。当时见过他的人说"他是力的化身"，当然这是含有肉体与精神双重的意义的。他的几件无关紧要的性的冒险［这一点，我们毋须为他隐讳。传记里说他终身童贞的话是靠不住的，罗曼·罗兰自己就修正过。贝多芬一八一六年的日记内就有过性关系的记载——原注］，既未减损他对于爱情的崇高的理想，也未减损他对于肉欲的控制力。他说："要是我牺牲了我的生命力，还有什么可以留给高贵与优越？"力，是的，体格的力，道德的力，是贝多芬的口头禅。"力是那般与寻常人不同的人的道德，也便是我的道德［一八〇〇年语——原注］。"这种论调分明已是"超人"的口吻。而且在他三十岁前后，过于充溢的力未免有不公平的滥用。不必说他暴烈的性格对身份高贵的人要不时爆发，即对他平辈或下级的人也有枉用的时候。他胸中满是轻蔑：轻蔑弱者，轻蔑愚昧的人，轻蔑大众，然而他又是热爱人类的人！甚至轻蔑他所爱好而崇拜他的人。［在他致阿门达牧师信内，有两句说话便是诬蔑一个对他永远忠诚的朋友的。参看《贝多芬传之书信集》。——原注］在他青年时代帮他不少忙的李希诺夫斯基公主的母亲，曾有一次因为求他弹琴而下跪，他非但拒绝，甚至在沙发上立也不立起来。后来他和李希诺夫斯基亲王反目，临走时留下的条子是这样写的："亲王，您之为您，是靠了偶然的出身；我之为我，是靠了我自己。亲王们现在有的是，将来也有的是。至于贝多芬，却只有一个。"这种骄傲的反抗，不独用来对另一阶级和同一阶级的人，且也用来对音乐上的规律：

——"照规则是不许把这些和弦连用在一块的……"人家和他说。

——"可是我允许。"他回答。

然而读者切勿误会，切勿把常人的狂妄和天才的自信混为一谈，也切勿把力的过剩的表现和无理的傲慢视同一律。以上所述，不过是贝多芬内心蕴蓄的精力，因过于丰满之故而在行动上流露出来的一方面；而这一方面——让我们说老实话——也并非最好的一方面。缺陷与过失，在伟人身上也仍然是缺陷与过失。而且贝多芬对世俗对旁人尽管傲岸不逊，对自己却竭尽谦卑。当他对车尔尼谈着自己的缺点和教育的不够时，叹道："可是我并非没有音乐的才具！"二十岁时摒弃的大师，他四十岁上把一个一个的作品重新披读。晚年他更说："我才开始学得一些东西……"青年时，朋友们向他提起他的声名，他回答说："无聊！我从未想到声名和荣誉而写作。我心坎里的东西要出来，所以我才写作！"［这是车尔尼的记载——这一段希望读者，尤其是音乐青年，作为座右铭。——原注］

可是他精神的力，还得我们进一步去探索。

大家说贝多芬是最后一个古典主义者，又是最先一个浪漫主义者。浪漫主义者，不错，在表现为先，形式其次上面，在不避剧烈的情绪流露上面，在极度的个人主义上面，他是的。但浪漫主义的感伤气氛与他完全无缘，他是生平最厌恶女性的男子。和他性格最不相容的是没有逻辑和过分夸张的幻想。他是音乐家中最男性的。罗曼·罗兰甚至不大受得了女子弹奏贝多芬的作品，除了极少的例外。他的钢琴即兴，素来被认为具有神奇的魔力。当时极优秀的钢琴家里斯和车尔尼辈都说："除了思想的特异与优美之外，表情中间另有一种异乎寻常的成分。"他赛似狂风暴雨中的魔术师，会从"深渊里"把精灵呼召到"高峰上"。听众嚎啕大哭，他的朋友雷夏尔特流了不少热泪，没有一双眼睛不湿……当他弹完以后看见这些泪人儿时，他耸耸肩，放声大笑道："啊，疯子！你们真不是艺术家。艺术家是火，他是不哭的。"［以上都见车尔尼记载。——原注］又有一次，他送一个朋友远行时，说："别动感情。在一切事情上，坚毅和勇敢才是男儿本色。"这种控制感情的力，是大家很少认识的！"人家想把他这株橡树当做萧飒的白杨，不知萧飒的白杨是听众。他是力能控制感情的。"［罗曼·罗兰语。——原注］

音乐家，光是做一个音乐家，就需要有对一个意念集中注意的力，需要西方人特有的那种控制与行动的铁腕：因为音乐是动的构造，所有的部分都得同时抓握。他的心灵必须在静止（immobilité）中做疾如闪电的动作，清明的目光，紧张的意志，全部的精神都该超临在整个梦境之上。那么，在这一点上，把思想抓握得如是紧密，如是恒久，如是超人式的，恐怕没有一个音乐家可和贝多芬相比。因为没有一个音乐家有他那样坚强的力。他一朝握住一个意念时，不到把它占有决不放手。他自称那是"对魔鬼的追逐"——这种控制思想，左右精神的力，我们还可从一个较为浮表的方面获得引证。早年和他在维也纳同住过的赛弗里德曾说："当他听人家一支乐曲时，要在他脸上去猜测赞成或反对是不可能的；他永远是冷冷的，一无动静。精神活动是内在的，而且是无时或息的；但躯壳只像一块没有灵魂的大理石。"

要是在此灵魂的探险上更往前去，我们还可发现更深邃更神化的面目。如罗曼·罗兰所说的：提起贝多芬，不能不提起上帝。［注意：此处所谓上帝系指十八世纪泛神论中的上帝。——原注］贝多芬的力不但要控制肉欲，控制感情，控制思想，控制作品，且竟与运命挑战，与上帝搏斗。"他可把神明视为平等，视为他生命中的伴侣，被他虐待的；视为磨难他的暴君，被他诅咒的；再不然把它认为他的自我之一部，或是一个冷酷的朋友，一个严厉的父亲……而且不论什么，只要敢和贝多芬对面，他就永不和它分离。一切都会消逝，他却永远在它面前。贝多芬向他哀诉，向它怨艾，向它威逼，向它追问。内心的独白永远是两个声音的。从他初期的作品起〔作品第九号之三的三重奏的allegro，作品第十八号之四的四重奏的第一章，及《悲怆奏鸣曲》等。——原注〕，我们就听见这些两重灵魂的对白，时而协和，时而争执，时而扭殴，时而拥抱……但其中之一总是主子的声音，决不会令你误会。"〔以上引罗曼·罗兰语。——原注〕倘没有这等持久不屈的"追逐魔鬼"、挝住上帝的毅力，他哪还能在"海林根施塔特遗嘱"之后再写《英雄交响曲》和《命运交响曲》？哪还能战胜一切疾病中最致命的——耳聋？

耳聋，对平常人是一部分世界的死灭，对音乐家是整个世界的死灭。整个的世界死灭了而贝多芬不曾死！并且他还重造那已经死灭的世界，重造音响的王国，不但为自己，而且为着人类，为着"可怜的人类"！这样一种超生和创造的力，只有自然界里那种无名的、原始的力可以相比。在死亡包裹着一切的大沙漠中间，唯有自然的力才能给你一片水草！

一八〇〇年，十九世纪第一页。那时的艺术界，正如行动界一样，是属于强者而非属于奥妙的机智的。谁敢保存他本来面目，谁敢威严地主张和命令，社会就跟着他走。个人的强项，直有吞噬一切之势；并且有甚于此的是：个人还需要把自己溶化在大众里，溶化在宇宙里。所以罗曼·罗兰把贝多芬和上帝的关系写得如是壮烈，决不是故弄玄妙的文章，而是窥透了个人主义的深邃的意识。艺术家站在"无意识界"的最高峰上，他说出自己的胸怀，结果是唱出了大众的情绪。贝多芬不曾下功夫去认识的时代意识，时代意识就在他自己的思想里。拿破仑把自由、平等、博爱当做幌子踏遍了欧洲，实在还是替整个时代的"无意识界"做了代言人。感觉早已普遍散布在人们心坎间，虽有传统、盲目的偶像崇拜，竭力高压也是徒然，艺术家迟早会来揭幕！《英雄交响曲》！即在一八〇〇年以前，少年贝多芬的作品，对于当时的青年音乐界，也已不下于《少年维特之烦恼》那样的诱人〔莫舍勒斯说他少年时在音乐院里私下问同学借抄贝多芬的《悲怆奏鸣曲》，因为教师是绝对禁止"这种狂妄的作品"的。——原注〕，然而《第三交响曲》是第一声洪亮的信号。力解放了个人，个人解放了大众——自然，这途程还长得很，有待于我们，或以后几代的努力；但力的化身已经出现过，悲壮的例子写定在历史上，目前的问题不是否定或争辩，而是如何继续与完成……

当然，我不否认力是巨大无比的，巨大到可怕的东西。普罗米修斯的神话存在了已有二十余世纪。使大地上五谷丰登、果实累累的，是力；移山倒海，甚至使星球击撞的，也是力！在人间如在自然界一样，力足以推动生命，也能促进死亡。两个极端摆在前面：一端是和平、幸福、进步、文明、美；一端是残杀、战争、混乱、野蛮、丑恶。具有"力"的人宛如执握着一个转折乾坤的钟摆，在这两极之间摆动。往哪儿去？……瞧瞧先贤的足迹罢。贝多芬的力所推动的是什么？锻炼这股力的洪炉又是什么？——受苦，奋斗，为善。没有一个艺术家对道德的修积，像他那样的兢兢业业，也没有一个音乐家的生涯，像贝多芬这样的酷似一个圣徒的行述。天赋给他犷野的力，他早替它定下了方向。它是应当奉献于同情、怜悯、自由的；它是应当教人隐忍、舍弃、欢乐的。对苦难，命运，应当用"力"去反抗和征服；对人类，应当用"力"去鼓励，去热烈地爱——所以《弥撒曲》里的泛神气息，代卑微的人类呼吁，为受难者歌唱……《第九交响曲》里的欢乐颂歌，又从痛苦与斗争中解放了人，扩大了人。解放与扩大的结果是人与神明迫近，与神明合一。那时候，力就是神，神就是力，无所谓善恶，无所谓冲突，力的两极性消灭了。人已超临了世界，跳出了万劫，生命已经告终，同时已经不朽！这才是欢乐，才是贝多芬式的欢乐！

二、贝多芬的音乐建树

现在，我们不妨从高远的世界中下来，看看这位大师在音乐艺术内的实际成就。

在这件工作内，最先仍须从回顾以往开始。一切的进步只能从比较上看出。十八世纪是讲究说话的时代，在无论何种艺术里，这是一致的色彩。上一代的古典精神至此变成纤巧与雕琢的形式主义，内容由微妙而流于空虚，由富丽而陷于贫弱。不论你表现什么，第一要"说得好"，要巧妙，雅致。艺术品的要件是明白、对称、和谐、中庸；最忌狂热、真诚、固执，那是"趣味恶劣"的表现。海顿的宗教音乐也不容许有何种神秘的气氛，它是空洞的，世俗气极浓的作品。因为时尚所需求的弥撒曲，实际只是一个变相的音乐会；由歌剧曲调与悦耳的技巧表现混合起来的东西，才能引起听众的趣味。流行的观念把人生看做肥皂泡，只顾享受和鉴赏它的五光十色，而不愿参透生与死的神秘。所以海顿的旋律是天真的、结实地构成的，所有的乐句都很美妙和谐；它特别魅惑你的耳朵，满足你的智的要求，却从无深切动人的言语诉说。即使海顿是一个善良的、虔诚的"好爸爸"，也逃不出时代感觉的束缚：缺乏热情。幸而音乐在当时还是后起的艺术，连当时那么浓厚的颓废色彩都阻遏不了它的生机。十八世纪最精神的面目和最可爱的情调，还找到一个旷世的天才做代言人：莫扎特。他除了歌剧以外，在交响乐方面的贡献也不下于海顿，且在精神方面还更走前了一步。音乐之作为心理描写是从他开始的。他的《g小调交响曲》在当时批评界的心目中已是艰涩难解（!）之作。但他的温柔与妩媚，细腻入微的感觉，匀称有度的体裁，我们仍觉是旧时代的产物。

而这是不足为奇的。时代精神既还有最后几朵鲜花需要开放，音乐曲体大半也还在摸索着路子。所谓古典奏鸣曲的形式，确定了不过半个世纪。最初，奏鸣曲的第一章只有一个主题（thème），后来才改用两个基调（tonalité）不同而互有关联的两个主题。当古典奏鸣曲的形式确定以后，就成为三鼎足式的对称乐曲，主要以三章构成，即，快——慢——快。第一章allegro本身又含有三个步骤：（一）破题（exposition），即披露两个不同的主题；（二）发展（dévelopement），把两个主题做种种复音的配合，做种种的分析或综合——这一节是全曲的重心；（三）复题（récapitulation），重行披露两个主题，而第二主题（亦称副句，第一主题亦称主句。）以和第一主题相同的基调出现，因为结论总以第一主题的基调为本。（这第一章部分称为奏鸣曲典型——forme-sonate）第二章andante或adagio，或larghetto，以歌（Lied）体或变奏曲（Variation）写成。第三章allegro或presto，和第一章同样用两句三段组成；再不然是rondo，由许多复奏（répétition）组成，而用对比的次要乐句作穿插。这就是三鼎足式的对称。但第二与第三章间，时或插入menuet舞曲。

这个格式可说完全适应着时代的趣味。当时的艺术家首先要使听众对一个乐曲的每一部分都感兴味，而不为单独的任何部分着迷。（所以特别重视均衡）第一章allegro的美的价值，特别在于明白、均衡和有规律：不同的乐旨总是对比的，每个乐旨总在规定的地方出现，它们的发展全在典雅的形式中进行。第二章andante，则来抚慰一下听众微妙精练的感觉，使全曲有些优美柔和的点缀；然而一切剧烈的表情是给庄严稳重的menuet挡住去路的——最后再来一个天真的rondo，用机械式的复奏和轻盈的爱娇，使听的人不致把艺术当真，而明白那不过是一场游戏。渊博而不迂腐，敏感而不着魔，在各种情绪底表皮上轻轻拂触，却从不停留在某一固定的感情上：这美妙的艺术组成时，所模仿的是沙龙里那些翩翩蛱蝶，组成以后所供奉的也仍是这般翩翩蛱蝶。

我所以冗长地叙述这段奏鸣曲史，因为奏鸣曲（尤其是其中奏鸣曲典型那部分。）是一切交响乐、四重奏等纯粹音乐的核心。贝多芬在音乐上的创新也是由此开始。而且我们了解了他的朔拿大组织，对他一切旁的曲体也就有了纲领。古典奏鸣曲虽有明白与构造结实之长，但有呆滞单调之弊。乐旨（motif）与破题之间，乐节（période）与复题之间，凡是专司联络之职的过板（conduit）总是无美感与表情可言的。当乐曲之始，两个主题一经披露之后，未来的结论可以推想而知：起承转合的方式，宛如学院派的辩论一般有固定的线索，一言以蔽之，这是西洋音乐上的八股。

贝多芬对奏鸣曲的第一件改革，便是推翻它刻板的规条，给以范围广大的自由与伸缩，使它施展雄辩的机能。他的三二阕钢琴朔拿大中，十三阕有四章，十三阕只有三章，六阕只有两章，每阕各章的次序也不依"快——慢——快"的成法两个主题在基调方面的关系，同一章内各个不同的乐旨间的关系，都变得自由了。即是奏鸣曲的骨干——奏鸣曲典型——也被修改。连接各个乐旨或各个小段落的过板，到贝多芬手里大为扩充，且有了生气，有了更大的和更独立的音乐价值，甚至有时把第二主题的出现大为延缓，而使它以不重要的插曲的形式出现。前人作品中纯粹分立而仅有乐理关系（即副句与主句互有关系，例如以主句基调的第五度音作为副句的主调音等等。）的两个主题，贝多芬使它们在风格上统一，或者出之以对照，或者出之以类似。所以我们在他作品中常常一开始便听到两个原则的争执，结果是其中之一获得了胜利；有时我们却听到两个类似的乐旨互相融和，（这就是上文所谓的两重灵魂的对白。）例如作品第七十一之一的《告别奏鸣曲》，第一章内所有旋律的原素，都是从最初三音符上衍变出来的。朔拿大典型部分原由三个步骤组成（详见前文），贝多芬又于最后加上一节结论（coda），把全章乐旨作一有力的总结。

贝多芬在即兴（improvisation）方面的胜长，一直影响到他奏鸣曲的曲体。据约翰·桑太伏阿纳（近代法国音乐史家）的分析，贝多芬在主句披露完后，常有无数的延音（point d'orgue）无数的休止，仿佛他在即兴时继续寻思，犹疑不决的神气，甚至他在一个主题的发展中间，会插入一大段自由的诉说，飘渺的梦境，宛似替声乐写的旋律一般。这种作风不但加浓了诗歌的成分，抑且加强了戏剧性。特别是他的 Adagio，往往受着德国歌谣的感应——莫扎特的长句令人想起意大利风的歌曲（aria）；海顿的旋律令人想起节奏空灵的法国的歌（Romance）；贝多芬的 Adagio 却充满着德国歌谣（Lied）所特有的情操：简单纯朴，亲切动人。

在贝多芬心目中，奏鸣曲典型并非不可动摇的格式，而是可以用作音响上的辩证法的：他提出一个主句，一个副句，然后获得一个结论，结论的性质或是一方面胜利，或是两方面调和。在此我们可以获得一个理由，来说明为何贝多芬晚年特别运用赋格曲。（Fugue，这是巴赫以后在奏鸣曲中一向遭受摈弃的曲体。贝多芬中年时亦未采用。）由于同一乐旨以音阶上不同的等级三四次的连续出现，由于参差不一的答句，由于这个曲体所特有的迅速而急促的演绎法，这赋格曲的风格能完满地适应作者的情绪；或者，原来孤立的一缕思想慢慢地渗透了心灵，终而至于占据全意识界；或者，凭着意志之力，精神必然而然地获得最后胜利。

　　总之，由于基调和主题的自由的选择，由于发展形式的改变，贝多芬把硬性的奏鸣曲典型化为表白情绪的灵活的工具。他依旧保存着乐曲底统一性，但他所重视的不在于结构或基调之统一，而在于情调和口吻（accent）之统一；换言之，这统一是内在的而非外在的。他是把内容来确定形式的，所以当他觉得典雅庄重的 menuet 束缚难忍时，他根本换上了更快捷、更欢欣、更富于诙谐性、更宜于表现放肆姿态的 scherzo。（此字在意大利语中意为 joke，贝多芬原有粗犷的滑稽气氛，故在此体中的表现尤为酣畅淋漓。）当他感到原有的奏鸣曲体与他情绪的奔放相去太远时，他在题目下另加一个小标题：Quasi una Fantasia。（意为："近于幻想曲"）（作品第二十七之一、之二——后者即俗称《月光曲》）

　　此外，贝多芬还把另一个古老的曲体改换了一副新的面目。变奏曲在古典音乐内，不过是一个主题周围加上无数的装饰而已。但在五彩缤纷的衣饰之下，本体（即主题）的真相始终是清清楚楚的。贝多芬却把它加以更自由的运用，（后人称贝多芬的变奏曲为大变奏曲，以别于纯属装饰味的古典变奏曲。）甚至使主体改头换面，不复可辨。有时旋律的线条依旧存在，可是节奏完全异样。有时旋律之一部被作为另一个新的乐思的起点。有时，在不断地更新的探险中，单单主题的一部分节奏或是主题的和声部分，仍和主题保持着渺茫的关系。贝多芬似乎想以一个题目为中心，把所有的音乐联想搜罗净尽。

　　至于贝多芬在乐器配合法（orchestration）方面的创新，可以粗疏地归纳为三点：（一）乐队更庞大，乐器种类也更多（但庞大的程度最多不过六十八人：弦乐器五十四人，管乐、铜乐、敲击乐器十四人。这是从贝多芬手稿上——现存柏林国家图书馆——录下的数目。现代乐队演奏他的作品时，人数往往远过于此，致为批评家诟病。桑太伏阿纳有言："扩大乐队并不使作品增加伟大。"）；（二）全部乐器的更自由的运用——必要时每种乐器可有独立的效能（以《第五交响乐》为例，andante 里有一段，basson 占着领导地位。在 allegro 内有一段，大提琴与 doublebasse 又当着主要角色。素不被重视的鼓，在此交响曲内的作用，尤为人所共知。）；（三）因为乐队的作用更富于戏剧性，更直接表现感情，故乐队的音色不独变化迅速，且臻于前所未有的富丽之境。

在归纳他的作风时，我们不妨从两方面来说：素材（包括旋律与和声）与形式（即曲体，详见本文前段分析。）。前者极端简单，后者极端复杂，而且有不断的演变。

以一般而论，贝多芬的旋律是非常单纯的；倘若用线来表现，那是没有多少波浪，也没有多大曲折的。往往他的旋律只是音阶中的一个片段：（a fragment of scale），而他最美最知名的主题即属于这一类；如果旋律上行或下行，也是用整音音程的（diatonic interval）。所以音阶组成了旋律的骨干。他也常用完全和弦的主题和转位法（inverting）。但音阶、完全和弦、基调的基础，都是一个音乐家所能运用的最单简的原素。在旋律的主题（melodic theme）之外，他亦有交响的主题（symphonic theme）作为一个"发展"的材料，但仍是绝对的单纯；随便可举的例子，有《第五交响乐》最初的四音符sol-sol-sol-mib，或《第九交响乐》开端的简单的下行五度音。因为这种简单，贝多芬才能在"发展"中间保存想象的自由，尽量利用想象的富藏，而听众因无需费力就能把握且记忆基本主题，所以也能追随作者最特殊最繁多的变化。

贝多芬的和声，虽然很单纯很古典，但较诸前代又有很大的进步。不和协音的运用是更常见更自由了：在《第三交响乐》，《第八交响乐》，《告别奏鸣曲》等某些大胆的地方，曾引起当时人的毁谤（!）。他的和声最显著的特征，大抵在于转调（modulation）之自由。上面已经述及他在奏鸣曲中对基调间的关系，同一乐章内各个乐旨间的关系，并不遵守前人规律。这种情形不独见于大处，亦且见于小节。某些转调是由若干距离弯远的音符组成的，而且出之以突兀的方式，令人想起大画家所常用的"节略"手法，色彩掩盖了素描，旋律的继续被遮蔽了。

至于他的形式，因繁多与演变的迅速，往往使分析的工作难于措手。十九世纪中叶，若干史家把贝多芬的作风分成三个时期（大概是把《第三交响乐》以前的作品列为第一期，钢琴奏鸣曲至作品第二十二号为止，两部奏鸣曲至作品第三十号为止。第三至第八交响乐被列入第二期，又称为贝多芬盛年期，钢琴奏鸣曲至作品第九十号为止。作品第一百号以后至贝多芬死的作品为末期），这个观点至今非常流行，但时下的批评家均嫌其武断笼统。一八五二年十二月二日，李斯特答复主张三期说的史家兰兹时，曾有极精辟的议论，足资我们参考，他说：

"对于我们音乐家，贝多芬的作品仿佛云柱与火柱，领导着以色列人在沙漠中前行——在白天领导我们的是云柱——在黑夜中照耀我们的是火柱，使我们夜以继日的趱奔。他的阴暗与光明同样替我们划出应走的路；它们俩都是我们永久的领导，不断的启示。倘使要我把大师在作品里表现的题旨不同的思想，加以分类的话，我决不采用现下流行（按系指当时。）而为您采用的三期论法。我只直截了当地提出一个问题，那是音乐批评的轴心，即传统的，公认的形式，对于思想的机构的决定性，究竟到什么程度？

用这个问题去考察贝多芬的作品，使我自然而然地把它们分做两类：第一类是传统的公认的形式包括而且控制作者的思想的，第二类是作者的思想扩张到传统形式之外，依着他的需要与灵感而把形式与风格或是破坏，或是重造，或是修改。无疑的，这种观点将使我们涉及'权威'与'自由'这两个大题目。但我们毋须害怕。在美的国土内，只有天才才能建立权威，所以权威与自由的冲突，无形中消灭了，又回复了它们原始的一致，即权威与自由原是一件东西。"

这封美妙的信可以列入音乐批评史上最精彩的文章里。由于这个原则，我们可说贝多芬的一生是从事于以自由战胜传统而创造新的权威的。他所有的作品都依着这条路线进展。

贝多芬对整个十九世纪所发生的巨大的影响，也许至今还未告终。上一百年中面目各异的大师，门德尔松，舒曼，勃拉姆斯，李斯特，柏辽兹，瓦格纳，布鲁克纳，弗兰克，全都沾着他的雨露。谁曾想到一个父亲能有如许精神如是分歧的儿子？其缘故就因为有些作家在贝多芬身上特别关切权威这个原则，例如门德尔松与勃拉姆斯，有些则特别注意自由这个原则，例如李斯特与瓦格纳。前者努力维持古典的结构，那是贝多芬在未曾完全摒弃古典形式以前留下最美的标本的，后者，尤其是李斯特，却继承着贝多芬在交响乐方面未完成的基业，而用着大胆和深刻的精神发现交响诗的新形体。自由诗人如舒曼，从贝多芬那里学会了可以表达一切情绪的弹性的音乐语言。最后，瓦格纳不但受着《菲岱里奥》的感应，且从他的奏鸣曲、四重奏、交响曲里提炼出"连续的旋律"（mélodie continue）和"领导乐旨"（leit-motiv），把纯粹音乐搬进了乐剧的领域。

由此可见，一个世纪的事业，都是由一个人散下种子的。固然，我们并未遗忘十八世纪的大家所给予他的粮食，例如海顿老人的主题发展，莫扎特的旋律的广大与丰满。但在时代转折之际，同时开下这许多道路，为后人树立这许多路标的，的确除贝多芬外无第二人。所以说贝多芬是古典时代与浪漫时代的过渡人物，实在是估低了他的价值，估低了他的艺术的独立性与特殊性。他的行为的光轮，照耀着整个世纪，孵育着多少不同的天才！音乐，由贝多芬从刻板严格的枷锁之下解放了出来，如今可自由地歌唱每个人的痛苦与欢乐了。由于他，音乐从死的学术一变而为活的意识。所有的来者，即使绝对不曾模仿他，即使精神与气质与他的相反，实际上也无异是他的门徒，因为他们享受着他用痛苦换来的自由！

独一无二的艺术家莫扎特

在整部艺术史上，不仅仅在音乐史上，莫扎特是独一无二的人物。

他的早慧是独一无二的。

四岁学钢琴，不久就开始作曲；就是说他写音乐比写字还早。五岁那年，一天下午，父亲利奥波德带了一个小提琴家和一个吹小号的朋友回来，预备练习六支三重奏。孩子挟着他儿童用的小提琴要求加入。父亲呵斥道："学都没学过，怎么来胡闹！"孩子哭了。吹小号的朋友过意不去，替他求情，说让他在自己身边拉吧，好在他音响不大，听不见的。父亲还咕噜着说："要是听见你的琴声，就得赶出去。"孩子坐下来拉了，吹小号的乐师慢慢地停止了吹奏，流着惊讶和赞叹的眼泪；孩子把六支三重奏从头至尾都很完整地拉完了。

八岁，他写了第一支交响乐；十岁写了第一出歌剧。十四至十六岁之间，在歌剧的发源地意大利（别忘了他是奥地利人），写了三出意大利歌剧在米兰上演，按照当时的习惯，由他指挥乐队。十岁以前，他在日耳曼十几个小邦的首府和维也纳、巴黎、伦敦各大都市作巡回演出，轰动全欧。有些听众还以为他神妙的演奏有魔术帮忙，要他脱下手上的戒指。

正如他没有学过小提琴而就能参加三重奏一样，他写意大利歌剧也差不多是无师自通的。童年时代常在中欧西欧各地旅行，孩子的观摩与听的机会多于正规学习的机会；所以莫扎特的领悟与感受的能力，吸收与消化的迅速，是近乎不可思议的。我们古人有句话，说："小时了了，大未必佳"；欧洲人也认为早慧的儿童长大了很少有真正伟大的成就。的确，古今中外，有的是神童；但神童而卓然成家的并不多，而像莫扎特这样出类拔萃、这样早熟的天才而终于成为不朽的大师，为艺术界放出万丈光芒的，至此为止还没有第二个例子。

他的创作数量的巨大，品种的繁多，质地的卓越，是独一无二的。

巴赫、韩德尔、海顿，都是多产的作家；但韩德尔与海顿都活到七十以上的高年，巴赫也有六十五岁的寿命；莫扎特却在三十五年的生涯中完成了大小六二二件作品，还有一三二件未完成的遗作，总数是七五四件。举其大者而言，歌剧有二十二出，单独的歌曲、咏叹词与合唱曲六十七支，交响乐四十九支，钢琴协奏曲二十九支，小提琴协奏曲十三支，其他乐器的协奏曲十二支，钢琴奏鸣曲及幻想曲二十二支，小提琴奏鸣曲及变体曲四十五支，大风琴曲十七支，三重奏四重奏五重奏四十七支。没有一种体裁没有他登峰造极的作品，没有一种乐器没有他的经典文献：在一百七十年后的今天，还像灿烂的明星一般照耀着乐坛。在音乐方面这样全能，乐剧与其他器乐的制作都有这样高的成就，毫无疑问是绝无仅有的。莫扎特的音乐灵感简直是一个取之不竭、用之不尽的水源，随时随地都有甘泉飞涌，飞涌的方式又那么自然，安详，轻快，妩媚。没有一个作曲家的音乐比莫扎特的更近于"天籁"了。

融和拉丁精神与日耳曼精神，吸收最优秀的外国传统而加以丰富与提高，为民族艺术形式开创新路而树立几座光辉的纪念碑，在这些方面，莫扎特又是独一无二的。

文艺复兴以后的两个世纪中，欧洲除了格鲁克为法国歌剧辟出一个途径以外，只有意大利歌剧是正宗的歌剧。莫扎特却做了双重的贡献：他既凭着客观的精神，细腻的写实手腕，刻画性格的高度技巧，创造了《费加罗的婚礼》与《唐璜》，使意大利歌剧达到空前绝后的高峰［瓦格纳提到莫扎特时就说过："意大利歌剧倒是由一个德国人提高到理想的完满之境的。"——原注］，又以《后宫诱逃》与《魔笛》两件杰作为德国歌剧奠定了基础，预告了贝多芬的《菲岱里奥》、韦柏的《自由射手》和瓦格纳的《歌唱大师》。

他在一七八三年的书信中说："我更倾向于德国歌剧：虽然写德国歌剧需要我费更多气力，我还是更喜欢它。每个民族有它的歌剧；为什么我们德国人就没有呢？难道德文不像法文英文那么容易唱吗？"一七八五年他又写道："我们德国人应当有德国式的思想，德国式的说话，德国式的演奏，德国式的歌唱。"所谓德国式的歌唱，特别是在音乐方面的德国式的思想，究竟是指什么呢？据法国音乐学者加米叶·裴拉格的解释："在《后宫诱逃》中［《后宫诱逃》的译名与内容不符，兹为从俗起见，袭用此名。——原注］，男主角倍尔蒙唱的某些咏叹调，就是第一次充分运用了德国人谈情说爱的语言。同一歌剧中奥斯门的唱词，轻快的节奏与小调（mode mineure）的混合运用，富于幻梦情调而甚至带点凄凉的柔情，和笑盈盈的天真的诙谐的交错，不是纯粹德国式的音

乐思想吗？"（见裴拉格著：《莫扎特》，巴黎一九二七年版）

和意大利人的思想相比，德国人的思想也许没有那么多光彩，可是更有深度，还有一些更亲切更通俗的意味。在纯粹音响的领域内，德国式的旋律不及意大利的流畅，但更复杂更丰富，更需要和声（以歌唱而言是乐队）的衬托。以乐思本身而论，德国艺术不求意大利艺术的整齐的美，而是逐渐以思想的自由发展，代替形式的对称与周期性的重复。这些特征在莫扎特的《魔笛》中都已经有端倪可寻。

交响乐在音乐艺术里是典型的日耳曼品种。虽然一般人称海顿为交响乐之父，但海顿晚年的作品深受莫扎特的影响；而莫扎特的降 E 大调、G 小调、C 大调（朱庇特）交响乐，至今还比海顿的那组《伦敦交响乐》更接近我们。而在交响乐中，莫扎特也同样完满地冶拉丁精神（明朗、轻快、典雅）与日耳曼精神（复杂、谨严、深思、幻想）于一炉。正因为民族精神的觉醒和对于世界性艺术的领会，在莫扎特心中同时并存，互相攻错，互相丰富，他才成为音乐史上承前启后的巨匠。以现代词藻来说，在音乐领域之内，莫扎特早就结合了国际主义与爱国主义，虽是不自觉的结合，但确是最和谐最美妙的结合。当然，在这一点上，尤其在追求清明恬静的境界上，我们没有忘记伟大的歌德；但歌德是经过了六十年的苦思冥索（以《浮士德》的著作年代计算），经过了狂飙运动和骚动的青年时期而后获得的；莫扎特却是自然而然的，不需要作任何主观的努力，就达到了拉斐尔的境界，以及古希腊的雕塑家菲狄阿斯的境界。

莫扎特的所以成为独一无二的人物，还由于这种清明高远、乐天愉快的心情，是在残酷的命运不断摧残之下保留下来的。

大家都熟知贝多芬的悲剧而寄以极大的同情；关心莫扎特的苦难的，便是音乐界中也为数不多。因为贝多芬的音乐几乎每页都是与命运肉搏的历史，他的英勇与顽强对每个人都是直接的鼓励；莫扎特却是不声不响地忍受鞭挞，只凭着坚定的信仰，像殉道的使徒一般唱着温馨甘美的乐句安慰自己，安慰别人。虽然他的书信中常有怨叹，也不比普通人对生活的怨叹有什么更尖锐更沉痛的口吻。可是他的一生，除了童年时期饱受宠爱，像个美丽的花炮以外，比贝多芬的只有更艰苦。《费加罗的婚礼》与《唐璜》在布拉格所博得的荣名，并没给他任何物质的保障。两次受雇于萨尔斯堡的两任大主教，结果受了一顿辱骂，被人连推带踢地逐出宫廷。从二十五到三十一岁，六年中间没有固定的收入。他热爱维也纳，维也纳只报以冷淡、轻视、嫉妒；音乐界还用种种卑鄙手段打击他几出最优秀的歌剧的演出。一七八七年，奥皇约瑟夫终于任命他为宫廷作曲家，年俸还不够他付房租和仆役的工资。

为了婚姻，他和最敬爱的父亲几乎决裂，至死没有完全恢复感情。而婚后的生活又是无穷无尽的烦恼：九年之中搬了十二次家；生了六个孩子，夭殇了四个。公斯当斯·韦柏产前产后老是闹病，需要名贵的药品，需要到巴登温泉去疗养。分娩以前要准备迎接婴儿，接着又往往要准备埋葬。当铺是莫扎特常去的地方，放高利贷的债主成为他唯一的救星。

在这样悲惨的生活中，莫扎特还是终身不断地创作。贫穷、疾病、妒忌、倾轧，日常生活中一切琐琐碎碎的困扰都不能使他消沉；乐天的心情一丝一毫都没受到损害。所以他的作品从来不透露他的痛苦的消息，非但没有愤怒与反抗的呼号，连挣扎的气息都找不到。后世的人单听他的音乐，万万想象不出他的遭遇而只能认识他的心灵——多么明智、多么高贵、多么纯洁的心灵！音乐史家都说莫扎特的作品所反映的不是他的生活，而是他的灵魂。是的，他从来不把艺术作为反抗的工具，作为受难的证人，而只借来表现他的忍耐与天使般的温柔。他自己得不到抚慰，却永远在抚慰别人。但最可欣幸的是他在现实生活中得不到的幸福，他能在精神上创造出来，甚至可以说他先天就获得了这幸福，所以他反复不已地传达给我们。精神的健康，理智与感情的平衡，不是幸福的先决条件吗？不是每个时代的人都渴望的吗？以不断的创造征服不断的苦难，以永远乐观的心情应付残酷的现实，不就是以光明消灭黑暗的具体实践吗？有了视患难如无物，超临于一切考验之上的积极的人生观，就有希望把艺术中美好的天地变为美好的现实。假如贝多芬给我们的是战斗的勇气，那么莫扎特给我们的是无限的信心。把他清明宁静的艺术和诧傺一世的生涯对比之下，我们更确信只有热爱生命才能克服忧患。莫扎特几次说过："人生多美啊！"这句话就是了解他艺术的钥匙，也是他所以成为这样伟大的主要因素。

虽然根据史实，莫扎特在言行与作品中并没表现出法国大革命以前的民主精神（他的反抗萨尔茨堡大主教只能证明他艺术家的傲骨），也谈不到人类大团结的理想，像贝多芬的合唱交响乐所表现的那样；但一切大艺术家都受时代的限制，同时也有不受时代限制的普遍性——人间性。莫扎特以他朴素天真的语调和温婉蕴藉的风格，所歌颂的和平、友爱、幸福的境界，正是全人类自始至终向往的最高目标，尤其是生在今日的我们所热烈争取、努力奋斗的目标。

因此，我们纪念莫扎特二百周年诞辰的意义决不止一个：不但他的绝世的才华与崇高的成就使我们景仰不置，他对德国歌剧的贡献值得我们创造民族音乐的人揣摩学习，他的朴实而又典雅的艺术值得我们深深的体会；而且他的永远乐观、始终积极的精神，对我们是个极大的鼓励；而他追求人类最高理想的人间性，更使我们和以后无数代的人民把他当作一个忠实的、亲爱的、永远给人安慰的朋友。

一九五六年七月十八日

关于音乐界

本文系作者受中共上海市委文艺部门领导委托而提出的意见书，后收入《傅雷文集·艺术卷》。——编者注

甲、基本情况

在艺术的各个部门中间，音乐是我国传统最薄弱、发展最迟、人才最寥落的一个。明代的朱载堉是我国历史上最大的音乐理论家，但他的著作纯粹是做教学，而不是论作曲。昆曲以及京剧的伴奏音乐，以结构、章法变化而论，绝对不能与西洋音乐相比：这不是一个民族风格不同的问题，而是原始与进步的问题。西洋音乐传到中国来不过四五十年。以世界标准来衡量，勉强可以拿得出的作品，早期只有一个赵元任作的歌曲，晚近只有一个谭小麟写的歌曲。其它声乐、器乐方面的人才，够得上做一个音乐院教师的，实在少得可怜。演奏家到国外去，倘使不是为了和平阵营的政治意义，而纯粹以艺术水平来争胜，那末能获得国际荣誉的人，也就决不会像现在这么多了。

因为音乐是我们传统最薄弱、发展最迟、人才最寥落的一门，所以也就是从中央到地方的各级领导最生疏的一门。音乐界的是非，也就最不容易分辨清楚。无论在哪一类（如器乐、声乐、理论、作曲、音乐教育）中间，究竟哪几个人是有根基的，有成绩的，有见解的，恐怕国内很少人说得清。估计一个音乐家的价值，便不能不从业务以外着眼。而音乐界里头，说句不客气但却非常客观的老实话，的确是南郭先生占了一大半。南郭先生要吃饭，便不能不靠吹竽以外的本领——这种领导不能了然于全国音乐界的内幕，和音乐界阵容的极端薄弱，是我国音乐界难于走上正轨的主要原因。

新音乐的前途，其实非常广阔，很可以乐观。我们有的是无穷无尽的民间音乐的素材，由于国土的广大、民族的众多，我们的民间音乐材料特别丰富繁多。但要把这些原始素材，写成代表中华民族心灵的作品，是需要极高度的技巧的，而不是仅把民歌的调子照抄下来，加上一些简单的伴奏就行的。十九世纪的俄国五大家以及苏联现代的作曲家，都是走的民族音乐的路子。

但他们的理论修养与作曲技巧，都是世界第一流的。以我们现在的作曲技术水平，与他们相比，说成目不识丁的人与专门学者的比例，决不会太夸张。

正因为俄国音乐已经有了一个半世纪优秀传统，人才辈出，作品如林，所以苏联作曲家有走上形式主义和纯艺术观点的可能和事实。正如一个高等教学的专家，容易一变而为纯粹抽象、脱离实际、偏于形而上学的空想家。我们的音乐工作者，好比小学生才开始学加减乘除，应付日常生活的需要还差得很远。换句话说，我们的音乐知识与作曲技巧几乎像一张白纸；思想上的武装却不比文艺界别的部门为差，所以只怕成天说空话，喊口号，而绝不怕单纯技术观点，因为我们根本还没有技术，等到有朝一日，真有形式主义与唯心论思想的危险的时候，可以断定早已有了非形式主义的、真正代表民族灵魂的像样的作品问世——这种对于我们现在的音乐知识与作曲技巧的微薄的可怜的情况认识不清；对于眼高手低，实践能力与思想觉悟相隔天壤的情况体会不够，是阻碍我们的音乐界走上正轨的第二个主要原因。

我是音乐圈子以外的人，对我国的音乐界却关心了二十多年，照理比较容易说话；但最近两三年来，也有些并非多余的顾虑，钳着我的嘴巴。现在为了国家着想，我还是甘冒不韪，大胆开口了。

鉴于上述的一些基本情况，我提出个人的两个希望——

第一个希望是：从中央到地方的文艺领导，多明了音乐界的阵容。

第二个希望是：由中央文艺方面的最高领导，开始提倡加强音乐技术的学习；说服中央的音乐领导，今后除了注意音乐工作者的政治水平以外，更要多注意他们的业务水平。

关于这第二个希望，还需要补充几点：音乐技术的训练，比任何技术的时间长，而且不易获得效果。法国从十七世纪起，就由宫廷聘请意大利音乐家主持法国的歌剧写作，但直到十九世纪初期，法国才开始有自己的歌剧作曲家出现。我们的情形，不妨借用毛主席在《农业合作化问题》的报告中的两句话："由于我国的经济条件，技术改革的时间，比较社会改革的时间，会要长一些。"我大胆把这几句话改着："由于我们的历史条件，音乐技术的学习时间，比较思想觉悟的时间，必然要长久得多。"作家的思想转变，比掌握写作技巧，能写出真有价值的诗歌小说，当然容易得多。因为这缘故，音乐技术修养必须及早提倡，因为这方面眼高手低的情形，比文艺界无论哪方面的情形都更严重。

乙、具体情况

A. 领导对一般性的音乐活动与音乐教育重视不够：

一、上海乐队自一九五二年起即没有定期音乐会，也分配不到固定的、适合于音乐会的（即音响效果较好的）场子；乐队的业务领导不够。

二、上海全市没有一架合乎国际标准的大钢琴，致使不少国外来沪表演的钢琴家常表不满。

三、音乐工作者的劳动性质不被理解，所以他们的报酬极不合理。

四、政府对一般音乐教育不予便利，海关把古典音乐唱片列入奢侈品，原则上不准进口；惟有从远地寄来的方始通融，但课以百分之一百二十的重税；从香港寄来的即需原件退回。——按，古典音乐的唱片，等于专门科技的学习材料，其作用比世界名画、名雕塑、名建筑的照片与印刷品更直接。因为唱片传达原著的真面目与真精神，远胜尺幅极小而单色居多的美术图片。倘古典音乐唱片列入奢侈品，则一切美术图片，推而至一切参考图书，都应列入奢侈品了。因为唱片与乐谱的分别，仅仅是一个有声，一个无声；一个是现代演奏家所了解的原作，一个是原作者的原作；一个是死的作品，一个是活的作品（这件事说明，中央文化部没有把古典唱片与其它学术图书作用完全相同的理由，告诉财政部）。

B. 华东音院有不少问题需要及时纠正：

一、a. 从一九五五年暑假以后，原来有机会进修的助教，一部分被取消了进修的权利，不得再跟原来的老师学习。准许进修的助教，自己教的学生少，有许多集会可不参加，给他们充分练习的时间。停止进修的助教，自己教的学生多，一切会都要到，连个人自修的时间都没有了。唯一的原因不是他们业务差，而是思想不够前进（还不是如何落后）。准许进修的助教，据说是为了：①政治条件好，出身；②业务有发展的可能性；③肯全心全意为人民服务。①③两项，局外人无从批评；第 2 项则据一般同学的反映，进修的助教，业务水平高的百分比，反不及停止进修的助教；最显著的是，被指派在国外专家及艺术团前面登台表演的，始终是（或多半是）停止进修的助教。我们的疑问是：为什么不提高后者的政治水平，同时仍培养他们的业务呢？

b. 一九五五年暑假招生，纯以家庭成分为录取标准；钢琴系取录的学生，在投考生中是业务最差的；中学部有个考生，成绩极好，全体参加考试的教授，联名要求学校录取，未被批准；据说该生是个牧师家庭出身。我们的疑问是：宗教家庭出身的子女，就无法改造，不能教育了吗？

二、教授、讲师、助教的阵容都特别弱，夫妇同在一校任教、任职的特别多（有人挖苦说是夫妻学校）。声乐系同学，有的考进去时有嗓子的，五年毕业时嗓子没有了，或是音量减少了，调门降低了。

163

三、助教与同学的健康状况特别差——营养及休息不够。不少弹琴的人，手都坏了。先是营养不足：音乐学生在体力、脑力、感情三方面，都要消耗（学理论作曲的是脑力与感情二方面），比体育学院的学生还要多消耗两倍，而营养还不及远甚。行政当局及上级领导都未能体会到，弹琴唱歌的人需要集中精力到什么地步，消耗体力到什么地步，神经紧张、感情激动到什么地步（关于音乐学生的营养问题，我曾于一九五五年五月专案提交上海政协，未获结果）。其次是负担太重，整日整星期的不得休息，突击任务太多，尤其是外宾来的多的时期。有些助教清早六时前起身赶公共汽车，下午六七时以后才能回家；回家后还要练琴。有时头已经倒在琴上了，不得不硬练，因为没有别的时间，也因为教琴的人备课是需要练琴的。

四、同学的上课与自修的时间安排不恰当，乐器不够分配，课外任务太重。上学术课（对技术课而言）的时间排得东零西碎；排给同学练琴的时间也就跟着不连贯。可是弹琴的人不能一上课就集中，就上路，刚弹五节（五十分钟），刚刚思想上路，手指的肌肉听支配了，就要下来，让别人练。这就是事倍功半。尤其弹钢琴的同学，还要为别的乐器的同学（例如拉小提琴、大提琴、吹笛子、号角的）弹伴奏：既要在各该同学自修时弹伴奏，又要在他们上课时弹伴奏。而这些为别的同学弹伴奏的时间，都算在弹钢琴的同学的"琴点"之内，减少了他们自己练习的时间。学期考试以前，钢琴系学生为管弦系同学伴奏的任务更重，常常妨碍钢琴学生的考试准备。

五、学校行政对实际事务处理不当，反而造成浪费现象。新校舍建筑时，独立一大幢的琴房（也就是技术课教师上课的地方——因器乐与声乐都是单独上课的），在同济大学建筑系绘图时，原有厕所设备，音乐领导方面开会讨论，认为可以节约。迁入后由于实际上的不方便，只得重新添置，反而浪费。弹琴唱歌，在冬天非有相当温度不可，但全校（连大礼堂在内）无暖气设备，数十间琴房及练唱的房间，装起数十只火炉，既费钱，又费人工，又不卫生。最近苏联专家提议要装水汀，听说已开始设计。大礼堂因无暖气设备，许多国外艺术家来院，在冬天都不能上台表演。

六、领导对教职员工的思想问题看得很重，业务问题看得极轻。有一位教理论的南郭先生，竟在堂上说到大提琴有三根弦，音波可用显微镜照见的。这样大的笑话反映上去，结果仍是教书教到现在。这种偏差，使业务强而思想落后的同事，对领导愈来愈有距离，而同事之间也愈来愈有意见，到什么运动来的时间，个人的思想便一齐发作，往往变成对人不对事，假公而济私的斗争。

以上所说具体情况，不敢担保全部确实，尚望多方面了解、考核。但了解时最好不要单独向领导或党团负责人、班级工作干部了解，而要用随便抽查的方式，直接向群众了解，同时还要使他们确信"言者无罪"，否则他们还是不敢直言不讳的。

一九五五年十二月二十六日

（据手稿）

向周扬同志谈"音乐问题"提纲

本文系作者于一九五七年三月在北京参加中共中央宣传工作会议期间，与周扬同志的谈话提纲，后收入《傅雷全集》（辽宁教育出版社2002年12月第1版）。——编者注

第一部分：关于民族音乐研究问题

（一）现在民族音乐系：——教材——古代有史无曲，近代有曲无史——二胡、琵琶、古琴，作品均极少。

——师资——多业余出身，无特殊研究，但皆认为中国音乐材料丰富，实际教学生时即感到教材不足。

——学生——入学时演技已有相当程度，二胡都拉至刘天华《病中吟》，琵琶已能弹《十面埋伏》，均系最高技巧——入校后不过因原来派系不同，向老师改学另一风格——半年至一年后，即有无新东西可学之苦——五年期内学什么，有苦闷。

（二）提倡民族乐器不即等于提倡民族音乐——提高民族乐器制造质量不即等于改造乐器。

（三）制作民族音乐乐曲，在旧形式范围内的，只能由原有民间专家及艺人去搞——音院学生要搞的乃是丰富与发展后的新形式民族音乐——但事实上无法按照民族音乐的"乐理"去创作——乐理只能从实践中慢慢归纳出来，眼前并无此民族音乐的"乐理"——近代匈牙利民族音乐大师巴托克与科达伊即为显著例证。

（四）民族音乐与纯粹音乐有精粗之别——是素材与成品的关系——犹民间文学与民族文学的关系——各国实例，包括十九世纪俄国及二十世纪苏联情况在内，均可证明。

（五）作曲系（不限于民族音乐系）学生可将民间音乐素材来创作，做实验——民族风格重在体会与融化——非一朝一夕所能致，要长期熏陶，泡在里面，要到产生各种民间乐曲的本乡去，不是请几个艺人到学校里来演唱

所能济事——空谈理论无用，况目前无此理论。

（六）中央办的"民族音乐研究所"，除收集、整理材料外，必须兼做实验（即创作实践）。

（七）宜普遍号召音乐工作者，音乐学生（包括各系）及教授，泡在民族音乐中——全面展开民族音乐欣赏——从引起好奇心入手，培养兴趣，然后会有热爱——目的是培养民族灵魂。

第二部分：关于风气—道德—修养问题

（一）现在缺乏对艺术的热爱，态度不够严肃，雇佣观点未去除（学校及乐队均有此现象）。

（二）纯技术观点很普遍，政治学习流于形式，装幌子，未实际收效——孤立的音乐观点，不接触其它艺术——不接触传统，不接触新作品——轻视民族音乐，或敷衍了事的对待——无民族自尊心。

第三部分：学校现状

（一）师资——新进胜于老辈——老辈无能力带徒弟，根基差，又耻于下问，无法进修——不学无术者居多——嫉妒新生力量（助教）——人事纠纷多，谈不上艺术宗派——主任无能力，高班课由助教、讲师担任，助教讲师有能力，受学生欢迎时，老辈要生忌——未毕业学生已在教中学学生——未毕业学生已开"曲体"课（如施咏康、萧簧）——表现师资缺乏。作曲系学生互相标榜——在黑板报上，在《人民音乐》上写文互赞作品——理论系教授有说过"大提琴有三根弦""音波可用X光照得见"等——理论教学的次要错误一时不易发觉。

（二）领导——容易满足现状，讳疾忌医——贺说过音院无问题，仅民族音乐系难搞，因为这一系没法请国外专家——丁来京开会时说，音乐界情况简单，无大问题——对校内事不能明辨是非，容易卷入人事纠纷而不从学术着眼。

（三）学生——有不满，有意见，不敢提——提了也无下文——学生有向中央告状事——也有声乐系学生向全国人代告状。

（四）派遣留学生——太重出身，不考虑技术根底——五五年春留德学"音乐学"的学生，条件特别差——有人才如作曲方面的讲师桑桐（还是党员），如天津钢琴系郭志鸿均不派出去。

（五）培养助教——有业务能力的，因思想不够进步而不培养——其实两者都可以同时进行。

（六）肃反与使用——沈知白——杨与述（因教新派理论，引起误会及猜疑：个人缺点是有，但是教书很好，学生欢迎，肃反后长期不排课）。

（七）总结——整肃风气——纠正"得过且过"的苟安心理——纠正压抑新生力量（党内也有人才）——提高思想认识，政治教育要讲实际，勿重形式——提高学术空气——中央最好有工作组下去调查情况——整个音乐教育宜循序渐进，不宜急于扩充。

第四部分：专家问题

（一）专家亦有所长，亦有所短，过去有盲从现象。

（二）今后聘请专家，宜先向国外提出具体要求——先要明了自己需要何种专家，等于买药必先知病。

（三）专家究竟培养学生抑提高教授，要明确——过去同时听课，专家回国后，原有老师教不了原来学生，双方有情绪。

第五部分：特殊问题

（一）谭小麟遗作可否作"五四"后作品出版。

（二）沈知白长时期不安于位，可否调工作。

（三）学生伙食宜比一般学校高——学音乐的在体力、脑力、感情、神经几方面有消耗。

（四）出国音乐选手出国前伙食及生活条件太差，可否参照体育选手待遇提高。

一九五七年三月

（据手稿）

第五辑

艺术与自然的关系

本篇为拙著《中国画论的美学检讨》一文中之第一节，立论大体以法国现代美学家查尔斯·拉罗（Charles Lalo）之说为主。拉氏之美学主张与晚近德意诸学派皆不同，另创技术中心论，力主美的价值不应受道德、政治、宗教诸观念支配；但既非单纯的形式主义，亦非十九世纪末叶之唯美主义，不失为一较为完满之现代美学观，可作为衡量中国艺术论之标准。

一、自然主义学说概述

美发源于自然——艺术为自然之再现——自然美强于艺术美——大同小异的学说——绝对的自然主义：自然皆美——理想的自然主义——自然有美丑——自然的美丑即艺术的美丑

美感的来源有二：自然与艺术。无论何派的自然主义美学者，都同意这原则。艺术的美被认为从自然的美衍化出来。当你鉴赏人造的东西，听一曲交响乐，看一出戏剧时；或鉴赏自然的现象、产物，仰望一角美丽的天空，俯视一头美丽的动物时，不问外表如何歧异，种类如何繁多，它们的美总是一样的，引起的心理活动总是相同的。自然的存在在先，艺术的发生在后；所以艺术美是自然美的反映，艺术是自然的再现。

洛兰或透讷所描绘的落日，和自然界中的落日，其动人的性质初无二致；可是以变化、富丽而论，自然界的落日，比之画上的不知要强过多少倍。拉斐尔的圣母，固是举世闻名的杰作，但比起翡冷翠当地活泼泼的少女来，却又逊色得多了。故自然的美强于艺术的美。进一步的结论，便是：艺术只有在准确的模仿自然的时候才美；离开了自然，艺术便失掉了目的。这是从亚里士多德到近代，一向为多数的艺术家、批评家、美学家所奉为金科玉律的。但在同一大前提下还有许多歧异的学说和解释。

先是写实派和理想派的对立。粗疏的说，写实派认为外界事物，毋须丝毫增损；理想派则认为需要加以润色。其实，在真正的艺术家中，不分派别，没有一个真能严格的模仿自然。写实派的说法："若把一个人的气质当作一幅帘幕，那末一件作品是从这帘幕中透过来的自然的一角"（根据左拉）。可知他也承认绝对的再现自然为不可能，个人的气质，自然的一角，都是选择并改变对象的意思。理想派的说法："唯有自然与真理指出对象的缺陷时，我才假艺术之功去修改对象"（画家勒勃朗语）。他为了拥护自然的尊严起见，把假助于艺术这回事，推给自然本身去负责。所以这两派骨子里并没有不可调和的异点。

其次是玄学（形而上学）家们的观点：所谓美，是对于一种观念或一种高级的和谐的直觉，对于一种在感官世界的帷幕中透露出来的卓越的意义（仿佛我们所说的"道"），加以直觉的体验。不问这透露是自然所自发的，抑为人类有意唤起的，其透露的要素总是相同。至多是把自然美称做"纯粹感觉的美"，把艺术的美称做"更敏锐的感觉的美"。两者只有程度之差，并无本质之异。

其次是经验派与享乐派的论调：美感是一种快感，任何种的叹赏都予人以同样的快感。一张俊俏的脸，一帧美丽的肖像，所引起的叹赏，不过是程度的强弱，并非本质的差别。并且快感的优越性，还显然属诸生动的脸，而非属诸呆板的肖像。"随便哪个希腊女神的美，都抵不上一个纯血统的英国少女的一半"，这是罗斯金的话。

和这派相近的是折衷派的主张：外界事物之美，以吾人所得印象之丰富程度为比例。我们所要求于艺术品的，和要求于自然的，都是这印象的丰富，并且我们鉴赏者的想像力自会把形式的美推进为生动的美。

从这个观点更进一步，便是感伤派，在一般群众和批评家艺术家中最占势力。他们以为事物之美，由于我们把自己的情感移入事物之内，情感的种类则被对象的特质所限制。故对象的生命是主观（我）与客观（物）的共同的结晶。这是德国极流行的"感情移入"说，观照的人与被观照的物，融和一致，而后观照的人有美的体验。

综合起来，以上各派都可归在自然美一元论这个大系统之内，因为他们都认为艺术的美只是表白自然的美。

然而细细分析起来，这些表面上虽是大同小异的主张，可以抽绎出显然分歧的两大原则，近代美学者称之为绝对的自然主义和理想的自然主义。

一、绝对的自然主义——为神秘主义者、写实主义者、浪漫主义者所拥护。他们以为自然中一切皆美。神秘主义者说，"只要有直觉，随时随地可在深邃的、灵的生命中窥见美"；写实主义者说，"即在一切事物的外貌上面，或竟特别在最物质的方面，都有美存在"。意思是，提到艺术时才有美丑之分，提到自然时便什么都不容区别，连正常反常、健全病态都不该分。一切都站着同等的地位，因为一切都生存着；而生命本身，一旦感知之后，即是美的。哪怕是丑的事物，一当它表白某种深刻的情绪时，就成为美的了。德国美学家苏兹说，"最强烈的审美快感，是'自由的自然'给予的欢乐"；罗斯金说："艺术家应当说出真相。全部的真相，任何选择都是亵渎……完满的艺术，感知到并反映出自然的全部。不完满的艺术才傲慢，才有所舍弃，有所偏爱"。

总之，这一派的特点是：（一）自然皆美；（二）自然给予人的生命感即是美感；（三）艺术必再现自然，方有美之可言。

二、理想的自然主义者——艺术家中的古典派，理论家中的理想派，都奉此说。他们承认自然之中有美也有丑。两只燕子，飞得最快而姿态最轻盈的一只是美的。许多耕牛中，最强壮耐劳的是美的。一个少女和一个老妇，前者是美的。两个青年，一个气色红润，一个贫血早衰，壮健的是美的。总之，在生物中间，正常的和典型的为美；完满表现种族特征的为美；发展和谐健全的为美；机能旺盛，精神饱满的为美。在无生物或自然景色中间，予人以伟大、强烈、繁荣之感的为美。反之，自然的丑是，不合于种族特征的，非典型的，畸形的，早衰的，病弱的。在精神生活方面，反乎一切正常性格的是丑的，例如卑鄙，懦怯，强暴，欺诈，淫乱。艺术既是自然的再现，凡是自然的美丑，当然就是艺术的美丑了。

二、自然主义学说批判（上）

绝对派的批判：自然皆美即否定美——自然的生命感非美感——艺术为自然再现说之不成立——自然的美假助于艺术——史的考察——原始时代及其他时代的自然感——艺术与自然的分别

我们先把绝对的自然主义，就其重要的特征来逐条检讨。

一、自然的一切皆美——这是不容许程度等级的差别羼入自然里去，即不容许有价值问题。可是美既非实物，亦非事实；而是对价值的判断，个人对某物某现象加以肯定的一种行为：故取消价值即取消美。说自然一切皆美，无异说自然一切皆高，一切皆高，即无相对的价值——低；没有低，还会有什么高？所以说自然皆美，即是说自然无所谓美。

二、自然所予人的生命感即是美感——这是感觉的混淆，对真实的风景感到精神爽朗，意态安闲，呼吸畅适，消化顺利，当然是很愉快而有益身心的。但这些感觉和情绪，无所谓美或丑，根本与美无关。常人往往把爱情和情人的美感混为一谈，不知美丑在爱情内并不占据主要的地位：由于其他条件的配合，多少丑的人比美的人更能获得爱；而他的更能获得爱，并不能使他的丑变为不丑。美学家把自然的生命感当做美感，即像获得爱情的人以为是自己生得美。我们对自然所感到的声气相通的情绪，乃是人类固有的一种泛神观念，一种同情心的泛滥，本能地需要在自己和世界万物之间，树立一密切的连带关系，这种心理活动决非美的体验。

三、艺术应当再现自然——乃是根据上面两个前提所产生的错误。自然既无美丑，以美为目标的艺术，自无须再现自然，艺术之中的音乐与建筑，岂非绝未再现什么自然？即以模仿性最重的绘画与文学来说，模仿也决非绝对的。

倘本色的自然有时会蒙上真正的美（即并非以自然的生命感误认的美），也是艺术美的反映，是拟人性质的语言的假借。我们肯定艺术的美与一般所谓自然的美，只在字面上相同，本质是大相径庭的。说一颗石子是美的，乃是用艺术眼光把它看做了画上的石子。艺术家和鉴赏者，把自然看做一件可能的艺术品，所以这种自然美仍是艺术美。（二者之不同，待下文详及）

倘艺术品予人的感觉，有时和自然予人的生命感相同，则纯是偶合而非必然。艺术的存在，并不依存于"和自然的生命感一致"的那个条件。两者相遇的原因，一方面是个人的倾向，一方面是社会的潮流。关于这一点，可用史的考察来说明。

在某些时代，人们很能够单为了自然本身而爱自然，无须把它与美感相混；以人的资格而非以艺术家的态度去爱自然；为了自然供给我们以平和安乐之感而爱自然，非为了自然令人叹赏之故。

把本色的自然，把不经人工点缀的自然认为美这回事，只在极文明——或过于文明，即颓废——的时代才发生。野蛮人的歌曲，荷马的史诗，所颂赞的草原河流，英雄战士，多半是为了他们对社会有益。动植物在埃及人和叙利亚人的原始装饰上常有出现，但特别为了礼拜仪式的关系，为了信仰，为了和他们的生存有直接利害之故，却不是为了动植物之美：它们是神圣之物，非美丽的模型。它们的作者是，祭司的气息远过于艺术家的气息。到古典时代（古希腊和法国十七世纪）、文艺复兴时代，便只有自然中正常的典型被认为美。但到浪漫时代，又不承认正常之美享有美的特权了，又把自然一视同仁的看待了。

艺术和自然的关系，在历史上是浮动不定的。在本质上，艺术与自然，并不如自然主义者所云，有何从属主奴的必然性，它们是属于两个不同的领域的。本色的自然，是镜子里的形象。艺术是拉斐尔的画或伦勃朗的木刻。镜子所显示的形象既不美，亦不丑，只问真实不真实，是机械的问题；艺术品非美即丑，是技术的问题。

三、自然主义学说批判（下）

理想派的批判：自然美的标准为实用主义的标准——自然的美不一定是艺术的美——自然的丑可成为艺术的美，举例——自然中无技术——艺术美为表现之美——理想派自然美之由来——自然美之借重于艺术美："江山如画"——自然美与艺术美为语言之混淆

理想派的自然主义者，只认自然中正常的事物与现象为美——这已经容许了价值问题，和绝对派的出发点大不相同了。但他们所定的正常反常的标准，恰是日常生活里的标准，绝非艺术上美丑的标准。凡有利于人类的安宁福利、繁殖健全的典型，不论是实物或现象，都名之为正常，理想派的自然主义者更名之为美。其实所谓正常是生理的、道德的、社会的价值，以人类为中心的功利观念；而艺术对这些价值和观念是完全漠然的。

自然的美丑和艺术的美丑一致——这个论见是更易被事实推翻了。

一个面目俊秀的男子，尽可在社交场中获得成功，在情人眼中成为极美的对象，但在美学的见地上是平庸的，无意义的。一匹强壮的马，通常被称为"好马"、"美马"，然而画家并不一定挑选这种美马做模型。纵使他采取美女或好马为题材，也纯是从技术的发展上着眼，而非受世俗所谓美好的影响——这是说明自然的美（即正常的美，健康的美）并不一定为艺术美。

近代风景画，往往以猥琐的村落街道做对象；小说家又以日常所见所闻、无人注意的事物现象做题材。可知在自然中无所谓美丑的、中性的材料，倒反可成为艺术美。唯有寻常的群众，才爱看吉庆终场的戏剧，年轻美貌的人的肖像，爱听柔媚的靡靡之音，因为他们的智力只能限于实用世界，只能欣赏以生理、道德标准为基础的自然美。

牟利罗画上的捉虱化子，委拉斯开兹的残废者，荷兰画家的吸烟室，夏尔丹的厨房用具，米勒的农夫，都是我们赞赏的。但你散步的时候，遇到一个容貌怪异的人而回顾，却决非为了纯美的欣赏。农夫到处皆是，厨房用具家家具备，却只在米勒与夏丹的画上才美。在自然中，决没有人说一个残废

的乞丐跟一个少妇或一抹蓝天同美；但在画面上，三个对象是同样的美——这是说自然的丑可成为艺术的美。康德说："艺术的特长，是能把自然中可憎厌的东西变美。"

自然的丑可成为艺术的美，但艺术的丑却永远是丑。在乐曲中，可用不协和音来强调协和音的价值，却不能用错误的音来发生任何作用。在一首诗里羼入平板无味的段落，也不能烘托什么美妙的意境。

以上所云，尽够说明自然的美丑与艺术的美丑完全是两个标准。但还可加以申说。

美的艺术品可能是写实的；但那实景在自然中无所谓美，或竟是老老实实的丑。你要享受美感时，会去观赏米勒的乡土画，或读左拉的小说；可决不会去寻求那些艺术品的模型，以便在自然中去欣赏它们。因为在自然中，它们并不值得欣赏。模型的确存在于自然里面；不在自然里的，是表现技术。所以康德说："自然的美，是一件美丽之物；艺术的美，是一物的美的表现。"我们不妨补充说：所表现之物，在自然中是无美丑可言的，或竟是丑的。

我们对一件作品所欣赏的，是线条的、空间的（我们称之为虚实）、色彩的美，统称为技术的美；至于作品上的物象，和美的体验完全不涉。

即或自然美在历史上曾和艺术美一致，也不是为了美的缘故。如前所述，原始艺术的动机，并非为了艺术的纯美。原始人类为了宗教、政治、军事上的需要，才把崇拜的或夸耀的对象，跟纯美的作用相混。实际作用与纯美作用的分离，乃是文化史上极其晚近的事。过去那些"非美的"自然品性（例如体格的壮健，原野的富饶，春夏的繁荣等等），到了宗教性淡薄，个人主义占优势的近代人的口里，就称为"自然的美"。但所谓自然美，依旧是以实际生活为准的估价，不过加上一个美的名字，实非以技术表现为准的纯美。因为艺术史上颇多"自然美"和"艺术美"一致的例证，愈益令人误会自然美即艺术美。古希腊，文艺复兴期三大家，以及一切古典时代的作者，几乎全都表现愉快的、健全的、卓越的对象，表现大众在自然中认为美的事物。反之，和"自然美"背驰的例证，在艺术史上同样屡见不鲜。中世纪的雕塑，文艺复兴初期、浪漫派、写实派的绘画，都是不关心自然有何美丑的，反而常常表现在自然中被认为丑的对象。

周期性的历史循环，只能证明时代心理的动荡，不能摇撼客观的真理。自然无美丑，正如自然无善恶。古人形容美丽的风景时会说："江山如画"，这才是真悟艺术与自然的关系的卓识，这也真正说明自然美之借光于艺术美。具有世界艺术常识的人，常常会说："好一幅提香！"来形容自然界富丽的风光，或是说："好一幅达·芬奇的肖像！"来赞赏一个女子。没有艺术，我们就不知有自然的美。自然界给人以纯洁、健康、伟大、和谐的印象时，我们指这些印象为美；欣赏一件名作时，我们也指为美；实际上两种美是两回事。我们既无法使美之一字让艺术专用，便只有尽力防止语言的混淆，诱使我们发生错误的认识。

四、自然与艺术的真正关系

批判的结论——艺术美之来源为技术——艺术假助于自然：素材与暗示——技术是人为的、个人的、同时集体的；举例——技术在风格上的作用——自然为艺术的动力而非法则——自然的素材与暗示不影响艺术品的价值

以上两节的批判，归纳起来是：

（一）自然予人的生命感非美感；（二）自然皆美说不成立；（三）艺术再现自然说不成立；（四）自然美非艺术美；（五）自然无艺术上之美丑，正如自然无道德上之善恶；（六）所谓自然美是：A. 与美丑无关之实用价值；B. 从艺术假借得来的价值；（七）自然美与艺术美之一致为偶合而非艺术的条件；（八）艺术美的来源是技术。

自然和艺术真正的关系，可比之于资源与运用的关系。艺术向自然借取的，是物质的素材与感觉的暗示；那是人类任何活动所离不开的。就因为此，自然的材料与暗示，绝非艺术的特征。艺术活动本身是一种技术，是和谐化，风格化，装饰化，理想化……这些都是技术的同义字，而意义的广狭不尽适合。人类凭了技术，才能用创造的精神，把淡漠的生命中一切的内容变为美。

技术包括些什么？很难用公式来确定。它永远在演化的长流中动荡。它内在的特殊的原素，在"美"的发展过程中，常和外界的、非美的条件融和在一起。一方面，技术是过去的成就与遗产，一方面又多少是个人的发明，创造的、天才的发明。

倘若把一本古书上的插图跟教堂里的一幅壁画相比，或同一幅小型的油画相比，你是否把它们最特殊的差别归之于画中的物象？归之于画家的个性？若果如此，你只能解释若干极其皮表的外貌。因为确定它们各个的特点的，有（一）应用的材料不同：水彩，金碧，油色，羊皮纸，墙壁，粗麻布；（二）用途之各殊：书籍，建筑物，教堂，宫殿，私宅；（三）制作的物质条件有异：中古僧侣的惨淡经营，迅速的壁画手法，屡次修改的油画技巧；

（四）作品产生的时代各别：原始时代，古典时代，浪漫时代，文艺复兴前期，盛期，后期。这还不过是略举技术原素中之一小部；但对于作品的技术，和画上的物象相比时，岂非显得后者的作用渺乎其小了吗？

这些人为的技术条件，可以说明不同风格的产生。例如在各式各样的穹隆形中，为何希腊人采取直线的平面的天顶，为何罗马人采取圆满中空的一种，为何哥特派偏爱切碎的交错的一种，为何文艺复兴以后又倾向更复杂的曲线，所有这些曲线，在自然里毫无等差地存在着，而在艺术品的每种风格里，却各各占着领导地位。而且这运用又是集体的，因为每一种的风格，见之于某一整个的时代，某一整个的民族。作风不同的最大因素，依然是技术。

一件艺术品，去掉了技术部分，所剩下的还有什么？准确地抄袭自然的形象，和实物相比，只是一件可怜的复制品，连自然美的再现都谈不到，遑论艺术美了。可知艺术的美绝不依存于自然，因为它不依存于表现的物象。没有技术，才会没有艺术。没有自然，照样可有艺术，例如音乐。

那末自然就和艺术不生关系了吗？并不。上文说过，艺术向自然汲取暗示，借用素材。但这些都不是艺术活动的法则，而不过是动力。动机并不能支配活动，只能产生活动。除了自然，其他的感觉，情操，本能，或任何种的力，都能产生活动，而都不能支配活动。"暗示艺术家做技术活动的是什么"这问题，与艺术品的价值根本无关；正像电力电光的价值，与发电马达之为何（利用水力还是蒸汽）不生干系一样。

我们加之于自然的种种价值，原非自然所固有，乃具备于我们自身。自然之不理会美不美，正如它不理会道德不道德，逻辑不逻辑。自然不能把技术授予艺术家，因为它不能把自己所没有的东西授人。当然，自然之于艺术，是暗示的源泉，动机的储藏库。但自然所暗示给艺术家的内容，不是自然的特色，而是艺术的特色。所以自然不能因有所暗示而即支配艺术。艺术家需要学习的是技术而非自然；向自然，他只须觅取暗示——或者说觅取刺激，觅取灵感，来唤起他的想象力。

（原载《新语》半月刊第五期，一九四五年十二月）

观画答客问

本文系作者为"黄宾虹八秩诞辰书画展览会"所作,文中所说"黄公",即指黄宾虹。——编者注

客有读黄公之画而甚惑者,质疑于愚。既竭所知以告焉;深恐盲人说象,无有是处。爰述问答之词,就正于有道君子。

客:黄公之画,山水为宗。顾山不似山,树不似树;纵横散乱,无物可寻。何哉?

曰:子观画于咫尺之内,是摩挲断碑残碣之道,非观画法也。盍远眺焉。

客:观画须远,亦有说乎?

曰:目之视物,必距离相当而后明晰。远近之差,则以物之形状大小为准。览人气色,察人神态,犹需数尺外。今夫山水,大物也;逼而视之,石不过窥一纹一理,树不过见一枝半干;何有于峰峦气势?何有于疏林密树?何有于烟云出没?此郭河阳之说,亦极寻常之理。"不见庐山真面目,只缘身在此山中",对天地间之山水,非百里外莫得梗概;观缣素上之山水,亦非凭几伏案所能仿佛。

客:果也。数武外:凌乱者,井然矣;模糊者,粲然焉;片黑片白者,明暗向背耳,轻云薄雾耳,暮色耳,雨气耳。子诚不我欺。然画之不能近视者,果为佳作欤?

曰:画之优绌,固不以宜远宜近分。董北苑一例,近世西欧名作又一例。况子不见画中物象,故以远觇之说进。观画固远可,近亦可。视君意趣若何耳。远以瞰全局,辨气韵,玩神味;近以察细节,求笔墨。远以欣赏,近以研究。

客:笔墨者何物耶?

曰:笔墨之于画,譬诸细胞之于生物。世间万象,物态物情,胥赖笔墨以外现。六法言骨法用笔,画家莫不习勾勒皴擦,皆笔墨之谓也。无笔墨,

即无画。

客：然则纵横散乱，一若乱柴乱麻者，即子之所谓笔墨乎？

曰：乱柴乱麻，固画家术语；子以为贬词，实乃中肯之言。夫笔墨畦径，至深且奥，非愚浅学所知。约言之：书画同源，法亦相通。先言用笔：笔力之刚柔，用腕之灵活，体态之变化，格局之安排，神采之讲求，衡诸书画，莫不符合。故古人善画者多善书。

若以纵横散乱为异，则岂不闻赵文敏石如飞白木如籀之说乎？又不闻董思翁作画，以奇字草隶之法，树如屈铁、山如画沙之论乎？遒劲处：力透纸背，刻入缣素；柔媚处：一波三折，婀娜多致；纵逸处：龙腾虎卧，风趋电疾。唯其用笔脱去甜俗，重在骨气，故骤视不悦人目。不知众皆密于盼际，此则离披其点画；众皆谨于象似，此则脱落其凡俗。远溯唐代，已悟此理。惟不滞于手，不凝于心，臻于解衣盘礴之致，方可言于纵横散乱，皆呈异境。若夫不中绳墨，不知方圆，向未入门，而信手涂抹，自诩蜕化，惊世骇俗，妄譬于八大石涛：直自欺欺人，不足语语矣。此毫厘千里之差，又不可以不辨。

客：笔之道尽矣乎？

曰：未也。顷所云云，笔本身之变化也。一涉图绘，犹有关乎全局之作用存焉。可谓"自始至终，笔有朝揖；连绵相属，气脉不断"，是言笔纵横上下，遍于全画，一若血脉神经之贯注全身。又云"意存笔先，笔周意内；画尽意在，象尽神全"；是则非独有笔时须见生命，无笔时亦须有神机内蕴，余意不尽。以有限示无限，此之谓也。

客：笔之外现，惟墨是赖；敢问用墨之道。

曰：笔者，点也线也。墨者，色彩也。笔犹骨骼，墨犹皮肉。笔求其刚，以柔出之；求其拙，以古行之，在于因时制宜。墨求其润，不落轻浮；求其腴，不同臃肿；随境参酌，要与笔相水乳。物之见出轻重向背明晦者，赖墨；表郁勃之气者，墨；状明秀之容者，墨。笔所以示画之品格，墨亦未尝不表画之品格；墨所以见画之丰神，笔亦未尝不见画之丰神。虽有内外表里之分，精神气息，初无二致。干黑浓淡湿，谓为墨之五彩；是墨之为用宽广，效果无穷，不让丹青。且唯善用墨者善敷色，其理一也。

客：听子之言，一若尽笔墨之能，即已尽绘画之能，信乎？

曰：信。夫山之奇峭耸拔，浑厚苍莽；水之深静柔滑，汪洋动荡；烟霭之浮漾；草木之荣枯，岂不胥假笔锋墨韵以尽态？笔墨愈清，山水亦随之而愈清。笔墨愈奇，山水亦与之而俱奇。

客：黄公之画甚草率，与时下作风迥异。岂必草率而后见笔墨耶？

曰：噫！子犹未知笔墨，未知画也。此道固非旦夕所能悟，更非俄顷所能辨。且草率者何谓乎？若指不工整言，须知画之工拙，与形之整齐无涉。若言形似有亏，须知画非写实。

客：山水不以天地为本乎，何相去若是之远？画非写实乎，所画岂皆空中楼阁！

曰：山水乃图自然之性，非剽窃其形。画不写万物之貌，乃传其内涵之神。若以形似为贵，则名山大川，观览不遑；真本具在，何劳图写？摄影而外，兼有电影，非惟巨纤无遗，抑且连绵不断，以言逼真，至此而极，更何贵乎丹青点染？

初民之世，生存为要，实用为先。图书肇始，或以记事备忘，或以祭天祀神，固以写实为依归。逮乎文明渐进，智慧日增，行有余力，斯抒写胸臆，寄情咏怀之事尚矣。画之由写实而抒情，乃人类进化之途程。

夫写貌物情，撼发人思：抒情之谓也。然非具烟霞啸傲之志，渔樵隐逸之怀，难以言胸襟。不读万卷书，不行万里路，难以言境界。襟怀鄙陋，境界逼仄，难以言画。作画然，观画亦然。子以草率为言，是仍囿于形迹，未具慧眼所致。若能悉心揣摩，细加体会，必能见形若草草，实则规矩森严；物形或未尽肖，物理始终在握，是草率即工也。倘或形式工整，而生机灭绝；貌或逼真，而意趣索然，是整齐即死也。此中区别，今之学人，知者绝鲜；故斤斤焉拘于迹象，唯细密精致是务；竭尽巧思，转工转远，取貌遗神，心劳日绌，尚得谓为艺术乎？

艺人何写？写意境。实物云云，引子而已，寄托而已。古人有言：掇景于烟霞之表，发兴于深山之巅。掇景也，发兴也，表也，巅也，解此便可省画，便可悟画人不以写实为目的之理。

客：诚如君言：作画之道，旷志高怀而外，又何贵乎技巧？又何需师法古人，师法造化？黄公又何苦漫游川、桂，遍历大江南北，孜孜砣砣，搜罗画稿乎？

曰：艺术者，天然外加人工，大块复经熔炼也。人工熔炼，技术尚焉。掇景发兴，胸臆尚焉。二者相济，方臻美满。愚先言技术，后言精神；一物二体，未尝矛盾。且唯真悟技术之为用，方识性情境界之重要。

技术也，精神也，皆有赖乎长期修积。师法古人，亦修养之一阶段，不可或缺，尤不可执着！绘画传统垂二千年，技术工具，大抵详备，一若其他学艺然。接受古法，所以免暗中摸索；为学者便利，非为学鹄的。拘于古法，必自斩灵机；奉模楷为偶像，必堕入画师魔境，非庸即陋，非甜即俗矣。

即师法造化一语，亦未可以词害意，误为写实。其要旨固非貌其嶂峦开合，状其迂回曲折已也。学习初期，诚不免以自然为粉本（犹如以古人为师），小至山势纹理，树态云影，无不就景体验，所以习状物写形也；大至山岗起伏，泉石安排，尽量勾取轮廓，所以学经营位置也。然师法造化之真义，尤须更进一步：览宇宙之宝藏，穷天地之常理，窥自然之和谐，悟万物之生机；饱游沃看，冥思遐想，穷年累月，胸中自具神奇，造化自为我有。是师法造化，不徒为技术之事，尤为修养人格之终生课业。然后不求气韵而气韵自至，不求成法而法在其中。

要之：写实可，摹古可，师法造化，更无不可！总须牢记为学阶段，绝非艺术峰巅。先须有法，终须无法。以此观念，习画观画，均入正道矣。

客：子言殊委婉可听，无以难也。顾证诸现实，惶惑未尽释然。黄公之画纵笔清墨妙，仍不免于艰涩之感何耶？

曰：艰涩又何指？

客：不能令人一见爱悦是已。

曰：昔人有言："看画如看美人。其风神骨相，有在肌体之外者。今人看古迹，必先求形似，次及传染，次及事实：殊非赏鉴之法。"其实作品无分今古，此论皆可通用。一见即佳，渐看渐倦：此能品也。一见平平，渐看渐佳：此妙品也。初若艰涩，格格不入，久而渐领，愈久而愈爱：此神品也，逸品也。观画然，观人亦然。美在皮表，一览无余，情致浅而意味淡，故初喜而终厌。美在其中，蕴藉多致，耐人寻味，画尽意在，故初见平平而终见妙境。若夫风骨嶙峋，森森然，巍巍然，如高僧隐士，骤视若拒人千里之外；或平淡天然，空若无物，如木讷之士，寻常人必掉首弗顾：斯则必神专志一，虚心静气，严肃深思，方能于嶙峋中见出壮美，平淡中辨得隽永。唯其藏之深，故非浅尝所能获；惟其蓄之厚，故探之无尽，叩之不竭。

客：然则一见悦人之作，如北宗青绿，以及院体工笔之类，止能列入能品欤？

曰：夫北宗之作，宜于仙山楼观，海外瑶台，非写实可知。世人眩于金碧，迷于色彩，一见称善；实则云山缥缈，如梦如幻之情调，固未尝梦见于万一。俗人称誉，适与贬毁同其不当。且自李思训父子后，宋惟赵伯驹兄弟尚传衣钵，尚有士气。院体工笔至仇实父已近作家。后此庸史，徒有其工，不得其雅。前贤已有定论。窃尝以为：是派规矩法度过严，束缚性灵过甚，欲望脱尽羁绊，较南宗为尤难。适见董玄宰曾有诫人不可学之说，鄙见适与暗合。董氏以北宗之画，譬之禅定积劫，方成菩萨。非如董、巨、米三家，可一超直入如来地。今人一味修饰涂泽，以刻板为工致，以肖似为生动，以匀净为秀雅，去院体已远，遑论艺术三昧。是即未能突破积劫之明证。

客：黄公题画，类多推崇宋元，以士夫画号召。然清初四王，亦尊元人，何黄公之作与四王不相若耶？

曰：四王论画，见解不为不当。顾其宗尚元画，仍徒得其貌，未得其意，才具所限耳。元人疏秀处，古淡处，豪迈处，试问四王遗作中，能有几分踪迹可寻？以其拘于法，役于法，故枝枝节节，气韵索然。画事至清，已成弩末。近人盲从附和，入手必摹四王，可谓取法乎下。稍迟辄仿元人，又只从皴擦下功夫，笔墨渊源，不知上溯；线条练习，从未措意，舍本逐末，求为庸史，且戛戛乎难矣。

客：然则黄氏之得力于宋元者，果何所表见？

曰：不外神韵二字。试以《层叠冈峦》一幅为例：气清质实，骨苍神腴，非元人风度乎？然其豪迈活泼，又出元人蹊径之外。用笔纵逸，自造法度故尔。又若《墨浓》一帧，高山巍峨，郁郁苍苍，俨然荆、关气派。然繁简大异，前人写实，黄氏写意。笔墨圆浑，华滋苍润，岂复北宋规范？凡此截长补短风格，所在皆是，难以列举。若《白云山苍苍》一幅，笔致凝炼如金石，活泼如龙蛇，设色妍而不艳，丽而不媚，轮廓粲然，而无害于气韵弥漫，尤足见黄公面目。

客：世之名手，用笔设色，类皆有一面目，令人一望而知。今黄氏诸画，浓淡悬殊，犷纤迥异，似出两手，何哉？

曰：常人专宗一家，故形貌常同。黄氏兼采众长，已入化境，故家数无穷。常人足不出百里，日夕与古人一派一家相守，故一丘一壑，纯若七宝楼台，堆砌而成；或竟似益智图戏，东捡一山，西取一水，拼凑成幅。黄公则游山访古，阅数十寒暑。烟云雾霭，缭绕胸际；造化神奇，纳于腕底。故放笔为之，或收千里于咫尺，或图一隅为巨幛，或写暮霭，或状雨景，或咏春朝之明媚，或吟西山之秋爽；阴晴昼晦，随时而异，冲淡恬适，沉郁慷慨，因情而变。画面之不同，结构之多方，乃为不得不至之结果。《环流仙馆》与《虚白山衔璧月明》，《宋画多晦冥》与《三百八滩》，《鳞鳞低矗》与《绝涧寒流》，莫不一轻一重，一浓一淡，一犷一纤，遥遥相对，宛如两极。

客：诚然，子固知画者。余当退而思之，静以观之，虚以纳之，以证吾子之言不谬。

曰：顷兹所云，不过掇拾陈言，略涉画之大较。所赞黄公之词，尤属门外皮相之见，慎勿以为定论。君深思好学，一旦参悟，愚且敛衽请益之不遑。生也有涯，知也无涯。鲁钝如余，升堂入室，渺不可期；千载之下，诚不胜与庄生有同慨焉。

(一九四三年十一月，署名移山。据手稿。)

没有灾情的"灾情画"

假如有一个剧本，标明为某幕悲剧或某幕喜剧，冠以长序，不厌其详的说明内容如何悲惨或如何滑稽，保证读者不忍卒读或忍俊不禁；然而你、我、他，读完了正文，发觉标题和序文全是谎言，作品压根儿没有悲剧或喜剧的气氛，这样一个剧本，大家能承认它是悲剧或喜剧吗？

打一个更粗浅的比喻。一口泥封的酒缸，贴着红纸黑字的标签，大书特书曰"远年花雕"，下面又是一大套形容色香味的广告。及至打开酒缸，却是一泓清水，叫馋涎欲滴的酒徒只好对着标签出神。这样大家能承认它是一缸美酒吗？

提出这种不辨自明的问句，似乎很幼稚。但是原谅我，咱们的幼稚似乎便是进步的同义词。现实的苦恼，消尽了我们的幽默感。既非标语，亦非口号，既非散文，亦非打油诗，偏有人说它是诗。支离破碎，残章断句。orchestration 的基本条件都未具备，偏有人承认是什么 concerto——在这种情形之下，司徒乔先生的大作也就被认为灾情画而一致加以颂扬了。

"悬牛首于门而卖马肉于内"，已属司空见惯，"指鹿为马"今日也很通行；可是如许时贤相信马和鹿真是一样东西，不能不说是打破了一切不可能的纪录。

这儿谈不到持论过苛或标准太高的问题。既是灾情画，既非纯艺术，牵不上易起争辩的理论。观众所要求的不过是作者所宣传的。你我走进一个灾情画展预备看到些赤裸裸活生生的苦难，须备受一番 thrill 的洗礼，总不能说期望过奢，要求太高吧？然而司徒先生似乎跟大家开玩笑：他报告的灾情全部都在文字上，在他零零星星旅行印象式的说明上。倘使有人在画面上能够寻出一张饥饿的脸，指出一些刻画灾难的线条，我敢打赌他不是画坛上的哥仑布，定是如来转世。因为在我佛的眼中，一切有情才都是身遭万劫的生灵。至于我们凡人，却不能因为一组毫无表情的脸庞上写了灾民二字，便承认他们是灾民。正如下关的打手，我们不承认是"苏北难民"一样。

拿文字说明绘画本是有害无益的（中国画上的题跋是另外一件事）。画高

185

明而文字拙劣，是佛头着粪；画与文字同样精彩，是画蛇添足；画不高明而文字精彩，对于画也不能有起死回生的妙用。例如"三个儿子从军死，现在野葱一把算充饥，我这第一恨死日本鬼子，第二却要恨……"那样一字一泪的题跋，"朱门酒肉臭，路有冻死骨"那样古典的名句，"但丁地狱一角"那样惊心动魄的标题，都帮助不了我们对作品物象的辨认，遑论领会和共鸣了。"断垣残壁"，在画面上叫你没法揣摩出那是断垣残壁，"荒村"画的是什么东西，只有作者自己知道。没有深度，没有 valeur，可怜的观众只能像读"推背图"一般苦苦推敲那是山，那是水，那是石，那是村。"平价食堂"换上随便什么题目，只要暗示群众的意思，对于画的本身都毫无影响。"恻隐之心，人皆有之"，可是悲天悯人的宗教家，不能单凭慈悲而成为艺术家。纵使司徒先生的同情心大得无边，凭他那双手也是与描绘"寸寸山河，寸寸血泪"（司徒先生语）风马牛不相及。

丢开灾情不谈，就算是普通的绘画吧：素描没有根底，色彩无法驾驭，（司徒先生自命为好色之徒，我却惟恐先生之不好色也！）没有构图，全无肖像画的技巧，不知运用光暗的对比。这样，绘画还剩些什么？

也许有人要怀疑，司徒先生"学画数十年"，怎么会连基本技巧都不会学好。其实学画数十年的人里面，有几个拿得稳色彩和线条的？凤毛麟角还不足以形容其数量之少。即以全世界而论，过去，现在，一生从事艺术而始终没有达到水准的学者，所谓 artisterate，多至不可胜计。不过他们肯自承失败，甘心以 anateur 终身，我们却把年代和能力看做相等，所以才有这样"没有灾情的灾情画"出现。

又有人说：司徒先生此次的作品是三个月内赶成的，应该原谅他。他根本离开了绘画，扯到故事的态度和责任问题上去了。好，我们从以画论画再退一步，来就事论事吧。三个月的时间仅足一个摄影记者去灾区旅行一次，带回几卷软片。要一个画家去画这么一大批作品本是荒唐的提议，而画家的接受更是荒唐。这证明他比不懂艺术的委托者更轻视他的艺术，并且证明他缺乏做事的责任心。明知做不了的事，为什么要做？难道一个工程师会答应在几个月之内重造钱塘江大桥吗？难道一个医生会答应在几分钟之内完成一个大手术吗？倘说作者是为了难民而特意牺牲自己牺牲艺术，那么至少要使难民受益；可是把这些毫无表情的灾情画远渡重洋送到美国去展览，其效果还远不如把报上的灾情通讯摘要迻译送登美国刊物。由此足见真正的被牺牲者还是灾民。

还有一个费解的小节目。会场上有一张长桌，专门陈列着许多颂扬作品的剪报。不知这是为难民宣传，激发观众的同情呢，还是为司徒先生本人作宣传？若是后者，那末不但作者悲天悯人的利他主义打了折扣，而且对作品也是一个大大的讽刺。因为这些惨不忍睹的文章，实际只是"步作者原韵"，跟司徒先生的零星游记唱和，而并非受了作品本身——画——的感应。

我知道为作者捧场的人不过为了情面。吓，又是情面！为了情面，社会名流、达官贵人常常为医卜星相登报介绍。为何要让这种风气窜入文艺界呢？为了情面而颠倒黑白，指鹿为马，代价未免太高了吧？

（原载一九四六年七月十三日上海《文汇报·笔会》）

没有灾情的『灾情画』

关于国画界的一点意见

此文系作者受中共上海市委文艺部门领导委托而提出的意见书,未发表。——编者注

最近领导上很关心国画界的情况,特别是画家的生活。这是令人鼓舞的消息。但仅仅从画家的生活方面着眼,未免仍是"团结照顾多,批评帮助少",而且为了画家长远的生活打算,也需要发掘问题的另一方面。

谁都知道,文艺应当为工农兵大众服务,画家的对象应当以工农兵为主。但问题就在这里:连西洋画家、漫画家、木刻家,对人体的掌握都觉得很困难,一般从事中国画的当然更无从下手了。

我国从宋代以后,人物画的传统逐渐衰微。元代的山水画以格调而论,固然迥绝千古,直可凌驾世界上最精彩的绘画杰作,但同时使人物画受了很大的打击。这个传统——从晋顾恺之到唐代的壁画,五代的周昉,到宋代的李龙眠——到今日已成为绝响,无法继续了。今日的国画家再要从我们的古代大师笔下去学,非但不可能,即使可能,时间也太长了。最好的捷径是采取西洋的方法,一开始就用木炭画石膏,再画人体,然后画人像,画各种瞬间的姿势(西洋画室有每五分钟换一姿势的模特儿班)。等到解剖的问题彻底弄通了,捕捉刹那间的动作与表情的技术纯熟了,人物画的技术也就完全掌握了。在学习的阶段中,当然需要逐渐以毛笔代替铅笔与木炭,因为工具不同,艺术的风格也不同。我们要学的是西洋画人体的科学方法,可以计日而待获得成效的方法,而非放弃中国画特有的风味。所以中国笔、中国纸仍是宜于保存的,墨法也仍需研究的。

这个工作只有政府能做,倘使美协照顾不到,可另外办一个国画家人体训练班,请西洋画家中对人体最有根底的人作指导,同时请深通艺用解剖学的专家(据我所知,似乎北京庞薰琹先生有位亲戚就是这种人才,但吾国一向很少此等专家)来主持"艺用解剖学"的课程。设备方面,初步只需要石膏模型,半年或一年后方需要人体模特儿及穿衣的模特儿。

这个人物画问题不彻底解决,中国画就没有前途可言;中国画既没有前途,哪里还谈得到画家的前途与生活?

其次是山水画家的写生问题。这是中国古代一向有的,而近三百年也衰微了的传统,应当恢复过来。否则大家在书斋内靠珂罗版画册临摹,东取一山,西取一水,我常讥之为拼七巧板,怎么谈得上社会主义的现实主义表现?脱离了大自然,还有什么山水画?这一点需要先在思想上打通一般中国画家(最近他们有几位在富春江写生,结果有的大闹情绪),而且也要向弄西洋画的风景画家学习。

至于笔法墨法,又是一个严重的问题。目前有人凭空讲一套不着边际的话,动辄搬弄古人画论上的一些名词炫耀一番;实际动手,却既无笔,亦无墨。这需要组织一般真有成就的画家,彻底研究,把中国画的笔法墨法,整理出一套科学的、有系统的理论与实践的方法。否则这个笔墨的传统又要绝迹了。此事我一向想请黄宾虹先生实地表演,教人在旁摄影,再把他口说的话记录下来,作为第一步研究的材料。可惜我来不及这么做,黄老先生已归道山了。

写生不限于山水,人物、花卉、虫鱼、翎毛,无一不应当写生,这个风气应大力展开,公家也当给予大力帮助,尽量供给写生的材料,对象(如动植物),给予画家出门的方便,甚至予以经济的补助。

吸取古代艺术精华,不消说也是极重要的。这一点有赖于博物馆的协助。近来大家对上海市博物馆的意见甚多,主要不外乎是保藏的工作做得多,展览的工作做得少。虽说天时的关系,太燥太潮均于画幅有害,但也当尽量克服困难,不宜因噎废食,使艺术工作者无从观摩,使爱好艺术的人民大众也不能多多接触。

为了替中国国画开辟新路,问题是很多很繁复的,我这里不过是以外行人的地位随便举出几点,希望领导上能广集各方专家的意见,对这件事展开全面与深入的讨论。

一九五五年十二月二十六日
(据手稿)

中国画创作放谈

本文节自作者一九六一年七月三十一日致新加坡华人中国画家刘抗先生的信，收入本书时由编者拟题。删节部分不再另行标明。——编者注

融合中西艺术观点往往流于肤浅，cheap，生搬硬套；唯有真有中国人的灵魂，中国人的诗意，中国人的审美特征的人，再加上几十年的技术训练和思想酝酿，才谈得上融合"中西"。否则仅仅是西洋人采用中国题材加一些中国情调，而非真正中国人的创作；再不然只是一个毫无民族性的一般的洋画家（看不出他国籍，也看不出他民族的传统文化）。《何所思》却是清清楚楚显出作者是一个二十世纪的中国人了。人物脸庞既是现代（国际的）手法，亦是中国传统手法；棕榈也有画竹的味道。……

……你我对中国画的看法颇有出入。此亦环境使然，不足为怪。足下久居南洋，何从饱浸国画精神？在国内时见到的（大概伦敦中国画展在上海外滩中国银行展出时，你还看到吧？）为数甚少，而那时大家都年轻，还未能领会真正中国画的天地与美学观点。中国画与西洋画最大的技术分歧之一是我们的线条表现力的丰富，种类的繁多，非西洋画所能比拟。枯藤老树，吴昌硕、齐白石以至扬州八怪等等所用的强劲的线条，不过是无数种线条中之一种，而且还不是怎么高级的。倘没有从唐宋名迹中打过滚、用过苦功，而仅仅因厌恶四王、吴恽而大刀阔斧的来一阵"粗笔头"，很容易流为野狐禅。扬州八怪中，大半即犯此病。吴昌硕全靠"金石学"的功夫，把古篆籀的笔法移到画上来，所以有古拙与素雅之美，但其流弊是干枯。白石老人则是全靠天赋的色彩感与对事物的新鲜感，线条的变化并不多，但比吴昌硕多一种婀娜妩媚的青春之美。至于从未下过真功夫而凭秃笔横扫，以剑拔弩张为雄浑有力者，直是自欺欺人，如××即是。还有同样未入国画之门而闭目乱来的，例如×××。最可笑的，此辈不论国内国外，都有市场，欺世盗名红极一时，但亦只能欺文化艺术水平不高之群众而已，数十年后，至多半世纪后，必有定论。除非群众眼光提高不了。

石涛为六百年（元亡以后）来天才最高之画家，技术方面之广，造诣之深，为吾国艺术史上有数人物。去年上海市博物馆举办四高僧（八大、石涛、石谿、渐江）展览会，石涛作品多至五六十幅；足下所习见者想系××辈所剽窃之一二种面目。其实此公宋元功力极深。不从古典中"泡"过来的人空言创新，徒见其不知天高地厚而已（亦是自欺欺人）。道济写黄山当然各尽其妙，无所不备；梅青写黄山当然不能与之颉颃，但仍是善用中锋，故线条表现力极强，生动活泼。来书以大师气魄豪迈为言，鄙见只觉其满纸浮夸（如其为人），虚张声势而已，所谓 trompe-l'oeil。他的用笔没一笔经得起磨勘，用墨也全未懂得"墨分五纷"的 nuances 与 subtilité。以我数十年看画的水平来说：近代名家除白石、宾虹二公外，余者皆欺世盗名；而白石尚嫌读书太少，接触传统不够（他只崇拜到金冬心为止）。宾虹则是广收博取，不宗一家一派，浸淫唐宋，集历代各家之精华之大成，而构成自己面目。尤可贵者，他对以前的大师都只传其神而不袭其貌，他能用一种全新的笔法给你荆浩、关仝、范宽的精神气概，或者是子久、云林、山樵的意境。他的写实本领（指旅行时构稿），不用说国画家中几百年来无人可比，即赫赫有名的国内几位洋画家也难与比肩。他的概括与综合的智力极强。所以他一生的面目也最多，而成功也最晚。六十左右的作品尚未成熟，直至七十、八十、九十方始登峰造极。我认为在综合前人方面，石涛以后，宾翁一人而已。（我二十余年来藏有他最精作品五十幅以上，故敢放言。外间流传者精亦十不得一。）生平自告奋勇代朋友办过三个展览会，一个是与你们几位同办的张弦（至今我常常怀念他，而且一想到他就为之凄然）遗作展览会；其余两个，一是黄宾虹的八秩纪念画展（一九四三），为他生平独一无二的"个展"，完全是我怂恿他，且是一手代办的，一是庞薰琹的画展（一九四七）。

　　从线条（中国画家所谓运笔）的角度来说，中国画的特色在于用每个富有表情的元素来组成一个整体。正因为每个组成分子——每一笔每一点——有表现力（或是秀丽，或是雄壮，或是古拙，或是奇峭，或是富丽，或是清素淡雅），整个画面才气韵生动，才百看不厌，才能经过三百五百年甚至七八百年一千年，经过多少世代趣味不同、风气不同的群众评估，仍然为人爱好、欣赏。

　　倘没有"笔"，徒凭巧妙的构图或虚张声势的气魄（其实是经不起分析的空架子，等于音韵铿锵而毫无内容的浮词），只能取悦庸俗，而且也只能取媚于一时。历史将近二千年的中国画自有其内在的（intrinsèque）、主要的（essential）构成因素，等于生物的细胞一样；缺了这些，就好比没有细胞的生物，如何能生存呢？四王所以变成学院派，就是缺少中国画的基本因素，千笔万笔无一笔是真正的笔，无一线条说得上表现力。明代的唐沈文仇（仇的人物画还是好的），在画史上只能是追随前人而没有独创的面目，原因相同。扬州八怪之所以流为江湖，一方面是只有反抗学院派的热情而没有反抗的真本领真功夫，另一方面也就是没有认识中国画用笔的三昧，未曾体会到中国画线条的特性，只取粗笔纵横驰骋一阵，自以为突破前人束缚，可说是心有余而力不足，亦可说未尝梦见艺术的真天地。结果却开了一个方便之门，给后世不学无术投机取巧之人借作遮丑的幌子。前自白龙山人，后至×××，比比皆是也。——××是另一路投机分子，一生最大本领是造假石涛，那却是顶尖儿的第一流高手。他自己创作时充其量只能窃取道济的一鳞半爪，或者从陈白阳、徐青藤、八大（尤其八大）那儿搬一些花卉来迷人唬人。往往俗不可耐，趣味低级，仕女尤其如此。与他同辈的溥心畬，山水画虽然单薄、松散、荒率，花鸟的 taste 却是高出××多多！一般修养亦非××可比（××的中文就不通！他给×××写序——中华书局数十年前画册，即有大笑话在内，书法之江湖尤令人作呕）。

　　你读了以上几段可能大吃一惊。平时我也不与人谈，一则不愿对牛弹琴，二则得罪了人于事无补，三则真有艺术良心、艺术头脑、艺术感受的人寥若晨星，要谈也无对象。不过我的狂论自信确有根据，但恨无精力无时间写成文章（不是为目前发表，只是整理自己的思想）。倘你二十五年来仍在国内，与我朝夕相处，看到同样的作品（包括古今），经过长时期的讨论，大致你的结论与我的不会相差太远。

　　线条虽是中国画中极重要的因素，当然不是唯一的因素，同样重要而不为人注意的还有用墨。用墨在中国画中等于西洋画中的色彩，不善用墨而善用色彩的，未之有也。但明清两代懂得此道的一共没有几个。虚实问题对中国画也比对西洋画重要，因中国画的"虚"是留白，西洋画的虚仍然是色彩，留白当然比填色更难。最后写骨传神——用近代术语说是高度概括性，固然在广义上与近代西洋画有共通之处，实质上仍截然不同。其中牵涉到中西艺术家看事物的观点不同，人生哲学，宇宙观，美学观念等等的不同。正如留空白（上文说的虚实）一样，中国艺术家给观众想象力活动的天地比西洋艺术家留给观众的天地阔大得多。换言之，中国艺术更需要更允许观众在精神上在美感享受上与艺术家合作。

　　国内洋画自你去国后无新人。老辈中大师依然如此自满，他这人在二十几岁时就流产了。以后只是偶尔凭着本能有几幅成功的作品。解放以来的三五幅好画，用国际水平衡量，只能说平平稳稳无毛病而已。如抗战期间在南洋所画斗鸡一类的东西，久成绝响。没有艺术良心，决不会刻苦钻研，怎能进步呢？浮夸自大不是只会"故步自封"吗？近年来陆续看了他收藏的国画，中下之品也捧做妙品，可见他对国画的眼光太差。我觉得他一辈子未懂得（真正懂得）线条之美。他与我相交数十年，从无一字一句提到他创作方面的苦闷或是什么理想的境界。你想他自高自大到多么可怕的地步。（以私交而论，他平生待人，从无像待我这样真诚热心，始终如一的；可是提到学术、艺术，我只认识真理，心目中从来没有朋友或家人亲属的地位。所以我只是感激他对我友谊之厚，同时仍不能不一五一十、就事论事批评他的作品。）

庞薰琹在抗战期间在人物与风景方面走出了一条新路，融合中西艺术的成功的路，可惜没有继续走下去，十二年来完全抛荒了。——（白描〔铁线〕的成就，一九四九年以前已突破张弦。）

现在只剩一个林风眠仍不断从事创作。因抗战时颜料画布不可得，改用宣纸与广告画颜色（现在时兴叫做粉彩画），效果极像油画，粗看竟分不出，成绩反比抗战前的油画为胜。诗意浓郁，自成一家，也有另一种融和中西的风格。以人品及艺术良心与努力而论，他是老辈中绝无仅有的人了。捷克、法、德诸国都买他的作品。

单从油画讲，要找一个像张弦去世前在青岛的那种有个性有成熟面貌的人，简直一个都没有。学院派的张充仁，既是学院派，自谈不到"创作"。

解放后政府设立敦煌壁画研究所（正式名称容有出入），由常书鸿任主任，手下有一批人作整理研究、临摹的工作。五四年在沪开过一次展览会，从北魏（公元三至四世纪）至宋元都有。简直是为我们开了一个新天地。人物刻画之工，（不是工细！）色彩的鲜明大胆，取材与章法的新颖，绝非唐宋元明正统派绘画所能望其项背。中国民族吸收外来影响的眼光、趣味，非亲眼目睹，实在无法形容。那些无名作者才是真正的艺术家，活生生的，朝气蓬勃，观感和儿童一样天真朴实。但更有意思的是愈早的愈 modern，例如北魏壁画色彩近于 Rouault〔鲁奥 Rouault, Georges, 1871—1958, 法国画家。——编者注〕，以深棕色浅棕色与黑色交错；人物之简单天真近于西洋野兽派。中唐盛唐之作仿佛文艺复兴的威尼斯派。可是从北宋起色彩就黯淡了，线条繁琐了，生气索然了，到元代更是颓废之极。我看了一方面兴奋，一方面感慨：这样重大的再发现，在美术界中竟不曾引起丝毫波动！我个人认为现代作画的人，不管学的是国画西画，都可在敦煌壁画中汲取无穷的创作源泉，学到一大堆久已消失的技巧（尤其人物），体会到中国艺术的真精神。而且整部中国美术史需要重新写过，对正统的唐宋元明画来一个重新估价。可惜有我这种感想的，我至今没找到过，而那次展览会给我精神上的激动，至今还像是昨天的事！

　　写了大半天，字愈来愈不像话了。近两年研究了一下碑帖，对书法史略有概念。每天临几行帖，只纠正了过去"寒瘦"之病，连"划平竖直"的基本条件都未做到，怎好为故人正式作书呢？

（据手稿）

第六辑

塞尚："主观的忠实于自然"

印象派的绘画，大家都知道是近代艺术史上一朵最华美的花。毕莎诃（Pissaro），祁奥门（Guillaumin），勒诺亚（Renoir），西斯莱（Sisley），莫奈（Monet）等仿佛是一群天真的儿童，睁着好奇的慧眼，对于自然界的神奇幻变感到无限的惊讶，于是靠了光与色的灌溉滋养，培植成这个繁荣富丽的艺术之园。无疑的，这是一个奇迹。然而更使我们诧异的，却是在这群园丁中，忽然有一个中途倚铲怅惘的人，满怀着不安的情绪，对着园中鲜艳的群花，渐渐地怀疑起来，经过了长久的徘徊踌躇之后，决然和毕莎诃们分离了，独自在园外的荒芜的土中，播着一颗由坚强沉着的人格和赤诚沸热的心血所结晶的种子。他孤苦地垦植着，受尽了狂风骤雨的摧残，备尝着愚庸冥顽的冷嘲热骂的辛辣之味，终于这颗种子萌芽生长起来，等到这园丁六十余年的寿命终了的时光，已成了千尺的长松，挺然直立于悬崖峭壁之上，为现代艺术的奇花异草拓殖了一个簇新的领土。这个奇特的思想家，这个倔强的画人，便是伟大的塞尚（Cézanne）。

真正的艺术家，一定是时代的先驱者，他有敏慧的目光，使他一直遥瞩着未来，有锐利的感觉，使他对于现实时时感到不满，有坚强的勇气，使他能负荆冠，能上十字架，只要是能满足他艺术的创造欲。至于世态炎凉，那于他更有什么相干呢？在这一点上，塞尚又是一个大勇者，可与特拉克洛洼（Delaeroix）照耀千古。

他的一生，是全部在艰苦的奋斗中牺牲的：他不特要和他所不满的现实战（即要补救印象派的弱点），而且还要和他自己的视觉，手腕及色感方面的种种困难战。固然，他有他独特的环境，使他能纯为艺术而艺术地制作，然而他不屈不挠的精神，超然物外的人格，实在是举世不多见的。

塞尚名保尔（Paul），于一八三九年生于普罗旺斯地区艾克斯（Aix-provence）。这是法国南方的一个首府。他的父亲是一个由帽子匠出身的银行家，母亲是一位躁急的妇人。但她的热情，她的无名的烦闷，使她十分钟爱她的儿子，因为这儿子在先天已承受了她全部精神的遗产。也全靠了她的回护，塞尚才能战胜了他父亲的富贵梦，完成他做艺人的心愿。

他十岁时，就进当地的中学，和曹拉（Zola）同学，两人的交谊天天浓厚起来，直到曹拉的小说成了名，渐渐想做一个小资产者的时候，才逐渐疏远。这时期两位少年朋友在校课外，已开始认识大自然的壮美了。尤其是在假中，两人徜徉于山巅水涯，曹拉念着浪漫派诸名家的诗，塞尚滔滔地讲着梵罗纳士（Véronèse），吕朋斯（Rubens），项勃兰德（Rembrandt）那些大画家的作品。他终身为艺者的意念，就这样地在充满着幻想与希望的少年心中酝酿成熟了。

在中学时代，他已在当地的美术学校上课，十九岁中学毕业时，他同时得到美术学校的素描（dessin）二等奖。这个荣誉使他的父亲不安起来，他对塞尚说："孩子，孩子，想想将来吧！天才是要饿死的，有钱才能生活啊！"

服从了父亲，塞尚无可奈何地在哀克斯大学法科听了两年课；终于父亲拗他不过，答应他到巴黎去开始他的艺术生涯。他一到巴黎就去找曹拉。两人形影不离地过了若干时日，但不久，他们对于艺术的意见日渐龃龉，塞尚有些厌倦巴黎，忽然动身回家去了。这一次他的父亲想定可把这儿子笼络住了，既然是他自己回来的，就叫他在银行里做事。但这种枯索的生活，叫塞尚怎能忍受呢？于是账簿上，墙壁上都涂满了塞尚的速写或素描。末了，他的父亲又不得不让步，任他再去巴黎。

这回他结识了几位知己的艺友，尤其是毕莎诃与祁奥门（Guillaumin），和他最为契合。塞尚此时的绘画也颇受他们的影响。他们时常一起在巴黎近郊的奥凡（Auvers）写生。但年少气盛、野心勃勃的塞尚，忽然去投考巴黎美专；不料这位艾克斯美术学校的二等奖的学生在巴黎竟然落第。气愤之余，又跑回了故乡。

等到他第三次来巴黎时，他换了一个研究室，一面仍在卢佛宫徜徉踯躅，站在吕朋斯或特拉克洛洼的作品前面，不胜低徊激赏。那时期他画的几张大的构图（composition）即是受特氏作品的感应。曹拉最初怕塞尚去走写实的路，曾劝过他，此刻他反觉他的朋友太倾向于浪漫主义，太被光与色所眩惑了。

然而就在此时，他的被称为太浪漫的作品，已绝不是浪漫派的本来面目了。我们只要看他临摹特拉克洛洼的《但丁的渡舟》一画便可知道。此时人们对他作品的批评是说他好比把一支装满了各种颜色的手枪，向着画布乱放，于此可以想象到他这时的手法及用色，已绝不是拘守绳墨而在探寻新路了。

人们曾向当时的前辈大师马奈（Manet）征求对于塞尚的画的意见，马奈回答说："你们能欢喜龌龊的画么？"这里，我们又可看出塞尚的艺术，在成形的阶段中，已不为人所了解了。马奈在十九世纪后叶被视为绘画上的革命者，尚且不能识得塞尚的摸索新路的苦心，一般社会，自更无从谈起了。

总之，他从特拉克洛洼及他的始祖凡威尼斯诸大家那里悟到了色的错综变化，从哥尔佩（Courbet）那里找到自己性格中固有的沉着，再加以纵横的笔触，想从印象派的单以"变幻"为本的自然中搜求一种更为固定、更为深入、更为沉着、更为永久的生命。这是塞尚洞烛印象派的弱点，而为专主"力量"，"沉着"的现代艺术之先声。也就为这一点，人家才称塞尚的艺术是一种回到古典派的艺术。我们切不要把古典派和学院派这两个名词相混了，我们更不要把我们的目光专注在形式上。（否则，你将永远找不出古典派和塞尚的相似处。）古典的精神，无论是文学史或艺术史都证明是代表"坚定"、"永久"的两个要素。塞尚采取了这精神，站在他自己的时代思潮上为二十世纪的新艺术行奠基礼，这是他尊重传统而不为传统所惑，知道创造而不是以架空楼阁冒充创造的伟大的地方。

再说回来，印象派是主张单以七种原色去表现自然之变化，他们以为除了光与色以外，绘画上几没有别的要素，故他们对于色的应用，渐趋硬化，到新印象派，即点描派，差不多用色已有固定的方式，表现自然也用不到再把自己的眼睛去分析自然了。这不但已失了印象派分析自然的根本精神，且已变成了机械、呆板、无生命的铺张。印象派的大功在于外光的发现，故自然的外形之美，到他们已表现到顶点，风景画也由他们而大成；然流弊所及，第一是主义的硬化与夸张，造成新印象派的徒重技巧，第二是印象派绘画的根本弱点，即是浮与浅，美则美矣，顾亦止于悦目而已。塞尚一生便是竭全力与此浮浅二字战的。

所谓浮浅者，就是缺乏内心。缺乏内心，故无沉着之精神，故无永久之生命。塞尚看透这一点，所以用"主观地忠实自然"的眼光，把自己的强毅浑厚的人格全部灌注在画面上，于是近代艺术就于萎靡的印象派中超拔出来了。

塞尚主张绝对忠实自然，但此所谓忠实自然，决非模仿抄袭之谓。他曾再三说过，要忠实自然，但用你自己的眼睛（不是受过别人影响的眼睛）去观察自然。换言之，须要把你的视觉净化，清新化，儿童化，用着和儿童们一样新奇的眼睛去凝视自然。

大凡一件艺术品之成功，有必不可少的一个条件，即要你的人格和自然合一，这所谓自然是广义的，世间种种形态色相都在内。因为艺术品不特要表现外形的真与美，且要表现内心的真与美；后者是目的，前者是方法，我们决不可认错了。要达到这目的，必要你的全人格，透入宇宙之核心，悟到自然的奥秘；再把你的纯真的视觉，抓住自然之外形，这样的结果，才是内在的真与外在的真的最高表现。塞尚平生绝口否认把自己的意念放在画布上，但他的作品，明明告诉我们不是纯客观的照相，可知人类的生命，——人格——是不由你自主地，不知不觉地，无意识地，透入艺术品之心底。因为人类心灵的产物，如果灭掉了人类的心灵，还有什么呢？

以上所述是塞尚的艺术论的大概及他与现代艺术的关系。以下想把他的技巧约略说一说：

塞尚全部技巧的重心，是在于中间色。此中间色有如音乐上的半音，旋律的谐和与否，全视此半音的支配得当与否而定。绘画上的色调亦复如是。塞尚的画，不论是人物，是风景，是静物，其光暗之间的冷色与热色都极复杂。他不和前人般只以明暗两种色调去组成旋律，只用一二种对称或调和的色彩去分配音阶。他是用各种复杂的颜色，先是一笔一笔地并列起来，再是一笔一笔地加叠上去，于是全画的色彩愈为鲜明，愈为浓厚，愈为激动，有如音乐上和声之响亮。这是塞尚在和谐上成功之秘诀。

有人说塞尚是最主体积的，不错，但体积从什么地方来的呢？也即因了这中间色才显出来的罢了。他并不如一般画家去斤斤于素描，等到他把颜色的奥秘抓住了的时候，素描自然有了，轮廓显著，体积也随着浮现。要之，塞尚是一个最纯粹的画家（peintre），是一个大色彩家（coloriste）而非描绘者（dessinateur），这是与他的前辈特拉克洛洼相似之处。

至此，我们可以明了塞尚是用什么方法来达到补救印象派之弱点的目的，而建树了一个古典的，沉着的，有力的，建筑他的现代艺术。在现代艺术中，又可看出塞尚的影响之大。大战前极盛的立方派，即是得了塞尚的体积的启示再加以科学化的理论作为一种试验（essai）。在其他各画派中，塞尚又莫不与他同时的高更（Gauguin）与梵高（Van Gogh）三分天下。

在艺术史上他是一个承前启后的旋转中枢的画人。

但这样一个奇特而伟大的先驱者，在当时之不被人了解，也是当然的事。他一生从没有正式入选过官立的沙龙。几次和他朋友们合开的或个人的画展，没有一次不是他为众矢之的。每个妇女看到他的浴女，总是切齿痛恨，说这位拙劣的画家，毁坏了她们美丽的肉体。大小报章杂志，都一致地认他是一个变相的泥水匠，把什么白垩啊，土黄啊，绿的红的乱涂一阵，又哪知十年之后，大家都把他奉为偶像，敬之如神明呢？这种无聊的毁誉，在塞尚眼里当看作同样是愚妄吧!？

　　要知道塞尚这般放纵大胆的笔触，绝非随意涂抹，他每下一笔，都经过长久的思索与观察。他画了无数的静物，但他画每一只苹果，都系画第一只苹果时一样地细心研究。他替伏拉（Vollard）画像，画了一百零四次还嫌没有成功，我真不知像他这样热爱艺术，苦心孤诣的画家在全部艺术史中能有几人！然而他到死还是口口声声的说："唉，我是不能实现的了，才窥到了一线光明，然而毫矣……上天不允许我了……"话未完而已老泪纵横，悲抑不胜……

　　一九〇六年十月二十一日他在野外写生，淋了冷雨回家，发了一晚的热，翌日支撑起来在家中作画，忽然又倒在画架前面，人们把他抬到床上，从此不起。

　　我再抄一个公式来作本篇的结束罢。

　　要了解塞尚之伟大，先要知道他是时代的人物，所谓时代的人物者，是＝永久的人物＋当代的人物＋未来的人物。

一九三〇年一月七日，于巴黎

波提切利的《春》与《维纳斯之诞生》

> 自本文以下至《气禀教育与画风》诸篇，均节录自作者名著《世界美术名作二十讲》，各篇题目由编者改拟。——编者注

洛伦佐·梅迪契（Lorenzo Medici，一四四八至四九二）治下的翡冷翠，正是意大利文艺复兴的黄金时代。这位君主承继了他祖父科西莫·梅迪契（Cosimo Medici，一三八九至一四六四）的遗业，抱着祈求和平的志愿，与威尼斯、米兰诸邦交睦，极力奖励美术，保护艺人。我们试把当时大艺术家的生卒年月和科西莫与洛伦佐两人的做一对比，便可见当时人才济济的盛况了。

科西莫·梅迪契生于一三八九年，卒于一四六四年

洛伦佐·梅迪契生于一四四八年，卒于一四九二年

在一三八九至一四九二年间产生的大家，有：

弗拉·安吉利科（Fra Angelico）生于一三八七年，卒于一四五五年

马萨乔（Masaccio）生于一四〇一年，卒于一四二八年

菲利波·利比（Filippo Lippi）生于一四〇六年，卒于一四六九年

波提切利（Botticelli）生于一四四五年，卒于一五一〇年

吉兰达约（Ghirlandaio）生于一四四九年，卒于一四九四年

达·芬奇生于一四五二年，卒于一五一九年

拉斐尔生于一四八三年，卒于一五二〇年

米开朗琪罗生于一四七五年，卒于一五六四年

以上所举的八个画家，自安吉利科起直至米开朗琪罗，可说都是生在科西莫与洛伦佐的时代，他们艺术上的成功，直接或间接地受到当地君主的提倡赞助，也就可想而知了。至于其他第二三流的作家受过梅迪契一家的保护与优遇者当不知凡几。

而且，不独政治背景给予艺术家这个千载一时的机会，即其他的各种学

术空气、思想酝酿，也都到了百花怒放的时期：三世纪以来暗滋潜长的各种思想，至此已完全瓜熟蒂落。

《伊利亚特》 Illiade 史诗的第一种译本出现了，荷马著作的全集也印行了，儿童们都讲着纯正的希腊语，仿佛在雅典本土一般。

到处，人们在发掘、收藏、研究古代的纪念建筑，临摹古艺术的遗作。

怀古与复古的精神既如是充分地表现了，而追求真理、提倡理智的科学也毫不落后：这原来是文艺复兴期的两大干流，即崇拜古代与探索真理。哥白尼（Copernicus，一四七三至一五四三）的太阳系中心说把天文学的面目全改变了，炼金术也渐渐变为纯正的化学，甚至绘画与雕刻也受了科学的影响，要以准确的远近法为根据。（达·芬奇即是一个画家兼天文学家、数学家、制造家。）

梅迪契祖孙并创办大学，兴立图书馆，搜罗古代著作的手写本。大学里除了翡冷翠当地的博学鸿儒之外，并罗致欧洲各国的学者。他们讨论一切政治、哲学、宗教等等问题。

这时候，人们的心扉正大开着，受着各种情感的刺激，呼吸着新鲜的学术空气：听完了柏拉图学会的渊博精湛的演讲，就去听安东尼的热烈的说教。他们并不觉得思想上有何冲突，只是要满足他们的好奇心与求知欲。

此外，整个社会正度着最幸福的岁月。宴会、节庆、跳舞、狂欢，到处是美妙的音乐与歌曲。

这种生活丰富的社会，自然给予艺术以一种新材料，特殊的而又多方面的材料。人文主义者用古代的目光去观察自然，这已经是颇为复杂的思想了，而画家们更用人文主义者的目光去观照一切。

艺术家一方面追求理想的美，一方面又要忠于现实；理想的美，因为他们用人文主义的目光观照自然，他们的心目中从未忘掉古代；忠于现实，因为自乔托以来，一直努力于形式之完美。

这错综变化、气象万千的艺术，给予我们以最复杂最细致最轻灵的心底颤动，与十八世纪的格鲁克（Gluck）及莫扎特（Mozart）的音乐感觉相仿佛。

波提切利即是这种艺术的最高的代表。

一切伟大的艺术家，往往会予我们以一组形象的联想。例如米开朗琪罗的痛苦悲壮的人物，伦勃朗（Rembrandt）的深沉幽怨的脸容，华托的绮丽风流的景色等等，都和作者的名字同时在我们脑海中浮现的。波提切利亦是属于这一类的画家。他有独特的作风与面貌，他的维纳斯，他的圣母与耶稣，在一切维纳斯、圣母、耶稣像中占着一个特殊的地位。他的人物特具一副妩媚〔grace 可译为妩媚、温雅、风流、娇丽、婀娜等义。在神话上亦可译为"散花天女"。——编者注〕与神秘的面貌，即世称为"波提切利的妩媚"，至于这妩媚的秘密，且待以后再行论及。

波氏最著名的作品，首推《春》与《维纳斯之诞生》二画。

《春》这名字，据说是瓦萨里〔Vasari，一五一一至一五七四，意大利画家、建筑家兼博学家，为米开朗琪罗之信徒，著有《名画家、名雕家、名建筑家传略》。——编者注〕起的，原作是否标着此题，实一疑问：德国史家对于此点，尤表异议，但此非本文所欲涉及，姑置勿论，兹且就原作精神略加研究。

据希腊人的传说与信仰，自然界中住着无数的神明：农牧之神（Faun，法乌恩），半人半马神（Satyrus，萨堤罗斯），山林女神（Dryads，德律阿得斯），水泽女神（Naiads，那伊阿得斯）等。拉丁诗人贺拉斯（Horace）曾谓：春天来了，女神们在月光下回旋着跳舞。卢克莱修（Lucretius）亦说：维纳斯慢步走着，如皇后般庄严，她往过的路上，万物都萌芽滋长起来。

波提切利的《春》，正是描绘这样轻灵幽美的一幕。春的女神抱着鲜花前行，轻盈的衣褶中散满着花朵。她后面，跟着花神（Flora，佛罗拉）与微风之神（Zephyrus，仄费洛斯）。更远处，三女神手牵手在跳舞。正中，是一个高贵的女神维纳斯。原来维纳斯所代表的意义就有两种：一是美丽和享乐的象征，是拉丁诗人贺拉斯、卡图卢斯（Catullus），提布卢斯（Tibullus）等所描写的维纳斯；一是世界上一切生命之源的代表，是卢克莱斯诗中的维纳斯。波提切利的这个翡冷翠型的女子，当然是代表后一种女神了。至于三女神后面的那人物，即是雄辩之神（Mercury，墨丘利）在采撷果实。天空还有一个爱神在散放几支爱箭。

草地上、树枝上、春神衣裾上、花神口唇上，到处是美丽的鲜花，整个世界布满着春的气象。

然而这幅《春》的构图，并没像古典作品那般谨严，它并无主要人物为全画之主脑，也没有巧妙地安排了的次要人物作为衬托。在图中的许多女神之中，很难指出哪一个是主角；是维纳斯？是春之女神？还是三女神？雄辩之神那种旋转着背的神情，又与其余女神有何关系？

这也许是波氏的弱点；但在拉丁诗人贺拉斯的作品中，也有很著名的一首歌曲，由许多小曲连缀而成的：但这许多小曲中间毫无相互连带的关系，只是好几首歌咏自然的独立的诗。由此观之，波提切利也许运用着同样的方法。我们可以说他只把若干轻灵美妙的故事并列在一起，他并不费心去整理一束花，他只着眼于每朵花。

画题与内容之受古代思想影响既甚明显，而其表现的方法，也与拉丁诗人的手段相似：那末，在当时，这确是一件大胆而新颖的创作。迄波氏止，绘画素有为宗教做宣传之嫌，并有宗教专利品之目，然而时代的转移，已是异教思想和享乐主义渐渐复活的时候了。

现在试将《春》的各组人物加以分别的研究：第一是三女神，这是一组包围在烟雾似的氛围中的仙女，她们的清新飘逸的丰姿，在林木的绿翳中显露出来。我们只要把她们和拉斐尔、鲁本斯（Rubens）以至十八世纪法国画家们所描绘的"三女神"做一比较，即可见波氏之作，更近于古代的、幻忽超越的、非物质的精神。她们的婀娜多姿的妩媚，在高举的手臂，伸张的手指，微倾的头颅中格外明显地表露出来。

可是在大体上，"三女神"并无拉斐尔的富丽与柔和，线条也许太生硬了些，左方的两个女神的姿势太相像。然这些稚拙反给予画面以清新的、天真的情趣，为在更成熟的作品中所找不到的。

春神，抱着鲜花，婀娜的姿态与轻盈的步履，很可以把"步步莲花"的古典去形容她。脸上的微笑表示欢乐，但欢乐中含着悁然的哀情，这已是芬奇的微笑了。笑容中藏着庄重、严肃、悲愁的情调，这正是希腊哲人伊壁鸠鲁（Epicurus）的精神。

在春之女神中，应当注意的还有两点：

一、女神的脸庞是不规则的椭圆形的，额角很高，睫毛稀少，下巴微突；这是翡冷翠美女的典型，更由波氏赋予细腻的、严肃的、灵的神采。

二、波氏在这副优美的面貌上的成功，并不是特殊的施色，而是纯熟的素描与巧妙的线条。女神的眼睛、微笑，以至她的姿态、步履、鲜花，都是由线条表现的。

维纳斯微俯的头，举着的右手，衣服的褶痕，都构成一片严肃、温婉、母性的和谐。母性的，因为波提切利所代表的维纳斯，是司长万物之生命的女神。

至于雄辩之神面部的表情，那是更严重更悲哀了，有人说他像朱利安·梅迪契（Julian Medici）［洛伦佐的兄弟，一四七八年被刺殒命。——编者注］，但这个悲哀的情调还是波提切利一切人像中所共有的，是他个人的心灵的反映，也许是一种哲学思想之征象，如上面所说的伊壁鸠鲁派的精神。他的时代原来有伊壁鸠鲁哲学复兴的潮流，故对于享乐的鄙弃与对于虚荣的厌恶，自然会趋向于悲哀了。

波提切利所绘的一切圣母尤富悲愁的表情。

圣母是耶稣的母亲，也是神的母亲。她的儿子注定须受人间最惨酷的极刑。耶稣是儿子，也是神，他知道自己未来的运命。因此，这个圣母与耶稣的题目，永远给予艺术家以最崇高最悲苦的情操：慈爱、痛苦、尊严、牺牲、忍受，交错地混合在一起。

在《圣母像》（*Madone du Magnificat*）一画中。圣母抱着小耶稣，天使们围绕着，其中两个捧着皇后的冠冕。一道金光从上面洒射在全部人物头上。另外两个天使拿着墨水瓶与笔。背景是平静的田野。

全画的线条汇成一片和谐。全部的脸容也充满着波氏特有的"妩媚"，可是小耶稣的手势、脸色，都很严肃，天使们没有微笑，圣母更显得怨哀：她心底明白她的儿子将来要受世间最残酷的磨折与苦刑。

圣母的忧戚到了 *Madone, de la Grenade* 一画中，尤显得悲怆。构图愈趋单纯：圣母在正中抱着耶稣，给一群天使围着；她的大氅从身体两旁垂下，衣褶很简单；自上而下的金光，在人物的脸容上也没有引起丝毫反光。全部作品既没有特别刺激的处所，我们的注意力自然要集中在人物的表情方面去了。这里，还是和其他的圣母像一样，是表现哀痛欲绝的情绪。

现在，我得解释"波提切利之妩媚"的意义和来源。

第一，所谓妩媚并非是心灵的表象，而是形式的感觉。波提切利的春神、花神、维纳斯、圣母、天使，在形体上是妩媚的，但精神上却蒙着一层惘然的哀愁。

第二，妩媚是由线条构成的和谐所产生的美感。这种美感是属于触觉的，它靠了圆味（即立体感）与动作来刺激我们的视觉，宛如音乐靠了旋律来刺激我们的听觉一样。因此，妩媚本身就成为一种艺术，可与题材不相关联；亦犹音乐对于言语固是独立的一般。

波氏构图中的人物缺乏谨严的关联，就因为他在注意每个形象之线条的和谐，而并未用心去表现主题。在《维纳斯之诞生》中，女神的长发在微风中飘拂，天使的衣裙在空中飞舞，而涟波荡漾，更完成了全画的和谐，这已是全靠音的建筑来构成的交响乐情调，是触觉的、动的艺术，在我们的心灵上引起陶醉的快感。

达·芬奇的《瑶公特》与《最后之晚餐》

《瑶公特》，即后通称和通译为《蒙娜丽莎》的达·芬奇名作。——编者注

《瑶公特》这幅画的声名、荣誉及其普遍性，几乎把达·芬奇的其他的杰作都掩蔽了。画中的主人公原是翡冷翠人焦孔多（Francesco del Giocondo）的妻子蒙娜·丽莎（Mona Lisa）。"瑶公特"则是意大利文艺复兴期诗人阿里奥斯托（Ariosto，一四七四至一五三三）所作的短篇故事中的主人翁的名字，不知由于怎样的因缘，这名字会变成达·芬奇名画的俗称。

提及达·芬奇的名字，一般人便会联想到他的人物的"妩媚"，有如波提切利一样。然而达·芬奇的作品所给予观众的印象，尤其是一种"销魂"的魔力。法国悲剧家高乃依有一句名诗：

"一种莫名的爱娇，把我摄向着你。"

这超自然的神秘的魔力，的确可以形容达·芬奇的"蒙娜丽莎"的神韵。这副脸庞，只要见过一次，便永远离不开我们的记忆。而且"瑶公特"还有一般崇拜者，好似世间的美妇一样。第一当然是莱奥纳多自己，他用了虔敬的爱情作画，在四年的光阴中，他令音乐家、名曲家、喜剧家围绕着模特儿，使她的心魂永远沉浸在温柔的愉悦之中，使她的美貌格外显露出动人心魄的诱惑。一五○○年左右，莱奥纳多挟了这件稀世之宝到法国，即被法王弗朗西斯一世以一万二千里佛（法国古金币）买去。可见此画在当时已博得极大的赞赏。而且，关于这幅画的诠释之多，可说世界上没有一幅画可和它相比。所谓诠释，并不是批评或画面的分析，而是诗人与哲学家的热情的申论。

然而这销魂的魔力，这神秘的爱娇，究竟是从哪里来的？莱奥纳多的目的，原要表达他个人的心境。那末，我们的探讨，自当以追寻这迷人的力量之出处为起点了。

这爱娇的来源，当然是脸容的神秘，其中含有音乐的"摄魂制魄"的力量。一个旋律的片段，两拍子，四音符，可以扰乱我们的心绪以致不得安息。它们会唤醒隐伏在我们心底的意识，一个声音在我们的灵魂上可以连续延长至无穷尽，并可引起我们无数的思想与感觉的颤动。

在音阶中，有些音的性质是很奇特的。完美的和音（accord）给我们以宁静安息之感，但有些音符却恍惚不定，需要别的较为明白确定的音符来做它的后继，以获得一种意义。据音乐家们的说法，它们要求一个结论。不少歌伶利用这点，故意把要求结论的一个音符特别延长，使听众急切等待那答语。所谓"音乐的摄魂制魄的力量"，就在这恍惚不定的音符上，它呼喊着，等待别个音符的应和。这呼喊即有销魂的魔力与神秘的烦躁。

某个晚上，许多艺术家聚集在莫扎特家里谈话。其中一位，坐在格拉佛桑（钢琴以前的洋琴）前面任意弹弄。忽然，室中的辩论渐趋热烈，他回过身来，在一个要求结论的音符上停住了。谈话继续着，不久，客人分头散去。莫扎特也上床睡了。可是他睡不熟，一种无名的烦躁与不安侵袭他。他突然起来，在格拉佛桑上弹了结尾的和音。他重新上床，睡熟了，他的精神已经获得满足。

这个故事告诉我们音乐的摄魂动魄的魔力，在一个艺术家的神经上所起的作用是如何强烈，如何持久。莱奥纳多的人物的脸上，就有这种潜在的力量，与飘忽的旋律有同样的神秘性。

这神秘正隐藏在微笑之中，尤其在"瑶公特"的微笑之中！单纯地望两旁抿去的口唇便是指出这微笑还只是将笑未笑的开端。而且是否微笑，还成疑问。口唇的皱痕，是不是她本来面目上就有的？也许她的口唇原来即有这微微地望两旁抿去的线条？这些问题是很难解答的。可是这微笑所引起的疑问还多着呢：假定她真在微笑，那末，微笑的意义是什么？是不是一个和蔼可亲的人的温婉的微笑，或是多愁善感的人的感伤的微笑？这微笑，是一种蕴藏着的快乐的标识呢，还是处女的童贞的表现？这是不容易且也不必解答的。这是一个莫测高深的神秘。

然而吸引你的，就是这神秘。因为她的美貌，你永远忘不掉她的面容，于是你就仿佛在听一曲神妙的音乐，对象的表情和含义，完全跟了你的情绪而转移。你悲哀吗？这微笑就变成感伤的，和你一起悲哀了。你快乐吗？她的口角似乎在牵动，笑容在扩大，她面前的世界好像与你的同样光明同样欢乐。

在音乐上，随便举一个例，譬如那通俗的《威尼斯狂欢节》曲，也同样能和你个人的情操融洽。你痛苦的时候,它是呻吟与呼号;你喜悦的时候,它变成愉快的欢唱。

"瑶公特"的谜样的微笑,其实即因为它能给予我们以最飘渺、最"恍惚"、最捉摸不定的境界之故。在这一点上,达·芬奇的艺术可说和东方艺术的精神相契了。例如中国的诗与画,都具有无穷(infini)与不定(indéfini)两元素,让读者的心神获得一自由体会、自由领略的天地。

当然,"瑶公特"这副面貌,于我们已经是熟识的了。波提切利的若干人像中,也有类似的微笑。然而莱奥纳多的笑容另有一番细腻的、谜样的情调,使我们忘却了波提切利的《春》、维纳斯和圣母。

一切画家在这件作品中看到谨严的构图,全部技巧都用在表明某种特点。他们觉得这副微笑永远保留在他们的脑海里,因为脸上的一切线条中,似乎都有这微笑的余音和回响。莱奥纳多·达·芬奇是发现真切的肉感与皮肤的颤动的第一人。在他之前,画家只注意脸部的轮廓,这可以由达·芬奇与波提切利或吉兰达约等的比较研究而断定。达·芬奇的轮廓是浮动的,沐浴在雾雾似的空气中,他只有体积;波提切利的轮廓则是以果敢有力的笔致标明的,体积只是略加勾勒罢了。

"瑶公特"的微笑完全含蓄在口缝之间,口唇抿着的皱痕一直波及面颊。脸上的高凸与低陷几乎全以表示微笑的皱痕为中心。下眼皮差不多是直线的,因此眼睛觉得扁长了些,这眼睛的倾向,自然也和口唇一样,是微笑的标识。

如果我们再回头研究他的口及下巴,更可发现蒙娜·丽莎的微笑还延长并牵动脸庞的下部。鹅蛋形的轮廓,因了口唇的微动,在下巴部分稍稍变成不规则的线条。脸部轮廓之稍有棱角者以此。

在这些研究上,可见作者在肖像的颜面上用的是十分轻灵的技巧,各部特征,表现极微晦。好似蒙娜·丽莎的皮肤只是受了轻幽的微风吹拂,所以只是露着极细致的感觉。

至于在表情上最占重要的眼睛,那是一对没有瞳子的全无光彩的眼睛。有些史家因此以为达·芬奇当时并没画完此作,其实不然,无论哪一个平庸的艺术家,永不会在肖像的眼中,忘记加上一点鱼白色的光。这平凡的点睛技巧,也许正是达·芬奇所故意摒弃的。因此这副眼神蒙着一层怅惘的情绪,与她的似笑非笑的脸容正相协调。

她的头发也是那么单纯,从脸旁直垂下来,除了稍微有些卷曲以外,只有一层轻薄的发网作为装饰。她手上没有一件珠宝的饰物,然而是一双何等美丽的手!在人像中,手是很重要的部分,它们能够表露性格。乔尔乔内

（Giorgione）的《牧歌》中那个奏风琴者的手是如何瘦削如何紧张，指明他在社会上的地位与职业，并表现演奏时的筋肉的姿态。"瑶公特"的手，沉静地，单纯地，安放在膝上。这是作品中神秘气息的遥远的余波。

这个研究可以一直继续下去。我们可以注意在似烟似雾的青绿色风景中，用了何等的艺术手腕，以黑发与纱网来衬出这苍白的脸色。无数细致的衣褶，正是烘托双手的圆味（即立体感），她的身体更贯注着何等温柔的节奏，使她从侧面旋转头来正视。

我们永不能忘记，莱奥纳多·达·芬奇是历史上最善思索的一个艺术家。他的作品，其中每根线条，每点颜色，都曾经过长久的寻思。他不但在考虑他正在追求的目标，并也在探讨达到目标的方法。偶然与本能，在一般艺术制作中占着重要的位置，但与达·芬奇全不发生关系。他从没有奇妙的偶发或兴往神来的灵迹。

《最后之晚餐》是和《瑶公特》同样著名的杰作。这幅壁画宽八公尺半，高四公尺三寸，现存意大利米兰（Milan）城圣马利亚大寺的食堂中。制作时期约在一四九九年前后。莱奥纳多画了四年还没完成，寺中的修士不免厌烦，便去向米兰大公唠叨。大公把修士们的怨言转告达·芬奇，他辩护说，一个艺术家应有充分的时间工作，他并非是普通的工人，灵感有时是很使性的。他又谓图中的人像很费心思，尤其是那不忠实的使徒"犹大"的像，寺中的那个僧侣的面相，其实颇可做"犹大"的模特儿，……这几句话把大公说得笑开了，而寺中的僧侣恐怕当真被莱奥纳多把他画成叛徒犹大之像，也就默然了。

这幅画已经龟裂了好几处。有人说达·芬奇本来不懂得壁画的技巧才有此缺陷。其实，他是一个惯于沉静地深思的人，不欢喜敏捷的制作，然而这敏捷的手段，却是为壁画的素材所必需的。

壁画完成不久，寺院中因为要在食堂与厨房中间开一扇门，就把画中耶稣及其他的三个使徒的脚截去了。以后曾有画家把这几双脚重画过两次，可都是"佛头着粪"，不高妙得很。等到拿破仑攻入意大利的时光，又把这食堂做了马厩，兵士们更向使徒们的头部掷石为戏。经过了这许多无妄之灾以后，这名画被摧残到若何程度，也就可想而知了。

幸而这幅画老早即有临本，这些临本至今还留存着，其中一幅是奥乔纳（Marc d'Oggine）在一五一〇年（按：即在莱奥纳多去世时）所摹的，临本的大小与原作无异，现存法国卢浮美术馆。米兰亦留有好几种临本，都还可以窥见真品的精神。

此外，我们还有达·芬奇为这幅壁画所作的草稿，在英国，在德国魏玛，在米兰本土，都保存着他的素描，这些材料当然比临本更可宝贵。

在未曾述及本画以前，先翻阅一下《圣经》上关于《最后之晚餐》的记载当非无益：

"那个晚上到了，耶稣和十二个使徒一同晚餐，他说：'我告诉你们真理，你们中间的一个会卖我。人类的儿子，将如预定的一般，离开世界。但把人类的儿子卖掉的人要获得罪谴，他还是不要诞生的好。'犹大，那个将来卖掉耶稣的使徒，说：'是我么？我主？'耶稣答道：'你自己说了。'"

"他们在用餐时，耶稣拿一块面包把它祝了福，裂开来分给众使徒，说：'拿着吃罢，这是我的肉体。'接着他又举杯，祝了福，授给他们，说：'你们都来喝这杯酒，这是我的血，为人类赎罪，与神求和的血。可是，我和你们说，在和你们一起在我父亲的天国里重行喝酒之前，我不再喝这葡萄的酒浆了。'说完，唱过赞美诗，他们一齐往橄榄山上去了。"

在这幕简短的悲剧中，有两个激动的时间：第一是耶稣说"你们中间有人会卖我！"这句话的时间，众徒又是悲哀又是愤怒，都争问着："是我么？"——第二是耶稣说"这是我的肉体"、"这是我的血"几句话的时间。前后几句话即是《最后之晚餐》的整个意义。在故事的连续上，后一个时间比较重要得多；但第一个时间更富于人间性的热情及骚动。莱奥纳多所选择的即是这前一个时间。

时间到了。耶稣知道，使徒们也知道。这晚餐也许是最后的一餐了。耶稣在极端疲乏的时候，吐出"你们中间有人会卖我！"的话，使众徒们突然骚扰惶惑，互相发誓作证。这是芬奇所要表现的各个颜面上的复杂的情调。

在技术方面，表现这幕情景有很大的困难。一般虔诚的教徒热望看到全部人物。乔托把他们画成有的是背影有的是正面，因为他更注意于当时的实地情景。安吉利科则画了几个侧影。而犹大，那个在耶稣以外的第一个主角，大半都画成独立的人物，站在很显著的地位。

莱奥纳多的构图则大异于是。他好像写古典剧一般把许多小枝节省略了。耶稣坐在正中，在一张直长的桌子前面。使徒们一半坐在耶稣的左侧，一半在右侧，而每侧又分成三个人的两小组。莱奥纳多对于桌面的陈设、食堂的布置、一切写实性的部分，完全看做不重要的安插。他的注意全不在此。

我们且来研究他的人物的排列：

211

耶稣在全部人物中占着最重要最明显的地位，第一因为他坐在正中，第二因为他两旁留有空隙，第三因为他的背后正对着一扇大开着的门或窗，第四因为耶稣微圆的双目，放在桌上的平静的手，与其他人物的激动惶乱，形成极显著的对照。大家（使徒们）都对他望着，他却不望任何人。耶稣完全在内省、自制、沉思的状态中。

十二个使徒，每侧六个，六个又分成三人的两小组。莱奥纳多为避免这种呆板的对称流入单调之故，又在每六个人中间，由手臂的安放与姿态动作的起落，组成相互连带的关系。

耶稣右手第一个，是使徒圣约翰，最年轻最优秀、为耶稣最爱的一个。右手第二个是不忠实的犹大，听见了基督的话而心虚地直视着他，想猜测他隐秘的思念。他同时有不安、恐怖与怀疑的心绪。手里握着钱，暗示他是一个贪财的人，为了钱财而卖掉他的主人。

如果把每个使徒的表情和姿势细细研究起来未免过于冗长。读者只要懂得故事的精神，再去体验画家的手腕，从各个人物的脸上看出各个人物的心事。他们的姿态举止更与全部人物形成对称或排比。

这种研究之于艺术家的修养，尤其是在心理表现与组织技能方面，实有无穷的裨益。莱奥纳多·达·芬奇并是历史上稀有的学者，关于他别方面的造诣，且待下一讲内专章论列。

米开朗琪罗的《西斯廷礼拜堂天顶画》

西斯廷礼拜堂（Chapelle Sistine）是教皇的梵蒂冈宫（Palais du vatican）所特有的小礼拜堂，附建在圣彼得大寺（Bassilique St. Pierre）左侧。在这礼拜堂里举行选举新任教皇的大典，陈列每个教皇薨逝后的遗骸。每逢特别的节日，教皇亦在这里主持弥撒祭。圣彼得大寺是整个基督教的教堂，西斯廷礼拜堂则是教皇个人的祈祷之所。

教皇西克斯图斯四世（Sixtus Ⅳ）——他是德拉·洛韦拉族（Della Rovera）中的第一个圣父——于一四八〇年敕建这所教堂，名为西斯廷，亦纪念创建者之意。所谓 Chapelle（礼拜堂）原系面积狭小的教堂，是中古时代的诸侯贵族的爵邸中作为祭神之所的一间厅堂；但西斯廷礼拜堂因为是造做教皇御用的缘故，所以特别高大，计长四十公尺，宽十三公尺，穹隆形的屋顶的面积共达八百方尺。

堂内没有圆柱，没有方柱，屋顶下面也没有弓形的支柱。两旁墙壁的高处，各有六扇弓形的窗子。余下的宽广的墙壁似乎预备人家把绘画去装饰的。实际上，历代教皇也就是请画家来担任这部分的工作。西斯廷礼拜堂教皇的后任亚历山大六世（Alexandre Ⅵ Borgia），在翡冷翠招了许多画家去把窗下的墙壁安置上十二幅壁画；这些作品也是名家之作，如平图里乔、吉兰达约、波提切利等都曾参加这组工作。但是西斯廷礼拜堂之成为西斯廷礼拜堂，只因为有了米开朗琪罗的天顶画及神龛后面的大壁画之故。只有研究过美术史的人，才知道在西斯廷礼拜堂内，除了米氏的大作之外，尚有其他名家的遗迹。

米开朗琪罗的一生，全是许多苦恼的故事织成的，而这些壁画的历史，尤其是他全部痛苦的故事中最痛苦的。

米开朗琪罗到罗马的时候，才满三十岁，正当一五〇五年。雄才大略的教皇尤里乌斯二世（Julius Ⅱ）就委托他建筑他自己的坟墓。这件大事业正合米氏的脾胃，他立刻画好了图样进呈御览，也就得到了他的同意。他们两个人，可以说一见即互相了解的，他们同样爱好"伟大"，同样固执，同样暴躁，新计划与新事业同样引起他们的热情。他们的脾气，也是一样乖僻暴戾。这个教皇是历史上仅见的野心家与政治家，这个艺术家是雄心勃勃的旷世怪杰：两雄相遇，当然是心契神合；然而他们过分相同的性情脾气，究竟不免屡次发生龃龉与冲突。

白石从出产地卡拉拉（Carrara）运来了，堆在圣彼得广场上。数量之多，面积之大，令人吃惊。教皇是那样高兴，甚至特地造了一条甬道，从教皇宫直达米氏的工作场，使他可以随时到艺术家那里去参观工作。

突然，建造坟墓的计划放弃了，教皇只想着重建圣彼得大寺的问题。他要把它造成世界上最大的教堂，一个配得矗立在永久之城（罗马之别名）里的大寺。这件事情的发端，原来是有内幕的。米开朗琪罗的敌人，拉斐尔、布拉曼特（Bramante，名建筑家）辈看见米氏在干那样伟大的事业，自然不胜嫉妒；而且米氏又常常傲慢地指摘他们的作品，当下就在教皇面前游说，说圣父丰功伟业，永垂千古而不朽，但在生前建造坟墓未免不祥，远不如把圣彼得大寺重建一下，更可使圣父的功业锦上添花；尤里乌斯二世本来是意气用事，喜怒无常的一个专制王，又加还有些迷信的观念，益发相信了布拉曼特的话，决定命令他主持这个新事业。至于米开朗琪罗，教皇则教他放下刀笔，丢开白石，去为西斯廷礼拜堂的天顶画十二个使徒像。绘画这勾当原是米氏从未学过而且瞧不起的，这个新使命显然是敌人们播弄出来作难他的。

他求见教皇，教皇不见。他愈加恐惧了，以为是敌人们在联合着谋害他。他逃了，一直逃回故乡——翡冷翠。

然而，逃回之后，他又恐怖起来：因为在离开罗马后不久，就有教皇派着五个骑兵来追他，递到教皇的敕令，说如果他不立刻回去，就要永远失宠。虽然安安宁宁地在翡冷翠，不用再怕布拉曼特要派刺客来行刺他，但他还是忐忑危惧，惟恐真的失宠之后，他一生的事业就要完全失望。

他想回罗马。正当教皇战胜了博洛尼亚（Bologna）驻节城内的时候，米开朗琪罗怀着翡冷翠大公梅迪契的乞情信去见教皇。教皇盛怒之下，毕竟宽恕了米氏。他们讲和之后第一件工作是替尤里乌斯二世做一座巨大的雕像。据当时目击的人说这像是非凡美妙的，但不久即被毁坏，我们在今日连它的遗迹也看不见。以后就是要实地去开始西斯廷礼拜堂的装饰画了。米氏虽然再三抗议，教皇的意志不能摇动分毫。

一五〇八年五月十日，米氏第一天爬上台架，一直度过了五年的光阴。天顶画的题目，最初是十二使徒；但是以这样一个大师，其不能惬意于这类薄弱狭小的题材，自是意料中事。天顶的面积是那般广大，他的智慧与欲望尤其使他梦想巨大无边的工作；而且教皇也赞同他的意见。因之十二使徒的计划不久即被放弃，而代以创世纪、预言家、女先知者等广博的题材。

题目大，困难也大了：米开朗琪罗古怪的性情，永远不能获得满足；他不懂得绘画，尤其不懂需要特殊技巧、特殊素材的壁画。他从翡冷翠招来几个助手，但不到几天，就给打发走了。建筑家布拉曼特替他构造的台架，他亦不满意，重新依了自己的办法造过。教皇的脾气又是急躁非凡，些微的事情，会使他震怒得暴跳起来。他到台架下面去找米开朗琪罗，隔着十公尺的高度，两个人热烈地开始辩论。老是那套刺激与激烈的话，而米氏也一些不退让："你什么时候完工？""——等我能够的时候！"一天，又去问他，他还是照样地回答"等我能够的时候"，教皇怒极了，要把手杖去打他，一面再三地说："等我能够的时候——等我能够的时候！"米开朗琪罗爬下台架，赶回寓处去收拾行李。教皇知道他当真要走了。立刻派秘书送了五百个杜格（意大利古币名）去，米氏怒气平了，重新回去工作。每天是这些喜剧。

终于，一五一二年十月三十一日，教堂开放了。教皇要亲自来举行弥撒祭，向米开朗琪罗吆喝道："你竟要我把你从台架上翻下来吗？"没有办法，米开朗琪罗只得下来，其实，这件旷世的杰作也已经完成了。

五年中间，米开朗琪罗天天仰卧在十公尺高的台架上，蜷着背，头与脚跷起着。他的健康大受影响，只要读他那首著名的自咏诗就可窥见一斑：

"我的胡子向着天，
我的头颅弯向着肩，
胸部像头枭。
画笔上滴下的颜色
在我脸上形成富丽的图案。
腰缩向腹部的地位，
臀部变成秤星，压平我全身的重量。
我再也看不清楚了，
走路也徒然摸索几步。
我的皮肉，在前身拉长了，
在后背缩短了，
仿佛是一张 Syrie 的弓。"

西斯廷的工程完工之后几个月内，米开朗琪罗的眼睛不能平视，即读一封信亦必须把它拿起仰视,因为他五年中仰卧着作画,以致视觉也有了特别的习惯。

然而,西斯廷天顶画之成功,还是尤里乌斯二世的力量。只有他能够降服这倔强、桀骜、无常的艺术家,也只有他能自始至终维持他的工作上必须的金钱与环境。否则,这件杰作也许要和米氏其他的许多作品一样只是开了端而永远没有完成。

一五○八年米开朗琪罗开始动手的时候,有八百方尺的面积要用色彩去涂满,这天顶面积之广大一定是使他决计放弃十二使徒的主要原因。他此刻要把《创世纪》的故事去代替,十二个使徒要代以三百五十左右的人物。第一他先把这么众多的人物,寻出一种有节奏的排列。这是必不可少的准备。天顶的面积既那般广,全画人物的分配当然要令观众能够感到全体的造型上的统一。因此,米氏把整个天顶在建筑上分成两部:一是墙壁与屋顶交接的弓形部分,一是穹隆的屋顶中间低平部分。这样,第二部分就成为整个教堂中最正式最重要的一部,因为它是占据堂中最高而最中央的地位。接着再用若干弓形支柱分隔出三角形的均等的地位,并用以接连中间低平部分和墙壁与穹隆交接的部分。

屋顶正中的部分,作者分配《创世纪》重要的各幕。在旁边不规则三角形内分配女先知及预言者像。墙壁与穹隆交接部分之三角形内,绘耶稣祖先像。但这三大部分的每幅画所占据的地位是各各不同的,这并非欲以各部面积之大小以示图像之重要次要的分别,米氏不过要使许多画像中间多一些变化而不致单调。天顶正中《创世纪》的表现共分九景,我们可以把它分成三组如下:

一、神的寂寞
A. 神分出光明与黑暗
B. 神创造太阳与月亮
C. 神分出水与陆
二、创造人类
A. 创造亚当
B. 创造夏娃
C. 原始罪恶

三、洪水

A. 洪水
B. 诺亚的献祭
C. 诺亚醉酒

这些景色中间，画着许多奴隶把它们连接起来，这对于题目是毫无关系的，单是为了装饰的需要。

第二部不规则的三角形，正为下面窗子形成分界线，内面画着与世界隔离了的男女先知。最下一部，是基督的祖先，色彩较为灰暗，显然是次要的附属装饰。因之，我们的目光从天顶正中渐渐移向墙壁与地面的时候，清楚地感到各部分在大体上是具有宾主的关系与阶段。

此刻我们已经对于这个巨大的作品有了一个鸟瞰，可以下一番精密的考察了。

第一引起我们注意的是没有一件对象足以使观众的目光获得休息。风景、树木、动物，全然没有。在《创世纪》的表现中，竟没有"自然"的地位。甚至一般装饰上最普通的树叶、鲜花、鬼怪之类也找不到。这里只有耶和华、人类、创造物。到处有空隙，似乎缺少什么装饰。人体的配置形成了纵横交错的线条、对照（contrast）、对称（symetrique）。在这幅严肃的画前，我们的精神老是紧张着。

米开朗琪罗的时代是一般人提倡古学极盛的时代。他们每天有古代作品的新发现和新发掘。这种风尚使当时的艺术家或人文主义者相信人体是最好的艺术材料，一切的美都涵蓄在内。诗人们也以为只有人的热情才值得歌唱。几世纪中，"自然"几乎完全被逐在艺术国土之外。十八世纪时，要进画院（Académie de Peinture）还是应当先成为历史画家。

米开朗琪罗把这种理论推到极端，以致在《比萨之役》*Bataille de Pise* 中画着在洗澡的兵士；在西斯廷天顶上，找不到一头动物和一株植物——连肖像都没有一个。这似乎很奇特，因为这时候，肖像画是那样的流行。拉斐尔在装饰教皇宫的壁画中，就引进了一大组肖像。但是米开朗琪罗一生痛恶肖像，他装饰梅迪契纪念堂时，有人以其所代表的人像与纪念堂的主人全不相像为怪，他就回答道："千百年后还有谁知道像不像？"

他认为一切忠顺地表现"现实的形象"的艺术是下品的艺术。在翡冷翠时，米氏常和当地的名士到梅迪契主办的"柏拉图学园"去听讲，很折服这种哲学。他念到柏拉图著作中说美是不存在于尘世的，只有在理想的世界中才可找到，而且也只有艺术家与哲学家才能认识那段话时，他个人的气禀突然觉醒了。在一首著名的诗中他写道："我的眼睛看不见昙花般的事物！"在信札中，米氏亦屡屡引用柏拉图的名句。这大概便是他在绘画上不愿意加入风景与肖像的一个理由吧。

而且，在达到这"理想美"一点上，雕刻对于他显得比绘画有力多了。他说："没有一种心灵的意境为杰出的艺术家不能在白石中表白的。"实在，雕刻的工具较之绘画的要简单得多，那最能动人的工具——色彩，它就没有，因之，雕刻家必得要运用综合（synthèse），超越现实而入于想象的领域。

"雕刻是绘画的火焰，"米氏又说，"它们的不同有如太阳与受太阳照射的月亮之不同。"因此，他的画永远像一组雕像。

我们此刻正到了十五世纪末期，那个著名的 quattrocento 的终局。二百年来意大利全体的学者与艺术家，发现了绘画［乔托以前只有枯索呆滞的宝石镶嵌马赛克（mosaique），而希腊时代的庞贝的画派早已绝迹了千余年］，发现了素描，以及一切艺术上的法则以后，已经获得一个结论——艺术的最高的目标并不是艺术本身，而是表现或心灵的意境，或伟大的思想，或人类的热情的使命。所以，米开朗琪罗不能再以巧妙、天真的装饰自满，而欲搬出整部的《圣经》来做他的中心思想了。他要使他的作品与伟大的《创世纪》的叙述相并，显示耶和华在混沌中飞驰，在六日中创造天与地、光与暗、太阳与月亮、水与陆、人与万物……

我们看《神分出水与陆》的那幕。耶和华占据了整个画幅。他的姿态，他的动作，他的全身的线条，已够表显这一幕的伟大……在太空中，耶和华被一阵狂飙般的暴风疾卷着向我们前来。脸转向着海。口张开着在发施号令，举起着的左手正在指挥。裹在身上的大衣胀饱着如扯足了的篷，天使们在旁边牵着衣褶。耶和华及其天使们是横的倾向，画成正面。全部没有一些省略（raccourci），也没有一些枝节不加增全画的精神。

水面上的光把天际推远以至无穷尽。近景故意夸张，头和手画得异常地大。衣服的飘扬，藏着耶和华身体的阴暗部分，似乎要伸到画幅外的右手，都是表出全体人物是平视的，并予人以一种无名的强力，从辽远的天际飞来渐渐迫近观众的印象。枝节的省略，风景的简朴，尤其使我们的想象，能够在无垠无际的空中自由翱翔。

就在梵蒂冈宫中，在称为 loges 的廊内，拉斐尔也画过同样的题材。把它来和米开朗琪罗的一比，不禁要令人微笑。这样的题材与拉斐尔轻巧幽美的风格是不能调和的。

《神创造亚当》是九幕中比较最被人知的一幕。亚当慵倦地斜卧在一个山坡下，他成熟的健美的体格，在深沉的土色中显露出来，充满着少年人的力与柔和。胸部像白石般的美。右臂依在山坡上，右腿伸长着摆在那里，左腿自然地曲着。头，悲愁地微俯。左臂依在左膝上伸向耶和华。

耶和华来了，老是那创造六日中飞腾的姿势，左臂亲狎地围着几个小天使。他的脸色不再是发施命令时的威严的神气，而是又悲哀又和善的情态。他的目光注视着亚当，我们懂得他是第一个创造物。伸长的手指示亚当以神明的智慧。在耶和华臂抱中的一个美丽的少女温柔地凝视亚当。

这幕中的悲愁的气氛又是什么？这是伟大的心灵的、大艺术家的、大诗人的、圣者的悲愁。是波提切利的圣母脸上的，是米开朗琪罗自己的其他作品中的悲愁。《圣经》的题材在一切时代中原是最丰富的热情的诗。"神的热情"（passion de Diew）曾经感应了多少历史上伟大的杰作！

每一组人物都像用白石雕成的一般。亚当是一座美妙的雕像。暴风般飞卷而来的耶和华，也和扶持他的天使们形成一组具有对称、均衡、稳定各种条件的雕塑。

至于男女先知，我们在上面讲过，是受了最初的"十二使徒"的题材的感应。使徒的出身都是些平民、农夫，他们到民间去宣布耶稣的言语，他们只是些富有信仰的好人，不比男女先知是受了神的启示，具有神灵的精神与思想，全部《圣经》写满了他们的热烈的诗句，更能满足米开朗琪罗爱好崇高与伟大的愿望。自然，男女先知的表现，在米氏时代并非是新的艺术材料，但多数艺术家不过把他们作为虔诚的象征，而没有如米氏般真切地体味到全部《圣经》的力量与先知们超人的表白。

这些男女先知像中最动人的，要算是约拿像了。狂乱的姿势，脸向着天，全身的线条亦是一片紧张与强烈的对照。右臂完全用省略隐去，两腿的伸长使他的身躯不致整个地往后仰侧：这显然又是一座雕像的结构。右侧的天使，腿上的盔帽都是维持全体的均衡与重心的穿插。

其他如女先知库迈、耶利米、以赛亚的头仿佛都是在整块白石上雕成的。而耶利米的表情，尤富深思与悲戚的神气，似乎是五百年后罗丹的《思想者》的先声。

在《创世纪》九景周围的二十个人物（奴隶），只是为《创世纪》各幕做一种穿插，使其在装饰上更形富丽罢了。

最后一部的基督的祖先像，其精神与前二部的完全不同。在这里，没有紧张的情调，而是家庭中柔和的空气，坚强的人体易以慈祥的父母子女。在这里，是人间的家庭，在《创世纪》与先知像中，是天地的开辟与神灵的世界。这部的色调很灰暗，大概是米开朗琪罗把它当做比较次要的缘故，然而他在这些画面上找到他生平稀有的亲密生活之表白，却是无可怀疑的事实。

　　裸体，在西方艺术上——尤其在古典艺术上——是代表宇宙间最理想的美。它的肌肉，它的动作，它的坚强与伟大，它的外形下面蕴藏着的心灵的力强与伟大，予人以世界上最完美的象征。希腊艺术的精神是如此，因为希腊的宇宙观是人的中心的宇宙观；文艺复兴最高峰的精神是如此，因为自但丁至米开朗琪罗，整个的时代思潮往回复古代人生观，自我发现，人的自觉的路上去。米氏以前的艺术家，只是努力表白宗教的神秘与虔敬；在思想上，那时的艺术还没有完全摆脱出世精神的束缚；到了米开朗琪罗，才使宗教题材变成人的热情的激发。在这一点上，米开朗琪罗把整个的时代思潮具体地表现了。

拉斐尔的《美丽的女园丁》与《西斯廷圣母》

一、《美丽的女园丁》

莱奥纳多·达·芬奇,米开朗琪罗、拉斐尔,原是文艺复兴期鼎足而立的三杰。他们三个各有各的面目与精神,各自实现文艺复兴这个光华璀璨的时代的繁复多边的精神之一部。

莱奥纳多的深,米开朗琪罗的大,拉斐尔的明媚,在文艺上各自汇成一支巨流;综合起来造成完满宏富、源远流长的近代文化。

拉斐尔在二十四岁上离开了他的故乡乌尔比诺(Urbino),接着离开他老师佩鲁吉诺(Pérugino)的乡土佩鲁贾(Perugia)到翡冷翠去。因为当时意大利的艺术家,不论他生长何处,都要到翡冷翠来探访"荣名"。在这豪贵骄矜的城里,住满着名满当世的前辈大师。他是一个无名小卒,他到处寻觅工作,投递介绍信。可是他已经画过不少圣母像,如 *Madone Solly*(《索莉圣母》),*Couronnement de la Vierge*(《圣母加冕》),还有那著名的 *Madone du Grand Duc* 等,为今日的人们所低回叹赏的作品。但那时候,他还得奋斗,以便博取声名。这个等待的时间,在艺人的生涯中往往最能产生杰作。在翡冷翠住了一年,他转赴罗马。正当一五〇八年前后,教皇尤里乌斯二世当道,这是拉斐尔装饰教皇宫的时代,光荣很快地,出于意外地来了。

现藏巴黎卢浮宫的 *La Belle Jardinière*(《美丽的女园丁》——一幅圣母与耶稣的合像),便是这时期最好的代表作。

在一所花园里,圣母坐着,看护两个在嬉戏的孩子,这是耶稣与施洗者圣约翰(他身上披着的毛氅和手里拿着有十字架的杖,使人一见就辨认出)。耶稣,站在母亲身旁,脚踏在她的脚上,手放在她的手里,向她望着微笑。圣约翰,一膝跪着,温柔地望着他。这是一幕亲切幽密的情景。

题目——《美丽的女园丁》——很娇艳,也许有人会觉得以富有高贵的情操的圣母题材加上这种娇艳的名称,未免冒渎圣母的神明的品格。但自阿西西的圣方济各以来,由大主教圣波拿文都拉(Saint Bonaventure,一二二一至一二七四）的关于神学的著作，和乔托的壁画的宣传，人们已经惯于在耶稣的行述中，看到他仁慈的、人的（humain）气息。画家、诗人，往往把这些伟大的神秘剧，缩成一幅亲切的、日常的图像。

可是拉斐尔，用一种风格和形式的美，把这首充溢着妩媚与华贵的基督教诗，在简朴的古牧歌式的气氛中表现了。

第一个印象，统辖一切而最持久的印象，是一种天国仙界中的平和与安静。所有的细微之处都有这印象存在，氛围中，风景中，平静的脸容与姿态中，线条中都有。在这翁布里亚（佩鲁贾省的古名）的幽静的田野，狂风暴雨是没有的，正如这些人物的灵魂中从没有掀起过狂乱的热情一样。这是缭绕着荷马诗中的奥林匹亚，与但丁《神曲》中的天堂的恬静。

这恬静尤有特殊的作用。它把我们的想象立刻摄引到另外一个境界中去，远离现实的天地，到一个为人类的热情所骚扰不及的世界。我们隔离了尘世。这里，它的卓越与超迈非一切小品画所能比拟的了。

因为这点，一个英国批评家，一个很大的批评家，罗斯金（Ruskin），不能宽恕拉斐尔。他屡次说乔托把耶稣表现得不复是"幼年的神——基督"、圣约瑟，圣母，而简直是爸爸、妈妈、宝宝！这岂非比拉斐尔的表现要自然得多吗？

许多脸上的恬静的表情，和古代（希腊）人士所赋予他们的神道的一般无二，因为这恬静正适合神明的广大性。小耶稣向圣母微笑，圣母向小耶稣微笑，但毫无强烈的表现，没有凡俗的感觉；这微笑不过是略略标明而已。孩子的脚放在母亲的脚上，表示亲切与信心；但这慈爱仅仅在一个幽微的动作中可以辨识。

背后的风景更加增了全部的和谐。几条水平线，几座深绿色的山岗，轻描淡写的；一条平静的河，肥沃的、怡人的田畴，疏朗的树，轻灵苗条的倩影；近景，更散满着鲜花。没有一张树叶在摇动。天上几朵轻盈的白云，映着温和的微光，使一切事物都浴着爱娇的气韵。

全幅画上找不到一条太直的僵硬的线，也没有过于尖锐的角度，都是幽美的曲线，软软的，形成一组交错的线的形象。画面的变化只有树木，圣约翰的杖，天际的钟楼是垂直的，但也只是些隐晦的小节。

我们知道从浪漫派起，风景才成为人类心境的表白；在拉斐尔，风景乃是配合画面的和谐的背景罢了。

构图是很天真的。圣约翰望着耶稣，耶稣望着圣母；这样，我们的注意自然会集中在圣母的脸上，圣母原来是这幅画的真正的题材。

人物全部组成一个三角形，而且是一个等腰三角形。这些枝节初看似乎是很无意识的；但我们应该注意拉斐尔作品中三幅最美的圣母像，《美丽的女园丁》，《金莺与圣母》（Vierge au Chardonnet），《田野中的圣母》（Madone aux Champs），都有同样的形式，即莱奥纳多的《岩间圣母》（Vierge aux Rochers），《圣安妮》（Saint Anne）亦都是的，一切最大的画家全模仿这形式。

用这个方法支配的人物，不特给予全个画面以统一的感觉，亦且使它更加稳固。再没有比一幅画中的人物好像要倾倒下去的形象更难堪的了。在圣彼得大寺中的《哀悼基督》（Pietà）上，米开朗琪罗把圣母的右手，故意塑成那姿势，目的就在乎压平全体的重量，维持它的均衡；因为在白石上，均衡，比绘画上尤其显得重要。在《美丽的女园丁》中，拉斐尔很细心地画出圣母右背的衣裾，耶稣身体上的线条与圣约翰的成为对称：这样一个二等边三角形便使全部人物站在一个非常稳固的基础上。

像他许多同时代的人一样，拉斐尔很有显示他的素描的虚荣——我说虚荣，但这自然是很可原恕的——。他把透视的问题加多：手，足，几乎全用缩短的形式表现，而且是应用得十分巧妙。这时候，透视，明暗，还是崭新的科学，拉斐尔只有二十四岁。这正是一个人欢喜夸示他的技能的年纪。

在一封有名的信札里，拉斐尔自述他往往丢开活人模型，而只依着"他脑中浮现的某种思念"工作。他又说："对于这思念，我再努力给它以若干艺术的价值。"这似乎是更准确，如果说他是依了对于某个模特儿的回忆而工作（因为他所说的"思念"实际上是一种回忆），再由他把自己的趣味与荒诞情去渲染。

他曾经从乌尔比诺与佩鲁贾带着一个女人脸相的素描，为他永远没有忘记的。这是他早年的圣母像的脸庞：是过于呆滞的鹅蛋脸，微嫌细小的嘴的乡女。但为取悦见过波提切利的圣母的人们，他把这副相貌变了一下，改成更加细腻。只要把《美丽的女园丁》和稍微前几年画的《索莉圣母》做一比较，便可看出《美丽的女园丁》的鹅蛋脸拉长了，口也描得更好，眼睛，虽然低垂着，但射出较为强烈的光彩。

从这些美丽的模型中化出这面目匀正细致幽美的脸相，因翁布里亚轻灵的风景与缥缈的气氛衬托出来。

这并非翡冷翠女子的脸，线条分明的肖像，聪明的，神经质的，热情的。这亦非初期的恬静而平凡的圣母，这是现实和理想混合的结晶，理想的成分且较个人的表情尤占重要。画家把我们摄到天国里去，可也并不全使我们遗失尘世的回忆：这是艺术品得以永生的秘密。

《索莉圣母》和《格兰杜克的圣母》中的肥胖的孩子，显然是《美丽的女园丁》的长兄；后者是在翡冷翠诞生的，前者则尚在乌尔比诺和佩鲁贾。这么巧妙地描绘的儿童，在当时还是一个新发现！人家还没见过如此逼真、如此清新的描写。从他们的姿势、神态、目光看来，不令人相信他们是从充溢着仁慈博爱的基督教天国中降下来的么？

全部枝节，都汇合着使我们的心魂浸在超人的神明的美感中，这是一阕极大的和谐。可是艺术感动我们的，往往是在它缺乏均衡的地方。是颜色，是生动，是妩媚，是力。但这些原素有时可融化在一个和音（accord）中，只有精细的解剖才能辨别出，像这种作品我们的精神就不晓得从何透入了，因为它各部原素保持着极大的和谐，绝无丝毫冲突。在莫扎特的音乐与拉辛（Racine）的悲剧中颇有这等情景。人家说拉斐尔的圣母，她的恬静与高迈也令人感到几分失望。因为要成为"神的"（divin），《美丽的女园丁》便不够成为"人的"（humain）了。人家责备她既不能安慰人，也不能给人教训，为若干忧郁苦闷的灵魂做精神上的依傍；这就因为拉斐尔这种古牧歌式的超现实精神含有若干东方思想的成分，为热情的西方人所不能了解的缘故。

二、《西斯廷圣母》

拉斐尔三十三岁。距离他制作《美丽的女园丁》的时代正好九年。这九年中经过多少事业！他到罗马，一跃而为意大利画坛的领袖。他的大作《雅典学派》、《圣体争辩》（*Dispute de Saint Sacrément*）、《巴尔纳斯山》（*La Parnasse*）、"*Châtiment d'Hélidore*"、"*La Galacté*"、《教皇尤里乌斯二世肖像》，都在这九年中产生。他已开始制作毡幕装饰的底稿。他相继为尤里乌斯二世与利奥十世两代圣主的宫廷画家。他的学生之众多几乎与一位亲王的护从相等。米开朗琪罗曾经讥讽这件事。

但在这么许多巨大的工作中，他时常回到他癖爱的题材上去，他从不能舍去"圣母"。从某时代起，他可以把实际的绘事令学生工作，他只是给他们素描的底稿。可是《西斯廷圣母》（*la Vierge de Saint Sixte*）一画——现存德国萨克森邦（Sachsen）首府德累斯顿（Dresden）——是他亲手描绘的最后的作品。

在这幅画面上，我们看到十二分精炼圆熟的手法与活泼自由的表情。对于其他的画，拉斐尔留下不少铅笔的习作，可见他事前的准备。但《西斯廷圣母》的原稿极稀少。没有一些踌躇，也没有一些懊悔。艺术家显然是统辖了他的作品。

因此，这幅画和《美丽的女园丁》一样是拉斐尔艺术进程中的一个重要证人。

《雅典学派》和《圣体争辩》的作者，居然会纯粹受造型美本能（purinstinct des beautés plastiques）的驱使，似乎是很可怪的事。这些巨大的壁画所引起的高古的思想，对于我们的心灵没有相当长久的接触，又转换了方向。由此观之，《西斯廷圣母》一作在拉斐尔的许多圣母像中占有特殊的地位。

幕帘揭开着，圣母在光明的背景中显示，她在向前，脚踏着迷漫的白云。左右各有一位圣者在向她致敬，这是两个殉教者：圣西克斯图斯与圣女巴尔勃。下面，两个天使依凭着画框，对这幕情景出神：这是画面的大概。

我们在上一讲中用的"牧歌"这字眼在此地是不适用了：没有美丽的儿童在年轻的母亲膝下游戏，没有如春晓般的清明与恬静，也没有一些风景，一角园亭或一朵花。画面上所代表的一幕是更戏剧化的。一层坚劲的风吹动着圣母的衣裾，宽大的衣褶在空中飘荡，这的确是神的母亲的显示。

脸上没有仙界中的平静的气概。圣母与小耶稣的唇边都刻着悲哀的皱痕。她抱着未来的救世主往世界走去。圣西克斯图斯，一副粗野的乡人的相貌，伸出着手仿佛指着世界的疾苦；圣女巴尔勃，低垂着眼睛，双手热烈地合十。

这是天国的后，可也是安慰人间的神。她的忧郁是哀念人类的悲苦。两个依凭着的天使更令这幕情景富有远离尘世的气息。

这里，制作的手法仍和题材的阔大相符。素描的线条形成一组富丽奔放的波浪，全个画面都充满着它的力量。圣母的衣饰上的线条，手臂的线条，正与耶稣的身体的曲线和衣裾部分的褶痕成为对照。圣女巴尔勃的长袍向右曳着，圣西克斯图斯的向左曳着：这些都是最初吸引我们的印象。天使们，在艺术家的心中，也许是用以填补这个巨大的空隙的；然竟成为极美妙的穿插，使全画的精神达到丰满的境界。他们的年轻和爱娇仿佛在全部哀愁的调子中，加入一个柔和的音符。

从今以后拉斐尔丢弃了少年时代的习气，不再像画《美丽的女园丁》和"签字厅"（Chambre de la Signature）时卖弄他的素描的才能。他已经学得了大艺术家的简洁、壮阔、省略局部的素描。他早年的圣母像上的繁复的褶皱，远没有这一幅圣母衣饰的素描有力。像这一类的素描，还应得在西斯廷天顶上的耶和华和亚当像上寻访。

拉斐尔在画这幅圣母时，他脑海中一定有他同时代画的女像的记忆。他把他内在的形象变得更美，因为要使它的表情格外鲜明。把这两幅画做一个比较，可见它们的确是同一个鹅蛋形的脸庞，只是后者较前者的脸在下方拉

225

长了些，更加显得严肃；也是同一副眼睛，只是睁大了些，为的要表示痛苦的惊愕。额角宽广，露出深思的神态；与翡冷翠型的额角高爽的无邪的女像，全然不同。它是画得更低，因为要避免骄傲的神气而赋予它温婉和蔼的容貌。嘴巴也相同，不过后者的口唇更往下垂，表现悲苦。这是慈祥与哀愁交流着的美。

如果我们把圣母像和圣女巴尔勃相比，那末还有更显著的结果。圣母是神的母亲，但亦是人的母亲；耶稣是神但亦是人。耶稣以神的使命来拯救人类，所以他的母亲亦成为人类的母亲了。西方多少女子，在遭遇不幸的时候，曾经祈求圣母！这就因为她们在绝望的时候，相信这位超人间的慈母能够给予她们安慰，增加她们和患难奋斗的勇气。圣女巴尔勃并没有这等伟大的动人的力，所以她的脸容亦只是普通的美。她仿佛是一个有德性的贵妇，但她缺少圣母所具有的人间性的美。这还因为拉斐尔在画圣女巴尔勃的时间只是依据理想，并没像在描绘圣母时脑海中蕴藏某个真实的女像的憧憬。

和波提切利的圣母与耶稣一样，《西斯廷圣母》一画中的耶稣，在愁苦的表情中，表示他先天已经知道他的使命。他和他的母亲，在精神上已经互相沟通，成立默契。他的手并不举起着祝福人类，但他的口唇与睁大的眼睛已经表示出内心的默省。

因此，在这幅画中，含有前幅画中所没有的"人的"气氛。一五〇七年的拉斐尔（二十四岁）还是一个青年，梦想着超人的美与恬静的魅力，画那些天国中的人物与风景，使我们远离人世。一五一六年的拉斐尔（三十三岁）已经是在人类社会和哲学思想中成熟的画家。他已感到一切天才作家的淡漠的哀愁。也许这哀愁的时间在他的生涯中只有一次，但又何妨？《西斯廷圣母》已经是艺术史上最动人的作品之一了。

伦勃朗的光暗法

伦勃朗（Rembrandt，一六〇六至一六六九）在绘画史——不独是荷兰的而是全欧的绘画史上所占的地位，是与意大利文艺复兴诸巨匠不相上下的。拉斐尔辈所表扬阐发的是南欧的民族性，南欧的民族天才，伦勃朗所代表的却是北欧的民族性与民族天才。造成伦勃朗的伟大的面目的，是表现他的特殊心魂的一种特殊技术：光暗。这名辞，一经用来谈到这位画家时，便具有一种特别的意义。换言之，伦勃朗的光暗和文艺复兴期意大利作家的光暗是含着决然不同的作用的。法国十九世纪画家兼批评家弗罗芒坦（Fromentin）目他为"夜光虫"，又有人说他以黑暗来绘成光明。

卢浮宫中藏有两幅被认为代表作的画，我们正可把它们用来了解伦氏的"光暗"的真际。

《木匠家庭》是一幅小型的油画，高仅四寸。伦勃朗如他许多同时代的人一样，喜欢作这一类小型的东西。他的群众，那些荷兰的小资产阶级与工业家，原来不爱购买鲁本斯（Rubens，一五七七至一六四〇）般的鲜明灿烂的巨幅之作。那时节，荷兰人的宗教生活非常强烈。都是些新教徒，爱浏览《圣经》，安分守己，循规蹈矩地过着小康生活，他们更爱把含有幽密亲切的性格，和他们灵魂上沉着深刻的情操一致的作品来装饰他们的居处。

《木匠家庭》实在就是圣家庭，即耶稣基督诞生长大的家庭。小耶稣为圣母抱在膝上哺乳；圣女安妮在他们旁边；圣约瑟在离开这群中心人物较远之处，锯一块木材。这一幅画，在意大利画家手里，定会把这四个人物填满了整个画面。他们所首先注意的，是美丽的姿态，安插得极妥贴的衣褶。有时，他们更加上一座庄丽的建筑物，四面是美妙的圆柱，或如米开朗琪罗般，穿插入若干与本题毫无关系的故事，只是为了要填塞画幅，或以术语来说，为了装饰趣味。全部必然形成一种富丽的阿拉伯风格，线条的开展与动作直及于画幅四缘。然而伦勃朗另有别的思虑。人物只占着画中极小的地位。他把这圣家庭就安放在木匠家中，在这间工作室兼厨房的室内。他把房间全部画了出来，第一因为一切都使他感兴趣，其次因为这全部的背景足以令人更了

227

解故事。他如小说家一般，在未曾提起他书中的英雄之前，先行描写这些英雄所处的环境，因为一个人的灵魂，当它沉浸于日常生活的亲切的景象中时，更易受人了解。

在第一景上，他安放着摇篮与襁褓；稍远处，我们看到壁炉，悬挂着的釜锅和柴薪；木料堆积在靠近炉灶的地上；一串葱蒜挂在一只钉上。还有别的东西，都是他在贴邻木匠家里观察得来的。观众的目光，从这些琐屑的零件上自然而然移注到梁木之间。在阴暗中我们窥见屋椽、壁炉顶，以及挂在壁上的用具。在这木匠的工房中，我们觉得呼吸自由，非常舒服，任何细微的事物都有永恒的气息。

在此，光占有极大的作用，或竟是最大的作用，如一切荷兰画家的作品那样。但伦勃朗更应用一种他所独有的方法。不像他同国的画家般把室内的器具浴着模糊颤动的光，阴暗亦是应用得非常细腻，令人看到一切枝节，他却使阳光从一扇很小的窗子中透入，因此光烛所照到的，亦是室内极小的部分。这束光线射在主要人物身上，射在耶稣身上，那是最强烈的光彩，圣母已被照射得较少，圣女安妮更少，而圣约瑟是最少了，其余的一切都埋在阴暗中了。

画上的颜色，因为时间关系，差不多完全褪尽了。它在光亮的部分当是琥珀色，在幽暗的部分当是土黄色。在相当的距离内看来，这幅画几乎是单色的，如一张镌刻版印成的画。且因对比表现得颇为分明，故阴暗更见阴暗，而光明亦更为光明。

但伦勃朗的最大的特点还不只在光的游戏上。有人且说伦勃朗的光的游戏实在是从荷兰的房屋建筑上感应得来的。幽暗的，窗子极少，极狭，在永远障着薄雾的天空之下，荷兰的房屋只受到微弱的光，室内的物件老是看不分明，但反光与不透明的阴影却是十分显著，在明亮的与阴暗的部分之间也有强烈的对照。这情景不独于荷兰为然，即在任何别的国家，光暗的作用永远是相同的。莱奥纳多·达·芬奇，在他的《绘画论》中已曾劝告画家们在傍晚走进一间窗子极少的屋子时，当研究这微弱的光彩的种种不同的效果。由此可见伦勃朗的作品的价值并非在此光暗问题上。如果这方法不是为了要达到一种超出光暗作用本身的更高尚的目标，那末，这方法只是一种无聊的游戏而已。

强烈的对照能够集中人的注意与兴趣，能够用阴暗来烘托出光明，这原是伟大的文人们和伟大的画家们同样采用的方法。它的功能在于把我们立刻远离现实而沉浸入艺术领域中，在艺术中的一切幻象原是较现实本身含有更丰富的真实性的一种综合。这是法国古典派文学家波舒哀（Bossuet），浪漫派大师雨果们所惯用的手法。这亦是莎士比亚所以能使他的英雄们格外活泼动人的秘密。

伦勃朗这一幅小画可使我们看到这种方法具有何等有力的暗示性。在这幕充满着亲密情调的家庭景色中，这光明的照射使全景具有神明显灵般的奇妙境界。这自然是伦勃朗的精心结构而非偶然获得的结果。

而且，这阴暗亦非如一般画家所说的"空洞的"、"闷塞的"阴暗。仅露端倪的一种调子、一道反射、一个轮廓，令人觉察其中有所蕴藏。受着这捉摸不定的境界的刺激，我们的想象乐于唤引起种种情调。画中的景色似乎包裹在神秘的气氛之中，我们不禁联想到罗丹所说的话："运用阴暗即是使你的思想活跃。"

但在这满布着神秘气息的环境中，最微细的部分亦是以客观的写实主义描绘的，亦是用非常的敏捷手腕抓握的。在此，毫无寻求典雅的倩影或绮丽的景色的思虑。画中人物全是平民般的男子与妇人。平民，伦勃朗曾在他的作品中把他们的肖像描绘过多少次！这里，他是到他邻居的木匠家中实地描绘的。这里是毫无理想毫无典型的女性美。圣女安妮是一个因了年老而显得臃肿的荷兰妇人。圣母绝无妩媚的容仪；她确是一个木匠的妻子，而那木匠亦完全是一个现实的工人，他尽管做他的工，不理会在他背后的事情。即是小耶稣亦没有如鲁本斯在同时代所绘的那般丰满高贵的肉体。

各人的姿势非常确切，足证作者没有失去适当的机会在现实的家庭中用铅笔几下子勾成若干动作。伦勃朗遗留下来的无数的速写即是明证。因此，他的绘画，如他的版画一般，在琐细的地方，亦具有令人百看不厌的真实性。圣母握着乳房送入婴儿口中的姿态，不是最真实么？圣女安妮，坐着，膝上放着一部巨大的书。她在阅书的时候突然中辍了来和小耶稣打趣，一只手提着他的耳朵。另一只手，她抓住要往下坠的书，手指间还夹着刚才卸下的眼镜。书，眼镜，在比例上都是画得不准确的，但这些错误并未减少画幅的可爱。当然，画中的圣约瑟亦不是一个犹太人，而是一个穿着十七世纪服饰的荷兰工人，所用的器具，亦是十七世纪荷兰的出品。我们可以这样地检阅整个画幅上的一切枝节部分。伦勃朗的一件作品，可比一部常为读者翻阅的书，因为人们永远不能完全读完它。

一幕如此简单的故事，如此庸俗的枝节（因为真切故愈见庸俗），颇有使这幅画成为小品画的危险。是光暗与由光暗造成的神秘空气挽救了它。靠了光暗，我们被引领到远离现实的世界中去，而不致被这些准确的现实所拘囚，

伦勃朗的光暗法

229

好似伦勃朗的周围的画家，例如道（Gerrid Dou）、梅曲（Metsu）、霍赫（Peter de Hooch）奥斯塔德（Van Ostade）之流所予我们的印象。

　　实在，他并不能如那些画家般，以纯属外部的表面的再现，只要纯熟的手腕便够的描绘自满。从现实中，他要表出其亲切的诗意，因为这诗意不独能娱悦我们的眼目，且亦感动我们的心魂。在现实生活的准确的视觉上，他更以精神生活的表白和它交错起来。这样，他的作品成为自然主义与抒情成分的混合品，成为客观的素描与主观的传达的融合物。而一切为读者所挚爱的作品（不论是文学的或艺术的）的秘密，便在于能把事物的真切的再现和它的深沉的诗意的表白融合得恰到好处。

　　伦勃朗作品中的光暗的主要性格，亦即在能使我们唤引起这种精神生活或使我们发生直觉。这半黑暗常能创出一神秘的世界，使我们的幻想把它扩大至于无穷，使我们的幻梦处于和这幅画的主要印象同样的境域。因为这样，这种变形才能取悦我们的眼目，同时取悦我们精神与我们的心。

　　我在此再申引一次英国罗斯金说乔托的话："乔托从乡间来，故他的精神能发现微贱的事物所隐藏着的价值。他所画的圣母、圣约瑟、耶稣，简直是爸爸、妈妈与宝宝。"是啊，圣家庭是圣约瑟、圣母与耶稣，历史上最大的画家所表现的亦是圣约瑟、圣母与耶稣；而如果我们站在更为人间的观点上，确只是"爸爸、妈妈与宝宝"，乔托所怀的观念当然即是如此，因为他还是一个圣方济各教派的信徒呢。至于伦勃朗的圣家庭，却亦充满着《圣经》的精神：这是拿撒勒（Nazareth）的木匠的居处；这是圣家庭中的平和；这是在家事与工作之间长大的耶稣童年生活；这是耶稣与他的父母们所度的三十年共同生活。

　　这确是作者的精神感应。他所要令我们感到的确是这种诗意，而他是以光与暗的手段使我们感到的。在从窗中射入的光明中，是圣母、小耶稣、圣女安妮与圣约瑟；在周围的阴影中，是睡在椅上的狗，是在锅子下面燃着的火焰，是耶稣刚才在其中睡觉的摇篮，还有一切琐碎的事物。这不是乔托的作品般的单纯与天真的情调，这是一个神明的童年的史诗般的单纯。它的写实气氛是人间的，但它的精神表现却是宗教的，虔敬的。

　　卢浮宫中的另一张作品比较更能表显伦勃朗怎样的应用光暗法以变易现实，并令人完满地感到这《圣经》故事的伟大。这是以画家们惯用的题材，"以马忤斯的晚餐"所作的绘画。

　　这个故事载于《福音书》中的《路加福音书》，原文即是简洁动人的。

复活节的晚上。早晨，若干圣女发现耶稣的坟墓已经成为一座空墓，而晚上，耶稣又在圣女抹大拉的马利亚之前显现了。两个信徒，认为这些事故使他们感到非常懊丧，步行着回到以马忤斯，这是离开耶路撒冷不远的一个小城。路上，他们谈论着日间所见的一切，突然有另一个行人，为他们先前没有注意到的，走近他们了。

他们开始向他叙述城中所发生的、一般人所谈论的事情，审判、上十字架、与尸身的失踪等等。他们也告诉他，直到最近，他们一直相信他是犹太人的解放者，故目前的这种事实令他们大为失望。于是，那个不相识的同伴便责备他们缺少信心，他引述《圣经》上的好几段箴言，从摩西起的一切先知者的预言，末了他说："耶稣受了这么多的苦难之后，难道不应该这样地享有光荣么？"

到了以马忤斯地方，他们停下，不相识的同伴仍要继续前进。他们把他留着说："日暮途远，还是和我们一起留下罢。"他和他们进去了。但当他们同席用膳时，不相识者拿起面包，他祝福了，分给他们。于是他们的眼睛张开来了，他们认出这不相识者便是耶稣，而耶稣却在他们惊惶之际不见了。

他们互相问："当他和我们谈话与申述《圣经》之时，难道我们心中不是充满着热烈的火焰么？"

在这桩故事中，含有严肃的、动人的单纯，如一切述及耶稣复活后的显灵故事一样。在此，耶稣基督不独是一个神人，且即是为耶路撒冷人士所谈论着的人，昨日死去而今日复活的人。这故事的要点是突然的启示和两个行人的惊骇。我们想来，这情景所引起的必是精神上的骚乱。但伦勃朗认为在剧烈的骚动中，艺术并未有何得益。他的画中既无一个太剧烈的动作，亦无受着热情激动的表现。这些人不说一句话，全部的剧情只在静默中展演。

旅人们在一所乡村宿店的房间中用餐。室内除了一张桌子、支架桌子的十字叉架和三张椅子外别无长物。即是桌子上也只有几只食钵、一只杯子和一把刀。墙壁是破旧的，绝无装饰物。且也没有一盏灯、一扇窗或一扇门之类供给室内的光亮。

《木匠家庭》中的一切日常用具在此一件也没有了。伦勃朗所以取消这些琐物当然有他的理由。在前幅画中，他要令人感到微贱的家庭生活的诗意，而事物和人物正是具有同样传达这种诗意的力量。在《以马忤斯的晚餐》中，他要令人唤起一幕情景和这幕情景的一刹那：作者致力于动作与面部的表情。其他的一切都是不必要的。

在此，我得把一幅提香（Titian）对于同一题材所作的大画拿来做一比较。虽然两件作品含有深刻的不同点,虽然它们在艺术上处于两个相反的领域之内,但这个比较一方面使我们明了两个气质虽异,天才富厚则一的画家,一方面令我们在对比之下更能明白伦勃朗这幅小型的画的亲切的美。这种研究的结果一定要超出这两件作品以外,因为它们虽然是两件作品,但确是两种平分天下的画派的代表作。

在两件作品中,人物的安插是相同的。耶稣在中间,信徒们坐在两旁。所要解决的问题亦是相同的;艺术家应用姿势与面部的表情,以表达由一件事实在几个人的心魂中所引起的热情。提香与伦勃朗所选择的时间亦同是耶稣拿起面包分给信徒而被他们认出的时间。

但两件作品的类似点止此而已。在解决问题时,两个画家采取了决然异样的方法,所追求的目标亦是绝不相同。

提香努力要表达这幕景象之伟大,使他的画面成为一幅和谐的形象。一切枝节都是雄伟壮大的:建筑物之庄丽堂皇,色彩之鲜明夺目,巧妙无比的手法,严肃的韵律,人物的容貌与肉体的丰美,衣帛褶皱的巧妙的安置,处处表现热情的多变与丰富。这是两世纪文物的精华荟萃,即在意大利本土,亦不易觅得与提香此作相媲的绘画。

伦勃朗既不知有此种美,亦不知有此种和谐。两个信徒和端着菜盆的仆役的服装,臃肿的体格,都是伦勃朗从邻居的工人那里描绘得来的。他们惊讶的姿态是准确的,但毫无典雅的气概。这些写实的枝节,在《木匠家庭》中我们已经注意到;但在此另有一种新的成分,为提香所没有应用的:即是把这幕情景从湫隘的乡村宿店中移置到离开尘世极远的一个世界中去,而这世界正是意大利艺人所从未窥测到的。正当耶稣分散面包的时候,信徒们看到他的面貌周围突然放射出一道光明,照耀全室。在此之前,事实发生在世上,从此起,事实便发生在世外了。在这个信号上,信徒们认出了耶稣,可并非是他们所熟识的,和他一起在犹太境内奔波的耶稣,而是他们刚才所讲的,已经死去而又复活的耶稣。他的脸色在金光中显得苍白憔悴;他的巨大的眼睛充满了热情望着天,恰如三日之前他在最后之晚餐中分散面包时同样的情景。垂在面颊两旁的头发非常稀少,凌乱不堪,令人回忆他在橄榄山上于十字架上所受的苦难。他身上所穿的白色的长袍使他具有一种凄凉的美,和两个信徒的粗俗的面貌与十七世纪流行的衣饰成为对照。

是这样地伦勃朗应用散布在全画面上的光明来唤引这幕情景的悲怆与伟大。

在这类作品之前所感到的情操是完全属于另一种的。提香的作品首先魅惑我们的眼目；我们的情绪是由于它的外形、素描、构图的"庄严的和谐"所引起的。而且我们所感到的，更准确地说是一种惊佩，至于故事本身所能唤引的情绪倒是次要的。

伦勃朗的作品却全然不同。它所抓握的第一是心。这出乎意料的超自然的光，这苍白的容颜，无力地放在桌子上的这双手，使我们感到悲苦的凄怆的情绪。只当我们定了心神的时候，我们方能鉴赏它的技巧与形式的美。

这是两个人，两个画家，两种不同的绘画。伦勃朗的两幅《自画像》还可使我们明白，在一件性格表现为要件的作品中，光暗具有何等可惊的力量。

一六三四年肖像：这是青年时代的伦勃朗，他正二十七岁。他离开故乡莱顿（Leiden）到荷京阿姆斯特丹（Amsterdam），心中充满着无穷的希望。他的名字开始传扬出去。他刚和一个少女结婚，她带来了丰富的妆奁，舒适的生活与完满的幸福。年轻的夫妇购置了一所屋子，若干珍贵的家具，稀有的美术品和古董。伦勃朗，精力丰满，身体康健，实现了一切大艺术家的美梦：他依了灵感而制作，不受任何物质的约束。他做了许多研究，尤其是肖像。他选择他的模特儿，因为他更爱画没有酬报的肖像，他的家人与他的朋友，他的年轻的妻子，他的父亲，他自己。他在欢乐中工作，毫无热情的激动。

这种幸福便在他的肖像上流露出来。面貌是年轻的，可爱的。全体布满着爱与温情。眼睛极美，目光是那么妩媚。头发很多，烫得很讲究。胡须很细，口唇的线条很分明。画家穿着一套讲究的衣服，丝绒的小帽，肩上挂着一条金链。

然而幸福并不能造成一个心灵。伦勃朗这一时期的自画像，为数颇不少，都和上述之作大体相同。虽然技术颇为巧妙，但缺少在以后的作品中成为最高性格的这种成分。这时期，光暗还应用得非常谨慎，还不是以后那种强有力的工具：他只用以特别表显有力的线条，勾勒轮廓和标明口与下巴的有规则的典雅的曲线。那时节，伦勃朗心目中的人生是含着微笑的。患难尚未把他的心魂磨折成悲苦惨痛。

一六六〇年。他的青年夫人萨斯基亚（Saskia）已于一六四二年去世。无边的幸福只有几年的光阴。此后十六年中，他如苦役一般在悲哀中工作。他穷了，穷得人们把他的房屋和他在爱情生活中所置的古玩一齐拍卖。他有一个儿子，叫做提杜斯（Titus），而伦勃朗续娶了这孩子的保姆。虽然一切都拍卖了，虽然经过了可羞的破产，虽然制作极多，他仍不能偿清他所有的债务。刚刚画完，他的作品已被债主拿走了。他不得不借重利的债，他为了他的妻子与儿子度着工人般的生活。在卢浮宫中的他的第二幅《自画像》，便是在破产以后最痛苦的时节所作的。在此，他不复是我们以前所见的美少年了：在憔悴的面貌上，艰苦的阅历已留下深刻的痕迹。

这一次，光暗是启示画家的心魂的主要工具。阴暗占据了全个画幅的五分之四。全部的人沉浸在黑暗中；只有面貌如神明的显现一般发光。手的部位只有极隐微的指示；画幅的下部全是单纯的色彩。笼罩着额角的皱痕描绘得如此有力，宛如大风雨中的乌云。技术，虽然很是登峰造极，可已没有前一幅肖像中的平和与宁静了。这件作品是在凄怆欲绝的情况中完成的。我们感到他心中的痛苦借了画笔来尽情宣泄了。他的眼睛，虽不失其固有的美观，但在深陷的眼眶中，明明表现着惊惶与恐怖的神情。

我愿借了这些例子来说明伦勃朗作品中的光暗所产生的富丽的境界。

无疑的，在这些作品之前，我们的眼目感到愉快，因为阴影与光明，黑与白的交错，在本身便形成一种和谐。这是观众的感觉所最先吸收到的美感；然而光暗的性格还不在此。

由了光暗，伦勃朗使他的画幅浴着神秘的气氛，把它立刻远离尘世，带往艺术的境域，使它更伟大，更崇高，更超自然。

由了光暗，画家能在事物的外表之下，令人窥测到亲切的诗意，意识到一幕日常景象中的伟大和心灵状态。

因此，所谓光暗，决非是他的画面上的一种技术上的特点，决非是荷兰的气候所感应给他的特殊视觉，而是为达到一个崇高的目标的强有力的方法。

鲁本斯的线条与色彩

在今日，任何人不会对于鲁本斯（Rubens）的光荣有何异议的了。所谓鲁本斯派与普桑派，这些在当时带有浓厚的争执色彩的名字，现在早被遗忘了。大家已经承认，鲁本斯是色彩画家的大宗师。这位佛兰德斯画家，早年游学意大利，醉心威尼斯画派，归国以后，运用他的研究，创出独特的面目：这是承袭威尼斯派画风的艺术家中最优秀的一个天才。

历史证明他不独从意大利文艺复兴中汲取最有精彩的成分，而且他自己亦遗下巨大的影响：在他本土，凡·代克（Van Dyck）与约丹斯（Jordaens）固是他嫡系弟子；即在法国，十八世纪的华托（Watteau）曾在梅迪契廊下长期研究他的"白色与金色的底面上的轻灵的笔触"；格勒兹（Greuze）以后又爬在扶梯上寻求他的色彩的奥妙；维伊哀·勒布朗夫人（Mme Vigée Lebrun）又格勒兹的画幅中研究；末了，德拉克洛瓦，这位法国的色彩画家亦在疑难的时候在鲁本斯的遗作上觅取参考资料。

这一切都是真实的，素描与色彩的争执实际上是停止了。大家承认绘画上只有素描不能称为完满，色彩当与素描占有同等重要的地位，大家也懂得鲁本斯比别人更善运用色彩，而他所获得的结果也较多少艺人为完满。然而他不是一个受人爱戴的画家："人们在他作品前面走过时向他致敬，但并不注视。"

十八世纪英国画家雷诺兹（Reynolds），在他的游记中，已经把鲁本斯色彩的长处和其他的绘画上的品质，辨别得颇为明白。他说他的色彩显得超出一切，而其他的只是平常。即是上文所提及的华托、格勒兹，德拉克洛瓦等诸画家都研究他的色彩，却丝毫没有谈起他的素描。法国画家弗罗芒坦（Fromentin）曾写了一部为鲁本斯辩护的书。他在书中极致其钦佩之忱。这是他心目中的大师。他写这部书的立场是画家兼文人。他叙述鲁本斯对于一个题材的感应，也叙述他运用色彩的方法。但我们在读本书的时候，明白感到他是一个辩护者，他的说话与其说是描写不如说是辩证。他在向不欢喜鲁本斯的人作战。他甚至说："不论是画家或非画家，只要他不懂得天才在一件艺术品中的价值，我劝他永远不要去接触鲁本斯的作品。"

从此我们可以下一结论，即某一类的艺术家赞赏鲁本斯，而大部分的非艺术家却"在走过时向他致敬可不去注视"。

这种观察我们很易加以证实。只须我们有便到卢浮宫时稍加留神便是。且在把鲁本斯的若干作品做一番研究时，我们还可觅得一般外行人所以有这种淡漠的态度的理由。

一幅鲁本斯的作品，首先令人注意到的是他永远在英雄的情调上去了解一个题材。情操，姿态，生命的一切表显，不论在体格上或精神上，都超越普通的节度。男人，女子都较实在的人体为大；四肢也更坚实茁壮。即是苦修士圣方济各，在乔托的壁画中显得那么瘦骨嶙峋的，在鲁本斯的若干画幅中，亦变成一个健全精壮的男子。他的一幅画，对于他永远是史诗中的断片，一幕伟大的景色，庄严的场面，富丽的色彩使全画发出炫目的光辉。弗罗芒坦把它比之于古希腊诗人品达罗斯（Pindareos）的诗歌。而品达罗斯的诗歌，不即是具有大胆的意象与强烈的热情的史诗么？

例如现藏比京布鲁塞尔美术馆的《卡尔凡山》。这是一六三六年，在作者生平最得意的一个时期内所绘的。那时，他已什么也不用学习，他的艺术已到了登峰造极的境界。

画幅中间，耶稣（基督）倒在地上。他的屈伏着的身体全赖双手支撑着，处在正要完全堕下的姿态中。他的背后是一具正往下倾的十字架，如果不是西蒙·勒·西莱南把它举起着，耶稣定会被它压倒。圣女佛洛尼葛为耶稣揩拭额上的鲜血。而圣母则在矜怜慈爱的姿态中走近来。

但这一幕十分戏剧化的情景似乎在一出伟大的歌剧场面中消失了。在远景上，一群罗马骑士，全身穿着甲胄，在刀枪剑戟的光芒中跨着骏马引导着众人。一个队长手执着短棍在发号施令。在前景上，别的士兵们又押解着两个匪徒，双手反绑着。

全部的人物与马匹都是美丽的精壮。强盗与押解的士兵的肌肉有如拳击家般的。西蒙·勒·西莱南用尽力量举着将要压在耶稣身上的十字架。队长是一个面目俊爽的美男子，——人家说这无异是鲁本斯的肖像——，他的坐骑亦是一匹雄伟的马。圣女佛洛尼葛是一个容光焕发的盛装的美女。圣母是一个穿着孝服的贵妇。即是耶稣亦不像一个经受过无数痛苦的筋疲力尽的人，如在别的绘画上所见的一般。在此，他的面目很美，从他衣服的褶痕上可以猜想出他的体格美。

布鲁塞尔美术馆中还有一幅以同样精神绘成的画：《圣莱汶的殉难》。前景左侧，圣者穿着主教的服式跪着。兵士刚把他的舌头割掉，嘴还张开着，鲜血淋漓。其中有一个兵士钳子中还钳着血肉去喂食咆哮的犬。画上的远景与前画相似：几匹马曳着小车在奔跃，半裸的士兵都有力士般的肌肉，其他的士兵戴着钢盔，穿着铠甲，剑戟在日光中辉耀，金银与宝石的饰物在僧袍上射出反光。在天上，云端中降下美丽的白的玫瑰红的天使，把棕叶戴在殉道者的头上。画幅高处，在更为开朗的光彩中，另有其他的天使和上帝的模糊的形象。

这一切人物，不论在前景远景上，在日光下，在叫喊着的妇人孺子中间，全体受着一种狂热的动作所掀动：躯干弯曲着，军官们在发令。

复杂的线条的游戏使全部的动作加增了强度。在《卡尔凡山》中，一条主要的曲线，横贯全画，而与周缘形成四十五度的斜角，它指示出群众的趋向。试把这一种支配法和意大利画面上的平直的地平线做一比较，便可看到在掀动热情或震慑骚动上，线条具有何等的力量。所有的次要线条都倾向于这条主要线条，使动作更加显得剧烈，所谓次要线条，有兵士行列的线条，有马队的线条，有支撑十字架的西蒙·西莱南的侧影，有倒在地上的耶稣，尤其是在前景押解着强盗的兵士行列。

在《圣莱汶的殉难》一画中，动作亦是同样的狂放。这是在前景的刽子手；是仰倒着的圣者；是发疯般的立着的兵士；是扑向着血肉的猛犬；是桀骜不驯的马匹；是半阴半晴的天空。人群与动物之中同样是一片莫可名状的骚动。而画面上所以具有这种旋风般的狂乱情调，还是由于线条的神奇的作用。

在安特卫普（Atwerp）的大教堂里，有一幅鲁本斯的《抬起十字架》，其精彩与力强的效果亦是以同样的方法获得的。倾斜的十字架的线条是全幅画面上的主要线条，而画中所有的线条都是倾向这主要线条。同一教堂中另一幅画，《基督下十字架》中的线条，亦是以形成耶稣的美丽的肉体的柔和的线条为依归。前景上的粗犷的士兵，撑持着耶稣的信徒和友人：前者的蛮横残忍与后者的温柔怜爱，都是借了线条的力量表达的。

卢浮宫中的一幅名画《乡村节庆》，更能表达线条的效力。全个题材依了一条向地平线远去的线条发展。为要把线条的极端指示得格外显明起见，鲁本斯把它终点处的天际画得最为明亮。由此，图中的舞蹈显得如无穷尽的狂舞一般。其他次要的线条亦是倾向于上述的中心线条，以至全体的动作变得那么剧烈,令人目眩。同时代的名画家泰尼埃(Téniers,一五八二至一六四九)颇有不少同类的制作:它们是简明,典雅,色彩鲜艳,而且较为真实得多,但这是滑稽小说中的景色,不似鲁本斯的《乡村节庆》般,宛似史诗的一幕。

这种把题材夸大,把一幕日常景色描写得越出通常范围的方法,使鲁本斯在所谓"梅迪契廊"一组英雄式的描写中大为成功。这是亨利四世的王后的历史,一共分做二十四段,即二十四件故事。其中,一切是雄伟的,一切是神奇的。三个 Parques 神罗织王后的命运。美惠女神与米涅瓦(Minerva)神预备她的教育材料。雄辩之神把她的肖像赍送给亨利四世。朱庇特(Jupiter)、朱诺(Junon)、米涅瓦三神参与他们的会见,忠告法王。在描写王后到达马赛的一画中,全是海中的神道护卫着。

这种神奇现象的穿插原是史诗的手法,但在鲁本斯的作品中,往往在出人意料的区处都有发现。在倍金大公的骑马肖像中,背景上满布着神明的形象。当他旅居西班牙京都马德里时,为腓力三世所绘的肖像,他亦在空中穿插着一个胜利之神,手中拿着棕树与王冠。在翡冷翠乌菲齐(Uffizi)美术馆中,亦有一幅腓力四世的肖像,多少神道在天空飞舞着,捧着一顶胜利的冠冕加诸这位屡战屡北的君主头上。在此,我们不禁想起在同时代委拉斯开兹所作的西班牙二君主的许多可惊的肖像,它们在真理的暴露上不啻是历史的与心理的写真。

由是,我们可说鲁本斯永远在通常的节度以上、以外去观照事物。在他的作品中,有一种夸大的情调,这夸大却又是某种雄辩的主要性格,恰如某几个时代的某几个诗人,在写作史诗与剧诗时一样采用夸大的手法想借以说服读者。鲁本斯的辩护人弗罗芒坦亦承认他有时不免流于夸张或悲郁。这是这类作风附带的必然的弊病。

鲁本斯所最令人注意的便是这一点。但如果我们承认这种风格,那么我们应当说它和以真实与自然为重的作品,同样具有美。而且,这情形不独于绘画为然,即在诗歌上亦然如此。本文中已经屡次把史诗和鲁本斯的作品对比,在此我们更将提出几个诗人来做一比拟。拉丁诗人卢卡(Lucan)、维吉尔(Virgil)、雄辩家西塞罗(Cicéro),都有与鲁本斯相同的优点与缺点;法国诗人中如高乃依,如雨果,尤其是晚年的雨果都是如此。

也许时代的意志更助成了鲁本斯的作风。十六、十七两世纪间,是宗教战争为祸最烈的时期。被虐杀的荷兰的新教徒多至不可计数。在忧患之中,大家的思想磨砺得高贵起来了,而且言语也变得夸张了。在法国大革命时期与最近的大战期间,便有与此相同的情形。在非常时期内,民众的思想谈吐完全与平常时期内不同。高乃依所生存的时代,大家如他一般地感觉,一般地思想,所以大众懂得他而不觉其夸大或悲郁。换言之,高乃依的夸大与悲郁,只是当时一般人的夸大或悲郁的表白而已。那时,一切带有英雄色彩。而鲁本斯正和高乃依同时,他的《卡尔凡山》与《圣莱汶的殉难》亦是在一六三六年与高乃依的悲剧《熙德》Cid同时产生的作品。

但在这夸张的风格中,包藏着何等的造型的富丽,何等丰满的生命!把鲁本斯与雨果做一比较是最适当的事。如这位诗翁一样,鲁本斯应用形象的铺张来发展他的作品。在画面上没有一个空隙,也没有一些踌躇的笔触会令人猜出作家的苦心:他的艺术是如飞瀑一般涌泻出来的。灵感之来,有如潮涌,源源不绝,永远具有那种长流无尽的气势。他的想象也永远会找到新的形式,满足视官,同时亦满足心灵。

据说《乡村节庆》一作是在一天之内画成的。然而不论你在枝节上如何推求,你永远不会在这百来个醉醺醺的狂欢的人群中,找出作家的天才有何枯涸之处。即在最需要准确与坚定的前景,亦无丝毫迟疑的笔触。在表达狂乱的景象时,作家老是由他的思想指导着。

安特卫普所藏的《东方民族膜拜圣婴》一画,在表现群众拥塞于厩舍门口时,种种复杂的画意衔接得十分紧凑。在背景上是骆驼的长颈丑脸与赶骆驼的非洲土人。稍近之处是黑人的酋长。但为填塞这后景与前景之间的空隙起见,柱子上又围绕着若干奇形怪状的人首。更前处,长须的长老与奇特的亚洲人群。最前景则是欧洲的法师跪献着礼物。

而这些画意不只是为了精神作用而复杂,不只是为要表现膜拜圣婴的人有来自世界各方的民众。鲁本斯是画家,不是历史学家与神学家。故每个画意不只表现一个故事,而尤其是助成造型的变化的一个因子:它同时形成了新的线条交错与新的色调。黑人酋长穿着光耀夺目的绸袍。亚洲长老的衣服上绣着富丽的东方图案。欧洲法师穿扮得如教士一般,在上面这些富丽的装饰之旁,加上一些白色的轻灵的纱质作为穿插。可见鲁本斯的作品,永远由色彩居于主要地位。当他发明新的画意时,他想到它对于全画所增加的意义与情操,同时亦想到它在这色彩的交响乐上所能添加的新的调子。

然而一个艺术家所贵的不独在于具有这等狂放丰富的想象,而尤其在于创作的方法与镇静的态度。鲁本斯的作品,如他的生活一样富有系统。他存留于世界各处的作品，总数约在一千五百件左右。即是这个数量已足证明艺术家所用的工作方法是何等有条不紊，若是缺少把握力，浪费时间，那末决无此等成就。构图永远具有意大利风格的明白简洁的因素。例如《乡村节庆》，还有什么作品比它更为凌乱呢？实际上，在这幅狂乱之徒的图像中，竟无中心人物可言。可是只要你仔细研究，你便能发现出它自有它的方案，自有严密的步骤，自有一种节奏，一种和谐。这条唯一的长长的曲线，向天际远去的线，显然是分做四组，分别在四个不同的景上展开的。四组之间，更有视其重要程度的比例所定的阶段：第一景上的一组，人数最多，素描亦最精到。在画幅左方的一组中，素描较为简捷，但其中各部的分配却是非常巧妙。务求赅明的精神统制着这幅充满着骚乱姿态的画，镇静的心灵老是站在画中的人物之外，丝毫不沾染及他们的狂乱。灵感的热烈从不能强迫艺术家走入他未曾选择的路径。多少艺术家，甚至第一流的艺术家，不免倚赖兴往神来的幸运，使他们的精神获得一闪那的启示！鲁本斯却是胸有成竹的人，他早已计算就这条曲线要向着天空最明净的部分远去，使这曲线的极端显得非常遥远。

《东方民族膜拜圣婴》一画，亦是依了互相衔接的次序而安排的。它亦分做四组，每组的中心是骆驼与赶骆驼的人，黑人酋长，亚洲法师，圣婴与欧洲法师。这四组配置妥当以后，在中间更加上小的故事作为联络与穿插。《卡尔凡山》与《圣莱汶的殉难》，表面上虽然似乎凌乱非常，毫无秩序，实在，它们的构图亦是应用同样简明的方法。

他应用的最普通的方法是对照。在《卡尔凡山》中，在一切向着画幅上端的纵横交错的线条中，突然有一条线与其他的完全分离着，似乎是动作中间的一个休止：这是倒在十字架下的耶稣。为把这根线条的作用表现得更为显明起见，更加上一个圣徒佛洛尼葛。圣母的衣褶与耶稣的肢体形成平行线。这一组线条在作品精神上还有另一种作用，便是耶稣倒地的情景在全个故事中不啻是乐章中静默的时间。

《膜拜圣婴》的构图是回旋的曲线式的进展。但群众的骚动，到了跪献的欧洲法师那里，似乎亦突然中止了。圣母与圣婴便显得处在与周围及后方的人物绝不相同的境域中。这是鲁本斯特别表显中心画题的手法：把它与画面上其余的部分对峙着，明白说出它本身的意义。

题材的伟大，想象的宏富，巧妙的构图，赅明简洁的线条：这是鲁本斯的长处。但他最大的特长，使他博得那么荣誉的声名的特长还不在此。他的优点，第一在他运用色彩的方式。眼前没有他的原作而要讲他的色彩的品质是不容易的。但在他所采用的枝节的性质上，也能看出他所爱的色彩是富丽的抑朴素的，是强烈的抑温和的。那末，他的画面上尽是些钢盔，军旗，绸袍，丝绒大氅，烦琐的装饰，镀金的物件。在他的笔下，一切都成为魅悦视官的东西。在未看到画题以前，我们已先受到五光十色的眩惑，恍如看到彩色玻璃时一般的感觉。不必费心思索，不必推求印象如何，我们立即觉察这眼目的愉快是实在的，强烈的。试以卢浮宫中的梅迪契廊为例，只就其中最特殊的一幅《亨利四世起程赴战场》而言：在建筑物的黝暗的调子前面，王室的行列在第一景上处在最触目的地位。一方面，我们看到王后穿着暗赤色的丝绒袍，为宫女们簇拥着；另一方面，君王穿着色彩较为淡静的服饰，为全身武装的兵士们拥护着。而在这对立的两群人物之间，站着一个典雅的美少年，穿着殷红色的服装，他的光华使全画为之焕发起来。如果把这火红色的调子除去，一切都将黯然无色了。我们再来如研究素描的枝节一般研究色彩的枝节罢，我们亦将发现种种对照，呼应，周密的构图。自然而然，我们会把这样的一幅画比之于一阕交响乐，在其中，每种颜色有其特殊的作用，充满了画意，开展，与微妙的和音。当然，一个意识清明的艺术家知道这些和谐的秘密，一个浅见的人只会享受它的快感而不知加以分析。

在《基督下十字架》中，在耶稣脚下，在圣女抹大拉的马利亚旁边的尼各但，披着一件鲜红的大氅。在此，亦是这个红色的调子照耀了画幅中其余的部分，使其他的色彩都来归依于这个主要音调。没有这个主调，全画便不存在了。

法国公主《伊莎贝拉像》，亦是卢浮宫所藏的鲁本斯名作之一。公主身上穿戴着鲜明的绣件，深色的丝绒袍子，发髻上插着美丽的钻石；背景是富丽堂皇的建筑；全体都恰当一个公主的身份，而这一点亦是受鲜艳的色彩所赐。

卢浮宫中还有一幅《圣母像》：无数的小天使拥挤着想迫近圣母，这是象征着世间的儿童对于这公共的母亲的爱戴。天空中是真的天使挟着棕树与冠冕来放在圣母头上。全画又是多么鲜艳夺目的色彩，而圣母腰间的一条殷红的带子更使这阕交响乐的调子加强了。在这样的一幅画中，殷红的颜色很易产生刺目的不快之感，假若没有了袍子的冷色与小天使躯体的桃红色把它调剂的话。

但一种强烈的色彩所以在画面上从不使人起刺目的不快之感者，便因色彩画家具有特长的技巧之故。他的画是色彩的和谐，如果其中缺少了一种色彩，那末整个的和谐便会解体。且如一切的和谐一般，其中有一个主要色调，它可以产生无穷的变化。有宏伟壮烈之作,充满着鲜明热烈的调子,例如《卡尔凡山》、《圣莱汶的殉难》、大部分的"梅迪契廊"中之作。有颂赞欢乐之作,例如《乡村节庆》。有轻快妩媚之作,如那些天真的儿童与鲁本斯的家人们占着主要位置的作品。

当我们把鲁本斯的若干作品做了一番考察之后,当我们单纯地享受富有艺术用意的色彩的快感之时,我们可以注意到颇有意味的两点:

第一,他的颜色的种类是很少的,他的全部艺术只在于运用色彩的巧妙的方法上。主要性格可以有变化,或是轻快,或是狂放,或是悲郁的曲调,或是凯旋的拍子,但工具是不变的,音色亦不变的。

第二,因为他的气质迫使他在一切题材中发挥热狂,故他的热色几乎永远成为他的作品中的主要基调。以上所述的《亨利四世起程赴战场》、《圣母像》、《乡村节庆》诸作都是明证。当主题不包含热色时,便在背景上敷陈热色。在《四哲人》、《舒紫纳》、《凯瑟琳》诸作中,便是由布帛的红色使全画具有欢悦的情调。

末了,我们还注意到他所运用的色彩的性质。在钢琴上,一个和音的性质是随了艺术家打击键子的方式而变化的。一个和音可以成为粗犷的或温慰的,可以枯索如自动钢琴的音色,亦可回音宏远,以致振动心魄深处。鲁本斯的钢盔、丝绒、绸袍,自然具有宏远的回音。但他笔触的秘密何在?这是亲切的艺术了,有如他的心魂的主调一般;这是不可言喻的,不可传达的,不可确定的。

本文之首,我曾说过鲁本斯是一个受人佩服而不受人爱戴的作家。为什么?在此,我们应该可以解答了。

最重要的,我们当注意鲁本斯作品最多的地方是在法国,故上述的态度,大部分当指法国人士。而法国人的民族性便与鲁本斯的气质格格不相入。大家知道法国人是缺乏史诗意识的。法国史上没有《伊利亚特》,没有《失乐园》,也没有《神曲》。高乃依只是一个例外,雨果及其浪漫派也被目为错误。真正的法国作家是拉伯雷(Rabelais),是莫里哀,是伏尔泰。

鲁本斯却是一个全无法国气质的艺术家。他的史诗式的夸张,骚乱,狂乱,热情,决非一般的法国人所能了解的,亦是了解了也不能予以同情。

其次,鲁本斯缺乏精微的观察力,而这正是法国人所最热望的优点。他的表达情操是有公式的,他的肖像是缺乏个性的。法国的王后,圣母,殉难的圣女都是同样华贵的类型:像这样的作品就难免超脱平凡与庸俗了。

即是摆脱了这些艺术家与鉴赏者之间的性格不同问题,我们也当承认鲁本斯的缺陷。我们已屡次申说并证明他是一个富有造型意识的大师。他是兼有翡冷翠与威尼斯两派的特长的作家。他的长处在于色感的敏锐，在于构图的明白单纯，在于线条的富有表现力。但他没有表达真实情操的艺术手腕。他不能以个性极强，观察准确的姿态来抓握对象的心理与情绪。

是这一个缺陷使鲁本斯不能获得如伦勃朗般的通俗性。但在艺术的表现境域上言，造型美与表情美的确是两种虽不冲突但难于兼有的美。

情调与诗意：浪漫派的风景画

普桑所定的历史风景画的公式，在两世纪中，一直是为法国风景画家尊崇的规律。它对于自然与人物的结构，规定得如是严密，对于古典精神又是如何吻合，没有一个大胆的画家敢加以变易。人们继续着想，说，人类是唯一的艺术素材，惟有靠了人物的安插，自然才显得美。

卢浮宫中充塞着这一个时代的这一类作品。

洛兰是一个长于伟大的景色的画家。但他的《晨曦》，他的《黄昏》，照射着海边的商埠，一切枝节的穿插都表明人类为自然之主宰——这是历史风景画的原则。

十八世纪初叶，华托（Watteau，一六八四至一七二一）画着卢森堡花园中的水池、走道树荫。但他的风景画，并非为了风景本身而作的。画幅中的主角，老是成群结队酣歌狂舞的群众。

弗拉戈纳尔（Fragonard，一七三二至一八〇六）曾把他的故乡格拉斯的风景穿插在作品中，但他的树木与草地不过为他的人物的背景而已。

当时一部分批评家，在历史风景画之外，曾分别出一种田园风景画。岩石与树木，代以农家的工具。乡人代替了骑士与贵族。而作品的精神却是不变。爱好田园的简单淳朴的境界原是当时的一种风尚，画家们亦只是迎合社会心理而制作，并无对于风景画的真实的感兴。

卢梭（Jean Jacques Rousseau）在颂赞自然，狄德罗亦在歌咏自然："噢！自然，你多么美丽，多么伟大，多么庄严！"这是当时的哲学，当时的风气。但这哲学还未到开花结果的时期，而风景艺术也只留在那投机取巧的阶段。

一七九六年，当达维特（David）制作巨大的历史画时，一个沙龙批评家在他的论文中写道："我绝对不提风景画，这是一种不当存在的画品。"

十九世纪初叶，开始有几个画家，看见了荷兰的风景画家与康斯特布尔（Constable，一七七六至一八三七）的作品，敢大胆描绘落日、拂晓或薄暮的景色；但官方的批评家还是执著历史风景画的成见。当时一个入时的艺术批评家，佩尔特斯（Perthes），于一八一七年时为历史风景画下了一个定义，说:"历史风格是一种组合景色的艺术,组合的标准是要选择自然界中最美、最伟大的景致以安插人物,而这种人物的行动或是具有历史性质,或是代表一种思想。在这个场合中,风景必须能帮助人物,使其行为更为动人,更能刺激观众的想象。"这差不多是悲剧的定义了,风景无异是舞台上的布景。

然而大革命之后,在帝政时代,新时代的人物在艺术上如在文学上一样,创出了新的局面。思想转变了,感觉也改换了。这一群画家中出世最早的是柯罗(Corot),生于一七九六年;其次是狄亚兹(Diaz),生于一八〇九年;杜佩雷(Dupré)生于一八一一年;卢梭(Théodore Rousseau)生于一八一二年。

一八三〇年,正是这些画家达到成熟年龄的时期,亦是浪漫主义文学基础奠定之年;从此以后的三十年中,绘画史上充满着他们的作品与光荣。而造成这光荣的是一种综合地受着历史、文学、艺术各种影响的画品——风景画。

杜佩雷被称为"第一个浪漫派画家"。他的精细的智慧,明晰的头脑,与丰富的思想,在他的画友中常居于顾问的地位,给予他们良好的影响。他的作品一部分存于卢浮宫,最知名的一幅是题为《早晨》的风景画。它不独在他个人作品中是件特殊之作,即在全体浪漫派绘画中亦是富于特征的。

其中并无历史风景画所规定的伟大的景色或故事,甚至一个人物也没有。我们只看见一角小溪,溪旁一株橡树,远处更有两株平凡的树在水中反映出阴影。

这绝非是自然界中的一角幽胜的风景。河流也毫无迂回曲折的景致。橡树也不是百年古树,它的线条毫无尊严巍峨之概。和橡树做伴着只是些形式相同的丛树。溪旁堆着几块乱石,两头麋鹿在饮水。

结构没有典雅的对称,各景的枝节没有装饰的作用。整个主题都安放在图的一面,而全图并无欹斜颠覆之概。其中也没有刻意经营的前景,没有素描准确的,足为全画重心的前景。坚实的骨干在此只有包裹着事物的模糊的轮廓。一草一木好似笼罩在云雾中一般,它们都是藉反映的影子来自显的,它们不是真实地存在着,而是令人猜到它们存在着。普桑惯在散步时采集花草木石,携回家中做深长的研究。这一种仔细推敲的时代已经过去了。

天际描绘得很低,占据了图中最大的地位。

那末,这幅画的魅力究在何处呢?是在它所涵蓄的诗意上。作者所欲唤引我们的情绪,是在东方既白,晨光熹微,万物方在朦胧的夜色中觉醒转来的境地中所感到的一种不可捉摸的情绪。

情调与诗意:浪漫派的风景画

洛兰曾画过日出的景象。那是光华夺目的庄严伟大的场面。杜佩雷却并无这种宏愿。他的乐谱是更复杂更细腻，因为它是诉之于心的，而情操的调子却比清明的思想更难捉摸。

作者所要唤引观众的，是在拂晓时万物初醒的境界，由这境界所触发的情绪是极幽密的，而且是稍纵即逝的。但他不愿描绘人类在晨光中在码头上或大路上工作的情景。他的对象只是两头麋鹿到它们熟识的溪旁饮水，只是饱受甘露的草木在晓色中抬头，只是含苞未放的花朵在微风中摇曳。他要描绘的是这一组错综的感觉，在我们心中引起种种田园的景象与自然界中亲切幽密的情调。

为表现这种新题材起见，艺术家自不得不和旧传统决绝，而搜觅新技巧。历史风景画，是和古典派文学一般给有思想的人观赏的。至于浪漫派的风景画却是为敏感的心灵制作的。新的真理推翻了旧的真理，构图中对称的配置，形象描写的统一，穿插人物以增加全画的高贵性……这一切规条都随之崩溃了。从今以后，艺术家在图中安置他的中心人物时，不复以传统法则为圭臬，而以他自己的趣味为依据。他不复为了保存庄严伟大的面目而有所牺牲。他在图中穿插入最微贱的事物，为以前的画家所认为不足入画的。至于历史风景画中所常见的瀑布、山洞、古堡、废墟之类，为昔人所尊为高贵的，却全被遗弃了。

但我们不可就说浪漫派把所有的素描法则全部废弃了，其中颇有为任何画派所不能轻忽的基本原则。即如杜佩雷之《早晨》，它的主要对象是橡树，其他一切都从属于它：隐在后面的另一株橡树、灌木丛、在溪上反映着倒影的杂树，都是和主要对象保持着从属关系的。画中也有各个远近不同的景，也有强弱各异、冷热参错的色度。并如古典派一派，有使印象一致的顾虑，一切枝叶的分配都以获得这统一性为目的：占据图中最大部分的天空是表现晨光的普照；丛密的树叶中间透露出来的光，是微弱的；全部包围着缥缈不定的雾氛。

在此我们应当注意：这种画面所唤引的情操绝非造型的（plastique）。我们的感动绝非因为它的线条美、色彩美，或丛树麋鹿的美。这些琐物会合起来引起观众一种纯粹精神的印象。在它前面，我们只是给一种不可思议的情绪抓住了，而忘记一切它所包涵的新奇的构图与技术。

近世的风景画格在此只是一个开端，而浪漫主义也正在初步表现的阶段中。它的发展的趋向不止杜佩雷的一种，即杜佩雷的那种情操也还有更精进的表白。

卢梭的作品比较更伟大更奇特。他因为处境困厄，故精神上充塞着烦恼与苦闷。他的父亲原是一个巴黎的工匠，因为经营不善而破产了，使卢梭老早就尝遍了贫穷的滋味。他的年轻的妻子发了疯，不得不与他离婚。他的艺术被人误解，二十余年中，批评家对他只有冷嘲热讽的舆论。直到一八四八年革命为止，他的作品每年被沙龙的审查委员会拒绝。

他秉有诗人的气质。他可不是表现晨光暮色时的幽密的梦境，而是抉发大自然要蕴藏的生气。文艺复兴期的多那太罗早曾发过这种宏愿，他为要追求体质的与精神的生命印象，曾陷于极度的苦恼。然而卢梭所欲阐发的，并非是人类的生命，而是自然界的生命。他的感觉，他的想象，使他能够容易地抓握最微贱的生物的性灵。他自言听到树木的声音。它们的动作，它们的不同的形式，教他懂得森林中的呢语。他猜测到花的姿态所涵的意义与热情。

当一个人到达了这个地步，无论是诗人或画家，他的眼睛是透视的了，它们能在外形之内透视到内心。大自然是一个超自然的世界，但于他一切都是熟习的。怀着猜忌与警戒，心头只是孤独与寂寞，他的日子，完全消磨于野外，面对着画架，面对着大自然。有一次他在田间工作时遇到一个朋友，他便说："在此多么愉快！我愿这样地永久生活于静寂之中。"是啊，他和人世的接触愈少，便是和自然的接触愈多；他不愿与人群交往时，便去与自然对语。这里所谓自然不只是山水，不只是天空的云彩，而是自然界中一切的生物与无生物。

要捉摸无可捉摸，要表白无可表白，这是画家卢梭的野心。这野心往往使他陷于绝望。多少作品在将要完工的时候被毁掉了！如莱奥纳多·达·芬奇一样，他不断地发明特殊的方法，制造特殊的颜色与油，以致他有许多作品，经过了不纯粹的化学作用而变得黝暗，面目不辨。

他的代表作中，有《枫丹白露之夕》。这幅风景表现得如同一座美妙的建筑物。两旁矗立着几株大树，宛如大寺前面的两座钟楼；交叉的树枝仿佛穹隆；中间展开着一片广大的平原；其中有牛羊，有池塘，有孤立的树。两旁的树下，散布着乱石与短小的植物，到处开满着鲜花，池上飘着浮萍。

作者所要表白的，是在这丛林之下与平原之上流转着的无声无形的生气。树干的巍峨表示它独立不阿的性格，一望无际的原野表示天地之壮阔，牛羊广布，指示出富庶的畜牧；即是一花一草之微，亦在启示它们欣欣向荣的生命。然而作者懂得综合的力量最为坚强，故他并不如何刻求琐屑的表现；而且在一切小枝节汇集之后，最重要的还得一道灿烂的光明，把一幅图画变成一阕交响乐。于是他反复地修改、敷色；若是在各种探究之后依然不能获得预期的效果，他便转侧于痛苦的绝望中了。在痛苦中或者竟把这未完之作毁掉了；或者在狂乱之后，清明的意识使他突然感应到伟大的和谐。

如杜佩雷一样，卢梭并不刻求表现自然的真相，而是经过他的心所观照过的自然的面貌。他以自己的个性、人物、视觉来代替准确的现实，他颂赞宇宙间潜在的生命力。他的画无异是抒情诗，无异是一种心灵境界的表现。他自己说过他创出幻象以自欺，他以自己的发明作为精神的食粮。

经过了杜佩雷、卢梭及同时代诸艺人的努力，风景画已到达独立的程度，它失去了往昔的附属作用、装饰作用，它已是为"风景"画的风景画。我们已经说过，这是整个时代的产物，是与浪漫主义文学同样具有不得不发生的原因，这原因是当时代的人的一致的精神要求。也和浪漫派文学一样，风景画所能表达的境界还不止上述数人所表达过的，因为它抒情的方面既是很多，而用以抒情的基调又时常变换。我们以下要提及柯罗便是要说明这新兴画派成功的顶点。

在身世上言，柯罗比起卢梭来已是一个幸福儿。他比卢梭长十六岁，寿命也长八年。浪漫派的兴起与衰落，都是他亲历的。他的一生完全是风平浪静的日子。他的作品毫无革命色彩，一直为官立沙龙所容受。当审查委员会议决不予颁给他银质奖章时，他的朋友们铸造了一个金质奖章送给他。他丝毫没有受到卢梭所经历的悲苦。在七十七岁上，他第一次觉得患病时，他和朋友们说："我对于我的运命毫无可以怨尤之处。我享有健康，我具有对于大自然的热爱，我能一生从事于绘画。我的家庭里都是善良之辈。我有真诚的朋友，因为我从未开罪于人。我不但不能怨我的命运，我尤当感激它呢。"

以艺术本身言，柯罗的作品比卢梭的不知多出几许。他的环境使他能安心创作，他的艺术天才如流水一般地泻滑出来。在他暮年，他的作品已经有了定型，被称为"柯罗派"。更以卢梭的面貌与柯罗的对比，那么，卢梭所见的自然，是风景中各部分的关联，是树木与土地的轮廓。他仿佛一个天真的儿童，徜徉于大自然中，对于一草一木都满怀着好奇心：树枝的虬结，岩石的峥嵘，几乎全像童话中有人格性的生物。但他不知在树木与岩石之外，更有包裹着它们的大气（atmosphère），光的变幻于他也只是不重要的枝节。他描绘的阳光，总是沉着的晚霞，与树木处在迎面反光的地位，因为这样更能显示树木的雄姿。

至于柯罗，却把这些纯粹属于视觉性的自然景物，演成一首牧歌式的抒情诗。银白的云彩，青翠的树荫，数点轻描淡写的枝叶在空中摇曳，黝暗的林间隙地上，映着几个模糊的夜神的倩影与舞姿。树影不复如卢梭的那般固定，它的立体性在轻灵浮动的气氛中消失了，融化了。地面上一切植物的轮廓打破了，充塞平天地之间，而给予自然以一种统一的情调的，是前人所从未经意的大气。这样，自然界变得无穷，变得不定，充满着神秘与谜，在他的画中，一切在颤动，如小提琴弦所发的袅袅不尽之音。那么自由，那么活泼，半是朦胧，半是清楚，这是魏尔兰（Verlaine）的诗的境界。

　　近世风景画不独由柯罗而达到顶点，且由他而开展出一个新的阶段。他关于气氛的发现，引起印象派分析外光的研究。他把气氛作为一幅画的主要基调，而把各种色彩归纳在这一个和音中。在此，风景画简直带着音乐的意味，因为这气氛不独是统制一切的基调，同时还是调和其他色彩的一种中间色。

　　在绘画史的系统上着眼，浪漫派风景画只是使这种画格摆脱往昔的从属于人物画历史画的地位，而成为一种自由的抒情画。然而除了这精确的意义外，更产生了技术上的革命。

　　正统的官学派，素来奉"本身色彩"（couleur locale）为施色的定律。他们认为万物皆有固定的色彩，例如树是绿的，草是青的之类。因为他们穷年累月在室内工作，惯在不明不暗的灰白色光线下观看事物，从不知在阳光下面，万物的色彩是变化无穷的。

　　现在，浪漫派画家在外光中作画，群集于巴黎近郊的枫丹白露森林中，他们看遍了晨、夕、午、夜诸景之不同，又看到了花草木石在这时间内各有不同的色彩。不到半世纪，便产生了极大的影响，启示了后来画家创立印象派的极端自然主义的风格。

气禀、教育与画风：雷诺兹与庚斯博罗之比较

雷诺兹（Reynolds）生于一七二三年，死于一七九二年；庚斯博罗（Gainsborough）生于一七二七年，死于一七八八年；这是英国十八世纪两个同时代的画家，亦是奠定英国画派基业的两位大师。

虽然庚斯博罗留下不少风景制作，虽然雷诺兹曾从事于历史画宗教画，但他们的不朽之作，同是肖像画，他们是英国最大的肖像画家。

他们生活于同一时代，生活于同一社会，交往同样的伦敦人士。他们的主顾亦是相同的：我们可以在两人的作品中发现同一人物的肖像，例如罗宾逊夫人、西登斯夫人、英王乔治三世、英后夏洛特、台梵夏公爵夫人等等。而且两人的作品竟那么相似，除了各人特殊的工作方法之外，只有细微的差别，而这差别还得要细心的观众方能辨认出来。

两人心底里互相怀着极深的敬意。他们暮年的故事是非常动人的。嫉妒与误解差不多把两人离间了一生。当庚斯博罗在垂暮之年感到末日将临的时光，他写信给雷诺兹请他去鉴赏他的最后之作。那是一封何等真挚何等热烈的信啊！他向雷诺兹诀别，约他在画家的天国相会："因为我们会到天国去的，凡·代克必然佑助我们。"是啊，凡·代克是他们两人共同低徊钦仰的宗师，在这封信中提及这名字更令人感到这始终如一的画人的谦恭与虔诚。

雷诺兹方面，则在数月之后，在王家画院中向庚斯博罗做了一次颂扬备至的演说，尤其把庚氏的作品做了一个深切恰当的分析。

因此说他们的艺术生涯是一致的，他们的动向是相仿的，他们的差别是细微的话是真确的。然而我们在这一讲中所要研究的，正是这极微细的差别，因为这差别是两种不同的精神，两种不同的工作方法，两种不同的视觉与感觉的后果。固然，即在这些不同的地方，我们也能觅得若干共通性格。这一种研究的兴味将越出艺术史范围，因为它亦能适用于文学史。

两人都是出身于小康之家：雷诺兹是牧师的儿子；庚斯博罗是布商的儿子。读书与研究是牧师的家风；但庚斯博罗的母亲则是一个艺术家。这家庭

环境的不同便是两个心灵的不同的趋向的起点。

不必说两人自幼即爱作画。一天窃贼越入庚斯博罗的家园，小艺术家却在墙头看得真切，他把其中一个窃贼的面貌画了一幅速写，报官时以画为凭，案子很快地破了。

这张饶有意味的速写并没遗失，后来，庚氏把它画入一幅描写窃贼的画中。人们把它悬挂在园中，正好在当时窃贼所站的地方。据说路人竟辨不出真伪而当它是一个真人。这件作品现藏伊普斯威奇（Ipswich）美术馆。

当庚斯博罗的幼年有神童之称时，雷诺兹刚埋头于研究工作。八岁，他已开始攻读耶稣会教士所著的有名的《画论》和理查德森的画理。

这时代，两种不同的气禀已经表露了。庚斯博罗醉心制作，而雷诺兹深究画理。两人一生便是这样。一个在作画之余，还著书立说，他的演辞是英国闻名的，他的文章在今日还有读者；而另一个则纯粹是画家，拙于辞令，穷于文藻，几乎连他自己的绘画原则与规律都表达不出。

十八岁，雷诺兹从了一个凡·代克的徒孙赫德森为师。二十岁，他和老师龃龉而分离了。

同年，庚斯博罗十四岁，进入一个名叫格拉夫洛特的法国镂版家工作室中，不多几时也因意见不合而走了。以后他又从一个没有多大声名的历史画家为师。和雷诺兹一样，他在十八岁上回归英国。

此刻，两个画家的技艺完成了，只待到社会上去显露身手了。

在辗转学艺的时期内，雷诺兹的父亲去世了。一家迁住到普利茅斯去，他很快地成为一个知名的画家。因为世交颇广，他获得不少有力的保护人，帮助他征服环境，资助他到意大利游历。这青年艺人的面目愈加显露了：这是一个世家子弟，艺术的根基已经很厚，一般学问也有很深的修积。他爱谈论思想问题，这是艺术家所少有的趣味。优越的环境使他获得当时的艺术家想望而难逢的机会——意大利旅行。还有比他的前程更美满的么？

庚斯博罗则如何？他也回到自己的家中。他一天到晚在田野中奔驰，专心描绘落日、丛林海滨、岩石的景色，而并不画什么肖像，并不结识什么名人。

在周游英国内地时，他遇到了一个青年女郎，只有十七岁，清新娇艳，有如出水芙蓉，名叫玛格丽特，他娶了她。碰巧——好似传奇一般——他的新妇是一个亲王的堂姊妹，而这亲王赠给她岁入二千金镑的奁资。自以为富有了，他迁居到郡府的首邑伊普斯威奇。

他的面目亦和雷诺兹的一样表显明白了。雷氏的生活中，一切都有方法，都有秩序；庚氏的生活中则充满了任性、荒诞与诗意。

雷诺兹一到意大利便开始工作。他决意要发掘意大利大家的秘密。他随时随地写着旅行日记，罗马与翡冷翠在其中没有占据多少篇幅，而对于威尼斯画派却有长篇的论述。因为威尼斯派是色彩画派，而雷诺兹亦感到色彩比素描更富兴趣。每次见到一幅画，每次逢到特异的征象，立刻他归纳成一个公式、一条规律。在他的日记中，我们可以找到不少例子。

在威尼斯，看到了《圣马可的遗体》一画之后，他除了详详细细记载画的构图之外，又写道：

"规律：画建筑物时，画好了蓝色的底子之后，如果要使它发光，必得要在白色中渗入多量的油。"

看过了提香的《寺院献礼》，他又写着：

"规律：在淡色的底子上画一个明快的脸容，加上深色的头发，和强烈的调子，必然能获得美妙的结果。"

犹有甚者，他看到了一幅画，随即想起他如何能利用它的特点以制作自己的东西：

"在圣马可寺中的披着白布的基督像，大可移用于基督对布鲁图斯（Brutus）显灵的一幕中。上半身可以湮没在阴影中，好似圣葛莱哥阿寺中的修士一般。"

一个画家如一个家中的主妇收集烹饪法一般地搜罗绘画法，是很危险的举动。读了他的日记，我们便能懂得若干画家认为到意大利去旅行对于一个青年艺人是致命伤的话并非过言了。如此机械的思想岂非要令人更爱天真淳朴的初期画家么？

雷诺兹且不以做这种札记功夫为足，他还临摹不少名作。但在此，依旧流露出他的实用思想。他所临摹的只是于他可以成为有用的作品，凡是富有共同性的他一概不理会。

三年之后，他回到英国，那时他真是把意大利诸大家所能给予他的精华全部吸收了，他没有浪费光阴，真所谓"不虚此行"。

然而，在另一方面，意大利画家对于他的影响亦是既深且厚。他回到英国时，心目中只有意大利名作的憧憬，为了不能跟从他们所走的路，为了他同时代的人物所要求的艺术全然异趣而感到痛苦。一七九〇年，当他告退王家画院院长的职位时，他向同僚们做一次临别的演说，他在提及米开朗琪罗时，有言："我自己所走的路完全是异样的；我的才具，我的国人的趣味，逼我走着与米开朗琪罗不同的路。然而，如果我可以重新生活一次，重新创造我的前程，那末我定要追踪这位巨人的遗迹了。只要能触及他的外表，只要能达到他的造就的万一，我即将认为莫大的光荣，足以补偿我一切的野心了。"

他回国是在一七五三年，三十岁——是鲁本斯从意大利回到安特卫普的年纪——有了保护人，有了声名，完成了对于一个艺术家最完美的教育。

庚斯博罗则自一七四八年起隐居于故乡，伊普斯威奇郡中的一个小城。数十年如一日，他不息地工作，他为人画像，为自己画风景。但他的名声只流传于狭小的朋友群中。

至于雷诺兹，功名几乎在他回国之后接踵而来，而且他亦如长袖善舞的商人们去追求，去发掘。他的老师赫德森那时还是一个时髦的肖像画家。雷诺兹看透这点，故他为招揽主顾起见，最初所订的润例非常低廉。他是一个伶俐的画家，他的艺术的高妙与定价的低廉吸引了不少人士。等到大局已定，他便增高他的润例。他的画像，每幅值价总在一百或二百金币左右。他住在伦敦最华贵的区域内。如他的宗师凡·代克一般，他过着豪华的生活。他雇用助手，一切次要的工作，他不复亲自动手了。

如凡·代克，亦如鲁本斯，他的画室同时是一个时髦的沙龙。文人、政治家、名优，一切稍有声誉之士都和他往来。他在报纸上发表文章。他的交游，他的学识，使他被任英国皇家学会会长。一七六〇年，他组织了英国艺术家协会，每两年举行展览会一次，如巴黎一样。一七六八年，他创办国家画院，为官家教授艺术的机关。他的被任为院长几乎是群众一致的要求。而且他任事热心，自一七六九年始，每年给奖的时候，他照例有一次演说，这演说真可说是最好的教学，思想高卓宽大，他的思想随了年龄的增长，愈为成熟，见解也愈为透彻。

因此，他是当时的大师，是艺术界的领袖。他主持艺术教育，主办展览会。一七六九年，英王褒赐爵士。一七八四年，他成为英国宫廷中的首席画家。各外国学士会相与致赠名位。凯瑟琳二世委他作画。

一七九二年他逝世之后，遗骸陈列于王家画院，葬于圣保罗大寺。伦敦市长以下各长官皆往执绋。王公卿相，达官贵人，争往吊奠：真所谓生荣死哀，最美的生涯了。

庚斯博罗自一七四八年始老是徜徉于山巅水涯，他向大自然去追求雷诺兹向意大利派画家所求的艺术泉源。一七六〇年，他又迁徙到巴斯居住。那是一个有名的水城，为贵族阶级避暑之地。在此，他很快地成为知名的画家，每幅肖像的代价从五十金币升到一百金币。主顾来得那么众多，以致他不得不如雷诺兹一般住起华贵的宅第。但他虽然因为生意旺盛而过着奢华的生活，声名与光荣却永远不能诱惑他，自始至终他是一个最纯粹最彻底的艺术家。雷诺兹便不然了，他有不少草率从事的作品，虽然喧传一时，不久即被遗忘了。

庚斯博罗逃避社会，不管社会如何追逐他。他甚至说他将在门口放上一尊大炮以挡驾他的主顾。他只在他自己高兴的时间内工作，而且他只画他所欢喜的人。当他在路上遇到一个面目可喜的行人时，他便要求他让他作肖像。如果这被画的人要求，他可以把肖像送给他以示感谢。当他突然兴发的时光，他可以好几天躲在田野里赏览美丽的风景，或者到邻近的古堡里去浏览内部所藏的名作，尤其是他钦仰的凡·代克。

疲乏了，他向音乐寻求陶醉；这是他除了绘画以外最大的嗜好。他并非是演奏家，一种乐器也不懂，但音乐使他失去自主力，使他忘形，他感到无穷的快慰。他先是醉心小提琴，继而是七弦琴。他的热情且不是柏拉图式的，因为他购买高价的乐器。七弦琴之后，他又爱牧笛，又爱竖琴，又爱一种他在凡·代克某幅画中见到的古琴。他住居伦敦时，结识了一个著名的牧笛演奏家，引为知己，而且为表示他对于牧笛的爱好起见，他甚至把女儿许配给他。据这位爱婿的述说，他们在画室中曾消磨了多少幽美的良夜；庚斯博罗夫人并讲起有一次因为大家都为了音乐出神，以至窃贼把内室的东西偷空了还不觉察。

这是真正的艺术家生涯，整个地为着艺术的享乐，可毫无一般艺人的放浪形骸的事迹。这样一种饱和着诗情梦意、幻想荒诞的色彩的生活，和雷诺兹的有规则的生活（有如一条美丽的渐次向上的直线一般）比较起来真有多少差别啊！

但庚斯博罗的声名不曾超越他的省界。一七六一年时，他送了一张肖像到国家展览会去，使大家都为之出惊。一七六三年，他又送了两幅风景去出品，但风景画的时代还未来临。他死后，人们在他画室中发现藏有百余幅的风景：这是他自己最爱的作品，可没有买主。

虽然如此，两次出品已使他在展览会中获占第一流的位置，贵人们潮涌而至，请求他画像，其盛况正不下于雷诺兹。

一七八〇年，眼见他的基业已经稳固，他迁居伦敦，继续度着他的豪华生活。一七八四年，他为了出品的画所陈列的位置问题，和画院方面闹翻了。他退出了展览会。在那时候，要雷诺兹与庚斯博罗之间没有嫉妒之见存在是很难的了。我们不知错在哪方面，也许两人都没有过失。即使错在庚斯博罗，那也因了他暮年时宽宏的举动而补赎了。那么高贵的句子将永远挂在艺术家们的唇边："我们都要到天国去，凡·代克必将佑护我们。"他死于一七八八年，遗言要求葬在故乡，在他童年好友、画家柯尔比（Kirby）墓旁。直到最后，他的细致的艺术家心灵永远完满无缺。

是这样的两个人物。

一个，雷诺兹，受过完全的教育，领受过名师的指导。他的研究是有系统的，科学化的。艺术传统，不论是拉斐尔或提香，经过了他的头脑便归纳成定律了。

第二个，庚斯博罗，一生没有离开过英国。除了凡·代克之后，他只认识了当时英国的几个第二流作家。他第一次出品于国家沙龙时使大家出惊，为的是这个名字从未见过，而作品确是不经见的杰构。

雷诺兹在他非常特殊的艺术天禀上更加上渊博精深的一般智识。这是一个意识清明的画家。他所制作的，都曾经过良久的思虑。因为他愿如此故如此。我们可以说没有一笔没有一种色调他不能说出所以然。

庚斯博罗则全无这种明辨的头脑。他是一个直觉的诗人。一个不相识的可是熟习的妖魔抓住他的手，支配他的笔，可从没说出理由。而因为庚斯博罗不是一个哲学家，只以眼睛与心去鉴赏美丽的色彩、美丽的形象、富有表情的脸相，故他亦从不根究这妖魔。

雷诺兹爵士，有一天在画院院长座上发言，说："要在一幅画中获得美满的效果，光的部分当永远敷用热色，黄、红或带黄色的白；反之，蓝、灰、绿，永不能当做光明。它们只能用以烘托热色，惟有在这烘托的作用上方能用到冷色。"这是雷诺兹自以为在威尼斯派中所发现的秘密。他的旅行日记中好几处都提到这点，但庚斯博罗的小妖魔，并不尊重官方人物的名言，提出强有力的反证。这妖魔感应他的画家作了一幅《蓝色孩子》（今译《蓝衣少年》），一切都是蓝色的，没有一种色调足以调剂这冰冷的色彩。而这幅画竟是杰作。这是不相信定律、规条与传统的最大成功。

两人都曾为西登斯夫人画过肖像。那是一个名女优，她的父亲亦是一个名演员，姓悭勃尔。他曾有过一句名言，至今为人传诵的："上帝有一天想创造一个喜剧天才，他创造了莫里哀，把他向空间一丢。他降落在法国，但他很可能降落在英国，因为他是属于全世界的。"

他的女儿和他具有同等出众的思想。她的故事曾被当代法国文学家安德烈·莫洛亚（André Maurois）在一篇题作《女优之像》的小说中描写过。

西登斯夫人讲述她到雷诺兹画室时，画家搀扶着她，领她到特别为模特儿保留的座位前面。一切都准备她扮演如在图中所见的神情。他向她说：

"请登宝座，随后请感应我以一个悲剧女神的概念。"这样，她便扮起姿势。

这幕情景发生于一七八三年，正当贵族社会的黄金时代。

于是，雷诺兹所绘的肖像，不复是西登斯夫人的，而是悲剧女神墨尔波墨涅（Melpoméne）了。这是雷诺兹所谓"把对象和一种普通观念接近"。这方法自然是很方便的。他曾屡次采用，但也并非没有严重的流弊。

因为这女神的宝座高出地面一尺半，故善于辞令的雷诺兹向他的模特儿说，他匍匐在她脚下，这确是事实。当肖像画完了，他又说："夫人，我的名字将签在你的衣角上，贱名将藉尊名而永垂不朽，这是我的莫大荣幸。"

当他又说还要大加修改使这幅画成为完美时，那悲剧家，也许厌倦了，便说她不信他还能把它改善；于是雷诺兹答道："惟夫人之意志是从！"这样，他便一笔不再改了。在那个时代，像雷诺兹那样的人物，这故事是特别饶有意味的。同时代，法国画家拉图尔（Maurice Quentin La Tour，一七〇四至一七八八）被召到凡尔赛宫去为篷巴杜夫人作像，他刚开始穿起画衣预备动手，突然关起他的画盒，收拾他的粉画颜色，一句话也不说，愤愤地走了。为什么呢？因为法王路易十五偶然走过来参观了他的工作之故。

西登斯夫人，不，是悲剧女神，坐着，坐在那"宝座"上。头仰起四分之三，眼睛不知向什么无形的对象凝视着。一条手臂倚放在椅柄上，另一条放在胸口。她头上戴着冠冕，一袭宽大的长袍一直垂到脚跟，全部的空气，仿佛她站在云端里。姿态是自然的，只是枝节妨害了大体。女神背后还有两个人物。一是"罪恶"，张开着嘴，头发凌乱，手中执着一杯毒药。另一个是"良心的苛责"。背景是布满着红光，如在舞台上一般。这是画家要藉此予人以悲剧的印象。然而肖像画家所应表达的个人性格在此却是绝无。

除此之外，那幅画当然是很美的。女优的姿势既那么自然，她的双手的素描亦是非常典雅。身上的布帛，既不太简，亦不太繁，披带得十分庄严。它们又是柔和，又是圆转。两个人物的穿插愈显出主角的美丽与高贵。全部确能充分给人以悲剧女神的印象。

但庚斯博罗的肖像又是如何？

固然，这是同一个人物。雷诺兹的手法，是要把他的对象画成一个女神，给她一切必须的庄严华贵，个性的真实在此必然是牺牲了。这方法且亦是十八世纪英法两国所最流行的。人们多爱把自己画成某个某个神话中的人物，狄安娜，米涅瓦……一个大公画成力士哀居尔，手里拿着棍棒。在此，虚荣心是满足了，艺术却大受损害了，因为这些作品，既非历史画，亦非肖像画，只是些丑角改装的正角罢了。

在庚斯博罗画中，宝座没有了，象征人物也没有了，远处的红光也没有了。这一切都是戏巧，都是魔术。真正的西登斯夫人比悲剧女神漂亮得多。她穿着出门的服饰，简单地坐着。她身上是一件蓝条的绸袍。她的头并不仰起，脸部的安置令人看到她全部的秀美之姿，她戴着时行的插有羽毛的大帽。

这两件作品的比较，我们并非要用以品评两个画家的优劣，而只是指出两个不同的气禀，两种不同的教育，在艺术制作上可有如何不同的结果。雷诺兹因为学识渊博，因为他对于意大利画派——尤其是威尼斯派——的深切的认识，自然而然要追求新奇的效果。庚斯博罗则因为淳朴浑厚，以天真的艺术家心灵去服从他的模特儿。前者是用尽艺术材料以表现艺术能力的最大限度；后者是抉发诗情梦意以表达艺术素材的灵魂。如果用我们中国的论画法来说，雷诺兹心中有画，故极尽铺张以作画；庚斯博罗心中无画，故以无邪的态度表白心魂。

第七辑

菲列伯·苏卜《夏洛外传》译者序

"夏洛是谁?"恐怕国内所有爱看电影的人中没有几个能回答。

大家都知有卓别麟而不知有夏洛,可是没有夏洛(Chalot),也就没有卓别麟了。

大家都知卓别麟令我们笑,不知卓别麟更使我们哭。大家都知卓别鳞是世界上最著名的电影明星之一,而不知他是现代最伟大的艺术家之一。这是中国凡事认不清糟粕与精华(尤其是关于外国的)的通病。

"夏洛是谁?"是卓别麟全部电影作品中的主人翁,是卓别麟幻想出来的人物,是卓别麟自身的影子,是你,是我,是他,是一切弱者的影子。

夏洛是一个无家可归的浪人。在他飘泊的生涯中,除受尽了千古不变的人世的痛苦,如讥嘲、嫉妒、轻薄、侮辱等等以外,更备尝了这资本主义时代所尤其显著的阶级的苦恼。他一生只是在当兵,当水手,当扫垃圾的,当旅馆侍者,那些"下贱"的职业中轮回。

夏洛是一个现世所仅有的天真未凿,童心犹在的真人。他对于世间的冷嘲、热骂、侮辱,非但是不理,简直是不懂。他彻头彻尾地不了解人类倾轧凌轹的作用,所以他吃了亏也只知拖着笨重的破靴逃;他不识虚荣,故不知所谓胜利的骄傲;其不知抵抗者亦如此。

这微贱的流浪者,见了人——不分阶级地脱帽行礼,他懂得惟有这样才能免受白眼与恶打。

人们虽然待他不好,但夏洛并不憎恨他们,因为他不懂憎恨。他只知爱。

是的,他只知爱:他爱自然,爱动物,爱儿童,爱飘流,爱人类,只要不打他的人他都爱,打过了他的人他还是一样地爱。

因此,夏洛在美洲,在欧洲,在世界上到处博得普遍的同情,一切弱者都认他为唯一的知己与安慰者。

他是戆,傻,蠢,真,——其实这都是真的代名词——因此他一生做了不少又戆又傻又蠢而又真的事!

他饿了,饥饿是他的同伴,他要吃,为了吃不知他挨了几顿恶打。

他饿极的时候，也想发财，如一般的人一样。

也如一般的人一样，他爱女人，因此做下了不少在绅士们认为不雅观的笑话。

他飘泊的生涯中，并非没有遇到有饭吃，有钱使，有女人爱的日子，但他终于舍弃一切，回头去找寻贫穷，饥饿，飘泊。他割弃不了它们。

他是一个孤独者。

夏洛脱一脱帽，做一个告别的姿势，反背着手踏着八字式的步子又望不可知的世界里去了。

他永远在探险。他在举动上，精神上，都没有一刻儿的停滞。

夏洛又是一个大理想家，一直在做梦。

"夏洛是谁？"

夏洛是现代的堂·吉诃德 Don Quichotte。

夏洛是世间最微贱的生物，最高贵的英雄。

夏洛是卓别麟造出来的，故夏洛的微贱就是卓别麟的微贱，夏洛的伟大也就是卓别麟的伟大。

夏洛一生的事迹已经由法国文人兼新闻记者菲列伯·苏卜（Philippe Soupault），以小说的体裁，童话的情趣，写了一部外传，列入巴黎北龙书店（Librairie Plon, Paris）的《幻想人物列传》之三。

去年二月二十二日巴黎 Intransigeant 夜报载着卓别麟关于夏洛的一段谈话：

"啊，夏洛！我发狂般爱他。他是我毕生的知己，是我悲哀苦闷的时间中的朋友。一九一九年我上船到美国去的时候，确信在电影事业中是没有发财的机会的；然而夏洛不断的勉励我，而且为我挣了不少财产。我把这可怜的小流浪人，这怯弱、不安、挨饿的生物诞生到世上来的时候，原想由他造成一部悲怆的哲学（Philosophie pathétique），造成一个讽刺的、幽默的人物。手杖代表尊严，胡须表示骄傲，而一对破靴是象征世间沉重的烦恼！

"这个人物在我的心中生存着，有时他离我很近，和我在一起，有时却似乎走远了些。"

夏洛在《城市之光》里演了那幕无声的恋爱剧后，又不知在追求些什么新的 Aventure 了。但有一点我敢断言，就是夏洛的 Aventure 是有限的，而他的生命却是无穷的。他不独为现代人类之友，且亦为未来的，永久的人类之友，既然人间的痛苦是无穷无尽的。

一九三三年七月

莫罗阿《恋爱与牺牲》译者序

幻想是逃避现实，是反抗现实，亦是创造现实。无论是逃避或反抗或创造，总得付代价。

幻想须从现实出发，现实要受幻想影响，两者不能独立。

因为总得付代价，故必需要牺牲：不是为了幻想牺牲现实，便是为了现实牺牲幻想。

因为两者不能独立，故或者是幻想把现实升华了变做新的现实，或者是现实把幻想抑灭了始终是平凡庸俗的人生。

彻底牺牲现实的结果是艺术，把幻想和现实融和得恰到好处亦是艺术；唯有彻底牺牲幻想的结果是一片空虚。

艺术是幻想的现实，是永恒不朽的现实，是千万人歌哭与共的现实。

恋爱足以孕育创造力，足以产生伟大的悲剧，足以吐出千古不散的芬芳；然而但丁、歌德之辈寥寥无几。

恋爱足以养成平凡性，足以造成苦恼的纠纷：这样的人有如恒河沙数。

本书里几幅历史上的人物画，其中是否含有上述的教训，高明的读者自己会领悟。

一九三五年岁杪　译者

本书第一篇叙述歌德写《少年维特之烦恼》的本事，第二篇叙作者一个同学的故事，第三篇叙英国名女优西邓斯夫人（Mrs. Siddons，1755—1831）故事，第四篇叙英国名小说家爱德华·皮尔卫－李顿爵士（Sir Edward-Bnlwer Lytton，1805—1873）故事，皆系真实史绩。所记年月亦与事实相符，证以歌德之事可知。

本书初版时附有木版插图数十幅，书名《曼伊帕或解脱》，后于 Grasset 书店版本中改名《幻想世界》，译者使中国读者易于了解计擅改今名。

　　本书包含中篇小说四篇，但作者于原著中题为《论文集》，可见其用意所在。

——译者附注

罗曼·罗兰《约翰·克利斯朵夫》译者弁言

在本书十卷中间，本册所包括的两卷［傅译《约翰·克利斯朵夫》分四册出版。本文刊于第二册（收卷四《反抗》、卷五《节场》）之前。——编者注］恐怕是最混沌最不容易了解的一部了。因为克利斯朵夫在青年成长的途中，而青年成长的途程就是一段混沌、暧昧、矛盾、骚乱的历史。顽强的意志，簇新的天才，被更其顽强的和年代久远的传统与民族性拘囚在樊笼里。它得和社会奋斗，和过去的历史奋斗，更得和人类固有的种种劣根性奋斗。一个人唯有在这场艰苦的战争中得胜，才能打破青年期的难关而踏上成人的大道。儿童期所要征服的是物质世界，青年期所要征服的是精神世界。还有最悲壮的是现在的自我和过去的自我冲突：从前费了多少心血获得的宝物，此刻要费更多的心血去反抗，以求解脱。

"这个时期正是他闭着眼睛对幼年时代的一切偶像反抗的时期。他恨自己，恨他们，因为当初曾经五体投地的相信了他们——而这种反抗也是应当的。人生有一个时期应当敢不公平，敢把跟着别人佩服的敬重的东西——不管是真理是谎言——一概摒弃，敢把没有经过自己认为是真理的东西统统否认。所有的教育，所有的见闻，使一个儿童把大量的谎言与愚蠢，和人生主要的真理混在一起吞饱了，所以他若要成为一个健全的人，少年时期的第一件责任就得把宿食呕吐干净。"

是这种心理状态驱使克利斯朵夫肆无忌惮地抨击前辈的宗师，抨击早已成为偶像的杰作，抉发德国民族的矫伪和感伤性，在他的小城里树立敌人，和大公爵冲突，为了精神的自由丧失了一切物质上的依傍，终而至于亡命国外（关于这些，尤其是克利斯朵夫对于某些大作的攻击，原作者在卷四的初版序文里就有简短的说明）。

至于强烈犷野的力在胸中冲撞奔突的骚乱，尚未成形的艺术天才挣扎图求生长的苦闷，又是青年期的另外一支精神巨流。

"一年之中有几个月是阵雨的季节，同样，一生之中有些年龄特别富于电力……

"整个的人都很紧张。雷雨一天一天的酝酿着。白茫茫的天上布满着灼热的云。没有一丝风，凝集不动的空气在发酵，似乎沸腾了。大地寂静无声，麻痹了。头里在发烧，嗡嗡的响着；整个天地等着那愈积愈厚的力爆发，等着那重甸甸的高举着的锤子打在乌云上面。又大又热的阴影移过，一阵火辣辣的风吹过；神经像树叶般发抖……

"这样等待的时候自有一种悲怆而痛快的感觉。虽然你受着压迫，浑身难过，可是你感觉到血管里头有的是烧着整个宇宙的烈火。陶醉的灵魂在锅炉里沸腾，像埋在酒桶里的葡萄。千千万万的生与死的种子都在心中活动。结果会产生些什么来呢？……像一个孕妇似的，你的心不声不响的看着自己，焦急的听着脏腑的颤动，想道：'我会生下些什么来呢？'"

这不是克利斯朵夫一个人的境界，而是古往今来一切伟大的心灵在成长时期所共有的感觉。

"欢乐，如醉如狂的欢乐，好比一颗太阳照耀着一切现在的与未来的成就，创造的欢乐，神明的欢乐！唯有创造才是欢乐。唯有创造的生灵才是生灵。其余的尽是与生命无关而在地上飘浮的影子……

"创造，不论是肉体方面的或精神方面的，总是脱离躯壳的樊笼，卷入生命的旋风，与神明同寿。创造是消灭死。"

瞧，这不是贝多芬式的艺术论么？这不是柏格森派的人生观么？现代的西方人是从另一途径达到我们古谚所谓"物我同化"的境界的，译者所热诚期望读者在本书中有所领会的，也就是这个境界。

"创造才是欢乐"，"创造是消灭死"，是罗曼·罗兰这阕大交响乐中的基调；他所说的不朽，永生，神明，都当作如是观。

我们尤须牢记的是，切不可狭义的把《约翰·克利斯朵夫》单看作一个音乐家或艺术家的传记。艺术之所以成为人生的酵素，只因为它含有丰满无比的生命力。艺术家之所以成为我们的模范，只因为他是不完全的人群中比较最完全的一个。而所谓完全并非是圆满无缺，而是颠扑不破的、再接再厉的向着比较圆满无缺的前途迈进的意思。

然而单用上述几点笼统的观念还不足以概括本书的精神。译者在第一册卷首的献辞和这段弁言的前节里所说的，只是《约翰·克利斯朵夫》这部书属于一般的、普泛的方面。换句话说，至此为止，我们的看法是对一幅肖像画的看法：所见到的虽然也有特殊的征象，但演绎出来的结果是对于人类的一般的、概括式的领会。可是本书还有另外一副更错杂的面目：无异一幅巨大的历史画——不单是写实的而且是象征的，含有预言意味的。作者把整个十九世纪末期的思想史、社会史、政治史、民族史、艺术史来做这个新英雄的背景。于是本书在描写一个个人而涉及人类永久的使命与性格以外，更具有反映某一特殊时期的历史性。

最显著的对比，在卷四与卷五中占着一大半篇幅的，是德法两个民族的比较研究。罗曼·罗兰让青年的主人翁先对德国做一极其严正的批判：

"他们耗费所有的精力，想把不可调和的事情加以调和。特别从德国战胜以后，他们更想来一套令人作呕的把戏，在新兴的力和旧有的原则之间觅取妥协……吃败仗的时候，大家说德国是爱护理想。现在把别人打败了，大家说德国就是人类的理想。看到别的国家强盛，他们就像莱辛一样的说：'爱国心不过是想做英雄的倾向，没有它也不妨事'，并且自称为'世界公民'。如今自己抬头了，他们便对于所谓'法国式'的理想不胜轻蔑，对什么世界和平，什么博爱，什么和衷共济的进步，什么人权，什么天然的平等，一律瞧不起；并且说最强的民族对别的民族可以有绝对的权利，而别的民族，就因为弱，所以对它绝对没有权利可言。它，它是活的上帝，是观念的化身，它的进步是用战争，暴行，压力，来完成的……"（在此，读者当注意这段文字是在本世纪初期写的。）

尽量分析德国民族以后，克利斯朵夫便转过来解剖法兰西了。卷五用的"节场"这个名称就是含有十足暴露性的。说起当时的巴黎乐坛时，作者认为"只是一味的温和，苍白，麻木，贫血，憔悴……"又说那时的音乐家"所缺少的是意志，是力；一切的天赋他们都齐备——只少一样：就是强烈的生命"。

"克利斯朵夫对那些音乐界的俗物尤其感到恶心的，是他们的形式主义。他们之间只讨论形式一项。情操，性格，生命，都绝口不提！没有一个人想到真正的音乐家是生活在音响的宇宙中的，他的岁月就寄于音乐的浪潮。音乐是他呼吸的空气，是他生息的天地。他的心灵本身便是音乐；他所爱，所憎，所苦，所惧，所希望，又无一而非音乐……天才是要用生命力的强度来测量的，艺术这个残缺不全的工具也不过想唤引生命罢了。但法国有多少人想到这一点呢？对这个化学家式的民族，音乐似乎只是配合声音的艺术。它把字母当作书本……"

等到述及文坛、戏剧界的时候，作者所描写的又是一片颓废的气象，轻佻的癖习，金钱的臭味。诗歌与戏剧，在此拉丁文化的最后一个王朝里，却只是"娱乐的商品"。笼罩着知识阶级与上流社会的，只有一股沉沉的死气。

"豪华的表面，繁嚣的喧闹，底下都有死的影子。"

"巴黎的作家都病了……但在这批人，一切都归结到贫瘠的享乐。贫瘠，贫瘠。这就是病根所在。滥用思想，滥用感官，而毫无果实……"

对此十九世纪的"世纪末"现象，作者不禁大声疾呼：

"可怜虫！艺术不是给下贱的人享用的下贱的刍秣。不用说，艺术是一种享受，一切享受中最迷人的享受。但你只能用艰苦的奋斗去换来，等到'力'高歌胜利的时候才有资格得到艺术的桂冠……你们沾沾自喜的培养你们民族的病，培养他们的好逸恶劳，喜欢享受，喜欢色欲，喜欢虚幻的人道主义，和一切足以麻醉意志，使它萎靡不振的因素。你们简直是把民族带去上鸦片烟馆……"

巴黎的政界，妇女界，社会活动的各方面，却逃不出这腐化的氛围。然而作者并不因此悲观，并不以暴露为满足，他在苛刻的指摘和破坏后面早就潜伏着建设的热情。正如克利斯朵夫早年的剧烈抨击古代宗师，正是他后来另创新路的起点。破坏只是建设的准备。在此德法两民族的比较与解剖下面，隐伏着一个伟大的方案：就是以德意志的力救济法兰西的萎靡，以法兰西的自由救济德意志的柔顺服从，西方文化第二次的再生应当从这两个主要民族的文化交流中发轫。所以罗曼·罗兰使书中的主人翁生为德国人，使他先天成为一个强者，力的代表［他的姓克拉夫脱（kraft）在德文中就是力的意思］；秉受着古弗拉芒族的质朴的精神，具有贝多芬式的英雄意志，然后到莱茵彼岸去领受纤腻的、精练的、自由的法国文化的洗礼。拉丁文化太衰老，日耳曼文化太粗犷，但是两者汇合融和之下，倒能产生一个理想的新文明。克利斯朵夫这个新人，就是新人类的代表。他的最后的旅程，是到拉斐尔的祖国去领会清明恬静的意境。从本能到智慧，从粗犷的力到精练的艺术，是克利斯朵夫前期的生活趋向，是未来文化——就是从德国到法国——的第一个阶段。从血淋淋的战斗到平和的欢乐，从自我和社会的认识到宇宙的认识，从扰攘骚乱到光明宁静，从多雾的北欧越过了阿尔卑斯，来到阳光绚烂的地中海，克利斯朵夫终于达到了最高的精神境界：触到了生命的本体，握住了宇宙的真知，这才是最后的解放，"与神明同寿"！意大利应当是心灵的归宿地（卷五末所提到的葛拉齐亚便是意大利的化身）。

尼采的查拉图斯脱拉现在已经具体成形，在人间降生了。他带来了鲜血淋漓的现实。托尔斯泰的福音主义的使徒只成为一个时代的幻影，烟雾似的消失了，比"超人"更富于人间性、世界性、永久性的新英雄克利斯朵夫，应当是人类以更大的苦难、更深的磨练去追求的典型。

这部书既不是小说，也不是诗，据作者的自白，说它有如一条河。莱茵这条横贯欧洲的巨流是全书的象征。所以第一卷第一页第一句便是极富于音乐意味的、包藏无限生机的"江声浩荡……"

　　对于一般的读者，这部头绪万端的迷宫式的作品，一时恐怕不容易把握它的真谛，所以译者谦卑的写这篇说明作为引子，希望为一般探宝山的人做一个即使不高明，至少还算忠实的向导。

一九四〇年

罗曼·罗兰《贝多芬传》译者序

　　唯有真实的苦难，才能驱除浪漫蒂克的幻想的苦难；唯有看到克服苦难的壮烈的悲剧，才能帮助我们担受残酷的命运；唯有抱着"我不入地狱谁入地狱"的精神，才能挽救一个萎靡而自私的民族：这是我十五年前初次读到本书时所得的教训。

　　不经过战斗的舍弃是虚伪的，不经劫难磨练的超脱是轻佻的，逃避现实的明哲是卑怯的；中庸，苟且，小智小慧，是我们的致命伤：这是我十五年来与日俱增的信念。而这一切都由于贝多芬的启示。

　　我不敢把这样的启示自秘，所以十年前就迻译了本书。现在阴霾遮蔽了整个天空，我们比任何时候都更需要精神的支持，比任何时候都更需要坚忍、奋斗、敢于向神明挑战的大勇主义。现在，当初生的音乐界只知训练手的技巧，而忘记了培养心灵的神圣工作的时候，这部《贝多芬传》对读者该有更深刻的意义。——由于这个动机，我重译了本书（这部书的初译稿，成于一九三二年，在存稿堆下埋藏了几有十年之久。——出版界坚持本书已有译本，不愿接受。但已出版的译本绝版已久，我始终未曾见到。然而我深深地感谢这件在当时使我失望的事故，使我现在能全部重译，把少年时代幼稚的翻译习作一笔勾销。）。

　　此外，我还有个人的理由。疗治我青年时世纪病的是贝多芬，扶植我在人生中的战斗意志的是贝多芬，在我灵智的成长中给我大影响的是贝多芬，多少次的颠仆曾由他搀扶，多少的创伤曾由他抚慰——且不说引我进音乐王国的这件次要的恩泽。除了把我所受的恩泽转赠给比我年轻的一代之外，我不知还有什么方法可以偿还我对贝多芬，和对他伟大的传记家罗曼·罗兰所负的债务。表示感激的最好的方式，是施予。

　　为完成介绍的责任起见，我在译文以外，附加了一篇分析贝多芬作品的文字［即长篇论文《贝多芬的作品及其精神》。该文除附录傅译《贝多芬传》，后又收入艾雨编辑、三联书店一九八四年六月出版的《与傅聪谈音乐》一书——编者注］。我明知这是一件越俎的工作，但望这番力不从心的努力，能够发生抛砖引玉的作用。

一九四二年三月

杜哈曼《文明》译者弁言

假如战争是引向死亡的路，战争文学便是描写死亡的文学。这种说法，对《文明》似乎格外真切。因为作者是医生，像他所说的，是修理人肉机器的工匠。医院本是生与死的缓冲地带，而伤兵医院还有殡殓与墓地的设备。

伤兵撤离了火线，无须厮杀了，没有了眼前的危险；但可以拼命的对象，压抑恐惧的疯狂，也随之消灭。生与死的搏斗并没中止，只转移了阵地：从庞大的军事机构转到渺小的四肢百体，脏腑神经。敌人躲在无从捉摸无法控制的区域，加倍的凶残，防御却反而由集团缩为个人。从此是无穷尽的苦海，因为人在痛苦之前，也是不平等的。有的"凝神壹志使自己尽量担受痛苦"；有的"不会受苦，像一个人不会说外国话一样"（按，系作者在另一著作《殉难者行述》中语），有的靠了坚强的意志，即使不能战胜死亡，至少也暂时克服了痛楚；有的求生的欲望和溃烂的皮肉对比之下，反而加增了绝望。到了忍无可忍的时候，死亡变成解放的救星，不幸"死亡并不肯俯从人的愿望，它由它的意思来打击你：时间，地位，都得由它挑"——这样的一部战争小说集，简直是血肉淋漓的死的哲学。它使我们对人类的认识深入了一步，"见到了他们浴着一道更纯洁的光，赤裸裸的站在死亡前面，摆脱了本能，使淳朴的灵魂恢复了它神明的美"。

可是作者是小说家，他知道现实从来不会单纯，不但沉沦中有伟大，惨剧中还有喜剧。辛酸的讽喻，激昂的抗议，沉痛的呼号，都抑捺不了幽默的微笑，人的愚蠢、怪僻、虚荣，以及偶然的播弄，一经他尖刻辛辣的讽刺（例如《葬礼》、《纪律》、《装甲骑兵居佛里哀》），在那些惨淡的岁月与悲壮的景色中间，滑稽突梯，宛如群鬼的舞蹈（dance macabre）。

作者是冷静的心理分析者，但也是热情的理想主义者。精神交感的作用，使他代替杜希中尉挨受临终苦难。没有夸张，没有嚎恸，两个简单的对比，平铺直叙的刻画出多么凄凉的悲剧。"这个局面所有紧张刺激的部分，倒由我在那里担负，仿佛这一大宗苦难无人承当就不成其为人生。"

有时，阴惨的画面上也射入些少柔和的光，人间的嘻笑教读者松一口气。

271

例如《邦梭的爱情》：多么微妙的情绪互相激荡、感染；温馨美妙的情趣，有如华多的风情画。剖析入微的心理描写，用的却是婉转蕴藉的笔触：本能也罢，潜意识也罢，永远蒙上一层帷幕，微风飘动，只透露一些消息。作者是外科医生，知道开刀的时候一举一动都要柔和。轻松而端庄的喜剧气氛，也是那么淡淡的，因为骨子里究竟有血腥味；战争的丑恶维持着人物的庄严。还有绿衣太太那种梦幻似的人物，连爱国的热情也表现得那么轻灵。她给伤兵的安慰，就像清风明月一样的自然，用不到费心，用不到知觉就接受了。朴素的小诗，比英勇的呼号更动人。

然而作者在本书中尤其是一个传道的使徒。对死亡的默想，对痛苦的同情，甚至对长官的讽刺，都归结到本书的题旨：文明！个人的毁灭，不但象征一个民族的，而且是整个文明的毁灭。"我用怜悯的口气讲到文明，是经过思索的，即使像无线电那样的发明也不能改变我的意见……今后人类滚下去的山坡，决不能再爬上去。"他又说："文明，真正的文明，我是常常想到的，那应该是齐声合唱着颂歌的一个大合唱队……应该是会说'大家相爱'，'以德报怨'的人。"到了三十年后的今日，无线电之类早已失去魅力，但即使像原子能那样的发明，我相信仍不能改变作者对文明的意见。

《文明》所描写的死亡，纵是最丑恶的场面，也有一股圣洁的香味。但这德性并不是死亡的，而是垂死的人类的。就是这圣洁的香味格外激发了生命的意义。《文明》描写死亡，实在是为驳斥死亡，否定死亡。

一九四二年四月我译完这部书的时候，正是二次大战方酣的时候。如今和平恢复了快二年，大家还没意思从坡上停止翻滚。所以本书虽是第一次大战的作品，我仍旧花了一个月的工夫把旧译痛改了一遍。

一九四七年三月

巴尔扎克《赛查·皮罗多盛衰记》译者序

一八四六年十月，本书初版后九年，巴尔扎克在一篇答复人家的批评文章中提到：

"赛查·皮罗多在我脑子里保存了六年，只有一个轮廓，始终不敢动笔。一个相当愚蠢相当庸俗的小商店老板，不幸的遭遇也平淡得很，只代表我们经常嘲笑的巴黎零售业。这样的题材要引起人的兴趣，我觉得毫无办法。有一天我忽然想到：应当把这个人物改造一下，叫他做一个绝顶诚实的象征。"

于是作者就写出一个在各方面看来都极平凡的花粉商，因为抱着可笑的野心，在兴旺发达的高峰上急转直下，一变而为倾家荡产的穷光蛋；但是"绝顶诚实"的德性和补赎罪过的努力，使他的苦难染上一些殉道的光彩。黄金时代原是他倒楣的起点，而最后胜利来到的时候，他的生命也到了终局。这么一来，本来不容易引起读者兴趣的皮罗多，终究在《人间喜剧》[《人间喜剧》是巴尔扎克所作九十四部小说的总称。按照作者的计划，还有五十部小说没有写出。——原注]的舞台上成为久经考验、至今还没过时的重要角色之一。

乡下人出身的赛查·皮罗多，父母双亡，十几岁到巴黎谋生。由于机会好，也由于勤勤恳恳的劳动，从学徒升到店员、升到出纳，领班伙计，最后盘下东家的铺子，当了老板。他结了婚，生了一个女儿；太太既贤慧，女儿也长得漂亮；家庭里融融泄泄，过着美满的生活。他挣了一份不大不小的家业，打算再过几年，等女儿出嫁，把铺子出盘以后，到本乡去买一所农庄来经营，就在那里终老。至此为止，他的经历和一般幸运的小康的市民没有多大分别。但他年轻的时候参加过一次保王党的反革命暴动，中年时代遇到拿破仑下台，波旁王朝复辟，他便当上巴黎第二区的副区长。一八一九年，政府又给他荣誉团勋章。这一下他得意忘形，想摆脱花粉商的身份，踏进上流社会去了。他扩充住宅，大兴土木，借庆祝领土解放为名开了一个盛大的跳舞会；同时又投资做一笔大规模的地产生意。然后他发觉跳舞会的代价花到六万法郎，预备付地价的大宗款子又被公证人卷逃。债主催逼，借贷无门，只得"交出清账",宣告破产。接着便是一连串屈辱的遭遇和身败名裂的痛苦:这些折磨,他都咬紧牙关忍受了,因为他想还清债务,争回名誉。一家三口都去当了伙计,省吃俭用,积起钱来还债。过了几年,靠着亲戚和女婿的帮助,终于把债务全部了清,名誉和公民权一齐恢复;他却是筋疲力尽,受不住苦尽甘来的欢乐,就在女儿签订婚约的宴会上中风死了。

巴尔扎克把这出悲喜剧的教训归纳如下:

"每个人一生都有一个顶点,在那个顶点上,所有的原因都起了作用,产生效果。这是生命的中午,活跃的精力达到了平衡的境界,发出灿烂的光芒。不仅有生命的东西如此,便是城市、民族、思想、制度、商业、事业,也无一不如此;像王朝和高贵的种族一样,都经过诞生、成长、衰亡的阶段。……历史把世界上万物盛衰的原因揭露之下,可能告诉人们什么时候应当急流勇退,停止活动……赛查不知道他已经登峰造极,反而把终点看作一个新的起点……结果与原因不能保持直接关系或者比例不完全相称的时候,就要开始崩溃:这个原则支配着民族,也支配着个人。"〔见《傅雷译文集》第六卷(安徽人民出版社一九八二年八月第一版,下同)第五二九页。——编者注〕

这些因果关系与比例的理论固然很动听,但是把人脱离了特定的社会而孤立起来看,究竟是抽象、空泛而片面的,决不能说明兴亡盛衰的关键。资本主义的商业总是大鱼吃小鱼的残酷斗争,赛查不过是无数被吞噬的小鱼之中的一个罢了。巴尔扎克在书里说:"这里所牵涉的不止是一个单独的人,而是整个受苦的人群。"这话是不错的,但受苦的原因决不仅仅在于个人的聪明才智不够,或者野心过度,不知道急流勇退等等,而主要是在于社会制度。巴尔扎克说的"受苦的人群",当然是指小市民、小店主、小食利者,在资本主义社会里注定要逐渐沦为无产者的那个阶层。作者在这本书里写的就是这班可怜虫如何在一个人吃人的社会里挣扎:为了不被人吃,只能自己吃人;要没有能力吃人,就不能不被人吃。他说:"在有些人眼里,与其做傻瓜,宁可做坏蛋。"傻瓜就是被吃的人,坏蛋就是有足够的聪明去吃人的人。个人的聪明才智只有在这个意义上才有作用。从表面看,赛查要不那么虚荣,就不会颠覆。可是他的叔岳不是一个明哲保身的商人么?不是没有野心没有虚荣的么?但他一辈子都战战兢兢,提防生意上的风浪,他说:"一个生意人不想到破产,好比一个将军永远不预备吃败仗,只算得半个商人。"既然破产在那个社会中是常事,无论怎样的谨慎小心也难有保障,可见皮罗多的虚荣、野心、糊涂、莽撞等等的缺点,只是促成他灾难的次要因素。即使他没有遇到罗甘和杜·蒂埃这两个骗子,即使他听从了妻子的劝告,安分守己,太平无事的照原来的计划养老,也只能说是侥幸。比勒罗对自己的一生就是这样看法。何况虚荣与野心不正是剥削社会所鼓励的么?争权夺利和因此而冒的危险,不正是私有制度应有的现象么?

而且也正是巴尔扎克,凭着犀利的目光和高度写实的艺术手腕,用无情的笔触在整部《人间喜剧》中暴露了那些血淋淋的事实。尤其这部《赛查·皮罗多盛衰记》的背景完全是一幅不择手段,攫取财富的丑恶的壁画。他带着我们走进大小商业的后台,叫我们看到各式各种的商业戏剧是怎么扮演的,掠夺与并吞是怎么进行的,竞争是怎么回事,捎客发生什么作用,报纸上的商业广告又是怎样诞生的……所有的细节都归结到一个主题:对黄金的饥渴。那不仅表现在皮罗多身上,也表现在年轻的包比诺身上;连告老多年的拉贡夫妻,以哲人见称的比勒罗叔叔,都不免受着诱惑,几乎把养老的本钱白白送掉。坏蛋杜·蒂埃发迹的经过,更是集卑鄙龌龊、丧尽天良之大成。他是一个典型的"冒险家","他相信有了钱,一切罪恶就能一笔勾销",作者紧跟着加上一句按语:"这样一个人当然迟早会成功的。"在那个社会里,不但金钱万能,而且越是阴险恶毒,越是没有心肝,越容易飞黄腾达。所谓银行界,从底层到上层,从掌握小商小贩命脉的"羊腿子"起,到亦官亦商、操纵国际金融的官僚资本家纽沁根和格莱弟兄,没有一个不是无恶不作的大大小小的吸血鬼。书中写的主要是一八一六到一八二〇年间的事,那时的法国还谈不上近代工业:蒸汽机在一八一四年还不大有人知道,一八一七年罗昂城里几家纺织厂用了蒸汽动力,大家当作新鲜事儿;大批的铁道建设和真正的机械装备,要到一八三六年后才逐步开始。[见拉维斯主编《法国近代史》第四卷《王政复辟》第三〇四页,第五卷《七月王朝》第一九八页。——原注] 可是巴尔扎克告诉我们,银行资本早已统治法国社会,银行家勾结政府,利用开辟运河之类的公用事业大做投机的把戏,已经很普遍;交易所中偷天换日、欺骗讹诈的勾当,也和二十世纪的情况没有两样。现代资本主义商业的黑幕,例如股份公司发行股票来骗广大群众的金钱,银行用收回信贷的手段逼倒企业,加以并吞等等,在十九世纪初叶不是具体而微,而已经大规模进行了。杜·蒂埃手下的一个傀儡,无赖小人克拉巴龙,赤裸裸的说的一大套下流无耻的人生观。[见《傅雷译文集》第六卷。译者在原注中说:"我想借此提醒一下青年读者:巴尔扎克笔下的一切冒险家都有类似杜·蒂埃和克拉巴龙的言论,充分表现愤世嫉俗,或是玩世不恭,以人生为一场大赌博的态度。我们读的时候不能忘了:那是在阶级斗争极尖锐的情形之下,一些不愿受人奴役而自己想奴役别人的人向他的社会提出的挑战,是反映你死我活的斗争的疯狂心理。"——编者注] 和所谓企业界的内情,应用到现在的资本主义社会仍然是贴切的。克拉巴龙给投机事业下的一个精辟的定义，反映巴尔扎克在一百几十年以前对资本主义发展的预见：——

"花粉商道：'投机？投机是什么样的买卖？——克拉巴龙答道：投机是抽象的买卖。据金融界的拿破仑，伟大的纽沁根说……它能叫你垄断一切，油水的影踪还没看见，你就先到嘴了。那是一个惊天动地的规划，样样都用如意算盘打好的，反正是一套簇新的魔术。懂得这个神通的高手一共不过十来个。'"［见《傅雷译文集》第六卷第七五九页。——编者注］

杜·蒂埃串通罗甘做的地产生意，自己不掏腰包，牺牲了皮罗多而发的一笔横财，便是说明克拉巴龙理论的一个实例。怪不得恩格斯说：巴尔扎克"汇集了法国社会的全部历史，我从这里，……甚至在经济细节方面……所学到的东西，也要比从当时所有职业的历史学家、经济学家和统计学家那里学到的全部东西还要多"［恩格斯一八八八年四月初致哈克纳斯的信。——原注］。而《赛查·皮罗多》这部小说特别值得我们注意的一点是：早在王政复辟时代，近代规模的资本主义还没有在法国完全长成以前，资本主义已经长着毒疮，开始腐烂。换句话说，巴尔扎克描绘了资产阶级的凶焰，也写出了那个阶级灭亡的预兆。

历来懂得法律的批评家一致称道书中写的破产问题，认为是法律史上极宝贵的文献。我们不研究旧社会私法的人，对这一点无法加以正确的估价。但即以一般读者的眼光来看，第十四章的《破产概况》所揭露的错综复杂的阴谋，又是合法又是非法的商业活剧，也充分说明了作者的一句很深刻的话："一切涉及私有财产的法律都有一个作用，就是鼓励人勾心斗角，尽量出坏主意。"——在这里，正如在巴尔扎克所有的作品中一样，凡是他无情的暴露现实的地方，常常会在字里行间或是按语里面，一针见血，挖到资本主义社会的病根，而且比任何作家都挖得深，挖得透。但他放下解剖刀，正式发表他对政治和社会的见解的时候，就不是把社会向前推进，而是往后拉了。很清楚，他很严厉的批判他的社会；但同样清楚的是他站在封建主义立场上批判。他不是依据他现实主义的分析作出正确的结论，而是拿一去不复返的，被历史淘汰了的旧制度作批判的标准。所以一说正面话，巴尔扎克总离不开封建统治的两件法宝：君主专制和宗教，仿佛只有这两样东西才是救世的灵药。这部小说的保王党气息还不算太重，但提到王室和某些贵族，就流露出作者的虔敬、赞美和不胜怀念的情绪，使现代读者觉得难以忍受。而凡是所谓"好人"几乎没有一个不是虔诚的教徒；比勒罗所以不能成为完人，似乎就因为思想左倾和不信上帝。陆罗神甫鼓励赛查拿出勇气来面对灾难的时候，劝他说："你不要望着尘世，要把眼睛望着天上。弱者的安慰，穷人的财富，富人的恐怖，都在天上。"当然，对一个十九世纪的神甫不是这样写法也是不现实的；可是我们清清楚楚感觉到，那个教士的思想正是作者自己的思想，正是他安慰一切穷而无告的人，劝他们安于奴役的思想。这些都是我们和巴尔扎克距离最远而绝对不能接受的地方。因为大家知道，归根结蒂他是一个天才的社会解剖家，同时是一个与时代进程背道而驰的思想家。

顺便说一说作者和破产的关系。巴尔扎克十八九岁的时候，在一个诉讼代理人的事务所里当过一年半的见习书记，对法律原是内行。在二十六至二十九岁之间，他做过买卖，办过印刷所，结果亏本倒闭，欠的债拖了十年才还清。他还不断欠着新债，死后还是和他结婚只有几个月的太太代为偿还的。债主的催逼使他经常躲来躲去，破产的阴影追随了他一辈子。这样长时期的生活经验和不断感受的威胁，对于他写《皮罗多》这部以破产为主题的小说，不能说没有影响。书中那个啬刻的房东莫利奈说的话："钱是不认人的，钱没有耳朵，没有心肝"，巴尔扎克体会很深。

本书除了暴露上层资产阶级，还写了中下层的小资产阶级（法国人分别叫做布尔乔亚和小布尔乔亚）。这个阶层在法国社会中自有许多鲜明的特色与风俗，至今保存。巴尔扎克非常细致生动的写出他们的生活、习惯、信仰、偏见、庸俗、闭塞，也写出他们的质朴、勤劳、诚实、本分。公斯当斯、比勒罗、拉贡夫妻、包比诺法官，以及皮罗多本人，都是这一类的人物。巴尔扎克在皮罗多的跳舞会上描写他们时，说道：

"这时，圣·但尼街上的布尔乔亚正在耀武扬威，把滑稽可笑的怪样儿表现得淋漓尽致。平日他们就喜欢把孩子打扮成枪骑兵、民兵；买《法兰西武功年鉴》，买《士兵归田》的木刻……上民团值班的日子特别高兴……他们想尽方法学时髦，希望在区公所里有个名衔。这些布尔乔亚对样样东西都眼红，可是本性善良，肯帮忙，人又忠实，心肠又软，动不动会哀怜人……他们为了好心而吃亏，品质不如他们的上流社会还嘲笑他们的缺点；其实正因为他们不懂规矩体统，才保住了那份真实的感情。他们一生清白，教养出一批天真本色的女孩子，刻苦耐劳，还有许多别的优点，可惜一踏进上层阶级就保不住了"。[见《傅雷译文集》第六卷第六六三至六六四页。——编者注]

作者一边嘲笑他们，一边同情他们。最突出的当然是他对待主角皮罗多的态度，他处处调侃赛查，又处处流露出对赛查的宽容与怜悯，最后还把他作为一个"为诚实而殉道的商人"加以歌颂。

倘若把玛杜太太上门讨债的一幕跟纽沁根捉弄皮罗多的一幕作一个对比，或者把皮罗多在破产前夜找克拉巴龙时心里想的"他平民大众的气息多一些，说不定还有点儿心肝"的话思索一下，更显出作者对中下阶层的看法。

所以这部作品不单是带有历史意义的商业小说，而且还是一幅极有风趣的布尔乔亚风俗画。

一九五八年六月五日

丹纳《艺术哲学》译者序

法国史学家兼批评家丹纳（Hippolyte Adolphe Taine，一八二八至一八九三）自幼博闻强记，长于抽象思维，老师预言他是"为思想而生活"的人。中学时代成绩卓越，文理各科都名列第一；一八四八年又以第一名考入国立高等师范，专攻哲学。一八五一年毕业后任中学教员，不久即以政见与当局不合而辞职，以写作为专业。他和许多学者一样，不仅长于希腊文，拉丁文，并且很早精通英文，德文，意大利文。一八五八至一八七一年间游历英，比，荷，意，德诸国。一八六四年起应巴黎美术学校之聘，担任美术史讲座；一八七一年在英国牛津大学讲学一年。他一生没有遭遇重大事故，完全过着书斋生活，便是旅行也是为研究学问搜集材料；但一八七〇年的普法战争对他刺激很大，成为他研究"现代法兰西渊源"的主要原因。

他的重要著作，在文学史及文学批评方面有《拉封丹及其寓言》（一八五四），《英国文学史》（一八六四至一八六九），《评论集》，《评论续集》，《评论后集》（一八五八，一八六五，一八九四）；在哲学方面有《十九世纪法国哲学家研究》（一八五七），《论智力》（一八七〇）；在历史方面有《现代法兰西的渊源》十二卷（一八七一至一八九四）；在艺术批评方面有《意大利游记》（一八六四至一八六六）及《艺术哲学》（一八六五至一八六九）。列在计划中而没有写成的作品有《论意志》及《现代法兰西的渊源》的其他各卷，专论法国社会与法国家庭的部分。

《艺术哲学》一书原系按讲课进程陆续印行，次序及标题也与定稿稍有出入：一八六五年先出《艺术哲学》（即今第一编），一八六六年续出《意大利的艺术哲学》（今第二编），一八六七年出《艺术中的理想》（今第五编），一八六八至六九年续出《尼德兰的艺术哲学》和《希腊的艺术哲学》（今第三、四编）。

丹纳受十九世纪自然科学界的影响极深，特别是达尔文的进化论。他在哲学家中服膺德国的黑格尔和法国十八世纪的孔提亚克。他认为世界上一切事物，无论物质方面的或精神方面的，都可以解释；一切事物的产生，发展，演变，消灭，都有规律可循。他的治学方法是"从事实出发，不从主义出发；不是提出教训而是探求规律，证明规律"［见《艺术哲学》第一编第一章。——编者注]；换句话说，他研究学问的目的是解释事物。他在本书中说："科学同情各种艺术形式和各种艺术流派，对完全相反的形式与派别一视同仁，把它们看作人类精神的不同的表现，认为形式与派别越多越相反，人类的精神面貌就表现得越多越新颖。植物学用同样的兴趣时而研究橘树和棕树，时而研究松树和桦树；美学的态度也一样，美学本身便是一种实用植物学。"这个说法似乎他是取的纯客观态度，把一切事物等量齐观；但事实上这仅仅指他做学问的方法，而并不代表他的人生观。他承认"幻想世界中的事物像现实世界中的一样有不同的等级，因为有不同的价值"。他提出艺术品表现事物特征的重要程度、有益程度、效果的集中程度，作为衡量艺术品价值的尺度；特别值得注意的是特征的有益程度，因为他所谓有益的特征是指帮助个体与集体生存与发展的特征。可见他仍然有他的道德观点与社会观点。

在他看来，物质文明与精神文明的性质面貌都取决于种族，环境，时代三大因素。这个理论早在十八世纪的孟德斯鸠，近至十九世纪丹纳的前辈圣伯甫，都曾经提到；但到了丹纳手中才发展为一个严密与完整的学说，并以大量的史实为论证。他关于文学史，艺术史，政治史的著作，都以这个学说为中心思想；而他一切涉及批评与理论的著作，又无处不提供丰富的史料作证明。英国有位批评家说："丹纳的作品好比一幅图画，历史就是镶嵌这幅图画的框子。"因为这缘故，他的《艺术哲学》同时就是一部艺术史。

从种族、环境、时代三个原则出发，丹纳举出许多显著的例子说明伟大的艺术家不是孤立的，而只是一个艺术家家族的杰出的代表，有如百花盛开的园林中的一朵更美艳的花，一株茂盛的植物的"一根最高的枝条"。而在艺术家家族背后还有更广大的群众："我们隔了几世纪只听到艺术家的声音；但在传到我们耳边来的响亮的声音之下，还能辨别出群众的复杂而无穷无尽的歌声，在艺术家四周齐声合唱。只因为有了这一片和声，艺术家才成其为伟大。"他又以每种植物只能在适当的天时地利中生长为例，说明每种艺术的品种和流派只能在特殊的精神气候中产生，从而指出艺术家必须适应社会的环境，满足社会的要求，否则就要被淘汰。

另一方面，他不承认艺术欣赏是一个见仁见智的问题，没有客观标准可言。因为"每个人在趣味方面的缺陷，由别人的不同的趣味加以补足；许多成见在互相冲突之下获得平衡，这种连续而相互的补充，逐渐使最后的意见更接近事实。"所以与艺术家同时的人的批评即使参差不一，或者赞成与反对各趋极端，也不过是暂时的现象，最后仍会归于一致，得出一个相当客观的结论。何况一个时代以后，还有别的时代"把悬案重新审查；每个时代都根据它的观点审查；倘若有所修正，便是彻底的修正，倘若加以证实，便是有力的证实……即使各个时代各个民族所特有的思想感情都有局限性，因为大众像个人一样有时会有错误的判断，错误的理解，但也像个人一样，分歧的见解互相纠正，摇摆的观点互相抵消以后，会逐渐趋于固定，确实，得出一个相当可靠相当合理的意见，使我们能很有根据很有信心的接受。"

丹纳不仅是长于分析的理论家，也是一个富于幻想的艺术家；所以被称为"逻辑家兼诗人……能把抽象事物戏剧化"。他的行文不但条分缕析，明白晓畅，而且富有热情，充满形象，色彩富丽；他随时运用具体的事例说明抽象的东西，以现代与古代作比较，以今人与古人作比较，使过去的历史显得格外生动，绝无一般理论文章的枯索沉闷之弊。有人批评他只采用有利于他理论的材料，抛弃一切抵触的材料。这是事实，而在一个建立某种学说的人尤其难于避免。要把正反双方的史实全部考虑到，把所有的例外与变格都解释清楚，决不是一个学者所能办到，而有待于几个世代的人的努力，或者把研究的题目与范围缩减到最小限度，也许能少犯一些这一类的错误。

我们在今日看来，丹纳更大的缺点倒是在另一方面：他虽则竭力挖掘精神文化的构成因素，但所揭露的时代与环境，只限于思想感情、道德宗教、政治法律、风俗人情，总之是一切属于上层建筑的东西。他没有接触到社会的基础；他考察了人类生活的各个方面，却忽略了或是不够强调最基本的一面——经济生活。《艺术哲学》尽管材料如此丰富，论证如此详尽，仍不免予人以不全面的感觉，原因就在于此。古代的希腊，中世纪的欧洲，十五世纪的意大利，十六世纪的佛兰德斯，十七世纪的荷兰，上层建筑与社会基础的关系在这部书里没有说明。作者所提到的繁荣与衰落只描绘了社会的表面现象，他还认为这些现象只是政治，法律，宗教和民族性的混合产物；他完全没有认识社会的基本动力是在于生产力与生产关系。

但除了这些片面性与不彻底性以外，丹纳在上层建筑这个小范围内所做的研究工作，仍然可供我们作进一步探讨的根据。从历史出发与从科学出发的美学固然还得在原则上加以重大的修正与补充，但丹纳至少已经走了第一步，用他的话来说，已经做了第一个实验，使后人知道将来的工作应当从哪几点上着手，他的经验有哪些部分可以接受，有哪些缺点需要改正。我们也不能忘记，丹纳在他的时代毕竟把批评这门科学推进了一大步，使批评获得一个比较客观而稳固的基础；证据是他在欧洲学术界的影响至今还没有完全消失，多数的批评家即使不明白标榜种族，环境，时代三大原则，实际上还是多多少少应用这个理论的。

一九五九年五月

梅里美《嘉尔曼》《高龙巴》内容介绍

　　本书包括的二篇小说,都以作者实地旅行所得的材料为根据,不但是梅里美最知名的作品,且久已成为世界文学名著,尤其是《嘉尔曼》。——这个女主角是个泼辣、风骚、狡黠、凶残,绝不妥协,视死如归的波希米亚女性的典型;男主角是个头脑简单、意志薄弱,而又强悍执著、杀性极重的西班牙山民。一个是爱情一经消灭,虽生命受到威胁也不能挽回;一个是整个的生涯为爱情牺牲了,丧失爱情即丧失生命,故非手刃爱人,同归于尽不可。这样一个阴惨壮烈的悲剧,作者却出之以朴素、简洁、客观、冷静的笔调,不加一句按语,不流露一点儿个人的感情。风格的精炼,批评家认为不能增减一字。内容的含蓄、浓缩,使四万余字的中篇给读者的印象不亚于长篇巨著。

　　《高龙巴》叙述高斯岛民以眼还眼,以牙还牙的"讨血债"的风俗,以恋爱故事作为穿插。轻松活泼、谈笑风生的文章,这与故事的原始情调与血腥味成为对比。

一九五三年为上海平明出版社版
《嘉尔曼》(附《高龙巴》)作

巴尔扎克《夏倍上校》《奥诺丽纳》《禁治产》内容介绍

《夏倍上校》、《奥诺丽纳》、《禁治产》三个中篇都以夫妇之间的悲剧为题材。三个品德卓越、人格超群的男子，却遭遇了惨酷的命运。做妻子的为了虚荣、享乐、金钱、地位，不惜忍心害理，指丈夫为白痴（《禁治产》）；或竟斥为冒名顶替必欲置之死地而后快（《夏倍上校》）。奥诺丽纳是三个女性中最纯洁最严肃的一个，但因为追求想入非非的爱情，对人生抱着不可能的奢望，终于造成了无可挽救的悲剧，与丈夫同归于尽。

每个中篇如巴尔扎克所有的作品一样，都有善与恶，是与非，美与丑的强烈的对比；正人君子与牛鬼蛇神杂然并列，令人读后大有啼笑皆非之感。——唯其如此，我们才体会到《人间喜剧》的深刻的意义。

一九五四年为上海平明出版社版

《夏倍上校》（附《奥诺丽纳》《禁治产》）作

巴尔扎克《于絮尔·弥罗埃》内容介绍

  本书描写法国十九世纪三十年代的一般小布尔乔亚贪婪成性，为了争夺遗产，不择手段，几乎把一个天真无邪的少女作了牺牲品。除了女主人公于絮尔之外，巴尔扎克又塑造了几个中心人物：财迷心窍的米诺莱，阴险的古鄙和孤僻的老医生。曲折的情节写出各方面大大小小的冲突和矛盾。作者以老医生的托梦作为高潮的转折点：一方面加强了故事的戏剧性，一方面也减少了作品的现实性，令人有美中不足之感。但对于鬼神的迷信，不但暴露了巴尔扎克个人的癖好及其性格的复杂，同时也反映了当时欧洲的知识界还沾染下不少迷信的毒素。所以即使是作品里不现实的缺点，从另一个角度上看仍不失为反映现实的表现。

（遗稿。约写于一九五六年）

第八辑

致黄宾虹

　　傅雷先生致黄宾虹的信，以行草书成，且无标点。选入本书时，由编者试为标点断句。如有不妥，望读者指正。——编者注

一

宾虹老先生道席：

　　顷奉手教并墨宝，拜观之余，毋任雀跃。上月杪，荣宝斋画展列有尊作《白云山苍苍》一长幅（亦似本年新制，惟款上未识年月），笔简意繁，邱壑无穷，勾勒生辣中尤饶妩媚之姿，凝练浑伦，与历次所见吾公法绘，另是一种韵味，当即倾囊购归。前周又从默飞处借归大制五六幅，悬诸壁间，反复对晤，数日不倦。笔墨幅幅不同，境界因而各异，郁郁苍苍似古风者有之，蕴藉婉委似绝句小令者亦有之，妙在巨帙不尽繁复，小帧未必简略，苍老中有华滋，浓厚处仍有灵气浮动，线条驰纵飞舞，二三笔直抵千万言。此其令人百观不厌也。晚蚤岁治西欧文学，游巴黎时旁及美术史，平生不能提笔，而爱美之情与日俱增。尊论尚法变法及师古人不若师造化云云，实千古不灭之理，征诸近百年来西洋画论及文艺复兴期诸名家所言，莫不遥遥相应。更纵览东西艺术盛衰之迹，亦莫不由师自然而昌大，师古人而凌夷。即前贤所定格律成法，盖亦未始非从自然中参悟得来。桂林山水，阳朔峰峦，玲珑奇巧，真景宛似塑造，非云头皴无以图之，证以大作西南写生诸幅而益信。且艺术始于写真，终于传神，故江山千古如一，画面世代无穷。倘无性灵无修养，即无情操无个性可言。即或竭尽人工，亦不过徒得形似，拾自然之糟粕耳。况今世俗流一身不出户牖，日唯依印刷含糊之粉本，描头画角，自欺欺人。求一良工巧匠且不得，遑论他哉！先生所述董巨两家画笔，愚见大可借以说明吾公手法，且亦与前世纪末叶西洋印象派面目类似（印象二字为学院派贬斥之词，后遂袭用）。彼以分析日光变化色彩成分而悟得明暗错杂之理，乃废弃呆板之光暗法（如吾国画家上白下黑之画石法一类）而致力于明中有暗、暗中有明之表现。同

时并采用原色敷彩,不复先事调色,笔法亦趋于纵横理乱之途,近视几无物象可寻,惟远观始景物粲然,五光十色,蔚为奇观,变幻浮动达于极点。凡此种种,与董北苑一派及吾公旨趣所归,似有异途同归之妙。质诸高明以为何如?至吾国近世绘画式微之因,鄙见以为就其大者而言,亦有以下数端:(一)笔墨传统丧失殆尽。有清一代即犯此病,而于今为尤甚,至画家有工具不知运用,笔墨当前,几同废物。日日摹古,终不知古人法度所在。即与名作昕夕把晤,亦与盲人观日相去无几。(二)真山真水不知欣赏,造化神奇不知撷拾。画家作画,不过东拼西凑,以前人之残山剩水堆砌成幅,大类益智图戏,工巧且远不及。(三)古人真迹无从瞻仰,致学者见闻浅陋,宗派不明,渊源茫然。昔贤精神无缘亲接,即有聪明之士欲求晋修,亦苦一无凭藉。(四)画理画论,暧晦不明,纲纪法度,荡然无存。是无怪艺林落漠,至于斯极也。

要之,当此动乱之秋,修养一道,目为迂阔。艺术云云,不过学剑学书一无成就之辈之出路。诗、词、书、画、道德、学养,皆可各自独立,不相关连。征诸时下画人成绩及艺校学制,可见一斑。甚至一二浅薄之士,倡为改良中画之说,以西洋画之糟粕(西洋画家之排斥形似,且较前贤之攻击院体为尤烈)视为挽救国画之大道。幼稚可笑,原不值一辩,无如真理澌灭,识者日少,为文化前途着想,足为殷忧耳。晚不敏,学殖疏陋,门类庞杂。惟闻见所及,不免时增感慨,信笔所之,自忘轻率。倘蒙匡正,则幸甚焉。曩年游欧,彼邦名作颇多涉览。返国十余载无缘见一古哲真迹,居常引以为恨。闻古物遗存北多于南,每思一游旧都,乘先生寓居之便,请求导引,一饱眼福,兼为他日治学之助。惟世事多艰,未识何时得以如愿耳!白石翁作品,晚亦心好甚,吾公与之有往还否?倘由先生代求一二,方便否?南中此公画幅售价甚高,不易措办也。承询王济远兄,已于前年赴美,迄今消息阻隔久矣!蒙赐大作,特再申谢。耑此敬候

道绥

晚　傅雷拜
一九四三年六月九日

吾公画事润例,乞寄赐数纸为幸。又及。

二

宾虹先生有道:

顷奉手教并大作,既感且佩。妄论不以狂悖见斥,愈见雅量。七七变后,

晚携家南走，止于苍梧二阅月。以战局甫启，未敢畅游，阳朔桂林均未觌面，迄今恨恨。二十九年应故友滕固招，入滇主教务。五日京兆期间，亦尝远涉巴县南温泉，山高水长之胜时时萦回胸臆间。惜未西巡峨嵋，一偿夙愿。由是桂蜀二省，皆望门而止。初不料于先生叠赐巨构中，饱尝梦游之快。前惠册页，不独笔墨简练，画意高古，千里江山收诸寸纸，抑且设色妍丽（在先生风格中此点亦属罕见），态愈老而愈媚。岚光波影中，复有昼晦阴晴之幻变存乎其间；或则拂晓横江，水香袭人，天色大明而红日犹未高悬；或则薄暮登临，晚霞残照，反映于蔓藤衰草之间；或则骤雨初歇，阴云未敛，苍翠欲滴，衣袂犹湿，变化万端，目眩神迷。写生耶？创作耶？盖不可以分矣。且先生以八秩高龄而表现于楮墨敷色者，元气淋漓者有之，逸兴遄飞者有之，瑰伟庄严者有之，婉娈多姿者亦有之。艺人生命诚当与天地同寿日月争光欤！返视流辈，以艺事为名利薮，以学问为敲门砖，则又不禁怵目惊心，慨大道之将亡！先生足迹遍南北，桃李半天下，不知亦有及门弟子足传衣钵否？古人论画多重摹古，一若多摹古人山水，即有真山水奔赴腕底者；窃以为此种论调，流弊滋深。师法造化尚法变法诸端，虽有说者，语焉不详。且阳春白雪，实行者鲜。降至晚近，其理益晦，国画命脉不绝如缕矣。鄙见挽救之道，莫若先立法则，由浅入深，一一胪列，佐以图像，使初学者知所入门。（一若芥子园体例，但须大事充实，而着重于用笔用墨之举例）；次则示以古人规范，于勾勒皴法布局设色等等，详加分析。亦附以实物图片，俾按图索骥，揣摩有自，不致初学临摹不知从何下手。终则教以对景写生，参悟造化。务令学者主客合一，庶可几于心与天游之境。唯心与天游，始可言创作二字。似此启蒙之书，虽非命世之业，要亦须一经纶老手、学养俱臻化境如先生者为之，则匪特嘉惠艺林，亦且为发扬国故之一道。至于读书养气，多闻道以启发性灵，多行路以开拓胸襟，自当为画人毕生课业；若是，则虽不能望代有巨匠，亦不至茫茫众生尽入魔道。质诸高明，以为何如？近闻台从有秋后南来讯，届时甚盼面领教益，一以倾积愫，一以若干管见再行面正于先生。大著各书，就所示纲目言，已足令人感奋。尊作画集，尤盼以珂罗版精印，用编年法辑成。一旦事平，此亦易易。前金城工艺社所刊先生画册，已甚精审，惜篇幅不多，且久已绝版。尊藏名迹，日后倘能以照片与序跋目次同时行世，尤有助于文献。大著《虹庐画谈》、《中国画史馨香录》及《华南新业特刊》诸书，年代已久，未识尚有存书可得拜读否？近人论画，除先生及余绍宋先生外，曩曾见邓以蛰君常有文字刊诸《大公报》，似于中西画理均甚淹贯，惟无缘识荆耳！亡友滕固亦有见地，西方学者颇能窥见个中消息。诚如吾公所言，旧都画人作品，海上颇有所见。除白石老人外，鄙意皆不惬，南中诸公更无论已。

迩来汇京款项又见阻隔，即荣宝斋亦未便，爰恳青岛友人就近由银行汇奉联准券三百元。信已发出数日，赍到之日，尚乞赐示道及。润单所言，实有同感。晚私衷钦慕，诛求无厌，承不以明珠暗投为慊，心感难宣。冗琐烦渎，幸乞恕罪。耑此敬候

道绥！

晚　傅雷再拜
一九四三年六月二十五

……

三

宾虹先生著席：

顷获七日大示并宝绘《青城山》册页，感奋莫名。先生论画高见暨巨制，私淑已久。往年每以尊作画集时时展玩，聊以止渴。徒以谫陋，未敢通函承教。兹蒙详加训诲，佳作频颁，诚不胜惊喜交集之感。生平不知誉扬为何物，唯见有真正好书好画，则低徊颂赞，唯恐不至，心有所感，情不自禁耳。品题云云，决不敢当。尝谓学术为世界公器，工具面目尽有不同，精神法理初无二致。其发展演进之迹、兴废之由，未尝不不谋而合。化古始有创新，泥古而后式微，神似方为艺术，貌似徒具形骸。犹人之徒有肢体而无丰骨神采，安得谓之人耶？其理至明，悟解者绝鲜；即如尊作，无一幅貌似古人，而又无一笔不从古人胎息中蜕化而来。浅识者不知推本穷源，妄指为晦、为涩，以其初视不似实物也，以其无古人迹象可寻也，无工巧夺目之文采也。写实与摹古究作何解，彼辈全未梦见。例如皴擦渲染，先生自言于浏览古画时未甚措意，实则心领默契，所得远非刻舟求剑所及。故随意挥洒信手而至，不宗一家而自融冶诸家于一炉，水到渠成，无复痕迹，不求新奇而自然新奇，不求独创而自然独创；此其所以继往开来雄视古今气象万千，生命直跃缣素外也。鄙见更以为；倘无鉴古之工力、审美之卓见、高旷之心胸，决不能从摹古中洗炼出独创之笔墨；倘无独创之笔墨，决不能言写生创作。然若心中先无写生创作之旨趣，亦无从养成独创之笔墨，更遑论从尚法而臻于变法。艺术终极鹄的虽为无我，但赖以表现之技术，必须有我；盖无我乃静观之谓，以逸待劳之谓，而静观仍须经过内心活动，故艺术无纯客观可言。造化之现

于画面者，决不若摄影所示，历千百次而一律无差。古今中外，凡宗匠巨擘，莫不参悟造化，而参悟所得，则可因人而异。故若无"有我"之技术，何从表现因人而异之悟境？摹古鉴古，乃修养之一阶段，藉以培养有我之表现法也；游览写生，乃修养之又一阶段，由是而进于参悟自然之无我也。摹古与创作，相生相成之关系有如是者，未稔大雅以为然否？尊论自然是活，勉强是死。真乃至理。愚见所贵于古人名作者，亦无非在于自然，在于活。澈悟此理固不易，求"自然"于笔墨之间，尤属大难。故前书不辞唐突，吁请吾公在笔法墨法方面，另著专书，为后学津梁也。自恨外邦名画略有涉猎，而中土宝山从无问津机缘。敦煌残画，仅在外籍中偶睹一二印片。示及莫高窟遗物，心实向往。际此中外文化交流之日，任何学术，胥可于观摩攻错中，觅求新生之途。而观摩攻错又唯比较参证是尚。介绍异国学艺，阐扬往古遗物，刻不容缓。此二者实并行不悖，且又尽为当务之急。倘获先生出而倡导，后生学子必有闻风兴起者。晚学殖素俭，兴趣太广，治学太杂，夙以事事浅尝为惧，何敢轻易着手？辱承鞭策，感恧何如，尚乞时加导引，俾得略窥门径，为他日专攻之助，则幸甚焉。尊作画展，闻会址已代定妥，在九月底。前书言及作品略以年代分野，风格不妨较多，以便学人研究各点，不知吾公以为如何？亟愿一聆宏论。近顷海上画展已成为应酬交际之媒介，群盲附和，识者缄口。今得望重海内而又从未展览如先生者出，以广求同志推进学艺之旨问世，减大可以转移风气，一正视听。此下走与柱常辈所以踊跃欢欣，乐观厥成者也。昨得青岛友人来书，藉悉汇款回单已经递到。艺术价值原非阿堵物，所得增损戋戋者，略表寸心已耳。万望勿谦为幸。叠次颁赐，将来拟全部附列展览，以饷同好。不识能邀俞允否？冗琐不已，惶恐万状。

　　耑此敬候
道绥！

晚　傅雷再拜
一九四三年七月十三日

　　前闻友人言，某画会中有尊作拟元人设色花卉一帧，为之神往，惜未及瞻仰。又此次寄赐巨幛，淡墨渲染处破碎二三方，不禁憾憾。又及。

四

宾虹老先生座右：

　　……盖目下物力人材，于印画一道甚少把握也（昨书言及目前摄影留待他日印行，即系此意）；即在平时晚亦嫌吾国印刷术粗劣，不足表先生笔墨于万一。曩见海粟（此公与之不相往来已近十载）在德所印中国现代名画集中，吾公杰构精审异常，允为合作突过国内一切珂罗版成绩。窃不自量，欲于战后重游西土，乘便在彼邦为吾公（一）办一画展，（二）印一画册集。公一生精品至少七八十件，冠以长序及研究文字，俾世界艺坛亦可受一大冲动。阳春白雪，当于海外求知，言之可慨。自恨物力智力两俱有限，未来时局又难逆料，不知果能实现否耳。不过无论如何，将来先生大著务必促其与世人相见，同人等定将全力以赴，问题在于时间早晚而已。七秩纪游画册早已拜读全部，尝以木刻只能表现用笔及章法，而未能包罗墨彩及神韵为憾。倘欲再版，以目前情势论，似可稍缓。愚直之见不知高明以为如何？即言画会平时愚对于出品件数、陈列方式、会场布置、光线配合、刊印目录、定价高下等等，亦颇有改革意见，惜一般环境及鉴赏程度均谈不到耳。此次会前拟约海上某杂志划出十数页，出一特辑，由柱常夫妇合撰先生小传，甚盼有吾公自撰简明年谱列入。晚七年来蛰伏蜗居，搁笔已久，倘明公不以痴人说梦为嫌，亦愿破戒为尊画略作说明。画会形式及文字宣传，愚意力主朴实，以天真淡泊之艺术家本色，一洗时下买空卖空之恶习，故将来为画展所作文字，拟侧重于研究方面，不知尊意以为然否？……祗候

道绥！

晚　傅雷拜上
一九四三年九月一日

五

宾虹老先生座右：

大示暨法书宝绘均谨拜收，屡蒙厚贶何以图报。尊作面目千变万化，而苍润华滋、内刚外柔，实始终一贯。钦慕之忱，无时或已。画会出品，晚个人已预定四幅，尚拟续购，俾对先生运笔用墨蹊径得窥全豹也。例如《墨浓多晦冥》一幅，宛然北宋气象；细审之，则奔放不羁、自由跌宕之线条，固吾公自家数。《马江舟次》一作，俨然元人风骨，而究其表现之法则，已推陈出新，非复前贤窠臼。先生辄以神似貌似之别为言，观兹二画恍然若有所悟。取法古人当从何处着眼，尤足发人深省。……幸恕

烦读，祗候道绥！

晚　傅雷拜叩
一九四三年九月一日

六

宾虹老先生座右：

　　……今夏陈隽甫君携来大作篆联，裱后墨迹渖出甚多，据裱工云，系墨汁所书，无法可想，不知确否？此次寄沪字联，因之不敢托裱，幸尊画除一二原有色彩污渍者外，尚无此病发见。又纵览此次全部作风，如今春向"荣宝"购得之《白云山苍苍》一类笔法，竟未得见，甚以为憾。鄙见拟恳吾公有兴时，再写四五幅较为细笔之山水，以见先生笔墨之另一面目，庶学者获窥全豹，亦盛事也。未稔尊意以为若何？再十月三日所寄廿件中，有以贾岛黄山温泉诗作题之一幅，设色纯用排比，与西欧印象派作法极肖，此诚为国画辟一新境界，愚意吾公能再用此法，试作一二帧尤妙。以上所云，纯本研究立场，非敢以个人好恶妄生是非，愚直之处，千万鉴谅为幸。昨寄呈拙著《中国画论之美学检讨》一文，第二三段有许多问题，均俟大雅指正，发抒高见。时下作家对于拟古摹古形且不似，无论看山写生创作矣。且鄙见绘画鹄的当不止于撷取古贤精华，更须为后来开路，方能使艺事日新，生命无穷。拙著第三段所言色彩开拓一节，吾公已有极好实验（如贾岛黄山温泉诗一幅所示），正是创新表现。且尊作于笔墨一端，尤有突过前贤之处，即或大雅于拙著所言理论上不以为然，实际工作确已昭示此等簇新途径。然否？务乞明教为幸。……耑肃，

敬候道绥！

后学　傅雷拜上
一九四三年九月十三日

七

宾虹老先生座右：

　　……顷奉上月二十二日手教并宝绘壹帧，拜观之余，觉简淡平远之中，仍寓铁划银钩之笔法。宋元真迹平生所见绝鲜，未敢妄以比拟。但尊制之不囿一宗与深得前贤精髓，固已为不易之定论。历来画事素以冲淡为至高超逸，为极境。唯以近世美学眼光言，刚柔之间亦非有绝对上下床之别，若法备气至、博采众长如尊制者，既已独具个人面目，尤非一朝一派所能范围。年来蒙先生不弃，得纵览大作数百余幅，遒劲者有之，柔媚者有之，富丽者有之，

平淡者亦有之，而笔墨精神初无二致，画面之变化，要亦为心境情怀时有变易之表现耳。鄙见论画每喜参合世界艺术潮流，与各国史迹综合比较，未知当否？去冬所草拙文，见解容与昔贤传统不尽相侔，即以此。故吾公暇日倘能不吝指正，实深感幸……敬候

道履请吉！

后学　傅雷拜启
一九四四年五月一日

八

宾虹老先生道席：

　　……顷接赐绘扇面，拜谢拜谢。题识中述及元人以青绿为设色，倪、黄均为之，诚为通常论画书籍所不及。另幅仿营丘而兼参二米者，尤见吾公深得宋人神髓，佩甚佩甚。寒斋所藏宝绘，历年已积大小四十余件，深盼将来得有机缘展露海外诸邦，为吾族艺术扬眉吐气，盖彼邦人士往往只知崇仰吾国古艺，而不知尚有鲁殿灵光如先生者在也。近见尊制题记多关画理，想此类著作材料益富，论见益精，后日传世可以预卜。……敬候

道绥百益！

后学　傅雷拜叩
一九四四年六月二十三日

九

宾虹老先生座右：

　　……顷在某古画展览会中，见有李流芳二尺小轴山水，笔致明朗爽硬，皴法甚简，用墨略似梅道人，而骨子仿佛源自大痴，题款行楷秀丽可爱，较印刷品所见者较为柔媚，署名上有天启元年字样，当为李氏四十七岁作，距卒年仅隔八载，布局较为平实，繁密不若画册上所见之疏朗稀少，未审李氏早作晚作风格果有繁简之别否？画心已极陈旧破碎，补缀处所历可辨，故全画神韵未能饱满，以其价廉（仅申币千五百元），故不问真赝购归。另纸录奉题诗，备大雅参考耳。又吴湖帆君近方率其门人一二十辈大开画会，作品类多，甜熟趋时，上焉者整齐精工，模仿形似，下焉者五色杂陈，难免恶俗矣。如此教授为生徒鬻画，计固良得，但去艺术则远矣。……敬候

暑祺不一！

> 后学傅雷拜启
> 一九四四年七月十六日

十

宾虹老先生座右：

……三月中赐寄尊著论画绪言，近复细读数过，宏论精当，洞切时弊，材料丰富，又多经验之谈，尤足为后生宝签，钦佩无已。浅学如晚于画事复属门外，本不敢妄议是非，惟念学术不辩则不明，故不揣冒昧谨附管见七页，敬乞不吝教诲。率直之处，幸勿见罪，请以至诚曲恕为荷。鄙意甚欲以沟通中西画论为己责，深愧懒废老大无成耳，尚望长者时加鞭策为幸。……敬候暑安不一！

> 后学　傅雷拜启
> 一九四四年七月二十四日

十一

宾虹老先生座右：

顷奉上月二十五日来示并尊绘扇面，拜谢拜谢。大笔老而愈壮，愈简愈炼，而亦愈蕴藉、愈醇厚，题识所云适足与尊画互相发明，传诸后世永为楷式，启迪来者功岂浅鲜！不徒为寒斋矜为秘宝已也。兹复附奉二页，其一为友人谢君澹如所泥，伊与裘君为老友，去冬画会亦曾购藏大作，敢请一面赐以设色小景，一面并恳赐以法书。另页为后学自求，倘蒙以水墨勾勒山水见贶尤感。匪敢任意点景，实缘吾公铁划银钩爱之弥笃，不觉形诸辞色耳。不情处万望恕罪，前后所求扇面润资，拟以每页联钞百元为准，容收齐后并汇。近来南方北汇者远过于北方南汇，故头寸甚紧，必候机缘方克汇出。以金酬艺，非惟亵慢，抑且不足报答万一，只以朋辈相属，不忍峻拒，爰为酌收墨费以示限制。留沪尊作，来示过于谦抑，实则晚交游素寡，非知好而真有鉴赏力者，从不以尊绘轻易出示（□□[原信有数处文字漫漶或脱落，均以□代。——编者注]事画者大多为有真知灼见之士，故珍若拱璧，护如头目，决非趋时俗物仅以装□□□□□堪以慰。）[括弧内的一段，系写于原信边角，文字亦有脱落，姑列于此。——编者注]致有留存，非关作品优绌也。至蒙厚贶，以

致黄宾虹

数量过多,惶恐不敢全领,小子浅学,何云挑选耶?即所受数幅,今冬亦当筹汇,区区为长者寿,知己之感,师友之谊,常以无从图报为恨。前书妄论画理,语多狂悖,甚愿抛砖引玉,藉以多聆训诲。且学术大同,晚近风气愈见此象,鄙论自然与艺术之关系一节,为近二十年西方学者新发明之说,为求参证计,谨缕陈乞政。李长蘅轴,据陈佑泉君言为□画,所题大抵为乾隆时拟董之作。又经后人挖去题款,□加李名。惟陈君所云,并无学术根据,全凭经验立论,究竟若何,尚待异日持请吾公法眼审定。又近得罗振玉君殷墟文字一联,似与金文较近,但殷墟普通多指甲骨,未审究竟为何?谨另纸录呈,乞暇时代为释注。关毒草君言,近代友购庞虚斋氏所藏赵吴兴、管夫人、赵仲穆《三竹图》一卷,斥赀贰百万元成交。闻之咋舌。敝处偶捡一二小品仅供研究,何敢言收藏。即陈佑泉、吴秉臣姓旧物、价亦动辄巨万。今春某画会陈列程孟阳简笔山水,近景高柳萧疏,一人背立,中间一片湖面,远山淡渲数峰,统篇落墨之少,亦所罕见。惟画中九友诸家落笔皆不多,然否?……敬候
道绥百益!

后学　傅雷拜启
一九四四年八月一日

十二

宾虹老先生座右:

月之二日,大教早经拜读,名言谠论,佩甚佩甚。笔法简图,尤可为后学指迷。晚于艺事,无论中西皆不能动一笔,空言理法,好事而已。为学芜杂,涉猎难精,老大无成,思之汗颜。私心已无他愿,唯望能于文字方面为国画理论略尽爬剔整理之役,俾后之志士得以上窥绝学,从而发扬光大。倘事平之日,能有机缘追随左右,口述笔录,任抄胥之劳,则幸甚矣。

先生前书自言,尊作近十年尚不脱摹拟宋人习气,谦抑之情,态度之严,令人敬畏。惟时贤尊元薄宋,发为文字,屡见不鲜,躐等越级,好为大言。小子不学,窃甚非焉。元人超然物外,澹泊宁静之胸襟,今人既未尝梦见于万一,且元画渊源唐宋,笔墨根基深厚,尤非时人所尝问津。荆关范李,何等气象,何等魄力。若未下过此段功夫,徒以剽窃黄鹤皮相为事,则所谓重叠岗峦、矾石山头,直一堆败絮之不若。无骨干即无气韵。有唐宋之力而后可言元人尚意先生以数十年寝馈唐宋之功,发而为尚气写意之作,故刚健婀娜纯全内美,元气充沛大块浑成。前书云云,虽于先生为过于谦逊,实亦自道

甘苦。鄙见如是，质之高明以为何如？上月尾续寄两扇乞绘，想可先呈。兹得敝友邓翁复书，谓蒙许另赠数纸，即乞于兴到时不急急，随意挥写数帧，不必与原册大小相同，页数多寡，尤所不拘。邓翁亦南社旧人，于吾公深致拳拳也。附缄可见情致，并乞赐款。屡渎至谦。酷暑多所惊动，尤深皇恐。

　　尚复敬候
道绥百益

后学　傅雷拜上
一九四四年八月十六日

十三

宾虹老先生道席：

　　……日前友人携示晋元帝绘《溪山高隐图》一卷，首尾有褚理堂君题跋，并有历代名臣如王导、庾元规、虞监、南唐后主、赵普、米友仁等奉敕拜观字样及签名图记，又有贾似道秋壑藏章。考褚题年月为癸酉，彼时吾公亦寓沪上，未审曾否见及或听人谈及？物主系上海邑人，祖上以二千两白银押进，嗣后债主不赎，遂为己有。今家道中落，长物典质已尽，不得不割让此宝，意欲得千万元。窃以为晋画世间罕睹，真伪大是问题，且海内恐亦无此大力者承受。……敬候
道绥百益！

后学　傅雷拜启
一九四四年八月三十日

十四

宾虹老先生座右：

　　前承惠赐篆联，甚谢甚谢。顷复蒙寄扇箑，用笔苍劲而规矩森严，脱尽前人窠臼，而宋元精神跃然纸上，出神入化，钦佩莫名。迩来百物飞昂，恐南中尤甚于北都，旧物流传亦南少于北，且藏家大抵为商贾中人，故价虽高昂，并无佳品可见，言之可慨。尊书屡次提及乾嘉间书画家，未稔近来收得多少剧迹。想事平后大驾南旋，定可一饱眼福。……冒渎处不胜恐惶。屡渎清神，不胜惶恐，草此道谢。

　　敬候
艺绥！

后学　傅雷拜上
一九四五年四月二十九日

……尊寄线条各帧,甚佩甚佩。鄙意若古法重线条而淡渲者,恐物象景色必不甚繁,层次必不甚多,否则有前后不分,枝节与主体混淆之弊。盖勾勒显明而着色甚淡者,必以构图简单落墨不多为尚。惟不用色而纯出白描,仅偶以墨之浓淡分层次者,又当别论。……冒渎处不胜恐惶。匆匆,祗颂年禧!

后学　傅雷拜上
一九四六年一月四日

十五

宾虹老先生道席:

　　昨奉教言并花卉册二页、山水册十六页,辱承厚贶,感何可言。许君处遵命转去八页。尊作《金焦东下平芜千里》一帧,风格特异,当与《意在子久仲圭间》同为杰构。犹忆姚石子君藏有吾翁七十岁时所作《九龙诸岛》小册,仿佛似之。除大处勾勒用线外,余几全不用皴,笔墨之简无可简,用色之苍茫凝重,非特为前人未有之面目,直为中外画坛辟一大道。鄙意颇欲得一此类小册以为纪念。盖即在尊制中似此作风亦极罕觏也。……敬候
艺祺不一!

后学　傅雷拜上
一九四六年三月八日

十六

宾虹老先生道席:

　　顷奉教言并扇册,屡蒙厚贶,愧何以当。题词奖饰逾分,尤增惶悚。近年尊制笔势愈雄健奔放,而温婉细腻者亦常有精彩表现,得心应手超然象外,吾公其化入南华妙境矣。规矩方圆摆脱净尽,而浑朴天成另有自家气度。即以皴法而论,截长补短,融诸家于一炉,吾公非特当世无两,求诸古人亦复绝无仅有。至用墨之妙,二米房山之后,吾公岂让仲圭!即设色敷彩,素不为尊见所重者,窃以为亦有继往开来之造就。此非晚阿私之言,实乃识者公论。偶见布局有过实者,或层次略欠分明者,谅系目力障害或工作过多,未及觉察所致。因承下问,用敢直陈,狂悖之处,幸知我者有以谅我。……敬候

道绥不一！

后学　傅雷拜上
一九四六年八月二十日

十七

宾虹老先生道席：

　　……迩来沪上展览会甚盛，白石老人及溥心畬二氏来自成就，出品大多草率。大千画会售款得一亿余，亦上海多金而附庸风雅之辈盲捧。鄙见于大千素不钦佩，观其所临敦煌古迹，多以外形为重，至唐人精神全未梦见，而竟标价至五百万元（一幅之价），仿佛巨额定价即可抬高艺术品本身价值者，江湖习气可慨可憎。……祗候
冬绥！

晚　傅雷拜上
一九四六年十一月二十九日

十八

宾虹老先生座右：

　　最近又蒙惠寄大作，均拜收。墨色之妙，直追襄阳房山，而青绿之生动多逸趣，尤深叹服，谨当候机代为流散以飨同好。……匆此拜复
谨市谢言。

晚　怒庵拜上
一九五二年五月二十五日夜

十九

宾虹老先生道席：

　　承惠画幅贰批，均已拜收。尊论画派精当无匹，惟欧西有识之士早知宋元方为吾国绘画极峰，惜古来赝制太多，鱼目混珠，每使学者无从研究，斯为憾事耳。尊画作风可称老当益壮，两屏条用笔刚健，婀娜如龙蛇飞舞，尤叹观止。惟小册纯用粗线，不见物象，似近于欧西立体、野兽二派，不知吾

公意想中又在追求何等境界。鄙见中外艺术巨匠毕生均在精益求精，不甘自限，先生自亦不在例外，狂妄之见，不知高明以为然否？……敬候
道绥！

晚　怒庵拜上
一九五四年四月二十八日

二十

宾虹老先生座右：

　　昨寄寸缄，谅可先尘。此次尊寄画件，数量甚多，前二日事冗，未及细看，顷又全部拜观一过，始觉中小型册页内尚有极精品，去尽华彩而不失柔和滋润，笔触恣肆而景色分明。尤非大手笔不办。此种画品原为吾国数百年传统，元代以后，惟明代隐逸之士一脉相传，但在泰西至近八十年方始悟到，故前函所言立体、野兽二派在外形上大似吾公近作，以言精神，犹逊一筹，此盖哲理思想未及吾国之悠久成熟，根基不厚，尚不易达到超然象外之境。至国内晚近学者，徒袭八大、石涛之皮相，以为潦草乱涂即为简笔，以犷野为雄肆，以不似为藏拙，斯不独厚诬古人，亦且为艺术界败类。若吾公以毕生工力、百尺竿头尤进一步，所获之成绩岂俗流所能体会。曲高和寡，自古已然，因亦不足为怪。惟尊制所用石青、石绿失胶过甚，邮局寄到，甫一展卷，即纷纷脱落。绿粉满掌，而画上所剩已不及什一（仅见些少绿痕），有损大作面目，深引为恨。……匆此，祗候
道绥　并颂
大人万福！

晚　怒庵拜上
一九五四年四月二十九日

致宋奇

宋奇（1919—1996），亦名宋悌芬，为老一辈戏剧家宋春舫之子，从事文学研究工作，曾任香港中文大学校长助理。

一九五一年四月十五日

悌芬：

大半年工夫，时时刻刻想写封信给你谈谈翻译。无奈一本书上了手。简直寝食不安，有时连打中觉也在梦中推敲字句。这种神经质的脾气不但对身体不好，对工作也不好。最近收到来信，正好在我工作结束的当口，所以直到今天才作覆。一本 La Cousine Bette［宋奇按：这本书是 Alexander Tytler 的 Essay on the Principles of Translation，有人人丛书版，在 1950 年前，是讨论翻译理论最重要的一册书，是我寄给他的。］花了七个半月，算是改好誊好，但是还要等法国来信解答一些问题，文字也得作一次最后的润色。大概三十万字，前后总要八个半月。成绩只能说"清顺"二字，文体、风格，自己仍是不惬意。大家对我的夸奖，不是因为我的成绩好，而是因为一般的成绩太坏。这不是谦虚的客套，对你还用这一套吗？谈到翻译，我觉得最难应付的倒是原文中最简单最明白而最短的句子。例如 Elle est charmante = She is charming，读一二个月英法文的人都懂，可是译成中文。要传达原文的语气，使中文里也有同样的情调，气氛，在我简直办不到。而往往这一类的句子，对原文上下文极有关系，传达不出这一点，上下文的神气全走掉了。明明是一杯新龙井，清新隽永，译出来变了一杯淡而无味的清水。甚至要显出 She is charming 那种简单活泼的情调都不易。长句并非不困难，但难的不在于传神，而在于重心的安排。长句中往往只有极短的一句 simple sentence，中间夹入三四个副句，而副句中又有 participle 的副句。在译文中统统拆了开来，往往宾主不分，轻重全失。为了保持原文的重心，有时不得不把副句抽出先放在头上，到末了再译那句短的正句。但也有一个弊病，即重复字往往太多。译单字的问题，其困难正如译短句。而且越简单越平常的字越译不好，例如 virtue, spiritual, moral, sentiment, noble，saint，humble，等等。另外是抽象的名词，在中文中无法成立，例如 la vraie grandeur d'âme = the genuine grandeur of the soul 译成"心灵真正的伟大"，光是这一个短句似乎还行，可是放在上下文中间就不成，而非变成"真正伟大的心灵"不可。附带的一个困难是中文中同音字太多，倘使一句中有"这个"两字。隔一二字马上有"个别"二字，两个"个"的音不说念起来难听，就是眼睛看了也讨厌。因为中文是单音字，一句中所有的单字都在音量上占同等地位。不比外国文凡是 the，that，都是短促的音，法文的 ce，cet，更要短促。在一句中，article 与 noun 在音量上相差很多，因此宾主分明。一到中文便不然，这又是一个轻重不易安排的症结。

以上都是谈些琐碎的实际问题，现在再提一个原则性的基本问题：

白话文跟外国语文，在丰富、变化上面差得太远。文言在这一点上比白话就占便宜。周作人说过："倘用骈散错杂的文言译出，成绩可比较有把握：译文既顺眼，原文意义亦不距离过远"，这是极有见地的说法。文言有它的规律，有它的体制，任何人不能胡来，词汇也丰富。白话文却是刚刚从民间搬来的，一无规则，二无体制。各人摸索各人的，结果就要乱搅。同时我们不能拿任何一种方言作为白话文的骨干。我们现在所用的，即是一种非南非北，亦南亦北的杂种语言。凡是南北语言中的特点统统要拿掉，所剩的仅仅是些轮廓，只能达意，不能传情。故生动、灵秀、隽永等等，一概谈不上。方言中最 colloquial 的成分是方言的生命与灵魂，用在译文中，正好把原文的地方性完全抹煞，把外国人变了中国人岂不笑话，不用吧，那末（至少是对话）译文变得生气全无，一味"新文艺腔"。创作文字犯这个毛病，有时也是因为作者顾到读者，过于纯粹的方言要妨碍读者了解，于是文章就变成"普通话"，而这普通话其实是一种人工的，artificial 之极的话。换言之，普通话者，乃是以北方话做底子，而把它 colloquial 的成分全部去掉的话。你想这种语言有什么文艺价值？不幸我们写的正是这一种语言，我觉得译文风格的搞不好，主要原因是我们的语言是"假"语言。

其次是民族的 mentality 相差太远。外文都是分析的，散文的，中文却是综合的，诗的。这两个不同的美学原则使双方的词汇不容易凑合。本来任何译文总是在"过与不及"两个极端中荡来荡去，而在中文为尤甚。

泰德勒一书，我只能读其三分之一，即英法文对照的部分。其余只有锺书、吴兴华二人能读。但他的理论大致还是不错的。有许多，在我没有读他的书以前都早已想到而坚信的。可见只要真正下过苦功的人，眼光都差不多。例如他说凡是 idiom，倘不能在译文中找到相等的（equivalent）idiom，那末只能用平易简单的句子把原文的意义说出来，因为照原文字面搬过来（这是中国译者百分之九十九以上的人所用的办法），使译法变成 intolerable 是绝对不可以的。这就是我多年的主张。

但是我们在翻译的时候，通常是胆子太小，迁就原文字面，原文句法的时候太多。要避免这些，第一要精读熟读原文，把原文的意义，神韵全部抓握住了，才能放大胆子。有句话说得极中肯，他说：字典上的字等于化学符号，某个英文字，译成中文某字，等于水是 H_2O。我们在译文中要用的是水，而非 H_2O。

我并不说原文的句法绝对可以不管，在最大限度内我们是要保持原文句法的，但无论如何要叫人觉得尽管句法新奇而仍不失为中文。这一点当然不是容易做得到的，而且要译者的 taste 极高才有这种判断力。老舍在国内是唯一采用西洋长句而仍不失为中文的唯一的作家。我以上的主张不光为传达原作的神韵，而是为创造中国语言，加多句法变化等等，必要在这一方面去试验。我一向认为这个工作尤其是翻译的人的工作。创作的人不能老打这种句法的主意，以致阻遏文思，变成"见其小而遗其大"；一味的只想着文法、句法、风格，决没有好的创作可能。

由此连带想到一点，即原文的风格，越到近代越要注重。像 Gide〔即法国作家纪德（1869—1951），1947 年获诺贝尔文学奖〕之流，甚至再早一点像 Anatole France〔法朗士（1844—1924），法国作家。1924 年获诺贝尔文学奖〕之流，你不在原文的风格上体会，译文一定是像淡水一样。而风格的传达，除了句法以外、就没有别的方法可以传达。

关于翻译，谈是永远谈不完的。今天我只是拉七拉八的信口胡扯一阵。你要译的书〔宋奇按：我那时颇有意翻译 Evelyn Waugh 的 Brideshead Revisited，后来译了第三章和第四章的一大半，终于半途而废。第三章曾以《兴仁岭重临记》为书名发表于文学杂志〕，待我去图书馆去找到了、读了再说。但在 1948 出版的 British Literature Betweens Two Wars 中也找不到这作家的名字。我的意思只要你认为好就不必问读者，"平明"这一个丛书，根本即是以"不问读者"为原则的。要顾到这点，恐怕 Jane Austen 的小说也不会有多少读者。我个人是认为 Austen 的作品太偏重家常琐屑，对国内读者也不一定有什么益处。以我们对 art 的眼光来说，也不一定如何了不起……

不管怎样，我总希望你把眼前这部书结束。凡是你真正爱好的一定译得好。而且我相信你的成绩一定比我好。因为你原来的文章比我活泼，你北方语言的认识与我更不可同日而语。只要有人能胜过我，就表示中国还有人，不至于"廖化当先锋",那就是我莫大的安慰。而假如这胜过我的人是我至好的朋友,我的喜悦更不在话下。多做,少做,全无关系,只消你继续不断地干下去。我以最大的热忱等着看你的成绩。

希望来信,大家不能再像过去大半年这样隔膜了,尤其为了彼此的工作,需要经常联络。草草,祝
康乐　并候
文美、希弟均好!

安
四月十五日

宋奇按:傅雷号怒安,取自"一怒而天下安"。这封信已扔掉,不知写于哪一年,猜想大概是1951年。以后他还经常给我写信,信中说及傅聪的进展情况和翻译上的问题居多。这封信是随手写的,并没有预先打好底稿,可是滔滔不绝的讨论翻译问题,而所把握的问题可以说"切中要害",非但提出了原则,而且举列出实际上的困难,只有在翻译上花了不少心血,深明其中甘苦的人才说得出来。这虽然只是一封信,可是有极大的价值,可以列为重要的讨论翻译问题的文件之一。可惜就是我本人没有在实际翻译上有所贡献,到今天仍是愧对故友,为之掷笔一叹!

一九五一年十月九日
悌芬:

来信批评《贝姨》各点,我自己亦感觉到,但你提出的"骚动",西禾说是北方话,可见是南北方都有的名词。译文纯用北方话,在生长南方的译者绝对办不到。而且以北方读者为惟一对象也失之太偏。两湖、云、贵、四川及西北所用语言,并非完全北方话,倘用太土的北京话也看不懂。即如老舍过去写作,也未用极土的辞藻。我认为要求内容生动,非杂糅各地方言(当然不能太土)不可,问题在于如何调和,使风格不致破坏,斯为大难耳。原文用字极广,俗语成语多至不可胜计,但光译其意思,则势必毫无生命;而要用到俗语土语以求肖似书中人物身份及口吻,则我们南人总不免立即想到南方话。你说我请教过许多人倒也未必。上年买了一部国语辞典(有五千余面,八册,系抗战时北平编印),得益不少。又聪儿回来后,在对话上帮我纠正了一些不三不四的地方。他在云大与北京同学相处多,青年人吸收得快,居然知道不少。可惜他健忘,回来后无机会应用,已忘掉不少。又原文是十九世纪的风

格，巴氏又不甚修饰文字，滥调俗套在所不免，译文已比原作减少许多。遇到此种情形，有时就用旧小说套语。固然文字随各人气质而异，但译古典作品，译者个人成分往往并不会十分多，事实上不允许你多。将来你动手后亦可知道。煦良要我劝你在动手 Emma 之前，先弄几个短篇作试笔，不知你以为如何？我想若要这样做，不妨挑近代的，19世纪的、18世纪的各一短篇做试验。

再提一提风格问题。

我回头看看过去的译文，自问最能传神的是罗曼·罗兰，第一是同时代，第二是个人气质相近。至于《文明》，当时下过苦功（现在看看，又得重改了），自问对原作各篇不同的气息还能传达。即如巴尔扎克，《高老头》、《贝姨》与《欧也妮》三书也各各不同。鄙见以为凡作家如巴尔扎克，如左拉，如狄更司，译文第一求其清楚通顺，因原文冗长迂缓，常令人如入迷宫。我的译文的确比原作容易读，这一点可说做到了与外国译本一样：即原本比译本难读（吾国译文适为相反）。如福禄贝尔，如梅里曼，如莫泊桑，甚至如都德，如法朗士，都要特别注意风格。我的经验，译巴尔扎克虽不注意原作风格，结果仍与巴尔扎克面目相去不远。只要笔锋常带情感，文章有气势，就可说尽了一大半巴氏的文体能事。我的最失败处（也许是中国译者最难成功的一点，因两种文字语汇相差太远），仍在对话上面。

你译十八世纪作品，杨绛的《小癞子》颇可作为参考（杨绛自称还嫌译得太死）。她对某些南方话及旧小说辞汇亦不避免，但问如何安排耳。此乃译者的 taste 问题。

像你这样对原作下过苦功之后，我劝你第一要放大胆子，尽量放大胆子；只问效果，不拘形式。原文风格之保持，决非句法结构之抄袭。（当然原文多用长句的，译文不能拆得太短；太短了要像二十世纪的文章。）有些形容词决不能信赖字典，一定要自己抓住意义之后另找。处处假定你是原作者，用中文写作，则某种意义当用何种字汇。以此为原则，我敢保险译文必有百分之七十以上的成功。我仍是忙，这一年余几乎无日不忙。匆匆，即问

双安。

雷叩
十月九日

一九五三年二月七日

悌芬：

信到前一天，阿敏报告，说新华书店还有一本《小癞子》，接信后立刻叫

他去买，不料已经卖出了。此书在一九五一年出版后三个月内售罄，迄未再版。最近杨必译的一本 Maria Edgeworth［埃奇沃思（1767—1849），英裔爱尔兰女作家］Rack-rent（译名《剥削世家》——是锺书定的）由我交给平明，性质与《小癞子》相仿，为自叙体小说。分量也只有四万余字。我已和巴金谈妥，此书初版时将《小癞子》重印。届时必当寄奉。平明初办时，巴金约西禾合编一个丛书，叫做"文学译林"，条件很严。至今只收了杨绛姊妹各一本，余下的是我的巴尔扎克与《克利斯朵夫》。健吾老早想挤进去（他还是平明股东之一），也被婉拒了。前年我鼓励你译书，即为此丛书。杨必译的《剥削世家》初稿被锺书夫妇评为不忠实，太自由，故从头再译了一遍，又经他们夫妇校阅，最后我又把译文略为润色。现在成绩不下于《小癞子》。杨必现在由我鼓励，正动手萨克雷的 Vanity Fair，仍由我不时看看译稿，提提意见。杨必文笔很活，但翻译究竟是另外一套功夫，也得替她搞点才行。普通总犯两个毛病：不是流利而失之于太自由（即不忠实），即是忠实而文章没有气。倘使上一句跟下一句气息不贯，则每节即无气息可言，通篇就变了一杯清水。译文本身既无风格，当然谈不到传达原作的风格。真正要和原作铢两悉称，可以说无法兑现的理想。我只能做到尽量的近似。"过"与"不及"是随时随地都可能有的毛病。这也不光是个人的能力、才学、气质、性情的问题，也是中外思想方式基本的不同问题。譬如《红楼梦》第一回极有神话气息及 mysticism，在精神上与罗曼·罗兰某些文字相同，但表现方法完全不同。你尽可以领会，却没法使人懂得罗曼·罗兰的 mysticism 像懂《红楼梦》第一回的那种 mysticism 一样清楚。因为用的典故与 image 很有出入，寄兴的目标虽同，而寄兴的手段不同。最难讨好的便是此等地方。时下译作求能文通字顺已百不得一，欲求有风格（不管与原文的风格合不合）可说是千万不得一；至于与原文风格肖似到合乎艺术条件的根本没有。一般的译文，除开生硬、不通的大毛病以外，还有一个最大的特点（即最大的缺点）是句句断、节节断。连形象都不完整，如何叫人欣赏原作？你说的莎士比亚十四行诗集倘如一杯清水，则根本就不是莎士比亚的十四行诗。没有诗意的东西，在任何文字内都不能称为诗。非诗人决不能译诗，非与原诗人气质相近者，根本不能译那个诗人的作品。

你要的其余两本书，我叫阿敏跑了两个下午都没买来。他最后向柜上去问，据说"尚未出版"。不过我敢预言，那些翻译一定是坏透的。能译费尔丁的人，你我决不会不知道。你我不知道的人译费尔丁或朗斐罗的，必不会好。创作、绘画、弹琴，可能有一鸣惊人的天才，翻译则不大可能。

关于《传奇》的见解，我与你有同感，但楼上楼下都找遍了，只看到苏青的。西洋文学一本也没有。当初我记得放在我处，离沪赴昆以前统统交还你了（还有一本《六艺》）。

我最后一本《克利斯朵夫》前天重译完，还得从头（即第四册）再改一遍（预计二月底三月初完工）。此书一共花了一年多工夫。我自己还保存着初译本（全新的）三部，特别精装的一部，我预备除留一部作样本外，其余的一并烧毁。你楼上也存有一部，我也想销毁，但既然送了你，事先还须征求你同意。原译之错，使我不敢再在几个好朋友眼里留这个污点。请来信"批准"为幸！这一年来从头至尾只零零星星有点儿休息，工作之忙之紧张，可说平生未有。加以聪儿学琴也要我花很多心，排节目，找参考材料，对interpretation 提意见（他一九五三年一共出场十四次）。除重译《克利斯朵夫》外，同时做校对工作，而校对时又须改文章，挑旧字（不光是坏字。故印刷所被我搞得头疼之极！），初二、三、四校，连梅馥也跟着做书记生，常常整个星期日都没歇。这一下我需要透一口气了。但第三四册的校对工作仍须继续。至此为止，每部稿子，从发排到装订，没有一件事不是我亲自经手的。印封面时（封面的设计当然归我负责）还得跑印刷所看颜色，一忽儿嫌太深，一忽儿嫌太浅，同工友们商量。

以后想先译两本梅里美的（《嘉尔曼》与《高龙巴》）换换口味。再回到巴尔扎克。而下一册巴尔扎克究竟译哪一本迄未决定，心里很急。因为我藏的原文巴尔扎克只是零零星星的，法国买不到全集本（尤其是最好的全集本），所以去年春天我曾想托你到日本的旧书铺去找。再加寄巴黎的书款如此不易，更令人头疼。

最近我改变方针，觉得为了翻译，仍需熟读旧小说，尤其是《红楼梦》。以文笔的灵活，叙事的细腻，心理的分析，镜头的变化而论，我认为在中国长篇中堪称第一。我们翻译时句法太呆，非多多学习前人不可（过去三年我多学老舍）。话一时说不完，暂且带住。匆匆，即候

双福

希弟问好。

安叩

二月七日

我家有两部《谈艺录》，要不要寄一本给你？此书以后恐要成为绝版书了。

一九五三年十一月九日

梯芬：

谢谢文美替我跑了一天，把几本乐谱都买了。因国内无好教师，故古典乐曲尤需多备几种版本互相参考。Busoni 布索尼（Busoni, Ferruccio, 1866—1924），意大利钢琴家和作曲家。是近代阐扬 Bach 最有成绩的宗师，他订正的 Bach 乐谱还有多种，想一并请文美代为搜购。凡是港岛没有的，就请琴行代向国外去定，不必自己写信去托人；让琴行多赚几文，省却许多麻烦。琴弦收到，三根纳了一万多元的关税，并不贵。还有两根 G 也请寄到我家里来，免得教林太太上邮局去。（以前是由邮差送到门上的，现在要纳税，故须自去邮局领取。）此外仍请拣 E、D 线再买二根，A、G 你多买一根，留在你处，过几个月再寄来。因此次寄来的货较好，趁市上有的时候多买几根藏起。凡是镍制的都不行。铝及不锈钢的就可以用了。拜托拜托！长命唱针未有寄来，甚望下次寄谱时能附二三支。

你要的书，Bush：*English Literature in the 17th Century* 和梁宗岱的《水仙辞》都找不到。此外如《辞海》，如《庾子山集》二册，一切的事项，都预备分作二包寄给你。其实，《辞海》并无多大用处，倘手头有了《辞源》也就差不多了。

来信提到十九世纪文学作品，我亦有同感。但十七八世纪的东西也未始没有很大的毛病。我越来越觉得中国人的审美观念与西洋人的出入很大，无论读哪个时代的西洋作品，总有一部分内容格格不入。至于国内介绍的轻重问题，我认为还不及介绍的拆烂污问题严重。试问，即以十九世纪而论，有哪几部大作可以让人读得下去的？不懂原文的人连意义都还弄不清，谈什么欣赏！至于罗曼·罗兰那一套新浪漫气息，我早已头疼。此次重译，大半是为了吃饭，不是为了爱好。流弊当然很大，一般青年动辄以大而无当的词藻宣说人生观等等，便是受这种影响。我自己的文字风格，也曾大大的中毒，直到办《新语》才给廓清。司汤达，我还是二十年前念过几本，似乎没有多大缘分。人民文学出版社也提议要我译《红与黑》，一时不想接受。且待有空重读原作后再说。梅里美的《高龙巴》，我即认为远不及《嘉尔曼》，太像侦探小说，plot 太巧，穿插的罗曼史也 cheap。不知你读后有无此种感觉？叶君健译《嘉尔曼》，据锺书来信说："叶译句法必须生铁打成之肺将打气筒灌满臭气，或可一口气念一句耳。"

……

双绶不一。

安叩
十一月九日

一九五四年十月十日

悌芬：

讲到一般的翻译问题，我愈来愈感觉到译者的文学天赋比什么都重要。这天赋包括很多，taste，sense 等等都在内。而这些大半是"非学而能"的。所谓"了解"，其实也是天生的，后天只能加以发掘与培养。翻译极像音乐的 interpretation，胸中没有 Schumann 的气息，无论如何弹不好 Schumann。朋友中很多谈起来头头是道，下笔却无一是处，细拣他们的毛病，无非是了解歪曲，sense 不健全，taste 不高明。

时下的译者十分之九点九是十弃行（十弃行是南方话，含有贬义，意思是指无用的、无益的人。），学书不成，学剑不成，无路可走才走上了翻译的路。本身原没有文艺的素质、素养；对内容只懂些皮毛，对文字只懂得表面，between lines 的全摸不到。这不但国内为然，世界各国都是如此。单以克利斯朵夫与巴尔扎克，与服尔德（Candide）几种英译本而论，差的地方简直令人出惊，态度之马虎亦是出人意料。

我在五月中写了一篇对"文学翻译工作"的意见书，长一万五千余言，给楼适夷，向今年八月份全国文学翻译工作会议的筹备会提出。里面我把上述的问题都分析得很详尽，另外也谈了许多问题。据报告：周扬见了这意见书，把他原定七月中交人文社出版的修订本 Anna Kalerina，又抽下来，说"还要仔细校过"。

平时谈翻译似乎最有目光的煦良，上月拿了几十页他译的 Moby Dick 来，不料与原文一对之下，错的叫人奇怪，单看译文也怪得厉害。例如"methodically knocked off hat"译作"慢条斯理的……"，"sleepy smoke"译作"睡意的炊烟"。还有许多绝对不能作 adj. 用的中文，都做了 adj.。所以谈理论与实际动手完全是两回事。否则批评家也可成为大创作家了。

此外，Moby Dick 是本讲捕鲸的小说，一个没海洋生活经验的人如何敢着手这种书？可是国内的译本全是这种作风，不管题材熟悉不熟悉，拉起来就搞，怎么会搞得好？从前鲁迅译日本人某氏的《美术史稿》，鲁迅本人从没见过一件西洋美术原作而译（原作亦极偏，姑不论），比纸上谈兵更要不得。鲁迅尚且如此，余子自不足怪矣！

近来还有人间接托我的熟朋友来问我翻译的事，有的还拿些样品来要我看。单看译文，有时还通顺；一对原文，毛病就多了。原来一般人的粗心大意，远出我们想象之外，甚至主句副句亦都弄不清的，也在译书！或者是想藉此弄几个钱，或者想"脱离原岗位"，改行靠此吃饭！

赵少侯前年评我译的《高老头》，照他的批评文字看，似乎法文还不坏，中文也很通；不过字里行间，看得出人是很笨的。去年他译了一本四万余字的现代小说，叫做《海的沉默》，不但从头至尾错得可以，而且许许多多篇幅，他根本没懂。甚至有"一个门"、"喝我早晨一杯奶"这一类的怪句子。人真是"禁不起考验"，拆穿西洋镜，都是幼稚园里拖鼻涕的小娃娃。至于另有一等，专以冷门唬人而骨子里一无所有的，目前也渐渐的显了原形（显了原形也不相干，译的书照样印出来），最显著的是×××。关于他的卑鄙勾当，简直写下来也叫人害臊。卞之琳还吃了他的亏呢。

还有一件事，我久已想和你说。就是像你现在这样的过 dilettenti 的生活，我觉得太自暴自弃。你老是胆小，不敢动手，这是不对的。你是知道天高地厚的人，即便目前经验不足，至少练习一个时期之后会有成绩的。身体不好也不成为理由。一天只弄五百字，一月也有一万多字。二年之中也可弄出一部二十余万字的书来。你这样糟蹋自己，走上你老太爷的旧路，我认为大不应该。不知你除了胆小以外，还有别的理由没有？

我素来认为，一件事要做得好，必须有"不计成败，不问效果"的精神；而这个条件你是有的。你也不等着卖稿子来过活，也不等着出书来成名，埋头苦干它几年，必有成绩可见！朋友，你能考虑我的话吗？

荣宝斋说北京总店（总店已改公私合营，上海尚是独立）二年前印过《北平笺谱》，早已售完。听说现在又有一部新的在印。将来会通知我的。匆匆，问好。

怒庵

十月十日

义昌业已正式准备结束，望希弟立即通知香港有关商行，停止送报价报货单（我亦弄不甚清）到上海来，因为来了单子，必须送海关，万一批了一张下来，数目少，生意又不能不做，使结束事又拖下去，极麻烦。故凡希弟知道的行家，请克日

致夏衍

夏衍（1900—1996）原名沈乃熙，原籍河南开封，生于浙江杭州。新中国成立之后，曾任中共上海市委常委、宣传部部长、市文化局长、中央文化部副部长等职。

夏衍先生：

得手书，悉尊体违和，想必积劳所致，今后尚望善自珍摄。

关于小儿学习事，他出国前曾于十月八日自京来信，报告与先生谈话经过，有"再出去二年以后就回国"之语；今来示则称"明年学完后……"，不知是否有误会？

按聪于本年秋季起方开始学各项理论课，预料非一学年所能完成。他波兰语虽讲得相当流利，但阅读仍多困难，语文倘不完全掌握，理论及音乐史课程的进修就有障碍，而将来的笔试尤其成问题。但一面攻语文，一面学专科，进度即难加速。

音乐学习——特别是钢琴学习——所需要的时间比任何学科为长，情形颇像我们研究世界文学：国别多，作家多，作品多，风格多，一个作家前、中、后期的风格又有出入；即挑选代表作家的重要代表作品学习，也非三四年所能窥其堂奥。且研究一个钢琴乐曲，先要克服技巧，少则一二十页，多则一百数十页的乐谱要背得烂熟（研究文学名著即不需要这一步工作），在手上滚得烂熟，再要深入体会内容；总的来说，比精读和钻研一部文学作品费时更多。聪的技术基础还不够稳固，至此为止的成绩多半靠聪明与领悟，而不是靠长年正规学习的积累。参加萧邦比赛的一百零四人的"学历"，都印在一本像小型字典那么大的"总节目"上，我细细看过，没有一个像傅聪那样薄弱的，弹过的作品也没有像傅聪那样少的。这当然是吾国特殊环境使然，但我们不能不心中有数，在这方面大力予以补足。

世界上达到国际水平的青年钢琴家，在三十岁左右往往还由名师指导，一个月上一次课，我们却没有这个条件；虽说将来可短期出国学习，但究竟不如人家便利。

故原则上，聪在国外学习钢琴的时间不能过分缩短，因为他先天有缺陷。想政府培养他决不以国外音乐院毕业为限；若然，则除了理论课，他在钢琴方面的程度现在就可以毕业了。

其次，他的老师杰维茨基不但在波兰是第一流，便是在世界上也是有数的名师之一。他是十九世纪大钢琴家兼大教育家莱谢蒂茨基的学生，与前波兰总统兼大钢琴家帕德列夫斯基及现代前辈的许多知名钢琴家为同门，是钢琴上最正宗的一派，叫做"维也纳学派"。能跟到这样一位老师，可说是"历史性的"幸运。而他已届高龄，尤非多多争取目前的时间不可。

至于聪的思想问题，从五四年八月到现在，我和他写了七十九封长信，近二十万字；其中除了讨论音乐、艺术、道德、工作纪律等等以外，也重点谈到政治修养与世界大势、思想认识。国内一切重要学习文件，经常寄去（我都用红笔勾出要点），他也兴趣甚浓。文艺创作也挑出优秀的寄给他。波、匈事件以后，已写了两封长信，告诉他我们党的看法。从他小时起，我一向注意培养他的民族灵魂，因为我痛恨不中不西，不三不四，在自己的泥土中不生根的艺术家。

今年暑假中，他和我谈到波兰知识分子，有很多批评。十月十五日回华沙后（事件未发生前）来信说："我们的国家虽然有些缺点，但整个是朝气蓬勃的。这儿却有一种灰色的感觉，这种感觉是很沉重的。"十一月十五日波兰事件平息以后，他来信说："波兰的许多政治问题，我们实在也弄不大清；有一件事是肯定的，就是波兰的党比我原来预料的要坚强得多。"

总之，关于他的政治认识问题，我是抓得很紧的。在他整个做人的教育，对国家的责任等等方面，我始终认为自己的责任还没有完，还需要继续好几年呢。波兰人一般偏于自由散漫的风气，从五四年起我就再三警告他提防，因为学艺术的人最易感染。据他暑假中所谈，在华沙他一到使馆，往往整天的走不出来，因为那么多的国内书报吸引着他，可见他对国内一切是很关心的。先生来信所提，基本上和我所操心的完全一致。除了我经常去信督促，提高他警惕以外，恐怕也可以用别的更具体的办法补充，比如每隔相当时候，要他回来进马列学院学习二三个月（但同时需照顾他的专业，每天仍给以不少于四小时的练琴时间）。这是我一厢情愿；主要是把他的专业学习和政治觉悟尽量结合得好。

在决定他今后学习计划以前，我很愿意专程来京与先生及各有关首长当面详谈。倘若赞同，请挑一个比较不太忙的时期，早日来信通知。至于将来回国以后的磨练以何种方式为最宜，似乎更需要细商；因国内音乐界情形不简单，而我在这方面还能供给一些实际材料。

"群众喜爱"与"接受程度"两点，我与他在暑假中讨论很多。他与先生谈话后来信也提到："夏部长希望我在国外学习时要想到国内群众的需要，要尽到自己一份带头人的责任；这其实就是一个提高与普及相结合的问题。我觉得他说得很对，也与我和爸爸在家里的结论完全符合。"当然，这不仅是一个认识问题，而是一个长期实践的问题，逐渐适应客观现实的问题。

近三五年来，我在教育傅聪的经历中学得了不少东西。以他现阶段的发展而论，一方面固要严密注意他的思想情况，另一方面也需要正确估计他的觉悟程度，否则往往收不到预期的效果，反而有副作用。我自己水平不够，倘先生能在这方面时予指点，让我把教育孩子的工作做得更好，我是非常感激的。

另外有件事需要报告先生。聪自十月底起，因波兰政府收回"议会招待所"自用，已迁到外面居住。当时曾借宿同学家中五六天，方才找到工人家里的一间出租屋子，但他们不喜欢终日琴声，故不久还要搬。学琴的人找住处不受欢迎是各国通例，不足为奇；而华沙音乐院的公共宿舍，三四人挤在一间屋内，琴房隔音设备不好，与国内情况相差无几，也是事实。固然他不需要特殊待遇，但他的学习要求与别人不同，也难以要他住宿舍，自己听不见琴声，在他的程度上是极有害的。华沙房租奇昂，工人家一间屋每月即需六百兹罗提，而聪每月公费一共只有六百五十兹罗提。原住议会招待所不要房租，但那时每月三分之二的开支，尚且靠得的萧邦奖金存款及平日的音乐会收入（每月约净收入二三百兹罗提）弥补。他的意思（暑假中说的）能自己挣钱补贴就好，不愿多向国家开口。不过现在住外边，房租既占了留学生公费的百分之九十以上，搬家的事也要更为频数，钢琴搬动一次即需三百波币，校音一次又是三百五十波币，这些额外开支，不知他今后如何应付。

这封信耽误先生不少时间，很抱歉。什么时候需要我来京，乞早见告。匆此即颂
著绥。

弟　傅雷拜上
一九五六年十二月二十三日

拙译《查第格》想亦早呈左右？

致王任叔

王任叔（1901—1972），浙江奉化人。新中国建立后曾任中国驻印度尼西亚大使，人民文学出版社副社长、社长兼总编辑。

任叔先生座右：

五月中在沪匆匆一晤，未获畅聆教益为憾。前由贵社驻沪同仁江达飞君嘱写拙译巴尔扎克《于絮尔·弥罗埃》书签寄京。昨江君又来，说接总社信，"羅"必须改写简笔字。查弟当时试写，亦曾用简笔"罗"字，以其不美，故仍改用正体。鄙意封面题字素以美观为主，过去各种美术字体任意变化，虽逾越常规（弟亦不敢赞同），亦所不禁。政府对汉字并无废止之意，而书法原为我国特殊艺术。叶誉虎先生曾函致沪上友人，谓曾以中国书法能否算作艺术问毛主席，毛主席答称，以中国之大，多一种艺术有何不好。在此全国上下提倡百花齐放之际，不知贵社能否考虑封面手写字体可由书写者自由，一方面为我国留此一朵"花"，一方面也不必再在此时此刻立下清规戒律。如何，谨候赐教。

匆此，即颂

著绥不一。

适夷兄前乞代问好。

弟　傅雷拜上
一九五六年七月十日

致楼适夷

楼适夷（1905—2001），原名楼锡春，浙江余姚人。新中国建立后，曾任人民文学出版社副社长兼副总编辑。

适夷：

国内研究书法的人各有用惯的笔，从无多少人共同专用一种之事。大众所用则只分羊毫或水笔，从不专指某种某式，以上二点原系常识，可勿多赘。第一信曾谓一二十支不嫌多，阁下闻之惊为抢购囤积，在稍习书法之人听来则是稀松平常。戴月轩仿朝鲜小楷是公私合营前存货（合营后完全不是老规格），虫蛀者在半数以上，在荣宝斋选购，花老半天只能挑出数支。而我誊稿，二万字即笔颖尽脱无法再用。一九五九、六〇两年誊至四十余万言，而尊意认为"并非必需"。存笔至半数以上皆被虫蛀，可见用者寥寥，照阁下说来，宁可听任物资废弃，不可物尽其用，不知按照何种经济原则？

据上所述，似乎阁下并无"调查研究"之习惯，尽凭主观想象即下结论，不避武断之嫌，深可惋惜。且阁下习字二年余，对书法界笔墨业情形不甚了了，一至于此。毋怪阁下自认为"逃避现实"，"早已批判"。惟与阁下合适之帽子未必与他人合适。此种粗浅道理，不值一提。抱逃避态度之人，即使办公事也会逃避，否则哪里会有老油子；不会逃避之人，对任何事都要追根究底，得出一些结果来。所谓天下事皆是学问，无一处无学习资料。而学习皆是对人民的贡献，不是直接便是间接，不是眼前便是将来。

书法为我国独有之传统艺术，阁下仅仅认为"钻研书法原非坏事"。研究艺术，不过是"原非坏事"；岂中央与地方有成立书法研究团体之意，仅仅是做一些"原非坏事"之事欤？如此态度对待艺术，不图出之于贤者！弟愚陋，窃以前后八个月时间（半为译事之暇，半为医嘱完全停工三月，以免视神经继续衰退之际），探索吾国书法发展演变与书法之美学根据，并与绘画史作比较研究，对整个文化史有进一步的看法；初步轮廓自不免谫陋错误，但非高明指出，固不知此种工作乃是旷时废日、逃避现实也！愚衰病余年，五八年迄今，力疾工作不过译书六十余万言，在大跃进洪流中，诚为老牛破车，落后之至，与阁下著作等身走马万言相比，实觉汗颜；唯扪心自问，尚不至为"雕虫小技"流连忘返不务正业。"借此逃避现实放弃更重要的事"，不知何所据而云然？不知亦曾经过调查研究乎？二十年老友如此看待故人，想必不肖无状，有以招致。弟因冥顽不灵，朽木难雕，但同时亦反映阁下未能知己知彼，百战百胜，故对弟难收说服教育之效。

今年起原拟着手巴尔扎克《幻灭》三部曲，共五十余万言，为期须二年以上，此事早已上达尊听。如此计划，以弟学力、才力、体力、精力而言，已觉任务艰巨，战战兢兢，惟恐难以完成；阁下尚欲弟"今年做一最重要的计划"，弟诚不知专攻巴尔扎克为不得重要亦何者为最重要也？弟一生畏难，事事保守，自信仅有愚公移山之精神，发愿做一些蚂蚁啃骨头的小小工作。若欲追随阁下之干劲，实属心长力绌，徒增"跟不上"之叹。倘所谓最重要之事别有所指，则刘主席红专之论，阁下亦有所闻乎？

倘罪人还可抬起头来向老友提一点意见的话，希望阁下脱产学习之时万勿脱离实际；特别要经过一番调查研究，庶可认清对象，对症下药。五七年三月阁下在京送弟上车，弟在车厢内对阁下哓哓不已者所为何事，精神何在，阁下当能记忆。弟虽身在江湖，忧时忧国之心未敢后人；看我与世相隔，实则风雨鸡鸣，政策时事，息息相通，并未脱离实际，爱党爱友之心亦复始终如一。兄本鸿鹄，何至以燕雀论人，斤斤于形迹绳墨之间？党内有阁下一等骨干，原是人民之福，社会主义事业之幸，故敢披沥肝胆，本无责备贤者之义，惟阁下日日新，又日新；对人对事多从全面着眼，处处以毛泽东思想贯彻于实践之中。

连篇累牍，阁下必哂为迂拙，小题大做，惟由小可以见大，阁下既以原则性相绳，义正辞严，故弟亦不揣冒昧，敢以原则论列，区区愚忱就正于君子，如此而已。知我罪我，非所计也。谨上适夷我兄先生阁下

怒安再拜

一九六一年二月二十四日

手教内容恐阁下不忆，故抄奉附呈，以备对照。又及。

致郑效洵

郑效洵（1907—2000），福建闽侯（今福州）人，翻译家，时任人民文学出版社副总编辑。

效洵先生：

十月十九日大函敬悉。以问题复杂，迟迟未能裁答，至以为歉。

《人间喜剧》共包括九十四个长篇；已译十五种（《夏倍上校》包括三个短篇，《都尔的本堂神甫》二个，《幻灭》为三个中长篇合成，故十本实际是十五种）。虽不能囊括作者全部精华，但比较适合吾国读者的巴尔扎克的最优秀作品，可谓遗漏无多。法国一般文艺爱好者所熟悉之巴尔扎克小说，甚少超出此项范围。以巴尔扎克所代表的十九世纪法国现实主义文学而论，已译十五种对吾国读者亦已足够，不妨暂告段落；即欲补充，为数亦不多，且更宜从长考虑，不急急于连续不断的介绍。

固然，巴尔扎克尚有不少为西方学术界公认之重要著作：——或宣扬神秘主义，超凡入定之灵学（如《路易·朗倍》）；既与吾国民族性格格不入，更与社会主义抵触，在资本主义国家亦只有极少数专门学者加以注意；国内欲作巴尔扎克专题研究之人尽可阅读原文，不劳翻译；——或虽带有暴露性质，但传奇（romanesque）气息特浓而偏于黑幕小说一流（如《十三人党》、《交际花荣枯记》）；——或宗教意味极重而以宣传旧社会的伦理观念、改良主义、人道主义为基调（如《乡村教士》、《乡下医生》）；——或艺术价值极高，开近代心理分析派之先河，但内容专谈恋爱，着重于男女之间极细微的心理变化（如《幽谷百合》《彼阿特利克斯》）；——或写自溺狂而以专门学科为题材，过于枯燥，如《炼丹记》[（*A la recherehe de l'Absolu*，有人译为绝对的追求，实为大谬，且不可解。Ab solu 在此是指一种万能的化学物质，相当于吾国古代方士炼丹之"丹"，亦相当于现代之原子能，追求此种物质即等于"炼丹"。故译名应改为《炼丹记》。——原注]之写化学实验，《刚巴拉》之写音乐创作，诸如此类之名著，对吾国现代读者不仅无益，抑且甚难理解。

以上所云，虽不敢自命为正确无误，但确系根据作品内容，以吾国民族传统的伦理观、世界观作衡量。况在目前文化革命的形势之下，如何恰当批判资本主义文学尚无把握之际［鉴于古典文学名著编委会迄今未能写出《高老头》之评序，可见批判之难。——原注］，介绍西欧作品更不能不郑重考虑，更当力求选题不犯或少犯大错。再按实际情况，《赛查·皮罗多盛衰记》校样改正至今已历三载，犹未付印；足见巴尔扎克作品亦并非急需。故鄙见认为从主观与客观的双重角度着眼，翻译巴尔扎克小说暂告段落应当是适宜的。

反之，作品既已介绍十余种（除莎士比亚与契诃夫外，当为西方作家中翻译最多的一个），而研究材料全付阙如，不能不说是一个大大的缺陷。近几年来，关于巴尔扎克的世界观与创作问题，以及何谓现实主义问题，讨论甚多；似正需要提供若干文献作参考（至少以内部发行的方式）。一方面，马列主义及毛泽东思想的文艺理论，尚无详细内容可以遵循；另一方面，客观史料又绝无供应［自五四运动以来，任何西欧作家在国内均无一本详尽之传记。——原注］，更不必说掌握：似此情形，文艺研究工作恐甚难推进。而弟近年来对于国外研究巴尔扎克之资料略有涉猎，故敢于前信中有所建议，尚望编辑部重行考虑，或竟向中宣部请示。且弟体弱多病，脑力衰退尤甚，亟欲在尚能勉强支持之日，为国内文艺界作些填补空白的工作［此项工作并不省力，文字固不必如翻译纯文艺之推敲，但如何节略大费斟酌。且不熟悉巴尔扎克作品亦无法从事。——原注］。

若社方仍欲维持前信意见，则拟先译三个讨论婚姻问题的短篇（合一册），以作过渡。否则只能暂时搁笔。

如何敬盼赐复为幸。耑此　顺颂

著绥。

傅雷拜上

一九六四年十一月十三日

致梅纽因

梅纽因（Yehudi Menuhin，1916—1999），世界著名音乐家、小提琴家和指挥家。

一九六一年五月二十一日
伊虚提
狄阿娜　双鉴：

　　狄阿娜来信言及你们生活极其繁忙，令我感触良多，然亦为意料中事，因我虽不如两位这般艺术任务众多，社交活动频繁，仍然非病倒绝不中断工作。人生有太多事要做，太多知识要追求，太多讯息要知悉，以致一日二十四小时总嫌不够，即使对一个生活归隐，恍似遁世如我者，也是如此。这岂非现代人主要病根之一？艺术若在吾人身上加重负担，徒增疲劳，而非带来平安，赋予喜乐，岂非有违初衷？一个世纪之前，丹纳早已抱怨人类头脑之进化不合比例，有损其他器官，而现代生活的复杂紧张已剥夺人类简朴自然、合乎健康之乐趣。倘若丹纳再生，目睹吾人今日之生活，不知又将出何言？

　　四月十七日接奉伊虚提新录唱片九张，另华格纳序曲一张；四月二十日，收讫法文书籍一包；五月二日收讫有关聪之德文文章，此等文章承蒙不吝翻译，凡此种种，感不胜言。伊虚提唱片令我们愉悦难宣，尤以近二十年未曾得聆阁下优美演奏，更感欣忭。可知自中日战争后，此间与西方文艺界已完全脱节。聪未告有否将书款偿还，虽然曾询问不止一次，此即为年轻人处事糊涂而应予责备之处。尚祈不嫌烦琐，径向聪索取代付款项为盼。若能真正对其视同己出，命其履行应尽职责，则将不胜欣慰之至。

　　狄阿娜于五月三日来函中提及一本共两册之字典；然并未指明所属种类。现有《乐如思世界字典》共两册，《二十世纪乐如思字典》共六册，《李特莱大字典》共四册。代购之字典相信为有关短语及引言者，未悉是否有较加赛尔本更详尽之法英—英法对照字典？若有上好字典，即使只有法英对照者，亦将合乎所求。

……

　　　　　顺颂

　　双绥！

　　　　　　　　　　　　　　　　　　　　傅雷　朱梅馥
　　　　　　　　　　　　　　　　　　　　一九六一年五月二十一日

兹将收讫书籍详目胪列如下，敬请参阅。
四月二十日收讫自巴黎弗林可书店所寄书籍：
一、巴尔扎克《人间喜剧》人物志两册
二、一九六〇年巴尔扎克年刊一册
三、巴尔扎克书信集，第一册一册
四、引言百科全书一册
五、乐如思法文短语字典一册

（莫里斯·拉所编《乐如思法文短语字典》极不理想，倘另有包含较多法国俗语之字典，烦乞代购。）

一九六二年四月十二日

伊虚提

狄阿娜　双鉴：

　　前奉一月二十八日自庞贝来函，迄今始覆，延宕无由，歉疚实深。生活归隐至此，实远较他人时间充裕，得以向各方友好笺候，而此等友好我与内子时在念中。其实亦曾屡屡念及，不知你们身在何处，不知你们何以能妥善安排如此紧张的生活，而伊虚提不知又给公众带来何等令人赞叹的崭新献礼。然握笔笺候，仍需提起神来，徒然心系友人，并不足够。近来颇觉疏懒，尤感沮丧，并无显著原由，只因疲惫乏力、未老先衰而已。

　　人生已过半百，对生命自感意兴索然，而身处东方，且秉性严肃，缺乏雄心，性好内省，再者生逢狂风暴雨的时代，则更加如此。看来没有幻思的理想主义者更易失望，对人类命运更愿接受服尔德式的概念。中国成语谓，人为"万物之灵"，此种颇为自大的信念，我时时嘲之。即使身处另一星球来观察人性，我亦不可能变得愤世嫉俗。虽然所有崇高美丽之事物我均十分热爱，却无法使自己的梦想不遭破灭，反之，太多事令我震惊不已，使我疲累不堪，直至虚无寂灭。幸勿以为此类折磨乃浪漫底克伤感主义的来复，我已活得颇久，看得颇多，足以找出千百种理由，使怀疑看法屹立不倒。一种与哲学家智慧无涉的冷漠，一种不具任何力量的慷慨，一种缺乏狂热的理想，凡此种种，兴许是现代人通病的根源吧！大函述及有关印度之事，稍换数词，即可运用到吾人身上：相信无论身处何地，世人对未来均不太肯定。然而，我对自己的工作仍进行如常，此乃惟一可供逃避厌倦之良方——无疑为一种精神上的麻醉剂，幸好对他人无碍。

……

愚对艺术的坚定信念，谅你们有相当了解，故对此处赘述为聪忧虑一事，当不感意外。对仍需不断充实自己的年轻音乐家（至少以长期来说）演出过频，岂非有损？认真学习，岂非需要充分时间，宁神养性及稳定感情？倘若不断仆仆风尘，又怎可使一套仍嫌贫乏的演奏曲目丰富起来？我明白聪儿需要抓紧所有机会以便在音乐界建立地位，亦知竞争极大，激烈非常，加以生活越趋昂贵，即使演出频频，在缴付税款及支付代理人佣金之余，亦所剩无几。音乐家时可在演奏台上得到进步，且若不经常在观众面前演出，将会烦闷非常，这些都可理解。然而在这种无止无休、艰苦不堪的音乐生涯中，要保持优美敏锐、新鲜活跃的感觉，岂非十分困难？聪身体非壮，财力不足，此外，他不但几如所有艺术家般不善理财，且过分懦弱，过分敏感，也过分骄傲，不屑跟一般音乐代理人，跟唱片公司经理，跟真正现代阿巴贡Harpagon（莫里哀名剧 L'Avare 的主人翁名，贪婪之人的代称）的恶劣手段去对抗。他在美国的遭遇实在惊人，然而又能如何？我们岂不是生活在充满血腥斗争的世界，而冷战并非限于政治圈子？此外，我亦深知不该对年轻人面临的事物感到焦虑。再者，孩子自有其命运，不必为他们过分操心。然而我始终不能自己。与子女之间血脉相连，他们的痛苦有时比自己的更感忧伤。

香港方面传出梅纽因即将赴港演出的消息，然未知确切日程。我们距离如此近又如此远，诚为可惜！料将巡回演出，顺便往日本及马尼拉等处，而不至仅赴香港一地，然否？

冗言滔滔，幸恕拉杂。能跟挚友推心置腹，岂非一乐？梅馥生性乐观，较少忧虑，因此常较我开怀，她对生活知足，此乃福分也，幸保未失。因聪寄来日用品之故，敏儿在学校生活安好。

即颂
万福。

傅雷
一九六二年四月十二日

一九六二年六月十六日

伊虚提

狄阿娜　双鉴：

叠奉二函，稽覆为歉，许或因精神沮丧之故，尚祈鉴谅。惟有日复一日，勤于工作，以期忘我，生活中自我麻醉至此，岂不可悲？然历经忧患，尤以年事渐老、健康日差之际，能养成习惯，以寄情工作为解救之法，岂非亦为一乐也？

承蒙惠赐照片，十分高兴，然瞥见伊虚提呈现疲倦之态，使我略感不安，所幸你对自己艺术及生命充满热诚，令我颇觉安慰并欣慕不已。

自香港再次惠寄之邮包已拜收。屡蒙厚贶，重劳关注，感激难宣。两位想起我国节庆——五月初五端阳节，实在周到之至。此乃纪念公元前三世纪大诗人屈原之节日。所言有关香港中国人之事几可延用至全世界之伟大民族身上。中国人的确有些与众不同的特性，例如坚忍耐劳，朴实谦和，但以一般而论，我相信凡简朴而未受现代文明污染的人民皆敦品厚德、值得欣赏。深恐中国同胞在依循正确道路达到现代化之前，已失去传统美德及国民特性。此说并非杞人忧天，在知识分子圈中有多宗事件足以证实所虑非虚。

印象中聪也许过分专注音乐，以致忽略家庭生活。他苦练钢琴，超乎常态，甚至不愿在可能情况下，放假数日，以便休息。长此以往，这种生活方式不知会否妨碍小两口之间的和睦相处。素知两位通情达理，故将对儿媳幸福之虑坦白相告，也许伊虚提可一方面开导聪，另一方面协助弥拉对此类音乐家多予了解？

你们该再次参加巴斯音乐节并再次灌片，谅必成功。料不久即将赴格施塔德度假，又可与孩子们在山中休养了。

草草布覆，顺颂近祺，并申谢悃。梅馥附笔问候。

傅雷

一九六二年六月十六日

一九六二年十二月三十日

伊虚提

狄阿娜　双鉴：

希腊来函收悉已达二月，惟生活平凡，乏善可陈，故疏于具问。孩子们对赴巴伐利亚度假一事，只字未提，仅知二人于十二月中赴康城前，曾到巴黎，至于是否将往巴伐利亚跟你们共度圣诞及新年，则无从得知。

伊虚提于明年一月在英国演奏两场，其中一场将由聪代替海弗西巴演出，此事是否属实？此种合作演出成绩若何，我深感好奇，极盼赐告。英国乐评家近日对聪态度大变，令其极为吃惊，虽则聪对自己之音乐忠诚不变，坚毅如昔。近数月来中国与西方国家不和，亦使其深感痛心。身为放逐在外的年轻人，必然十分敏感，而其爱国心又十分强烈，且移居一事，与仇视祖国无涉，故归根究底，当可了解在聪内心深处，始终存在冲突，即发现不论思想、文化、哲学——简言之，凡影响中国人智性及精神生活之种种，皆与西方人在基本上截然不同。我们的确对现代重商主义深恶痛绝，尤以艺术圈子为然。举例而言，两年前得知凡音乐会寻常预习一次立即演出，深感惊讶。对吾等"老一辈"而言，此事简直匪夷所思。

　　聪第二次赴美巡回演出，看来情况未可乐观，由于演出并不算多，他不免自问所得是否足以偿付旅行支出。然又能如何？凡音乐家必经此途，聪已算少数得享特权的音乐家之一，夫复何怨？吾友以为然否？

　　新年无甚佳品可赠，奉呈之物正如中国成语所言，仅为"千里送鸿毛，物轻情意重"而已。

　　梅馥附笔同贺年禧，尚祈珍摄，耑颂
艺祺不一。

傅雷
一九六二年十二月三十日

一九六三年四月十四日

伊虚提

狄阿娜　双鉴：

　　久疏笺候，尚祈两位身体安康，不致过劳。数月来不知又曾到过哪些国家？闻悉你们对苏联音乐界近况之印象后，实深有同感。吾人处于知识及艺术界中，多少都身受其苦，而此界之种种缺陷，无一制度足以补救。

　　得知聪跟弥拉的婚姻生活渐趋美满，彼此之间日增了解，内子与我均深感欣慰。他们其实已在生命中跨出了一大步。因为我认为生活的艺术是所有艺术之中最难的一种，而夫妇之间和睦共处之道，就是吾人立身处世的根本所在。聪天真未凿，充满理想，他于三月间自美国来函，信申述及种种见闻，饶有趣味，惟独对自己演奏成绩却只字不提。虽然他佯作毫不在意，但心中仍充满种种幻想，使我不忍使之幻灭。任何人如欲生活得不太受罪，就必须如此，倘若身为恳挚真诚及极度敏感的艺术家，则更应如此。

西敏寺唱片公司自其英国代理人业务失败后，情况如何，尚祈见告，以释吾念。我深恐聪灌录唱片的心血，付诸流水。聪似乎迄今尚未与任何信誉超卓的公司签约，自一九五九年以来，他虽曾跟两家公司打交道，但都徒劳无功。

　　虽然我一直健康欠佳，但过去数月来所幸并无特别病痛，惟独视力越来越差，每日工作之余，只能稍作阅读，需浏览之书太多，而在晚上却被逼躲懒偷闲，诚为憾事。我译文的风格，令自己深以为苦，虽已尽全力，却永远达不到满意的完美程度。巴尔扎克、服尔德及罗曼·罗兰的英译本多数惨不忍睹，错误百出，无可原谅（时常整句漏译），我尽量尝试译得忠于原文，而又不失艺术性，务使译文看来似中文创作，惜仍然力不从心。翻译之难，比起演奏家之演绎往昔大师的杰作，实在不遑多让。

　　倘我常露沮丧之情，疲惫之态，幸勿见怪。这种心情，殊难掩饰，在知心朋友面前，尤其如此。

　　内子附笔问候，即祝

双福。

傅雷
一九六三年四月十四日

一九六三年九月一日

伊虚提

狄阿娜　双鉴：

　　目前想必已返抵伦敦，尚祈节日过后，你们能在格施塔德好好休息。内子和我对狄阿娜的健康，十分悬念，苏黎世的医生不知有否使你完全康复？你们两位的生活实在太忙，但又所为何事？大家抱怨现今社会令人头昏目眩，但又无法置身事外。此说历时已有百年，甚或更久，因巴尔扎克对此种使人眼花缭乱的生活早已屡有述及。

　　然而，伊虚提身为成名已逾三十年的乐坛大家，与他人相比，当可有较多良方使生活节奏不致过促。音乐艺术能使你享有更多的宁谧、休憩及沉思之乐。深信你不仅愿意也能逐步走上一条道路，这道路不但能使你更享生命之趣，也能将音乐带到更崇高辉煌之境。

　　自五月中旬之后，迄无弥拉任何音讯（也许来信已遭遗失），只收到聪寄自南非一信，及前天寄自瑞士明信片一张。弥拉在苏黎世疗养院检查后谅应一切安好。承蒙应允必要时就灌录唱片一事对聪提出忠告，无任感荷。我并非定要使他免受剥削，此事并不可能，然至少可安排将两年前灌录的唱片发行面世（注），而不致了无尽期的湮没在"西敏寺及西依公司"里不见天日。唉！聪对这些事实在太不积极，过分谦虚。

你们大概又得开始忙碌的一季，到处旅行并巡回演奏。会否再去美国？两位公子想必出落得越发可爱，杰里米对瑞、意之行是否满意？

我们过得还差强人意，整个夏季我都可翻译巴尔扎克，《幻灭》初稿已经完成，但必须修改润饰，待改完誊清就得延至一九六四年五六月间。这本共分三部曲的小说译成中文有五十万字——这是吾人计算文学作品长度的方式。

此地食物匮缺情况已恢复正常，幸勿再自香港惠寄包裹为盼！叨扰已久，感不胜言。

　　尚此　敬颂
双绥不一。

　　　　　　　　　　　　　　　　　　傅雷　梅馥
　　　　　　　　　　　　　　　　　一九六三年九月一日

（注）聪已灌录的下列唱片，自西敏寺唱片公司英国代理倒闭以来，迄无音讯。

一九六一：萧邦：马祖卡三十三首

斯加拉蒂：奏鸣曲十四首

一九六二：巴赫：半音阶幻想曲及随想曲

亨德尔：G调组曲

萧邦：f小调第二钢琴协奏曲

舒曼：钢琴协奏曲（此两首协奏曲与伦敦交响乐团协同演出）

舒伯特：奏鸣曲两首

致罗新璋

罗新璋，中国社会科学院外国文学研究所研究员，翻译家。

新璋先生：

大札并尊译稿均陆续收到。René 与 Atala 均系二十一二岁时喜读，归国后逐渐对浪漫派厌倦，原著久已不翼而飞，无从校阅，尚望　惠寄。惟鄙人精力日衰，除日课外尚有其他代人校订工作，只能排在星期日为之，而友朋见访又多打扰，尊稿必须相当时日方能细读，尚盼宽假为幸。

鄙人对自己译文从未满意，苦闷之处亦复与先生同感。传神云云，谈何容易！年岁经验愈增，对原作体会愈深，而传神愈感不足。领悟为一事，用中文表达为又一事。况东方人与西方人之思想方式有基本分歧，我人重综合，重归纳，重暗示，重含蓄；西方人则重分析，细微曲折，挖掘惟恐不尽，描写惟恐不周；此两种 mentalité 殊难彼此融洽交流。同为 métaphore，一经翻译，意义即已晦涩，遑论情趣。不若西欧文字彼此同源，比喻典故大半一致。且我国语体文历史尚浅，句法词汇远不如有二三千年传统之文言；一切皆待文艺工作者长期摸索。愚对译事看法实甚简单：重神似不重形似；译文必须为纯粹之中文，无生硬拗口之病；又须能朗朗上口，求音节和谐；至节奏与 tempo，当然以原作为依归。尊札所称"傅译"，似可成为一宗一派，愧不敢当。以行文流畅，用字丰富，色彩变化而论，自问与预定目标相距尚远。

先生以九月之精力抄录拙译，毅力固可佩，鄙人闻之，徒增愧恧。惟抄录校对之余，恐谬误之处必有发现，倘蒙见示，以便反省，无任感激。数年来不独脑力衰退，视神经亦感疲劳过度，往往眼花流泪，译事进度愈慢，而返工愈多；诚所谓眼界愈高，手段愈绌，永远跟不上耳。

至于试译作为练习，鄙意最好选个人最喜欢之中短篇着手。一则气质相投，容易有驾轻就熟之感，二则既深爱好，领悟自可深入一层；中短篇篇幅不多，可于短时期内结束，为衡量成绩亦有方便。事先熟读原著，不厌求详，尤为要著。任何作品，不精读四五遍决不动笔，是为译事基本法门。第一要求将原作（连同思想，感情，气氛，情调等等）化为我有，方能谈到迻译。平日除钻研外文外，中文亦不可忽视，旧小说不可不多读，充实辞汇，熟悉吾国固有句法及行文习惯。鄙人于此，常感用力不够。总之译事虽近舌人，要以艺术修养为根本；无敏感之心灵，无热烈之同情，无适当之鉴赏能力，无相当之社会经验，无充分之常识（即所谓杂学），势难彻底理解原作，即或理解，亦未必能深切领悟。倘能将英译本与法文原作对读，亦可获益不少。纵英译不尽忠实，于译文原则亦能有所借鉴，增加自信。拙译服尔德，不知曾否对校？原文修辞造句最讲究，译者当时亦煞费苦心，或可对足下略有帮助。草草先行布复，即候

文绥。

傅雷拜启

一九六三年一月六日

致牛恩德

牛恩德，傅聪青少年时代友人，傅雷夫妇之干女儿，获美国音乐博士；后寓居美国，从事音乐教育工作。

一九五八年十一月二十日

恩德，亲爱的孩子：

来信只说住女青年会，没写地址；怕港岛邮政靠不住，只得仍由南海纱厂转。又港沪航空信与平信同样需六七日，以后可改平寄。没想到你来得如此容易，母亲却去得如此艰难。行前未及通知我们，送你的画改于昨日邮寄。一别四年余，你热情如旧，依然是我们的好孩子，好女儿，心中不知有多么高兴和安慰。中文也照样流畅，眷怀祖国之情油然可见：一切固然出于天禀，却也不辜负我三年苦心，七年期望。我虽未老先衰，身心俱惫，当年每日工作十一小时尚有余力，今则五六小时已感不支；但是"得英才而教育之"的痴心仍然未改。为了聪与弥拉，不知写了多少字的中文、英文、法文信，总觉得在世一日，对儿女教导的责任不容旁贷。对敏向少顾问，至今他吃亏不少，但亦限于天资，非人力所能奏效。不料桃李之花却盛放于隔墙邻院，四十岁后还教到你；当然我不会放弃对你的帮助和鼓励！多一个好儿女在海外争光，衰朽之人也远远里感到光鲜。

吾国的历史书、哲学书，国内已成凤毛麟角，旧书店已集中为一家。老商务、老中华出版的图书极少见到。新出的则过于简略；虽观点正确，奈内容贫乏，材料不充。在港不妨试觅《纲鉴易知录》。万一买到，不必从唐虞三代看起，只挑汉魏晋唐宋元明的部分，当小说一般经常翻阅。熟读以后对吾国的哲学思想自能摸出头绪。任何一个民族的特性和人生观都具体表现在他的历史中，故精通史实之人往往是熏陶本国文化最深厚的人。其次可试买五〇年前出的论述老、庄、孔、孟的小册子，或许港岛还能买到零星本子的《万有文库》或《国学小丛书》的本子。也可买《老子》、《庄子》（指原著）、《论语》、《孟子》，带在国外，一时无暇，将来可看；暂时看不甚懂，慢慢会懂。倘在沪能找到此类旧书，必买下寄你，但无把握，还是你自己在港多多尝试。我译的书，国内一本都看不到，已及五年以上；听说港九全部有售。上月还托人买了寄赠南洋的老友。五七年后译的三部巴尔扎克，一部丹纳的《艺术哲学》，均未出版；将来必有你一份，可放心。英文的世界史颇有简明的本子，可向伦敦大书店的营业员打听。我觉得你在音乐史与音乐家传记方面也可开始用功了。如 Arthur Hedley 写的 *Chopin*（在 Master Musicians 丛书内）就值得细读。那部丛书一般都很有价值，不过有的写得太专门些，文字艰深些，一时不易领会。Hedley 那本 *Chopin* 却是最容易念的。

你回到香港后的观感，使我回想起三十年前归国时的心情与感触，竟是先后一致的。也许在国外你也有许多看不上眼的地方吧？聪感觉特别敏锐，常在信中流露这种情绪：虽然他为之痛苦，但我觉得惟有不随波逐流，始终抱着崇高的理想，忠于自己的艺术，确立做人的原则的人，才会有这一类的痛苦。没有痛苦就没有斗争，也就不能为人类共同的事业——文明，出一分力，尽一分责任。同时，只有深切领会和热爱祖国文化的人才谈得上独立的人格，独创的艺术，才不致陷于盲目的崇洋派，也不会变成狭隘的大国主义者，而能在世界文化中贡献出一星半点的力量，丰富人类的精神财宝。母亲行前来看我，我也和她谈到这一类话；我深信你的中国人的灵魂是永远觉醒的，将来定能凭着这一点始终做个自由独立的战士，对你的艺术忠诚到底！月初去苏州小休五日，遍赏七大名园，对传统中国建筑艺术有了更进一步的理解，且待以后再谈。目前新工作开始（巴尔扎克五十万字的长篇，是一个三部曲，总题目叫做《幻灭》），每天都感到时间不够。暂时带住。望将留港日期早日告知，免信件空投。

With all my love，孩子，问候母亲！

傅妈妈问你好，她几年来也没忘了你！

爸爸
十一月二十日

有便先买一二百张航空信纸（要又薄又坚韧），三五十张航空信封，长短各半。日后托母亲带沪。此间各物奇缺，只能乞援于你。还需要一种胶水（如牙膏式），可胶布、皮、玻璃及瓷器的，价甚廉。另带一小卷最小的玻璃 tap！（封信用）

一九五九年一月三日

恩德，亲爱的孩子：

今天是你第一天为人师表，也是人生另一阶段。教别人仍旧是一种学习。

只要不抱敷衍塞责、混口饭吃的态度，从教书中得来的经验也不是自己向老师学习的时候所能得到的。为了要教人，过去学过的东西，势必要彻底温习，整理，消化，进一步作深入的研究，使我们更从掌握要点、举一反三方面着眼，从而培养我们的思考能力，逻辑可以更精密，复杂的内容懂得加以更好的综合。同时也推动我们多看参考书，多找实例，无形中充实自己。留英中断固然极不愉快，港岛社会也固然为你深厌；但要是能掌握时间，自己钻研还是可以的。你素来依赖性太重，出国前的苦闷多半由此而来；如今在外四年，性格想必长成了许多，独立性也增强不少，不妨就拿这一年来考验考验自己，看独自钻研对乐曲的理解与表达，是否比以前更有自信。我相信结果一定是这样，你一定会自个儿走路了。而且经过四年的勤学与阅历，你也已到了非独自走路不可的阶段和年龄。但愿三四个月以后，听到你自学大有成果的好消息。许多老话也不必与你细谈，你对做人的大道理已知道很多。你早知人生难免波折，一切全赖坚强的意志看准目的，锲而不舍的追下去；即使弯路多一些，挫折多一些，迟早会实现你的理想。如今到了考验的关头，就看你实践如何了。你对艺术的忠诚也不是青年时期十年八年的时间所能肯定；人生变化还有很多，你的遭遇也不知有几多转折；我倒不担心你处逆境时的勇气，而是要看你有朝一日各方面都极顺利的时候的表现。你该记得我常常口中道念的几句话："富贵不能淫，贫贱不能移，威武不能屈"，我觉得最难做到的是第一句。

　　假定校课不太多，几个月之后一切熟悉了，要挑几个私人学生教教恐怕不太难，将来或许还会应接不暇。我倒劝你有多余的时间还是自己多用功，只要经济不成问题，私人学生必须严格甄别，别浪费你时间。开头你准会觉得在港打开局面极难，过了半年八个月却又会感到为没出息的学生浪费光阴之苦。我且在此预言一句，以待后验。

　　你突然改变计划，与母亲会面的周折，我和傅妈妈推敲之下，也大致咂摸出一些原因。事既如此，也不必懊恼，且劝母亲宽慰，有你在旁，看着你用心教学生，用功自修，她定会高兴。

　　听说你得过好几个奖学金，尚未应用，是否可去信要求保留一个时期呢？为将来留个地步的事，想你也早想到了吧。在港演出后，报纸评论（特别是英文《南华朝报》）望剪寄，让我们欢喜欢喜。你的成功和聪的成功一样，我都要分享的。

　　前信要你买的手电，千万勿买了。既然还承认是我们的女儿，就不能来一套客气，实事求是为第一。我早知道了你的情形，决不会开口。兹附上一信，望连同前寄说明书一并转寄"九龙太子道伯爵街5号B地下成家和"，聪有钱存她处，由她代买毫不困难。再过几星期，仍然希望来信谈谈你过去的学习与音乐体会，一则你能写那种信表示你情绪已经安定，我们也好安慰；二则也算你四年来做一总结，对你今后自学也有帮助。我仍是忙得不可开交，从你走后，星期日的休息也取消了。有过整整一年足不出户，理发也是从外面叫来的。只因精神衰退，脑力迟钝，愈来愈减产，只能用时间去补偿。平日来了客，事后就得加班加点补课。自己定量已经很低，再不按日完成，做出的成绩更不知要减却多少。星期日不是补课就是打发信债等等杂务。还得抽空看些参考书，只出不进，怎么行！有时觉得脑子昏沉也想酌量减少工作，无奈到时总弄得欲罢不能。也是生成的劳碌命，非忙不可，忙了才没有烦恼，才觉得活的还有些意思。——这两句也是聪五年来经常在信中提的。我觉得做人应该忙，不忙不会做出成绩（哪怕是一星半点的成绩），怕只怕无事忙，应酬交际忙，那些不生产的忙就变为醉生梦死，我们觉得是最可怜的生活了。

国内情形还得艰苦几年，只有耐性埋头尽我的本分，在我的岗位上干些小小的工作，也许一时对国计民生毫无补益，可能将来还能给人一点儿帮助。我的心情还是那么积极，可也随时准备撒手而去，永远休息。这是我的"两面性"。我常常看自己喜欢的东西，画啊，字啊，周围的小玩艺儿啊，都觉得是社会暂寄在我处的，是我向社会暂借的。时间已花了不少，要回到我今天的功课上去了，下次再谈。祝

新年快乐，工作顺利，精神愉快，应付你的新环境！

母亲前乞代道念，告诉她，我们匆匆一别也许后会无期，不禁万分惆怅。

爸爸
一月三日

一九六三年十一月十七日

恩德，亲爱的孩子：

二月中来信至今未复，十分抱歉。说实话，你写的蚂蚁般小的字我用了放大镜还是看不清，尤其行格之密也密得异乎寻常，上一行和下一行常常缠夹，看信看得厌心了，也就一搁搁下来了。近年来我目力大退，每天工作完毕总要流泪很久。其实即使年轻力壮的人也没有能力应付你的小得出奇的字。我还想要求你以后用信纸写，航空邮简只能写寥寥几句的短信，俭省固是美德，不过也不宜过分，邮费在现代人生活费中占的比重并不太大。

听说你已经得了 M. A. 的学位，可喜可贺。大概你早知道，读学位作为

谋生的手段未始不好，有时也必需；但决不能作为衡量学问的标识。世界上没有任何学位而真有学问的人不在少数，有了很多好听的学位而并无实学的人也有的是。请勿见怪我说杀风景的话，因为这是事实，并且为了督促青年，尤其是我素来关心孩子，我也不能怕说话得罪人。你出外六年，当然为学为人都大有进步，可惜来信从未提及。留英期间你已听到不少新的演奏，新的作品，新的学说，接触到多多少少新的乐队，新的老师，新的教学法，新的课程，你必有很多新的感受、感想、感触，新的反应，新的看法；不论对过去的音乐大师还是他们的作品，对现代的作家还是现代的演奏家，你也必有一年跟一年不同的看法；比如以前极喜欢的作家作品，如今不大喜欢了，过去格格不入的曲子现在反而感到很亲切了等等；我都想知道，听你说说你这些年在艺术方面的变化，分析分析这些变化的原因。去年你离开伦敦，想来除了居留期限以外，也有学习上的要求；那么到底在英国学到了一些什么，缺乏一些什么，到美国去补充些什么，去了以后是否能满足未去时的期望……这些问题都是我愿意知道的，也是你自然而然会告诉我的，可惜你从来没有告诉过我，未免使我感到十二分遗憾。

我常常有种想法，受教育决不是消极的接受，而是积极的吸收，融化，贯通；具体表现出来，是对人生、艺术、真理、学问、一切，时时刻刻有不同的观点和反应；再进一步便是把这些观点和反应反映在实际生活上，做人处世的作风上。我相信你也同意这个见解，那么为何不对我暴露一下你的思想呢？——我所谓暴露当然只是指发表发表你对艺术和音乐，包括演奏的技巧和学习方面的感想，大概不算要求过高吧？何况通信最有意义的就是这一类思想的交流，精神的接触。士别三日，刮目相看，我们一别六载，我垂垂老矣，能看到下一代的进步也是莫大的安慰，同时也是莫大的鞭策，所以更希望你"不遗在远"！

至于日常生活，我们还是和当年一样刻板：一日三餐的时间，工作的时间，都没有更动。只是体力日衰，关节炎常发，再加敏感性鼻炎（已二年），头痛（已五年），不时阻挠；脑子也越来越不灵活，工作进度就跟着拉慢，心里想做的事，想读的书，想补的课，不知有多少，而老是受到精力限制，这便是我最大的苦闷。我译的书不知寄给你对你是否有不便，故不敢造次，免得无缘无故给你添麻烦。敏在北京女一中教英文，工作还顺利，就是忙，没有时间进修。聪大约越来越像我的脾气，在外简直没有社交活动，据弥拉来信，说他生活只有三个节目：一、弹琴，二、听音乐（吃饭也得听），三、朋友来谈天。十月二十九日聪在瑞典回伦敦的飞机上写的信，有一段：……（此信是根据底稿抄录的。底稿此处写：另抄聪信"32信第4—17行，又25—26行"，因傅聪寄给家中的信件在"文革"中均被查抄，无法抄录。）

　　我抄给你看不但为报道消息，主要是想"抛砖引玉"，听听你的议论。

　　傅妈妈身体很好，照旧做家庭的买办，誊录生，电话接线生等等，空下来看看书，练练小楷。你妈妈作何消遣呢？糖尿病是否减轻？每次经过你家门首，总是感慨万端。虽然长时期没写信给你，可是难得有一个星期不想到你们的。祝学业进步！艺术进步！向妈妈千万致意！

爸爸
一九六三年十一月十七日

　　如不吃力，能用中文写信更好，祖国的语言不用也要忘记的，而祖国的语言便是祖国文化和民族精神的象征。

致周宗琦

周宗琦，六十年代曾随刘海粟学画，一九七七年移居香港。傅雷复信中所说刘先生，即指刘海粟。——编者注

来信由刘先生，即刘海粟先生转到。青年人有热情有朝气，自是可喜。惟空有感情，亦无补于事。最好读书养气，勿脱离实际，平时好学深思，竭力培养理智以求平衡。爱好艺术与从事艺术不宜混为一谈。任何学科，中人之资学之，可得中等成就，对社会多少有所贡献；不若艺术特别需要创造才能，不高不低、不上不下之艺术家，非特与集体无益，个人亦易致书空咄咄，苦恼终身。固然创造才能必于实践中显露，即或无能，亦必经过实践而后知。但当客观冷静，考察自己果有若干潜力。热情与意志固为专攻任何学科之基本条件，但尚须适应某一学科之特殊才能为之配合。天生吾人，才之大小不一，方向各殊；专于理工者未必长于文史，反之亦然；选择不当，遗憾一生。爱好文艺者未必真有从事文艺之能力，从事文艺者又未必真有对文艺之热爱；故真正成功之艺术家，往往较他种学者为尤少。凡此种种，皆宜平心静气，长期反省，终期用吾所长，舍吾所短。若蔽于热情，以为既然热爱，必然成功，即难免误入歧途。盖艺术乃感情与理智之高度结合，对于事物必有敏锐之感觉与反应，方能言鉴赏；若创造，则尚须有深湛的基本功，独到的表现力。倘或真爱艺术，即终身不能动一笔亦无妨。欣赏领会，陶养性情，提高人格，涤除胸中尘俗，亦大佳事；何必人人皆能为文作画耶！当然，若果有某种专长，自宜锲而不舍，不计成败名利，竭全力以毕生之光阴为之。但以绘画言，身为中国人，决不能与传统隔绝；第一步当在博物馆中饱览古今名作，悉心体会。若仅眩于油绘之华彩，犹未足以言真欣赏也。人类历史如此之久，世界如此之大，岂蜗居局处所能想象！吾人首当培养历史观念、世界眼光，学习期间勿轻于否定，亦勿轻于肯定，尤忌以大师之名加诸一二喜爱之人。区区如愚，不过为介绍外国文学略尽绵力，安能当此尊称！即出于热情洋溢之青年之口，亦不免浮夸失实之嫌。鄙人对阁下素昧平生，对学业资

历均无了解,自难有所裨益;惟细读来书,似热情有余,理性不足;恐亟须于一般修养,充实学识,整理思想方面多多努力。笼统说来,一无是处,惟纯从实事求是出发,绝无泼冷水之意耳。匆复
宗琦先生

傅雷拜启

一九六二年九月十日

盖叫天《粉墨春秋》一书,对艺术——人生——伦理阐述极深刻,可向图书馆借来细读。任何艺术,皆须有盖先生所说之热爱与苦功。又及。

(据手稿)

第九辑

致傅聪

一九五四年三月二十四日上午

在公共团体中，赶任务而妨碍正常学习是免不了的，这一点我早料到。一切只有你自己用坚定的意志和立场，向领导婉转而有力的去争取。否则出国的准备又能做到多少呢？——特别是乐理方面，我一直放心不下。从今以后，处处都要靠你个人的毅力、信念与意志——实践的意志。

……

另外一点我可以告诉你：就是我一生任何时期，闹恋爱最热烈的时候，也没有忘却对学问的忠诚。学问第一，艺术第一，真理第一，——爱情第二，这是我至此为止没有变过的原则。你的情形与我不同：少年得志，更要想到"盛名之下，其实难副"，更要战战兢兢，不负国人对你的期望。你对政府的感激，只有用行动来表现才算是真正的感激！我想你心目中的上帝一定也是Bach（巴赫）[一六八五至一七五〇，德国作曲家。——编者注]、Beethoven（贝多芬）[一七七〇至一八二七，德国作曲家。——编者注]、Chopin（萧邦）[一八一〇至一八四九，波兰作曲家。——编者注]等等第一，爱人第二。既然如此，你目前所能支配的精力与时间，只能贡献给你第一个偶像，还轮不到第二个神明。你说是不是？可惜你没有早学好写作的技术，否则过剩的感情就可用写作（乐曲）来发泄，一个艺术家必须能把自己的感情"升华"，才能于人有益。我决不是看了来信，夸张你的苦闷，因而着急；但我知道你多少是有苦闷的，我随便和你谈谈，也许能帮助你廓清一些心情。

一九五四年七月二十七日深夜

你车上的信写得很有趣，可见只要有实情、实事，不会写不好信。你说到李、杜的分别，的确如此。写实正如其他的宗派一样，有长处也有短处。短处就是雕琢太甚，缺少天然和灵动的韵致。但杜也有极浑成的诗，例如"风急天高猿啸哀，渚清沙白鸟飞回，无边落木萧萧下，不尽长江滚滚来……"那首，胸襟意境都与李白相仿佛。还有《梦李白》、《天末怀李白》

几首，也是缠绵悱恻，至情至性，非常动人的。但比起苏、李的离别诗来，似乎还缺少一些浑厚古朴。这是时代使然，无法可想的。汉魏人的胸怀比较更近原始，味道浓，苍茫一片，千古之下，犹令人缅想不已。杜甫有许多田园诗，虽然受渊明影响，但比较之下，似乎也"隔"（王国维语）了一层。回过来说：写实可学，浪漫蒂克不可学；故杜可学，李不可学；国人谈诗的尊杜的多于尊李的，也是这个缘故。而且究竟像太白那样的天纵之才不多，共鸣的人也少。所谓曲高和寡也。同时，积雪的高峰也令人有"琼楼玉宇，高处不胜寒"之感，平常人也不敢随便瞻仰。

词人中苏、辛确是宋代两大家，也是我最喜欢的。苏的词颇有些咏田园的，那就比杜的田园诗洒脱自然了。此外，欧阳永叔的温厚蕴藉也极可喜，五代的冯延巳也极多佳句，但因人品关系，我不免对他有些成见。

……

一九五四年七月二十八日夜

上星期我替敏讲《长恨歌》与《琵琶行》，觉得大有妙处。白居易对音节与情绪的关系悟得很深。凡是转到伤感的地方，必定改用仄声韵。《琵琶行》中"大弦嘈嘈""小弦切切"一段，好比 staccato（断音）[音与音之间互相断开。——《傅雷家书》原注，下同]，像琵琶的声音极切；而"此时无声胜有声"的几句，等于一个长的 pause（休止）。"银瓶……水浆迸"两句，又是突然的 attack（明确起音），声势雄壮。至于《长恨歌》，那气息的超脱，写情的不落凡俗，处处不脱帝皇的 nobleness（雍容气派），更是千古奇笔。看的时候可以有几种不同的方法：一是分出段落看叙事的起伏转折；二是看情绪的忽悲忽喜，忽而沉潜，忽而飘逸；三是体会全诗音节与韵的变化。再从总的方面看，把悲剧送到仙界上去，更显得那段罗曼史的奇丽清新，而仍富于人间味（如太真对道士说的一番话）。还有白居易写动作的手腕也是了不起："侍儿扶起娇无力"，"君王掩面救不得"，"九华帐里梦魂惊"几段，都是何等生动！"九重城阙烟尘生，千乘万骑西南行"，写帝王逃难自有帝王气概。"翠华摇摇行复止"，又是多鲜明的图画！最后还有一点妙处：全诗写得如此婉转细腻，却仍不失其雍容华贵，没有半点纤巧之病！（细腻与纤巧大不同）明明是悲剧，而写得不过分的哭哭啼啼，多么中庸有度，这是浪漫蒂克兼有古典美的绝妙典型。

一九五四年八月十一日午前

你的生活我想象得出，好比一九二九年我在瑞士。但你更幸运，有良师益友为伴，有你的音乐做你崇拜的对象。我二十一岁在瑞士正患着青春期的、浪漫底克的忧郁病：悲观、厌世、彷徨、烦闷、无聊；我在《贝多芬传》译序中说的就是指那个时期。孩子，你比我成熟多了，所有青春期的苦闷，都提前几年，早在国内度过，所以你现在更能够定下心神，发愤为学，不至于像我当年蹉跎岁月，到如今后悔无及。

你的弹琴成绩，叫我们非常高兴。对自己父母，不用怕"自吹自捧"的嫌疑，只要同时分析一下弱点，把别人没说出而自己感觉到的短处也一齐告诉我们。把人家的赞美报告我们，是你对我们最大的安慰；但同时必须深深的检讨自己的缺陷。这样，你写的信就不会显得过火；而且这种自我批判的功夫也好比一面镜子，对你有很大帮助。把自己的思想写下来（不管在信中或是用别的方式），比着光在脑中空想是大不同的。写下来需要正确精密的思想，所以写在纸上的自我检讨，格外深刻，对自己也印象深刻。你觉得我这段话对不对？

我对你这次来信还有一个很深的感想，便是你的感觉性极强、极快。这是你的特长，也是你的缺点。你去年一到波兰，弹 Chopin（萧邦）的 style（风格）立刻变了，回国后却保持不住，这一回到波兰又变了。这证明你的感受力极快。但是天下事有利必有弊，有长必有短，往往感受快的，不能沉浸得深，不能保持得久。去年时期短促，固然不足为定论。但你至少得承认，你的不容易"牢固执著"是事实。我现在特别提醒你，希望你时时警惕，对于你新感受的东西不要让它浮在感受的表面；而要仔细分析，究竟新感受的东西，和你原来的观念、情绪、表达方式有何不同。这是需要冷静而强有力的智力，才能分析清楚的。希望你常常用这个步骤来"巩固"你很快得来的新东西（不管是技术还是表达）。长此做去，不但你的演奏风格可以趋于稳定、成熟（当然所谓稳定不是刻板化、公式化），而且你一般的智力也可大大提高，受到锻炼。孩子！记住这些！深深的记住！还要实地做去！这些话我相信只有我能告诉你。

还要补充几句：弹琴不能徒恃 sensation（感觉），sensibility（感受，敏感）。那些心理作用太容易变。从这两方面得来的，必要经过理性的整理、归纳，才能深深的化入自己的心灵，成为你个性的一部分，人格的一部分。当然，你在波兰几年住下来，熏陶的结果，多少也（自然而然的）会把握住精华。但倘若你事前有了思想准备，特别在智力方面多下功夫，那末你将来的收获一定更大更丰富，基础也更稳固。再说得明白些：艺术家天生敏感，换一个地方，换一批群众，换一种精神气氛，不知不觉会改变自己的气质与表达方式。但主要的是你心灵中最优秀最特殊的部分，从人家那儿学来的精华，都要紧紧抓住，深深的种在自己性格里，无论何时何地这一部分始终不变。这样你才能把独有的特点培养得厚实。

一九五四年九月四日

你的批评精神越来越强，没有被人捧得"忘其所以"，我真快活！你说的脑与心的话，尤其使我安慰，[傅聪于一九五四年八月二十四日给父亲的信中说："我的教授其实是一个非常 cold（冷漠）的人，并不 sympathetic（热心），但确是最好的教授。绝无 artist（艺术家）气质。他的耳朵和眼睛，有锐敏的观察力，对于学生演奏的一点一滴，都注意得清清楚楚。他对于我所以特别适合，因为他很少有热情的时候，很少欣赏到别人演奏中的气质，spirit，总是注意小地方和曲子的结构、比例等等。他是完完全全的 brain（理智），而不是 heart（热情）。我有足够的 heart（热情），不须要一个太热情的教授来把我捧得忘乎所以，却须要一个教授时时刻刻来加强我的 brain（理智）。"——编者注] 你有这样的了解，才显出你真正的进步。一到波兰，遇到一个如此严格、冷静、着重小节和分析曲体的老师，真是太幸运了。经过他的锻炼，你除了热情澎湃以外，更有个钢铁般的骨骼，使人觉得又热烈又庄严，又有感情又有理智，给人家的力量更深更强！我祝贺你，孩子，我相信你早晚会走到这条路上：过了几年，你的修养一定能够使你的 brain（理智）与 heart（感情）保持平衡。你的性灵越发掘越深厚、越丰富，你的技巧越磨越细，两样凑在一处，必有更广大的听众与批评家会欣赏你。孩子，我真替你快活。

你此次上台紧张，据我分析，还不在于场面太严肃——去年在罗京比赛不是一样严肃得可怕吗？主要是没先试琴，一上去听见 tone（声音）大，已自吓了一跳，touch（触键）不平均，又吓了一跳，pedal（踏板）不好，再吓了一跳。这三个刺激是你二十日上台紧张的最大原因。你说是不是？所以今后你切须牢记，除非是上台比赛，谁也不能先去摸琴，否则无论在私人家或在同学演奏会中，都得先试试 touch（触键）与 pedal（踏板）。我相信下一回你决不会再 nervous（紧张）的。

……

要是你看我的信，总觉得有教训意味，仿佛父亲老做牧师似的，或者我的一套言论，你从小听得太熟，耳朵起了茧，那末希望你从感情出发，体会我的苦心；同时更要想到：只要是真理，是真切的教训，不管出之于父母或朋友之口，出之于熟人生人，都得接受。别因为是听腻了的，而无动于衷，当作耳边风！你别忘了：你从小到现在的家庭背景，不但在中国独一无二，便是在世界上也很少很少。哪个人教育一个年轻的艺术学生，除了艺术以外，再加上这么多的道德的？我完全信任你，我多少年来播的种子，必有一日在你身上开花结果——我指的是一个德艺俱备，人格卓越的艺术家！

你的随和脾气多少得改掉一些。对外国人比较容易，有时不妨直说：我有事，或者我要写家信。艺术家特别需要冥思默想。老在人堆里（你自己已经心烦了），会缺少反省的机会；思想、感觉、感情也不能好好的整理、归纳。

一九五四年十月二日

……心中的苦闷不在家信中发泄，又哪里去发泄呢？孩子不向父母诉苦向谁诉呢？我们不来安慰你，又该谁来安慰你呢？人一辈子都在高潮——低潮中浮沉，唯有庸碌的人，生活才如死水一般；或者要有极高的修养，方能廓然无累，真正的解脱。只要高潮不过分使你紧张，低潮不过分使你颓废，就好了。太阳太强烈，会把五谷晒焦；雨水太猛，也会淹死庄稼。我们只求心理相当平衡，不至于受伤而已。你也不是栽了筋斗爬不起来的人。我预料国外这几年，对你整个的人也有很大的帮助。这次来信所说的痛苦，我都理会得；我很同情，我愿意尽量安慰你、鼓励你。克利斯朵夫不是经过多少回这种情形吗？他不是一切艺术家的缩影与结晶吗？慢慢的你会养成另外一种心情对付过去的事：就是能够想到而不再惊心动魄，能够从客观的立场分析前因后果，做将来的借鉴，以免重蹈覆辙。一个人唯有敢于正视现实，正视错误，用理智分析，彻底感悟，终不至于被回忆侵蚀。我相信你逐渐会学会这一套，越来越坚强的。我以前在信中和你提过感情的 ruin〔创伤，覆灭〕，就是要你把这些事当做心灵的灰烬看，看的时候当然不免感触万端，但不要刻骨铭心的伤害自己，而要像对着古战场一般的存着凭吊的心怀。倘若你认为这些话是对的，对你有些启发作用，那末将来在遇到因回忆而痛苦的时候（那一定免不了会再来的），拿出这封信来重读几遍。

说到音乐的内容，非大家指导见不到高天厚地的话，我也有另外的感触，就是学生本人先要具备条件：心中没有的人，再经名师指点也是枉然的。

……

一九五四年十月十九日夜

……上午到博物馆去看古画，看商周战国的铜器等等；下午到文化俱乐部（即从前的法国总会，兰心斜对面）参观华东参加全国美展的作品预展。结果看得连阿敏都频频摇头，连喊吃不消。大半是月份牌式，其幼稚还不如好的广告画。漫画木刻之幼稚，不在话下。其余的几个老辈画家，也是轧时髦，涂抹一些光光滑滑的、大幅的着色明信片，长至丈余，远看也像舞台布景，近看毫无笔墨。伦伦的爸爸在黄宾虹画展中见到我，大为亲热。这次在华东出品全国的展览中，有二张油画，二张国画。国画仍是野狐禅，徒有其貌，毫无精神，一味取巧，骗人眼目；画的黄山削壁，千千万万的线条，不过二三寸长的，也是败笔，而且是琐琐碎碎连接起来的，毫无生命可言。艺术品是用无数"有生命力"的部分，构成一个一个有生命的总体。倘若拿描头画角的匠人功夫而欲求全体有生命，岂非南辕北辙？那天看了他的作品，我就断定他这一辈子的艺术前途完全没有希望了。我几十年不见他的作品，原希望他多少有些进步，不料仍是老调。而且他的油画比以前还退步，笔触谈不到，色彩也俗不可耐，而且俗到出乎意料。可见一个人弄艺术非真实、忠诚不可。他一生就缺少这两点，可以嘴里说得天花乱坠，实际上从无虚怀若谷的谦德，更不肯下苦功研究。……

一九五四年十月二十二日晨

昨天尚宗打电话来，约我们到他家去看作品，给他提些意见。话说得相当那个，不好意思拒绝。下午三时便同你妈妈一起去了。他最近参加华东美展落选的油画《洛神》，和以前画佛像、观音等等是一类东西。面部既没有庄严沉静的表情（《观音》），也没有出尘绝俗的世外之态（《洛神》），而色彩又是既不强烈鲜明，也不深沉含蓄。显得作者的思想只是一些莫名其妙的烟雾，作者的情绪只是浑浑沌沌的一片无名东西。我问："你是否有宗教情绪，有佛教思想？"他说："我只喜欢富丽的色彩，至于宗教的精神，我也曾从佛教画中追寻他们的天堂……等等的观念。"我说："他们是先有了佛教思想，佛教情绪，然后求那种色彩来表达他们那种思想与情绪的。你现在却是倒过来。而且你追求的只是色彩，而你的色彩又没有感情的根源。受外来美术的影响是免不了的，但必须与一个人的思想感情结合。否则徒袭形貌，只是作别人的奴隶。佛教画不是不可画，而是要先有强烈、真诚的佛教感情，有佛教人生观与宇宙观。或者是自己有一套人生观宇宙观，觉得佛教美术的构图与色彩恰好表达出自己的观念情绪，借用人家的外形，这当然可以。倘若单从形与色方面去追求，未免舍本逐末，犯了形式主义的大毛病。何况即以现代欧洲画派而论，纯粹感官派的作品是有极强烈的刺激感官的力量的。自己没有强烈的感情，如何教看的人被你的作品引起强烈的感情？自己胸中的境界倘若不美，人家看了你作品怎么会觉得美？你自以为追求富丽，结果画面上根本没有富丽，只有俗气乡气；岂不说明你的情绪就足俗气乡气？（当时我措辞没有如此露骨。）唯其如此，你虽犯了形式主义的毛病，连形式主义的效果也丝毫产生不出来。"

我又说："神话题材非不能画，但第一，跟现在的环境距离太远；第二，跟现在的年龄与学习阶段也距离太远。没有认清现实而先钻到神话中去，等于少年人醇酒妇人的自我麻醉，对前途是很危险的。学西洋画的人第一步要训练技巧，要多看外国作品，其次要把外国作品忘得干干净净——这是一件很艰苦的工作——同时再追求自己的民族精神与自己的个性。"

以尚宗的根基来说，至少再要在人体花五年十年工夫才能画理想的题材，而那时是否能成功，还要看他才具而定。后来又谈了许多整个中国绘画的将来问题，不再细述了。总之，我很感慨，学艺术的人完全没有准确的指导。解放以前，上海、杭州、北京三个美术学校的教学各有特殊缺点，一个都没有把艺术教育用心想过、研究过。解放以后，成天闹思想改造，而没有击中思想问题的要害。许多有关根本的技术训练与思想启发，政治以外的思想启发，不要说没人提过，恐怕脑中连影子也没有人有过。

学画的人事实上比你们学音乐的人，在此时此地的环境中更苦闷。先是你们有唱片可听，他们只有些印刷品可看；印刷品与原作的差别，和唱片与原演奏的差别，相去不可以道里计。其次你们是讲解西洋人的著作（以演奏家论），他们是创造中国民族的艺术。你们即使弄作曲，因为音乐在中国是处女地，故可以自由发展；不比绘画有一千多年的传统压在青年们精神上，缚手缚脚。你们不管怎样无好先生指导，至少从小起有科学方法的训练，每天数小时的指法练习给你们打根基；他们画素描先在时间上远不如你们的长，顶用功的学生也不过画一二年基本素描，其次也没有科学方法帮助。出了美术院就得"创作"，不创作就谈不到有表现；而创作是解放以来整个文艺界，连中欧各国在内，都没法找出路。（心理状态与情绪尚未成熟，还没到瓜熟蒂落、能自然而然找到适当的形象表现。）

……

你的比赛问题固然是重负，但无论如何要作一番思想准备。只要尽量以得失置之度外，就能心平气和，精神肉体完全放松，只有如此才能希望有好成绩。这种修养趁现在做起还来得及，倘若能常常想到"文章千古事，得失寸心知"的名句，你一定会精神上放松得多。唯如此才能避免过度的劳顿与疲乏的感觉。最磨折人的不是脑力劳动，也不是体力劳动（那种疲乏很容易消除，休息一下就能恢复精力），而是操心（worry）！孩子，千万听我的话。

下功夫叫自己心理上松动，包管你有好成绩。紧张对什么事都有弊无利。从现在起，到比赛，还有三个多月，只要凭"愚公移山"的意志，存着"我尽我心"的观念；一紧张就马上叫自己宽弛，对付你的精神要像对付你的手与指一样，时时刻刻注意放松，我保证你明年有成功。这个心理卫生的功夫对你比练琴更重要，因为练琴的成绩以心理的状态为基础，为主要条件！你要我们少为你操心，也只有尽量叫你放松。这些话你听了一定赞成，也一定早想到的，但要紧的是实地做去，而且也要跟自己斗争；斗争的方式当然不是紧张，而是冲淡，而是多想想人生问题，宇宙问题，把个人看得渺小一些，那么自然会减少患得患失之心，结果身心反而舒泰，工作反而顺利！……

平日你不能太忙。人家拉你出去，你事后要补足功课，这个对你精力是有妨碍的。还是以练琴的理由，多推辞几次吧。要不紧张，就不宜于太忙；宁可空下来自己静静的想想，念一二首诗玩味一下。切勿一味重情，不好意思。工作时间不跟人出去，做成了习惯，也不会得罪人的。人生精力有限，谁都只有二十四小时；不是安排得严密，像你这样要弄坏身体的，人家技巧不需苦练，比你闲，你得向他们婉转说明。这一点上，你不妨常常想起我的榜样，朋友们也并不怪怨我呀。

一九五四年十一月二十三日夜

你为了俄国钢琴家［指苏联著名钢琴家 Richter（李克忒）。——原注］，兴奋得一晚睡不着觉；我们也常常为了些特殊的事而睡不着觉。神经锐敏的血统，都是一样的；所以我常常劝你尽量节制。那钢琴家是和你同一种气质的，有些话只能加增你的偏向。比如说每次练琴都要让整个人的感情激动。我承认在某些 romantic（浪漫蒂克）性格，这是无可避免的；但"无可避免"并不一定就是艺术方面的理想；相反，有时反而是一个大累！为了艺术的修养，在 heart（感情）过多的人还需要尽量自制。中国哲学的理想，佛教的理想，都是要能控制感情，而不是让感情控制。假如你能掀动听众的感情，使他们如醉如狂，哭笑无常，而你自己屹如泰山，像调度千军万马的大将军一样不动声色，那才是你最大的成功，才是到了艺术与人生的最高境界。你该记得贝多芬的故事，有一回他弹完了琴，看见听的人都流着泪，他哈哈大笑道："嘿！你们都是傻子。"艺术是火，艺术家是不哭的。这当然不能一蹴即成，尤其是你，但不能不把这境界作为你终生努力的目标。罗曼·罗兰心目中的大艺术家，也是这一派。

关于这一点，最近几信我常与你提到，你认为怎样？

我前响对恩德说："音乐主要是用你的脑子，把你朦朦胧胧的感情（对每一个乐曲，每一章，每一段的感情）分辨清楚，弄明白你的感觉究竟是怎么一回事；等到你弄明白了，你的境界十分明确了，然后你的 technic（技巧）自会跟踪而来的。"你听听，这话不是和 Richter（李克忒）说的一模一样吗？我很高兴，我从一般艺术上了解的音乐问题，居然与专门音乐家的了解并无分别。

技巧与音乐的宾主关系，你我都是早已肯定了的；本无须逢人请教，再在你我之间讨论不完，只因为你的技巧落后，存了一个自卑感，我连带也为你操心；再加近两年来国内为什么 school（学派），什么派别，闹得惶惶然无所适从，所以不知不觉对这个问题特别重视起来。现在我深信这是一个魔障，凡是一天到晚闹技巧的，就是艺术工匠而不是艺术家。一个人跳不出这一关，一辈子也休想梦见艺术！艺术是目的，技巧是手段：老是只注意手段的人，必然会忘了他的目的。甚至一切有名的 virtuoso（演奏家，演奏能手）也犯的这个毛病，不过程度高一些而已。

你到处的音乐会，据我推想，大概是各地的音乐团体或是交响乐队来邀请的，因为十一月至明年四五月是欧洲各地的音乐节。你是个中国人，能在 Chopin（萧邦）的故国弹好 Chopin（萧邦），所以他们更想要你去表演。你说我猜得对不对？

……

昨晚陪你妈妈去看了昆剧：比从前差多了。好几出戏都被"戏改会"改得俗滥，带着绍兴戏的浅薄的感伤味儿和骗人眼目的花花绿绿的行头。还有是太卖弄技巧（武生）。陈西禾也大为感慨，说这个才是"纯技术观点"。其实这种古董只是音乐博物馆与戏剧博物馆里的东西，非但不能改，而且不需要改。它只能给后人作参考，本身已没有前途，改它干么？改得好也没意思，何况是改得"点金成铁"！

一九五四年十二月二十七日

......

你现在手头没有散文的书（指古文），《世说新语》大可一读。日本人几百年来都把它当作枕中秘宝。我常常缅怀两晋六朝的文采风流，认为是中国文化的一个高峰。

《人间词话》，青年们读得懂的太少了；肚里要不是先有上百首诗，几十首词，读此书也就无用。再说，目前的看法，王国维的美学是"唯心"的；在此俞平伯"大吃生活"之际，王国维也是受批判的对象。其实，唯心唯物不过是一物之两面，何必这样死拘！我个人认为中国有史以来，《人间词话》是最好的文学批评。开发性灵，此书等于一把金钥匙。一个人没有性灵，光谈理论，其不成为现代学究、当世腐儒、八股专家也鲜矣！为学最重要的是"通"，通才能不拘泥，不迂腐，不酸，不八股；"通"才能培养气节、胸襟、目光。"通"才能成为"大"，不大不博，便有坐井观天的危险。我始终认为弄学问也好，弄艺术也好，顶要紧是 humain，[此为法文，即英文的 human，意为"人"。——原注]，要把一个"人"尽量发展，没成为××家××家以前，先要学做人；否则那种××家无论如何高明也不会对人类有多大贡献。这套话你从小听腻了，再听一遍恐怕更觉得烦了。

......

一九五四年十二月三十一日晚

寄你的书里，《古诗源选》、《唐五代宋词选》、《元明散曲选》，前面都有序文，写得不坏；你可仔细看，而且要多看几遍；隔些日子温温，无形中可以增加文学史及文学体裁的学识，和外国朋友谈天，也多些材料。谈词、谈曲的序文中都提到中国固有音乐在隋唐时已衰敝，宫廷盛行外来音乐；故真正古乐府（指魏晋两汉的）如何唱法在唐时已不可知。这一点不但是历史知识，而且与我们将来创作音乐也有关系。换句话说，非但现时不知唐宋人如何唱诗、唱词，即使知道了也不能说那便是中国本土的唱法。至于龙沐勋氏在序中说"唐宋人唱诗唱词，中间常加'泛音'，这是不应该的"（大意如此）；我认为正是相反，加泛音的唱才有音乐可言。后人把泛音填上实字，反而是音乐的大阻碍。昆曲之所以如此费力、做作，中国音乐的被文字束缚到如此地步，都是因为古人太重文字，不大懂音乐；懂音乐的人又不是士大夫，士大夫视音乐为工匠之事，所以弄来弄去，发展不出。汉魏之时有《相和歌》，明明是 duet（二重唱）的雏形，倘能照此路演进，必然早有 polyphonic

（复调的）的音乐。不料《相和歌》词不久即失传，故非但无 polyphony（复调音乐），连 harmony（和声）也产生不出。真是太可惜了。

……

一九五五年一月二十六日元月初三

早预算新年中必可接到你的信，我们都当作等待什么礼物一般的等着。果然昨天早上收到你波兰［傅聪于一九五五年一月十六日写给父母的信函，该信主要报告了一月八日、九日和十三日在波兰古城克拉科夫开的三次音乐会的情况。——编者注］来信，而且是多少可喜的消息。孩子！要是我们在会场上，一定会禁不住涕泗横流的。世界上最高的最纯洁的欢乐，莫过于欣赏艺术，更莫过于欣赏自己的孩子的手和心传达出来的艺术！其次，我们也因为你替祖国增光而快乐！更因为你能借音乐而使多少人欢笑而快乐！想到你将来一定有更大的成就，没有止境的进步，为更多的人更广大的群众服务，鼓舞他们的心情，抚慰他们的创痛，我们真是心都要跳出来了！能够把不朽的大师的不朽的作品发扬光大，传布到地球上每一个角落去，真是多神圣，多光荣的使命！孩子，你太幸福了，天待你太厚了。我更高兴的更安慰的是：多少过分的谀词与夸奖，都没有使你丧失自知之明，众人的掌声、拥抱，名流的赞美，都没有减少你对艺术的谦卑！总算我的教育没有白费，你二十年的折磨没有白受！你能坚强（不为胜利冲昏了头脑是坚强的最好的证据），只要你能坚强，我就一辈子放了心！成就的大小、高低，是不在我们掌握之内的，一半靠人力，一半靠天赋，但只要坚强，就不怕失败，不怕挫折，不怕打击——不管是人事上的，生活上的，技术上的，学习上的——打击；从此以后你可以孤军奋斗了。何况事实上有多少良师益友在周围帮助你，扶掖你。还加上古今的名著，时时刻刻给你精神上的养料！孩子，从今以后，你永远不会孤独的了，即使孤独也不怕的了！

赤子之心这句话，我也一直记住的。赤子便是不知道孤独的。赤子孤独了，会创造一个世界，创造许多心灵的朋友！永远保持赤子之心，到老也不会落伍，永远能够与普天下的赤子之心相接相契相抱！你那位朋友说得不错，艺术表现的动人，一定是从心灵的纯洁来的！不是纯洁到像明镜一般，怎能体会到前人的心灵？怎能打动听众的心灵？

斯曼齐安卡说的萧邦协奏曲的话，使我想起前二信你说 Richter（李赫特）弹柴可夫斯基的协奏曲的话。一切真实的成就，必有人真正的赏识。

音乐院长说你的演奏像流水、像河；更令我想到克利斯朵夫的象征。大舅舅说你小时候常以克利斯朵夫自命；而你的个性居然和罗曼·罗兰的理想有些相像了。河，莱茵，江声浩荡……钟声复起，天已黎明……中国正到了"复旦"的黎明时期，但愿你做中国的——新中国的——钟声，响遍世界，响遍每个人的心！滔滔不竭的流水，流到每个人的心坎里去，把大家都带着，跟你一块到无边无岸的音响的海洋中去吧！名闻世界的扬子江与黄河，比莱茵的气势还要大呢！……黄河之水天上来，奔流到海不复回！……无边落木萧萧下，不尽长江滚滚来！……有这种诗人灵魂的传统的民族，应该有气吞牛斗的表现才对。

你说常在矛盾与快乐之中，但我相信艺术家没有矛盾不会进步，不会演变，不会深入。有矛盾正是生机蓬勃的明证。眼前你感到的还不过是技巧与理想的矛盾，将来你还有反复不已更大的矛盾呢：形式与内容的枘凿，自己内心的许许多多不可预料的矛盾，都在前途等着你。别担心，解决一个矛盾，便是前进一步！矛盾是解决不完的，所以艺术没有止境，没有 perfect（完美，十全十美）的一天，人生也没有 perfect（完美，十全十美）的一天！唯其如此，才需要我们日以继夜，终生的追求、苦练；要不然大家做了羲皇上人，垂手而天下治，做人也太腻了！

一九五五年三月二十日上午

期待了一个月的结果终于揭晓了，多少夜没有好睡，十九日晚更是神思恍惚，昨（二十日）夜为了喜讯过于兴奋，我们仍没睡着。先是昨晚五点多钟，马太太从北京来长途电话；接着八时许无线电报告（仅至第五名为止），今晨报上又披露了十名的名单。难为你，亲爱的孩子！你没有辜负大家的期望，没有辜负祖国的寄托，没有辜负老师的苦心指导，同时也没辜负波兰师友及广大群众这几个月来对你的鼓励！

也许你觉得应该名次再前一些才好，告诉我，你是不是有"美中不足"之感？可是别忘了，孩子，以你离国前的根基而论，你七个月中已经作了最大的努力，这次比赛也已经 do your best（尽力而为）。不但如此，这七个月的成绩已经近乎奇迹。想不到你有这么些才华，想不到你的春天来得这么快，花开得这么美，开到世界的乐坛上放出你的异香。东方升起了一颗星，这么光明，这么纯净，这么深邃；替新中国创造了一个辉煌的世界纪录！我做父亲的一向低估了你，你把我的错误用你的才具与苦功给点破了，我真高兴，我真骄傲，能够有这么一个儿子把我错误的估计全部推翻！妈妈是对的，母性的伟大不在于理智，而在于那种直觉的感情；多少年来，她嘴上不说，心里是一向认为我低估你的能力的；如今她统统向我说明了。我承认自己的错误，但是用多么愉快的心情承认错误：这也算是一个奇迹吧？

　　回想到一九五三年十二月你从北京回来，我同意你去波学习，但不鼓励你参加比赛，还写信给周巍峙要求不让你参加。虽说我一向低估你，但以你那个时期的学力，我的看法也并不全错。你自己也觉得即使参加，未必有什么把握。想你初到波兰时，也不见得有多大信心吧？可见这七个月的学习，上台的经验，对你的帮助简直无法形容，非但出于我们意料之外，便是你以目前和七个月以前的成绩相比，你自己也要觉得出乎意料之外，是不是？

　　今天清早柯子歧打电话来，代表他父亲母亲向我们道贺。子歧说：与其你光得第二，宁可你得第三，加上一个玛祖卡奖。这句话把我们心里的意思完全说中了。你自己有没有这个感想呢？

　　再想到一九四九年第四届比赛的时期，你流浪在昆明，那时你的生活，你的苦闷，你的渺茫的前途，跟今日之下相比，不像是做梦吧？谁想得到，一九五一年回上海时只弹 Pathétique Sonata（《"悲怆"奏鸣曲》）还没弹好的人，五年以后会在国际乐坛的竞赛中名列第三？多少迂回的路，多少痛苦，多少失意，多少挫折，换来你今日的成功！可见为了获得更大的成功，只有加倍努力，同时也得期待别的迂回，别的挫折。我时时刻刻要提醒你，想着过去的艰难，让你以后遇到困难的时候更有勇气去克服。不至于失掉信心！人生本是没穷尽没终点的马拉松赛跑，你的路程还长得很呢：这不过是一个光辉的开场。

　　回过来说：我过去对你的低估，在某些方面对你也许有不良的影响，但有一点至少是对你有极大的帮助的。惟其我对你要求严格，终不至于骄纵你，——你该记得罗马尼亚三奖初宣布时你的愤懑心理，可见年轻人往往容易估高自己的力量。我多少年来把你紧紧拉着，至少养成了你对艺术的严肃的观念，即使偶尔忘形，也极易拉回来。我提这些话，不是要为我过去的做法辩护，而是要趁你成功的时候特别让你提高警惕，绝对不让自满和骄傲的情绪抬头。我知道这也用不着多嘱咐，今日之下，你已经过了这一道骄傲自满的关，但我始终是中国儒家的门徒，遇到极盛的事，必定要有"如临深渊，如履薄冰"的格外郑重、危惧、戒备的感觉。

　　现在再谈谈实际问题：据我们猜测，你这一回还是吃亏在 technic（技巧），而不在于 music（音乐）；根据你技巧的根底，根据马先生到波兰后的家信，大概你在这方面还不能达到极有把握的程度。当然难怪你，过去你受的什么训练呢？七个月能有这成绩已是奇迹，如何再能苛求？……

说到"不完整",我对自己的翻译也有这样的自我批评。无论译哪一本书,总觉得不能从头至尾都好;可见任何艺术最难的是"完整"!你提到 perfection(完美),其实 perfection(完美)根本不存在的,整个人生、世界、宇宙,都谈不上 perfection(完美)。要就是存在于哲学家的理想和政治家的理想之中。我们一辈子的追求,有史以来多少世代的人的追求,无非是 perfection(完美),但永远是追求不到的,因为人的理想、幻想,永无止境,所以 perfection(完美)像水中月、镜中花,始终可望而不可及。但能在某一个阶段求得总体的"完整"或是比较的"完整",已经很不差了。

……

比赛既然过去了,我们希望你每个月能有两封信来。尤其是我希望多知道:(1)国外音乐界的情形;(2)你自己对某些乐曲的感想和心得。千万抽出些工夫来!以后不必再像过去那样日以继夜的扑在琴上。修养需要多方面的进行,技巧也得长期训练,切勿操之过急。静下来多想想也好,而写信就是强迫你整理思想,也是极好的训练。

一九五五年三月二十七日夜

为你参考起见,我特意从一本专论莫扎特的书里译出一段给你。另外还有罗曼·罗兰论莫扎特的文字,来不及译。不知你什么时候学莫扎特?萧邦在写作的 taste(品味,鉴赏力)方面,极注意而且极感染莫扎特的风格。刚弹完萧邦,接着研究莫扎特,我觉得精神血缘上比较相近。不妨和杰老师商量一下。你是否可在贝多芬第四弹好以后,接着上手莫扎特?等你快要动手时,先期来信,我再寄罗曼·罗兰的文字给你。

从我这次给你的译文中,我特别体会到,莫扎特的那种温柔妩媚,所以与浪漫派的温柔妩媚不同,就是在于他像天使一样的纯洁,毫无世俗的感伤或是靡靡的 sweetness(甜腻)。神明的温柔,当然与凡人的不同,就是达·芬奇与拉斐尔的圣母,那种妩媚的笑容决非尘世间所有的。能够把握到什么叫做脱尽人间烟火的温馨甘美,什么叫做天真无邪的爱娇,没有一点儿拽心,没有一点儿情欲的骚乱,那末我想表达莫扎特可以"虽不中,不远矣"。你觉得如何?往往十四五岁到十六七岁的少年,特别适应莫扎特,也是因为他们童心没有受过玷染。

一九五五年五月十一日

你二十九信上说 Michelangeli(弥盖朗琪利)[弥盖朗琪利(1920—),意大利钢琴家。——原注]的演奏，至少在"身如 rock（磐石）"一点上使我很向往。这是我对你的期望——最殷切的期望之一！唯其你有着狂热的感情，无穷的变化，我更希望你做到身如 rock（磐石），像统率三军的主帅一样。这用不着老师讲，只消自己注意，特别在心理上，精神上，多多修养，做到能入能出的程度。你早已是"能入"了，现在需要努力的是"能出"！那我保证你对古典及近代作品的风格及精神，都能掌握得很好。

你来信批评别人弹的萧邦，常说他们 cold（冷漠）。我因此又想起了以前的念头：欧洲自从十九世纪，浪漫主义在文学艺术各方面到了高潮以后，先来一个写实主义与自然主义的反动（光指文学与造型艺术言），接着在二十世纪前后更来了一个普遍的反浪漫底克思潮。这个思潮有两个表现：一是非常重感官（sensual），在音乐上的代表是 R. Strauss［理查·史特劳士（1864—1949），德国作曲家和指挥。——原注］，在绘画上是玛蒂斯［Henri Matisse，（1869—1954），法国野兽主义绘画运动领袖，油画家、雕刻家和版画家。——原注］；一是非常的 intellectual（理智），近代的许多作曲家都如此。绘画上的 Picasso［毕加索（1881—1973），西班牙画家、艺术家。——原注］亦可归入此类。近代与现代的人一反十九世纪的思潮，另走极端，从过多的感情走到过多的 mind（理智）的路上去了。演奏家自亦不能例外。萧邦是个半古典半浪漫底克的人，所以现代青年都弹不好。反之，我们中国人既没有上一世纪像欧洲那样的浪漫蒂克狂潮，民族性又是颇有 olympic（奥林匹克）（希腊艺术的最高理想）精神，同时又有不太过分的浪漫蒂克精神，如汉魏的诗人，如李白，如杜甫［李后主算是最 romantic（浪漫蒂克）的一个，但比起西洋人，还是极含蓄而讲究 taste（品味，鉴赏力）的］，所以我们先天的具备表达萧邦相当优越的条件。

我这个分析，你认为如何？

反过来讲，我们和欧洲真正的古典，有时倒反隔离得远一些。真正的古典是讲雍容华贵，讲 graceful（雍容），elegant（典雅），moderate（中庸）。但我们也极懂得 discreet（含蓄），也极讲中庸之道，一般青年人和传统不亲切，或许不能抓握这些，照理你是不难体会得深刻的。有一点也许你没有十分注意，就是欧洲的古典还多少带些宫廷气味，路易十四式的那种宫廷气味。

对近代作品，我们很难和欧洲人一样的浸入机械文明，也许不容易欣赏那种钢铁般的纯粹机械的美，那种"寒光闪闪"的 brightness（光芒），那是纯理智、纯 mind（智性）的东西。

……

一九五五年五月十六日

有一点，你得时时刻刻记住：你对音乐的理解，十分之九是凭你的审美直觉；虽则靠了你的天赋与民族传统，这直觉大半是准确的，但究竟那是西洋的东西，除了直觉以外，仍需要理论方面的、逻辑方面的、史的发展方面的知识来充实；即使是你的直觉，也还要那些学识来加以证实，自己才能放心。所以便是以口味而论觉得格格不入的说法，也得采取保留态度，细细想一想，多辨别几时，再作断语。这不但对音乐为然，治一切学问都要有这个态度。所谓冷静、客观、谦虚，就是指这种实际的态度。

来信说学习主要靠 mind（头脑），hearing（听力），及敏感，老师的帮助是有限的。这是因为你的理解力强的缘故，一般弹琴的，十分之六七以上都是要靠老师的。这一点，你在波兰同学中想必也看得很清楚。但一个有才的人也有另外一个危机，就是容易自以为是的走牛角尖。所以才气越高，越要提防，用 solid〔扎扎实实〕的学识来充实，用冷静与客观的批评精神，持续不断的检查自己。唯有真正能做到这一步，而且终身的做下去，才能成为一个真正的艺术家。

一扯到艺术，一扯到做学问，我的话就没有完，只怕我写得太多，你一下子来不及咂摸。

来信提到 Chopin（萧邦）的 Berceuse（摇篮曲）的表达，很有意思。以后能多写这一类的材料，最欢迎。

还要说两句有关学习的话，就是我老跟恩德说的："要有耐性，不要操之过急。越是心平气和，越有成绩。时时刻刻要承认自己是笨伯，不怕做笨功夫，那就不会期待太切，稍不进步就慌乱了。"对你，第一要紧是安排时间，多多腾出无谓的"消费时间"，我相信假如你在波兰能像在家一样，百事不打扰，每天都有七八小时在琴上，你的进步一定更快！

我译的莫扎特的论文，有些地方措辞不大妥当，望切勿"以辞害意"。尤其是说到"肉感"，实际应该这样了解："使感官觉得愉快的。"原文是等于英文的 sensual（感官上的）。

《毛选》中的《实践论》及《矛盾论》，可多看看，这是一切理论的根底。此次寄你的书中，一部分是纯理论，可以帮助你对马列主义及辩证法有深切了解。为了加强你的理智和分析能力，帮助你头脑冷静，彻底搞通马列及辩证法是一条极好的路。我本来富于科学精神，看这一类书觉得很容易体会，也很有兴趣，因为事实上我做人的作风一向就是如此。你感情重，理智弱，意志尤其弱，亟须从这方面多下功夫。否则你将来回国以后，什么事都要格外赶不上的。

一九五六年二月十三日

　　一般小朋友，在家自学的都犯一个大毛病：太不关心大局，对社会主义的改造事业很冷淡。我和名强、酉三、子歧都说过几回，不发生作用。他们只知道练琴。这样下去，少年变了老年，与社会脱节，真正要不得。我说少年变了老年，还侮辱了老年人呢！今日多少的老年人都很积极，头脑开通。便是宋家婆婆也是脑子清楚得很。那般小朋友的病根，还是在于家庭教育。家长们只看见你以前关门练琴，可万万想不到你同样关心琴以外的学问和时局，也万万想不到我们家里的空气绝对不是单纯的，一味的音乐，音乐，音乐！当然，小朋友们自己的聪明和感受也大有关系；否则，为什么许多保守顽固的家庭里照样会有精神蓬勃的子弟呢？

　　……真的，看看周围的青年，很少真有希望的。我说"希望"，不是指"专业"方面的造就，而是指人格的发展，所以我越来越觉得青年全面发展的重要。

一九五六年二月二十九日夜

　　昨天整理你的信，又有些感想。

　　关于莫扎特的话，例如说他天真、可爱、清新等等，似乎很多人懂得；但弹起来还是没有那天真、可爱、清新的味儿。这道理，我觉得是"理性认识"与"感情深入"的分别。感性认识固然是初步印象，是大概的认识；理性认识是深入一步，了解到本质。但是艺术的领会，还不能以此为限。必须再深入进去，把理性所认识的，用心灵去体会，才能使原作者的悲欢喜怒化为你自己的悲欢喜怒，使原作者每一根神经的震颤都在你的神经上引起反响。否则即使道理说了一大堆，仍然是隔了一层。一般艺术家的偏于 intellectual （理智），偏于 cold （冷静），就因为他们停留在理性认识的阶段上。

　　比如你自己，过去你未尝不知道莫扎特的特色，但你对他并没发生真正的共鸣；感之不深，自然爱之不切了；爱之不切，弹出来当然也不够味儿；而越是不够味儿，越是引不起你兴趣。如此循环下去，你对一个作家当然无从深入。

　　这一回可不然，你的确和莫扎特起了共鸣，你的脉搏跟他的脉搏一致了，你的心跳和他的同一节奏了；你活在他的身上，他也活在你身上；你自己与他的共同点被你找出来了，抓住了，所以你才会这样欣赏他，理解他。

由此得到一个结论：艺术不但不能限于感性认识，还不能限于理性认识，必须要进行第三步的感情深入。换言之，艺术家最需要的，除了理智以外，还有一个"爱"字！所谓赤子之心，不但指纯洁无邪，指清新，而且还指爱！法文里有句话叫做"伟大的心"，意思就是"爱"。这"伟大的心"几个字，真有意义。而且这个爱决不是庸俗的，婆婆妈妈的感情，而是热烈的、真诚的、洁白的、高尚的、如火如荼的、忘我的爱。

从这个理论出发，许多人弹不好东西的原因都可以明白了。光有理性而没有感情，固然不能表达音乐；有了一般的感情而不是那种火热的同时又是高尚、精练的感情，还是要流于庸俗；所谓 sentimental（滥情、伤感），我觉得就是指的这种庸俗的感情。

一切伟大的艺术家（不论是作曲家，是文学家，是画家……）必然兼有独特的个性与普遍的人间性。我们只要能发掘自己心中的人间性，就找到了与艺术家沟通的桥梁。再若能细心揣摩，把他独特的个性也体味出来，那就能把一件艺术品整个儿了解了。——当然不可能和原作者的理解与感受完全一样，了解的多少、深浅、广狭，还是大有出入；而我们自己的个性也在中间发生不小的作用。

大多数从事艺术的人，缺少真诚。因为不够真诚，一切都在嘴里随便说说，当作唬人的幌子，装自己的门面，实际只是拾人牙慧，并非真有所感。所以他们对作家决不能深入体会，先是对自己就没有深入分析过。这个意思，克利斯朵夫（在第二册内）也好像说过的。

真诚是第一把艺术的钥匙。知之为知之，不知为不知。真诚的"不懂"，比不真诚的"懂"，还叫人好受些。最可厌的莫如自以为是，自作解人。有了真诚，才会有虚心，有了虚心，才肯丢开自己去了解别人，也才能放下虚伪的自尊心去了解自己。建筑在了解自己了解别人上面的爱，才不是盲目的爱。

而真诚是需要长时期从小培养的。社会上，家庭里，太多的教训使我们不敢真诚，真诚是需要很大的勇气作后盾的。所以做艺术家先要学做人。艺术家一定要比别人更真诚，更敏感，更虚心，更勇敢，更坚忍，总而言之，要比任何人都 less imperfect（较少不完美之处）！

好像世界上公认有个现象：一个音乐家（指演奏家）大多只能限于演奏某几个作曲家的作品。其实这种人只能称为演奏家而不是艺术家。因为他们的胸襟不够宽广，容受不了广大的艺术天地，接受不了变化无穷的形与色。假如一个人永远能开垦自己心中的园地，了解任何艺术品都不应该有问题的。

有件小事要和你谈谈。你写信封为什么老是这么不 neat（干净）？日常琐事要做的 neat（干净），等于弹琴要讲究干净是一样的。我始终认为做人的作风应当是一致的，否则就是不调和；而从事艺术的人应当最恨不调和。我这回附上一小方纸，还比你用的信封小一些，照样能写得很宽绰。你能不能注意一下呢？以此类推，一切小事养成这种 neat（干净）的习惯，对你的艺术无形中也有好处。因为无论如何细小不足道的事，都反映出一个人的意识与性情。修改小习惯，就等于修改自己的意识与性情。所谓学习，不一定限于书本或是某种技术；否则随时随地都该学习这句话，又怎么讲呢？我想你每次接到我的信，连寄书谱的大包，总该有个印象，觉得我的字都写得整整齐齐、清楚明白吧！

一九五六年七月二十九日

上次我告诉你政府决定不参加 Mozart（莫扎特）比赛，想必你不致闹什么情绪的。这是客观条件限制。练的东西，艺术上的体会与修养始终是自己得到的。早一日露面，晚一日露面，对真正的艺术修养并无关系。希望你能目光远大，胸襟开朗，我给你受的教育，从小就注意这些地方。身外之名，只是为社会上一般人所追求，惊叹；对个人本身的渺小与伟大都没有相干。孔子说的"富贵于我如浮云"，现代的"名"也属于精神上"富贵"之列。

一九五六年十月三日晨

你回来了，又走了；许多新的工作，新的忙碌，新的变化等着你，你是不会感到寂寞的；我们却是静下来，慢慢的回复我们单调的生活，和才过去的欢会与忙乱对比之下，不免一片空虚——昨儿整整一天若有所失。孩子，你一天天的在进步，在发展。这两年来你对人生和艺术的理解又跨了一大步，我愈来愈爱你了，除了因为你是我们身上的血肉所化出来的而爱你以外，还因为你有如此焕发的才华而爱你。正因为我爱一切的才华，爱一切的艺术品，所以我也把你当作一般的才华（离开骨肉关系），当作一件珍贵的艺术品而爱你。你得千万爱护自己，爱护我们所珍视的艺术品！遇到任何一件出入重大的事，你得想到我们——连你自己在内——对艺术的爱！不是说你应当时时刻刻想到自己了不起，而是说你应当从客观的角度重视自己：你的将来对中国音乐的前途有那么重大的关系，你每走一步，无形中都对整个民族艺术的发展有影响，所以你更应当战战兢兢，郑重将事！随时随地要准备牺牲目前的感情，为了更大的感情——对艺术对祖国的感情。你用在理解乐曲方面的理智，希望能普通的应用到一切方面，特别是用在个人的感情方面。我的园丁工作已经做了一大半，还有一大半要你自己来做的了。爸爸已经进入人生的秋季。许多地方都要逐渐落在你们年轻人的后面，能够帮你的忙将要越来越减少；一切要靠你自己努力，靠你自己警惕，自己鞭策。你说到技巧要理论与实践结合，但愿你能把这句话用在人生的实践上去；那末你这朵花一定能开得更美，更丰满，更有力，更长久！

谈了一个多月的话，好像只跟你谈了一个开场白。我跟你是永远谈不完的，正如一个人对自己的独白是终身不会完的。你跟我两人的思想和感情，不正是我自己的思想和感情吗？清清楚楚的，我跟你的讨论与争辩，常常就是我跟自己的讨论与争辩。父子之间能有这种境界，也是人生莫大的幸福。除了外界的原因没有能使你把假期过得像个假期以外，连我也给你一些小小的不愉快，破坏了你回家前的对家庭的期望。我心中始终对你抱着歉意。但愿你这次给我的教育（就是说从和你相处而反映出我的缺点）能对我今后发生作用，把我自己继续改造。尽管人生那么无情，我们本人还是应当把自己尽量改好，少给人一些痛苦，多给人一些快乐。说来说去，我仍抱着"宁天下人负我，毋我负天下人"的心愿。我相信你也是这样的。

一九五九年十月一日

……

我还得强调一点，就是：适量的音乐会能刺激你的艺术，提高你的水平；过多的音乐会只能麻痹你的感觉，使你的表演缺少生气与新鲜感，从而损害你的艺术。你既把艺术看得比生命还重，就该忠于艺术，尽一切可能为保持艺术的完整而奋斗。这个奋斗中目前最重要的一个项目就是：不能只考虑需要出台的一切理由，而要多考虑不宜于多出台的一切理由。其次，千万别做经理人的摇钱树！他们的一千零一个劝你出台的理由，无非是趁艺术家走红的时期多赚几文。哪里是为真正的艺术着想！一个月七八次乃至八九次音乐会实在太多了，大大的太多了！长此以往，大有成为钢琴匠，甚至奏琴的机器的危险！你的节目存底很快要告罄的；细水长流才是办法。若是在如此繁忙的出台以外，同时补充新节目，则人非钢铁，不消数月，会整个身体垮下来的。没有了青山，哪还有柴烧？何况身心过于劳累就会影响到心情，影响到对艺术的感受。这许多道理想你并非不知道，为什么不挣扎起来，跟经理人商量——必要时还得坚持——减少一半乃至一半以上的音乐会呢？我猜你会回答我：目前都已答应下来，不能取消，取消了要赔人损失等等。可是你能否把已定的音乐会一律推迟一些，中间多一些空隙呢？否则，万一临时病倒，还不是照样得取消音乐会？难道捐税和经理人的佣金真是奇重，你每次所得极微，所以非开这么多音乐会就活不了吗？来信既说已经站稳脚跟，那末一个月只登台一二次（至多三次）也不用怕你的名字冷下去。决定性的仗打过了，多打零星的不精彩的仗，除了浪费精力，报效经理人以外，毫无用处，不但毫无用处，还会因表演的不够理想而损害听众对你的印象。你如今每次登台都与国家面子有关；个人的荣辱得失事小，国家的荣辱得失事大！你既热爱祖国，这一点尤其不能忘了。为了身体，为了精神，为了艺术，为了国家的荣誉，你都不能不大大减少你的演出。为这件事，我从接信以来未能安睡，往往为此一夜数惊！

……

还有你的感情问题怎样了？来信一字未提，我们却一日未尝去心。我知道你的性格，也想象得到你的环境；你一向滥于用情；而即使不采主动，被人追求时也免不了虚荣心感到得意：这是人之常情，于艺术家为尤甚，因此更需警惕。你成年已久，到了二十五岁也该理性坚强一些了，单凭一时冲动的行为也该能多克制一些了。不知事实上是否如此？要找永久的伴侣，也得多用理智考虑勿被感情蒙蔽！情人的眼光一结婚就会变，变得你自己都不相信：事先要不想到这一着，必招后来的无穷痛苦。除了艺术以外，你在外做人方面就是这一点使我们操心。因为这一点也间接影响到国家民族的荣誉，英国人对男女问题的看法始终清教徒气息很重，想你也有所发觉，知道如何自爱了；自爱即所以报答父母，报答国家。

真正的艺术家，名副其实的艺术家，多半是在回想中和想象中过他的感情生活的。唯其能把感情生活升华才给人类留下这许多杰作。反复不已的、有始无终的、没有结果也不可能有结果的恋爱，只会使人变成唐·璜，使人变得轻薄，使人——至少——对爱情感觉麻痹，无形中流于玩世不恭而你知道，玩世不恭的祸害，不说别的，先就使你的艺术颓废；假如每次都是真刀真枪，那么精力消耗太大，人寿几何，全部贡献给艺术还不够，怎容你如此浪费！歌德的《少年维特之烦恼》的故事，你总该记得吧。要是歌德没有这大智大勇，历史上也就没有歌德了。你把十五岁到现在的感情经历回想一遍，也会丧然若失了吧？也该从此换一副眼光，换一种态度，换一种心情来看待恋爱了吧？——总之，你无论在订演出合同方面，在感情方面，在政治行动方面，主要得避免"身不由主"，这是你最大的弱点。——在此举国欢腾，庆祝十年建国十年建设十年成就的时节，我写这封信的心情尤其感触万端，非笔墨所能形容。孩子，珍重，各方面珍重，千万珍重，千万自爱！

一九六〇年八月五日

孩子：两次妈妈给你写信，我都未动笔，因为身体不好，精力不支。不病不头痛的时候本来就很少，只能抓紧时间做些工作；工作完了已筋疲力尽，无心再做旁的事。人老了当然要百病丛生，衰老只有早晚之别，决无不来之理，你千万别为我担忧。我素来对生死看得极淡，只是鞠躬尽瘁，活一天做一天工作，到有一天死神来叫我放下笔杆的时候才休息。如是而已。弄艺术的人总不免有烦恼，尤其是旧知识分子处在这样一个大时代。你虽然年轻，但是从我这儿沾染的旧知识分子的缺点也着实不少。但你四五年来来信，总说一投入工作就什么烦恼都忘了；能这样在工作中乐以忘忧，已经很不差了。我们二十四小时之内，除了吃饭睡觉总是工作的时间多，空闲的时间少；所以即使烦恼，时间也不会太久，你说是不是？不过劳逸也要调节得好：你弄音乐，神经与感情特别紧张，一年下来也该彻底休息一下。暑假里到乡下去住个十天八天，不但身心得益，便是对你的音乐感受也有好处。何况入国问禁，入境问俗，对他们的人情风俗也该体会观察。老关在伦敦，或者老是忙忙碌碌在各地奔走演出，一些不接触现实，并不相宜。见信后望立刻收拾行装，出去歇歇，即是三五天也是好的。

你近来专攻斯卡拉蒂，发见他的许多妙处，我并不奇怪。这是你喜欢亨特尔以后必然的结果。斯卡拉蒂的时代，文艺复兴在绘画与文学园地中的花朵已经开放完毕，开始转到音乐；人的思想感情正要求在另一种艺术中发泄，要求更直接刺激感官，比较更缥缈更自由的一种艺术，就是音乐，来满足它们的需要。所以当时的音乐作品特别有朝气，特别清新，正如文艺复兴前期绘画中的鲍蒂彻利。而且音乐规律还不像十八世纪末叶严格，有才能的作家容易发挥性灵。何况欧洲的音乐传统，在十七世纪时还非常薄弱，不像绘画与雕塑早在古希腊就有登峰造极的造诣（雕塑在纪元前六至纪元前四世纪，绘画在纪元前一世纪至纪元后一世纪。）一片广大无边的处女地正有待于斯卡拉蒂及其以后的人去开垦。——写到这里，我想你应该常去大不列颠博物馆，那儿的艺术宝藏可说一辈子也享受不尽；为了你总的（全面的）艺术修养，你也该多多到那里去学习。

我因为病的时候多，只能多接触艺术，除了原有的旧画以外，无意中研究起碑帖来了：现在对中国书法的变迁源流，已弄出一些眉目，对中国整个艺术史也增加了一些体会；可惜没有精神与你细谈。……

你以前对英国批评家的看法，太苛刻了些。好的批评家和好的演奏家一样难得；大多数只能是平平庸庸的"职业批评家"。但寄回的评论中有几篇的确写得很中肯。例如五月七日 Manchester Guardian《曼彻斯特卫报》上署名 J. H. Elliot〔埃利奥特〕写的《从东方来的新的启示》（New Light from the East）说你并非完全接受西方音乐传统，而另有一种清新的前人所未有的观点。又说你离开西方传统的时候，总是以更好的东西去代替；而且即使是西方文化最严格的卫道者也不觉你的脱离西方传统有什么"乖张""荒诞"，炫耀新奇的地方。这是真正理解到了你的特点。你能用东方人的思想感情去表达西方音乐，而仍旧能为西方最严格的卫道者所接受，就表示你的确对西方音乐有了一些新的贡献。我为之很高兴。且不说这也是东风压倒西风的表现之一，并且正是中国艺术家对世界文化应尽的责任；唯有不同种族的艺术家，在不损害一种特殊艺术的完整性的条件之下，能灌输一部分新的血液进去，世界的文化才能愈来愈丰富，愈来愈完满，愈来愈光辉灿烂。希望你继续往这条路上前进！还有一月二日 Hastings Observer《黑斯廷斯观察家报》上署名 Allan Biggs〔阿伦·比格斯〕写的一篇评论，显出他是衷心受了感动而写的，全文没有空洞的赞美，处处都着着实实指出好在哪里。看来他是一位年纪很大的人了，因为他说在一生听到的上千钢琴家中，只有 Pachmann〔派克曼（1848—1933），俄国钢琴家。——编者注〕与 Moiseiwitsch〔莫依赛维奇（1890—1963），英籍俄国钢琴家。——编者注〕两个，有你那样的魅力。Pachmann 已经死了多少年了，而且他听到过"上千"钢琴家，准是个苍然老叟了。关于你唱片的专评也写得好。

要写的中文不洋化，只有多写。写的时候一定打草稿，细细改过。除此以外并无别法。特别把可要可不要的字剔干净。

身在国外，靠艺术谋生而能不奔走于权贵之门，当然使我们安慰。我相信你一定会坚持下去。这点儿傲气也是中国艺术家最优美的传统之一，值得给西方做个榜样。可是别忘了一句老话：岁寒而后知松柏之后凋；你还没经过"岁寒"的考验，还得对自己提高警惕才好！一切珍重！千万珍重！

一九六〇年十月二十一日夜

你的片子只听了一次，一则唱针已旧，不敢多用，二则寄来唱片只有一套，也得特别爱护。初听之下，只觉得你的风格变了，技巧比以前流畅，稳，干净，不觉得费力。音色的变化也有所不同，如何不同，一时还说不上来。pedal〔踏板〕用得更经济。pp.（pianissimo = 最弱）比以前更 pp.（最弱）。

朦胧的段落愈加朦胧了。总的感觉好像光华收敛了些，也许说凝练比较更正确。奏鸣曲一气呵成，紧凑得很。largo（广板）确如多数批评家所说 full of poetic sentiment（充满诗意），而没有一丝一毫感伤情调。至此为止，我只能说这些，以后有别的感想再告诉你。四支 Ballads（叙事曲）有些音很薄，好像换了一架钢琴，但 Berceuse（摇篮曲），尤其是 Nocturne（夜曲）（那支是否 Paci〔百器〕最喜欢的？）的音仍然柔和醇厚。是否那些我觉得太薄太硬的音是你有意追求的？你前回说你不满意 Ballads（叙事曲），理由何在，望告我。对 Ballads（叙事曲），我过去受 Cortot（柯尔托）影响太深，遇到正确的 style（风格），一时还体会不到其中的妙处。玛祖卡的印象也与以前大不同，melody〔旋律〕的处理也两样；究竟两样在哪里，你能告诉我吗？有一份唱片评论，说你每个 bar（小节）的 lst or 2nd beat〔第一或第二拍音〕往往有拖长的倾向，听起来有些 mannered（做作，不自然），你自己认为怎样？是否玛祖卡真正的风格就需要拖长第一或第二拍？来信多和我谈谈这些问题吧，这是我最感兴趣的。其实我也极想知道国外音乐界的一般情形，但你忙，我不要求你了。从你去年开始的信，可以看出你一天天的倾向于 wisdom（智慧）和所谓希腊精神。大概中国的传统哲学和艺术理想越来越对你发生作用了。从贝多芬式的精神转到这条路在我是相当慢的，你比我缩短了许多年。原因是你的童年时代和少年时代所接触的祖国文化（诗歌、绘画、哲学）比我同时期多的多。我从小到大，样样靠自己摸，只有从年长的朋友那儿偶然得到一些启发，从来没人有意的有计划的指导过我，所以事倍功半。来信提到××的情形使我感触很多。高度的才能不和高度的热爱结合，比只有热情而缺乏能力的人更可惋惜。

一九六〇年十二月二日

亲爱的孩子，因为闹关节炎，本来这回不想写信，让妈妈单独执笔；但接到你去维也纳途中的信，有些艺术问题非由我亲自谈不可，只能撑起来再写。知道你平日细看批评，觉得总能得到一些好处，真是太高兴了。有自信同时又能保持自我批评精神，的确如你所说，是一切艺术家必须具备的重要条件。你对批评界的总的看法，我完全同意；而且是古往今来真正的艺术家一致的意见。所谓"文章千古事，得失寸心知！"往往自己认为的缺陷，批评家并不能指出，他们指出的倒是反映批评家本人的理解不够或者纯属个人的好恶，或者是时下的风气和流俗的趣味。从巴尔扎克到罗曼·罗兰，都一再说过这一类的话。因为批评家也受他气质与修养的限制（单从好的方面看），艺术家胸中的境界没有完美表现出来时，批评家可能完全捉摸不到，而只感到与习惯的世界抵触；便是艺术家的理想真正完美的表现出来了，批评家囿于成见，也未必马上能发生共鸣。例如雨果早期的戏剧，比才的嘉尔曼，特皮西的贝莱阿斯与梅利桑特。但即使批评家说的不完全对头，或竟完全不对头，也会有一言半语引起我们的反省，给我们一种 inspiration（灵感），使我们发现真正的缺点，或者另外一个新的角落让我们去追求，再不然是使我们联想到一些小枝节可以补充、修正或改善。——这便是批评家之言不可尽信，亦不可忽视的辩证关系。

来信提到批评家音乐听得太多而麻痹，确实体会到他们的苦处。同时我也联想到演奏家太多沉浸在音乐中和过度的工作或许也有害处。追求完美的意识太强太清楚了，会造成紧张与疲劳，反而妨害原有的成绩。你灌唱片特别紧张，就因为求全之心太切。所以我常常劝你劳逸要有恰当的安排，最要紧维持心理的健康和精神的平衡。一切做到问心无愧，成败置之度外，才能临场指挥若定，操纵自如。也切勿刻意求工，以免画蛇添足，丧失了 spontaneity（真趣）；理想的艺术总是如行云流水一般自然，即使是慷慨激昂也像夏日的疾风猛雨，好像是天地中必然有的也是势所必然的境界。一露出雕琢和斧凿的痕迹，就变为庸俗的工艺品而不是出于肺腑，发自内心的艺术了。我觉得你在放松精神一点上还大有可为。不妨减少一些工作，增加一些深思默想，看看效果如何。别老说时间不够；首先要从日常生活的琐碎事情上——特别是梳洗穿衣等等，那是我几年来常嘱咐你的——节约时间，挤出时间来！要不工作，就痛快休息，切勿拖拖拉拉在日常猥琐之事上浪费光阴。不妨多到郊外森林中去散步，或者上博物馆欣赏名画，从造型艺术中去求恬静闲适。你实在太劳累了！……你知道我说的休息绝不是懒散，而是调节你的身心，尤其是神经（我一向认为音乐家的神经比别的艺术家更需要保护：这也是有科学与历史根据的），目的仍在于促进你的艺术，不过用的方法比一味苦干更合理更科学而已！

……

一九六一年一月五日（译自英文）

……亲爱的聪，我们很高兴得知你对这一次的录音感到满意，并且将于七月份在维也纳灌录一张唱片。你在马耳他用一架走调的钢琴演奏必定很滑稽，可是我相信听众的掌声是发自内心的。你的信写得不长，也许是因为患了重伤风的缘故，信中对马耳他废墟只字未提，可见你对古代史一无所知；

可是关于婚礼也略而不述却使我十分挂念,这一点证明你对现实毫不在意,你变得这么像哲学家,这么脱离世俗了吗?或者更坦白的说,你难道干脆就把这些事当作无关紧要的事吗?但是无足轻重的小事从某一观点以及从精神上来讲就毫不琐屑了。生活中崇高的事物,一旦出自庸人之口,也可变得伧俗不堪。你知道得很清楚,我也不太看重物质生活,不太自我中心,我也热爱艺术,喜欢暇想;但是艺术若是最美的花朵,生活就是开花的树木。生活中物质的一面不见得比精神的一面次要及乏味,对一个艺术家而言,尤其如此。你有点过分偏重知识与感情了,凡事太理想化,因而忽略或罔顾生活中正当健康的乐趣。

不错,你现在生活的世界并非万事顺遂,甚至是十分丑恶的;可是你的目标,诚如你时常跟我说起的,是抗御一切诱惑,不论是政治上或经济上的诱惑,为你的艺术与独立而勇敢斗争,这一切已足够耗尽你的思想与精力了。为什么还要为自己无法控制的事情与情况而忧虑?注意社会问题与世间艰苦,为人类社会中丑恶的事情而悲痛是磊落的行为。故此,以一个敏感的年轻人来说,对人类命运的不公与悲苦感到愤慨是理所当然的,但是为此而郁郁不乐却愚不可及,无此必要。你说过很多次,你欣赏希腊精神,那么为什么不培养一下恬静与智慧?你在生活中的成就老是远远不及你在艺术上的成就。我经常劝你不时接近大自然及造型艺术,你试过没有?音乐太刺激神经,需要其他较为静态(或如你时常所说的较为"客观")的艺术如绘画、建筑、文学等等来平衡,在十一月十三日的信里,我引了一小段 Fritz Busch(弗里茨·布希)的对话,他说的这番话在另外一方面看来对你很有益处,那就是你要使自己的思想松弛平静下来,并且大量减少内心的冲突。

记得一九五六至五七年间,你跟我促膝谈心时,原是十分健谈的,当时说了很多有趣可笑的故事,使我大乐;相反的,写起信来,你就越来越简短,而且集中在知识的问题上,表示你对现实漠不关心,五七年以来,你难道变了这么多吗?或者你只是懒惰而已?我猜想最可能是因为时常郁郁寡欢的缘故。为了抵制这种倾向,你最好少沉浸在自己内心的理想及幻想中,多生活在外在的世界里。

一九六一年一月二十三日(译自英文)

……我认为敦煌壁画代表了地道的中国绘画精粹,除了部分显然受印度佛教艺术影响的之外,那些描绘日常生活片段的画,确实不同凡响:创作别出心裁，观察精细入微，手法大胆脱俗，而这些画都是由一代又一代不知名的画家绘成的（全部壁画的年代跨越五个世纪）。这些画家，比起大多数名留青史的文人画家来，其创作力与生命力，要强得多。真正的艺术是历久弥新的，因为这种艺术对每一时代的人都有感染力，而那些所谓的现代画家（如弥拉信中所述）却大多数是些骗子狂徒，只会向附庸风雅的愚人榨取钱财而已。我绝对不相信他们是诚心诚意的在作画。听说英国有"猫儿画家"及用"一块旧铁作为雕塑品而赢得头奖"的事，这是真的吗？人之丧失理智，竟至于此？

最近我收到杰维茨基教授的来信，他去夏得了肺炎之后，仍未完全康复，如今在疗养院中，他特别指出聪在英国灌录的唱片弹奏萧邦时，有个过分强调的 retardo （缓慢处理）——比如说，*Ballad*（叙事曲）弹奏得比原曲长两分钟，杰教授说在波兰时，他对你这种倾向，曾加抑制，不过你现在好像又故态复萌，我很明白演奏是极受当时情绪影响的，不过聪的 retardo mood （缓慢处理手法）出现得有点过分频密，倒是不容否认的，因为多年来，我跟杰教授都有同感，亲爱的孩子，请你多留意，不要太耽溺于个人的概念或感情之中，我相信你会时常听自己的录音（我知道，你在家中一定保有一整套唱片），在节拍方面对自己要求越严格越好！弥拉在这方面也一定会帮你审核的。一个人拘泥不化的毛病，毫无例外是由于有特殊癖好及不切实的感受而不自知，或固执得不愿承认而引起的。趁你还在事业的起点，最好控制你这种倾向，杰教授还提议需要有一个好的钢琴家兼有修养的艺术家给你不时指点，既然你说起过有一名协助过 Annie Fischer（安妮·费希尔）的匈牙利女士，杰教授就大力鼓励你去见见她，你去过了吗？要是还没去，你在二月三日至十八日之间，就有足够的时间前去求教，无论如何，能得到一位年长而有修养的艺术家指点，一定对你大有裨益。

一九六一年二月五日上午

……

在一切艺术中，音乐的流动性最为凸出，一则是时间的艺术，二则是刺激感官与情绪最剧烈的艺术，故与个人的 mood （情绪）关系特别密切。对乐曲的了解与感受，演奏者不但因时因地因当时情绪而异，即一曲开始之后，情绪仍在不断波动，临时对细节，层次，强弱，快慢，抑扬顿挫，仍可有无穷变化。听众对某一作品平日皆有一根据素所习惯与听熟的印象构成的"成见"，而听众情绪之波动，亦复与演奏者无异：听音乐当天之心情固对其音乐感受大有影响，即乐曲开始之后，亦仍随最初乐句所引起之反应而连续发生种种情绪。此种变化与演奏者之心情变化皆非事先所能预料，亦非临时能由意识控制。可见演奏者每次表现之有所出入，听众之印象每次不同，皆系自然之理。演奏家所以需要高度的客观控制，以尽量减少一时情绪的影响；听众之需要高度的冷静的领会；对批评家之言之不可不信亦不能尽信，都是从上面几点分析中引申出来的结论。——音乐既是时间的艺术，一句弹完，印象即难以复按；事后批评，其正确性大有问题；又因为是时间的艺术，故批评家固有之（对某一作品）成见，其正确性又大有问题。况执著旧事物旧观念旧印象，排斥新事物，新观念，新印象，原系一般心理，故演奏家与批评家之距离特别大。不若造型艺术，如绘画、雕塑、建筑，形体完全固定，作者自己可在不同时间不同心情之下再三复按，观众与批评家亦可同样复按，重加审查，修正原有印象与过去见解。

按诸上述种种，似乎演奏与批评都无标准可言。但又并不如此。演奏家对某一作品演奏至数十百次以后，无形中形成一比较固定的轮廓，大大的减少了流动性。听众对某一作品听了数十遍以后，也有一个比较稳定的印象。——尤其以唱片论，听了数十百次必然会得出一个接近事实的结论。各种不同的心情经过数十次的中和，修正，各个极端相互抵消以后，对某一固定乐曲（既是唱片，则演奏是固定的了，不是每次不同的了，而且可以尽量复按复查）的感受与批评可以说有了平均的、比较客观的价值。个别的听众与批评家，当然仍有个别的心理上精神上气质上的因素，使其平均印象尚不能称为如何客观；但无数"个别的"听众与批评家的感受与印象，再经过相当时期的大交流（由于报章杂志的评论，平日交际场中的谈话，半学术性的讨论争辩而形成的大交流）之后，就可得出一个 average（平均）的总和。这个总印象总意见，对某一演奏家的某一作品的成绩来说，大概是公平或近乎公平的了。——这是我对群众与批评家的意见肯定其客观价值的看法，也是无意中与你妈妈谈话时谈出来的，不知你觉得怎样？——我经常与妈妈谈天说地，对人生、政治、艺术、各种问题发表各种感想，往往使我不知不觉中把自己的思想整理出一个小小的头绪来。单就这一点来说，你妈妈对我确是大有帮助，虽然不是出于她主动。——可见终身伴侣的相互帮助有许多完全是不知不觉的。相信你与弥拉之间一定也常有此感。

一九六一年二月六日上午

　　昨天敏自京回沪度寒假，马先生交其带来不少唱片借听。昨晚听了维伐第的两支协奏曲，显然是斯卡拉蒂一类的风格，敏说"非常接近大自然"，倒也说得中肯。情调的愉快、开朗、活泼、轻松，风格之典雅、妩媚，意境之纯净、健康，气息之乐观、天真，和声的柔和、堂皇，甜而不俗：处处显出南国风光与意大利民族的特性，令我回想到罗马的天色之蓝，空气之清冽，阳光的灿烂，更进一步追怀二千年前希腊的风土人情，美丽的地中海与柔媚的山脉，以及当时又文明又自然，又典雅又朴素的风流文采，正如丹纳书中所描写的那些境界。——听了这种音乐不禁联想到亨特尔，他倒是北欧人而追求文艺复兴的理想的人，也是北欧人而憧憬南国的快乐气氛的作曲家。你说他 humain〔有人情味〕是不错的，因为他更本色，更多保留人的原有的性格，所以更健康。他有的是异教气息，不像巴哈被基督教精神束缚，常常匍匐在神的脚下呼号，忏悔，诚惶诚恐的祈求。基督教本是历史上某一特殊时代，地理上某一特殊民族，经济政治某一特殊类型所综合产生的东西；时代变了，特殊的政治经济状况也早已变了，民族也大不相同了，不幸旧文化——旧宗教遗留下来，始终统治着二千年来几乎所有的西方民族，造成了西方人至今为止的那种矛盾、畸形，与十九、二十世纪极不调和的精神状态，处处同文艺复兴以来的主要思潮抵触。在我们中国人眼中，基督教思想尤其显得病态。一方面，文艺复兴以后的人是站起来了，到处肯定自己的独立，发展到十八世纪的百科全书派，十九世纪的自然科学进步以及政治经济方面的革命，显然人类的前途，进步，能力，都是无限的；同时却仍然奉一个无所不能无所不在的神为主宰，好像人永远逃不出他的掌心，再加上原始罪恶与天堂地狱的恐怖与期望：使近代人的精神永远处于支离破碎、纠结复杂、矛盾百出的状态中，这个情形反映在文化的各个方面，学术的各个部门，使他们（西方人）格外心情复杂，难以理解。我总觉得从异教变到基督教，就是人从健康变到病态的主要表现与主要关键。——比起近代的西方人来，我们中华民族更接近古代的希腊人，因此更自然，更健康。我们的哲学、文学即使是悲观的部分也不是基督教式的一味投降，或者用现代语说，一味的"失败主义"；而是人类一般对生老病死、春花秋月的慨叹，如古乐府及我们全部诗词中提到人生如朝露一类的作品；或者是愤激与反抗的表现，如老子的《道德经》。——就因为此，我们对西方艺术中最喜爱的还是希腊的雕塑，文艺复兴的绘画，十九世纪的风景画，——总而言之是非宗教性非说教类的作品。——猜想你近年来愈来愈喜欢莫扎特、斯卡拉蒂、亨特尔，大概也是由于中华民族的特殊气质。在精神发展的方向上，我认为你这条路线是正常的，健全的。——你的酷好舒伯特，恐怕也反映你爱好中国文艺中的某一类型。亲切，熨帖，温厚，惆怅，凄凉，而又对人生常带哲学意味极浓的深思默想；爱人生，恋念人生而又随时准备飘然远行，高蹈，洒脱，遗世独立，解脱一切等等的表现，岂不是我们汉晋六朝唐宋以来的文学中屡见不鲜的吗？而这些因素不是在舒伯特的作品中也具备的呢？——关于上述各点，我很想听听你的意见。关于远阻而你我之间思想交流，精神默契未尝有丝毫间隔，也就象征你这个远方游子永远和产生你的民族，抚养你的祖国，灌溉你的文化血肉相连，息息相通。

一九六一年二月七日

　　从文艺复兴以来，各种古代文化，各种不同民族，各种不同的思想感情大接触之下，造成了近代人的极度复杂的头脑与心情；加上政治经济和社会的急剧变化（如法国大革命，十九世纪的工业革命，封建社会与资本主义社会的交替等等），人的精神状态愈加充满了矛盾。这个矛盾中最尖锐的部分仍然是基督教思想与个人主义的自由独立与自我扩张的对立。凡是非基督徒的矛盾，仅仅反映经济方面的苦闷，其程度决没有那么强烈。——在艺术上表现这种矛盾特别显著的，恐怕要算贝多芬了。以贝多芬与歌德作比较研究，大概更可证实我的假定。贝多芬乐曲中两个主题的对立，决不仅仅从技术要求出发，而主要是反映他内心的双重性。否则，一切 sonata form（奏鸣曲式）都以两个对立的 motifs（主题）为基础，为何独独在贝多芬的作品中，两个不同的主题会从头至尾斗争得那么厉害，那么凶猛呢？他的两个主题，一个往往代表意志，代表力，或者说代表一种自我扩张的个人主义（绝对不是自私自利的庸俗的个人主义或侵犯别人的自我扩张，想你不致误会）；另外一个往往代表犷野的暴力，或者说是命运，或者说是神，都无不可。虽则贝多芬本人决不同意把命运与神混为一谈，但客观分析起来，两者实在是一个东西。斗争的结果总是意志得胜，人得胜。但胜利并不持久，所以每写一个曲子就得重新挣扎一次，斗争一次。到晚年的四重奏中，斗争仍然不断发生，可是结论不是谁胜谁败，而是个人的隐忍与舍弃；这个境界在作者说来，可以美其名曰皈依，曰觉悟，曰解脱，其实是放弃斗争，放弃挣扎，以换取精神上的和平宁静，即所谓幸福，所谓极乐。挣扎了一辈子以后再放弃挣扎，当然比一开场就奴颜婢膝的屈服高明得多，也就是说"自我"的确已经大大的扩张了；同时却又证明"自我"不能无限止的扩张下去，而且最后承认"自我"仍然是渺小的，斗争的结果还是一场空，真正得到的只是一个觉悟，觉悟斗争之无益，不如与命运、与神，言归于好，求妥协。当然我把贝多芬的斗争说得简单化了一些，但大致并不错。此处不能作专题研究，有的地方只能笼统说说。——你以前信中屡次说到贝多芬最后的解脱仍是不彻底的，是否就是我以上说的那个意思呢？——我相信，要不是基督教思想统治了一千三四百年（从高卢人信奉基督教算起）的西方民族，现代欧洲人的精神状态决不会复杂到这步田地，即使复杂，也将是另外一种性质。比如我们中华民族，尽管近半世纪以来也因为与西方文化接触之后而心情变得一天天复杂，尽管对人生的无常从古至今感慨伤叹，但我们的内心矛盾，决不能与宗教信仰与现代精神（自我扩张）的矛盾相比。我们心目中的生死感慨，从无仰慕天堂的极其烦躁的期待与追求，也从无对永堕地狱的恐怖忧虑；所以我们的哀伤只是出于生物的本能，而不是由发热的头脑造出许多极乐与极可怖的幻象来一方面诱惑自己一方面威吓自己。同一苦闷，程度强弱之大有差别，健康与病态的分别，大概就取决于这个因素。

　　中华民族从古以来不追求自我扩张，从来不把人看做高于一切，在哲学文艺方面的表现都反映出人在自然界中与万物占着一个比例较为恰当的地位，而非绝对统治万物，奴役万物的主宰。因此我们的苦闷，基本上比西方人为少为小；因为苦闷的强弱原是随欲望与野心的大小而转移的。农业社会的人比工业社会的人享受差得多，因此欲望也小得多。况中国古代素来以不滞于物，不为物役为最主要的人生哲学。并非我们没有守财奴，但比起莫利哀与巴尔扎克笔下的守财奴与野心家来、就小巫见大巫了。中国民族多数是性情中正和平，淡泊，朴实、比西方人容易满足。——另一方面，佛教影响虽然很大，但天堂地狱之说只是佛教中的小乘（净土宗）的说法，专为知识较低的大众而设的。真正的佛教教理并不相信真有天堂地狱；而是从理智上求觉悟，求超度；觉悟是悟人世的虚幻，超度是超脱痛苦与烦恼。尽管是出世思想，却不予人以热烈追求幸福的鼓动，或急于逃避地狱的恐怖；主要是劝导人求智慧。佛教的智慧正好与基督教的信仰成为鲜明的对比。智慧使人自然而然的醒悟，信仰反易使人入于偏执与热狂之途。——我们的民族本来提倡智慧。（中国人的理想是追求智慧而不是追求信仰。我们只看见古人提到彻悟，从未以信仰坚定为人生乐事〔这恰恰是西方人心目中的幸福〕。你认为亨特尔比巴哈为高，你说前者是智慧的结晶，后者是信仰的结晶：这个思想根源也反映出我们的民族性。）故知识分子受到佛教影响并无恶果。即使南北朝时代佛教在中国极盛，愚夫愚妇的迷信亦未尝在吾国文化史上遗留什么毒素，知识分子亦从未陷于虚无主义。（即使有过一个短时期，但在历史上并无大害。）——相反，在两汉以儒家为唯一正统，罢斥百家，思想入于停滞状态之后，佛教思想的输入倒是给我们精神上的一种刺激，令人从麻痹中觉醒过来，从狭隘的一家一派的束缚中解放出来。在纪元二三世纪的思想情况之下这是一个可喜的现象。——对中国知识分子拘束最大的倒是僵死的礼教，从南宋的理学（程子朱子）起一直到清朝末年，养成了规行矩步，整天反省，唯恐背礼越矩的迂腐头脑，也养成了口是心非的假道学、伪君子。其次是明清两代的科举制度，不仅束缚性灵，也使一部分有心胸有能力的人徘徊于功名利禄与真正修心养性，致知格物的矛盾中（反映于《儒林外史》中）。——然而这一类的矛盾也决不像近代西方人的矛盾那么有害身心。我们的社会进步迟缓，资本主义制度发展若断若续，封建时代的经济基础始终存在，封建时代的道德观、人生观、宇宙观以及一切上层建筑，到近百年中还有很大势力，使我们的精神状态，思想情形不致如资本主义高度发展的国家的人那样混乱、复杂、病态；我们比起欧美人来一方面是落后，一方面也单纯，就是说更健全一些。——从民族特性，传统思想，以及经济制度等等各个方面看，我们和西方人比较之下都有这个双重性。——五四以来，情形急转直下，西方文化的输入使我们的头脑受到极大的骚动，正如"帝国主义的资本主义"的侵入促成我们半封建半资本主义社会的崩溃一样，我们开始感染到近代西方人的烦恼，幸而时期不久。并且宗教影响在我们思想上并无重大作用（西方宗教只影响到买办阶级以及一部分比较落后地区的农民，而且也并不深刻），故虽有现代式的苦闷，并不太尖锐。我们还是有我们老一套的东方思想与东方哲学，作为批判两方文化的尺度。当然以上所说特别是限于解放以前为止的时期。解放以后情形大不相同，暇时再谈。但即是解放以前我们一代人的思想情况，你也承受下来了，感染得相当深了。我想你对西方艺术、西方思想、西方社会的反应和批评，骨子里都有我们一代（比你早一代）的思想根源，再加上解放以后新社会给你的理想，使你对西欧的旧社会更有另外一种看法，另外一种感觉。——倘能从我这一大段历史分析（不管如何片面如何不正确）来分析你目前的思想感情，也许能大大减少你内心苦闷的尖锐程度，使你的矛盾不致影响你身心的健康与平衡，你说是不是？

一九六一年二月七日晚

　　人没有苦闷，没有矛盾，就不会进步。有矛盾才会逼你解决矛盾，解决一次矛盾即往前迈进一步。到晚年矛盾减少，即是生命将要告终的表现。没有矛盾的一片恬静只是一个崇高的理想，真正实现的话并不是一个好现象。——凭了修养的功夫所能达到的和平恬静只是极短暂的，比如浪潮的尖峰，一刹那就要过去的。或者理想的平和恬静乃是微波荡漾，有矛盾而不太尖锐，而且随时能解决的那种精神修养，可决非一泓死水：一泓死水有什么可羡呢？我觉得倘若苦闷而不致陷入悲观厌世，有矛盾而能解决（至少在理论上认识上得到一个总结），那末苦闷与矛盾并不可怕。所要避免的乃是因苦闷而导致身心失常，或者玩世不恭，变做游戏人生的态度。从另一角度看，最伤人的（对己对人，对小我与集体都有害的）乃是由 passion（激情）出发的苦闷与矛盾，例如热中名利而得不到名利的人，怀着野心而明明不能实现的人，经常忌妒别人、仇恨别人的人，那一类苦闷便是与己与人都有大害的。凡是从自卑感自溺狂等等来的苦闷对社会都是不利的，对自己也是致命伤。反之，倘是忧时忧国，不是为小我打算而是为了社会福利，人类前途而感到的苦闷，因为出发点是正义，是理想，是热爱，所以即有矛盾，对己对人都无害处，倒反能逼自己作出一些小小的贡献来。但此种苦闷也须用智慧来解决，至少在苦闷的时间不能忘了明哲的教训，才不至于转到悲观绝望，用灰色眼镜看事物，才能保持健康的心情继续在人生中奋斗，——而唯有如此，自己的小我苦闷才能转化为一种活泼泼的力量而不仅仅成为愤世嫉俗的消极因素；因为愤世嫉俗并不能解决矛盾，也就不能使自己往前迈进一步。由此得出一个结论，我们不怕经常苦闷，经常矛盾，但必须不让这苦闷与矛盾妨碍我们愉快的心情。

一九六一年二月八日晨

　　记得你在波兰时期，来信说过艺术家需要有 single – mindedness〔一心一意〕，分出一部分时间关心别的东西，追求艺术就短少了这部分时间。当时你的话是特别针对某个问题而说的。我很了解（根据切身经验），严格钻研一门学术必须整个儿投身进去。艺术——尤其音乐，反映现实是非常间接的，思想感情必须转化为 emotion（感情）才能在声音中表达，而这一段酝酿过程，时间就很长；一受外界打扰，酝酿过程即会延长、或竟中断。音乐家特别需要集中（即所谓 single-mindedness〔一心一意〕），原因即在于此。因为音乐是时间的艺术，表达的又是流动性最大的 emotion（感情），往往稍纵即逝。——不幸，生在二十世纪的人，头脑装满了多多少少的东西，世界上又有多多少少东西时时刻刻逼你注意。人究竟是社会的动物，不能完全与世隔绝；与世隔绝的任何一种艺术家都不会有生命，不能引起群众的共鸣。经常与社会接触而仍然能保持头脑冷静，心情和平，同时能保持对艺术的新鲜感与专一的注意，的确是极不容易的事。你大概久已感觉到这一点。可是过去你似乎纯用排斥外界的办法（事实上你也做不到，因为你对人生对世界的感触与苦闷还是很多很强烈），而没头没脑地沉浸在艺术里，这不是很健康的作法。我屡屡提醒你，单靠音乐来培养音乐是有很大弊害的。以你的气质而论，我觉得你需要多多跑到大自然中去，也需要不时欣赏造型艺术来调剂。假定你每个月郊游一次，上美术馆一次，恐怕你不仅精神更愉快、更平衡，便是你的音乐表达也会更丰富，更有生命力，更有新面目出现。亲爱的孩子，你无论如何应该试试看！

一九六一年四月二十五日

寄你"武梁祠石刻楯片"四张，乃系普通复制品，属于现在印的画片一类。

楯片一称拓片，是吾国固有的一种印刷，原则上与过去印木版书，今日印木刻铜刻的版画相同。惟印木版书画先在版上涂墨，然后以白纸覆印，拓片则先覆白纸于原石，再在纸背以布球蘸墨轻拍细按，印讫后纸背即成正面；而石刻凸出部分皆成黑色，凹陷部分保留纸之本色（即白色）。木刻铜刻上原有之图像是反刻的，像我们用的图章；石刻原作的图像本是正刻，与西洋的浮雕相似，故复制时方法不同。

古代石刻画最常见的一种只勾线条，刻画甚浅；拓片上只见大片黑色中浮现许多白线，构成人物鸟兽草木之轮廓；另一种则将人物四周之石挖去，如阳文图章，在拓片上即看到物像是黑的，具有整个形体，不仅是轮廓了。最后一种与第二种同，但留出之图像呈半圆而微凸，接近西洋的浅浮雕。武梁祠石刻则是第二种之代表作。

给你的拓片，技术与用纸都不高明；目的只是让你看到我们远祖雕刻艺术的些少样品。你在欧洲随处见到希腊罗马雕塑的照片，如何能没有祖国雕刻的照片呢？我们的古代遗物既无照相，只有依赖拓片，而拓片是与原作等大，绝未缩小之复本。

武梁祠石刻在山东嘉祥县武氏祠内，为公元二世纪前半期作品，正当东汉（即后汉）中叶。武氏当时是个大地主大官僚，子孙在其墓畔筑有享堂（俗称祠堂）专供祭祀之用。堂内四壁嵌有石刻的图画。武氏兄弟数人，故有武荣祠武梁祠之分，惟世人混称为武梁祠。

同类的石刻画尚有山东肥城县之孝堂山郭氏墓，则是西汉（前汉）之物，早于武梁祠约百年（公元一世纪），且系阴刻，风格亦较古拙厚重。"孝堂山"与"武梁祠"为吾国古雕刻两大高峰，不可不加注意。此外尚有较晚出土之四川汉墓石刻，亦系精品。

石刻画题材自古代神话，如女蜗氏补天、三皇五帝等传说起，至圣、贤、豪杰烈士、诸侯之史实轶事，无所不包。——其中一部分你小时候在古书上都读过。原作每石有数画，中间连续，不分界限，仅于上角刻有题目，如《老莱子彩衣娱亲》、《荆轲刺秦王》等等。惟文字刻画甚浅，年代剥落，大半无存；今日之下欲知何画代表何人故事，非熟悉《春秋》《左传》《国策》不可；我无此精力，不能为你逐条考据。

武梁祠全部石刻共占五十余石，题材总数更远过于此。我仅有拓片二十余张，亦是残帙，缺漏甚多，兹挑出拓印较好之四纸寄你，但线条仍不够分明，遒劲生动飘逸之美几无从体会，只能说聊胜于无而已。……

此种信纸［这封信是用木刻水印笺纸写的——编者注］即是木刻印刷，今亦不复制造，值得细看一下。

另附法文说明一份，专供弥拉阅读，让她也知道一些中国古艺术的梗概与中国史地的常识。希望她为你译成英文，好解释给你外国友人听；我知道大部分历史与雕塑名词你都不见得会用英文说。——倘装在框内，拓片只可非常小心的压平，切勿用力拉直拉平，无数皱下去的地方都代表原作的细节，将纸完全拉直拉平就会失去本来面目，务望与弥拉细说。

又汉代石刻画纯系吾国民族风格。人物姿态衣饰既是标准汉族气味，雕刻风格亦毫无外来影响。南北朝（公元四世纪至六世纪）之石刻，如河南龙门、山西云冈之巨大塑像（其中很大部分是更晚的隋唐作品——相当于公元六至八世纪），以及敦煌壁画等等，显然深受佛教艺术、希腊罗马及近东艺术之影响。

附带告诉你这些中国艺术演变的零星知识，对你也有好处，与西方朋友谈到中国文化，总该对主流支流，本土文明与外来因素，心中有个大体的轮廓才行。以后去不列颠博物馆巴黎卢浮美术馆，在远东艺术室中亦可注意用之。巴黎还有专门陈列中国古物的 Musde Guimet（吉美博物馆）值得参观！

一九六一年五月一日

一月九日寄你的一包书内有老舍及钱伯母的作品，都是你旧时读过的。不过内容及文笔，我对老舍的早年作品看法已大大不同。从前觉得了不起的那篇《微神》，如今认为太雕琢，过分刻画，变得纤巧，反而贫弱了。一切艺术品都忌做作,最美的字句都要出之自然,好像天衣无缝,才经得起时间考验而能传世久远。比如"山高月小,水落石出"不但写长江中赤壁的夜景,历历在目,而且也写尽了一切兼有幽远、崇高与寒意的夜景;同时两句话说得多么平易,真叫做"天籁"!老舍的《柳家大院》还是有血有肉,活得很。——为温习文字,不妨随时看几段。没人讲中国话,只好用读书代替,免得词汇字句愈来愈遗忘。——最近两封英文信,又长又详尽,我们很高兴,但为了你的中文,仍望不时用中文写,这是你唯一用到中文的机会了。写错字无妨,正好让我提醒你。不知五月中是否演出较少,能抽空写信来?

最近有人批判王氏的"无我之境",说是写纯客观,脱离阶级斗争。此说未免褊狭。第一,纯客观事实上是办不到的。既然是人观察事物,无论如何总带几分主观,即使力求摆脱物质束缚也只能做到一部分,而且为时极短。其次能多少客观一些,精神上倒是真正获得松弛与休息,也是好事。人总是人,不是机器,不可能二十四小时只做一种活动。生理上就使你不能不饮食睡眠,推而广之,精神上也有各种不同的活动。便是目不识丁的农夫也有出神的经验,虽时间不过一刹那,其实即是无我或物我两忘的心境。艺术家表现出那种境界来未必会使人意志颓废。例如念了"寒波淡淡起,白鸟悠悠下"两句诗,哪有一星半点不健全的感觉?假定如此,自然界的良辰美景岂不成年累月摆在人面前,人如何不消沉至于不可救药的呢?——相反,我认为生活越紧张越需要这一类的调剂;多亲近大自然倒是维持身心平衡最好的办法。近代人的大病即在于拼命损害了一种机能(或一切机能)去发展某一种机能,造成许多畸形与病态。我不断劝你去郊外散步,也是此意。幸而你东西奔走的路上还能常常接触高山峻岭,海洋流水,日出日落,月色星光,无形中更新你的感觉,解除你的疲劳。等你读了《希腊雕塑》的译文,对这些方面一定有更深的体会。

另一方面,终日在琐碎家务与世俗应对中过生活的人,也该时时到野外去洗掉一些尘俗气,别让这尘俗气积聚日久成为宿垢。弥拉接到我黄山照片后来信说,从未想到山水之美有如此者。可知她虽家居瑞士,只是偶尔在山脚下小住,根本不曾登高临远,见到神奇的景色。在这方面你得随时培养她。此外我也希望她每天挤出时间,哪怕半小时吧,作为阅读之用。而阅读也不宜老拣轻松的东西当作消遣;应当每年选定一二部名著用功细读。比如丹纳的《艺术哲学》之类,若能彻底消化,做人方面,气度方面,理解与领会方面都有进步,不仅仅是增加知识而已。巴尔扎克的小说也不是只供消闲的。像你们目前的生活,要经常不断的阅读正经书不是件容易的事,需要很强的意志与纪律才行。望时常与她提及你老师勃隆斯丹近七八年来的生活，除了做饭、洗衣，照管丈夫孩子以外，居然坚持练琴，每日一小时至一小时半，到今日每月有四五次演出。这种精神值得弥拉学习。

一九六一年五月二十三日

　　越知道你中文生疏，我越需要和你多写中文；同时免得弥拉和我们隔膜，也要尽量写英文。有时一些话不免在中英文信中重复，望勿误会是我老糊涂。从你婚后，我觉得对弥拉如同对你一样负有指导的责任：许多有关人生和家常琐事的经验，你不知道还不打紧，弥拉可不能不学习，否则如何能帮助你解决问题呢？既然她自幼的遭遇不很幸福，得到父母指点的地方不见得很充分，再加西方人总有许多观点与我们有距离，特别在人生的淡泊，起居享用的俭朴方面，我更认为应当逐渐把我们东方民族（虽然她也是东方血统，但她的东方只是徒有其名了！）的明智的传统灌输给她。前信问你有关她与生母的感情，务望来信告知。这是人伦至性，我们不能不关心弥拉在这方面的心情或苦闷。

　　……

　　不愿意把物质的事挂在嘴边是一件事，不糊里糊涂莫名其妙的丢失钱是另一件事！这是我与你大不相同之处。我也觉得提到阿堵物是俗气，可是我年轻时母亲（你的祖母）对我的零用抓得极紧，加上二十四岁独立当家，收入不丰；所以比你在经济上会计算，会筹划，尤其比你原则性强。当然，这些对你的艺术家气质不很调和，但也只是对像你这样的艺术家是如此；精明能干的艺术家也有的是。萧邦即是一个有名的例子：他从来不让出版商剥削，和他们谈判条件从不怕烦。你在金钱方面的洁癖，在我们眼中是高尚的节操，在西方拜金世界和吸血世界中却是任人鱼肉的好材料。我不和人争利，但也绝不肯被人剥削，遇到这种情形不能不争。——这也是我与你不同之处。但你也知道，我争的还是一个理而不是为钱，争的是一口气而不是为的利。在这一点上你和我仍然相像。

　　总而言之，理财有方法，有系统，并不与重视物质有必然的联系，而只是为了不吃物质的亏而采取的预防措施；正如日常生活有规律，并非求生活刻板枯燥，而是为了争取更多的时间，节省更多的精力来做些有用的事，读些有益的书，总之是为了更完美的享受人生。

　　……

　　你说的很对，"学然后知不足"，只有不学无术或是浅尝即止的人才会自大自满。我愈来愈觉得读书太少，聊以自慰的就是还算会吸收，消化，贯通。像你这样的艺术家，应当无书不读，像Busoni（布梭尼），Hindemith（亨德密特）那样。就因为此，你更需和弥拉俩妥善安排日常生活，一切起居小节都该有规律有计划，才能挤出时间来。当然，艺术家也不能没有懒洋洋的耽于幻想的时间，可不能太多；否则成了习惯就浪费光阴了。没有音乐会的期间也该有个计划，哪几天招待朋友，哪几天听音乐会，哪几天照常练琴，哪几天读哪一本书。一朝有了安排，就不至于因为无目的无任务而感到空虚与烦躁了。这些琐琐碎碎的项目其实就是生活艺术的内容。否则空谈"人生也是艺术"，究竟指什么呢？对自己有什么好处呢？但愿你与弥拉多谈谈这些问题，定出计划来按步就班的做去。最要紧的是定的计划不能随便打破或打乱。你该回想一下我的作风，可以加强你实践的意志。

一九四五年我和周伯伯办《新语》，写的文章每字每句脱不了罗曼·罗兰的气息和口吻，我苦苦挣扎了十多天，终于摆脱了，重新找到了我自己的文风。这事我始终不能忘怀。——你现在思想方式受外国语文束缚，与我当时受罗曼·罗兰（翻了他120万字的长篇自然免不了受影响）的束缚有些相似，只是你生活在外国语文的环境中，更不容易解脱，但并非绝对不可能解决。例如我能写中文，也能写法文和英文，固然时间要花得多一些，但不至于像你这样二百多字的一页中文（在我应当是英文——因我从来没有实地应用英文的机会）要花费一小时。问题在于你的意志，只要你立意克服，恢复中文的困难早晚能克服。我建议你每天写一些中文日记，便是简简单单写一篇三四行的流水账，记一些生活琐事也好，唯一的条件是有恒。倘你天天写一二百字，持续到四五星期，你的中文必然会流畅得多。——最近翻出你五〇年十月昆明来信，读了感慨很多。到今天为止，敏还写不出你十六岁时写的那样的中文。既然你有相当根基，恢复并不太难，希望你有信心，不要胆怯，要坚持，持久！你这次写的第一页，虽然气力花了不少，中文还是很好，很能表达你的真情实感。——要长此生疏下去，我倒真替你着急呢！我竟说不出我和你两人为这个问题谁更焦急。可是干着急无济于事，主要是想办法解决，想了办法该坚决贯彻！再告诉你一点：你从英国写回来的中文信，不论从措辞或从风格上看，都还比你的英文强得多；因为你的中文毕竟有许多古书做底子，不比你的英文只是浮光掠影撷拾得来的。你知道了这一点应该更有自信心了吧！

一九六一年六月二十六日晚

　　……最高兴的是你的民族性格和特征保持得那么完整，居然还不忘记："一箪食（读如"嗣"）一瓢饮，回也不改其乐。"惟有如此，才不致被西方的物质文明湮没。你屡次来信说我们的信给你看到和回想到另外一个世界，理想气息那么浓的，豪迈的，真诚的，光明正大的，慈悲的，无我的（即你此次信中说的 idealistic, generous, devoted, loyal, kind, selfless）世界。我知道东方西方之间的鸿沟，只有豪杰之士，领悟颖异，感觉敏锐而深刻的极少数人方能体会。换句话说，东方人要理解西方人及其文化和西方人理解东方人及其文化同样不容易。即使理解了，实际生活中也未必真能接受。这是近代人的苦闷：既不能闭关自守，东方与西方各管各的生活，各管各的思想，又不能避免两种精神两种文化两种哲学的冲突和矛盾。当然，除了冲突与矛盾，两种文化也彼此吸引，相互之间有特殊的魅力使人神往。东方的智慧、明哲、超脱，要是能与西方的活力、热情、大无畏的精神融合起来，人类可能看到另一种新文化出现。西方人那种孜孜，白首穷经，只知为学，不问成败的精神还是存在（现在和克利斯朵夫的时代一样存在），值得我们学习。你我都不是大国主义者，也深恶痛绝大国主义，但你我的民族自觉、民族自豪和爱国热忱并无一星半点的排外意味。相反，这是一个有根有蒂的人应有的感觉与感情。每次看到你有这种表现，我都快活得心儿直跳，觉得你不愧为中华民族的儿子！妈妈也为之自豪，对你特别高兴，特别满意。

　　分析你岳父的一段大有见地，但愿作为你的鉴戒。你的两点结论，不幸的婚姻和太多与太早的成功是艺术家最大的敌人，说得太中肯了。我过去为你的婚姻问题操心，多半也是从这一点出发。如今弥拉不是有野心的女孩子，至少不会把你拉上热衷名利的路，让你能始终维持艺术的尊严，维持你严肃朴素的人生观，已经是你的大幸。还有你淡于名利的胸怀，与我一样的自我批评精神，对你的艺术都是一种保障。但愿十年二十年之后，我不在人世的时候，你永远能坚持这两点。恬淡的胸怀，在西方世界中特别少见，希望你能树立一个榜样！

　　……

　　韩德尔的神剧固然追求异教精神，但他毕竟不是公元前四五世纪的希腊人，他的作品只是十八世纪一个意大利化的日耳曼人向往古希腊文化的表现。便是《赛米里》吧，口吻仍不免带点儿浮夸（pompous）。这不是韩德尔个人之过，而是民族与时代之不同，绝对勉强不来的。将来你有空闲的时候（我想再过三五年，你音乐会一定可大大减少，多一些从各方面进修的时间），读几部英译的柏拉图、塞诺封一类的作品，你对希腊文化可有更多更深的体会。再不然你一朝去雅典，尽管山陵剥落（如丹纳书中所说）面目全非，但是那种天光水色（我只能从亲自见过的罗马和那不勒斯的天光水色去想象），以及巴台农神庙的废墟，一定会给你强烈的激动，狂喜，非言语所能形容，好比四五十年以前邓肯在巴台农废墟上光着脚不由自主的跳起舞来。（《邓肯（Duncun）自传》，倘在旧书店中看到，可买来一读。）真正体会古文化，除了从小"泡"过来之外，只有接触那古文化的遗物。我所以不断寄吾国的艺术复制品给你，一方面是满足你思念故国，缅怀我们古老文化的饥渴，一方面也想用具体事物来影响弥拉。从文化上、艺术上认识而爱好异国，才是真正认识和爱好一个异国；而且我认为也是加强你们俩精神契合的最可靠的链锁。

......

你对 Michelangeli（米开朗基罗）的观感大有不同，足见你六年来的进步与成熟。同时，"曾经沧海难为水"，"登东山而小鲁，登泰山而小天下"，也是你意见大变的原因。伦敦毕竟是国际性的乐坛，你这两年半的逗留不是没有收获的。

......

老好人往往太迁就，迁就世俗，迁就褊狭的家庭愿望，迁就自己内心中不大高明的因素；不幸真理和艺术需要高度的原则性和永不妥协的良心。物质的幸运也常常毁坏艺术家。可见艺术永远离不开道德——广义的道德，包括正直，刚强，斗争（和自己的斗争以及和社会的斗争），毅力，意志，信仰……

的确，中国优秀传统的人生哲学，很少西方人能接受，更不用说实践了。比如"富贵于我如浮云"在你我是一条极崇高极可羡的理想准则，但像巴尔扎克笔下的那些人物，正好把富贵作为人生最重要的，甚至是惟一的目标。他们那股向上爬，求成功的蛮劲与狂热，我个人简直觉得难以理解。也许是气质不同，并非多数中国人全是那么淡泊。我们不能把自己人太理想化。

......

"After reading that, I found my conviction that Handel's music, specially his *oratorio* is the nearest to the Greek spirit in music（更加强了）. His optimism, his radiant poetry, which is as simple as one can imagine but never vulgar, his directness and frankness, his pride, his majesty and his almost physical ecstasy. I think that is why when an English chorus sings '*Hallelujah*' they suddenly become so wild, taking off completely their usual English inhibition, because at that moment they experience something really thrilling, something like ecstasy, ……"

"读了丹纳的文章,我更相信过去的看法不错:韩德尔的音乐,尤其神剧,是音乐中最接近希腊精神的东西。他有那种乐天的倾向,豪华的诗意。同时亦极尽朴素,而且从来不流于庸俗,他表现率直、坦白,又高傲又堂皇,差不多在生理上到达一种狂喜与忘我的境界。也许就因为此,英国合唱队唱 Hallelujah《哈利路亚》[希伯来文,原意为"赞美上帝之歌"。——编者注] 的时候,会突然变得豪放,把平时那种英国人的抑制完全摆脱干净,因为他们那时有一种真正激动心弦,类似出神的感觉。"

为了帮助你的中文,我把你信中一段英文代你用中文写出。你看看是否与你原意有距离。ecstasy(狂喜与忘我境界)一字含义不一,我不能老是用出神二字来翻译。——像这样不打草稿随手翻译,在我还是破题儿第一遭。

一九六一年七月七日晚

《近代文明中的音乐》和你岳父的传记,同日收到。接连三个下午看完传记,感想之多,情绪的波动,近十年中几乎是绝无仅有的经历。

书中值得我们深思的段落,多至不胜枚举,对音乐,对莫扎特,巴赫直到巴托克的见解;对音乐记忆的分析,小提琴技术的分析,还有对协奏曲(和你一开始即浸入音乐的习惯完全相似)的态度,都大有细细体会的价值。他的两次 re-study(重新学习)(最后一次是一九四二至一九四五)你都可作为借鉴。

……

多少零星的故事和插曲也极有意义。例如埃尔加抗议纽曼(Newman)对伊虚提演奏他《小提琴协奏曲》的评论:纽曼认为伊虚提把第二乐章表达太甜太 luscious(腻),埃尔加说他写的曲子,特别那个主题本身就是甜美的,luscious(腻),"难道英国人非板起面孔不可吗?我是板起面孔的人吗?"可见批评家太着重于一般的民族性,作家越出固有的民族性,批评家竟熟视无睹,而把他所不赞成的表现归罪于演奏家。而纽曼还是世界上第一流的学者兼批评家呢!可叹学问和感受和心灵往往碰不到一起,感受和心灵也往往不与学问合流。要不然人类的文化还可大大的进一步呢!巴托克听了伊虚提演奏他的《小提琴协奏曲》后说:"我本以为这样的表达只能在作曲家死了长久以后才可能。"可见了解同时代的人推陈出新的创造的确不是件容易的

379

事。——然而我们又不能执著 Elgar ［埃尔加，一八五七至一九三四，英国作曲家。——编者注］对 Yehudi（伊虚提）的例子，对批评家的言论一律怀疑。我们只能依靠自我批评精神来作取舍的标准，可是我们的自我批评精神是否永远可靠，不犯错误呢（infallible）？是否我们常常在应该坚持的时候轻易让步而在应当信从批评家的时候又偏偏刚愎自用、顽固不化呢？我提到这一点，因为你我都有一个缺点："好辩"；人家站在正面，我会立刻站在反面；反过来亦然。而你因为年轻，这种倾向比我更强。但愿你慢慢的学得客观、冷静、理智，别像古希腊人那样为争辩而争辩！

阿陶夫·布施和埃奈斯库［Georges Enesco，一八八一至一九五五，罗马尼亚小提琴家、作曲家。——编者注］两人对巴赫 Fugue（《赋格曲》）［一种多声部乐曲——编者注］主题的 forte or dolce（强或柔）的看法不同，使我想起太多的书本知识要没有高度的理解力协助，很容易流于教条主义，成为学院派。

另一方面，Ysaye［伊萨伊，一八五八至一九三一，比利时提琴家、指挥家和作曲家。——编者注］要伊虚提拉 arpeggio（琶音）的故事，完全显出一个真正客观冷静的大艺术家的"巨眼"，不是巨眼识英雄，而是有看破英雄的短处的"巨眼"。青年人要寻师问道，的确要从多方面着眼。你岳父承认跟 Adolf Busch（阿陶夫·布施）［一八九一至一九五二，德国提琴家和作曲家。——编者注］还是有益的，尽管他气质上和心底里更喜欢埃奈斯库。你岳父一再后悔不曾及早注意伊萨伊的暗示。因此我劝你空下来静静思索一下，你几年来可曾听到过师友或批评家的一言半语而没有重视的。趁早想，趁早补课为妙！你的祖岳母说："我母亲常言，只有傻瓜才自己碰了钉子方始回头；聪明人看见别人吃亏就学了乖。"此话我完全同意，你该记得一九五三年你初去北京以后我说过（在信上）同样的话，记得我说的是："家里嘱咐你的话多听一些，在外就不必只受别人批评。"大意如此。

你说过的那位匈牙利老太太，指导过 Anni Fischer（安妮·费希尔）的，千万上门去请教，便是去一二次也好。你有足够的聪明，人家三言两语，你就能悟出许多道理。可是从古到今没有一个人聪明到不需要听任何人的意见。智者千虑，必有一失。也许你去美访问以前就该去拜访那位老人家！亲爱的孩子，听爸爸的话安排时间去试一试好吗？——再附带一句：去之前一定要存心去听"不入耳之言"才会有所得，你得随时去寻访你周围的大大小小的伊萨伊！

话愈说愈远——也许是愈说愈近了。假如念的书不能应用到自己身上来，念书干嘛？

……

一九六一年七月八日上午

　　光是瞧不起金钱不解决问题；相反，正因为瞧不起金钱而不加控制，不会处理，临了竟会吃金钱的亏，做物质的奴役。单身汉还可用颜回的刻苦办法应急，有了家室就不行，你若希望弥拉也会甘于素衣淡食就要求太苛，不合实际了。为了避免落到这一步，倒是应当及早定出一个中等的生活水准使弥拉能同意，能实践，帮助你定计划执行。越是轻视物质越需要控制物质。你既要保持你艺术的尊严，人格的独立，控制物质更成为最迫切最重要的先决条件。孩子，假如你相信我这个论点，就得及早行动。

　　经济有了计划，就可按照目前的实际情况定一个音乐活动的计划。比如下一季度是你最忙，但也是收入最多的季度；那笔收入应该事先做好预算；切勿钱在手头，撒漫使花，而是要作为今后减少演出的基础——说明白些就是基金。你常说音乐世界是茫茫大海，但音乐还不过是艺术中的一支，学问中的一门。望洋兴叹是无济于事的，要钻研仍然要定计划——这又跟你的演出的多少，物质生活的基础有密切关系。你结了婚，不久家累会更重；你已站定脚跟，但最要防止将来为了家累，为了物质基础不稳固，不知不觉的把演出、音乐为你一家数口服务。古往今来——尤其近代，多少艺术家包括各个部门的到中年以后走下坡路，难道真是他们愿意的吗？多半是为家庭拖下水的，而且拖下水的经过完全出于不知不觉。孩子，我为了你的前途不能不长篇累牍的告诫。现在正是设计你下一阶段生活的时候，应当振作精神，面对当前，眼望将来，从长考虑。何况我相信三五年到十年之内，会有一个你觉得非退隐一年二年不可的时期。一切真有成就的演奏家都逃不过这一关。你得及早准备。

一九六一年八月一日

　　弥拉报告中有一件事教我们特别高兴：你居然去找过了那位匈牙利太太！（姓名弥拉写得不清楚，望告知！）多少个月来（在杰老师心中已是一年多了），我们盼望你做这一件事，一旦实现，不能不为你的音乐前途庆幸。——写到此，又接你明信片；那末原来希望本月四日左右接你长信，又得推迟十天了。但愿你把技巧改进的经过与实际谈得详细些，让我转告李先生好慢慢帮助国内的音乐青年，想必也是你极愿意做的事。本月十二至二十七日间，九月二十三日以前，你都有空闲的时间，除了出门休息（想你们一定会出门吧？）以外，尽量再去拜访那位老太太，向她请教。尤其维也纳派（莫扎特，贝多芬，舒柏特），那种所谓 repose（和谐宁静）的风味必须彻底体会。好些评论对你这方面的欠缺都一再提及。——至于追求细节太过，以致妨碍音乐的朴素与乐曲的总的轮廓，批评家也说过很多次。据我的推想，你很可能犯了这些毛病。往往你会追求一个目的，忘了其他，不知不觉钻入牛角尖（今后望深自警惕）。可是深信你一朝醒悟，信从了高明的指点，你回头是岸，纠正起来是极快的，只是别矫枉过正，往另一极端摇摆过去就好了。

像你这样的年龄与经验，随时随地吸收别人的意见非常重要。经常请教前辈更是必需。你敏感得很，准会很快领会到那位前辈的特色与专长，尽量汲取——不到汲取完了决不轻易调换老师。……

……

上面说到维也纳派的 repose（和谐恬静），推想当是一种闲适恬淡而又富于旷达胸怀的境界，有点儿像陶靖节、杜甫（某一部分田园写景）、苏东坡、辛稼轩（也是田园曲与牧歌式的词）。但我还捉摸不到真正维也纳派的所谓 repose（和谐恬静），不知你的体会是怎么回事？

近代有名的悲剧演员可分两派：一派是浑身投入，忘其所以，观众好像看到真正的剧中人在面前歌哭；情绪的激动，呼吸的起伏，竟会把人在火热的浪潮中卷走，Sarah Bernhardt［莎拉·伯恩哈特，一八四四至一九二三，法国女演员。——编者注］即是此派代表（巴黎有她的纪念剧院）。一派刻画人物维妙维肖，也有大起大落的激情，同时又处处有一个恰如其分的节度，从来不流于"狂易"之境。心理学家说这等演员似乎有双重人格：既是演员，同时又是观众。演员使他与剧中人物合一，观众使他一切演技不会过火（即是能入能出的那句老话）。因为他随时随地站在圈子以外冷眼观察自己，故即使到了猛烈的高潮峰顶仍然能控制自己。以艺术而论，我想第二种演员应当是更高级。观众除了与剧中人发生共鸣，亲身经受强烈的情感以外，还感到理性节制的伟大，人不被自己情欲完全支配的伟大。这伟大也就是一种美。感情的美近于火焰的美，浪涛的美，疾风暴雨之美，或是风和日暖、鸟语花香的美；理性的美却近于钻石的闪光，星星的闪光，近于雕刻精工的美，完满无疵的美，也就是智慧之美！情感与理性平衡所以最美，因为是最上乘的人生哲学，生活艺术。

记得好多年前我已与你谈起这一类话。现在经过千百次实际登台的阅历，大概更能体会到上述的分析可应用于音乐了吧？去冬你岳父来信说你弹两支莫扎特协奏曲，能把强烈的感情纳入古典的形式之内，他意思即是指感情与理性的平衡。但你还年轻，出台太多，往往体力不济，或技巧不够放松，难免临场紧张，或是情不由己，be carried away（难以自抑），并且你整个品性的涵养也还没到此地步。不过早晚你会在这方面成功的，尤其技巧有了大改进以后。

一九六一年八月三十一日

……最近的学习心得引起我许多感想。杰老师的话真是至理名言，我深有同感。会学的人举一反三，稍经点拨，即能跃进。不会学的不用说闻一以知十，连闻一以知一都不容易办到，甚至还要缠夹，误入歧途，临了反抱怨老师指引错了。所谓会学，条件很多，除了悟性高以外，还要有足够的人生经验。……现代青年头脑太单纯，说他纯洁固然不错，无奈遇到现实，纯洁没法作为斗争的武器，倒反因天真幼稚而多走不必要的弯路。玩世不恭，cynical（愤世嫉俗）的态度当然为我们所排斥，但不懂得什么叫做 cynical（愤世嫉俗）也反映人世太浅，眼睛只会朝一个方向看。周总理最近批评我们的教育，使青年只看见现实世界中没有的理想人物，将来到社会上去一定感到失望与苦闷。胸襟眼界狭小的人，即使老辈告诉他许多旧社会的风俗人情，也几乎会骇而却走。他们既不懂得人是从历史上发展出来的，经过几千年上万年的演变过程才有今日的所谓文明人，所谓社会主义制度下的人，一切也就免不了管中窥豹之弊。这种人倘使学文学艺术，要求体会比较复杂的感情，光暗交错，善恶并列的现实人生，就难之又难了。要他们从理论到实践，从抽象到具体，样样结合起来，也极不容易。但若不能在理论→实践，实践→理论，具体→抽象，抽象→具体中不断来回，任何学问都难以入门。以上是综合的感想。现在谈谈你最近学习所引起的特殊问题。

据来信，似乎你说的 relax（放松）不是五六年以前谈的纯粹技巧上的 relax（放松），而主要是精神、感情、情绪、思想上的一种安详、闲适、淡泊、超逸的意境，即使牵涉到技术，也是表现上述意境的一种相应的手法，音色与 tempo rubato（弹性速度）等等。假如我这样体会你的意思并不错，那我就觉得你过去并非完全不能表达 relax（闲适）的境界，只是你没有认识到某些作品某些作家确有那种 relax（闲适）的精神。

一年多以来，英国批评家有些说你的贝多芬（当然指后期的奏鸣曲）缺少那种 Viennese repose（维也纳式闲适），恐怕即是指某种特殊的安闲、恬淡、宁静之境，贝多芬在早年中年剧烈挣扎与苦斗之后，到晚年达到的一个 peaceful mind（精神上清明恬静之境）也就是一种特殊的 serenity（安详）（是一种

resignation〔隐忍恬淡，心平气和〕产生的 serenity〔安详〕）。但精神上的清明恬静之境也因人而异，贝多芬的清明恬静既不同于莫扎特的，也不同于舒柏特的。稍一混淆，在水平较高的批评家、音乐家以及听众耳中就会感到气息不对，风格不合，口吻不真。我是用这种看法来说明你为何在弹斯卡拉蒂和莫扎特时能完全 relax（放松），而遇到贝多芬与舒柏特就成问题。另外两点，你自己已分析得很清楚：一是看到太多的 drama（跌宕起伏，戏剧成分），把主观的情感加诸原作；二是你的个性与气质使你不容易 relax（放松），除非遇到斯卡拉蒂与莫扎特，只有轻灵、松动、活泼、幽默、妩媚、温婉而没法找出一点儿借口可以装进你自己的 drama（激越情感）。因为莫扎特的 drama（感情气质）不是十九世纪的 drama（气质），不是英雄式的斗争，波涛汹涌的感情激动，如醉若狂的 fanaticism（狂热激情）；你身上所有的近代人的 dra-ma（激越，激烈）气息绝对应用不到莫扎特作品中去；反之，那种十八世纪式的 flirting（风情）和诙谐、俏皮、讥讽等等，你倒也很能体会；所以能把莫扎特表达得恰如其分。还有一个原因，凡作品整体都是 relax（安详，淡泊）的，在你不难掌握；其中有激烈的波动又有苍茫惆怅的那种 relax（闲逸）的作品，如萧邦，因为与你气味相投，故成绩也较有把握。但若既有激情又有隐忍恬淡如贝多芬晚年之作，你即不免抓握不准。你目前的发展阶段，已经到了理性的控制力相当强，手指神经很驯服的能听从头脑的指挥，故一朝悟出了关键所在的作品精神，领会到某个作家的 relax（闲逸恬静）该是何种境界何种情调时，即不难在短时期内改变面目，而技巧也跟着适应要求，像你所说"有些东西一下子显得容易了"。旧习未除，亦非短期所能根绝，你也分析得很彻底：悟是一回事，养成新习惯来体现你的"悟"是另一回事。

以色列—伊斯坦布尔—雅典的演出能延缓到明年六月，倒是大好事，你在访美以前正可把新收获加以"巩固"。

最后你提到你与我气质相同的问题，确是非常中肯。你我秉性都过敏，容易紧张。而且凡是热情的人多半流于执著，有 fanatic（狂热）倾向。你的观察与分析一点不错。我也常说应该学学周伯伯那种潇洒，超脱，随意游戏的艺术风格，冲淡一下太多的主观与肯定，所谓 positivism（自信独断）。无奈向往是一事，能否做到是另一事。有时个性竟是顽强到底，什么都扭它不过。幸而你还年轻，不像我业已定型；也许随着阅历与修养，加上你在音乐中的熏陶，早晚能获致一个既有热情又能冷静，能入能出的境界。总之，今年你请教 Kabos（卡波斯）〔一八九三至一九七三，匈牙利出生的英国钢琴家和钢琴教育家。——编者注〕太太后，所有的进步是我与杰老师久已期待的；我早料到你并不需要到四十左右才悟到某些淡泊、朴素、闲适之美——像去年四月《泰晤士报》评论你两次萧邦音乐会所说的。附带又想起批评界常说你追求细节太过,我相信事实确是如此,你专追一门的劲也是 fanatic 得厉害,比我还要执著。或许近二个月以来,在这方面你也有所改变了吧?注意局部而忽视整体,雕琢细节而动摇大的轮廓固谈不上艺术;即使不妨碍完整,雕琢也要无斧凿痕,明明是人工,听来却宛如天成,才算得艺术之上乘。这些常识你早已知道,问题在于某一时期目光太集中在某一方面,以致耳不聪,目不明,或如孟子所说"明察秋毫而不见舆薪"。一旦醒悟,回头一看,自己就会大吃一惊,正如一九五五年时你何等欣赏米开兰琪利,最近却弄不明白当年为何如此着迷。

一九六一年九月一日

早在一九五七年李赫特在沪演出时,我即觉得他的舒柏特没有 grace(优雅)。以他的身世而论很可能于不知不觉中走上神秘主义的路。生活在另外一个世界中,那世界只有他一个人能进去,其中的感觉、刺激、形象、色彩、音响都另有一套,非我们所能梦见。神秘主义者往往只有纯洁、朴素、真诚,但缺少一般的温馨妩媚。便是文艺复兴初期的意大利与佛兰德斯宗教画上的 grace(优雅),也带一种圣洁的他世界的情调,与十九世纪初期维也纳派的风流蕴藉,熨帖细腻,同时也带一些淡淡的感伤的柔情毫无共通之处。而斯拉夫民族,尤其俄罗斯民族的神秘主义又与西欧的罗马正教一派的神秘主义不同。听众对李赫特演奏的反应如此悬殊也是理所当然的。二十世纪六十年代的人还有几个能容忍音乐上的神秘主义呢?至于捧他上天的批评只好目之为梦呓,不值一哂。

从通信所得的印象,你岳父说话不多而含蓄甚深,涵养功夫极好,但一言半语中流露出他对人生与艺术确有深刻的体会。以他成年前所受的教育和那么严格的纪律而论,能长成为今日这样一个独立自由的人,在艺术上保持鲜明的个性,已是不大容易的了;可见他秉性还是很强,不过藏在内里,一时看不出罢了。他自己在书中说:"我外表是赫夫齐芭,内心是雅尔太。[赫夫齐芭和雅尔太是梅纽因的大妹妹和小妹妹——编者注]。"但他坚强的个性不曾发展到他母亲的路上,没有那种过分的民族自傲,也算大幸。

一九六一年十月五日

说起周文中,据陈伯伯(又新)[陈又新系傅雷中学同学,原上海音乐学院管弦系主任，小提琴教授，亦是傅敏的提琴老师，"文革"中遭迫害冤死。——编者注]说，原是上海音乐馆［上海音专（陈又新和丁善德合办的学校）的前身］学生，跟陈伯伯学过多年小提琴，大约与张国灵同时。胜利后出国。陈伯伯解放初年留英期间，周还与他通信。据说小提琴拉得不差呢。

八九两月你统共只有三次演出，但似乎你一次也没去郊外或博物馆。我知道你因技术与表达都有大改变，需要持续加工和巩固；访美的节目也得加紧准备；可是二个月内毫不松散也不是办法。两年来我不知说了多少次，劝你到森林和博物馆走走，你始终不能接受。孩子，我多担心你身心的健康和平衡；一切都得未雨绸缪，切勿到后来悔之无及。单说技巧吧，有时硬是别扭，倘若丢开一个下午，往大自然中跑跑，或许下一天就能顺利解决。人的心理活动总需要一个酝酿的时期，不成熟时硬要克服难关，只能弄得心烦意躁，浪费精力。音乐理解亦然如此。我始终觉得你犯一个毛病，太偏重以音乐本身去领会音乐。你的思想与信念并不如此狭窄，很会海阔天空的用想象力；但与音乐以外的别的艺术，尤其大自然，实际上接触太少。整天看谱、练琴、听唱片……久而久之会减少艺术的新鲜气息，趋于抽象，闭塞，缺少生命的活跃与搏击飞纵的气势。我常常为你预感到这样一个危机，不能不舌敝唇焦，及早提醒，要你及早防止。你的专业与我的大不同。我是不需要多大创新的，我也不是有创新才具的人，长年关在家里不致在业务上有什么坏影响。你的艺术需要时时刻刻的创造，便是领会原作的精神也得从多方面（音乐以外的感受）去探讨。正因为过去的大师就是从大自然，从人生各方面的材料中"泡"出来的，把一切现实升华为emotion（感情）与sentiment（情操），所以表达他们的作品也得走同样的路。这些理论你未始不知道，但似乎并未深信到身体力行的程度。另外我很奇怪：你年纪还轻，应该比我爱活动，你也强烈的爱好自然，怎么实际生活中反而不想去亲近自然呢。我记得很清楚，我二十二三岁在巴黎、瑞士、意大利以及法国乡间，常常在月光星光之下，独自在林中水边踏着绿茵，呼吸浓烈的草香与泥土味、水味，或是借此舒散苦闷，或是沉思默想。便是三十多岁在上海，一逛公园就觉得心平气和，精神健康多了。太多与刺激感官的东西（音乐便是刺激感官最强烈的）接触，会不知不觉失去身心平衡。你既憧憬希腊精神，为何不学学古希腊人的榜样呢？你既热爱陶潜、李白，为什么不试试去体会"采菊东篱下，悠然见南山"的境界（实地体会）呢？你既从小熟读克利斯朵夫，总不致忘了克利斯朵夫与大自然的关系吧？还有造型艺术，别以家中挂的一些为满足，干嘛不上大不列颠博物馆去流连一下呢？大概你会回答我说没有时间，做了这样就得放弃那样。可是暑假中比较空闲，难道去一二次郊外与美术馆也抽不出时间吗？只要你有兴致，便是不在假中，也可能特意上美术馆，在心爱的一二幅画前面呆上一刻钟半小时。不必多，每次只消集中一二幅，来回统共也花不了一个半小时；无形中积累起来的收获可是不小呢！你说我信中的话，你"没有一句是过耳不入"的；好吧，那末在这方面希望你思想上慢慢酝酿，考虑我的建议，有机会随时试一试，怎么样？行不行呢？我一生为你的苦心，你近年来都体会到了。可是我未老先衰，常有为日无多之感，总想尽我仅有的一些力量，在我眼光所能见到的范围以内帮助你，指导你，特别是早早指出你身心与艺术方面可能发生的危机，使你能预先避免。"语重心长"这四个字形容我对你的态度是再贴切没有了。只要你真正爱你的爸爸，爱你自己，爱你的艺术，一定会郑重考虑我的劝告，接受我数十年如一日的这股赤诚的心意！

你也很明白，钢琴上要求放松先要精神上放松，过度的室内生活与书斋生活恰恰是造成现代知识分子神经紧张与病态的主要原因；而萧然意远，旷达恬静，不滞于物，不凝于心的境界只有从自然界中获得，你总不能否认吧？……

……我一向主张多读谱，少听唱片，对一个像你这样的艺术家帮助更大。读谱好比弹琴用 urtext，[德文字，相当于英文的 original text，原谱版本，通常指一九〇〇年以前的音乐的原谱版本，即未经他人编辑、整理或注释的原始曲谱。——编者注]。听唱片近乎用某人某人 edit（编）的谱。何况我知道你十年二十年后不一定永远当演奏家；假定还可能向别方面发展，长时期读谱也是极好的准备。

一九六二年一月二十一日下午

读来信，感触万端。年轻的民族活力固然旺盛，幼稚的性情脾气少接触还觉天真可爱，相处久了恐怕也要吃不消的。我们中国人总爱静穆，沉着，含蓄，讲 taste（品味，鉴赏力），遇到 silly（愚蠢，糊涂）的表现往往会作恶。生命力旺盛也会带咄咄逼人的意味，令人难堪。我们朋友中即有此等性格的，我常有此感觉。也许我自己的 dogmatic（固执，武断）气味，人家背后已在怨受不了呢。我往往想，像美国人这样来源复杂的民族究竟什么是他的定型，什么时候才算成熟。他们二百年前的祖先不是在欧洲被迫出亡的宗教难民（新旧教都有，看欧洲哪个国家而定；大多数是新教徒——来自英法。旧教徒则来自荷兰及北欧），便是在事业上栽了筋斗的人，不是年轻的淘金者便是真正的强盗和杀人犯。这些人的后代，反抗与斗争性特别强是不足为奇的，但传统文化的熏陶欠缺，甚至于绝无仅有也是想象得到的。只顾往前直冲，不问成败，什么都可以孤注一掷，一切只问眼前，冒起危险来绝不考虑值不值得，不管什么场合都不难视生命如鸿毛。这一等民族能创业，能革新，但缺乏远见和明智，难于守成，也不容易成熟；自信太强，不免流于骄傲，看事太轻易，未免幼稚狂妄。难怪资本主义到了他们手里会发展得这样快，畸形得这样厉害。我觉得他们的社会好像长着一个癌：少数细胞无限止的扩张，把其他千千万万的细胞吞掉了；而千千万万的细胞在未被完全吞掉以前，还自以为健康得很，"自由""民主"得很呢！

可是社会的发展毕竟太复杂了，变化太多了，不能凭任何理论"一以蔽之"的推断。比如说，关于美国钢琴的问题，在我们爱好音乐的人听来竟可说是象征音乐文化在美国的低落；但好些乐队水准比西欧高，又怎么解释呢？经理人及其他音乐界的不合理的事实，垄断，压制，扼杀个性等等令人为之发指；可是有才能的艺术家在青年中还是连续不断的冒出来，难道就是新生的与落后的斗争吗？还是新生力量也已到了强弩之末呢？美国音乐创作究竟是在健康的路上前进呢，还是总的说来是趋向于消沉，以至于腐烂呢？人民到处是善良正直的，分得出是非美丑的，反动统治到处都是牛鬼蛇神；但在无线电、TV（电视）、报刊等等的麻痹宣传之下，大多数人民的头脑能保得住清醒多久呢？我没领教过极端的物质文明，但三十年前已开始关心这个问题。欧洲文化界从第一次大战以后曾经几次三番讨论过这个问题。可是真正的答案只有未来的历史。是不是不穷不白就闹不起革命呢，还是有家私的国家闹出革命来永远不会彻底？就是彻底了，穷与白的病症又要多少时间治好呢？有时我也像服尔德小说中写的一样，假想自己在另一个星球上，是另一种比人更高等的动物，来看这个星球上的一切，那时不仅要失笑，也要感到茫茫然一片，连生死问题都不知该不该肯定了。当然，我不过告诉你不时有这种空想，事实上我受着"人"的生理限制，不会真的虚无寂灭到那个田地的，而痛苦烦恼也就不可能摆脱干净，只有靠工作来麻醉自己了。

……

……关于批评家的问题以及你信中谈到的其他问题，使我不单单想起《约翰·克利斯朵夫》中的"节场"（卷五），更想起巴尔扎克在《幻灭》（我正在译）第二部中描写一百三十年前巴黎的文坛、报界、戏院的内幕。巴尔扎克不愧为现实派的大师，他的手笔完全有血有肉，个个人物历历如在目前，决不像罗曼·罗兰那样只有意识形态而近于抽象的漫画。学艺术的人，不管绘画、雕塑、音乐，学不成都可以改行：画家可以画画插图、广告等等，雕塑家不妨改做室内装饰或手工业艺术品，钢琴家提琴家可以收门徒。专搞批评的人倘使低能，就没有别的行业可改，只能一辈子做个蹩脚批评家，或竟受人雇佣，专做捧角的拉拉队或者打手。不但如此，各行各业的文化人和知识分子，一朝没有出路，自己一门毫无成就，无法立足时，都可以转业为批评家；于是批评界很容易成为垃圾堆。高明、严肃、有良心、有真知灼见的批评家所以比真正的艺术家少得多，恐怕就由于这些原因，你以为怎样？

Paul Paray（保罗·帕雷）一段写得很动人——不，其实是事情很动人。所谓天涯无处无知己，不独于萧邦为然，于你亦然，对每个人都一样！这种接触对一个青年艺术家就是一种教育。你岳父的传记中不少此类故事。唯其东零西碎还有如此可爱的艺术家，在举世拜金潮的时代还能保持一部分干净的园地，鼓舞某些纯洁的后辈前进。但愿你建议与 Max Rudolf（马克斯·鲁道夫）合作，灌片公司肯接受。

一九六二年一月二十一日下午

没想到澳洲演出反比美洲吃重，怪不得你在檀香山不早写信。重温巴托克，我听了很高兴，有机会弹现代的东西就不能放过，便是辛苦些也值得。对你的音乐感受也等于吹吹新鲜空气。

一九六二年四月一日

来信说到中国人弄西洋音乐比日本人更有前途，因为他们虽用苦功而不能化。化固不易，用苦功而得其法也不多见。以整个民族性来说，日华两族确有这点儿分别。可是我们能化的人也是凤毛麟角，原因是接触外界太少，吸收太少。近几年营养差，也影响脑力活动。我自己深深感到比从前笨得多。在翻译工作上也苦于化得太少，化得不够，化得不妙。艺术创造与再创造的要求，不论哪一门都性质相仿。音乐因为抽象，恐怕更难。理会的东西表达不出，或是不能恰到好处，跟自己理想的境界不能完全符合，不多不少。心、脑、手的神经联系，或许在音乐表演比别的艺术更微妙，不容易掌握到成为 automatic（得心应手，收放自如）的程度。一般青年对任何学科很少能作独立思考，不仅缺乏自信，便是给了他们方向，也不会自己摸索。原因极多，不能怪他们。十余年来的教育方法大概有些缺陷。青年人不会触类旁通，研究哪一门学问都难有成就。思想统一固然有统一的好处；但到了后来，念头只会望一个方向转，只会走直线，眼睛只看到一条路，也会陷于单调，贫乏，停滞。望一个方向钻并非坏事，可惜没钻得深。

月初看了盖叫天口述,由别人笔录的《粉墨春秋》,倒是解放以来谈艺术最好的书。人生——教育伦理艺术,再没有结合得更完满的了。从头至尾都有实例,决不是枯燥的理论。关于学习,他提出,"慢就是快",说明根基不打好,一切都筑在沙上,永久爬不上去。我觉得这一点特别值得我们深思。倘若一开始就猛冲,只求速成,临了非但一无结果,还造成不踏实的坏风气。德国人要不在整个十九世纪的前半期埋头苦干,在每一项学问中用死功夫,哪会在十九世纪末一直到今天,能在科学、考据、文学各方面放异彩?盖叫天对艺术更有深刻的体会。他说学戏必需经过一番"默"的功夫。学会了唱、念、做,不算数;还得坐下来叫自己"魂灵出窍",就是自己分身出去,把一出戏默默的做一遍、唱一遍;同时自己细细观察,有什么缺点该怎样改。然后站起身来再做,再唱,再念。那时定会发觉刚才思想上修整很好的东西又跑了,做起来同想的完全走了样。那就得再练,再下苦功,再"默",再做。如此反复做去,一出戏才算真正学会了,拿稳了。——你看,这段话说得多透彻,把自我批评贯彻得多好!老艺人的自我批评决不放在嘴边,而是在业务中不断实践。其次,经过一再"默"练,作品必然深深的打进我们心里,与我们的思想感情完全化为一片。此外,盖叫天现身说法,谈了不少艺术家的品德,操守,做人,必须与艺术一致的话。我觉得这部书值得写一长篇书评:不仅学艺术的青年、中年、老年人,不论学的哪一门,应当列为必读书,便是从上到下一切的文艺领导干部也该细读几遍;做教育工作的人读了也有好处。不久我就把这书寄给你,你一定喜欢,看了也一定无限兴奋。

一九六二年四月三十日

最近买到一本法文旧书,专论写作艺术。其中谈到"自然"(natural),引用罗马文豪西塞罗的一句名言:It is all art to look like without art.(能看来浑然天成,不着痕迹,才是真正的艺术。)作者认为写得自然不是无意识的天赋,而要靠后天的学习,甚至可以说自然是努力的结果(The natural result of efforts),要靠苦功磨练出来。此话固然不错,但我觉得首先要能体会到"自然"的境界,然后才能往这个境界迈进。要爱好自然,与个人的气质、教育、年龄,都有关系:一方面是勉强不来,不能操之过急;一方面也不能不逐渐作有意识的培养。也许浸淫中国古典文学的人比较容易欣赏自然之美,因为自然就是朴素、淡雅、天真;而我们的古典文学就是具备这些特点的。

……

一九六二年五月九日

……艺术需要静观默想，凝神一志；现代生活偏偏把艺术弄得如此商业化，一方面经理人作为生财之道，把艺术家当作摇钱树式的机器，忙得不可开交，一方面把群众作为看杂耍或马戏班的单纯的好奇者。在这种溷浊的洪流中打滚的，当然包括所有老辈小辈，有名无名的演奏家歌唱家。像你这样初出道的固然另有苦闷，便是久已打定天下的前辈也不免随波逐流，那就更可叹了。也许他们对艺术已经缺乏信心，热诚，仅仅作为维持已得名利的工具。年轻人想要保卫艺术的纯洁与清新，唯一的办法是减少演出；这却需要三个先决条件：（一）经理人剥削得不那么凶（这是要靠演奏家的年资积累，逐渐争取的），（二）个人的生活开支安排得极好，这要靠理财的本领与高度理性的控制，（三）减少出台不至于冷下去，使群众忘记你。我知道这都是极不容易做到的，一时也急不来。可是为了艺术的尊严，为了你艺术的前途，也就是为了你的长远利益和一生的理想，不能不把以上三个条件作为努力的目标。任何一门的艺术家，一生中都免不了有几次艺术难关（crisis），我们应当早作思想准备和实际安排。愈能保持身心平衡（那就决不能太忙乱），艺术难关也愈容易闯过去。希望你平时多从这方面高瞻远瞩，切勿被终年忙忙碌碌的漩涡弄得昏昏沉沉，就是说要对艺术生涯多从高处远处着眼；即使有许多实际困难，一时不能实现你的计划，但经常在脑子里思考成熟以后，遇到机会就能紧紧抓住。这一类的话恐怕将来我不在之后，再没有第二个人和你说；因为我自信对艺术的热爱与执著，在整个中国也不是很多人有的。

……

一九六二年八月十二日

前信你提到灌唱片问题，认为太机械。那是因为你习惯于流动性特大的艺术（音乐）之故，也是因为你的气质特别容易变化，情绪容易波动的缘故。文艺作品一朝完成，总是固定的东西：一幅画，一首诗，一部小说，哪有像音乐演奏那样能够每次予人以不同的感受？观众对绘画，读者对作品，固然每次可有不同的印象，那是在于作品的暗示与含蓄非一时一次所能体会，也在于观众与读者自身情绪的变化波动。唱片即使听十次二十次，听的人感觉也不会千篇一律，除非演奏太差太呆板；因为音乐的流动性那么强，所以听的人也不容易感到多听了会变成机械。何况唱片不仅有普及的效用，对演奏家自身的学习改进也有很大帮助。我认为主要是克服你在 microphone （话筒）前面的紧张，使你在灌片室中跟在台上的心情没有太大差别。再经过几次实习，相信你是做得到的。至于完美与生动的冲突，有时几乎不可避免；记得有些批评家就说过，perfection（完美）往往要牺牲一部分 life（生动）。但这个弊病恐怕也在于演奏家属于 cold（冷静）型，热烈的演奏往往难以 perfect（完美），万一 perfect（完美）的时候，那就是 incomparable（无与伦比）了！
……

……演奏家是要人听的，不是要人看的；但太多的摇摆容易分散听众的注意力；而且艺术是整体，弹琴的人的姿势也得讲究，给人一个和谐的印象。国外的批评曾屡次提到你的摇摆，希望能多多克制。如果自己不注意，只会越摇越厉害，浪费体力也无必要。最好在台上给人的印象限于思想情绪的活动，而不是靠肉体帮助你的音乐。手之舞之，足之蹈之，只适用于通俗音乐。古典音乐全靠内在的心灵的表现，竭力避免外在的过火的动作，应当属于艺术修养范围之内，望深长思之！

这么大热天在各处演出，不劳累过度吗？今年你压根儿没有假期，我们老是为你不得充分休息而挂心！人不是铁打的，青壮年的精力也有限度，凡事总须有劳有逸；只有身心真正得到松弛，你的艺术才会 relax（舒畅自如）。

一九六二年十二月三十日

来信提到音乐批评、看了很感慨。一个人只能求一个问心无愧。世界大局，文化趋势，都很不妙。看到一些所谓抽象派的绘画、雕塑的图片，简直可怕。我认为这种"艺术家"大概可以分为二种，一种是极少数的病态的人，真正以为自己在创造一种反映时代的新艺术，以为抽象也是现实；一种——绝大多数，则完全利用少数腐烂的资产阶级为时髦的 snobbish（附庸风雅，假充内行），卖野人头，欺哄人，当做生意经。总而言之，是二十世纪愈来愈没落的病象。另一方面，不学无术的批评界也泯灭了良心，甘心做资产阶级的清客，真是无耻之尤。

一九六三年四月二十六日

……你在外跑了近两月，疲劳过度，也该安排一下，到乡间去住个三五天。几年来为这件事我不知和你说过多少回，你总不肯接受我们的意见。人生是多方面的，艺术也得从多方面培养，劳逸调剂得恰当，对艺术只有好处。三天不弹琴，决不损害你的技术，你应该有这点儿自信。况且所谓 relax（放松）也不能仅仅在 technique（技巧）上求，也不能单独的抽象的追求心情的 relax（放松，宽舒）。长年不离琴决不可能有真正的 relax（松弛）；唯有经常与大自然亲近，放下一切，才能有relax〔舒畅〕的心情，有了这心情，艺术上的relax〔舒畅自如〕可不求而自得。我也犯了过于紧张的毛病，可是近二年来总还春秋二季抽空出门几天。回来后精神的确感到新鲜，工作效率反而可以提高。Kabos（卡波斯）太太批评你不能竭尽可能的relax（放松），我认为基本原因就在于生活太紧张。平时老是提足精神，能张不能弛！你又很固执，多少爱你的人连弥拉和我们在内，都没法说服你每年抽空出去一下，至少自己放三五天假。这是我们常常想起了要喟然长叹的，觉得你始终不体谅我们爱护你的热忱，尤其我们，你岳父、弥拉都是深切领会艺术的人，劝你休息的话决不会妨碍你的艺术！

你太片面强调艺术，对艺术也是危险的；你要不听从我们的忠告，三五年七八年之后定会后悔。孩子，你就是不够wise（明智），还有，弥拉身体并不十分强壮，你也得为她着想，不能把人生百分之百的献给艺术。勃龙斯丹太太也没有为了艺术疏忽了家庭。你能一年往外散心一二次，哪怕每次三天，对弥拉也有好处，对艺术也没有害处，为什么你不肯试验一下看看结果呢？

一九六三年十一月三日

最近一信使我看了多么兴奋，不知你是否想象得到？真诚而努力的艺术家每隔几年必然会经过一次脱胎换骨，达到一个新的高峰。能够从纯粹的感觉（sensation）转化到观念（idea）当然是迈进一大步，这一步也不是每个艺术家所能办到的，因为同各人的性情气质有关。不过到了观念世界也该提防一个pitfall〔陷阱〕：在精神上能跟踪你的人越来越少的时候，难免钻牛角尖，走上太抽象的路，和群众脱离。哗众取宠（就是一味用新奇唬人）和取媚庸俗固然都要不得，太沉醉于自己理想也有它的危险。我这话不大说得清楚，只是具体的例子也可以作为我们的警戒。李克忒某些演奏某些理解很能说明问题。归根结蒂，仍然是"出"和"入"的老话。高远绝俗而不失人间性人情味，才不会叫人感到cold〔冷漠〕。像你说的"一切都远了，同时一切也都近了"，正是莫扎特晚年和舒伯特的作品达到的境界。古往今来的最优秀的中国人多半是这个气息，尽管sublime（崇高），可不是mystic（神秘）（西方式的）；尽管超脱，仍是warm, intimate, human（温馨，亲切，有人情味）到极点！你不但深切了解这些，你的性格也有这种倾向，那就是你的艺术的safeguard（保障）。基本上我对你的信心始终如一，以上有些话不过是随便提到，作为"闻者足戒"的提示罢了。

我和妈妈特别高兴的是你身体居然不摇摆了：这不仅是给听众的印象问

题，也是一个对待艺术的态度，掌握自己的感情，控制表现，能入能出的问题，也具体证明你能化为一个 idea（意念），而超过了被音乐带着跑，变得不由自主的阶段。只有感情净化，人格升华，从 dramatic（起伏激越）进到 contemplative（凝神沉思）的时候，才能做到。可见这样一个细节也不是单靠注意所能解决的，修养到家了，自会迎刃而解。（胸中的感受不能完全在手上表达出来，自然会身体摇摆，好像无意识的要"手舞足蹈"的帮助表达。我这个分析你说对不对？）

......

另外有一点是肯定的，就是西方人的思想方式同我们距离太大了。不做翻译工作的人恐怕不会体会到这么深切。他们刻画心理和描写感情的时候，有些曲折和细腻的地方，复杂繁琐，简直与我们格格不入。我们对人生琐事往往有许多是认为不值一提而省略的，有许多只是罗列事实而不加分析的；如果要写情就用诗人的态度来写；西方作家却多半用科学家的态度，历史学家的态度（特别巴尔扎克），像解剖昆虫一般。译的人固然懂得了，也感觉到它的特色，妙处，可是要叫思想方式完全不一样的读者领会就难了。思想方式反映整个的人生观、宇宙观和几千年文化的发展，怎能一下子就能和另一民族的思想沟通呢？你很幸运，音乐不像语言的局限性那么大，你还是用音符表达前人的音符，不是用另一种语言文字，另一种逻辑。

真了解西方的东方人，真了解东方人的西方人，不是没有，只是稀如星凤。对自己的文化遗产彻底消化的人，文化遗产决不会变成包袱，反而养成一种无所不包的胸襟，既明白本民族的长处短处，也明白别的民族的长处短处，进一步会截长补短，吸收新鲜的养料。任何孤独都不怕，只怕文化的孤独，精神思想的孤独。你前信所谓孤独，大概也是指这一点吧？

......

一九六四年一月十二日

莫扎特的 *Fantasy in b Min*（《b 小调幻想曲》）记得一九五三年前就跟你提过。罗曼·罗兰极推崇此作，认为他的痛苦的经历都在这作品中流露了，流露的深度便是韦伯与贝多芬也未必超过。罗曼·罗兰的两本名著：（1）*Muscians of the Past*（《古代音乐家》），（2）*Muscians of Today*（《今代音乐家》）英文中均有译本，不妨买来细读。其中论莫扎特、柏辽兹、德彪西各篇非常精彩。名家的音乐论著，可以帮助我们更准确的了解以往的大师，也可以纠正我们太主观的看法。我觉得艺术家不但需要在本门艺术中勤修苦练，也得博览群书，也得常常作 meditation（冥思默想），防止自己的偏向和钻牛角尖。感情强烈的人不怕别的，就怕不够客观；防止之道在于多多借鉴，从别人的镜子里检验自己的看法和感受。其次磁带录音机为你学习的必需品——也是另一面自己的镜子。我过去常常提醒你理财之道，就是要你能有购买此种必需品的财力，Kabos［卡波斯］太太那儿是否还去？十二月轮空，有没有利用机会去请教她？学问上艺术上的师友必须经常接触，交流。只顾关着门练琴也有流弊。

……

知道你准备花几年苦功对付巴赫，真是高兴，这一点（还有贝多芬）非过不可。一九五三年曾为你从伦敦订购一部 *Albert Schweitzer：Bach——translated by Ernest Newman*——2 Vols［阿尔贝特·施韦策尔著：《巴赫》——由欧内斯特·纽曼翻译，共上、下两册］，放在家里无用，已于一月四日寄给你了。原作者是当代巴赫权威，英译者又是有名的音乐学者兼批评者。想必对你有帮助。此等书最好先从头至尾看一遍，以后再细看。——一切古典著作都不是一遍所能吸收的。

……

今天看了十二月份《音乐与音乐家》上登的 Dorat：*An Anatony of Conducting*（多拉：《指挥的剖析》）有两句话妙极：——"Increasing economy of means, employed to better effect, is a sign of increasing maturity in evey form of art.（"不论哪一种形式的艺术，艺术家为了得到更佳效果，采取的手法越精简，越表示他炉火纯青，渐趋成熟。"）——这个道理应用到弹琴，从身体的平稳不摇摆，一直到 interpretation（演绎）的朴素、含蓄，都说得通。他提到艺术时又说：…calls for great pride and extreme humility at the sametime（……既需越高的自尊，又需极大的屈辱）。全篇文字都值得一读。

一九六四年四月十二日

……

近几月老是研究巴尔扎克，他的一部分哲学味特别浓的小说，在西方公认为极重要，我却花了很大的劲才勉强读完，也花了很大的耐性读了几部研究这些作品的论著。总觉得神秘气息玄学气息不容易接受，至多是了解而已，谈不上欣赏和共鸣。中国人不是不讲形而上学，但不像西方人抽象，而往往用诗化的意境把形而上学的理论说得很空灵，真正的意义固然不易捉摸，却不至于像西方形而上学那么枯燥，也没那种刻舟求剑的宗教味儿叫人厌烦。西方人对万有的本原，无论如何要归结到一个神，所谓 God（神，上帝），似乎除了 God（神，上帝），不能解释宇宙，不能说明人生，所以非肯定一个造物主不可。好在谁也提不出证明 God（神，上帝）是没有的，只好由他们去说；可是他们的正面论证也牵强得很，没有说服力。他们首先肯定人生必有意义，灵魂必然不死，从此推论下去，就归纳出一个有计划有意志的神！可是为什么人生必有意义呢？灵魂必然不死呢？他们认为这是不辩自明之理。我认为欧洲人比我们更骄傲，更狂妄，更 ambitious（野心勃勃），把人这个生物看作天下第一，所以千方百计要造出一套哲学和形而上学来，证明这个"人为万物之灵"的看法，仿佛我们真是负有神的使命，执行神的意志一般。在我个人看来，这都是 vanity（虚荣心）作祟。东方的哲学家玄学家要比他们谦虚得多。除了程朱一派理学家 dogmatic（武断）很厉害之外，别人就是讲什么阴阳太极，也不像西方人讲 God（神）那么绝对，凿凿有据，咄咄逼人，也许骨子里我们多少是怀疑派，接受不了太强的 insist（坚持），太过分的 certainty（肯定）。

……

一九六四年四月二十三日

有人四月十四日听到你在 BBC（英国广播公司）远东华语节目中讲话，因是辗转传达，内容语焉不详，但知你提到家庭教育、祖国，以及中国音乐问题。我们的音乐不发达的原因，我想过数十年，不得结论。从表面看，似乎很简单：科学不发达是主要因素，没有记谱的方法也是一个大障碍。可是进一步问为什么我们科学不发达呢？就不容易解答了。早在战国时期，我们就有墨子、公输般等的科学家和工程师，汉代的张衡不仅是个大文豪，也是了不起的天文历算的学者。为何后继无人，一千六百年间，就停滞不前了呢？为何西方从文艺复兴以后反而突飞猛进呢？希腊的早期科学，七世纪前后的阿拉伯科学，不是也经过长期中断的么？怎么他们的中世纪不曾把科学的根苗完全斩断呢？西方的记谱也只是十世纪以后才开始，而近代的记谱方法更不过是几百年中发展的，为什么我们始终不曾在这方面发展？要说中国人头脑不够抽象，明代的朱载堉（《乐律全书》的作者）偏偏把音乐当作算术一般讨论，不是抽象得很吗？为何没有人以这些抽象的理论付诸实践呢？西洋的复调音乐也近乎数学，为何法兰德斯乐派，意大利乐派，以至巴哈、亨特尔，都会用创作来作实验呢？是不是一个民族的艺术天赋并不在各个艺术部门中平均发展的？希腊人的建筑、雕塑、诗歌、戏剧，在纪元前五世纪时登峰造极，可是以后二千多年间就默默无闻，毫无建树了。文艺复兴时期的意大利艺术也只是昙花一现。有些民族尽管在文学上到过最高峰，在造型艺术和音乐艺术中便相形见绌，例如英国。有的民族在文学、音乐上有杰出的成就，但是绘画便赶不上，例如德国。可见无论在同一民族内，一种艺术的盛衰，还是各种不同的艺术在各个不同的民族中的发展，都不容易解释。我们的书法只有两晋、六朝、隋、唐是如日中天，以后从来没有第二个高潮。我们的绘画艺术也始终没有超过宋、元。便是音乐，也只有开元、天宝，唐玄宗的时代盛极一时，可是也只限于"一时"。现在有人企图用社会制度、阶级成分，来说明文艺的兴亡。可是奴隶制度在世界上许多民族都曾经历，为什么独独在埃及和古希腊会有那么灿烂的艺术成就？而同样的奴隶制度，为何埃及和希腊的艺术精神、风格，如此之不同？如果说统治阶级的提倡大有关系，那么英国十八、十九世纪王室的提倡音乐，并不比十五世纪意大利的教皇和诸侯（如梅提契家族）差劲，为何英国自己就产生不了第一流的音乐家呢？再从另一些更具体更小的角度来说，我们的音乐不发达，是否同音乐被戏剧侵占有关呢？我们所有的音乐材料，几乎全部在各种不同的戏剧中。所谓纯粹的音乐，只有一些没有谱的琴曲。（琴曲谱只记手法，不记音符，故不能称为真正的乐谱。）其他如笛、箫、二胡、琵琶等等，不是简单之至，便是外来的东西。被戏剧侵占而不得独立的艺术，还有舞蹈。因为我们不像西方人迷信，也不像他们有那么强的宗教情绪，便是敬神的节目也变了职业性的居多，群众自动参加的较少。如果说中国民族根本不大喜欢音乐，那又不合乎事实。我小时在乡，听见舟子，赶水车的，常常哼小调，所谓"山歌"。〔古诗中（汉魏）有许多"歌行"、"歌谣"；从白乐天到苏、辛都是高吟低唱的，不仅仅是写在纸上的作品。〕

总而言之，不发达的原因归纳起来只是一大堆问题，谁也不曾彻底研究过，当然没有人能解答了。近来我们竭力提倡民族音乐，当然是大好事。不过纯粹用土法恐怕不会有多大发展的前途。科学是国际性的、世界性的，进步硬是进步，落后硬是落后。一定要把土乐器提高，和钢琴、提琴竞争，岂不劳而无功？抗战前（一九三七年前）丁西林就在研究改良中国笛子，那时我就认为浪费。工具与内容，乐器与民族特性，固然关系极大；但是进步的工具，科学性极高的现代乐器，决不怕表达不出我们的民族特性和我们特殊的审美感。倒是原始工具和简陋的乐器，赛过牙齿七零八落、声带构造大有缺陷的人，尽管有多丰富的思想感情，也无从表达。乐曲的形式亦然如此。

光是把民间曲调记录下来，略加整理，用一些变奏曲的办法扩充一下，绝对创造不出新的民族音乐。我们连"音乐文法"还没有，想要在音乐上雄辩滔滔，怎么可能呢？西方最新乐派（当然不是指电子音乐一类的 ultra modern〔极度现代〕的东西）的理论，其实是尺寸最宽、最便于创造民族音乐的人利用的；无奈大家害了形式主义的恐怖病，提也不敢提，更不用说研究了。俄罗斯五大家——从特比西到巴托克，事实俱在，只有从新的理论和技巧中才能摸出一条民族乐派的新路来。问题是不能闭关自守，闭门造车，而是要掌握西方最高最新的技巧，化为我有，为我所用，然后才谈得上把我们新社会的思想感情用我们的音乐来表现。这一类的问题，想谈的太多了，一时也谈不完。

一九六四年四月二十四日

……

人不知而不愠是人生最高修养，自非一时所能达到。对批评家的话我过去并非不加保留，只是增加了我的警惕。即是人言藉藉，自当格外反躬自省，多征求真正内行而善意的师友的意见。你的自我批评精神，我完全信得过；可是艺术家有时会钻牛角尖而自以为走的是独创而正确的路。要避免这一点，需要经常保持冷静和客观的态度。所谓艺术上的 illusion（幻觉），有时会蒙蔽一个人到几年之久的。至于批评界的黑幕，我近三年译巴尔扎克的《幻灭》，得到不少知识。一世纪前尚且如此，何况今日！二月号《音乐与音乐家》杂志上有一篇 karayan（卡拉扬）的访问记，说他对于批评只认为是某先生的意见，如此而已。他对所钦佩的学者，则自会倾听，或者竟自动去请教。这个态度大致与你相仿。

……

旧金山评论中说你的萧邦太 extrovert（外在，外向），李先生说奇怪，你的演奏正是 introvert（内在，内向）一路，怎么批评家会如此说。我说大概他们听惯老一派的 Chopin（萧邦），软绵绵的，听到不 sentimental（伤感）的 Chopin〔萧邦〕就以为不够内在了，你觉得我猜得对不对？

一九六五年二月二十日

……

……你的心绪我完全能体会。你说的不错，知子莫若父，因为父母子女的性情脾气总很相像，我不是常说你是我的一面镜子吗？且不说你我的感觉一样敏锐，便是变化无常的情绪，忽而高潮忽而低潮，忽而兴奋若狂，忽而消沉丧气等等的艺术家气质，你我也相差无几。不幸这些遗传（或者说后天的感染）对你的实际生活弊多利少。凡是有利于艺术的，往往不利于生活；因为艺术家两脚踏在地上，头脑却在天上，这种姿态当然不适应现实的世界。
……

要说 exile（放逐），从古到今多少大人物都受过这苦难，但丁便是其中的一个；我辈区区小子又何足道哉！据说《神曲》是受了 exile（放逐）的感应和刺激而写的，我们倒是应当以此为榜样，把 exile（放逐）的痛苦升华到艺术中去。以上的话，我知道不可能消除你的悲伤愁苦，但至少能供给你一些解脱的理由，使你在愤懑郁闷中有以自拔。做一个艺术家，要不带点儿宗教家的心肠，会变成追求纯技术或纯粹抽象观念的 virtuoso（演奏能手），或者像所谓抽象主义者一类的狂人；要不带点儿哲学家的看法，又会自苦苦人（苦了你身边的伴侣），永远不能超脱。最后还有一个实际的论点：以你对音乐的热爱和理解，也许不能不在你厌恶的社会中挣扎下去。你自己说到处都是。outcast（逐客），不就是这个意思吗？艺术也是一个 tyrant（暴君），因为做他奴隶的都心甘情愿，所以这个 tyrant（暴君）尤其可怕。你既然认了艺术做主子，一切的辛酸苦楚便是你向他的纳贡，你信了他的宗教，怎么能不把少牢太牢去做牺牲呢？每一行有每一行的 humiliation（屈辱）和 misery（辛酸），能够 resign（心平气和，隐忍）就是少痛苦的不二法门。你可曾想过，萧邦为什么后半世自愿流亡异国呢？他的 *OP. 25*〔作品第 25 号〕以后的作品付的是什么代价呢？

任何艺术品都有一部分含蓄的东西，在文学上叫做言有尽而意无穷，西方人所谓 between lines（弦外之音）。作者不可能把心中的感受写尽，他给人的启示往往有些还出乎他自己的意想之外。绘画、雕塑、戏剧等等，都有此潜在的境界。不过音乐所表现的最是飘忽，最是空灵，最难捉摸，最难肯定，弦外之音似乎比别的艺术更丰富，更神秘，因此一般人也就懒于探索，甚至根本感觉不到有什么弦外之音。其实真正的演奏家应当努力去体会这个潜在的境界，（即淮南子所谓"听无音之音者聪"，无音之音不是指这个潜藏的意境又是指什么呢？）而把它表现出来，虽然他的体会不一定都正确。能否体会与民族性无关。从哪一角度去体会，能体会作品中哪一些隐藏的东西，则多半取决于各个民族的性格及其文化传统。甲民族所体会的和乙民族所体会的，既有正确不正确的分别，也有种类的不同，程度深浅的不同。我猜想你和岳父的默契在于彼此都是东方人，感受事物的方式不无共同之处，看待事物的

一九六五年五月二十七日

你谈到中国民族能"化"的特点，以及其他关于艺术方面的感想，我都彻底明白，那也是我的想法。多少年来常对妈妈说：越研究西方文化，越感到中国文化之美，而且更适合我的个性。我最早爱上中国画，也是在二十一二岁在巴黎卢浮宫钻研西洋画的时候开始的。这些问题以后再和你长谈。妙的是你每次这一类的议论都和我的不谋而合，信中有些话就像是我写的。不知是你从小受的影响太深了呢，还是你我二人中国人的根一样深？大概这个根是主要原因。

一个艺术家只有永远保持心胸的开朗和感觉的新鲜，才永远有新鲜的内容表白。才永远不会对自己的艺术厌倦，不会像有些人那样觉得是做苦工。你能做到这一步——老是有无穷无尽的话从心坎里涌出来，我真是说不出的高兴，也替你欣幸不止！

一九六五年六月十四日

……

你新西兰信中提到 horizontal〔横（水平式）的横〕与 vertical〔纵（垂直式）的〕两个字，不知是不是近来西方知识界流行的用语？还是你自己创造的？据我的理解，你说的水平的（或平面的，水平式的），是指从平等地位出发，不像垂直的是自上而下的：换言之，"水平的"是取的渗透的方式，不知不觉流入人的心坎里；垂直的是带强制性质的灌输方式，硬要人家接受。以客观的效果来说，前者是潜移默化，后者是被动的（或是被迫的）接受。不知我这个解释对不对？一个民族的文化假如取的渗透方式，它的力量就大而持久。个人对待新事物或外来的文化艺术采取"化"的态度，才可以达到融会贯通，彼为我用的境界，而不至于生搬硬套，削足适履。受也罢，与也罢，从化字出发（我消化人家的，让人家消化我的），方始有真正的新文化。"化"不是没有斗争，不过并非表面化的短时期的猛烈的斗争，而是潜在的长期的比较缓和的斗争。谁能说"化"不包括"批判的接受"呢？

……

附 录

傅雷自述《傅雷自述》是作者在一九五七年"反右斗争"中，被迫写出的交待材料；原文共八节，已发表的是前五节。——编者注

一、略传

我于一九〇八年三月生于浦东南汇县渔潭乡，家庭是地主成分。四岁丧父；父在辛亥革命时为土豪劣绅所害，入狱三月，出狱后以含冤未得昭雪，抑郁而死，年仅二十四。我的二弟一妹，均以母亲出外奔走，家中无人照顾而死。母氏早年守寡（亦二十四岁），常以报仇为训。因她常年悲愤，以泪洗面；对我又督教极严，十六岁尚夏楚不离身，故我童年只见愁容，不闻笑声。七岁延老贡生在家课读四书五经，兼请英文及算术教师课读。十一岁考入周浦镇高小二年级，十二岁至上海考入南洋附小四年级（时称交通部上海工业专门学校附小），一年后以顽劣被开除；转徐汇公学读至中学（旧制）一年级，以反宗教被开除。时为十六岁，反对迷信及一切宗教，言论激烈；在家曾因反对做道场祭祖先，与母亲大起冲突。江浙战争后考入大同大学附中，参加五卅运动，在街头演讲游行。北伐那年，参与驱逐学阀胡敦复运动，写大字报与护校派对抗。后闻吴稚晖（大同校董之一）说我是共产党，要抓我，母亲又从乡间赶来抓回。秋后考入持志大学一年级，觉学风不好，即于是年（一九二七）冬季自费赴法。

在法四年：一方面在巴黎大学文科听课、一方面在巴黎卢佛美术史学校听课。但读书并不用功。一九二九年夏去瑞士留三月，一九三〇年春去比利时作短期旅行，一九三一年春去意大利二月，在罗马应"意大利皇家地理学会"之约，演讲国民军北伐与北洋军阀斗争的意义。留法期间与外人来往较多，其中有大学教授，有批评家，有汉学家，有音乐家，有巴黎美专的校长及其他老年画家；与本国留学生接触较少。一九二八年在巴黎认识刘海粟及其他美术学生，常为刘海粟任口译，为其向法国教育部美术司活动，由法政府购刘之作品一件。一九二九年滕固流亡海外，去德读书，道经巴黎，因与

相识。我于一九三一年秋回国，抵沪之日适逢九一八事变。

一九三一年冬即入上海美专教美术史及法文。一九三二年一月在沪结婚。一九三二年一月二十八日事变发生，美专停课，哈瓦斯通讯社（法新社前身）成立，由留法同学王子贯介绍充当笔译，半年即离去。当时与黎烈文同事；我离去后，胡愈之、费彝明相继入内工作，我仍回美专任教。一九三三年九月，母亲去世，即辞去美专教务。因（一）年少不学，自认为无资格教书，母亲在日，以我在国外未得学位，再不工作她更伤心；且彼时经济独立，母亲只月贴数十元，不能不自己谋生；（二）某某某待我个人极好，但待别人刻薄，办学纯是商店作风，我非常看不惯，故母亲一死即辞职。

一九三四年秋，友人叶常青约我合办《时事汇报》——周刊，以各日报消息分类重编；我任总编辑，半夜在印刷所看拼版，是为接触印刷出版事业之始。三个月后，该刊即以经济亏折而停办。我为股东之一，赔了一千元，卖田十亩以偿。

一九三五年二月，滕固招往南京"中央古物保管委员会"任编审科科长，与许宝驹同事。在职四个月，译了一部《各国古物保管法规汇编》。该会旋缩小机构，并入内政部，我即离去。

一九三六年冬，滕固又约我以"中央古物保管会专门委员"名义，去洛阳考察龙门石刻，随带摄影师一人，研究如何保管问题。两个月后，内政部要我做会计手续报账，我一怒而辞职回家，适在双十二事变之后。

一九三七年七月八日，卢沟桥事变后一日，应福建省教育厅之约，去福州为"中等学校教师暑期讲习班"讲美术史大要。以时局紧张，加速讲完，于八月四日回沪，得悉南京政府决定抗日，即于八月六日携家乘船去香港，转广西避难。因友人叶常青外家马氏为广西蒙山人，拟往投奔。但因故在梧州搁浅，三个月后进退不得，仍于十一月间经由香港回沪，时适逢国民党军队自大场撤退。

一九三九年二月，滕固任国立艺专校长，时北京与杭州二校合并，迁在昆明，来电招往担任教务主任。我从香港转越南入滇。未就职，仅草一课程纲要（曾因此请教闻一多），以学生分子复杂，主张甄别试验，淘汰一部分，与滕固意见不合，五月中离滇经原路回上海。

从此至一九四八年均住上海。抗战期间闭门不出，东不至黄浦江，北不至白渡桥，避免向日本宪兵行礼，亦是鸵鸟办法。

一九四七、一九四八两年以肺病两次去庐山疗养三个月。一九四八年十一月以上海情形混乱，适友人宋奇拟在昆明办一进出口行，以我为旧游之地，嘱往筹备。乃全家又去昆明。所谓办进出口行，仅与当地中国银行谈过一次话，根本未进行。全家在旅馆内住了七个月，于一九四九年六月乘飞机去香港，十二月乘船至天津，转道回沪，以迄于今。当时以傅聪与我常起冲突，故留在昆明住读，托友人照管，直至一九五一年四月方始回家。

二、经济情况与健康情况

母亲死后，田租收入一年只够六个月开支，其余靠卖田过活。抗战前一年，一次卖去一百余亩；故次年抗战发生，有川资到广西避难。以后每年卖田，至一九四八年只剩二百余亩（原共四百余亩）。一九四八去昆明，是卖了田，顶了上海住屋做旅费的。昆明生活费亦赖此维持。我去昆明虽受友人之托，实际并未受他半文酬劳或津贴。一九四九年十二月二十日回上海后，仍靠这笔用剩的钱度日。同时三联书店付了一部分积存稿费与我，自一九五一年起全部以稿费为生。

过去身体不强壮，但亦不害病。一九四七、一九四八两年患肺病，一九五〇至一九五一年又复发一次。一九五五年一月在锦江饭店坠楼伤腿，卧床数月，至今天气阴湿即发作。记忆力不佳虽与健康无关，但是最大苦闷，特别是说话随说随忘。做翻译工作亦有大妨碍，外文生字随查随忘，我的生字簿上，记的重复生字特别多。以此，又以常年伏案，腰酸背痛已成为职业病，久坐起立，身如弯弓。一九五六年起脑力工作已不能持久，晚间不易入睡，今年起稍一疲劳即头痛。

三、写作生活

十五六岁在徐汇公学，受杨贤江主编的《学生杂志》影响，同时订阅《小说月报》，被神甫没收。曾与三四同学办一手写不定期文艺刊物互相传阅，第一期还是文言的。十八岁，始以短篇小说投寄胡寄尘编的《小说世界》（商务），孙福熙编的《北新》周刊。十九岁冬天出国，一路写《法行通信》十四篇［按，应是十五篇。——编者注］五万余字，载孙福熙编的《贡献》半月刊［按，应是《贡献》旬刊。——编者注］。

二十岁在巴黎，为了学法文，曾翻译都德的两个短篇小说集，梅里美的《嘉尔曼》，均未投稿，仅当做学习文字的训练，绝未想到正式翻译，故稿子如何丢的亦不记忆。是时受罗曼·罗兰影响，热爱音乐。回国后于一九三一年即译《贝多芬传》。以后自知无能力从事创作，方逐渐转到翻译（详见附表）。抗战前曾为《时事新报·学灯》翻译法国文学论文。抗战后为《文汇报》写过一篇"星期评论",为《笔会》写过美术批评,为《民主》《周报》亦写过时事文章。抗战期间,以假名为柯灵编的《万象》写过一篇"评张爱玲"[按即《论张爱玲的小说》。——编者注],后来被满涛化名写文痛骂。

一九三二年冬在美专期间,曾与倪贻德合编《艺术旬刊》,由上海美专出版,半年即停刊。

一九四五年冬与周煦良合编《新语》半月刊,为综合性杂志,约马老、夏丏老[马老,即马叙伦;夏丏老,即夏丏尊。——编者注]等写文。以取稿条件过严,稿源成问题,出八期即停。

历年翻译书目

	原作者	书名	字数	出版年代	出版社	附注
1	斐列浦·苏卜	夏洛外传	六万三	一九三三	自己出版社	自费印刷,故称"自己出版社"
2	罗曼·罗兰	托尔斯泰传	十三万	一九三五	商务	解放后停出
3	罗曼·罗兰	弥盖朗琪罗传	八万七	一九三五	商务	解放后停出
4	罗曼·罗兰	贝多芬	六万二	一九四六	骆驼-三联	五一年起停出
5	罗曼·罗兰	约翰·克利斯朵夫	一百二十万	一九三六至一九四一 一九二二至一九五三	商务-平明	商务系初译本,后改归骆驼。一九五二年起重译本改归平明,今归"人文"。
6	莫洛阿	恋爱与牺牲	十万	一九三六	商务	停出
7	莫洛阿	人生五大问题	七万	一九三五	商务	停出
8	莫洛阿	服尔德传	六万五	一九三六	商务	停出
9	杜哈曼	文明	十一万七	一九四七	南国	已绝版,去年十月"人文"重印版
10	巴尔扎克	亚尔培·萨伐龙	五万	一九四七	骆驼	停出
11	巴尔扎克	高老头	十八万六	一九四六至一九五三	骆驼-平明	骆驼系初译本,平明系重译本
12	巴尔扎克	欧也妮·葛朗台	十三万	一九四九	骆驼-平明-人文	
13	巴尔扎克	贝姨	三十一万六	一九五一	平明-人文	
14	巴尔扎克	邦斯舅舅	二十三万八	一九五二	平明-人文	

续表

原作者	书名	字数	出版年代	出版社	附注
15 巴尔扎克	夏倍上校	十七万	一九五四	平明-人文	
16 巴尔扎克	于絮尔·弥罗埃	十六万五	一九五六	人文	
17 服尔德	老实人天真汉	十一万三	一九五五	人文	
18 服尔德	查第格	八万三	一九五六	人文	
19 梅里美嘉尔曼	高龙巴	十四万五	一九五三	平明-人文	
20〔英〕牛顿	英国绘画	三万	一九四八	商务	绝版-自英文译
21〔英〕罗素	幸福之路	十万	一九四七	南国	绝版-自英文译合计二十一种三百六十三万五现在印行者仅十一种

四、社会活动

少年时代参加五卅运动及反学阀运动。未加入国民党。抗战胜利后愤于蒋政府之腐败，接收时之黑暗，曾在马叙伦、陈叔通、陈陶遗、张菊生等数老联合发表宣言反蒋时，做联系工作。此即"民主促进会"之酝酿阶段。及"民进"于上海中国科学社开成立大会之日，讨论会章，理事原定三人，当场改为五人，七人，九人，至十一人时，我发言：全体会员不过三十人左右，理事名额不宜再加。但其他会员仍主张增加，从十一人，十三人，一直增到二十一人。我当时即决定不再参加"民进"，并于会场上疏通熟人不要投我的票，故开票时我仅为候补理事。从此我即不再出席会议。一九五〇年后马老一再来信嘱我回"民进"，均婉谢。去年"民进"开全国代表大会，有提名我为中委候选人消息，我即去电力辞；并分函马老、徐伯昕、周煦良三人，恳请代为开脱。

去年下半年，"民盟"托裘柱常来动员我二次，均辞谢。最近问裘，知系刘思慕主动。

五、其他活动

一九三七年夏，为亡友张弦在上海举办"绘画遗作展览会"。张生前为美专学生出身之教授，受美专剥削，抑郁而死；故我约了他几个老同学办此遗作展览，并在筹备会上与刘海粟决裂，以此绝交二十年。

一九四四年为黄宾虹先生（时寓北京）在上海宁波同乡会举办"八秩纪念书画展览会"。因黄老一生未有个人展览会，故联合裘柱常夫妇去信争取黄老同意，并邀张菊生、叶玉甫、陈叔通、邓秋放、高吹万、秦曼青等十余黄氏老友署名为发起人。我认识诸老即从此起，特别是陈叔通，此后过从甚密。

一九四五年胜利后，庞薰琹自蜀回沪，经我怂恿，在上海震旦大学礼堂举行画展，筹备事宜均我负责。

一九四六年为傅聪钢琴老师、意大利音乐家梅百器举行"追悼音乐会"。此是与梅氏大弟子如裘复生、杨嘉仁等共同发起，由我与裘实际负责。参加表演的有梅氏晚年弟子董光光、周广仁、巫漪丽、傅聪等。

一九四八年为亡友作曲家谭小麟组织遗作保管委员会。时适逢金圆券时期，社会混乱，无法印行；仅与沈知白、陈又新等整理遗稿，觅人钞谱。今年春天又托裘复生将此项乐谱晒印蓝图数份，并请沈知白校订。最近请人在沪歌唱其所作三个乐曲，由电台录音后，将胶带与所晒蓝图一份，托巴金带往北京交与周扬同志。希望审查后能作为"五四以后音乐作品"出版。

一九四四年冬至一九四五年春，以沦陷时期精神苦闷，曾组织十余友人每半个月集会一次，但无名义、无形式，事先指定一人做小型专题讲话，在各人家中（地方较大的）轮流举行，并备茶点。参加的有姜椿芳、宋悌芬、周煦良、裘复生、裘劭恒、朱滨生（眼耳喉科医生）、伍子昂（建筑师）以上二人均邻居、雷垣、沈知白、陈西禾、满涛、周梦白等（周为东吴大学历史教授，裘劭恒介绍）。记得我谈过中国画，宋悌芬谈过英国诗，周煦良谈过《红楼梦》，裘复生谈过荧光管原理，雷垣谈过相对论入门，沈知白谈过中国音乐，伍子昂谈过近代建筑。每次谈话后必对国内外大局交换情报及意见。此种集会至解放前一二个月停止举行。

解放后，第一次全国文代听说有我名字，我尚在昆明；第二次全国文代，我在沪，未出席。一九五四年北京举行翻译会议，未出席，寄了一份意见书去。自一九四九年过天津返沪前，曾去北京三天看过楼适夷、徐伯昕、钱锺书后，直至今年三月宣传会议才去北京。去年六月曾参加上海政协参观建设访问团。

……

一九五七年七月十六日于上海

（据手稿）

重编本后记

《傅雷艺术随笔》原是十年前上海文艺出版社出版的名家艺术随笔丛书之一。由于丛书体例、规模所限，傅雷先生的不少名篇和精彩文字，只好割爱放弃了。现在的这个重编本，则将傅先生的相关著作大都收录了进去。为了名副其实，书名也改成为《傅雷谈文学与艺术》。需要提及一下的是，本书中收入了《傅雷全集》失收的三篇文章。除写于上世纪五十年代中期的《亦庄亦谐的〈钟馗嫁妹〉》，其他两篇（《介绍一本使你下泪的书》和《许钦文底〈故乡〉》）系作者还在上中学时写作的文艺评论；从中我们可以看到，傅雷很早就显露出了鉴赏艺术的才情。

还需要说明的是，由于编者已无力另写一篇新序，故将《傅雷艺术随笔》的序言，一字不改地移用在本书之前。这是要请读者谅解的。

编者在辑录本书的过程中突患眼疾，且因治疗效果不佳，不得不两次住院施行手术。以后只能尚可生活自理，而视力则已丧失几尽，无法再阅读与写作矣！这里我要感谢出版社的宽容，允许我拖延了交稿的时间。我还要感谢一位友人，是他帮助我终于完成了本书的编选。

金　梅

于津门

图书在版编目（CIP）数据

傅雷谈文学与艺术／金梅编．—北京：中国书籍出版社，2014．1
ISBN 978-7-5068-2681-5

Ⅰ．①傅… Ⅱ．①金… Ⅲ．①文学评论—文集 ②艺术评论—文集
Ⅳ．①I06—53 ②J05—53

中国版本图书馆 CIP 数据核字（2012）第 002723 号

傅雷谈文学与艺术

金梅 编

策划编辑	李建红
责任编辑	原 娟　钱 浩
责任印制	孙马飞　张智勇
封面设计	3A 设计艺术工作室
出版发行	中国书籍出版社
地　　址	北京市丰台区三路居路 97 号（邮编：100073）
电　　话	（010）52257143（总编室）　　（010）52257153（发行部）
电子邮箱	chinabp@vip.sina.com
经　　销	全国新华书店
印　　刷	三河市国源印刷有限公司
开　　本	710 毫米×1000 毫米　1/16
字　　数	450 千字
印　　张	26.25
版　　次	2014 年 1 月第 1 版　2014 年 1 月第 1 次印刷
书　　号	ISBN 978-7-5068-2681-5
定　　价	49.00 元

版权所有 翻印必究